中国古典文学观止丛书

ZHONGGUO GUDIAN WENXUE GUANZHI CONGSHU

历代小品文观止

LIDAI XIAOPINWEN GUANZHI

丛书主编 尚永亮

本书主编 夏咸淳 陈如江

陕西新华出版传媒集团

陕西人民教育出版社

·西安·

撰搞人（以姓氏笔画为序）：

文　祥　卞　岐　王兴康　王宜瑗　毛时安　孙琴安
孙光道　冯志贤　汝　东　刘明浩　刘耿大　吉明周
西　坡　邬国平　朱惠国　陈　元　陈仲年　陈澍璟
陈怀良　宋心昌　陆　昕　张　兴　沈习康　吴宝祥
郑　麦　郑小宁　赵义山　杨文德　姜汉椿　顾伟列
徐欢欢　耿百鸣　聂世美　高克勤　陶湘生　黄　明
夏咸淳　梦　君　韩焕昌　董如龙

总　　序

物华天宝，人杰地灵。在中华文明古国五千年的历史进程中，数不清的文人才士，经过代复一代顽强持续的努力，创作出了难以数计的各种体裁的文学精品，宛如取之不竭、用之不尽的昆山邓林。这些文学精品不仅极大地丰富了中华民族的文化宝库，而且以其超越时空的永恒魅力，在世界范围内发生着越来越深远的影响。作为当代的文化人，我们无比珍视这笔财富，为了做到既对得起昨日的历史，又无愧于今日的时代，使古典文学从高雅的殿堂走向千家万户，我们特在全国范围内约请数百位专家学者，共同编纂了这套大型《中国古典文学观止》丛书。

《中国古典文学观止》丛书分诗骚、先秦两汉文、历代小赋、历代小品文、汉魏六朝乐府、唐诗、唐宋八大家文、宋词、元曲、明清小说十册，收录作品2000余篇，总计约500万字。在编写体例上，它不同于时下流行的各类文学选本和鉴赏辞典，除传统的作者简介、注释外，另辟【今译】【点评】【集说】诸栏目。【今译】力求信、达、雅，便于读者对原作的阅读理解；【点评】避免了长篇赏析的空泛，抓住要点难点，既单刀直入、抽笋剥蕉，又提纲挈领、点到为止，给读者留下了广阔的思考空间；【集说】则荟萃了历代对每一作品的具体评说，便于人们从多角度、多层面理解原作，并具有较强的资料性。总之，通过这些方法，我们力争做到探幽抉隐，快人耳目，画龙点睛，开启思维，使得一册在手，专业读者不觉其浅，一般读者不嫌其深，雅俗共赏，老少咸宜。

丛书的顺利完成和出版，得力于各分册主编和作者的协作努力，也得力于陕西人民教育出版社的领导和综合编辑室诸位编辑的无私帮助。值此丛书修订、再版之际，我们谨对参与其事的各位同仁一并致以真诚的感谢！并希望广大读者能在这套丛书数千篇文学精品的游弋中，获得“观止”的感受。

尚永亮

2017 年岁首于珞珈山麓

目　录

魏晋南北朝

唐

宋

元

明

清

前　言

中国正统文学观念注重教化功能，强调“立言”“载道”。立言与立德、立功并称“三不朽”，是一般士大夫所孜孜以求的人生最高理想。所谓立言，是指记述道德与事功，从属于立德、立功，此与著书立说以成一家言的广泛含义不尽相同。至于载道，当然是指阐述儒家孔孟之道了。文章既为立言载道之具，地位与价值便升高了，成为“经国之大业，不朽之盛事”。

但是，古今文章堆积如山，除了立言载道的高文典册之外，还有数不清的非立言载道之作。比如小品文，多写闲情逸致，什么山水名胜啦、花鸟虫鱼啦、琴棋书画啦、古董珍玩啦……人间百态，尘世众生相，个人喜怒哀乐，乃至离经叛道的东西，皆可自由纳入寸简尺幅之中。小品文的精神与写法同正宗古文实在相去太远，因而招致道学先生和正统文人的非议，斥之为“小道”“浅薄”“佻巧”“轻儇”，不屑一顾，竭力排斥。但小品文的生命力很强，仍然在骂声中、大棒下生长着、发展着，犹如在大石重压下的青青小草，不断滋长蔓延，散发着盎然生机。

小品文有其自身的优势和独立存在的价值。它短小，限制极少，可以将触角伸向社会各个生活领域、人生的方方面面、人性的复杂构成。点点滴滴之水能折射出大千世界的五光十色。正儿八经的古文大都注重表现政治生活与道德生活，不大注意甚至鄙弃描写人的日常生活、闲暇生活，遂将这大片的空间留给小品家们逞能献奇。小品文常常成为愤世嫉俗之辈、倜傥不羁之徒、蔑视礼法之士手中的利器，以之抒愤懑，揭时弊，讽刺伪道学，鞭挞腐败无能的权势者。小品文中也有愤怒、忧伤、血泪，也有一副仁民爱物的暖世心肠，并非尽是风花雪月、闲情逸致。若要了解官样文章不载的世事内幕，中国知识分子的内心独白，不妨读一读笔记小品之类。清初小品家廖燕领悟到小品文体制虽小，穿透力和杀伤力却不小：“照乘（细小珍珠）粒珠耳，而烛物更远……匕首寸铁耳，而刺人尤透。”(《选古文小品序》)这和鲁迅先生将战斗的小品比作“匕首”与“投枪”，可谓不谋而合。因为短小，无一定格式，不受规矩绳墨的束缚，所以便于自由挥洒，独抒性灵，可以充分展示作者的才情和识见，展现多种多样的风格和色调。不像那些保守的古文家执定各种套套，按照固定程式，摇头摆尾，哼哼唧唧，端起架子作文章，一副令人生厌的八股腔。小品文创作讲情趣，讲韵致，讲隽永，要求给人以赏心悦目的审美愉悦。晚明小品文选家把小品文字比作“盆山蕴秀，寸草含奇”，比作“奇葩”和“文翼”(长有彩羽的禽鸟)，认为应能供人“爱玩”“悦人耳目”。郑超宗将他编选的明人小品文题名《文娱》，陆云龙将所选明文取名《奇艳》，可见小品文作者和小品文选家对审美功能的重视。

在中国古典散文中，小品文属于别调新声，奇花异草，价值不可低估。如果没有小品文的存在，中国散文宝库就会出现一大块空白地带，大为减色。国学大师钱穆先生指出：“中国散文之文学价值，主要正在小品文。”(《中国文学讲演录》)当然小品文与正宗古文的区别不是绝对的，小品文家与正宗古文家的界限也难截然划成互不相涉的两队。二者互相排斥，又互相吸引交融，这种相融相荡、互引互斥的关系值得深入研究。

小品文发展史源远流长。早在先秦两汉古文中已含小品的萌芽，诸子文如《庄子》《孟子》《韩非子》《淮南子》等，史传文如《左传》《国语》《战国策》《史记》等，其中精彩的片段，未尝不可当作小品来读，只是还未从整篇学术和历史著作中分化出来，成为独立的文体。魏晋以来，步入文学的自觉时代，单独成篇的小制精构层出不穷，其书简、小序、游记、笔记之类，或悲伤离乱，或畅叙幽情，或描摹奇山秀水，或记述清言隽语，文字秀逸，情韵悠永，都是绝佳的小品。唐代小品文又有长足发展。柳宗元的永州八记，元结的道州诸记，堪称山水小记的精品。古文宗师韩愈的一些赠别小序，于尺幅之间荡漾着九曲回肠之气。诗人王维、李白、白居易、李商隐等，也有少量精美可诵的小巧之作。晚唐时期，陆龟蒙、皮日休、罗隐的小品文，刺时讽世，尖锐深刻，诚如鲁迅所说，“正是一塌糊涂的泥塘里的光彩和锋芒”(《小品文的危机》)。宋代文学发展呈现舒缓漫衍的态势，颇有“江随平野阔”的气象。小品文也蓬勃生长滋蔓开来，在众多文章家中凸现出一位小品巨擘——苏轼。他性格豁达洒脱，文如行云流水，各种体裁均运用自如，制作了大量清新俊逸的小品文,最受明人激赏。凌启康赞道:“语语入玄,字字飞仙。”(《刻苏长公小品序》)两宋之时,笔记极盛。欧阳修《归田录》,沈括《梦溪笔谈》,洪迈《夷坚志》,范成大《吴船录》,陆游《老学庵笔记》《入蜀记》,罗大经《鹤林玉露》等,都有很高的文学价值。或谈知识,或论理道,或述掌故,或载奇闻,或摹写山水,或记述风俗,质朴自然,生动有趣,实为小品之渊薮,抑亦宋文之华林。

中国小品文的鼎盛阶段是在晚明时期。这是一个天崩地解、礼法松弛、理学衰微的时代,又是一个商品经济与城市集镇空前繁盛,阳明良知之说与卓吾异端之学广泛传播,个性意识普遍觉醒的时代。这一特定的社会环境和文化氛围非常有利于小品文的发展。当时小品名家陈继儒对晚明小品的特点及其兴盛原因作过很有见地的说明:“芽甲一新,精采八面,有法外法、味外味、韵外韵,典丽新声,络绎奔会,似亦隆、万以来气候秀擢之一会也。”(《文娱序》)具有“法外法”“味外味”“韵外韵”的小品文,是有别于正宗古文的“新声”;此种鲜活的文体之所以能兴盛起来,是由于受到隆庆、万历以来社会“气候”的化育。这期间涌现出一大批风格各异、成就卓著的小品文妙手。例如,敢向名教挑战,“赤手缚龙蛇”,嬉笑怒骂皆成文章的李贽;天才秀发,被时人誉为“言语文章妙天下”的袁宏道;谐谑成性,喜用诡怪新奇笔墨摹写险峰幽壑的王思任;性格严冷矜慎,重视剪裁锤炼,能在简洁平淡中以见幽曲警策的钟惺;擅以短句拗句、尖新冷艳笔致描述北京名胜古迹、民俗风情,使一景一物俱现幽趣的刘侗。又如徐渭、屠隆、汤显祖、陈继儒、王士性、徐弘祖、江盈科、袁宗道、袁中道、谭元春、李流芳、姚希孟、张京元、祁彪佳、徐芳等,也尽展其所长,奏其独响,以极一时之盛。而张岱这位经历国破家亡大劫难,与市井俗流有着密切联系,具有大学问,多才多艺的奇士,在散文创作上,博采众长,融公安、竟陵于一炉,集晚明小品之大成。晚明小品的空前繁荣,代表了明代文学的新成就,同时标志着中国散文创作的一次重大突破。

清初学术文章尚受晚明思潮余波浸渐,小品文创作也斐然可观。周亮工、陆次云、蒲松龄、孔尚仁、李渔、廖燕诸家,才思与文采仿佛晚明作家。但是随着专制主义的加强,文网的严密,统治者对传统文化思想中落后保守因素的扶植,以及考据之学和桐城古文的盛行,小品文渐渐衰微了。其间一些旷达之士如袁枚、郑燮等，未尝不爱小品，其题跋、游记也不乏佳致，但胸襟、笔力已赶不上明人了，而且应和者寥寥，不成气候。缺少自由活泼的社会文化心态这股活水的浇灌，小品文是难以繁荣的。

不合“文章轨范”、不入“文章正宗”的小品文，在昔日文坛地位低下。入清以后，处境更坏，备受歧视、排斥，许多佳作遭禁毁，被湮没。“五四”以后，新文学家们积极创作现代小品，也热心介绍明清小品，整理出版了多种选本和别集，使古代小品的某些价值得以显露于今人面前。可是之后这件工作又沉寂了，研究更谈不上，间有批评，也贬抑失当。直到20世纪80年代，出现随笔小品创作热和古典文学鉴赏热，一些选家开始注意到古代小品这块“富矿”，陆续有选本问世。本书所收皆历代短小清隽之作，注释、今译、点评俱全，又钩沉稽深，辑得许多前人评语，分别附于各篇之后，大大方便了阅读欣赏。读者欲窥中国小品文巨观之涯略，可以翻翻此书，当不失为一条便捷之途。

夏咸淳　陈如江

先秦

《左传》

亦名《左氏春秋》或《春秋左氏传》。相传为鲁国史官左丘明根据孔子撰写的《春秋》,并参考了春秋各国的史书编写而成。全书主要记叙了春秋时期各诸侯国有关政治、军事、外交等方面的活动和言论,不仅具有重要的史学价值,亦具有很高的文学价值。作者极善于将繁复的历史事件与军事斗争叙述得条理分明、详略得体,也善于通过人物语言与细节的描写突出性格、塑造形象。叶盛曾指出:“六经而下,左丘明传《春秋》,而千万世文章实祖于此。”(《史记评林》引)

展喜犒师[1]

齐孝公伐我北鄙[2]。公使展喜犒师,使受命于展禽。齐侯未入竟[3],展喜从之,曰:“寡君闻君亲举玉趾,将辱于敝邑,使下臣犒执事[4]。”齐侯曰:“鲁人恐乎?”对曰:“小人恐矣,君子则否。”齐侯曰:“室如县磬[5],野无青草,何恃而不恐?”对曰:“恃先王之命。昔周公、大公股肱周室[6],夹辅成王。成王劳之而赐之盟,曰:‘世

世子孙,无相害也。'载在盟府[7],太师职之[8]。桓公是以纠合诸侯而谋其不协[9],弥缝其阙而匡救其灾,昭旧职也。及君即位,诸侯之望曰:'其率桓之功[10]。'我敝邑用不敢保聚,曰:'岂其嗣世九年,而弃命废职?其若先君何?君必不然。'恃此以不恐。"齐侯乃还。

【注释】(1)此事发生在鲁僖公二十六年(前634年),当时齐孝公想趁霸主宋襄公新亡之际,重温乃父齐桓公霸业的旧梦,故不以鲁与他国盟会为然,出兵讨伐。展喜,鲁大夫。 (2)我:指鲁国。作者左丘明系鲁国人,故用此称。鄙:边疆。 (3)竟:通"境"。 (4)执事:指君王左右办事的人,这里是对齐孝公的敬称。 (5)县磬:县,通"悬";磬,乐器。磬之悬挂,中高而两旁下,其间空洞无物,用来形容府藏虚空。 (6)周公:周武王之弟姬旦,其子伯禽为鲁国始祖。大公:即吕望,周代齐国始祖。股肱:辅佐。 (7)载:盟约。 (8)太师:即太史。职:掌管。 (9)桓公:即齐桓公,卒于前643年。 (10)率:遵循。

【今译】齐孝公攻打我国北部边境。僖公派展喜犒劳军队,并让他向展禽请教犒军的措辞。齐孝公还没进入鲁国国境,展喜就出境迎接,说:"我国国君听说您亲劳大驾,屈临我国,所以派我来慰劳您的部下。"齐侯说:"鲁国人害怕吗?"展喜回答:"小人是怕的,君子则不怕。"齐侯说:"百姓家中空空荡荡像挂起来的磬,四野无草,凭什么不怕?"展喜回答说:"就是倚仗先王的命令。过去周公、齐太公辅佐周朝,协助成王。成王慰劳他们,赐给他们盟约,盟约说:'世世代代的子孙都不要互相侵犯。'这个盟约还藏在盟府里,由太史掌管着。齐桓公因此联合诸侯,解决他们之间的纠纷,弥补他们之间的裂痕,救助他们的灾难,正是为了显扬固有的职责啊。在您即位后,诸侯都盼望说:'他一定能继承桓公的事业。'我国边界也因此不聚众防守,大家都说:'难道他继位仅九年,就会抛弃先王的遗命,废弃固有的职责?他怎么对得起先君?他一定不会是这样的人。'我们就是因为这个而不害怕。"于是,齐孝公就撤兵回去了。

【点评】弱小与强大，自卑与尊严，吹捧与恐吓，道义与私情，欺骗与真诚，中国古代在运用这些概念于外交方面，实在是圆熟而精彩。展喜不费一兵一刃而退齐师，靠的就是这一功夫。

然而要运用玩弄概念的手段，最好的办法是"出人意料"，令对方毫无心理准备。你来打我，我犒赏你；你威胁我，我"王顾左右而言他"；你说我软弱无能，我说大家供奉的是一个祖宗；既然盟友兄弟、同宗同族，遵奉同一个先帝的信条，又何必分尊卑贵贱强弱大小；既然你本已强大，大家都靠你保护，何必再以兵相加；如若一定敬酒不吃吃罚酒，那么大家联合起来把你推翻也有了理由，得失利弊，你就看着办吧。最后的强硬态度是一种暗示，是为对方留一个台阶下。拿今天的话说，就是"原则性与灵活性相结合"。

【集说】只是短幅，却有无数奇妙。如斗按"恃"字作突兀一句，一也；并举二祖同事先王，二也；赐盟至今在府，三也；忽然感颂桓公，四也；诸侯共望率桓之功，不止鲁之望之，五也；自写无恐，袅袅二十五字只作一句，六也。（金圣叹《评注才子古文》）

师出无名，但以室空野旷，诘人无恃，齐亦妄矣。历举先绪以塞其口，其妄自废而词令之递卸，总卷笔力清括。（浦起龙《古文眉诠》）

"受命展禽"一句，包下一篇文字，结撰脱化。述先王，称先君，道理正大，逐句针对，逐字收应，格律精严。（高嵣《左传钞》引俞桐川语）

文字中有下一字、造一语，重如山岳，震如雷霆，闻者立动其颜色，即此篇"恃先王之命"五字是也。文字中有使人欢悦，使人疑骇，闻者必加以考问，即此篇"小人恐矣，君子则否"八字是也。《国策》中亦间用此法，顾多拗折之笔，宛转盘绕。（林纾《左孟庄骚精华录》）

（文　祥　汝　东）

蹇叔哭师[(1)]

杞子自郑使告于秦曰[(2)]："郑人使我掌其北门之管[(3)]，若潜师以来，国可得也。"穆公访诸蹇叔。蹇叔曰："劳师以袭远，非所闻也。师劳力竭，远主备之，无乃不可乎？师之所为，郑必知之，勤而

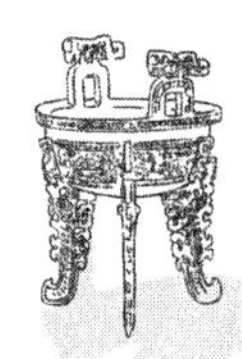

无所，必有悖心。且行千里，其谁不知？”公辞焉。召孟明、西乞、白乙[4]，使出师于东门之外。蹇叔哭之曰：“孟子！吾见师之出而不见其入也！”公使谓之曰：“尔何知？中寿[5]，尔墓之木拱矣[6]。”蹇叔之子与师，哭而送之，曰：“晋人御师必于殽[7]。殽有二陵焉，其南陵，夏后皋之墓也[8]；其北陵，文王之所辟风雨也。必死是间，余收尔骨焉！”秦师遂东。

【注释】(1)此事发生在鲁僖公三十二年(前628年)。秦军远涉千里，袭郑无功，在回国的路上，果如蹇叔所料，为晋国所伏击，全军覆没。蹇叔：秦上大夫。 (2)杞子：秦大夫。僖公三十年，秦穆公从郑退兵时，派杞子等三位大夫留守在郑国。 (3)管：钥匙。 (4)孟明、西乞、白乙：均为秦国将领。 (5)中寿：约六十岁左右。 (6)拱：两手合围。 (7)殽：或作“崤”，在今河南洛宁西北六十里，地势险绝。 (8)夏后皋：夏桀的祖父。

【今译】杞子从郑国派人告诉秦穆公说：“郑国人让我掌管都城北门的钥匙，如果暗中发兵来此，可以打下郑国。”秦穆公向蹇叔征求意见。蹇叔说：“兴动军队，偷袭远方的国家，我从未听说过。兵马疲劳，力量衰竭，远方的郑国也早有了防备，恐怕不行吧？我们军队的举动，郑国必定会知道，辛苦劳累而无所得，士兵一定会有怨恨的心理。况且行军千里，谁会不知道？”秦穆公不听劝告。他召见孟明、西乞、白乙三个大将，让他们带兵从东门出发。蹇叔哭着送他们说：“孟明！我看到军队出发而看不到回来了！”秦穆公派人对他说：“你知道什么？你如果六十岁就死的话，你坟墓上的树木已经可以合抱了。”蹇叔的儿子也在这支队伍里，蹇叔哭着送他，说：“晋国人必定会在崤山狙击我们军队。崤山有两座山陵，南面的山陵，是夏后皋的墓地；北面的山陵，是周文王避过风雨的地方。你必定死在这两座山陵之间，我到那里去收你的尸骨！”秦军于是向东进发了。

【点评】春秋争霸之战，本无道义是非可言，其成败全在用兵谋略。秦郑隔晋地而相去千里，劳师远袭，此兵家大忌。先前秦曾有惠于晋，两家合围郑，后因秦郑临战结盟，晋师退。无论如何，未来之争，必是秦晋之争。如今秦急于夺郑之地，既破坏了秦郑对晋夹击的有利之势，于晋又成了渔翁得利的机会，是因小而失大。

蹇叔先劝，所陈道理显而易见，穆公不听，不得已而再“哭之”。其实并非悲言，是换了方式的骂人。碍于君臣身份，言语间只能借别的对象发挥，“余收尔骨”句，已是怒不可遏。穆公仍无知，则败无疑。

【集说】一片沉痛，却出之以异样兴会。（金圣叹《评注才子古文》）

蹇叔以言谏不从，继之以哭。一哭再哭，以哭谏也，而穆公终不悟而丧师，枉死其子，是秦国再无第二个有识如蹇叔者，真所谓一个臣矣。至今读之，似闻青山犹哭声也。（过珙《古文评注全集》引陆云士语）

蹇叔之言，岂不胜于越国以鄙远之语。乃公悦于彼而拂于此者，利令智昏耳。不得已而次哭师，再哭子，总欲动公之悔悟，微独料事之智也。（谢有辉《古文赏音》引谢立夫语）

谈覆军之所，如在目前，后果中之。蹇叔可谓老成先见，一哭再哭，出军时诚恶闻此。然蹇叔不得不哭，若穆公之既败而哭，晚矣。（《古文观止》）

（文 祥 汝 东）

楚归晋知罃

晋人归楚公子穀臣与连尹襄老之尸于楚[1]，以求知罃[2]。于是荀首佐中军矣，故楚人许之。王送知罃曰：“子其怨我乎？”对曰：“二国治戎[3]，臣不才，不胜其任，以为俘馘[4]。执事不以衅鼓[5]，使归即戮，君之惠也。臣实不才，又谁敢怨？”王曰：“然则德我乎？”对曰：“二国图其社稷，而求纾其民[6]，各惩其忿，以相宥也。两释累囚，以成其好。二国有好，臣不与及，其谁敢德？”王曰：“子归，何以报我？”对曰：“臣不任受怨，君亦不任受德。无怨无德，不知所报。”王曰：“虽然，必告不穀[7]。”对曰：“以君之灵，累臣得归骨于晋，寡君之以为戮，死且不朽。若从君之惠而免之，以赐君之外臣首[8]；首其请于寡君，而以戮于宗，亦死且不朽。若不获命，而

使嗣宗职，次及于事，而帅偏师，以修封疆。虽遇执事，其弗敢违。其竭力致死，无有二心，以尽臣礼，所以报也。”王曰：“晋未可与争。”重为之礼而归之。

【注释】(1)连尹：楚官名。襄老，楚臣。 (2)知罃：字子羽，荀首之子。 (3)治戎：交战。 (4)馘(guó)：割下左耳。知罃实被“俘”，而未被“馘”，此“馘”字是连类而及之词。 (5)执事：侍从左右供使令者，古时为表示尊敬，常称对方为“执事”，意谓不敢直陈，故向执事者陈述。衅鼓：杀牲以血涂钟鼓。 (6)纾：缓。 (7)不穀：不善，古代诸侯自称的谦辞。 (8)外臣：当时卿大夫对他国国君的自称。

【今译】晋人把楚国公子穀臣和连尹襄老的尸体归还给楚国，以此要求换回知罃。当时知罃的父亲荀首已担任中军副帅，所以楚人同意了这个要求。楚王送别知罃时说：“你怨恨我吗？”知罃回答说：“两国交战，我没有才能，不能胜任自己的工作，成了俘虏。您的部下没有用我的血来祭鼓，而让我回国去接受诛戮，这是君王的恩惠啊。我实在没有什么才能，又敢怨恨谁呢？”楚王说：“那么感谢我吗？”知罃回答说：“两国为自己的国家打算，希望让百姓喘口气，各自压制愤怒，来互相原谅。双方都释放被囚的俘虏，以结成友好。两国友好，我不曾参与，又敢感激谁呢？”楚王说：“你回去后，怎样报答我？”知罃回答：“我无所怨恨，君王也不受恩德，没有怨恨，没有恩德，就不知道报答什么。”楚王说：“尽管如此，还是一定要把您的想法告诉我。”知罃答道：“托君王之福，被囚的我能带着这把骨头回到晋国。我国国君如果把我杀了，我死而不朽。如果由于您的恩惠而赦免我，把我交给我的父亲荀首，荀首请示晋侯以后，把我杀死在宗庙里，我也死而不朽。如果不能得到晋侯的批准，而让我继承宗子的地位，轮到主持晋国的政事，率领一部分军队治理边疆，假使碰到您的将帅，我也不敢违背礼义，全力以赴，直到战死，不会有其他的心念，以尽到为臣的职责，这就是用来报答于您的。”楚王说：“晋国是不能和它较量的。”于是就对他重加礼遇而放他回国。

【点评】对答如对弈，两国之交尤如是。弈之道，走一步看一步也罢，出着有五步之虑也罢，于己之死地想明想透，则无往而不胜。知䓨与楚王对，以弱对强。知䓨输，输一命；楚王输，输一国。既然，无非一死，何惧之有。故王“四问”而对四答，又奈其何。王不识趣，逼问再三，反成“讨骂”。其实，有心人不难发现，即使没有这场答对，楚王也已身处输境。晋楚换俘，晋以死者换生者，赢亏自知。楚因“荀首佐中军矣”而许之，是为胆怯在先。既送首之子归，又问怨、德、报，更有讨好之意。岂料知䓨对答反客为主，楚王颜面难看，遂命“必告不穀”，是最后一招，结果输得一败涂地。明知不胜而偏欲胜，必输，弈者戒。

【集说】楚王四问而知䓨四答，不远不随，能重本国而不失邻好，辞旨浑极。（《新镌焦太史汇选百家评林名文珠玑》引茅坤语）

四问，便有四段妙论，一段妙胜一段，读之增添意气。逐段细看其起伏转折，直是四篇文字，四篇又是四样。（金圣叹《评注才子古文》）

著些子怨德便是私，便是二心，只说“尽臣礼”三字，何等精白，文亦传中习境，识解特高。（浦起龙《古文眉诠》）

四段应对，由平入奇，由浅入深，节节联，步步紧。楚王句句逼入，知䓨句句撇开，一层递进一层，丝贯绳联，一段翻深一段，云垂浪涌。（高塘《左传钞》引俞桐川语）

（文　祥　汝　东）

《国语》

相传为鲁国史官左丘明所编纂，近人认为是战国时人把各国的史料汇编并加工而成，是我国第一部国别体史书。全书共二十一篇，所记史实，起自西周穆王，讫于东周贞定王，包括了周、鲁、齐、晋、郑、楚、吴、越八国的一些历史事迹和一些人物言论。文笔委婉，叙事生动，刻画精细，具有较高的文学价值。

襄王拒晋文公请隧[1]

晋文公既定襄王于郏，王劳之以地，辞，请隧焉[2]。王弗许，曰："昔我先王之有天下也，规方千里以为甸服[3]，以供上帝山川百神之祀[4]，以备百姓兆民之用[5]，以待不庭不虞之患[6]。其余以均分公侯伯子男，使各有宁宇，以顺及天地，无逢其灾害，先王岂有赖焉[7]。内官不过九御[8]，外官不过九品[9]，足以供给神祇而已，岂敢厌纵其耳目心腹以乱百度[10]？亦唯是死生之服物采章[11]，以临长百姓而轻重布之[12]，王何异之有？今天降祸灾于周室，余一人仅亦守府，又不佞以勤叔父[13]，而班先王之大物以赏私德[14]，其叔父实应且憎[15]，以非余一人，余一人岂敢有爱也？先民有言曰：'改玉改行[16]。'叔父若能光裕大德，更姓改物，以创制天下，自显庸也，而缩取备物以镇抚百姓[17]，余一人其流辟于裔土[18]，何辞之有与？若犹是姬姓也，尚将列为公侯，以复先王之职，大物其未可改也。叔父其懋昭明德[19]，物将自至，余何敢以私劳变前之大章，以忝天下[20]，其若先王与百姓何？何政令之为也？若不然，叔父有地而隧焉，余安能知之？"文公遂不敢请，受地而还。

【注释】(1)晋文公：春秋五霸之一，名重耳。襄王：即周襄王姬郑，公元前651—前619年在位。周襄王十八年，襄王废狄后，狄国派兵进攻，时襄王之母惠后想立小儿子子带为太子，与狄人串通，被狄人攻了进来，襄王被迫出居郑国。后晋文公杀了子带，送襄王回郏(今洛阳附近)。此文便记述了周襄王在刚刚复位的困境中，婉言回绝晋文公请隧的一段史实。 (2)隧：天子的隧葬礼。一说指隧地。 (3)甸服：指天子王城周围方圆千里的土地，须定期向天子交纳贡赋。 (4)上帝：天神。山川百神：指地神。 (5)百姓：百官。兆民：万民。 (6)不庭：犹不道，谓不朝于王庭。 (7)赖：利。 (8)内官：宫中的女官。九御：即九嫔。 (9)外官：朝廷中的官吏。九品：即九卿，周以少师、少傅、少保、冢宰、司徒、宗伯、司马、司寇、司空为九卿。 (10)厌：满足。百度：各种法令制度。 (11)服物：指衣服、织品和器物。采章：彩色花纹。 (12)临长：治理。 (13)佞：有才能。叔父：天子称同姓的侯伯为叔父。 (14)班：同"颁"，赏赐。大物：指隧葬礼。 (15)应：指应当受赏。 (16)玉：佩玉。行：行步。佩玉用以节行步，佩玉不同，行步也就不同，以此表明地位不同。 (17)缩取：获得。备物：指隧葬礼。 (18)裔土：边远地区。 (19)懋(mào)：勤勉。(20)忝：玷辱。

【今译】晋文公帮助周襄王在郏地复位，襄王以土地作为酬劳，文公辞却不受，而请赐他天子的隧葬之礼。襄王不同意，说道："过去先王得到天下，划定了王都周围方圆千里之地以收取贡赋，用作供奉天神和地神的祭物，用

作提供百官万民的财用,用作防备征伐叛逆及意外之需。其余的土地平均分给了公、侯、伯、子、男各爵,使他们各有安居之处,以顺天地之意,不至于遭到灾害,先王哪有偏得的利益呢?他的内官只有九嫔,外官只有九卿,只能够满足供祀神灵而已,哪敢满足放纵自己的声色口腹之欲以至于破坏各种制度呢?仅仅是活着和死后的衣服器物的彩色花纹有点区别,用来说明天子是治理百姓的君长,以示尊卑不同罢了,天子还有什么不同呢?如今上天降祸灾到周室,我一人只能谨守旧制。由于我的无能而劳动了你,但我不能就赏先王的隧葬礼给你以报私恩。你确实应该得到赏赐,也可以为得不到隧葬礼而怨恨我,但隧葬礼并不是我一人的东西,如果是我自己的话,我何敢吝啬呢?古人有言:'身上佩的玉改了,脚步也要随之而改变。'你若是能发扬光大你的美德,改姓换物,为天下创立新制度,自显高才,以获取隧葬礼并能安抚百官,我一人即使被流放到边远地区,也无话可说。假若你还是姓姬的话,还处在公侯的地位,把恢复先王的规定当作自己的职责,那么天子的隧葬礼就不能改变。你努力发扬美德,所想要的东西就自会得到,我怎敢凭着对我个人的功劳来改变前代的规章制度,以致有愧于天下呢?我若允许了你的要求,我何以对得起先王与百官呢?还怎么制定政令呢?倘使不听我的话,你自己有土地,你自行隧葬礼吧,我又怎能知道呢?"文公便不敢再请,接受了赏地而回国了。

【点评】回绝他人请求,最好用"婉拒"。言委婉而不伤情面,拒意坚则不容商榷。周襄王拒晋文公之请乃史上范例。

一个人死后应行何种葬礼,于死者是无意义的,但在中国封建社会则非同小可。它将关系到最高统治者的权威,关系到死者身份级别并以此带给族人相应的地位待遇,关系到是否合乎"名分",会不会引起他人攀比,甚而导致政权内部秩序混乱并解体,等等。所以晋文公以诸侯身份请赐"隧",周襄王不能不拒。然而复位即靠的是晋文公,谁实谁虚,周襄王心中明白,况且王位初定,座椅尚不稳固,于非分要求的回应就不得不婉。

其实晋文公犯了一个逻辑性错误:既以公侯拥天子复位,又何以请隧与王法相违?周襄王回应妙在并非单刀直入,而将"先王神祇""百姓天下"拉来抵挡,将晋文公之功归入"私德"。私恩报答,何重于社稷?文中襄王以此为据设"八问",其实都是不问之问。后半文,言愈曲而意愈直,似情分愈浓实王威愈严。至"叔父有地而隧焉,余安能知之"句,以不诺之诺示不拒之拒,简直就是威吓。

【集说】其理甚直,其辞甚曲,其态甚婉,其旨甚辣。(金圣叹《评注才子古文》)

晋文定襄王自以为不世之大功,其请隧也,盖寖寖乎窥大物之渐,王目之曰私德,曰私劳,所以折其骄矜不逊之意。玩其辞气,若优游而实峻烈,真可为告谕诸侯之法。(《新镌焦太史汇选百家评林名文珠玑》引真德秀语)

外传多征典故,独此以议论为辞命,清空一气,杀活风生,具夺境夺人手段。(浦起龙《古文眉诠》)

割王畿之地益自削弱,亦非王章也。然宁赐以地,不许请隧,即是唯名与器不可以假人之意。观其答文公处,义正而严,辞婉而确,宜文公不敢复请也。(谢有辉《古文赏音》引谢立夫语)

(文　祥　汝　东)

叔向贺贫

叔向见韩宣子[(1)],宣子忧贫,叔向贺之。宣子曰:"吾有卿之名,而无其实,无以从二三子[(2)],吾是以忧。子贺我,何故?"对曰:"昔栾武子无一卒之田[(3)],其宫不备其宗器[(4)],宣其德行,顺其宪则[(5)],使越于诸侯。诸侯亲之,戎狄怀之,以正晋国。行刑不疚[(6)],以免于难[(7)]。及桓子骄泰奢侈[(8)],贪欲无艺[(9)],略则行志[(10)],假贷居贿,宜及于难,而赖武之德,以没其身。及怀子改桓之行[(11)],而修武之德,可以免于难,而离桓之罪[(12)],以亡于楚。夫郤昭子[(13)],其富半公室,其家半三军,恃其富宠,以泰于国[(14)]。其身尸于朝[(15)],其宗灭于绛[(16)]。不然,夫八郤:五大夫三卿,其宠大矣,一朝而灭,莫之哀也,唯无德也。今吾子有栾武子之贫,吾以为能其德矣,是以贺。若不忧德之不建,而患货之不足,将吊不暇,何贺之

有?"宣子拜,稽首焉,曰:"起也将亡,赖子存之,非起也敢专承之。其自桓叔以下[17],嘉吾子之赐。"

【注释】(1)叔向:晋国大夫。韩宣子:名起,晋国正卿。 (2)二三子:指晋国的卿大夫。 (3)栾武子:名书,晋国正卿。一卒之田:一百顷田。一百人为卒,五百人为旅。正卿应有一旅之田五百顷。 (4)宗器:祭器。(5)宪则:法度。 (6)不疚:没有弊病。 (7)以免于难:因此避免了祸患,意思是没有遭到杀害或被迫逃亡。这里指栾书曾杀晋厉公,立晋悼公,因为行为公正,没有受到弑君的责难。 (8)桓子:栾书的儿子栾黡。 (9)无艺:无极。 (10)略则:犯法。 (11)怀子:栾黡的儿子栾盈。 (12)离:同"罹",遭受。 (13)郤昭子:名至,晋卿。 (14)泰:奢侈。 (15)尸:陈尸示众。 (16)绛:晋国都。 (17)桓叔:韩氏始祖。

【今译】叔向去见韩宣子,宣子正为贫困忧虑,叔向却祝贺他。宣子说:"我有正卿的名义,却没有正卿应有的财产,无法和众卿交往,因此我正在发愁。你向我祝贺,是什么缘故啊?"叔向回答说:"从前我国正卿栾武子没有百顷之田,家中连祭祀的东西都不齐全,可是他能发扬美德,遵行法度,美名传遍于诸侯,诸侯亲近他,戎狄归附他,从而治理好了晋国。他推行法令没有弊病,所以避免了灾难。到了他儿子桓子时,骄傲奢侈,贪心不足,横行不法,肆志妄为,借贷牟利,囤积财物,这种行为本当遭到祸难,但由于仰赖父亲栾武子的余德,才得以善终。到怀子时,他改变了父亲桓子的行为,学习祖父武子的德行,本可以借此免难,但是因为受到父亲罪恶的连累,以致逃亡到楚国。再说那个晋卿郤昭子,他的家财占到晋国公室财产的一半,他家族的子弟在三军将帅中也占了一半,他依仗着有钱有势,在晋国过着极其奢侈豪华的生活。结果被处死后在朝堂陈尸示众,他的宗族也在绛城被灭绝。如果不是这样的话,八个姓郤的,有五个做大夫,三个做卿,宠幸够大的了,一旦被灭,没有人为他们哀痛,这就是因为没有德行的缘故啊。现在你有栾武子那样的清贫,我以为你能行武子之德了,所以向你道贺。如果你不担忧美德没有建树,只为财货不足而发愁,那么我要哀吊你还来不及哩,又有什么可以道贺的呢?"宣子下拜感谢,并磕头说:"我本来就要走上危亡之路,幸亏你救了我。这恩德不是我一人敢承受的，恐怕从我的祖宗桓叔以下的子孙，都要感激你的恩德。”

【**点评**】从来只有“恭喜发财”，哪有“贺贫”的道理。然而“贫”的确可以“贺”。叔向谏韩宣子宣其德，立论异峰突起，阐述如川之流，见识高远而推论严谨，是妙文。

全文以一个“贺”字作引，层层密密，反反复复，阐明“贫可以宣其德行，是以贺”的道理。说栾武子三代，因贫而建德，赖德而免于难，无德而祸及后代，是纵观；说郤昭子一家，虽恃富宠而一朝灭于无德，是横观；何者可贺，何者可哀，显而易见。进而推论“若不忧德之不建，而患货之不足，将吊不暇，何贺之有？”不由不服。

进谏讲究语言技巧，大夫劝谏公卿，说得不好，“说了等于白说”倒也罢，弄不好“犯上”，还会招来杀身之祸。叔向贺韩宣子贫，其实言其“无德”，故谏之。然而宣子此时正忧其贫，心情一定不好，若直言其德，无异“指责”，效果可想而知。就贫而言贫，共同话题，易被纳，又一个“贺”字，令宣子暂忘其忧，思路随叔向而走，不知不觉。及觉，已非忧此而忧彼了。

【**集说**】读柳子厚贺失火，不如先读此。看他写栾家三世，有许多转折。写郤家，却又是一直，极尽人事天道。（金圣叹《评注才子古文》）

首一段将题面提清，次一段将宣子之问作一波，以下重在德上，发明贫之所以贺。却先言贫而有德者，可以免难当身，兼可庇荫后人；无德者即或当身幸免，亦必移祸于后；复言富侈无德者，立即灭亡。总借晋事来说，以见贫而有德之可贺。“今吾子”一段，乃正言其贺之故，而戒其勿以贫为忧。末以宣子拜谢作结。结构精严，议论警切。（余诚《重订古文释义新编》）

写栾家三世，得失分明；写郤家一门，暂时热闹。读至“一朝而灭，莫之哀也”二句，辞气最是凄凉。如此看来，忧亦何必，叔向之贺，真是旷古奇识。柳子厚贺王参元失火，从此学来。（过珙《古文评注全集》）

（文　祥　汝　东）

《战国策》

原是战国时期各国史官、政客的记录，后由西汉刘向整理编辑而成。全书分为西周、东周、秦、齐、楚、赵等十二策，主要记载战国时期二百余年间游士们的政治活动和策谋说辞。在叙事中，作者运用了夸张、比喻、排比等手法，文笔酣畅淋漓，气势磅礴雄壮，词采绚烂富丽，堪称先秦历史散文中的一部优秀之作。其中画蛇添足、狐假虎威、鹬蚌相争等寓言故事，历来家喻户晓。

田需论轻重

管燕得罪齐王，谓其左右曰："子孰而与我赴诸侯乎？"左右默然莫对。管燕连然流涕曰[(1)]："悲夫！士何其易得而难用也！"田需对曰："士三食不得餍[(2)]，而君鹅鹜有余食[(3)]；下宫糅罗纨曳绮縠[(4)]，而士不得以为缘[(5)]。且财者，君之所轻；死者，士之所重。君不肯以所轻与士，而责士以所重事君，非士易得而难用也。"

【注释】(1)连：同"涟"。 (2)餍(yàn)：吃饱。 (3)鹜(wù)：家鸭。

（4）糅：杂。縠：绉纱一类的丝织品。　（5）缘（yuàn）：衣服边上的镶绲。

【今译】管燕在齐国得罪了齐王。他向手下的门客说："你们谁愿和我一起去投奔其他诸侯？"手下的门客都默不作声。管燕伤心地流泪说："可悲啊！士人来得很容易而要用他却很难啊！"田需回答说："士人三顿饭都不能吃饱，而您的鹅鸭却有剩食；后宫的姬妾穿着各样的绮罗素绢，拖着绮绣绉纱，可是士人却没得做衣服。再说，财物是您所轻视的，死亡是士人所看重的。您不肯把自己所轻视的财物送给士人，却要求士人把他所看重的生命奉献给您，这不是士人容易得却难以任用的问题啊。"

【点评】全篇讽刺管燕。田需论轻重，其实是作者论轻重，实应正话反听。士之不得以鹅鹜之食为餍，以下宫之衣为缘，正是管燕重衣食而轻士也。及紧要关头用士之时，自然"左右默然莫对"了。得士为用士，而用士难易在待士轻重。待士重，则士以死为轻；待士轻，则士以死为重。故此文末一节直可看作"且财者，君之所重；死者，士之所轻。君不肯以所重与士，而责士以所轻事君，非士易得而难用也"。

文章以"左右默然"对管燕得罪齐王祸将及身之情急，以田需无动于衷慢条斯理论"轻重"对管燕"连然流涕"之愚窘，皮里阳秋手法，讥刺更入木三分。

【集说】绝顶透情透理之文，却只用得"轻""重"二字。（金圣叹《评注才子古文》）

拈出轻重，折倒难易，大为千古失意人吐气。（王符曾《古文小品咀华》）

士若易得，便难用。可用之士，夫岂易得？管燕平日待士如此，其在左右者，必不是个真士。与赴诸侯之问，默然不对，实无伎俩可用。田需虽为真士增价，然所谓"鹅鹜之食""下宫之衣"，把左右一起轻薄，非谓真士现在左右，以平日薄待，有急不肯为用也。文亦清转简切。（林云铭《古文析义》）

管燕之待客如此，安足言得士。虽然四公子之食客三千，苟无信陵执辔之心，皆豪举耳，焉有士而可以财致者乎？（谢有辉《古文赏音》引谢立夫语）

（文　祥　汝　东）

讥田骈[1]

齐人见田骈，曰："闻先生高义，设为不宦[2]，而愿为役[3]。"田骈曰："子何闻之？"对曰："臣闻之邻人之女。"田骈曰："何谓也？"对曰："臣邻人之女，设为不嫁，行年三十而有七子，不嫁则不嫁，然嫁过毕矣[4]。今先生设为不宦，訾养千钟[5]，徒百人[6]，不宦则然矣，而富过毕矣。"田子辞。

【注释】(1)本文选自《战国策·齐策》。田骈，战国时齐国人。曾为齐处士，齐宣王喜文学游说之士，赐田骈列第，为上大夫。田骈作《田子》二十五篇，已亡逸。 (2)设：假装。 (3)役：仆役，引申为普通人。 (4)嫁过毕：已经超过了出嫁。 (5)訾养千钟：(有)千钟的粮食资养。千钟，六斛四斗为钟。訾，同"资"。此句言其富有的程度。 (6)徒：跟在车子后面的人，即随从。

【今译】一个齐国人去见田骈，说："听说先生高风亮节，装作不肯做官而愿做一个普通人。"田骈说："你听到什么(议论)了？"齐人说："我从邻人的女儿那里领悟到一个道理。"田骈说："你这话是什么意思？"齐人说："我邻居的女儿，装作不出嫁，三十岁却有了七个孩子。不嫁倒是不嫁，但(她的作为)已经超过了出嫁的人。现在先生您装作不做官，却享受着千钟的俸禄，成百的佣人，没有做官倒是真的，但您的富有却超过了做官的人。"田骈(很羞惭地为自己的行为)道歉。

【点评】对于那些貌似高洁而行实肮脏的人，摘掉他的假面具，露出他的真面目，他就无可抵赖了。本文中齐人以处女生子作类比，讥讽田骈假装不做官、实际却享受做官待遇的丑行。文章尖刻、犀利、毫不容情而妙趣横生，令人忍俊不禁又能发人深思。开头的"设为不宦"和接踵而出的"设为不嫁"是文中的两顿两折，然后引入正题，微澜迭起，曲折有致，借客形主，两形相激，结论自现，如运千斤之斧，耐人回味。

【**集说**】只一设为生出斧钺，口角尖俏之极，又在一毕字上。（王符曾《古文小品咀华》引张宾王语）

设为者，装模作样之谓。过毕者，败坏决裂之谓。大抵装模作样之人，必至败坏决裂而止。而败坏决裂之人，皆由装模作样而起。从来处女生男，处士出山，同坐此病。此文两两相形激射最毒。（王符曾《古文小品咀华》）

（陈　元）

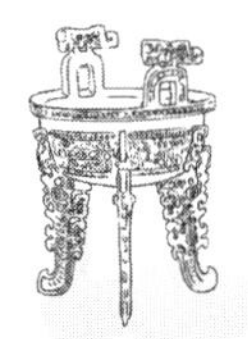

《论语》

《论语》为孔子及其弟子的言行录，约成书于战国初期。孔子（前551—前479），名丘，字仲尼，鲁国陬邑（今山东曲阜）人。儒家学派的创始人，曾任鲁国司寇。此书记述了孔子谈话、答弟子问及弟子间的谈论，既是一部研究孔子思想及其儒家学说的重要资料，又是一部优秀的语录体散文著作。斋藤谦云："《论语》，语简而意赅，圣人之文也。"（《拙堂文话》）

长沮、桀溺耦而耕[1]

长沮、桀溺耦而耕[2]，孔子过之，使子路问津焉[3]。长沮曰："夫执舆者为谁[4]？"子路曰："为孔丘。"曰："是鲁孔丘与？"曰："是也。"曰："是知津矣。"问于桀溺，桀溺曰："子为谁？"曰："为仲由。"曰："是鲁孔丘之徒与？"对曰："然。"曰："滔滔者天下皆是也[5]，而谁以易之？且而与其从辟人之士也[6]，岂若从辟世之士哉？"耰而不辍[7]。子路行以告，夫子怃然曰[8]："鸟兽不可与同群，吾非斯人之徒与而谁与？天下有道，丘不与易也。"

【注释】(1)此文见《论语·微子》,题目为后加。 (2)长沮、桀溺:不是二人真姓名。沮,沮洳,润泽之处。桀,同“杰”,魁梧之意。溺,身浸水中。子路见一个长大的人和一个魁梧的人都在泥水中耕作,故以其形象名之。耦(ǒu)而耕:古代耕田的一种方法,两人并耕。 (3)津:渡口。 (4)夫(fú):那个。执舆:即执辔。车舆前驾马有辔,故执辔亦称执舆。原为子路执辔,子路已下车,所以孔子代为执辔。 (5)滔滔:水周流貌。喻世上的纷乱。 (6)辟:同“避”。人:此指与孔子思想不合的人。 (7)耰(yōu):用以击碎土块平整土地的农具,此作动词用,即以器击碎土块覆掩种子。辍:停止。 (8)怃(wǔ)然:怅然若失的样子。

【今译】长沮、桀溺两人在一起耕田,孔子从他们旁边经过,叫子路去问渡口在何处。长沮问子路:“那位驾车的是谁?”子路回答说:“是孔丘。”长沮又问道:“是鲁国的那位孔丘吗?”子路说:“是的。”长沮说:“他应该知道渡口在哪儿。”子路又去问桀溺,桀溺说:“您是谁?”子路说:“我是仲由。”桀溺说:“您是鲁国孔丘的门徒吗?”子路回答说:“对的。”桀溺说:“世上的纷乱像洪水一样到处泛滥,谁能够去改变它呢?你与其跟着孔丘那种逃避坏人的人,是不是还不如跟着我们这些避世隐居的人呢?”桀溺说完,仍跟长沮一起在田里干个不停。子路回来将问渡口情况告诉了孔子。孔子很失望地说:“我们不可能同飞禽走兽合群共处,假若不和人群打交道,又同什么去打交道呢?天下太平的话,我就不会同你们一起从事改革的工作了。”

【点评】孔子不因长沮、桀溺的奚落和劝告而轻易改变自己信仰,仍“以天下为己任”,勇于进行社会改革。文中人物的对话和“独白”,活现了各自的性格特征。性情淳朴率直的子路,语言风趣而带刺的长沮,婉言相劝的桀溺,积极用世而态度温和的孔子,均栩栩如生,跃于纸上。

【集说】真圣人之言。(李贽《四书评》)

记二人傲倪孤高如画。末记孔子一谈,深情至切。(方存之《论文章本源》)

接舆、沮、溺皆有招隐之情,而夫子则有招隐者与共出之志,皆语重而心

长也。(唐文治《论语新读本》)

夫子于他隐士,未尝自辩,正为桀溺之言有过甚者。故明人之不可避,因见天下之无可易也。子路尝闻浮海之叹而喜,恐其惑于桀溺之言,亦因以喻之。(何焯《义门读书记》)

(陈怀良)

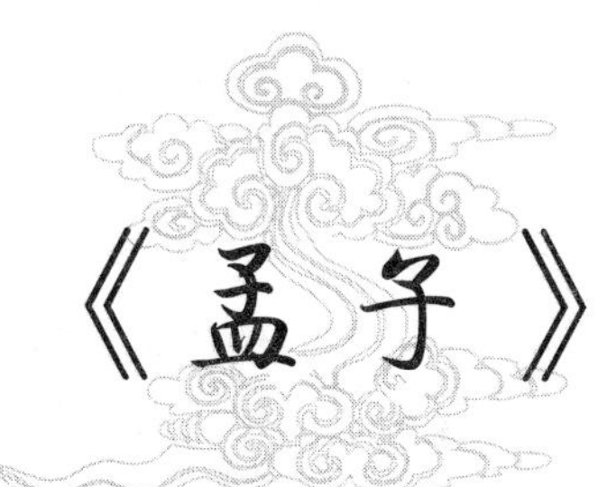

《孟子》

孟子（约前372—前289），名轲，邹国（今山东邹城市）人，战国时著名的思想家、政治家，是孔子以后儒家的重要代表人物。孔子之孙子思的再传弟子。曾游说齐宣王、梁惠王，主张实行仁政，不见用，退而讲学，并与弟子万章等著书，成《孟子》七篇。其文气势磅礴，感情充沛，说理透彻，富有雄辩力和说服力，后世韩愈、欧阳修、苏轼等人都曾受到他的影响。清人吴德旋云："孟子之文，无美不备。"（《初月楼古文绪论》）

墦间乞食[1]

齐人有一妻一妾而处室者，其良人出[2]，则必餍酒肉而后反。其妻问所与饮食者，则尽富贵也。其妻告其妾曰："良人出，则必餍酒肉而后反。问其与饮食者，尽富贵也，而未尝有显者来，吾将瞷良人之所之也[3]。"蚤起，施从良人之所之[4]，遍国中无与立谈者。卒之东郭间之祭者，乞其馀；不足，又顾而之他。此其为餍足之道也。其妻归，告其妾，曰："良人者，所仰望而终身也，今若此！"与其妾讪

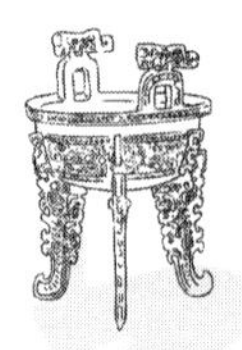

其良人，而相泣于中庭，而良人未之知也，施施从外来[5]，骄其妻妾。

由君子观之，则人之所以求富贵利达者，其妻妾不羞也，而不相泣者，几希矣。

【注释】(1)本文见于《孟子·离娄下》。 (2)良人：古代妇称夫。(3)瞯：窥视。 (4)施(yí)：同“迤”，斜行、躲闪的样子。 (5)施施(yí)：喜悦自得的样子。

【今译】有个齐人家里有一妻一妾。那丈夫每次外出，必定吃喝得饱饱地回家。他的妻子问他一起吃饭的是些什么人，他说全都是一些有钱有势的人物。他妻子便告诉他的妾说：“丈夫外出，总是酒足饭饱而后回来。问他同些什么人吃喝，他说全都是一些有钱有势的人，然而我从未见过有什么显贵人物来过我们家，我准备偷偷地看他究竟到些什么地方。”第二天一清早起来，她便悄悄尾随在丈夫后面，走遍城中，没见一个人站住同她丈夫说话的。最后他一直走到东郊外墓地祭扫坟墓的人那里，讨些残菜剩饭；不够，又东张西望地跑到别处去乞讨。这就是他酒足饭饱的办法。他妻子归来后，告诉了他的妾，并说：“丈夫，是我们仰望而终身倚靠的人，现在他竟如此做！”于是她俩便一起在庭中指责丈夫，并流下了眼泪，而丈夫还不知道，得意地从外面回来，向妻妾夸耀着。

在君子看来，有些人所用的求取升官发财的方法，能不使他们的妻妾引为羞耻并相对哭泣的，是很少的呀。

【点评】此文可作精彩“短剧”读。齐人、一妻、一妾，角色多一蛇足，少一不成。共三章。首幕宅内，中幕墦间，末幕仍宅内，场景转换紧凑。台词编排疏密有致，首尾两幕大段对白，有起因，有结果，交待明白，前后呼应。中幕无语，然则“戏”最多，胜似有声。角色行为表明人物特定身份，全为剧情需要，该说的人说，不该说的人不说，分配得恰如其分。剧情展开时序很具节奏感：先是傍晚，然后清晨日间，再是傍晚，令人想象舞台布景灯光道具的简洁、古朴，为读者的再创作留下富于提示性的充裕空间。

【**集说**】讥诮冷隽。(吴闿生《孟子文法读本》)

此篇描写之工,可谓如画。而"此其为餍足之道"句,"今若此"句,尤觉须毫欲活。(王又朴《孟子读法》)

叙述则时特精妙。(鲁迅《汉文学史纲要》)

(文　祥　汝　东)

舜发于畎亩之中[1]

舜发于畎亩之中[2],傅说举于版筑之间[3],胶鬲举于鱼盐之中[4],管夷吾举于士[5],孙叔敖举于海[6],百里奚举于市[7]。故天将降大任于是人也[8],必先苦其心志,劳其筋骨,饿其体肤[9],空乏其身[10],行拂乱其所为[11],所以动心忍性[12],曾益其所不能。人恒过[13],然后能改;困于心,衡于虑[14],而后作;征于色[15],发于声[16],而后喻[17]。入则无法家拂士[18],出则无敌国外患者,国恒亡。然后知生于忧患,而死于安乐也。

【**注释**】(1)本文见《孟子·告子下》,题目是后人加的。　(2)舜:古代圣君,原耕于历山,后被尧起用,继承尧的君主位。畎(quǎn)亩:田间。(3)傅说:殷人,原为傅岩一带的泥水匠,为人筑墙,殷王武丁寻访他,任他为相。　(4)胶鬲(gé):周人,原贩鱼盐,西伯(周文王)将其举荐给殷,后又辅佐周武王。　(5)管夷吾:即管仲。原为齐国公子纠之臣,公子小白(齐桓公)与公子纠争夺君位,纠败,仲被押回国,齐桓公知其才,任为相。士:狱官。　(6)孙叔敖:春秋时楚人,隐居海滨,楚庄王知其才,任其为令尹。(7)百里奚:春秋时虞国大夫。虞亡被俘,由晋入秦,逃至楚,秦穆公以五张羊皮将其赎出,任为大夫。　(8)任:责任,担子。　(9)饿其体肤:意谓使其饥饿,以致肌体消瘦。　(10)空乏其身:意谓使其受贫困之苦。　(11)行拂乱其所为:使其所做的事情错乱颠倒。　(12)忍性:使其性情坚忍起来。(13)恒:常。　(14)衡:同"横",此指不顺。　(15)征于色:意谓形容枯槁,表现在颜色上。　(16)发于声:意谓叹息之气发于声音。　(17)喻:通晓,了解。　(18)法家:指坚守法度的世臣。拂(bì)士:能辅佐君主的贤士。

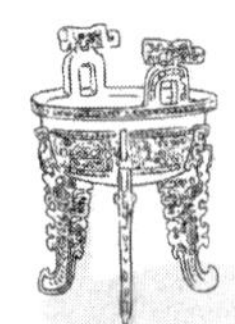

拂，同“弼”，辅佐。

【今译】舜从田间发迹，傅说从筑墙的劳作中被起用，胶鬲从鱼盐贩中被举用，管夷吾从狱官手里获释后被任为相，孙叔敖从海滨隐居的地方进了朝廷，百里奚被五张羊皮买回来当了宰相。所以，天将要降重任给某个人，一定先使他内心痛苦，筋骨劳累，使他经受饥饿以致肌体消瘦，并使他身受贫困之苦，而他的每一行为总是不能如意，这样便能让他内心警觉，使他的性格坚定起来，增长他不具备的能力。一个人常犯错误，然后才能改正；内心忧困，思维阻塞，然后才能有所作为；一个人的想法，从脸上显露出来，通过声音表现出来，方能为人们所了解。一个国家，如果内无坚守法度的大臣和足以辅佐君王的贤士，外无与之相匹敌的邻国和来自外国的祸患，这个国家往往会灭亡。这样，人们才会懂得因有忧患而得以生存、因沉溺安乐而衰亡的道理。

【点评】大凡历史上有过贡献的人，多遇到过挫折磨难，经受过艰苦磨炼。在人生旅途中，困难曲折可以丰富人们的生活阅历，锻炼人们的意志；而人们欲成就事业，亦需经过艰苦环境的锻炼，使自己意志坚强。全文说理可谓生动而深刻。末尾总结出的人生哲理“生于忧患而死于安乐”，一反一正，既娓娓动听，又给人警策。

【集说】千盘百折，厚集其阵，纯用劲折，无波磔痕。（吴闿生《孟子文法读本》）

前举舜说诸人以发其端，次推开说，因以明其义；次又推至中人，后又并及国家，以尽其说，然后总结之，章法最严整。（王又朴《孟子读法》）

圣贤困穷，天坚其志；次贤感激，乃奋其虑；凡人佚乐，以丧知能。贤愚之叙也。（赵岐《孟子注》）

是恁么眼？大贤，大贤！（李贽《四书评》）

（陈怀良）

庄子（约前369—前286），名周，宋国蒙（今河南商丘）人，战国时著名的哲学家。曾拒绝楚威王的宰相之聘，游学于齐、魏诸国，终身不仕。庄子之文想象丰富，构思巧妙，风格鲜明，机趣横生，具有极大的艺术感染力，对后世有巨大的影响。鲁迅云："其文则汪洋辟阖，仪态万方，晚周诸子之作，莫能先也。"（《汉文学史纲要》）

不龟手之药[1]

惠子谓庄子曰[2]："魏王贻我大瓠之种[3]，我树之成而实五石[4]。以盛水浆，其坚不能自举也[5]；剖之以为瓢，则瓠落无所容[6]。非不枵然大也[7]，吾为其无用而掊之。"

庄子曰："夫子固拙于用大矣[8]！宋人有善为不龟手之药者[9]，世世以洴澼絖为事[10]。客闻之，请买其方以百金。聚族而谋曰：'我世世为洴澼絖，不过数金；今一朝而鬻技百金[11]，请与之。'客得之，以说吴王[12]。越有难[13]，吴王使之将。冬，与越人水战，

大败越人，裂地而封之。能不龟手，一也；或以封，或不免于洴澼絖，则所用之异也。今子有五石之瓠，何不虑以为大樽[14]，而浮乎江湖？而忧其瓠落无所容，则夫子犹有蓬之心也夫[15]！”

【注释】(1)本文见《庄子·逍遥游》，标题为后人所加。 (2)惠子：即惠施，战国时期宋国人，曾为梁惠王相，与庄子友善。 (3)魏王：指梁惠王。梁国，原都山西安邑，国号魏。后为秦所迫，魏惠王迁都大梁(今河南开封)，改国号为梁。瓠(hù)：即葫芦。 (4)实：容量，容纳。 (5)“其坚”句：此句意思是说葫芦易脆裂，盛水过多，便难以承受，无法提举。 (6)瓠落：大而平浅。无所容：不能容纳多物。 (7)枵(xiāo)然：虚大貌。 (8)拙于用大：不善于使用大的东西。 (9)龟(jūn)：同“皲”，皮肤受冻而裂。 (10)洴(píng)澼(pì)：在水中漂洗捶打。絖(kuàng)：同“纩”，细棉絮。 (11)鬻(yù)：卖。(12)说(shuì)：游说。 (13)难(nàn)：内乱，内患。 (14)虑：作结缚解。大樽：一名腰舟，将大葫芦系在腰间，浮于江湖，可以自渡。 (15)蓬：短而不畅之物。

【今译】惠子对庄子说：“魏王送给我大葫芦种子，我把它种活了，结成了容量五石的大葫芦。用它来盛水，它的质地承受不了五石的水的重量，拿起来就会破裂。切开来当水瓢，又嫌太平太浅，盛不了多少水。它不能不算又空又大了，可是我因为无法用它，就把它砸碎了。”

庄子说：“您实在太不善于利用它的这个‘大’了！宋国有个会配制防治手冻裂药的人，他家靠这种药，世世代代以漂洗丝絮为业。有人听说了，宁愿以一百金买他家的药方。这宋国人召集全家商量：‘我们家祖祖辈辈靠这种药漂洗丝絮，收入不过数金；现在卖出这种药方，马上可以得到百金，我看还是卖给他吧！’那个外来人买到药方后，便去游说吴王。那时越国正有内乱，吴王就派他统兵攻打越国。当时是冬天，士兵们涂上不龟手药和越军水战，大破越军。吴王就封赏土地给他，让他做了大官。同是一种能够不龟手的药方，有的人用它可以得到封赏，有的人则免不了世代漂洗丝絮，这就是用法不同的结果。现在您有容量五石的葫芦，为什么不将它缚在身上作为‘腰舟’，浮游于江湖之中呢？却一味忧虑它太平太浅，放不了什么东西，可见您的心里像塞着茅草似的还不聪明通达哩!”

【点评】物有巨细,人的能力有大有小,若能从客观实际出发,用之得当,便能物尽其用,人尽其才;用之不当,则收效甚微,以至于“为其无用而掊之”。全文叙事议论入情入理;生动的故事,深刻地揭示出只要不滞于物,则大小皆可用的意蕴。

【集说】此言物各有宜,苟得其宜,安往而不逍遥也?(陈仁锡《诸子奇赏》)

此篇割截内篇之《逍遥游》,另作一小篇,然亦自成文法,所谓大阵中小围阵也。通篇用一“大”字作起结,以篇首有“鲲之大不知其几千里也”。故惠子一发问即曰“魏王贻我大瓠之种”“枵然其大也”。此当面讥讽庄子言之无当,庄子矢口,立破他拙于用大,以下洴澼统事,皆能用大之实证。大败越人,虑为大樽,均写大字之真实力量。伶牙俐口,便捷轻利,末句尤绰约有仙气。(林纾《左孟庄骚精华录》)

(陈怀良)

庖丁解牛[1]

庖丁为文惠君解牛[2],手之所触,肩之所倚,足之所履[3],膝之所踦[4],砉然向然[5],奏刀騞然[6],莫不中音[7],合于《桑林》之舞[8],乃中《经首》之会[9]。

文惠君曰:“嘻,善哉!技盖至此乎[10]?”

庖丁释刀对曰:“臣之所好者,道也[11],进乎技矣[12]。始臣之解牛之时,所见无非牛者。三年之后,未尝见全牛也。方今之时,臣以神遇而不以目视,官知止而神欲行[13]。依乎天理[14],批大郤[15],导大窾[16],因其固然,枝经肯綮之未尝[17],而况大軱乎[18]!良庖岁更刀,割也;族庖月更刀[19],折也。今臣之刀十九年矣,所解数千牛矣,而刀刃若新发于硎[20]。彼节者有间[21],而刀刃者无

厚;以无厚入有间,恢恢乎其于游刃必有余地矣[22]。是以十九年而刀刃若新发于硎。虽然,每至于族[23],吾见其难为,怵然为戒,视为止,行为迟。动刀甚微,谍然已解[24],如土委地。提刀而立,为之四顾,为之踌躇满志,善刀而藏之[25]。"

文惠君曰:"善哉!吾闻庖丁之言,得养生焉。"

【注释】(1)本文见《庄子·养生主》,标题是后加的。　(2)庖(páo)丁:名叫丁的厨师。文惠君:即梁惠王。解:解剖,宰割。　(3)履;践踏,踩。　(4)踦(yǐ):顶,抵,指用一条腿的膝盖顶住。　(5)砉(huā):象声词,用刀解牛时皮骨相离声。向:同"响"。　(6)騞(huō):象声词,切割声。　(7)中(zhòng)音:合乎音乐的节奏。　(8)《桑林》:汤时的乐调名。　(9)《经首》:尧时的乐曲名。会:节奏。　(10)盖:同"盍",何。(11)道:指精神修养。　(12)进:超过。　(13)官知:这里指视觉。神欲:指精神活动。　(14)天理:指牛的自然组织结构。　(15)郤:同"隙",指牛筋骨间的空隙。　(16)导:顺着。窾(kuǎn):指牛筋骨间的空穴。　(17)枝经:指脉络相连接的地方。肯:贴在骨上的肉。綮(qìng):筋肉聚结处。尝:试,指接触。　(18)軱(gū):大骨。　(19)族:众,一般的。　(20)发:出。硎(xíng):磨刀石。　(21)节:骨节。间:空隙。(22)恢恢乎:宽绰的样子。　(23)族:交错聚结,指筋骨交错聚结处。(24)谍(zhé)然:骨肉相离貌。谍:同"磔",分裂。　(25)善:拭,揩。

【今译】一个厨师替梁惠王宰牛,手所触着的地方,肩所靠着的地方,脚所踩着的地方,膝盖所顶着的地方,哗哗作响,刀刺进去响声更大,这些声音没有不符合音乐节奏的。它既合乎《桑林》乐曲伴奏的舞蹈节奏,也合乎《经首》乐曲的节奏。

梁惠王说:"嘻,好啊!你的技术怎么能达到如此高明的地步呢?"

厨师放下刀回答说:"臣所寻求的是事物规律,这远远超过技术了。我刚开始宰牛的时候,看到的无非是整头的牛。三年之后,就不再看到浑然一体的整头牛了。而现在,我凭着感觉和牛接触,用不着眼睛去看,好像五官已经停止活动,全靠精神活动去行事。依顺牛体的自然结构,劈开筋肉的间隙，导向骨节的空隙，顺着牛体的本来组织结构去用刀，连经络相连的地方都不曾碰到，又何况大的骨头呢！技术高明的厨师，每年换一把刀，因为他们是用刀去割肉。技术一般的厨师，每月换一把刀，因为他们用刀砍骨头砍缺了刀口。如今臣用这把刀已十九年了，宰了好几千头牛，而刀刃的锋利就像刚从磨刀石上磨出来的一样。牛骨节间有空隙，而刀刃却很薄；拿很薄的刀刃插进有空隙的骨节，那就会有宽绰的活动运转余地呀！因此用了十九年之久而刀刃仍像新从磨刀石上磨出来的一样。即使这样，凡是遇到筋骨盘结的地方，我看到那里难以下刀，便小心翼翼地提高警惕，全神贯注，动作放慢，动刀非常轻，哗啦一声骨肉就一下子分离了，像土散落在地面上一样。我提着刀站立起来，为此四处张望，悠然自得，心满意足，然后把刀擦干净收藏起来。”

梁惠王说：“好啊，我听到厨师这番话，懂得了养生之道。”

【点评】庄子所谓“养生”，即“依乎天理”“因其固然”，如庖丁解牛“十九年而刀刃若新发于硎”。庖丁高超的解牛技艺，是长期反复实践的结果。经过反复实践，才能认识和掌握其规律，取得事半功倍之效。文中写庖丁“每至于族”小心谨慎的神情，亦写其“谍然已解，如土委地”后的“提刀而立”“踌躇满志”的神态，两者相映生辉，不失为传声、传情、传神之妙笔。

【集说】形容解牛，笔笔化工。（浦起龙《古文眉诠》）

文但状庖丁之能，未言其所以能也。庖丁一矢口，便据一“道”字，见得无非在道。道字是纲领，其下逐层诠解。所见无非牛者，瞀而不得其间也。未尝见全牛，则得间矣。得间则烛照渐明，深知所择，于是恃神而遗目也。目与间合，犹言心与理会也。“固然”二字，即是顺中而行之正面语。初不见其“固然”，久而久之，顺得其常，不期然而合于自然。以上所言，皆技之精纯，均得刀之用，却未尝一语及刀。于是忽发一声，轻良庖而诋族庖，自矜其刀，且自鸣十九年不更。以下便叙所以用刀之妙。一刀之用，入手时写人不写刀，口述时言技不言刀。继乃自神其刀而伐其能，节节皆归自然。善刀与养生对针为喻，不收到“善刀”二字，亦出不得“养生”。文节节有条理，均合

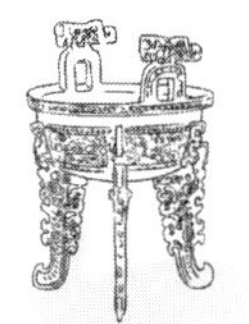

于古文之义法。(林纾《左孟庄骚精华录》)

此段盖喻世事之难易,皆有自然之理,我但顺而行之,无所撄拂,其心泰然,故物皆不能伤其生,此所以为养生之法也。(《新镌焦太史汇选百家评林名文珠玑》引黄震语)

(陈怀良)

口中珠[1]

儒以诗礼发冢。大儒胪传曰[2]:“东方作矣[3]!事之若何?”

小儒曰:“未解裙襦[4],口中有珠。”

“《诗》固有之曰:‘青青之麦,生于陵陂,生不布施,死何含珠为?’接其鬓[5],压其频[6],而以金椎控其颐[7],徐别其颊[8],无伤口中珠。”

【注释】(1)此文见《庄子·外物》,题目为后人所加。 (2)胪传:传语。(3)东方作矣:东边的太阳升起来了。 (4)襦:短衣。 (5)接:撮。(6)压:亦作“擪”,用手指按。频:颔下须。 (7)控:敲开。 (8)徐别:慢慢地分开。

【今译】儒士按《诗》《礼》来盗掘坟墓。大儒传话说:“东边的太阳升起来了,事情做得怎么样了?”

小儒说:“裙子短袄还没有脱下,死尸的口中含有珠子。”

大儒说:“古诗有云:‘青青的麦穗,生在陵陂上,生不施舍人,死了何必要含珠?’抓住他的鬓发,按住他的胡须,你用铁锤敲他的下巴,慢慢地分开他的双颊,不要弄坏了他口中的珠子。”

【点评】要说庄子,真是个聪明绝顶之人。即使骂人也骂得生动而有水平,“劈空”杜撰出一段掘墓的故事来,满纸诙谐却又像真的演戏一样。上首一句“儒以诗礼发冢”,既笼罩全文又让读者疑窦丛生,诗礼怎么能盗坟呢?精彩在于对话:“东方作矣,事之若何?”时间紧迫,大儒的急切跃然纸上。

“未解裙襦，口中有珠。”“未”和“有”进一步加剧了这种紧迫感，让你紧张得喘不过气来。且看大儒如何索取这颗“口中珠”来。好一个大儒，居然在这样紧张的时候有闲心赋诗一首。“诗固有之”，好了得，诗书礼乐烂熟于心，一副文绉绉的样子。但接下去立刻凶相毕露，显出一副杀气腾腾的强盗嘴脸来，“接”“压”“控”“别”一连串关于动作的指令，间不容发，足见其不仅凶残且精于此道，特别是最后一个动作“别”还要“徐”——慢慢来，最后妙语惊人地引出“无伤口中珠”来。掘墓还要寻章指句，找出一套理论根据来。虽然有点夸张有点漫画化，但也着实把那班满嘴仁义道德满肚男盗女娼的儒生挖苦得可以了。庄子的想象与刻薄都是一流的。

【集说】劈空杜撰，大奇。谐趣满纸，章法、句法、字法各极其妙。（陈天定《古今小品》）

（毛时安　梦　君）

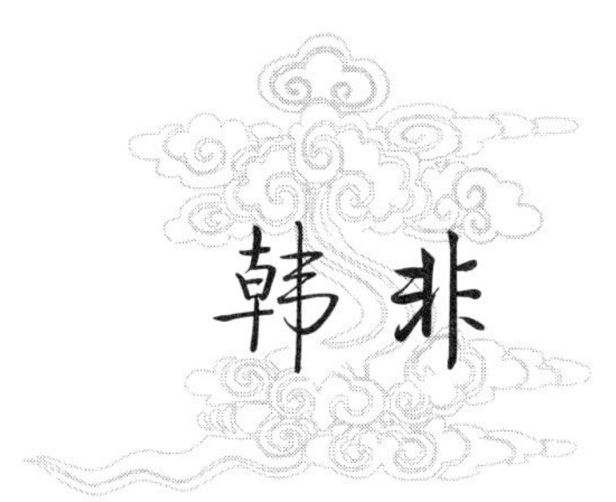

韩非

韩非（约前280—前233），战国末期韩国人，韩国诸公子之一，与李斯同学于荀卿。非见韩国削弱，主张修明法治，富国强兵，但韩王不能用，乃著书十余万言。秦王（秦始皇）见其书，恨不得与之同游，因急攻韩。韩王遣非使秦，秦王留不用，后竟下狱死。韩非是战国后期法家的主要代表人物，任法术而尚功利，信赏必罚，排斥仁爱，坚决反对复古，主张因时制宜，有一定的进步意义。所著《韩非子》五十五篇，其中政论风格特点是锋芒锐利，议论透辟，推证事理，切中要害，文风严峻、峭刻；历史故事和寓言小品则有较浓的文学味，表现了作者的机智隽永和广闻博识。

前　识(1)

先物行、先理动之谓前识。前识者，无缘而忘意度也(2)。何以论之？詹何坐(3)，弟子侍，有牛鸣于门外。弟子曰："是黑牛也而白题(4)。"詹何曰："然。是黑牛也而白在其角。"使人视之，果黑牛而以布裹其角。以詹子之术，婴众人之心(5)，华焉殆矣(6)。故曰：道之华也[7]。尝试释詹子之察[8]，而使五尺之愚童子视之，亦知其黑牛而以布裹其角也。故以詹子之察，苦心伤神而后与五尺之愚童子同功，是以曰愚之首也[9]。故曰：前识者，道之华也，而愚之首也。

【注释】本篇见于《韩非子·难势》。（1）前识：先知者。　（2）无缘而忘意度（duó）：没有根据地胡乱猜测。缘：依据。忘：通“妄”。意度：猜测。（3）詹何：楚国人，通晓道术。　（4）题：额。　（5）婴众人之心：纠缠于众人不切实际胡猜乱想的用心之中。婴：环绕、羁绊、纠缠。心：用心。　（6）华焉殆矣：这句话的意思是，像詹何那样有道术的人，依然不能免除与众人一样主观猜测的心理，也就华而不实到危险的程度了。华：浮华、浮夸。殆：危险。　（7）道之华：道术的浮夸，不切实际。　（8）释：除掉，排除。察：昭著、明显。这里是清楚、明白的意思，即“明察”。　（9）愚之首：头等的愚蠢。

【今译】在事情发生之前就有议论，在事理发现之前就有认识，这就叫作先知。先知，就是没有根据而胡乱猜想。何以见得呢？詹何坐在家里，弟子们在一旁侍候。有牛的叫唤声从门外传来。一个弟子说：“这一定是一头黑牛，但它的前额是白色的。”詹何说：“是的，这是一头黑牛，但白颜色却在它的角上。”派人出去一看，果然是一头黑牛，牛角上包着一块白布。以詹子这样的道术，却纠缠在众人不切实际的胡猜乱想之中，真是华而不实到危险的程度了。所以说，这就是道术的浮夸。假如排除詹何所谓明察（这个因素），让一个五尺高的笨孩子去看一看，也能知道那是一头黑牛而用白布裹着它的角。因此凭着詹何的明察，劳心费神，结果只是和五尺高的笨孩子达到同样的功效，可以说是头等的愚蠢。所以说，所谓先知，就是道术的浮夸，是头等的愚蠢。

【点评】“詹何说牛”是韩非作为“前识者，无缘而忘意度也”这一命题的例证来引述的一个故事。在故事之后，紧接着评论说，詹何是号称深知道术的人，却纠缠在众人不切实际的胡猜乱想之中，这是一种浮夸的华而不实的作风。文章用“尝试释詹子之察”略一转折，无穷意味便从笔尖透出。且不

说黑牛的牛角裹着白布是一个不聪明的小孩子一看便知之事，詹何与众弟子却煞费苦心地胡猜乱想，根本不值得；即使猜中了，也是没有根据的"乱猜"，是瞎猫碰着了死老鼠。韩非反对先验论，反对哗众取宠、自欺欺人的态度十分明确。文章篇幅短小，有理有据，故事生动而饶有趣味。行文波澜迭起，层层进逼，最后得出结论，自然流畅，耐人咀嚼。

【集说】触着妙谛，引而申之，意味俱长。庐陵作文，独饶隽永之致者，会得此诀也。（王符曾《古文小品咀华》）

（毛时安　梦　君）

《吕氏春秋》

又名《吕览》,战国末年秦相吕不韦(?—前235)召集幕客所编。全书分《十二纪》《八览》《六论》三大部分,共一百六十篇,内容博杂,以儒、道两家思想为主,兼收名、法、墨、农、阴阳各家的言论,是我国先秦杂家的代表作。相传书成之后,布之咸阳市门,悬赏千金其上,有能增减一字者,予千金,而时人无能增减者。陈奇猷称此书:"以文学而论,文章简练流畅,推理有条不紊,乃学文者之典范。"(《吕氏春秋校释》)

宣王好射[(1)]

齐宣王好射,说人之谓己能用强弓也。其尝所用不过三石[(2)],以示左右,左右皆试引之,中关而止[(3)]。皆曰:"此不下九石,非王,其孰能用是?"宣王之情,所用不过三石,而终身自以为用九石,岂不悲哉!非直士其孰能不阿主?世之直士,其寡不胜众,数也。故乱国之主,患存乎用三石为九石也。

【注释】(1)本文见《吕氏春秋·壅塞》,题目为后人所加。 (2)石(dàn):一百二十斤。 (3)中:半。关(wàn):拉满弓。

【今译】齐宣王爱好射箭,喜欢别人说他能用强弓。他曾将自己所用的力量不超过三石的弓,给身边的人拉,身边的人都试拉一下,只拉开一半就停止了,并说:"此弓弓力不少于九石,除了大王,谁能用这张弓?"实际上,宣王所用的弓不过三石,而他一生自以为在用九石的弓,这怎么不可悲呢?不是直士,哪一个不阿谀君主?世上的直士,寡不敌众,真是天数啊。所以乱国的君主,祸害在于把三石弓当成九石弓。

【点评】以事喻理系先秦散文小品特色,但有服帖与生硬之别。此文由用弓小事引发乱国之理,贵在服帖。宣王用弓之力不过三石,但"终身自以为用九石",何哉?一在"说人之谓",喜人恭维奉承;二在左右"皆"拉弓"皆曰",全为马屁鬼;由此三在直士"寡不胜众"。因而,壅塞君主成为一种定"数"。最后由用弓之事猛然跨前一步,做出"乱国之主,患存乎用三石为九石"的结论。犹如绝好园林,既蜿蜒曲折又豁然开朗,尤其结尾视野高阔,使全篇格外神完气足。从叙事转向议论,极其自然,毫不造作。且叙事明快流畅,又不乏生动之处,左右说"非王,其孰能用是",仅一个反问句就刻画出了小人阿谀欺主的嘴脸。

【集说】人若不自知,往往而然。虽然,岂无用九石,而终身自以为用三石者?(王符曾《古文小品咀华》)

(陈 元)

《礼记》

相传为西汉戴圣所辑录(戴圣,梁郡人,汉宣帝时做过博士、九江太守,为汉初鲁人高堂生的五传弟子),亦称《小戴记》或《小戴礼记》。共分《檀弓》《曲礼》《大学》《中庸》等49篇。全书除记载秦、汉以前各种礼仪制度及有关论述外,还包括孔子及其弟子的一些小故事。文章兼备各体,文笔简洁生动。以下二文选自《檀弓》。

曾子易箦

曾子寝疾[1],病。乐正子春坐于床下[2],曾元、曾申坐于足[3],童子隅坐而执烛。童子曰:"华而睆[4],大夫之箦与[5]?"子春曰:"止!"曾子闻之,瞿然曰[6]:"呼[7]!"曰:"华而睆,大夫之箦与?"曾子曰:"然,斯季孙之赐也[8],我未之能易也,元,起易箦。"曾元曰:"夫子之病革矣[9],不可以变。幸而至于旦,请敬易之。"曾子曰:"尔之爱我也不如彼。君子之爱人也以德,细人之爱人也以姑息[10]。吾何求哉!吾得正而毙焉,斯已矣。"举扶而易之,反席未安而没。

【注释】(1)曾子:名参,字子舆,春秋时鲁国人,孔子的弟子。 (2)乐正子春:曾子的弟子。 (3)曾元、曾申:曾子的儿子。 (4)华:美丽。睆(huǎn):光泽。 (5)箦(zé):竹席。 (6)瞿然:惊骇貌。 (7)呼:叹而嘘气之声。 (8)季孙:鲁国大夫。 (9)革:通"亟",危急。 (10)细人:小人。

【今译】曾子病卧在床上,病势很重。乐正子春坐在床下,曾元、曾申坐在脚旁,小僮仆坐在墙角,手上拿着蜡烛。僮仆说:"好漂亮,好光泽,这是大夫用的席子吧?"子春说:"别说话!"曾子听到了,吃惊地"哦"了一声。僮仆又说:"好漂亮,好光泽,这是大夫用的席子吧?"曾子说:"是的,这是季孙送给我的,我没力气来换掉它,元呀,起来替我换席。"曾元说:"您老人家的病很危急了,不宜移动身子。希望能到天亮,再来换吧。"曾子说:"你对我的爱心还不及那个小童子。君子爱人是成全别人的美德,小人爱人是迁就其眼前的舒适。我现在还有什么需求呢?我只盼能合乎礼制而死就足够了。"于是大家抬起曾子,更换席子,他在新席上未睡平稳就辞世了。

【点评】"必也正名乎",曾参身体力行了这条儒家礼教。

曾参比他的老师孔子在仕途上要幸运得多,相传先后被齐国迎以为相、被楚国迎以为令尹、被晋国迎以为上卿。以这些级别用"大夫之箦"自然不成问题,然当时恐怕还没有离职者可享受同等待遇的规定,故已去职的曾参在临终前发现自己依旧睡在大夫用的席上时,甚为吃惊,尽管他知道换席会加速死亡,但还是视礼法重于生命。文中,子春之掩饰、曾元之苟且,全为衬托曾参持身严谨、恪守礼制、慎终如始的品德。

【集说】一"止"一"呼",可谓一字传神,下接句又妙在重复不减一字。(朱鉴《古文评注便览》)

篇中摹写处,无不曲肖神情,自是千古奇笔。(林云铭《古文析义》)

易箦而毙,毙而正矣。童子之言,岂浅鲜哉。(过珙《古文评注全集》)

易箦易得正,小中见大,一生德行,于此完全无憾。而行文之妙,则针线细密,神情宛肖,简老之中,姿态横生。(余诚《重评古文释义新编》)

(陈如江)

嗟来之食

齐大饥，黔敖为食于路[1]，以待饿者而食之。有饿者，蒙袂辑屦[2]，贸贸然来[3]。黔敖左奉食，右执饮，曰："嗟！来食！"扬其目而视之，曰："予唯不食'嗟来之食'，以至于斯也。"从而谢焉[4]，终不食而死。曾子闻之曰："微与[5]？其嗟也，可去；其谢也，可食。"

【注释】(1)为食：摆设食物。　(2)蒙袂：以袖蒙面。辑屦：拖着鞋子。(3)贸贸然：昏昏沉沉的样子。　(4)从而谢：赶上去道歉。　(5)微与：何必如此呢。

【今译】齐国发生严重的饥荒，黔敖在路边摆设了食物，以备过路的饥民充饥。有一个饥民，用袖子遮住脸，拖着鞋子，昏昏沉沉地走来。黔敖左手端饭，右手拿汤，说："喂！来吃吧！"这个饥民瞪着眼睛望着他说："我正因为不吃'嗟来之食'，才落到这地步呀。"黔敖听了急忙赶上去道歉，这个饥民还是不吃，结果饿死了。曾子闻知此事，说："何必如此呢？别人没有好声气的叫吃，是应该拒绝的；当道歉之后，也就可以吃了。"

【点评】短文始终把黔敖与饿者对比加以塑造，从而突出展示两人的不同性格、不同人生观。"齐大饥"，起首三字"言疏意密"，如危峰兀立眼前，黑压压让人喘不过气来。黔敖与无名饿者登场，两种性格正面交锋。黔敖志满意得颐指气使，饿者则仅仅"扬其目而视之"。用一"扬"字，精神意味全出，使你感到人生正气在最后一息凝聚迸发出来的顽强生命力。"唯不食嗟来之食"把饿者的品格和精神推向极致，使不同人生态度在有限对撞过程中凸现。最后交代不同归宿，黔敖赶上去道歉，饿者不食而死。本文以施舍者与饿者象征截然不同的人生观，提出究竟为什么活和怎么活的问题，也就是在物质与精神、羞辱和自尊面前选择什么的问题。可惜曾子不懂，把人生哲学问题混同生活中一个实际问题，提出何时"可去"或"可食"，用折中主义来调和本不可调和的人生观冲突，实在不见得高明。

【**集说**】通首快写豪杰，结尾快写圣贤，自是声情毕肖，心气和平。（朱鉴《古文评注便览》）

嗟来食之言，纵无德色，未免轻于视人；饿者因其言而不食以死，亦不免轻以丧身。有曾子之言，而两人之失以见，两人之贤亦愈彰。（谢有辉《古文赏音》引谢立夫语）

饿者之操，是贤者之过。曾子之言，是君子之中四语，的是定评。（过珙《古文评注全集》）

（毛时安　梦　君）

列子

战国时郑人列御寇所著。此书在汉代以后就已残缺不全，后经晋代张湛辑注而流传。全书共分《天瑞》《黄帝》《周穆王》《仲尼》《汤问》《力命》《杨朱》《说符》八篇，内容较杂，主要反映道家"贵虚""无为"的思想，其中也保存了不少神话和寓言，如愚公移山、杞人忧天、纪昌学射等，仍为今人所熟知。刘熙载云："《列子》实为《庄子》所宗本，其辞之诙诡，时或甚于《庄子》，惟其气不似《庄子》放纵耳。"(《艺概》)

蕉鹿梦[1]

郑人有薪于野者，遇骇鹿[2]，御而击之[3]，毙之。恐人见之也，遽而藏诸隍中[4]，覆之以蕉[5]，不胜其喜。俄而遗其所藏之处，遂以为梦焉，顺途而咏其事[6]。旁人有闻者，用其言而取之。既归，告其室人曰[7]："向薪者梦得鹿，而不知其处，吾今得之，彼直真梦矣[8]！"室人曰："若将是梦见薪者之得鹿邪[9]？讵有薪者邪[10]？今真得鹿，是若之梦真邪？"夫曰："吾据得鹿，何用知彼梦我梦

邪?”薪者之归,不厌失鹿[11]。其夜真梦藏之之处,又梦得之之主。爽旦[12],案所梦而寻得之[13]。遂讼而争之,归之士师[14]。士师曰:“若初真得鹿,妄谓之梦;真梦得鹿,妄谓之实。彼真取若鹿,而与若争鹿[15]。室人又谓梦仞人鹿[16]。无人得鹿。今据有此鹿,请二分之。”以闻郑君。郑君曰:“嘻!士师将复梦分人鹿乎?”访之国相,国相曰:“梦与不梦,臣所不能辨也。欲辨觉梦,唯黄帝孔丘。今亡黄帝孔丘,孰辨之哉?且恂士师之言可也[17]。”

【注释】(1)本文选自《列子·周穆王》篇。作者借觉梦难辨,说明世界万物的虚妄不实。(2)骇鹿:受惊的鹿。(3)御(yà):迎。(4)隍:此处指干涸的水沟。(5)蕉:通“樵”,柴火。(6)咏:反复不停地说。(7)室人:妻子。(8)直:就是。(9)将:抑或。(10)讵:难道。(11)厌:通“愿”,安静貌。(12)爽旦:天明。(13)案:按。(14)士师:古官名,为法官之通称。(15)而与若争鹿:当作“而若与相争鹿”。(16)仞:通“认”。(17)恂:通“循”。

【今译】郑国有个樵夫在山野砍柴,遇到一头受惊的鹿,便迎上去把鹿打死了。担心别人瞧见,就慌慌忙忙地把鹿藏在一条干涸的水沟里,上面用蕉叶遮盖好,樵夫高兴无比。不一会儿却找不到藏鹿的地方了,于是以为是做了一场梦,沿途反复向人诉说此事。旁边有人听见,依其言而找到了那头鹿。回家后,告诉老婆说:“刚才有个樵夫梦里打死一头鹿,却忘记了藏的地方,现在被我找到了,他果真是做了个好梦呀!”他老婆说:“你恐怕是梦见樵夫得到一头鹿吧?难道真的有那个樵夫吗?现在你真的得到了鹿,怕是你真的做梦吧?”此人说:“反正我得到了鹿,管什么他做梦我做梦呢?”樵夫回到家里,对丢失死鹿总感到不甘心。他夜里真的梦见了藏鹿的地方,还梦见找到鹿的那个汉子。第二天一早,樵夫就根据所梦见的路径,寻到了汉子家。于是两个人为鹿争吵起来,闹到法官那里。法官对樵夫说:“你起初真的得鹿,又妄说是梦;真的做梦看见了鹿,又妄说是事实。他真的取走了你的鹿,你又同他争鹿。他老婆又说他是做梦认取了别人的鹿。可见没有人真的得到过鹿。现在既然有这头鹿,就各分一半吧。”这件案子上报给郑国国君。国君说："哈哈！法官怕也在做梦给别人分鹿吧？"他又去询问国相。国相说："梦与非梦，我也无法辨别。想辨别醒或梦，只有黄帝、孔丘才行。现在黄帝、孔丘已死，谁还能辨得清呢？姑且依法官的判决就可以了。"

【点评】好一段奇奇怪怪曲曲折折真真假假的文字，竭尽梦（幻）与真（实）之间的扑朔迷离、奇诡恍惚，使人如行云雾山中，不知此身是幻是真。推究其原委，在于作者笔触始终徘徊徜徉于真与梦之间。前半篇叙写梦与真的存在。薪者得鹿，遗其所藏，一写由真变梦；闻者用其言取之，二写由梦变真；转告妻子，三写由真变梦；妻子对话，四写由真变梦；薪者再按梦寻得，五写由梦变真。如此回环往复，令人玩味不已，久而陷之，不仅梦真难分，而且连"谁之梦"都难以判断了。下半篇聚讼则写梦与真的判断。笔致仍往复于梦与真之间。士师之言一唱三叹、一波三折，共五次言及梦与真的转换，前三次明言，后两次暗指，"无人得鹿"系由真变梦，"据有此鹿"又由梦入真。郑君之言不仅将真判断为梦，而且在更高层面上陷入梦真轮回之中。最后以国相之言作结，"梦与不梦，不能辨也。"至此，真实与虚幻这一深奥哲学命题已得到极为生动的艺术表现。此文写梦幻与真实的联系，其文气也既如梦幻一般闪烁无定，又如真实一般细致清晰，同时字里行间弥漫着一股神秘气息。今人言梦，均提西人弗洛伊德，其实东方哲人亦早有极精辟之叙写和认识了。

【集说】庄子言梦，觉多以生死为喻，此则言人之动静之为无一非梦。执以为真者固非，即漫以为妄者亦非。颠倒反覆，竟无处计得消息来。犹《金刚经》所云："一切有为法，如梦幻泡影，如露亦如霓。应作如是观。"（林云铭《古文析义》）

此《列子》寓言也，不必实有其事。如真以事而赏其奇，是与痴人说梦也。盖《列子》书与佛经同意，以梦、觉比真、妄。谓以真为真，以妄为妄，都非。即真即妄，即妄即真，真妄两忘，方是《列》《庄》之文。奇矫变幻，于此可见一斑。（李扶九《古文笔法百篇》）

（毛时安　梦　君）

两汉

刘邦

汉高祖刘邦(前256—前195),沛县(今属江苏)人。曾任泗水亭长,秦末陈胜起义,刘邦起兵响应,称沛公,后与项羽共击秦。前206年率军入秦都咸阳,被项羽封为汉王。前202年战胜项羽,统一天下,即皇帝位,建立汉王朝,在位十二年卒。

求贤诏[1]

盖闻王者莫高于周文[2],伯者莫高于齐桓[3],皆待贤人而成名。今天下贤者智能,岂特古之人乎?患在人主不交故也,士奚由进?今吾以天之灵、贤士大夫定有天下,以为一家。欲其长久,世世奉宗庙亡绝也[4]。贤人已与我共平之矣,而不与吾共安利之,可乎?贤士大夫有肯从我游者,吾能尊显之。布告天下,使明知朕意。御史大夫昌下相国[5],相国酂侯下诸侯王[6],御史中执法下郡守[7]。其有意称明德者,必身劝,为之驾,遣诣相国府,署行义年[8]。有而弗言,觉免。年老癃病[9],勿遣。

【注释】(1)此文见《汉书·高帝纪》,作于西汉建国十一年(前196)。(2)周文:即周文王,任用姜尚而使周强大。 (3)伯:通“霸”。齐桓:即齐桓公,任用管仲而使齐国称霸。 (4)亡:通“无”。 (5)昌:周昌,汉高祖功臣,时任御史大夫。 (6)酂侯:萧何,封酂侯,时任相国。 (7)御史中执法:即御史中丞。 (8)义:通“仪”。 (9)癃病:体衰多病。

【今译】听说古代称王者没有高出周文王的,称霸者没有高出齐桓公的,他们都有赖贤者的帮助而成名。现在天下也有有德行和有才能的人,并不是古时候才有这些人,怕的是君主不去交接他们,不去交接,贤士何以会进朝呢?目前我依靠了上天的神灵与贤士大夫的帮助安定了天下,统一了国家。我希望国家长存,以致奉祀宗庙,世代不绝。贤人已与我共同平定了天下,而不能与我共同安定繁荣它,怎么行呢?如果贤士大夫有愿意与我共事的,我一定使他位尊名显。特告示天下,使大家都能知道我的心意。御史大夫周昌把这个诏令下达给相国萧何,相国萧何再把这个诏令下达给诸侯王,一面由御史中丞下达给郡守。那些有显明德行的贤者,一定要亲自劝他们出来,并为他们备车马,送到相国府,记下他们的事迹、容貌和年龄。若有贤者而不报,一旦发觉就免其官职。年老体弱多病者,不要送来。

【点评】善用人,乃汉高祖刘邦之长,此其所以得天下也。然得天下者未必能守天下,高祖深悟此理,故一改往昔对待儒生之简慢,下诏求贤,以保“世世奉宗庙亡绝”。虽“吾能尊显”句颇有居高之骄,然亦令人感其殷诚。通篇以古论今,规模宏远,胸襟广阔,气雄千古,自露人主本色。

【集说】与《大风歌》思猛士同义,但彼一味雄,此则雄而细矣。开创只用才,守成思及明德,尤见分晓。(林云铭《古文析义》)

辞命、议论、叙事、体备众妙。(浦起龙《古文眉诠》)

诏语雄劲,篇中“吾能尊显”句,有以爵禄骄天下士气,恐无以来上儒,然使郡守身劝驾,犹有三代重道崇儒古色,晚世何缘有此。(孙钫《翰苑琼琚》)

治国莫如求贤,开基尤为首务,雄才大略之君,开豁阔达,如聆其声,后世词多而意漓矣。(蔡世远《古文雅正》)

(陈如江)

司马相如

司马相如（约前179—前118），字长卿，蜀郡成都（今属四川）人。汉景帝时任武骑常侍，不得志，借病辞官，往梁国，为梁孝王门客，与邹阳、枚乘等游。因《子虚赋》受到武帝赏识，召用为郎。时武帝采纳唐蒙建议，开通“西南夷”，相如两度奉使巴蜀，曾提升为中郎将，后拜孝文园令。其文渲染铺张，气势磅礴，词藻华丽，鲁迅誉为“广博闳丽，卓绝汉代”（《汉文学史纲要》）。有《司马文园集》。

上书谏猎

臣闻物有同类而殊能者，故力称乌获[(1)]，捷言庆忌[(2)]，勇期贲、育[(3)]。臣之愚，窃以为人诚有之，兽亦宜然。今陛下好陵阻险[(4)]，射猛兽，卒然遇逸材之兽[(5)]，骇不存之地，犯属车之清尘[(6)]，舆不及还辕[(7)]，人不暇施巧，虽有乌获、逢蒙之技不能用[(8)]，枯木朽枝尽为难矣。是胡越起于毂下[(9)]，而羌夷接轸也[(10)]，岂不殆哉？虽万全而无患，然本非天子之所宜近也。

且夫清道而后行，中路而驰，犹时有衔橛之变[11]。况乎涉丰草，骋丘墟，前有利兽之乐，而内无存变之意，其为害也不亦难矣。夫轻万乘之重不以为安[12]，乐出万有一危之途以为娱，臣窃为陛下不取。

盖明者远见于未萌，而知者避危于无形，祸固多藏于隐微而发于人之所忽者也。故鄙谚曰："家累千金，坐不垂堂。"此言虽小，可以喻大。臣愿陛下留意幸察。

【注释】(1)乌获：战国时秦国的大力士。 (2)庆忌：春秋时吴王僚之子，以行动快速敏捷著称。 (3)期：及。贲、育：即孟贲、夏育，战国时因为有勇有力，为秦武王所重。 (4)陵：经过，超越。 (5)卒(cù)：同"猝"。逸材：超常，出众。 (6)属车：随从之车，引申为车队。 (7)还(xuán)：通"旋"。辕：车舆前端的直木或曲木，压在车轴上。 (8)逢蒙：夏代善射之士。 (9)毂(gǔ)：车轮中心用来镶轴的圆木，引申为车轮。 (10)轸：车箱底部四周的横木，车的代称。 (11)衔：马嚼。橛：车的钩心。 (12)万乘：万辆车，指皇帝。

【今译】臣子听说物有类型相同但能力相异的，所以，说到力气大，要称誉乌获，说到敏捷，要提到庆忌，说到勇敢，要数及孟贲、夏育。臣子愚蠢，私下认为，就人来说确实有能力差异的情况存在，兽类也应该是这样的。如今陛下喜欢攀登越过艰难险峻之处，射击猛兽，如果突然遭遇凶猛异常的野兽，它们为生存之处受到惊扰而恐慌，必然要冒犯陛下的车队前进，这时车子来不及转向，人来不及施展巧计应变，即使有乌获、逢蒙的技能也不能对付，那些枯树朽枝，全变成了阻碍。好比胡人越人从车轮下跃起，羌人夷人近在车边，难道不危急吗？即使一切都很安全没有隐患，但这类事毕竟不是做天子的应该接近的。

况且清扫道路之后行车，行驶在大路中间，仍然时常有马嚼子断掉、车钩心脱离的事故发生。何况穿过茂密的草丛，奔驰在高低起伏的小丘土堆，前面有猎捕野兽的快乐在等待，那么脑中就没有了防范事故的意识，这样出现灾害也就不难了。看轻皇帝的尊贵而不考虑到安全，乐于外出到会发生万一的危途，以为有趣，臣私下以为陛下这样做是不可取的。

明智的人在事故还未萌生的时候就有所预见，有见识的人往往在危机尚未形成的时候就能避开，祸事本来就多藏在隐蔽微小的地方，而暴发在人们忽视的时候。所以俗谚说："家里积蓄了千金，就不可坐在堂屋檐下(因檐瓦落下可能伤人)。"这话说的虽是小事，却可以使人想到大的方面去。臣子希望陛下留意明察。

【点评】下级对于上司，推重和拍马，有时竟是极难区别。只要适度、在理，拍马又何妨！作者长于拍马，但不阿谀；善于说理，却无枯燥。第一节强调的是客观因素，点明有形之危；第二节注重的是主观因素，拈出无形之险。不管有形还是无形，总是隐患，总要为难于人，在道理上无隙可击。尤为可取的，是由此及彼，将特定的命题演绎为普遍的理性思考："明者远见于未萌，知者避危于无形，祸固多藏于隐微而发于人之所忽者。"单纯的拍马者是说不出此话的。所以，在第一、二节之后的第三节结论中，闪烁着真知灼见，就很自然了。

【集说】一段出色写兽之骇发，一段出色写人之不意，并不作一儒生蒙腐之语，后始反覆切劝之。(金圣叹《评注才子古文》)

相如谏猎，真圣于文者。下面方似有说话，忽然而止，却插入他语，忽然而接。变怪百出，而神气浑涵不露。虽以昌黎《师说》较之，且多圭角矣。(姚鼐《古文辞类纂》)

无意不搜，无转不快。(纳兰常安《古文披金》)

所指者一，而所讽者百也。意思婉转，深属可思。(过珙《古文评注全集》)

(西　坡)

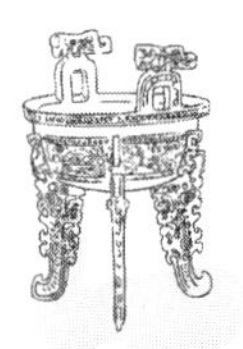

东方朔

东方朔(前154—前93),字曼倩,平原厌次(今山东惠民)人,西汉文学家。好古传书,爱经术。自幼博览群书,武帝即位时,征集天下举方正贤良文学材力之士,不拘常次,超擢提拔。东方朔上书自荐,武帝奇之,虽受爱幸,但仅为常侍郎、太中大夫、给事中等。朔"能言切谏",有正义感,一生"高自称誉"。所上之言,武帝亦多有采纳,却未能施展怀抱,"官不过侍郎,位不过执戟"。滑稽多智,圆转自如,被称为滑稽之士。又多诙谐,善辞赋,常在武帝前调笑取乐,被武帝看作俳优。著录有作品二十二篇,大都亡佚,唯《答客难》《非有先生论》《七谏》等篇被保留下来。

上武帝书(1)

臣朔少失父母,长养兄嫂。年十二,学书三冬,文史足用。十五学剑术,十六学《诗》《书》,诵二十二万言。十九学孙吴兵法,战阵之具,钲鼓之教(2),亦诵二十二万言。凡臣朔固已诵四十四万言,又常服子路之言。臣朔年二十二,长九尺三寸,目若悬珠,齿若编贝(3),勇若孟贲(4),捷若庆忌(5),廉若鲍叔(6),信若尾生(7)。若此可以为天子大臣矣。臣朔昧死再拜以闻。

【注释】(1)武帝:汉武帝。 (2)钲鼓之教:指行军作战之法。钲鼓,古代军中所用乐器名。 (3)编贝:上古以贝为饰物或作交换媒介,用绳子穿贝成串,称为编贝,因其整齐洁白,古代用以比喻牙齿之类。 (4)孟贲:古勇士名。 (5)庆忌:春秋吴王僚之子,以行动快速敏捷著称。 (6)鲍叔:即鲍叔牙,春秋时齐人。与管仲交,知管仲贤。鲍叔事公子小白,管仲事公子纠。仲射小白中钩。及小白立为桓公,鲍叔荐管仲,相桓公九合诸侯,遂成霸业。后世盛赞鲍叔牙廉洁、贤德。 (7)尾生:古代传说中战国时鲁国坚守信约的人。尾生与女子约会于桥下,女子未来,河水上涨,尾生仍不去,抱桥柱淹死。

【今译】臣东方朔从小失去父母,跟随兄嫂长大。十二岁开始,读书三年,文史知识学得足够使用。十五岁学剑术,十六岁学《诗经》《尚书》,读了二十二万字的书。十九岁学孙吴兵法、打仗和布阵的兵器、行军作战的方法,又读了二十二万字的书。臣东方朔总计已读了四十四万字的书,又常常佩服子路所说的话。臣东方朔现在年龄是二十二岁,身长九尺三寸,眼睛明亮得像悬挂的珍珠,牙齿整齐得像编织的贝壳,勇敢得像孟贲,敏捷得像庆忌,廉洁得像鲍叔,信义得像尾生。像我这样的人是应该成为天子的大臣的。臣东方朔冒死再拜天子并请天子听听我的请求。

【点评】上书求官,过谦而无以明志,过骄又盛气凌人。本文作者自叙身世,自夸所长,及至自述品貌,若戏若庄,坦然自如,不卑不亢,言词流利,神态旷放。清楚处不差分毫,含糊处塞责闪烁,虚实有致,各尽其妙。文章虽短,感染力极强。

【集说】疏宕有奇气。(王符曾《古文小品咀华》)

奇人奇文,千古无两。(纳兰常安《古文披金》)

(陈　元)

邹长倩

邹长倩,汉代公孙弘故人。弘举贤良,贫不能起,长倩以衣费资之,又赠生刍一束,素丝一襚,扑满一枚。遗书曰:"刍束则谨,心纵则骄,丝积微至著,善虽小而为大。扑满土器,所以蓄钱,有入无出,则有倾覆之败,可不戒乎。"后人谓之三事喻。

遗公孙弘书[1]

夫人无幽显[2],道在则尊[3]。虽生刍之贱也[4],不能脱落君子[5],故赠君生刍一束,《诗》所谓:"生刍一束,其人如玉。[6]"五丝为䌰[7],倍䌰为升[8],倍升为緎[9],倍緎为纪[10],倍纪为緵[11],倍緵为襚[12]。此自少之多,自微至著[13]也。士之立功勋,效名节,亦复如之。勿以小善不足修而不为也,故赠君素丝一襚。扑满者,以土为器,以蓄钱具。其有入窍,而无出窍,满则扑之。土,粗物也。钱,重货也。入而不出,积而不散,故扑之。士有聚敛而不能散者,将有扑满之败。可不戒欤?故赠君扑满一枚。山川阻修,加以风露，次卿足下，勉作功名。窃在下风[14]，以俟嘉誉。

【注释】(1)公孙弘(前200—前121)，字季，西汉菑川薛人。年轻时为狱吏，年四十余始治《春秋公羊传》，曾建议设五经博士，置弟子员。以熟习文法吏治，被武帝任为丞相，封平津侯。 (2)幽显：隐微和显赫。 (3)道在则尊：只要掌握了人生之道就会受到尊敬。道：一定的人生观、世界观，这里指做人的准则。 (4)生刍：新割的草。 (5)脱落君子：轻慢君子。脱落：犹脱易、脱略，不以为意，轻慢。 (6)"生刍一束，其人如玉"：出自《诗经·白驹》。意思是，吃着一束嫩青草，那人美丽如白玉。《白驹》的主题是刺宣王不能留贤，以白驹起兴。这里引用的意思就是要尊重有道之人。 (7)䋖(niè)：相传为古代计丝的量词，五丝为一䋖。 (8)升：古代布八十缕为一升。 (9)缄(yù)：古代计丝的单位。二十缕丝为一缄。 (10)纪：丝缕的头绪。 (11)缪(zōng)：古代布帛在二尺二寸的幅度内以八根经线为一缪。 (12)襚(suì)：向死者赠送的衣衾为襚，也指生人赠送的衣服。 (13)著：显著。 (14)下风：风向的下方。常喻下位或劣势，多作谦词。

【今译】人没有低微和显赫之别，只要掌握了人生之道就会受人尊敬。即使就像新割的草那样微贱，也不能轻慢那君子，所以我赠你新割的草一束。正如《诗经》所说"生刍一束，其人如玉"。五根丝为一䋖，二倍䋖为一升，二倍升为一缄，二倍缄为一纪，二倍纪为一缪，二倍缪为一襚。这就是从少到多，从小到大的过程。读书人要建功立业，成就名节，也像这一样，不要因为小小的善行不值得做就不做了，所以我赠您素丝一襚，使您常常想到积少成多的道理。扑满是用土做成的器具，用来储蓄钱币。它有进的孔，却没有出的孔，装满了钱就将它摔破(摔破之后才能取出里面装的钱)。土，是粗贱的东西。钱，是贵重的东西。把钱装到扑满中，只能入不能出，只能聚积而不能散开，所以钱装满了要将它摔破而取钱。一个人要是只聚敛钱财而不散开的话，必将像扑满那样，遭到倾覆身败，这难道不应该警惕吗？所以我赠您扑满一个。山高水远，道路险阻，风露寒暑，多多保重。现在我把这几样小礼物和我的劝勉，都奉送给您，鼓励您成就功名。我在下风，等待您的好消息。

【点评】自古送别赠文,或以情胜,或以理胜,本文则二者兼而有之。公孙弘举贤良踏入仕途,长倩送别,另具深情。作者落笔先声夺人,以“夫人无幽显,道在则尊”振起全篇,然后分别以所赠三物生刍、素丝、扑满为喻,论述“道在则尊”之理。三物虽小,可以喻大,取喻新颖,发人深思,使人耳目一新。送别之文,叙寒暄、表祝愿,偏留在全文末幅,语少意丰,情真意切。勉之以理,动之以情,是良师诤友本色。文章虽短,但淋漓酣畅,语言精练警策,行文有繁有简,各具情状。层次清晰,说理透彻,气势贯通,蕴含丰厚,是小品文中之佳作。

【集说】闲雅中自带严栗处,可称雅人深致矣。(王符曾《古文小品咀华》引杨维斗语)

韵幽色秀,使人之意也消。(王符曾《古文小品咀华》)

(陈　元)

司马迁

司马迁（约前145—?），字子长，夏阳（今陕西韩城）人。少时从大儒董仲舒、孔安国学。汉武帝元封三年（前108）继父职任太史令，并开始着手编写《史记》。后替李陵辩解，触怒武帝，被处腐刑。出狱后，发愤著书，于征和元年（前92）左右完成了这部巨著。此书既是一部纪传体通史，又是一部优秀的传记文学作品，两千年来，一直被视为散文的典范。斋藤谦云："《史记》诸赞，语简而意畅，以千里之足，回旋蚁蛭中而不乱，其才无所不可。"（《拙堂文话》）

《项羽本纪》赞[1]

太史公曰：吾闻之周生曰[2]："舜目盖重瞳子。"又闻项羽亦重瞳子[3]。羽岂其苗裔邪[4]？何兴之暴也[5]！夫秦失其政，陈涉首难[6]，豪杰蜂起，相与并争，不可胜数。然羽非有尺寸[7]，乘势起陇亩之中[8]，三年，遂将五诸侯灭秦[9]，分裂天下，而封王侯，政由羽出，号为"霸王"，位虽不终，近古以来未尝有也[10]。及羽背关怀

楚[11]，放逐义帝而自立[12]，怨王侯叛己，难矣。自矜功伐[13]，奋其私智而不师古，谓霸王之业，欲以力征经营天下，五年卒亡其国，身死东城，尚不觉寤而不自责，过矣。乃引“天亡我，非用兵之罪也”，岂不谬哉！

【**注释**】(1)这是司马迁写了《项羽本纪》后附加的一篇短文，其中有着对项羽这一历史人物的评价。 (2)周生：西汉一个姓周的儒生。 (3)重瞳子：指双瞳孔。 (4)苗裔(yì)：后代子孙。 (5)暴：突然。 (6)陈涉：即陈胜。 (7)尺寸：指尺寸之封地。 (8)陇亩：田野。 (9)五诸侯：指秦始皇以前的齐、赵、韩、魏、燕，它们原为五个诸侯国。 (10)近古：指春秋战国以来。 (11)背关怀楚：“背关”指不封刘邦王于关中，“怀楚”指怀念家乡楚地，在彭城建立京都。 (12)义帝：楚怀王的孙子熊心，为项梁所立。后项羽分封诸王，尊其为义帝。项羽自称“西楚霸王”，定都彭城后，就把义帝放逐到郴县，并派人在途中把他杀了。 (13)自矜：自我夸耀。

【**今译**】太史公说：我听一个姓周的读书人说：“舜帝的眼睛大概是有两个瞳孔的。”又听说项羽的眼睛也是有两个瞳孔的。项羽难道是舜的后代吗？他的力量怎么会兴起得这样突然迅猛！那秦王朝政治腐败，陈涉首先发难起义，于是天下豪杰蜂拥而起，相互竞争兼并，多得难以计数。但项羽并没有一尺一寸的封地，全凭当时的形势，从乡下的庄稼地里出来打天下。三年时间，就统率了五个诸侯国的兵力，灭掉了秦朝，把天下分封给各个王侯，天下的政令，一时都出自项羽之手。项羽自己则号称为“霸王”。他的王位虽然没有保持到底，但像他这样短期内的强悍和威风，自近古以来也不曾有过。等到他背弃前约，不封刘邦王于关中，怀恋楚地，赶走义帝，而又自立为王，却怨那些他所封的王侯们背叛自己，这就很难了。项羽自以为攻伐秦朝有功，骄傲自大，一味迷信他个人的智慧和聪明，而不效法古人的经验，认为霸王之业，只用武力来征服就可以统治天下。可只有短短五年的时间，他的国家就最终灭亡了，自己身死东城，还不觉悟自己的过错，不加以自责，这就大错而特错了！他竟然还说：“老天要灭亡我，不是用兵的错。”岂不是荒谬透顶吗！

【点评】以传说之语开篇，引出项羽。又以“何兴之暴也”一语，引出对项羽的议论，故下文全环绕此语而作评议。自“夫秦失其政”至“近古以来未尝有也”，此赞之也；自“及羽背关怀楚”至“尚不觉寤而不自责，过矣”，此责之也。有褒有贬，褒中有贬，贬中有褒，岂非史家之慧眼卓识、公道之语乎？“三年”者，言其兴之暴也；“五年”者，言其亡之速也。而兴亡之象，无论一人一代，岂非历史之循环乎？其责之也无情，然通篇终有情。项羽之功过得失，大体公允。短短二百余字，居然议论风发，不见约束，给人以酣畅淋漓、笔墨肆意之感，亦难矣。

【集说】此断项羽全不师古，其亡固宜。只是起手暴兴，却是何故？凡作一扬三抑，注意正在豪杰“不可胜数”句，言除却重瞳，更不可解。（金圣叹《评注才子古文》）

一赞分括两局，收裹无遗。（浦起龙《古文眉诠》）

项羽自是英雄，只是粗浅。此赞写得他气势出，亦责得他心服。（纳兰常安《古文披金》）

太史公列项羽于本纪，有不胜怜惜之心，亦汉网之宽也。断制极合，文气老洁。（蔡世远《古文雅正》）

（孙琴安）

《留侯世家》赞[(1)]

太史公曰：学者多言无鬼神，然言有物[(2)]。至如留侯所见老父予书[(3)]，亦可怪矣。高祖离困者数矣[(4)]，而留侯常有功力焉，岂可谓非天乎？上曰[(5)]：“夫运筹策帷帐之中[(6)]，决胜千里外，吾不如子房[(7)]。”余以为其人计魁梧奇伟[(8)]，至见其图，状貌如妇人好女[(9)]。盖孔子曰：“以貌取人，失之子羽[(10)]。”留侯亦云。

【注释】(1)这是司马迁在《留侯世家》后附写的一篇短文，其中有着对张良这一历史人物的议论和想象。 (2)物：指精怪。 (3)予：与。

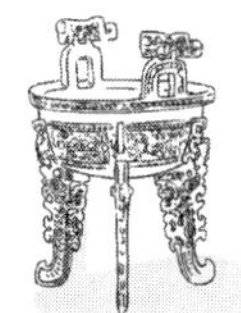

(4)高祖:汉高祖刘邦。离:同"罹",遭遇的意思。 (5)上:指刘邦。(6)帷帐:军帐。 (7)子房:张良。 (8)计:大概、可能的意思。(9)好女:美女。 (10)子羽:孔子的弟子,貌丑而有贤德。

【今译】太史公说:一般学者多说没有鬼神,但是都说有精怪。至于像留侯张良所见到老父黄石公给他《太公兵法》的兵书,也可以说是怪事了。汉高祖刘邦遇到困境已有好多次了,而留侯却常有功劳力助于他,难道这可以说不是天赋之才吗?汉高祖曾经说:"那运用筹划计策于军帐之中,决胜于千里之外,我不如子房。"我以为张良这个人,可能是高大魁梧、奇异雄伟的模样。等到看见他的画像,状貌却像妇人美女。孔子说:"只凭外貌来断定一个人的好坏贤愚,那就会把子羽这样的贤才给看错了。"而对于留侯这个人,也可以这样说。

【点评】张良助刘邦定天下,其功可并驾于萧何,然其功成名就,自告退隐,弃人世荣禄而随赤松子游,故未遭杀身之祸,可谓有先见之明。其神机妙算、料事如神,非常人所及,直如鬼使神差,即令太史公亦不可解,故此赞文写得淡逸飘洒,如为神仙写赞,字句间似有道仙之气,令人不可深测,绝非凡人境界。太史公作《史记》,多采民间传闻,盖彼对其人其事本已感到神奇,似有天助,至其议论,亦虚写多而实写少。虽如此,又时夹推想假设之词,然张良之灵气形貌,已毕出矣。

【集说】留侯脚色奇,此赞亦写得恍惚甚奇。前叙老父予书,不信又信;后叙状如妇女,信又不信,总是照此一人脚色。(金圣叹《评注才子古文》)

赞中提出黄石予书一事,闲闲辨起,而归之于天,见得子房运筹决胜,皆非人所能及。鬼神为天地之功用,则黄石予书,不得以有物为怪明矣。末以状貌不称,作迷离不定之评,犹夫子以犹龙称老子。意谓若以老父为怪,则子房一身先已可怪,即谓子房为鬼神,亦无不可也。骤阅似支离游词,细味之,方知其叹赏不容口矣。(林云铭《古文析义》)

留侯奇人,赞亦奇崛。(纳兰常安《古文披金》)

留侯,千古人,不当以常情测之也。然惟以常测之,而留侯之千古者愈

见，此古人用笔脱换意外巧妙处。（毛庆蕃《古文学余》）

（孙琴安）

《屈原贾生列传》赞[1]

太史公曰：余读《离骚》《天问》《招魂》《哀郢》，悲其志。适长沙，观屈原所自沉渊，未尝不垂涕，想见其为人。及见贾生吊之，又怪屈原以彼其材，游诸侯，何国不容，而自令若是。读《鹏鸟赋》[2]，同死生，轻去就[3]，又爽然自失矣[4]。

【注释】（1）这是司马迁在《屈原贾生列传》后附写的一篇短文，其中有着对屈原生平的议论和感慨。 （2）《鹏鸟赋》：贾谊所作。 （3）去就：去指被贬官放逐；就指在朝廷任官。 （4）爽然：一作奭然。含义类似“茫然”。

【今译】太史公说：我读了《离骚》《天问》《招魂》《哀郢》等作品，为屈原的志向不能实现而悲伤。前往长沙时，看到屈原所自沉的深渊，未尝不掉下眼泪，便自会想象和追怀他生前的为人。等到看了贾谊写的凭吊他的文章，又怪异屈原以他的才能，去游说各国诸侯，哪个国家不能容留？而偏偏要把自己弄到这般地步？读了贾谊写的《鹏鸟赋》，其中说应当把生与死同样看待；无论是被贬官放逐或在朝任职，都一律去看轻它，又像顿时明白了什么，同时却陡然升起了一股茫然失意之感。

【点评】读其诗而悲其志，已为其所动；观其自沉处而想见其为人，更见其仰慕崇敬之深，此逐层推进法也。而“未尝不垂涕”一语尤有情。下半段又插入贾谊，借贾谊之言而吐作者心中之所思，亦妙。末尾百感交集，有无限浩叹。因作者曾无故而遭腐刑，故即非屈原知音，亦或寄托了自身之悲慨，此不但为屈原悲，亦自悲也。

【集说】先是倾倒其文章，次是痛悼其遭遇，次是叹诧其执拗，末是拜服其邈旷。凡作四折文字，折折都是幽窅、萧瑟、挺动、扶疏。所谓化他二人生

平，作我一片眼泪。更不可分，何句是赞屈，何句是赞贾。（金圣叹《评注才子古文》）

赞凡四转，本屈贾合赞，而玩其笔情，固以屈子为主矣。（浦起龙《古文眉诠》）

赞三闾而长沙已该，合传文之最奇者。叙次顿跌都臻化境。（王符曾《古文小品咀华》）

两借贾生语点缀，绝不断煞，纯用虚笔。（林云铭《古文析义》）

（孙琴安）

马援

马援（前14—49），字文渊，东汉初扶风茂陵（今陕西兴平）人。先仕王莽，后归刘秀，历任陇西太守、伏波将军。因南征立功，封新息侯。后在讨伐武陵"五溪蛮"时，病死军中。所作多奏疏书表。

诫兄子书[1]

吾欲汝曹闻人过失，如闻父母之名，耳可得闻，口不可得言也。好议论人长短，妄是非正法[2]，此吾所大恶也，宁死不愿闻子孙有此行也。汝曹知吾恶之甚矣，所以复言者，施衿结褵[3]，申父母之戒，欲使汝曹不忘之耳。龙伯高敦厚周慎[4]，口无择言，谦约节俭，廉公有威。吾爱之重之，愿汝曹效之。杜季良豪侠好义[5]，忧人之忧，乐人之乐，清浊无所失[6]。父丧致客，数郡毕至。吾爱之重之，不愿汝曹效也。效伯高不得，犹为谨敕之士[7]，所谓"刻鹄不成尚类鹜"者也。效季良不得，陷为天下轻薄子，所谓"画虎不成反类狗"者也。讫今季良尚未可知，郡将下车辄切齿[8]，州郡以为言，吾

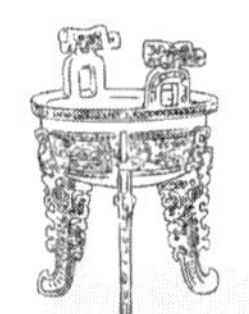

常为寒心，是以不愿子孙效也。

【注释】(1)建武十八年(42 年)，光武帝派马援南征交趾(今越南北部)，此书便作于征战交趾期间。书中对两个侄儿马严、马敦的“喜讥议，而轻通侠客”行为进行告诫。 (2)正：通“政”。 (3)施衿结褵：系上衣带和佩巾。古礼，女子出嫁，母亲要将五彩丝绳和佩巾结于其身，并致训词。(4)龙伯高：名述，时为山都长。 (5)杜季良：名保，时为越骑司马。(6)清浊：贤与不肖者。 (7)谨敕：谨慎。 (8)下车：官吏初到任。

【今译】我希望你们听到别人的过失，就像听到父母的名字一样，耳朵可以听见，嘴里不能说出。喜欢议论别人的长短，胡乱评判国家的政令，这是我最痛恨的事情，宁死也不愿子孙有如此之行。你们已知道我深恨这样的行为，我所以要再说一遍，就像女子出嫁时，父母反复告诫她一样，想使你们不要忘记罢了。龙伯高为人诚恳厚道，周密谨慎，不随便褒贬他人，谦逊节俭，廉洁公正，很有威信。我敬爱他尊重他，希望你们向他学习。杜季良为人豪爽侠义，以别人的忧愁为忧愁，以别人的快乐为快乐，贤与不肖者他都结交。办父亲丧事时招请客人，几郡的人都来了。我敬爱他尊重他，但不希望你们向他学习。学伯高不成，还不失是个谨慎的人，就如常言所说的“刻天鹅不成还能像只家鸭”呢。学季良不成，就要落得个天下轻薄子，就如常言所说的“画老虎不成反而像只狗”了。如今季良究竟如何，还不可知，郡守初上任便对他切齿痛恨，州郡中的人都把他当成话柄，我常常替他寒心，所以不愿子孙学他。

【点评】战地驰书，“欲使汝曹不忘之耳”，有坦诚之心但又不乏委婉之辞。“妄是非正法”，既担忧两侄结交游侠谤议朝政，又含蓄地指出官场风险及种种不言自明的心寒之处。用龙伯高、杜季良的不同下场为例也委婉地表达了上面两层意义。坦诚与委婉交互为用，遂使此书既有长者的威严，又不失亲人叮咛的亲切。

【集说】轻则品低，薄则福浅。世之为轻薄子者，不自知其类狗耳。(王

符曾《古文小品咀华》)

笔法异样婉切,总是一副近里著己学问。凡教子弟,皆当书一幅,以置其左右。(林云铭《古文析义》)

此可作一格言读。(朱鉴《古文评注便览》)

诫兄子书,谆谆以黜浮返朴为计,其关系世教不浅。(《古文观止》)

(毛时安　梦　君)

刘庄

刘庄(28—75),南阳蔡阳(今湖北枣阳市西南)人,东汉显宗孝明皇帝,汉光武帝刘秀第四子。建武十九年被立为皇太子,建武中元二年二月戊戌继皇帝位,年三十。明帝在位期间,广招名儒,执经问难,建立学校,培养人才。政府又通过察举孝廉,以及举贤良方正、直言敢谏、茂才、明经等科目,征辟僚属,收揽和培养大量统治人才,吏得其人,民乐其业,远近畏服,户口滋殖。在位十八年。

手诏东平王归国[1]

辞别之后,独坐不乐。因就车归[2],伏轼而吟[3],瞻望永怀[4],实劳吾心[5],诵及采菽[6],以增叹息。日者[7],问东平王处家何等最乐?王言:“为善最乐。”其言甚大,副是要腹矣[8]。今送列侯印十九枚,诸王子年五岁已上能趋拜者,皆令带之。

【注释】(1)东平王:即东平宪王刘苍,明帝同母弟。建武十五年封东平公,十七年进爵为王。苍少好经书,雅有智思,为人美须髯,腰带八围,明帝甚爱重之，拜为骠骑将军，位在三公之上。明帝手足情深，常令刘苍在朝辅政。刘苍勤劳王室，循礼不越。因以至亲辅政，声望日重，意不自安，常请归就蕃国，及皇太后崩，明帝乃许还国。永平十一年，苍与诸王朝京师，月余，还国，明帝送别归宫，凄然怀思，乃作本文。 (2)就车：乘车。 (3)轼：古代车厢前用作扶手的横木。 (4)永怀：吟咏胸怀，抒发情感。 (5)劳：忧愁。 (6)采菽：《诗经·小雅·采菽》中的“采菽采菽，筐之筥之，君子来朝，何锡与之”。本为赞美诸侯来朝，以刺周幽王无礼无信于诸侯。明帝不忍与弟分别，故吟诵之。 (7)日者：白天。 (8)副是要腹：(这句话说得很大)刚好达到王的腰和腹。副：符合，达到。要：同“腰”。东平王多善行，深受明帝爱重，王状貌伟岸，故有此戏言。

【今译】自从你辞别之后，我一个人独坐闷闷不乐，于是就乘车回宫，伏在车轼上吟诗，遥望远方抒怀，实在使我忧伤啊！当我吟诵《采菽》这一首诗时，(其中的真情)又增加了我的叹息。白天，我问东平王：你平日生活中什么事情最快乐？你说：“做好事最快乐。”这句话说得太大了，但也只能达到你的腰部和腹部。现在我送你列侯印十九枚，诸位王子中五岁以上能够趋拜的，都让他们带上吧！

【点评】这则皇帝的手诏，实为送别抒怀的短文。作者随意写来，没有刻意于文辞篇章，但一片亲情，跃然字里行间。文章的前一部分以“辞别不乐”为统领，抒写自己内心的感受，使“伏轼而吟，瞻望永怀”等四句笼罩在一片感伤的氛围之中。文笔至此一折，娓娓写其与东平王的对话。兄弟的只言片语都使其回味不尽，足见其思念之深。刘庄贵为皇帝，对其弟爱心不衰，于帝王中尤为难得。文章纯用白描手法，毫无矫饰，紧凑流畅，凝练自然。

【集说】真有家人父子之乐，绝无尊贵气。(王符曾《古文小品咀华》引陈大樽语)

一派天趣。(王符曾《古文小品咀华》)

(陈　元)

徐淑

徐淑，陇西（今甘肃东南）人，秦嘉（字士会，桓帝时为本郡上计吏）之妻。曾有诗集传世，今所见者，仅《答夫秦嘉诗》一首及答书二通，余已亡逸。

答夫秦嘉书

既惠令音，兼赐诸物，厚顾殷勤，出于非望！镜有文彩之丽，钗有殊异之观，芳香既珍，素琴益好。惠异物于鄙陋[(1)]，割所珍以相赐，非丰厚之恩，孰肯若斯？览镜执钗情想仿佛[(2)]；操琴咏诗，思心成结，敕以芳香馥身[(3)]，喻以明镜鉴形，斯言过矣，未获我心也。昔诗人有"飞蓬"之感[(4)]，班婕妤有"谁荣"之叹[(5)]。素琴之作，当须君归；明镜之鉴，当待君还。未奉光仪[(6)]，则宝钗不列也；未侍帷帐[(7)]，则芳香不发也。

【**注释**】（1）鄙陋：徐淑自称的谦词。（2）览：同"揽"。（3）敕：皇帝的诏令，这里作"命"。（4）飞蓬：蓬草枯后根断，遇风飞旋，故称飞蓬。

《诗·卫风·伯兮》:“自伯之东,首如飞蓬。” (5)班婕妤:西汉女文学家,楼烦(今山西宁武附近)人。少有才学,汉成帝时被选入宫,初颇得宠,立为婕妤,后为赵飞燕所谮,退处东宫,《自悼赋》中有“君不御兮谁为荣”之句。(6)光仪:对人仪表的敬称,这里指秦嘉。 (7)帷帐:这里为床榻的代称。

【今译】既盼到嘉音,又得惠赐礼物,优厚殷勤的照顾,出乎我的意料!

明镜文彩绚丽,宝钗精巧奇珍,芳香已经很珍贵了,素琴就更美。君割爱希珍赠送给我,若非有深厚恩爱之情,谁肯这样?

揽明镜执宝钗,情思仿佛;操琴咏诗,心绪成结,命我以异香馥身去秽,嘱我以明镜鉴形梳妆,这话说错了,说明您还不理解我的心情。您不在我的身边,我无心思去梳妆(故头发如飞蓬一般),亦无心思去打扮。弹琴,当须君归;照镜,当待君还。君未归来,则宝钗不戴;未侍君侧,则芳香不馥。

【点评】秦嘉思妻心切,写信赠物,以表情意。徐淑收到秦嘉的信和礼物,作此书奉答,信写得委婉动人,以物喻情,言辞恳挚,笔曲意深,可称才女之作。

【集说】辞详情至,而无亵昵之态。(孙钅广《翰苑琼琚》)

贤淑女子,何尝不作情至语,但得其正耳。(纳兰常安《古文披金》)

书中眷念之意,悬望之情,兼尽之矣。(刘士鏻《古今文致》引王百谷语)

钗、镜、琴、香,安放熨帖,是闺阁中极细心文字。(王符曾《古文小品咀华》)

(郑 麦)

陈琳

陈琳（？—217），字孔璋，广陵（今江苏扬州）人。“建安七子”之一。初为大将军何进府主簿，后避乱冀州，为袁绍掌管书记。绍败，琳归曹操，为司空军谋祭酒，管记室，以擅写檄文著称，当时曹操的军国檄书有不少是出自他的手笔。有《陈记室集》。曹丕云：“孔璋章表殊健，微为繁富。”（《与吴质书》）又云：“琳之章表书记，今之隽也。”（《典论·论文》）

答东阿王笺[1]

琳死罪死罪！昨加恩辱命[2]，并示《龟赋》[3]，披览粲然[4]。

君侯体高世之才[5]，秉青萍、干将之器[6]，拂钟无声[7]，应机立断。此乃天然异禀，非钻仰者所庶几也[8]。音义既远，清辞妙句，焱绝焕炳[9]。譬犹飞兔流星[10]，超山越海，龙骥所不敢追[11]，况于驽马[12]，可得齐足？夫听《白雪》之音[13]，观《绿水》之节[14]，然后《东野》《巴人》，蚩鄙益著[15]。

载欢载笑，欲罢不能。谨韫椟玩耽[16]，以为吟诵。琳死罪死罪。

【注释】(1)东阿王:曹植的封号。 (2)加恩辱命:这是陈琳对东阿王来信的敬谢之辞。 (3)龟赋:即曹植写的《神龟赋》。 (4)粲然:指文辞华丽多彩。 (5)君侯:对曹植的尊称。 (6)青萍、干将:均是古代宝剑的名称。 (7)拂:砍。 (8)钻:钻研。仰:仰望。《论语·子罕》:"颜渊曰:'仰之弥高,钻之弥坚。'"这是颜渊对孔子的赞语。 (9)焱绝焕炳:意思是光耀炫丽,形容曹植文章词藻华丽。 (10)飞兔:古代骏马名;流星:指速度快。这里形容曹植才思敏捷。 (11)龙骥:古代高大的骏马。 (12)驽马:能力低下的劣马。 (13)《白雪》:古代楚国歌曲名,是当时高雅的音乐。(14)《绿水》:古代歌曲名。《洛阳伽蓝记》:"高阳王拥有二姬,一名修容,一名艳姿。并蛾眉皓齿,洁貌倾城。修容亦能为绿水歌,艳姿善么凤舞。"(15)《巴人》:古代楚国民间歌曲,是当时通俗的音乐。蚩鄙:低劣粗俗。(16)韫:珍藏。椟:柜子。

【今译】琳死罪死罪,昨日得到您赐的恩情,屈辱辞命,并惠赠《神龟赋》,展颂之,感到文辞华丽多彩。

您具备高出于世的才华,禀赋卓越超群,有如古代著名的"青萍""干将"之宝剑,锋利得砍钟无声,触之立断。这乃是天然的奇才禀性,不是像我这样的人所能企及的。文章音义幽远,词句清丽。您才思敏捷,好比飞兔流星,超山越海,连名马龙骥都不敢追,何况劣马,怎么能并驾齐驱呢?听过《白雪》之音,看过《绿水》之曲的表演,然后再看《东野》《巴人》,就更觉其低劣粗俗了。

拜读您的文章,越读越喜欢,欲罢不能。谨将其珍藏在柜子中,反复地欣赏玩味,时时吟诵。琳死罪死罪!

【点评】正在患头风疾的曹操,读了陈琳作的一篇骂自己的檄文,翕然而起说:"此愈我病。"可见其文才之绝。这是陈琳读了曹植的《神龟赋》后,写给曹植的一封短笺。文中将曹植文才之超群,文思之敏捷,作了形象的写照。篇章虽短,但层次分明,语言简练,比喻巧妙,真不愧为名家手笔。

【集说】一则谀词，读之只觉笔妙，亦缘受之者无愧耳。（纳兰常安《古文披金》）

只赞《龟赋》一事，以华语见致。（于光华《评注昭明文选》引孙钝语）

小品文字，典雅乃尔，谁谓作檄专长哉？（引自《秦汉三国文评注读本》）

（郑　麦）

魏晋南北朝

曹操

曹操(155—220),字孟德,沛国谯(今安徽亳州市)人。年二十举孝廉,拜为议郎。汉献帝初随袁绍讨董卓,后迎献帝到许昌,“挟天子以令诸侯”,先后削平割据势力,统一了中国北部。建安十三年(208)进位为丞相。建安二十一年(216)受封为魏王。曹丕称帝后,追谥为武帝。其文风简约严明,清峻通脱。张溥云:“帝王之家,文章瑰玮,前有曹魏,后有萧梁,然曹氏称最矣。”(《汉魏六朝百三家集题辞》)。有《魏武帝集》。

恤将士令[1]

吾起义兵,为天下除暴乱。旧土人民,死丧略尽。国中终日行[2],不见所识,使吾凄怆伤怀。其举义兵以来,将士绝无后者,求其亲戚以后之[3],授土田,官给耕牛,置学师以教之。为存者立庙,使祀其先人。魂而有灵,吾百年之后何恨哉[4]?

【注释】(1)官渡之战后,曹操为提高士气,激励将士为统一战争贡献力量,于建安七年(202)春驻军谯县时,发布了此令。　(2)国中:这里指曹操

起兵的谯县等地。（3）后之：作为他的后代。（4）百年之后：死后。

【今译】我起义兵，为天下铲除暴乱。故乡的人民，几乎死尽了。在那里行走一天，见不到一个熟人，真使我悲痛伤怀。自我起义兵以来，将士死亡没有后代的，就找亲属作为他的后代，分给田地，由官府配给耕牛，设立学校，请教师教育他们。要为他们给死亡将士建立祠堂，让他们祭祀祖先。如果死者地下有知，我死后还有什么遗憾呢？

【点评】“言之无文，行而不远”，信矣。但评价艺术的任何美学尺度都有它的相对性、局限性。事实上也有从表面看“言之无文，行而久远”的名篇佳制，《恤将士令》就是。作为最高统帅的一纸文告，全文质朴无华，几乎没有一句令你耳目一新的豪言壮语和华丽辞藻。但是在粗糙的语言形式下却包含着细腻炽热的情感内容。一写起义兵的目的是“为天下除暴乱”。二写极目所见“死丧略尽”“不见所识”，满目疮痍令人潸然。三写对阵亡将士的抚恤。四写自己发布此令时的心情：只求百年之后无恨。其中一、二层气魄博大苍凉有王者气象，三层具体细致是物质层面的琐事，因其细琐，则愈见最高统帅对士兵的体恤。最后回到更为宏阔的精神背景上，发出一声令千古读者为之震烁的浩叹：“魂而有灵，吾百年之后何恨哉？”文有内在外在之分，内在者胸臆情感是也。这篇令内在有“文”在流动，故而行之久远。

【集说】细玩结语，阿瞒毕竟怕死。卖履分香，有自来矣。（王符曾《古文小品咀华》）

此等作略，自足以感动人心。（纳兰常安《古文披金》）

（毛时安　梦　君）

曹丕

魏文帝曹丕(187—226),字子桓,曹操次子,沛国谯(今安徽亳州市)人。初为五官中郎将,副丞相。操死,袭位为魏王。建安二十五年(220),受汉禅,改国号为魏。史称其“天资文藻,下笔成章,博闻强识,才艺兼该”。文风清丽简洁,婉转自然。有《魏文帝集》。

与朝歌令吴质书[1]

五月十八日,丕白:季重无恙。途路虽局[2],官守有限,愿言之怀,良不可任[3]。足下所治僻左[4],书问致简,益用增劳[5]。

每念昔日南皮之游[6],诚不可忘。既妙思六经[7],逍遥百氏[8],弹棋间设[9],终以六博[10]。高谈娱心,哀筝顺耳。驰骛北场[11],旅食南馆。浮甘瓜于清泉,沉朱李于寒水。白日既匿,继以朗月。同乘并载,以游后园。舆轮徐动,参从无声。清风夜起,悲笳微吟。乐往哀来,怆然伤怀。余顾而言:“斯乐难常。”足下之徒,咸以为然。今果分别,各在一方。元瑜长逝[12],化为异物,每一念

至,何时可言!

方今蕤宾纪时[13],景风扇物[14]。天气和暖,众果具繁。时驾而游,北遵河曲[15]。从者鸣笳以启路,文学托乘于后车[16]。节同时异,物是人非,我劳如何?今遣骑到邺[17],故使枉道[18],相过行矣,自爱。丕白。

【注释】(1)曹操西征,曹丕留在孟津(今河南孟州市南),思念任朝歌(今河南淇县)令的好友吴质,故寄此书以抒怀。吴质,字季重。 (2)局:近。 (3)任:胜、堪。 (4)僻左:偏僻之处。 (5)劳:忧愁。 (6)南皮:今属河北,吴质的家乡。 (7)六经:儒家以《诗》《书》《礼》《易》《乐》《春秋》为六经。 (8)百氏:诸子百家。 (9)弹棋:古代游戏器具,二人对局,黑白棋子各六枚,列棋相当,下呼上击之。 (10)六博:古代游戏之一。(11)驰骛:奔走。 (12)元瑜:阮瑀的字,建安七子之一。 (13)蕤宾:乐律名,为十二律中第七律,代指五月。 (14)景风:南风,夏天的风。(15)河曲:古地名,今山西永济市境。黄河自北而南,至此折向东。(16)文学:文学掾的简称,官名。 (17)邺:古地名,今河南安阳北。(18)枉道:绕道。

【今译】五月十八日,曹丕致言:季重安好。我们之间的道路虽然相隔很近,但各人守着自己的职责,有多少话要倾吐,不胜负担。你所管理的又是个偏僻地方,书信稀少,更增添了我的愁思。

常常想起在南皮同游的那些日子,实在是难以忘怀。我们钻研六经,探讨百家。时而弹棋,时而博弈。高谈阔论,逍遥快乐,欣赏柔美悲凄的筝曲,悦耳娱心。奔走于城北的猎场,就餐于城南的馆驿。在清泉里漂洗甜瓜,在寒水中沉浸朱李。太阳落了山,明月又升起在天空。我们乘坐着同一辆车子,到后园去游玩。车轮徐徐滚动,随从寂静无声,夜风轻轻吹来,胡笳低低奏鸣。兴高采烈之后,又感到一阵悲哀凄凉。当时我回过头来,看了周围一眼说:“这样的快乐,是难以长久的啊!”你们都认为我说得不错。现在果然分别,各在一方。元瑜已经去世,化为精怪。每想到这里,不知该说什么!

现今正是五月,南风吹拂着万物,天气和暖,各种水果都已经成熟。趁着时令驾车出游，向北沿着黄河岸行驶。随从吹动胡笳在前面开路，文学掾坐在我的后车。节令相同，而时代已经变异；风景相似，而人事全非。我的忧愁怎能消释？现在我有事派遣使者到邺去，特地绕道来看望你。希望你珍重。曹丕致言。

【点评】东汉末年的建安年间是中国文学史上极其重要的时期。三曹（曹操、曹丕、曹植）、七子（孔融、王粲、徐干、陈琳、阮瑀、应玚、刘桢）相继出现，形成曹魏文学集团，以清刚质朴的“建安风骨”对后世文学创作产生了极其深远的影响。三曹和七子之间，既有君臣之分，又有朋友之谊，交游、切磋，情义深挚。本文的收信人吴质，虽不属七子之列，但与这个文学集团有着极其密切的联系。曹丕在信中哀悼良友之逝，追念昔日同游之乐，并对吴质表达了极为真诚的思念，通篇描写细腻，情感十分动人。

【集说】文帝书往往于没紧处口角低回，具有情理。（陈天定《古今小品》引钟惺语）

抚今感旧，睹景思人，对此茫茫，百端交集。盈虚之慨，正因游览之胜而愈深也。读者徒赏其佳丽，犹未极才人之致。（于光华《评注昭明文选》引孙琮语）

追感昔游，潸然涕下，是诚虽有兄弟，不如友生者矣。（纳兰常安《古文披金》）

雄健不及武帝，而洁净精微，雏凤绝清于老凤。（引自《秦汉三国文评注读本》）

（黄　时）

刘伶

刘伶，字伯伦，西晋沛国（今安徽宿州市）人。“竹林七贤”之一，与阮籍、嵇康相善。放情肆志，性尤嗜酒，常乘鹿车，携一壶酒，使人荷锸随之，对他道：“死便埋我。”仕魏为建威参军。晋武帝泰始初，对朝廷策问，强调无为而治，以无能罢免。今仅存《酒德颂》一文。

酒德颂

有大人先生，以天地为一朝(1)，万期为须臾(2)，日月为扃牖(3)，八荒为庭衢(4)。行无辙迹，居无室庐，幕天席地，纵意所如。止则操卮执觚(5)，动则挈榼提壶(6)，唯酒是务，焉知其余！

有贵介公子，缙绅处士(7)，闻吾风声，议其所以，乃奋袂攘襟，怒目切齿，陈说礼法，是非蜂起。

先生于是方捧罂承槽(8)，衔杯漱醪，奋髯箕踞(9)，枕曲藉糟(10)，无思无虑，其乐陶陶。兀然而醉(11)，豁尔而醒(12)。静听不闻雷霆之声，熟视不睹泰山之形，不觉寒暑之切肤、利欲之感情。

俯观万物，扰扰焉(13)，如江汉之载浮萍(14)。二豪侍侧焉(15)，如蜾蠃之与螟蛉(16)。

【注释】(1)大人先生：作者虚构的人物，为作者自己理想、志趣的化身。大人、先生都是表示尊敬的称呼。与作者同为“竹林七贤”的阮籍有《大人先生传》。以天地为一朝：以天地存在的久远为一个早上的短暂。天地，指天长地久。《老子》：“天长地久，天地所以能长且久者，以其不自生，故能长生。” (2)万期：万年。 (3)扃牖(jiōng yǒu)：门窗。 (4)八荒：八方荒远的地方。庭衢：庭院前四通八达的道路。 (5)卮(zhī)、觚(gū)：均为古代盛酒器。 (6)榼(kē)：古代盛酒的器具。 (7)贵介公子：尊贵的豪门子弟。缙绅处士：指古时官宦装束的隐士。处士原为有才德而隐居不仕的人，身穿官宦服饰而隐居，颇有讽刺意味。 (8)罂(yīng)：小口大腹的盛酒器。 (9)箕踞：箕，簸箕。踞，蹲或坐。古时无椅凳，坐于席上，坐则跪，行则膝前，足皆向后，以此表示尊敬。如果伸两足，则手据膝，故若簸箕形状。箕踞是傲慢不敬的姿态。 (10)曲：酒曲。 (11)兀然：浑然无知的样子。(12)豁尔：通达开朗的样子。 (13)扰扰：纷乱的样子。 (14)江汉：长江以及最大的支流汉江。这里泛指大江大河。 (15)二豪：指贵介公子和缙绅处士。 (16)蜾蠃(guǒ luǒ)：青黑色细腰蜂，是一种寄生蜂，它产卵于绿色小虫螟蛉(míng líng)幼虫体内，吸取幼虫作为养料，蜾蠃后代即从螟蛉幼虫体内孵出。古人误以为蜾蠃不产子，喂养螟蛉为子。与，类似。《文选》李善注曰：“二豪，公子，处士也，随已而化，类蜾蠃之变螟蛉也。”

【今译】有位大人先生，他把天地的悠久看作一个早晨的短暂，把一万年看作一瞬间，把太阳、月亮当作房屋里的门窗，把八方荒远当作庭院前四通八达的大路。他行为不依以往规范，居住不在世人房屋。他以天空为帐篷，以大地为床席，任意驰骋。休息时举着酒杯，行动时提着酒壶，一心一意只是饮酒，哪里还知道其他事情！

有尊贵的豪门子弟和身穿官服的隐士，听说我的名声，议论我名声所以大振的情由，于是挥动衣袖，捋起衣襟，咬牙切齿，怒目而视，陈说礼仪法度，褒贬纷纷而起。

先生这时正手捧酒瓮对着酒槽灌酒，嘴里衔着酒杯，用浊酒漱口。他须髯拂动，双脚伸开，一副傲慢不敬的姿态。他头枕着酒曲，坐卧在酒糟上，没有悲戚，也没有忧虑，异常快乐自得。他昏沉无知地醉了，又豁达开朗地醒了。静心听，听不见雷霆的巨大声响；仔细看，看不见泰山的巍峨形体。他感觉不到寒冷和暑热损伤皮肤，也感觉不到利益和欲望影响情感。他俯视世间万物，纷纷扰扰，就像长江、汉水上漂荡的浮萍。两位豪富侍候在他身旁，就像蜾蠃化成了螟蛉。

【点评】酒而有德，立意奇警。酒之德，在使人无忧无虑，心情乐观：酒醉则浑然无知，酒醒则豁达开朗，永无忧愁，永无烦恼。酒之德，又在使人清心寡欲，威武不屈：清心则处惊不变，雷霆之声灌耳而不闻；寡欲则无视权势，泰山之形当前而不见；寒暑不觉其刺肤，利欲不为其动心。酒之德，更在使人正气外射，慑服邪恶：怒目切齿的卫道士顿然悔悟，一变而为心悦诚服的侍奉者。酒德源于人德。俯仰宇宙，凌越时空，超凡脱俗，放浪形骸，是人德的外现，是作者精神世界的自我写照。歌颂酒德，即歌颂这种逍遥自由、超脱放达的魏晋风度。

【集说】沛然从肺腑中流出，殊不见斧凿痕。（惠洪《冷斋夜话》）

从来只说伯伦沉醉，又岂知其得意乃在醒时耶？看其“天地一朝”等，乃是未饮以前，“静听不闻”，乃是既醒以后，则信乎众人皆醉，伯伦独醒耳。（金圣叹《评注才子古文》）

此颂如李太白独酌古风，如杜子美饮中八仙歌，一般意趣。（刘士鏻《古今文致》引徐文长语）

撮庄生之旨，为有韵之文，仍不失潇洒自得之趣，真逸才也。（何焯《义门读书记》）

（吉明周）

王羲之

王羲之(321—379),字逸少,琅邪临沂(今属山东)人,东晋著名书法家,有“书圣”之称。曾为征西将军庾亮参军,后官至右军将军、会稽内史,世称王右军。晚年称病去官,放情山水。其文名为书名所掩,所传书信之文,真实恳挚,流畅自然。有《王右军集》。

兰亭集序[1]

永和九年,岁在癸丑,暮春之初,会于会稽山阴之兰亭[2],修禊事也[3]。群贤毕至,少长咸集。此地有崇山峻岭,茂林修竹;又有清流激湍,映带左右,引以为流觞曲水[4]。列坐其次,虽无丝竹管弦之盛,一觞一咏,亦足以畅叙幽情。是日也,天朗气清,惠风和畅。仰观宇宙之大,俯察品类之盛[5],所以游目骋怀,足以极视听之娱,信可乐也。

夫人之相与,俯仰一世[6],或取诸怀抱[7],悟言一室之内[8];或因寄所托[9],放浪形骸之外[10]。虽取舍万殊,静躁不同,当其欣于

所遇，暂得于己，快然自足，曾不知老之将至。及其所之既倦[11]，情随事迁，感慨系之矣。向之所欣，俯仰之间，已为陈迹，犹不能不以之兴怀；况修短随化[12]，终期于尽。古人云："死生亦大矣！"岂不痛哉！

每览昔人兴感之由，若合一契[13]，未尝不临文嗟悼，不能喻之于怀。固知一死生为虚诞，齐彭殇为妄作[14]。后之视今，亦犹今之视昔，悲夫！故列叙时人，录其所述[15]。虽世殊事异，所以兴怀，其致一也。后之览者，亦将有感于斯文。

【注释】(1)永和九年(353)三月三日，作者和谢安、孙绰等四十一人在会稽兰亭举行了一次盛大的文人集会，大家饮酒赋诗，各抒怀抱。此文便是为这些诗所作的序。 (2)会稽：郡名，包括今江苏东部、浙江南部一带地区。山阴：今浙江绍兴。 (3)修禊：古代风俗，在三月三日，去水边设祭、洗濯，以消灾祈福。 (4)流觞：即流杯，把酒杯放在弯曲的水道中，任其漂流，杯子停在谁的面前，谁就取杯饮酒。 (5)品类：万物种类。 (6)俯仰：指低首抬头，意谓时间短暂。 (7)取诸怀抱：采取倾诉胸怀的方式。 (8)悟言：面对面交谈。悟，通"晤"。 (9)因寄所托：凭借某些事物来寄托情怀。(10)放浪形骸：指形体不受世俗礼法的拘束。 (11)所之：所追求的事物。 (12)修短随化：指生命的长短要听凭天意。 (13)若合一契：如符契一般相合。 (14)彭：彭祖，传说中的长寿者，年高八百岁。殇：没有成年而死。 (15)录其所述：记录各人所作的诗。

【今译】晋穆帝永和九年，是癸丑年。暮春三月初，我们在会稽郡山阴县的兰亭聚会，举行修禊活动。许多贤能之士都来了，年长的年轻的都聚集在一起。这里有高峻的山岭、茂密的树林和挺拔的竹丛；又有清清的溪水、急泻的湍流，辉映环绕在四周，将其引来作为流觞的曲水。大家依次坐在旁边，虽然没有管弦齐奏的盛况，但边饮酒、边咏诗，也足以畅快地抒发内心深处的情感。这一天，天空晴朗，空气清新，微风拂拂，和暖舒畅。抬头观看天地的广大，低首审察物类的繁盛，放眼纵览，舒展胸怀，足以尽情享受所见所闻的乐趣，实在是很愉快啊。

人们相处在一起，很快就度过了一生，或者与朋友畅谈于室内，抒发自己的胸怀；或者行为放纵不羁，寄情于某些事物之中。虽然对生活的取舍不同，性情有恬静与急躁的差异，但当他们高兴地接触所遇到的事物，暂时得意心满意足，竟然会连暮年将临也想不到。等到他们对所追求的事物已经厌倦，心情也随着事物的变化而改变，感慨就会随之而生了。过去所感到欢欣的，顷刻之间已成往事，对此都不能不兴发感慨，更何况人的寿命或长或短，总有顺从天意、归于穷尽的一天。古人说："死与生是一件大事啊！"岂不令人悲痛吗？

我每次看到古人兴怀感慨的原因，就像符契一样相合，故每次都对着这些文章而悲叹，心里却不明白这是为什么。现在才知道把死和生当作一回事是错误的，把长寿和短命等同起来是虚妄的。后人看今人，犹如今人看古人，真是可悲啊！所以我一一记下这次兰亭集会者的名字，抄录他们所写的诗篇。尽管时代不同，事情相异，但兴叹的情致却是一样的。后世的读者，也将会对这些诗文发生感慨。

【点评】生命在自然的长河中是短暂的，美好的东西在生命中又是无法永恒的。王羲之对于自然、时间、生命和历史的意义有着深刻的体验与理解。"群贤毕至，少长咸集"写人文之美，"崇山峻岭，茂林修竹"写自然之美。意犹不足，再写人文动态之美和自然博大之美。然而当人们"仰观宇宙之大，俯察品类之盛"的"俯仰之间""情随事迁"，一切"已为陈迹"。快乐就和美好的东西一样，来得快去得也快。文章情绪由"欣于所遇"的欢乐逐渐变为"情随事迁"的忧伤，变为"死生亦大"的痛苦。首段竭尽渲染"快乐"之大正是从反面衬托出这种痛苦之深，这是生命个体面对浩瀚宇宙发出的对生与死、瞬间与永恒的生存思考和感悟。全文辞采秀逸，幽思绵远，是意味与形式高度完美的统一。

【集说】此文一意反覆生死之事甚疾，现前好景可念，更不许顺口说有妙理妙悟，真古今第一情种也。（金圣叹《评注才子古文》）

山水清幽，名流雅集，写高旷之怀，吐金石之声，乐事方酣，何至遽为说死说痛。不知乐至于极，未有不流入于悲者。故文中说生死之可痛，说今之

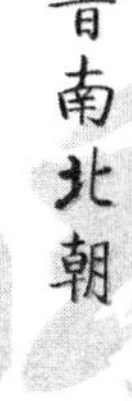

与昔同感，后之与今同悲，总是写乐之极致耳。（于光华《古文分编集评》引谢立夫语）

前写一时之可乐，中由可乐说到可痛，作无数顿跌而入，深情非曲笔不能达也。因会聚之众，历叙一时乐境；因人生乐境不常，发出无穷感慨。言昔人之兴感合于今，又言今日之兴怀合于古，此一意交互法也。末后言后人之感同于今，此又推开一层法也。反覆看来，总从“群贤毕至”二句推出，故为通篇发论之根。（朱宗洛《古文一隅》）

真率萧闲，不事琢磨，寥寥短篇，词意重沓。（钱钟书《管锥编》）

（毛时安　梦　君）

与谢万书[(1)]

古之辞世者，或被发佯狂，或污身秽迹，可谓艰矣。今仆坐而获逸，遂其宿心，其为庆幸，岂非天赐！违天不祥。

顷东游还，修植桑果，今盛敷荣[(2)]。率诸子，抱弱孙，游观其间。有一味之甘，割而分之，以娱目前。虽植德无殊邈[(3)]，犹欲教养子孙以敦厚退让，戒以轻薄。庶令举策数马[(4)]，仿佛“万石”之风[(5)]。君谓此何如？

比当与安石东游山海，并行田视地利[(6)]。颐养闲暇，衣食之余，欲与亲知时共欢宴。虽不能兴言高咏，衔杯引满，语田里所行，故以为抚掌之资。其为得意，可胜言耶！常依陆贾、班嗣、杨王孙之处世[(7)]，甚欲希风数子[(8)]，老夫志愿尽于此也。

【注释】(1)本文稍有删节。　(2)敷荣:开花结果。　(3)邈(miǎo):远,引申为高尚。　(4)庶:表希望。举策数马:策,即马鞭。西汉石奋之子石庆为武帝驭车,武帝问他:“车中几马?”庆用马鞭数马后回答:“六马。”详见《史记》《汉书》。　(5)“万石”之风:石奋因恭敬谨慎侍主,深得高祖、文、景帝器重,景帝号其为“万石君”。其四子皆有父风。　(6)行田:巡察田产。(7)陆贾:协助刘邦定天下,后称病归隐。班嗣:好老庄之学。杨王孙:好黄老之术。以上三位均有出世之志。　(8)希:通“睎”,仰慕。风:风尚。

【今译】古时避世的人，有的披散了头发装作发狂的样子，有的把自己的身体形迹弄得肮脏不堪（为了达到避世的目的），可以说很不容易。现在我不动却得到隐逸，实现了旧时的心愿，这种值得庆幸的事，难道不是上天赐予的？不遵从天意是不祥的。

不久前我从东边旅游归来，修剪种植桑木果树，现已茂盛开花结果。领着几个儿子，怀抱着还幼小的孙子，在树木中游玩观赏。只要有一只味甜的果实，就割开分给大家，皆大欢喜。虽说我修养德性没达到特别高尚的地步，仍想教育子孙遇事以宽厚退让为先，戒除轻薄的举止。希望让他们恭敬谨慎地处世，效仿“万石君”的风范。先生说我此举好吗？

近来应当和安石一起向东游山玩水，并且巡察田产看看收成。保养晚年，满足基本的生活条件之余，想和亲人知己不时地一起欢欢喜喜地进餐。虽然不能畅言高歌吟诗，但斟满酒杯，说说巡视田间的所见所闻，并把它作为闲谈取乐的资料。这种志满意得，怎么可用语言说得尽呢！常常按照陆贾、班嗣、杨王孙的处世方式，很想仰慕那几个人的风尚，老夫的志愿全在这里了。

【点评】伴君如伴虎为古时官场中人所共识。君主得天下后，曾经是战友或功臣的，附骥尾、封诸侯自无问题。但有识之士深知，能与君主同甘共实并不会长久，于是便有范蠡、张子房的隐退，然如范、张之大智慧者能有几人？羲之堪与比肩。不必披发佯狂或污身秽迹，而能优游林下，这更是他的高明处。虽然有陆贾、班嗣、杨王孙为楷范，俨然出世模样，究其根本，却是外道里儒——“庶令举策数马，仿佛万石之风”，即是绝好的注脚。文章写归隐后的闲适与从容不迫，使人不由想起作者的那一篇《兰亭集序》来。

【集说】其趣正在真率。（陈天定《古今小品》）

率子孙，则割桑果之味；宴亲知，则语田里所行，一一皆眼前景物，逸少其善行乐人哉。（纳兰常安《古文披金》）

清真幽淡，使人之意也消。（陈仁锡《古文奇赏》）

（西　坡）

陶渊明

陶渊明(365—427),一说名潜,字元亮,浔阳柴桑(今江西九江)人。曾任江州祭酒、镇军参军、彭泽令等职。因厌恶官场污浊,去官归田,过着“躬耕自资”的隐居生活。卒后朋友私谥靖节,世称靖节先生。文章感情挚厚,词采精拔。刘熙载云:“陶渊明为文不多,且若未尝经意。然其文不可以学而能,非文之难,有其胸次为难也。”(《艺概》)有《陶渊明集》。

五柳先生传[1]

先生不知何许人也,亦不详其姓字。宅边有五柳树,因以为号焉。闲静少言,不慕荣利。好读书,不求甚解;每有会意,便欣然忘食。性嗜酒,家贫不能常得;亲旧知其如此,或置酒而招之。造饮辄尽[2],期在必醉。既醉而退,曾不吝情去留。环堵萧然[3],不蔽风日;短褐穿结[4],箪瓢屡空,晏如也[5]。常著文章自娱,颇示己志。忘怀得失,以此自终。

赞曰[6]:黔娄之妻有言[7]:“不戚戚于贫贱,不汲汲于富贵。”

其言兹若人之俦乎(8)？衔觞赋诗，以乐其志，无怀氏之民欤(9)？葛天氏之民欤？

【注释】(1)据王瑶先生考证，此文作于陶渊明为江州祭酒之前。(2)造：到，去。 (3)环堵：住室四壁。萧然：空寂貌。 (4)短褐：粗布短衣。穿结：指衣服破烂。 (5)晏如：心安貌。 (6)赞：古人常用于传记体文章的结尾处，表示作传人对被传人的评论。 (7)黔娄：春秋时鲁国人，无意仕进，多次辞却诸侯聘请。 (8)其言：推究他所说的话。兹：此，指五柳先生。若人之俦：黔娄之类。 (9)无怀氏：与下句的"葛天氏"都是传说中的古代帝王的名字。

【今译】先生不知道是什么地方的人，也弄不清他的姓氏表字，只因他的住宅旁有五棵柳树，因此就用"五柳"作为他的别号。五柳先生安闲静穆，很少说话，不羡慕荣誉和利禄。爱好读书，但不死抠字眼；每当有所领悟，就会高兴地忘记吃饭。生性喜好喝酒，但家中贫穷不能经常得到；亲戚朋友知道这种情况，有时备了酒招请他。他前去喝酒就要尽量，一定要喝醉了才满足。醉酒之后就退席，一点也不留恋。他的屋子四壁空荡荡，不能遮挡风雨和太阳；穿的粗布短衣打满了补丁，经常缺吃少喝，而他却很安然自得。常常做文章自己取乐，抒发自己的志趣。他能够忘掉患得患失的世俗之情，只愿这样了此一生。

赞语说：黔娄的妻子曾经这样评价自己的丈夫："不因为贫贱而忧虑，不为了富贵而钻营。"推究其言，五柳先生不就是黔娄这样一类人吗？饮酒赋诗，寻自己的快乐，他是无怀氏的百姓呢？还是葛天氏的百姓呢？

【点评】以不足200字写尽一人风貌神气是本文一绝。关键在活得潇洒、写得潇洒，是自传却不见传主姓名籍贯。写习性寥寥几字，简约至极，最长的"嗜酒"不过39字，但简而不浅、约而有博。说他喜读书却不求甚解，说不求甚解却会得意忘食；说他嗜酒又不像别人那样去品味，但求一醉，醉了却又不发酒疯，自行退出。生活贫困却心安理得，奇奇怪怪疯疯癫癫都点到为止，绝不铺陈，是谓写得潇洒。文若其人，奇奇怪怪后面蕴藏着作者的人

生态度。作者既不为世俗人情所累,不为物质生活的贫困所累,也不为自己所嗜好的书与酒所累,活着只求“适得本来面目”,多保留一些自我,写文章也非为传世只为“自娱”,是谓活得潇洒。“忘怀得失,以此自终”,一个格调高古的中世纪文人飘然而至了。

【集说】此传即先生自述,试把先生行履与此传相印证,其一种潇洒奇迈风度,宛然恰合。(过珙《古文评注全集》)

渊明自作传,自作祭文,皆仙笔也。若在孔门,当是颜、闵之间人物,宋儒中元公、纯公流亚焉。(纳兰常安《古文披金》)

昭明为渊明作传,录此一篇,又序其集,称其文章不群,独超众类,而如上两篇(指《桃花源记》及本篇——引者注)皆不入选,意选体藻缋纷披,不欲令藐姑射之仙,下溷脂泽耶?(浦起龙《古文眉诠》)

不矜张,不露圭角,淡淡写去,身份自见,亦与其诗甚似,非养深者不能。此在文中,乃逸品也。(李扶九《古文笔法百篇》)

(毛时安　梦　君)

归去来兮辞[1]

归去来兮,田园将芜胡不归?既自以心为形役[2],奚惆怅而独悲?悟已往之不谏,知来者之可追。实迷途其未远,觉今是而昨非。舟遥遥以轻飏,风飘飘而吹衣。问征夫以前路,恨晨光之熹微[3]。乃瞻衡宇[4],载欣载奔[5]。僮仆欢迎,稚子候门。三径就荒[6],松菊犹存。携幼入室,有酒盈樽。引壶觞以自酌,眄庭柯以怡颜[7]。倚南窗以寄傲[8],审容膝之易安[9]。园日涉以成趣,门虽设而常关。策扶老以流憩[10],时矫首而遐观。云无心以出岫[11],鸟倦飞而知还。景翳翳以将入[12],抚孤松而盘桓。归去来兮,请息交以绝游。世与我而相违,复驾言兮焉求[13]?悦亲戚之情话,乐琴书以消忧。农人告余以春及,将有事于西畴[14]。或命巾车[15],或棹孤舟。既窈窕以寻壑[16],亦崎岖而经丘。木欣欣以向荣，泉涓涓而始流。善万物之得时[17]，感吾生之行休[18]！已矣乎！寓形宇内复几时[19]，曷不委心任去留？胡为乎遑遑欲何之？富贵非吾愿，帝乡不可期[20]。怀良辰以孤往，或植杖而耘耔。登东皋以舒啸，临清流而赋诗。聊乘化以归尽[21]，乐夫天命复奚疑！

【注释】(1)此文作于晋安帝义熙元年(405)陶渊明辞彭泽令回家之际。(2)以心为形役：心志已为形体所役使。(3)熹微：微明。(4)衡宇：指以横木为门的简陋房屋。(5)载：且。(6)三径：庭院内的小路。(7)眄(miǎn)：斜视。(8)寄傲：寄托傲世之情。(9)审：深知。容膝：指居室狭小。(10)扶老：手杖。流：周游。(11)岫：山穴。(12)翳翳(yì)：昏暗的样子。(13)驾：驾车出去。言：语气助词。(14)畴：田亩。(15)巾车：有帷的小车。(16)窈窕：山道幽深貌。(17)善：羡慕。(18)行休：行将结束。(19)寓形宇内：寄身于天地之间。(20)帝乡：仙境。(21)乘化：顺随着大自然的运转变化。

【今译】回去吧，田园将要荒芜了，为什么还不回去？既然自己的心志已为形体所驱使，又何必伤感而独自悲哀呢？认识到过去做错的事已无法挽回，但知道未来是可以弥补的。确实走入了迷途但好在不远，现在已经明白如今是对的而过去是错的了。船在水面上轻快地飘荡前进，风儿飘飘吹动着我的衣裳。向行人询问前面的路程，只恨晨光还朦朦胧胧。远远望见了自己的房屋，就高兴地奔去。僮仆前来迎接，孩子们等候在家门。庭院的小路已长满杂草，松树和菊花还依然存在。领着孩子走进屋里，酒器里已装满了酒。端起酒壶自斟自饮，闲看着院里的树木感到非常愉快。凭靠着南窗寄托自己傲世的情怀，深深感到斗室也可使人自足自安。天天到园中散步很有乐趣，屋子虽有门却经常关闭。拄着手杖到处游息，不时抬起头来向远处眺望。云气自然而然地从山穴中升起，鸟儿飞倦了也知道回巢。阳光渐渐暗了太阳快要落山，我还抚摸着孤松流连忘返。回去吧，让我和世俗断绝交往。既然这个世道与我心意不合，我还要驾车出去追求什么呢？喜欢同亲戚们谈谈知心话，乐于弹琴读书以消解忧愁。农人们告诉我春天来了，将要到西边的田地里去耕种。有时乘坐带帷的车子，有时划着一条小船，有时

经过曲折幽深的山沟，有时穿过高低不平的山丘。树木生机勃勃滋长繁茂，泉水淅淅沥沥慢慢流淌。我真羡慕自然界万物都自得其时，感叹自己的生命即将结束！算了吧！人生寄身于天地之间能有多久，为什么不随心所欲地决定自己的去留？为什么心神不定，究竟要到哪里？富贵不是我的心愿，神仙境界也可望不可及。遇到好天气就一个人独自出去，有时放下手杖除草培苗，有时登上东边的高地放声长啸，有时在清清的流水边吟咏诗篇。姑且顺应着自然的变化了结此生，只要乐天安命，还有什么可疑虑的呢！

【点评】自29岁起任江州祭酒至决意归隐前的彭泽令，十余年断断续续做的都是“芝麻官”，以不世之才德而被拒于门阀制度，作者居然还能忍受如此时日，其代价无非是人格分裂的痛苦。41岁的陶渊明终于“不愿为五斗米折腰向乡里小儿”，同时也不得不再次放弃“治国平天下”的社会抱负，写下了不朽名篇《归去来兮辞》，也无非让内心在希望破灭时作最后一番挣扎。

放弃一生的理想追求是一种痛苦，这是放弃生命的价值，放弃自我。痛苦还在于明知“世与我而相违”，却不能直指朝廷与社会的昏暗，还要为自己归隐寻找一个“田园将芜胡不归”的人人都能接受的理由。陶渊明知道自己活得太累，他要为现实与理想都不能如意的余年寻找一条新的出路。好在中国知识分子的最后的出路永远不会断绝，那就是“老庄”。作者最后是解脱了，可是读者却从文章中感到一种深深的痛苦，那是历史的痛苦。

【集说】凡看古人长文，莫以其汪洋一篇便阁过。古人长文，皆积短文所成耳。即如此辞本不长，然皆是四句一段。试只逐段读之，便知其逐段各自入妙。古人自来无长文能妙者，长文之妙，正妙于中间逐段逐段纯作短文耳。（金圣叹《评注才子古文》）

陶元亮之辞去来，有野鹤任风、闲鸥立海之状，读之令人清洒。（《新镌焦太史汇选百家评林名文珠玑》引李性学语）

既将“归去来”三字作题，则因题立意，当悔未归以前之误，与去彼来此之急；及归来后游赏之趣、田园之乐，及家人相聚之欢，四面设色生情。于“归去来”三字，自然写得周致，故善用意者，其思路无所不到。（朱宗洛《古文一隅》）

先生岂是一味吟风弄月与麈尾清谈者比，盖因晋祚将移之时，世道人心，俱不可问，故托五斗折腰之说，解组归田。看篇中"美万物之得时，感吾生之行休"二语，微意已见。辞义萧散，虽楚声而无怨尤局蹙之病。（过珙《古文评注全集》）

（文　祥　汝　东）

游斜川诗序[1]

辛酉正月五日，天气澄和，风物闲美。与二三邻曲[2]，同游斜川。临长流，望曾城[3]。鲂鲤跃鳞于将夕[4]，水鸥乘和以翻飞。彼南阜者[5]，名实旧矣，不复乃为嗟叹！

若夫曾城，旁无依接，独秀中皋[6]。遥想灵山[7]，有爱嘉名。欣对不足，率共赋诗。悲日月之遂往，悼吾年之不留。各疏年纪乡里，以记其时日。

【注释】(1)此序及诗作于宋永初二年辛酉(421)正月五日，陶渊明五十七岁时。斜川，当在今江西都昌附近湖泊中。　(2)邻曲：邻居。　(3)曾城：山名。　(4)鲂：淡水鱼类，又名鳊鱼。　(5)南阜：南山，即庐山。　(6)皋(gāo)：泽旁高地。　(7)灵山：昆仑山有曾城九重(据《淮南子》)，渊明因目前所望的曾城与昆仑仙居的名称相同，因此说"遥想灵山，有爱嘉名"。

【今译】辛酉年正月五日，天气清朗而和暖，风物闲静而优美。我和两三位邻居，一同到斜川游玩。来到长长的流水边，遥望高高的曾城山。鲂鱼和鲤鱼在水波中跳跃，夕阳映照，鱼鳞闪闪。水上的鸥鸟乘着和风，上下翻飞。那边叫作南山的，名称与风景已经看过多次，不再能引起我们的感叹。

至于说到曾城，它旁边并没有连接别的山峰，在泽旁的高地上巍然独秀。遥想昆仑山的曾城，有着同一个美好的名称。观览、欣赏还嫌不足，于是我们共同赋诗。可叹岁月已经消逝，青春的年华无法挽留。各人写下自己的年龄、家乡，来纪念这样一个日子。

【点评】斜川之游，不在观赏风景奇丽，而是尽情领略大自然的乐趣，心身闲适，安然自得，似与天地万物融合为一。对岁月流逝的感慨，淡淡两句，若有若无。言辞文字，淡到了极处，而淡中有味，耐人咀嚼，充分显示出陶渊明的恬淡胸怀与高度的文学修养。

【集说】幅短情长，俯仰无限。（陈天定《古今小品》）

无意为文，自然清远。（纳兰常安《古文披金》）

渊明闲世之士也，《斜川游》，一时之胜也。读其序，诵其诗，孰不怅然而遐想？后世失其所在，世人念斜川，若昆仑、桃源比也。（骆庭芝《斜川辨》）

天气和者不必澄，风物美者不必闲，此兼言之，方是初春时候，不落二三月矣。元亮寓目会心，兴趣独别。（蒋薰《评陶渊明诗集》）

（黄　明）

颜延之

颜延之(384—456),字延年,琅邪临沂(今属山东)人。少孤贫,好读书,无所不览;喜饮酒,性偏激,不护细行。历官永嘉太守、步兵校尉、秘书监、金紫光禄大夫等职。与谢灵运齐名,世称“颜谢”。为文精致,然时有辞浮于意之病。有《颜光禄集》。

为湘州祭屈原文[1]

维有宋五年月日[2],湘州刺史吴郡张邵,恭承帝命,建旟旧楚[3]。访怀沙之渊[4],得捐珮之浦[5]。弭节罗潭[6],舣舟汨渚[7]。乃遣户曹掾某[8],敬祭故楚三闾大夫屈君之灵。

兰薰而摧,玉缜[9]则折。物忌坚芳,人讳明洁。曰若先生[10],逢辰之缺[11]。温风怠时[12],飞霜急节。嬴芈遘纷[13],昭怀不端[14]。谋折仪尚[15],贞蔑椒兰[16]。身绝郢阙[17],迹遍湘干[18]。比物荃荪[19],连类龙鸾[20]。声溢金石[21],志华日月。如彼树芳[22],实颖实发[23]。望汨心欷,瞻罗思越[24]。藉用可尘,昭忠难阙。

【注释】(1)颜延之因才被忌。他出任始安(今广西桂林)太守,赴任时途经汨罗(今湖南湘阴县东北),作此文以抒不平之气。湘州:指湘州刺史张邵。 (2)有宋五年:宋元嘉五年(428)。 (3)旟(yú):旗帜的一种,建旟即受命出任一方大员。旧楚:湘州为旧时楚国之地。 (4)怀沙:屈原《楚辞·九章》篇名,相传为屈原的绝命辞。 (5)捐珮:《楚辞》:"捐余玦兮江中,遗予珮兮澧浦。"珮:玉饰,公卿士大夫随身携带之物。 (6)弭(mǐ)节:驻节,停车。节,符节。 (7)舣(yǐ):停泊。 (8)户曹掾:官名。 (9)缜(zhěn):细致。 (10)曰若:句首助词。 (11)逢辰之缺:生不逢辰。(12)怠:同"迨",趁,及。 (13)嬴:秦王室的姓。芈(mǐ):楚王室的姓。(14)昭、怀:秦昭襄王与楚怀王。秦昭襄王、楚怀王在位期间是秦楚两国力量对比变化的关键时期。不端:不正派、不规矩,指秦昭襄王诱楚怀王入秦,拘留至死。 (15)仪、尚:秦遣张仪事楚,诱怀王。屈原力言秦不可信。尚:靳尚,楚大夫,嫉害屈原之才。 (16)椒、兰:大夫子椒,怀王少弟司马子兰。《楚辞》:"椒专佞以慢谄""余以兰为可恃兮,羌无实而容长"。 (17)郢阙:楚国都城,故址在今湖北江陵。 (18)湘干:湘江之岸。 (19)荃荪:香草。 (20)龙鸾:虬龙鸾凤,比喻君子。 (21)金石:钟磬所奏的音乐。(22)树芳:树上花朵。 (23)颖:麦穗基部的苞片。 (24)思越:魂思飞越。

【今译】大宋元嘉五年某月某日,湘州刺史吴郡张邵,遵奉皇帝之命,在过去楚国的土地上,竖起刺史的旌旗。访问屈原的遗迹,寻找他投江的地方。在汨罗潭边停住节旄,洲渚旁泊下了船只。于是派遣户曹掾某某,祭奠楚国三闾大夫屈君的英灵。

芳兰因为香气而受摧折,美玉因为质地细洁而遭毁坏。物品忌的是坚硬芬芳,人格忌的是明智高洁。屈原先生啊,你生不逢辰。万物在温风吹拂中生长,而又在寒霜中被扼杀。秦、楚两国争端纷起,昭王用卑鄙的手段囚禁了怀王。你的才智压倒张仪、靳尚;你的志节非子椒、子兰所能比肩。可是你被迫离开了郢都,你的足迹遍布湘江。你像那香草,虬龙、鸾凤才配得上做你的同类。你的声名远扬,如同钟、磬奏出的音乐一样洪亮;你的志节像太阳，像月亮，发出光芒。像开花的树木，结实颗颗饱满。望着汨罗江，心中唏嘘，神思飞越。你给后人留下了榜样，你的忠诚气节永远传扬。

【点评】伟大的爱国诗人屈原，几千年来一直是坚贞、高洁的化身，是文人志士赞颂、歌咏、哀悼的对象。西汉文学家贾谊被贬谪长沙时，曾感怀身世，作文吊屈原，辞情激烈悲凉，是汉赋中一篇著名的作品。颜延之才华见称于当代，不得重用，反被任为遥远荒僻的始安太守，其遭遇与屈原十分相似。但此文是应湘州刺史张邵之请而作，不能过多倾诉个人的愤懑，所以他以正面赞颂为主，而从"物忌坚芳，人讳明洁""比物荃荪，连类龙鸾"等文句中，隐隐透露出个人的抱负和对遭受忌妒打击之不平。

【集说】古来文士之厄，大都如此。每读一过，为凄咽久之。（许梿《六朝文絜》）

果是八宝流苏，中以四言括三闾之事，笔力高古。（陈天定《古今小品》）

（黄　明）

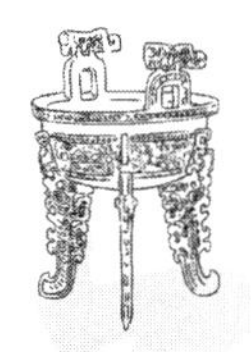

刘义庆

刘义庆(403—444),彭城(今江苏徐州)人。刘宋宗室,袭封临川王。性情简素,寡嗜欲,爱好文艺。曾任荆州、江州、南兖州刺史。有《世说新语》《幽明录》等。《世说新语》记魏晋间士大夫的言行风貌,分德行、言语、文学等三十六门,多者百余言,少或三言两语,而一代人物,百年风尚,历历如睹。后世轶闻琐语之书,殆受其影响。胡应麟云:"读其语言,晋人面目气韵,恍然生动,而简约玄澹,真致不穷,古今绝唱也。"(《少室山房笔丛》)

身无长物

王恭从会稽还(1)。王大看之(2)。见其坐六尺簟(3),因语恭:"卿东来,故应有此物,可以一领及我(4)。"恭无言。大去后,即举所坐者送之。既无余席,便坐荐上(5)。后大闻之,甚惊,曰:"吾本谓卿多,故求耳。"对曰:"丈人不悉恭(6),恭作人无长物(7)。"

【注释】(1)王恭:字孝伯,晋人。会稽:郡名,治所在今浙江绍兴。

(2)王大：王忱，字元达，小字佛大，亦称阿大，晋人。　(3)簟：竹席。(4)领：量词，席一张叫一领。　(5)荐：草垫子。　(6)丈人：古代对老人或长辈的尊称。　(7)长(zhàng)物：多余的东西。

【今译】王恭从会稽回来，王大去看望他。见王恭坐在六尺长的竹席上，便说："你从浙东来，应该有不少这种席子，可以送一张给我。"王恭没有答话。王大走后，王恭立即把自己坐的那张竹席送了过去。王恭自己已经没有其他竹席了，便坐在草垫上。后来王大听说了这件事，很吃惊，说："我原来以为你有好多，所以才向你要的。"王恭回答："你不了解我，我做人从没有多余的东西。"

【点评】百把字写一出戏。戏剧背景是王恭从会稽归，王大去看他。戏剧动机是王大看中王恭那领竹席。主角当然是王恭，但妙的是主角"无言"一声不吭，只是呆呆坐着，先坐"六尺簟"，后坐草垫。配角却喋喋不休能说会道，要人东西还说人"应有此物"，似乎非送不可。及至王恭坐了草垫，才煞有介事地"甚惊"，说一句"本以为你席多，所以才要的"，以巧辞掩了贪心。但沉默并非不说而是大巧若拙。当读者以为小戏落幕时，冷不丁主角王恭说出一句"恭作人无长物"来，让你吃惊老半天。于是送竹席一件小事突然被提升到了"作人"的高度，被赋予一种哲学意义，所有的行为也因为这句台词的烛照具有了不同寻常的意义。人生不为身外之物所累，这就是鲁迅先生推崇的魏晋风度。真是一句话写活了一个人！

【集说】无紧无要，有襟有度。(刘辰翁批《世说新语》)

(毛时安　梦　君)

新亭对泣

过江诸人(1)，每至美日，辄相邀新亭(2)，藉卉饮宴。周侯中坐而叹(3)，曰："风景不殊，正自有山河之异。"皆相视流泪。唯王丞相愀然变色曰(4)："当共戮力王室，克复神州(5)，何至作楚囚

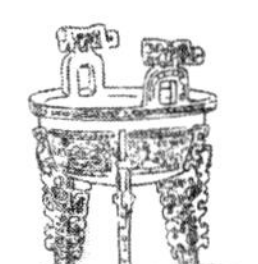

相对[6]！”

【注释】(1)西晋亡后，中原人士相率过江；琅邪王睿亦过江即帝位，是为东晋元帝。 (2)新亭：三国时吴所建，故址在今江苏南京市南。 (3)周侯：名周𫖮，字伯仁，父浚以平吴功封成武侯，𫖮袭爵，世称周侯。 (4)王丞相，名导，字茂弘，元帝即位后官丞相。 (5)神州：本泛指中国，这里指黄河流域一带中原地区。 (6)楚囚：春秋时楚国钟仪为晋所俘，晋人称之为楚囚。这里用来指束手无策的人。

【今译】过江避难的那些官员，每逢风和日丽的日子，经常相邀来到新亭，在草地上饮酒会宴。周侯在席间感叹说：“风景倒没有什么不同，只是山河国土起了变化！”大家听了，相对落泪。只有王丞相脸色一沉说：“大家应当同心协力效忠朝廷，收复中原，哪能像亡国囚徒似的相对哭泣呢？”

【点评】艺术忌讳大道理。本篇说的恰恰是爱国救国的大道理，却不仅不让人生厌，相反令你感动，关键在于处处用对比、用形象说话，有了“理趣”。先是以周侯为首诸人群像为对比。诸人亡国又不忘美日宴饮，美日宴饮却又叹又泣，周侯话语中又有风景不异与河山有异之转折，用三组小对比刻画出一群徒怀故国之悲又不思发愤、无可奈何的达官贵人。然后是群像与王导的大对比，作者以“愀然变色”这个动态性动作显示伟丈夫气概。在其掷地如金石有声的慷慨陈词中，还运用了“当”（假设）和“作”（既成事实）的对比，恰到好处地传达了王导内心的激愤。可以说全篇洋溢着一股爱国主义激情，使人读之动容，“新亭对泣”也由此成为典故。

【集说】俯仰情至。（刘辰翁批《世说新语》）

“藉卉”二字颇妙。（凌濛初《世说新语鼓吹》）

（毛时安　梦　君）

木犹如此

桓公北征[1]，经金城[2]，见前为琅邪时种柳[3]，皆已十围[4]，慨然曰："木犹如此，人何以堪！"攀枝执条，泫然流泪[5]。

【注释】(1)桓公：名温，字元子，东晋征西大将军。 (2)金城：在今江苏镇江市附近。 (3)琅邪：郡名，东晋时侨置，治所在金城。桓温于咸康七年(341)时曾任琅邪内史。 (4)围：旧有二说，一以两手相合(拇指食指相接)为一围，一以合抱为一围，前说为较近事实。 (5)泫然：伤心流泪貌。

【今译】桓温北征，途经金城，见到从前任琅邪内史时种植的柳树，都已长得相当粗大，便感慨地说："树木都长得这么大了，人怎么经受得了岁月的流逝呢！"说罢，攀折枝条，伤心地流下泪来。

【点评】男儿有泪不轻弹，只因未到伤心处。桓温身为大将军，功名显赫，何悲之有？

有晋，国家曾短暂统一。然而朝廷为权贵操纵，政治腐败。不久战乱纷起，北方中国遭受外族入侵，贵族、酋长争夺地盘，长期混战。至东晋时，局面更是难以收拾，帝王成为傀儡，大权落入豪族手中，"收复王土"只是做个样子而已，世风崇尚老庄，满朝清谈玄理，政非务实。而桓温辈却奔走沙场，一生征战，其实徒劳无所获，到头来，竟不知为谁。所悲者，岁月空流去也。

【集说】写得沉至，正在后"人"字耳。若止于桓大口语，安得如此凄怆。(刘辰翁批《世说新语》)

大都是王敦击唾壶意。(王世懋批《世说新语》)

(文 祥 汝 东)

郭淮遣妻

郭淮作关中都督[1]，甚得民情，亦屡有战庸。淮妻，太尉王凌之妹[2]，坐凌事，当并诛，使者征摄甚急。淮使戒装，克日当发。州府文武及百姓劝淮举兵，淮不许。至期遣妻，百姓号泣追呼者数万人。行数十里，淮乃命左右追夫人还，于是文武奔驰，如徇身首之

急。既至，淮与宣帝书曰[3]："五子哀恋，思念其母。其母既亡，则无五子；五子若殒，亦复无淮。"宣帝乃表特原淮妻[4]。

【注释】(1)郭淮：字伯济，三国魏文帝时任雍州刺史，迁征西将军。(2)王凌：字彦云，历司空、太尉、征东将军。密欲立楚王彪，遭到司马懿的征讨，投降后自杀。　(3)宣帝：即司马懿，字仲达，魏明帝时任大将军。其孙司马炎代魏立晋后，被追尊为宣帝。　(4)原：宽恕。

【今译】郭淮为关中都督时，深得人心，也屡立战功。郭淮的妻子是太尉王凌的妹妹，因王凌犯罪而受株连，也要被处死。使者收捕很急。郭淮让她整理行装，按限定时日出发。州府文武官员和老百姓都劝郭淮起兵，郭淮不同意。到了规定日期，他便打发妻子上路，数万百姓一边放声大哭，一边追赶着。一直走了几十里路，郭淮才命手下人将妻子追回来，于是文武官员奔驰而去，犹如为了自己的性命一般着急。回来后，郭淮给司马懿上书说："五个儿子悲哀眷恋，思念着他们的母亲。他们的母亲若死掉，五个儿子也就活不成了；五个儿子若活不成，也就没有郭淮了。"司马懿于是上表特奏皇帝宽赦郭淮的妻子。

【点评】好文章如好茶，慢品再三方得其味。

郭淮遣妻，帝命难违，不得不遣，此写忠君重义。遣而追，此写多情丈夫。与帝书，此写慈爱父亲。以如此重情重义请免罪，帝特赦，此存纲常、正伦理，岂容有疑？表面文章，有头有尾，平常故事一则。

细读之，发现作者笔下暗藏一件惊心动魄事体，暗写一人大智大勇谋略。妻以舅事而连坐，郭淮岂无干系？妻既诛，淮又安能自保？虽为功臣而居，然文帝换了明帝又当如何？诛其妻，或许是进而对郭淮动手的试探也未可知。故妻之不保，自身难保，欲赦己必先救妻。要挽救情势，于郭淮唯可依靠的是"实力"。明谋举兵失理在先，非良策。况且当事人还有两个问题：一是民情军心其拥戴程度如何？二是朝廷是否将郭淮实力放在眼里？唯有一试方知分晓。于是假戏真做："郭淮遣妻"。果然，州府文武乃至百姓，"号泣追呼者数万人""如徇身首之急"。这无异于向朝廷示威。郭淮由是心定，乃与司马懿书,再陈母子、父子、夫妻之情,无非敦促放人,“亦复无准”,更是一种不容否定的暗示。司马懿当然知道关中情形,哪敢不“特原淮妻”。

【集说】语甚感动,节次皆是。(刘辰翁批《世说新语》)

世语简而尽,前后相应,叙事工拙见矣。(王世懋批《世说新语》)

(文　祥　汝　东)

但见其上

高贵乡公薨[(1)],内外喧哗。司马文王问侍中陈泰曰[(2)]:“何以静之?”泰云:“唯杀贾充以谢天下[(3)]。”文王曰:“可复下此不?”对曰:“但见其上,未见其下。”

【注释】(1)高贵乡公:即曹髦,字彦士,曹丕之孙,正始年间封为高贵乡公。公元254年即位,后被司马昭的党羽贾充派人杀死。薨:诸侯及高官的死之称。　(2)司马文王:即司马昭。陈泰:字玄伯,官至尚书右仆射。(3)贾充:字公闾,曾任三国魏大将军司马、廷尉,为司马氏的亲信。西晋时官至尚书令。

【今译】高贵乡公被人杀死,朝廷内外一片喧嚷声。司马昭问侍中陈泰说:“怎样才能使他们平静下来?”陈泰说:“只有杀掉贾充,向天下谢罪。”司马昭又说:“能不能找一个比他地位低一点的人呢?”陈泰回答:“只有找比他地位高的,不能找比他地位低的。”

【点评】一卷《世说》在握,宛如厕身一个五光十色的人物世界,或慧或黠,或刚或柔,或狂或傲,各色人等纷沓而至,但以忠介耿直而言,几乎没有超过陈泰的。通篇除开始以叙事交代背景外,纯以对话见性格、见性情、见神气。《世说》写对话大凡以机智隽永取胜,此篇却以言辞刚劲激越动容。问方司马昭做贼心虚,“何以静之”,心中有鬼口气疲软。答方陈泰针锋相对,不为所动,“杀”且“唯”,不仅不容置疑,更叫你别无选择,用字力度可见

一斑。问方不甘心再问,用"可……不"征询句式,语调更加绵软无力。答方寸步不让,义正辞严,"但见"与"唯杀"一脉相承,但锋芒直指司马昭,并以"未见其下"断绝后路。整篇对话一气呵成,间不容发,答方用字富于力量感,如泰山压顶之势。在对话中完成了一个置生死于度外的封建时代忠臣的艺术形象。对话戛然而止,但陈泰的命运却让人担忧,留下一大悬念。

【集说】真方正之目也,神志凛然。(刘辰翁批《世说新语》)

千载凛凛,群有惭德矣。(王世懋批《世说新语》)

如此儿乃与父并列,薰莸同器。(凌濛初《世说新语鼓吹》)

(毛时安　梦　君)

东床坦腹

郗太尉在京口(1),遣门生与王丞相书(2),求女婿。丞相语郗信:"君往东厢,任意选之。"门生归白郗曰:"王家诸郎亦皆可嘉,闻来觅婿,咸自矜持,唯有一郎在东床上坦腹卧,如不闻。"郗公云:"正此好!"访之,乃是逸少(3),因嫁女与焉。

【注释】(1)郗太尉:即郗鉴,字道徽,官至太尉。京口:古城名,故址在今江苏镇江。　(2)王丞相:即王导。　(3)逸少:即著名书法家王羲之,王导的侄子。

【今译】郗太尉在京口时,派门客送给王丞相一封信,想在王家找个女婿。王丞相对郗太尉的门客说:"您到东厢房,任意挑选好了。"门客回去后,禀告太尉:"王家的诸公子都值得赞美,听说来挑女婿,都拘谨庄严起来,只有一位公子裸着肚子躺在东床上,好像没有这么回事。"郗公说:"就是这个好!"派人去打听,原来是王羲之,于是便把女儿嫁给了他。

【点评】一代人有一代人的风度、一代人的文章。魏晋风度是篇大文章,这则小品却以小托大,借助通常所谓的"招女婿"突现魏晋文人士大夫的风度。

太尉郗鉴“求女婿”，自己不身体力行，却差门人前往，此一奇。王丞相随便得很，让送信人“任意”挑选，又一奇。怎么挑选，留出一片空白。腾挪写门生汇报，以诸郎矜持反衬一郎之奇，“闻来觅婿”却“如不闻”，光肚皮躺床上，无事一般。更奇在有其婿必有其翁，郗太尉不加思索做出抉择：“正此好。”文章亦如风度，信手拈来，字字传神于环堵，写动作“床上坦腹卧”，写语言“正此好”，清峻通脱，从门生视角发散又收拢，文字更为简约，实是即事见人的文章高手，写活写绝了魏晋风度，遂使一代人物、百年风尚，历历如睹。

【集说】晋人风致著此，故为第一。在古人真不可无。（刘辰翁批《世说新语》）

（毛时安　梦　君）

小儿破贼

谢公与人围棋(1)，俄而谢玄淮上信至(2)。看书竟，默然无言，徐向局(3)。客问淮上利害，答曰：“小儿辈大破贼。”意色举止，不异于常。

【注释】(1)谢公：即谢安，字安石。　(2)谢玄：字幼度，谢安侄，东晋名将。淮上：淮河上游，即淝水之战的战场。　(3)局：棋局。

【今译】谢安同客人下围棋，不久，谢玄从淮水前线派来的使者到了。他看完信后，默不作声，慢慢地向着棋局照常下棋。客人问前线胜负的情况，谢公回答说：“小孩子们大破敌军。”说话时的神情动作，与平常没有什么不同。

【点评】不动声色举重若轻，是晋人晋文风度之所在。《世说新语》深得精髓。此篇背景乃淝水大战不绝于耳之隆隆金鼓，但全篇竟未见一枪一箭、一兵一卒。生命攸关之际，重权在握的谢安却安之若素“与人围棋”，足见其胸襟与气度。与下围棋的高雅氛围相对应，文章也极静极稳。“俄而”“淮上

信至”，陡起波澜，未成风浪又趋平静。“默然”“徐向”，写人物神情，于无声处听惊雷，有千钧一发的内在力度和悬念。“客问”，再起波澜。妙在主答“小儿辈大破贼”，字字千斤却如大匠运斤轻快调侃，“小儿辈”与“大破贼”对比极富喜剧色彩。然后又复归于平静，“不异于常”。全篇是一种静——动——静的结构。而“不异于常”，则既是这则小品行为的终点，又是一代名臣谢安人格的写照和概括。

【集说】只如此，本分，本分。（刘辰翁批《世说新语》）

竟不言折屐齿。（凌濛初《世说新语鼓吹》）

（毛时安　梦　君）

诸葛兄弟

诸葛瑾弟亮[(1)]，及从弟诞[(2)]，并有盛名，各在一国。于时以为蜀得其龙，吴得其虎，魏得其狗[(3)]。诞在魏，与夏侯玄齐名[(4)]，瑾在吴，吴朝服其弘量。

【注释】(1)诸葛瑾：字子瑜，仕吴任长史、南郡太守，孙权称帝后，官至大将军。诸葛亮：字孔明，辅佐刘备立蜀国，任蜀丞相，封武乡侯。　(2)诸葛诞：字公休，仕魏任扬州刺史、镇东将军。　(3)狗：古时称幼小的动物为狗，诸葛诞在三兄弟中最小，故有此称。　(4)夏侯玄：字太初，曾任征西将军。

【今译】诸葛瑾的弟弟诸葛亮，以及堂弟诸葛诞，都有很高的声名，各自在一个国家任职。当时的人认为蜀国得到了其中的一条龙，吴国得到了其中的一只虎，魏国得到了其中的一只幼仔。诸葛诞在魏国，与夏侯玄齐名；诸葛瑾在吴国，吴国朝廷中都佩服他宽宏的胸怀。

【点评】本篇妙在“巧”“智”二字，“巧”在作者视角巧妙地逮到了一个难得的巧合：诸葛三兄弟“各在一国”。于是就有了让人智慧回旋展开的余地，聪明而诙谐地将三人比之各得其所的龙虎狗。最令人忍俊不禁的是称诞为狗，既指其才情又合其排行。大时代可以透过小事件来折光，从当时人们的这种议论中足以见到魏晋时代民风的机智幽默和调侃，活得自在，敢拿大官们寻开心。而作者的巧智集中体现在貌似平淡无奇的结尾。略卧龙而不提，大谈狗虎，狗在魏，与一代名将夏侯玄齐名，虎在吴，朝野折服，虎狗尚如此，则龙的才能才华尽在不言中。故而明扬虎狗，暗褒卧龙。这是文章中巧用“暗度陈仓”的杰作。接受美学所谓“召唤结构”必需的“空白”，早见于《世说》之中了。

【集说】后两语正自推尊武侯。（王世懋批《世说新语》）

不目武侯特妙，《世说》佳处正以此。（凌濛初《世说新语鼓吹》）

（毛时安　梦　君）

人欲危己

魏武帝言：“人欲危己，己辄心动。”因语所亲小人曰：“汝怀刃密来我侧，我必说‘心动’。执汝使行刑，汝但勿言其使，无他，当厚相报。”执者信焉[1]，不以为惧，遂斩之。此人至死不知也。左右以为实，谋逆者挫气矣。

【注释】(1)执者：被抓的人。

【今译】魏武帝曹操经常说：“如果有人试图危害我，我立即就会心跳。”于是他对一位亲近的侍从说：“你怀中藏着刀偷偷地来到我的身边，我一定会说‘心动’。抓住你行使刑罚时，你只要不说出是我指使的，不会有其他什么祸事，我会重赏你的。”被抓的人果真相信此话，一点也不感到害怕，于是就被杀掉了。那个人至死也不明白是怎么一回事。魏武帝周围的人都以为这是真事，想施行谋害的人因此而灰心丧气了。

【点评】不由赞叹京剧脸谱艺术的高度抽象性和象征性，一张“大白抹子”脸，把个曹操奸、险、诈、狠的特征表现得叫人一目了然。

虽居高位，却身处“人欲危己”的境况，曹操对此心中十分明白。但谁是谋逆者？或许周围的人都是伺机而动的刺客也难说。必须来个先下手为强，以“杀”制“杀”！这便是曹操的奸与狠。尽管心里这么盘算，却面上不动声色，说一句“心动”（谁又能看得出“心动”），这便是曹操靠“大白脸”掩盖了所有会显露内心活动的表情。

为了证明自己有预感谋杀的“心动”特异功能，而不惜拿亲近的人开刀，这便是曹操的险；而被用来“试刀”的人“至死不知”“左右以为实”，这便是曹操的诈了；而真正的谋逆者因为看不透曹操“大白脸”背后到底藏着怎样的念头，自然是自挫其气不敢轻举妄动了。

【集说】文字中留此鬼，当夜哭。（刘辰翁批《世说新语》）

奸雄假谲，至死欺人，嗟嗟。败面中风，同愚父及叔父矣。尚何军士不在智术簸弄中也。（凌濛初《世说新语鼓吹》引王三阳语）

（文　祥　汝　东）

雪夜访戴

王子猷居山阴(1)，夜大雪，眠觉，开室，命酌酒，四望皎然。因起彷徨，咏左思《招隐诗》(2)，忽忆戴安道(3)。时戴在剡(4)，即便夜乘小船就之。经宿方至，造门不前而返。人问其故，王曰：“吾本乘兴而行，兴尽而返，何必见戴？”

【注释】(1)王子猷：即王徽之，王羲之的儿子。山阴：今浙江绍兴。(2)左思：字太冲，西晋著名诗人。　(3)戴安道：即戴逵，学问广博，善属文，隐居不仕。　(4)剡：今浙江嵊州。

【今译】王徽之住在山阴时，一天夜里下了大雪，醒来后，打开房门，叫人斟酒，往四面望去，一片明亮。于是起身徘徊，吟咏着左思的《招隐诗》，忽然想起了戴逵。当时戴逵正在剡县，王徽之当即乘着小船去拜访他。经过一整夜才到达，到了门前却不进去，又返回山阴去了。人们问他这是何故，王徽之说:“我本是乘兴而去,兴尽而回,为什么一定要见到戴逵呢?”

【点评】《世说新语》写人物性格、情态举止,笔墨简练,是大写意。王子猷访戴之前,一连串动作,少一字不达,多一字累赘,一顿一换景,如电影“蒙太奇”,是实写。及访而终不访,进论兴至而行,兴尽而止,名士放纵不羁的处世之道,是虚写。

以写“不访”而写“访”,笔法奇曲。

【集说】大是佳境。(王世懋批《世说新语》)

读此每令人飘飘欲飞。(凌濛初《世说新语鼓吹》)

(文　祥　汝　东)

思旷奉法

阮思旷奉大法[1],敬信甚至。大儿年未弱冠[2],忽被笃疾[3]。儿既是偏所爱重,为之祈请三宝[4],昼夜不懈。谓至诚有感者,必当蒙佑。而儿遂不济。于是结恨释氏[5],宿命都除[6]。

【注释】(1)阮思旷:即阮裕,曾任王敦主簿,官至侍中。　(2)弱冠:指男子二十岁左右的年龄。　(3)笃疾:重病。　(4)三宝:佛教称佛、法、僧为“三宝”,这里指佛教。　(5)释氏:指佛教。　(6)宿命:本为佛教语,指对今生、今世而言的前世的生命。此处指对佛教的心愿。

【今译】阮裕信奉佛法,虔诚异常。大儿子未行冠礼时,忽然染上重病。儿子既然是他非常喜爱与看重的,他就为儿子祈求佛教三宝显灵,昼夜不怠懈。他认为心诚者,一定会得到佛的庇佑,但儿子终究没有救活。从此他便与佛教结下了冤仇,把所谓宿命的那一套全部抛弃了。

【点评】通篇题旨未出《论语》“子不语怪力乱神”,但作者似乎对“不语”并不感兴趣,偏偏从“敬信甚至”入手,宕开一笔,从逆向展开叙事,且越走越

远;爱儿未弱冠"忽被笃疾",事态的严重性、突然性和祈请三宝的必然性一下被具体化。接着由行动的"昼夜不懈"到心理活动的"必当蒙佑",从外到里两方照应"敬信甚至"。叙事至此,步步推进,蓄势已足。尤其下一"必"字,大有"一夫当关,万夫莫开"的架势,且这一蓄势对于读者阅读有心理上的诱导作用。"而"反接,所蓄之势如决堤洪水滔滔而下,"不济"二字使一切为爱儿请三宝的努力化为泡影。"结恨释氏,宿命都除",就成为顺理成章的有力收煞了。通篇未见说理,但理尽在叙事的感性形态中显现出来。

【集说】思旷如此,复何足道。(刘辰翁批《世说新语》)

祈请既惑,结恨尤僻。(凌濛初《世说新语鼓吹》)

(毛时安　梦　君)

陶弘景

陶弘景(456—536),字通明,自号华阳隐居。丹阳秣陵(今江苏南京)人。仕齐拜左卫殿中将军。入梁,隐居句曲山(茅山)。梁武帝礼聘不出,但朝廷每有大事,辄就咨询,时人称为“山中宰相”。卒谥贞白先生。一生喜爱山水,信奉道教,工书法,博学通识,对历算、地理、医药等均有研究。长于诗文,以描写山水见称,文辞清丽,格调隽永。著述颇多,有《陶隐居集》。

答谢中书书[(1)]

山川之美,古来共谈。高峰入云,清流见底。两岸石壁,五色交辉;青林翠竹,四时俱备。晓雾将歇,猿鸟乱鸣;夕日欲颓,沉鳞竞跃[(2)]。实是欲界之仙都[(3)],自康乐以来[(4)],未复有能与其奇者[(5)]。

【注释】(1)谢中书:谢徵,当时任中书鸿胪。本文是致谢徵书信中的一部分。文中描绘江南风景的秀丽,表达了作者对自然的钟情和体悟。(2)沉鳞:潜游水中的鱼。　(3)欲界:佛家所谓三界之一,“欲界”为有七情

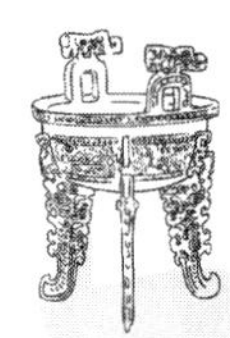

六欲的众生居处，这里指人间。　（4）康乐：南朝刘宋诗人谢灵运袭封康乐公，世称谢康乐。　（5）与（yù）：参与，可引申为观赏，这里意为欣赏、领略。

【今译】山水中包蕴的美，自古以来人们经常谈论。高高的山峰直入云天，清清的流泉明净见底。两岸石壁上，五色缤纷交相辉映，那葱郁青翠的树林和竹丛一年四季都可以见到。当朝阳初升，晓雾将要消散的时候，猿猴和百鸟的啼叫声此起彼落，交织成一片；当夕阳即将西沉时，潜游水中的鱼儿竞相游跃。这实在是人世间的仙境，自从谢灵运以后，就再也没有能领略这奇妙山水的人了。

【点评】这是一篇精美的山水小品，自然界的山容水态成为作者着意描写的对象，当是山水散文于南朝趋于成熟的佐证。全文以山川之昏晓，四时之变化，再现了江南山水之美；作者游目骋怀，表达了与大自然息息相通的审美愉悦。文中运用远近相推、时空交汇、动静相成的手法，使山水竹木、晓日夕阳、猿鸟游鱼相映成趣，组成一幅和谐的画面；画面中声、色、光、态俱臻佳妙，画工难到；动、静、显、隐不时变化，富于层次感和立体感；堪称着笔成绘、画意盎然的大手笔之作。

【集说】演迤澹沱，萧然尘埃之外。得此一书，何谓白云不堪持赠。（许梿《六朝文絜》）

写山，写水，写竹树猿鸟鱼等，无不善于形状。虽寥寥短幅，而画意无穷。文耶？画耶？吾不知矣。（胡怀琛《古文笔法百篇》）

髯苏与毛维瞻柬云：岁行尽矣，风雨凄然，纸窗竹屋，灯火青荧，时于此间得少佳趣。无由持献，独享为愧，吾以移赠此文。（王符曾《古文小品咀华》）

人见此文，未有不羡为仙境者，然此境世间颇有人自恋红尘耳。（纳兰常安《古文披金》）

（顾伟列）

谢朓

谢朓（464—499），字玄晖，南朝齐陈郡阳夏（今河南太康）人。曾任宣城太守，世称谢宣城，官至尚书吏部郎。永元中因拒绝参加朝廷大臣和藩王所酝酿的政变，为萧遥光等诬陷，下狱致死。主要成就在诗，风格秀逸，梁武帝曾云："不读谢诗三日觉口臭。"亦擅文章，语言清丽，文情并茂。有《谢宣城集》。

拜中军记室辞隋王笺[1]

故吏文学谢朓，死罪死罪[2]。即日被尚书召，以朓补中军新安王记室参军。朓闻：潢污之水[3]，愿朝宗而每竭[4]；驽蹇之乘[5]，希沃若而中疲[6]。何则？皋壤摇落[7]，对之惆怅；歧路西东[8]，或以呜悒[9]。况乃服义徒拥[10]，归志莫从[11]，邈若坠雨[12]，翩似秋蒂[13]。朓实庸流[14]，行能无算[15]。属天地休明[16]，山川受纳[17]。褒采一介[18]，搜扬小善；故舍耒场圃[19]，奉笔兔园[20]。东泛三江，西浮七泽[21]。契阔戎旃[22]，从容宴语[23]。长裾日曳[24]，后乘载

脂[25]。荣立府庭,恩加颜色[26]。沐发晞阳[27],未测涯涘[28]。抚臆论报[29],早誓肌骨。

不悟沧溟未运[30],波臣自荡[31]。渤澥方春[32],旅翮先谢[33]。清切藩房[34],寂寥旧荜[35]。轻舟反溯[36],吊影独留[37]。白云在天,龙门不见[38]。去德滋永,思德滋深。唯待青江可望,候归艎于春渚[39]。朱邸方开[40],效蓬心于秋实[41]。如其簪履或存[42],衽席无改[43]。虽复身填沟壑[44],犹望妻子知归[45]。揽涕告辞[46],悲来横集[47]。不任犬马之诚[48]。

【注释】(1)此文系谢朓由齐隋王萧子隆文学,改任新安王中军记室时,辞别萧子隆而作。 (2)死罪:六朝信笺常用的格式。 (3)潢污(huáng wū):小水洼。 (4)朝宗:指汇入大海,出自《尚书》"江汉朝宗于海"。 (5)驽蹇(nǔ jiǎn):劣马。 (6)沃若:柔软(指缰绳)。 (7)皋壤:泽旁洼地。摇落:草木秋季黄落。 (8)歧路:杨朱见到歧路而哭泣,因其可以东,可以西。 (9)呜悒:呜咽、哭泣。 (10)服义:奉行仁义。 (11)归志:回家的念头。归志莫从即没有归去之心。 (12)邈:渺茫。 (13)秋蒂:秋叶的柄或果实的蒂。 (14)庸流:才能平庸之辈。 (15)算:命数。无算,即没有福命。 (16)天地:帝王。休明:美善旺盛。 (17)受纳:容纳。(18)一介:一个,极言其微小。 (19)场圃:收谷物、种菜蔬的地方,借喻家园。 (20)兔园:汉梁孝王的园林。 (21)三江、七泽:三江指越地,七泽指楚境。意为经常跟随萧子隆。 (22)契阔:聚合离散。戎旃:军旗,借喻主帅。 (23)宴语:宴会笑语。 (24)长裾日曳:拖着长长的衣裾,指在王府出入。 (25)后乘载脂:以文学的身份坐在后车。 (26)颜色:脸色、表情。 (27)沐发晞阳:洗头发,晒太阳,比喻承受恩惠。 (28)未测:无法测量。涯涘(sì):水边。 (29)臆:胸骨。 (30)沧溟:水波。(31)波臣:水族。 (32)渤澥(bó xiè):渤海。 (33)旅翮(hé):飞鸟的羽翼。 (34)藩房:王府。 (35)荜:荆条竹木之类,可以编成简陋的门墙,借指旧居。 (36)反溯:逆流而上。 (37)吊影:形影相吊,比喻孤独。 (38)龙门:楚之东门。 (39)艎(huáng):舟船。 (40)朱邸:王侯府第。 (41)蓬心:比喻浮浅,心无主见。秋实:秋天的果实,比喻报答。 (42)簪履:别发的簪子和脚上穿的鞋。 (43)衽席:卧席。(44)填沟壑:死亡。 (45)妻子知归:托妻寄子。 (46)揽涕:含泪。(47)横集:(涕泪)交流。 (48)犬马之诚:像狗、马一样忠诚。书信结尾的套语。

【今译】过去门下的小吏——文学谢朓,向隋王阁下致意,死罪死罪。我当日受尚书的征召,去担任中军新安王门下记室参军一职。我听说:小水塘里的水,愿意流向大海,可往往流到中途便干涸了;驾车的劣马,虽然希望缰绳柔软,可惜力量不够,常常拉不动车子。为什么呢?泽旁洼地上的草木,到了秋天便枯黄飘坠,见了让人惆怅?道路分歧,各走一方,往往使人呜咽流泪。何况奉行仁义,追随在后,从没起过离开的念头,好像飘落的雨滴,去向渺渺茫茫;又如飞舞的秋叶,不知落到何方。我实在是个才能平庸的人,福命寻常,只为生逢盛世,帝业兴旺,山川广阔,能够容纳。一点微薄的才能,也蒙大力收用。所以舍弃了田园,来到王府,侍奉殿下。在主帅身边聚会,在宴席上谈笑欢洽。我天天拖着长长的衣裾,出入府门;或是坐着后乘,追随您的车马。侍立在王府庭院中,多么光荣;蒙受恩宠,青眼有加。好像头发洗过了,披散开来,让阳光照满全身,您对我的恩德无边无涯。手抚着胸口要想报答,这已经深深地铭刻在我的血肉、我的骨骼上。

想不到波浪未曾翻滚,鱼儿已经自行游走。海上的春天刚刚到来,飞鸟的羽毛已经脱落。王府的房间冷冷清清,我的旧居空空落落。殿下乘船溯江而上,回转荆州;留下我一人形影相吊,多么孤独。只见天空白云飘飘,用尽目力也望不到楚国东门。别离的时日越是长久,对您的思念就越是深沉。只等明年江水转绿的时候,我在开满春花的岸渚边迎接您的归舟。王府朱红门户重新打开,我一片淡薄的心意能行报答。我好比那失落的发簪和鞋子,也许还能被寻回。我又好比那用旧的卧席不被丢弃,仍然保存。就是我死了,尸体填了路旁的沟壑,也还是希望我的妻儿能够归来。流着眼泪向您告辞,悲伤难忍,涕泪交流。说不尽像狗、像马一样的一片忠诚。

【点评】谢朓出身于六朝时高级贵族之家,与萧齐皇朝有千丝万缕的联系,本人又因为才华艳发、文辞出众而受到宗室子弟的称赏。他先任隋王萧

子隆的文学，又改任新安王的中军记室，在分别的时候写下这封书信。隋王颇有权势，作者和他的私交又比较深，这封信不仅出于礼节上的应酬和对亲王崇高地位的恭维，也有许多真情实感的流露。所用的典故虽多，但都很适当，恰如其分，不谀不谄；辞采华美，气势流畅，没有堆砌造作的痕迹，显示出作者在骈俪文上的高度造诣，可称六朝书笺中不可多得的优秀之作。

【集说】通篇情思宛妙，绝去粉饰肥艳之习，便觉浓古有余味。（许梿《六朝文絜》）

集中文字，亦唯文学辞笺、西府赠诗两篇独绝，盖中情深者为言益工也。（张溥《汉魏六朝百三家集题辞·谢宣城集》）

文情委折，姿采秀妙。陆雨候谓其"驱思入渺，抑声归细，袅袅兮韩娥之扬袂"，知音哉。（于光华《评注昭明文选》引孙琮语）

笺短情长，轻矫绝侣。（陈天定《古今小品》）

（黄　明）

刘峻

刘峻(462—521),字孝标,平原(今属山东)人。八岁时被虏至北朝为奴,中山人刘宝赎之。齐武帝永明年间返回家乡。入梁,召入西省,典校秘书。后被安成王引为户曹参军。晚年居东阳之紫岩山讲学,从者颇众。梁武帝普通二年卒,门人私谥玄靖先生。有《刘户曹集》。

送橘启

南中橙甘(1),青鸟所食(2)。始霜之旦(3),采之风味照座,劈之香雾噀人(4)。皮薄而味珍,脉不粘肤(5),食不留滓。甘逾萍实(6),冷亚冰壶(7)。可以熏神(8),可以芼鲜(9),可以渍蜜(10)。毡乡之果(11),宁有此邪?

【注释】(1)南中:泛指南方。 (2)青鸟:传说中的仙鸟。 (3)始霜:深秋。 (4)噀(xùn):喷。 (5)脉:橘衣。 (6)萍实:萍蓬草之实。《孔子家语》载楚王渡江得萍实大如斗,甜如蜜。 (7)冰壶:容冰的玉壶。

(8)熏神:调养精神。 (9)芼(mào):拔取。 (10)渍蜜:制为蜜饯。(11)毡乡:北方游牧地区。

【今译】南方的橘橙多么甜美,它是神鸟所吃的果实。深秋的早晨,采摘下来,色彩芳香照耀满座,剖开来喷出一股香雾。薄薄的皮,味道多么鲜甜,橘衣一点不粘乎,吃后没有渣子。比萍实还甜,像壶冰一样清冷。可以养精神,可以取鲜味,可以制蜜饯。北方草原上的果实,能有这样的吗?

【点评】寥寥六七十字,将橘子的色、香、味形容备至,令人读后香沁齿颊,芳透肺腑,馋涎欲滴。

【集说】结画短篇,朗润芬烈,读之觉生香如挹纸上。(许梿《六朝文絜》)

(黄 明)

吴均

吴均(469—520),字叔庠,吴兴故鄣(今浙江安吉)人。家世寒贱,勤苦好学。天监初,召为郡主簿,后为建安王萧伟记室,除奉朝请。因私撰《齐春秋》而免官。后奉诏撰《通史》,未就而卒。所作诗文,工于写景,文辞清新,格调隽永,有清拔之气,时人仿效之,号“吴均体”。有《吴朝请集》。

与宋元思书[1]

风烟俱净,天山共色。从流飘荡,任意东西。自富阳至桐庐[2],一百许里,奇山异水,天下独绝。水皆缥碧[3],千丈见底。游鱼细石,直视无碍。急湍甚箭[4],猛浪若奔。夹岸高山,皆生寒树。负势竞上[5],互相轩邈[6]。争高直指,千百成峰。泉水激石,泠泠作响[7]。好鸟相鸣,嘤嘤成韵[8]。蝉则千转不穷,猿则百叫无绝。鸢飞戾天者[9],望峰息心。经纶世务者[10],窥谷忘返。横柯上蔽[11],在昼犹昏。疏条交映,有时见日。

【注释】(1)此文系作者致友人的书信,虽已不是当时的完整形式,但历来被视为独立成篇的山水佳作。宋元思,生平未详。 (2)富阳、桐庐:县名,均属今浙江省。 (3)缥:淡青色。 (4)甚箭:甚于箭,比箭还快。(5)负势:借助山势。 (6)轩:高。邈:远。此谓竞相伸展,互比高远。(7)泠(líng)泠:清脆的流水声。 (8)嘤嘤:鸟和鸣声。 (9)鸢飞戾(lì)天:意谓鹞鹰高飞入天,此处喻为名利而极力高攀者。《诗经·旱麓》:"鸢飞戾天,鱼跃于渊。" (10)经纶:筹划,治理。 (11)柯:树枝。

【今译】风停烟尽,天山一色。驾舟顺着江流漂荡,尽可随意东漂西泊。从富阳到桐庐约有一百里左右,沿江两岸的奇山异水,可谓天下独绝。淡青色江水,千丈见底。水中游鱼、细石,看得非常清楚。湍急的溪流比箭还快,迅猛的激浪像骏马在奔驰。两岸的高山上,都长着阴森的树木,它们凭着山势竞相上长,枝叶尽力往高远展伸。许多峭岩笔直地插向云天,形成了千百座险峻峰巅。山泉在岩石上跳动,发出泠泠悦耳的声响。百鸟相鸣,其声嘤嘤,有如和谐美妙的音乐。蝉声经久不息,猿鸣连接不断。为名为利像鸢鸟极力攀高的人,望见这样绝美的山峰,就会平息他那热衷于功名利禄的心。奔波劳碌用心社会事务的人,看到这幽邃的河谷,也会流连忘返。船入山涧,横斜的树枝在上边荫蔽着,虽是白天,却犹如黄昏一样幽暗。稀疏的树枝互相掩映,但偶尔可见天日。

【点评】此文以清丽文字,绘形、绘声、绘色描写沿江的山光水色,文中由水及鱼,连山带树,逐景推移,引人入胜。全文有记事、有描写、有抒情,笔势隽洁,各尽其妙,是篇清新疏朗的山水小品。

【集说】扫除浮艳,澹然无尘,如读靖节《桃花源记》,兴公《天台山赋》。此费长房缩地法,促长篇为短篇也。(许梿《六朝文絜》)

巧构形似,助以山川。(李兆洛《骈体文钞》)

桐庐景色,一幅画出。(孙钦《翰苑琼琚》)

镂锲极工,而不伤于斤斧。起不似起,结不似结,大奇。(纳兰常安《古文披金》)

(陈怀良)

与顾章书[1]

仆去月谢病，还觅薜萝[2]。梅溪之西[3]，有石门山者。森壁争霞，孤峰限日；幽岫含云[4]，深溪蓄翠。蝉吟鹤唳，水响猿啼。英英相杂，绵绵成韵。既素重幽居，遂葺宇其上[5]。幸富菊花，偏饶竹实[6]；山谷所资，于斯已办。仁智所乐，岂徒语哉？

【注释】(1)顾章：吴均友人，事迹不详。本文描写山水的清新秀丽，抒发了以隐逸为乐的志趣。 (2)薜萝：薜，薜荔；萝，女萝。这里借指隐者的住处。 (3)梅溪：即梅溪山，在吴兴鄣县东三十里。 (4)幽岫(xiù)：幽深的山穴。岫：山有穴称岫。 (5)葺宇：建造房屋。 (6)竹实：竹子所结的实，状如小麦，又叫竹米。

【今译】我上月因病辞官，回到家乡寻访适宜隐居的地方。在梅溪山的西面，见到石门山。只见山崖森严，上有彩霞缭绕；孤峰耸峙，攒刺青天，遮蔽了太阳；仰望白云聚在山腰，宛如素练；俯视碧水蓄于溪中，又似翡翠。山中蝉在吟唱，鹤在鸣叫，又有潺潺水声伴着几声猿啼，送入耳际。这大自然交汇合成的乐章，在山间久久回响，绵绵不绝。我历来喜爱生活在清新幽静山水之间，于是在山上盖了茅舍，作为隐居之所。有幸的是山中有秋菊，多竹实，可供食用。孔子说："智者乐水，仁者乐山"，难道只是没有依据的凭空之语吗？

【点评】作者以淡泊的情怀观赏山水，在大自然的陶冶中获得超悟，感受到体察细微、心灵净化的清雅乐趣，并把精神上的自足自得融入客体，达到宁静致远的境界。文中写景，笔法多变。视角的俯仰变化，使上下相映成趣；色彩的对比，使画面浓淡相宜；万籁之声的摹写，反衬出山间的安谧恬静。通篇辞清景秀，潇洒物外，留给读者品挹不尽的韵味。

【集说】舌脆手轻，由其胸无尘滓。（陈天定《古今小品》）

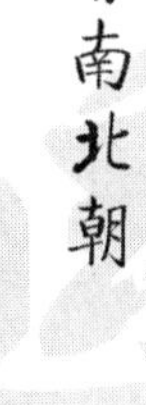

简澹高素，绝去饾饤艰涩之习。吾于六朝，心醉此种。（许梿《六朝文絜》）

能以茜巧之语，状清隽之景。（郑振铎《插图本中国文学史》）

（顾伟列）

萧纲

梁简文帝萧纲(503—551),字世缵,南兰陵(今江苏常州)人。南朝梁武帝萧衍第三子。中大通三年(531)立为皇太子,太清三年(549)即帝位。在位二年,为叛将侯景所杀。文风轻艳,当时号曰"宫体"。书札之体,首尾裁净,可为佳作。有《梁简文集》。

与萧临川书[1]

零雨送秋,轻寒迎节,江枫晓落,林叶初黄。登舟已积,殊足劳止[2],解维金阙[3],定在何日?

八区内侍[4],厌直御史之庐[5],九棘外府[6],且息官曹之务[7]。应分竹南川[8],剖符千里。但黑水初旋[9],未申十千之饮[10];桂宫既启[11],复乖双阙之宴[12]。文雅纵横,即事分阻。清夜西园,眇然未克。想征舻而结叹[13],望挂席而沾襟[14]。若使弘农书疏[15],脱还邺下[16];河南口占[17],傥归乡里;必迟青泥之封[18],且觏朱明之诗[19]。白云在天,苍波无极[20]。瞻之歧路,眷慨良深。爱护波潮,敬勖光彩[21]。

【注释】(1)萧临川:应为萧纲的堂兄弟萧正义,他在父亲临川靖惠王萧宏死后,承袭爵位。 (2)劳:辛劳。 (3)维:结物的大绳。阙:宫庙及墓门所立双柱,这里代指皇帝所居。 (4)八区:八方。 (5)直:轮直。(6)九棘:古代群臣外朝时,立九棘为区别等级职位的标识,后作为九卿代称。外府:京都以外的州郡官署。萧正义是藩王,有自己的官署。(7)官曹:官厅。 (8)分竹:即下句的"剖符",古代以竹、金、铜为符信,分为二面,各执一半。南川:泛指南方。 (9)黑水:水名,今甘肃省张掖河一名黑水,陕西省无定河上游亦名黑水,此处泛指北方。 (10)十千:比喻极多。 (11)桂宫:汉代宫名,代指皇宫。 (12)乖:背离,违背。(13)征舻:征帆。 (14)挂席:扬帆行驶。 (15)弘农:汉郡名,今河南灵宝市南。 (16)邺下:汉县名,今河南临漳县西。 (17)口占:不起草而口诵文字。 (18)青泥之封:古代文书上的封印。 (19)朱明:汉郊祀歌名。 (20)无极:无尽。 (21)勖:勉励。

【今译】洒落的雨点送来了秋天,轻微的寒风迎来了节气,江边枫树纷纷凋落,林中的叶片渐渐变黄。长途旅行积累了多少疲劳,解开缆绳,离去京都的日子,定在哪一天?

四面八方来的内侍,已经厌倦了在御史台的轮值;藩府的官吏,暂时停止事务的操劳。你本应领受符命,出巡千里,但是刚从黑水之滨归来,还没来得及尽情痛饮;宫门已经开放,又未能参与双阙之宴。文人雅士座位纵横,可是被事情延误,不能聚首。宁静美好的夜晚,西园相约,不见你的来临。想到船舶整装待发,便不禁发出长叹;望见篷帆高挂,忍不住泪下沾襟。如果弘农地方发出的书信,能够寄到邺下;黄河之南口占的文字,顺利回到家乡;且慢一点打上封信的青泥,先构思一篇美好的诗歌。天空白云飘动,绿色的波涛无边。望望已到了分别的地点,我的眷恋感慨是多么深沉。请一路保重,敬祝顺利。

【**点评**】萧齐王朝历史虽然短暂，却是一个著述繁富、人才辈出的时代，皇族之中许多人都有才华，善辞赋。萧纲与萧临川兄弟情深，萧临川奉命出使在外很长时间，刚刚回来就又要出京，临歧分手，依依不舍。于是萧纲写下了这篇告别的短笺。全文以诗一样优美的文辞，运用熟练自然的骈俪对偶，表达了内心的眷恋难舍。

【**集说**】风骨翘楚，须韵人辨之。(许梿《六朝文絜》)

心如满月，笔亦粲花。(陈天定《古今小品》)

(黄　明)

郦道元

郦道元(约470—527),字善长,范阳涿鹿(今属河北)人。北魏孝文帝太和中,官治书侍御史。孝明帝孝昌二年(526),为御史中尉。后因谗言出为关右大使。时雍州刺史萧宝夤谋反,疑道元奉使袭己,遣将杀之。有《水经注》四十卷。此书虽属地理著作,然因水记山,因山记景,因景记人,同时又记神话传说、风土人情,描写峻洁精美,因而具有浓厚的文学味。清人李发枝云:“郦道元注《水经》……自成一部山水记。”(《王右丞集笺注序》)

三　峡

自三峡七百里中(1),两岸连山,略无阙处。重岩叠嶂,隐天蔽日。自非亭午夜分(2),不见曦月。至于夏水襄陵(3),沿溯阻绝(4)。或王命急宣,有时朝发白帝(5),暮到江陵(6),其间千二百里,虽乘奔御风,不以疾也。春冬之时,则素湍绿潭(7),回清倒影。绝巘多生怪柏(8),悬泉瀑布,飞漱其间(9)。清荣峻茂,良多趣味。每至晴初霜旦,林寒涧肃,常有高猿长啸,属引凄异(10),深谷传响,哀转久绝。故渔者歌曰:“巴东三峡巫峡长,猿鸣三声泪沾裳。”

【注释】(1)三峡:指长江上游瞿塘峡、巫峡、西陵峡,西起四川奉节白帝城,东至湖北宜昌南津关,全长约二百公里。 (2)亭午:中午。夜分:半夜。(3)襄陵:漫上丘陵。 (4)沿溯(sù):顺流而下曰沿,逆流而上曰溯。(5)白帝:白帝城,在今四川奉节东。 (6)江陵:今湖北江陵县。 (7)素湍:白色的急流。 (8)巘(yǎn):山峰。 (9)漱:喷洒冲刷。 (10)属引:连续不断。

【今译】在三峡的七百里中,两岸山连着山,一点缺断的地方也没有。层层叠叠的山岩峰峦,挡住了天空和日光。如果不是正午或夜半,就看不到太阳和月亮。到了夏天,江水漫上丘陵,上行和下行的航路都断绝了。有时皇帝的诏命必须火速传达,早晨从白帝城坐船出发,当晚就可到达江陵,这中间有一千二百里的路程,即使骑上快马,驾着长风飞翔,也没有如此迅速。春冬季节,浪花雪白,深潭碧绿,曲折的清流里,倒映着各种景物的影像。陡峭的山峰上生长着许多奇形怪状的柏树,悬泉瀑布在山崖间飞流冲荡,江水清清,树木苍郁,群山峻险,百草繁茂,确实趣味无限。到了秋天,每逢雨后初晴或霜天清晨,树林和山涧清冷而寂静,常有猿猴在高处放声长叫,声音连续不断,甚是凄凉。空荡的山谷传来回声,悲哀婉转,很长时间才消失。所以三峡中渔民的歌谣唱道:“巴东三峡巫峡长,猿鸣三声泪沾裳。”

【点评】本文以155字写尽了三峡山川草木春夏秋冬的万千气象。作者首先抓住山势水流两大特征。山势是“两岸连山,略无阙处”“自非亭午夜分,不见曦月”;流水则不仅有其“虽乘奔御风,不以疾也”的崇高之美,亦有其“素湍绿潭,回清倒影”的秀逸之美。确实写出了三峡自然美的层次变化和丰富而独特的个性。作者还善于把自然景物的个性分解为高峡、急流、猿啸、渔歌这些极富艺术意味的表现形式,形成犹如山水长卷徐徐展开的画面。特别是最后将猿啼和渔歌对应,不仅气韵悠长,而且使自然美获得一种人化的提升,形成主客体交融的诗化意境。

【集说】写山水幽奇，手口间有一段低回恋赏之态，不独摹其形势，并自己性情写出矣。所谓与山水相关在此。（陈天定《古今小品》引钟惺语）

自非孤篷，屡引芒屩频穿，不知此景之真，未识此注之确。（纳兰常安《古文披金》）

（毛时安　梦　君）

孟　门

孟门，即龙门之上口也[1]。实为河之巨厄[2]，兼孟门津之名矣[3]。

此石经始禹凿[4]，河中漱广[5]。夹岸崇深，倾崖返捍[6]。巨石临危，若坠复倚。古之人有言："水非石凿[7]，而能入石。"信哉！其中水流交冲，素气云浮[8]，往来遥观者，常若雾露沾人，窥深悸魄。其水尚崩浪万寻[9]，悬流千丈，浑洪赑怒[10]，鼓若山腾，浚波颓叠[11]，迄于下口。方知慎子下龙门[12]，流浮竹，非驷马之追也。

【注释】(1)龙门：山名，在今山西河津市西北、陕西韩城市东北，分跨黄河两岸。　(2)巨厄：阻塞、险要之处。　(3)孟门津：在今陕西宜川县东南，与孟门山参差相接。　(4)禹凿：禹王凿通。　(5)漱广：河道因水冲而加宽。　(6)倾崖：水势倾动山崖。捍：摇动。　(7)石凿：指凿石工具。(8)素气：白气。　(9)万寻：形容高，古人八尺为寻。　(10)浑洪：水势巨大貌。赑(bì)怒：发怒用力貌。　(11)浚波：巨大的波涛。颓叠：水势低平貌。　(12)慎子：慎到，战国时人，著有《慎子》，今逸文有云："河之下龙门，其流驶如竹箭，驷马追弗能及。"

【今译】孟门就是龙门山上方入水处，确实是黄河中巨大的险阻，又兼有孟门津的名称。

这处石门最初由大禹凿通，黄河河道受水流冲激而变得开阔起来。两岸山峰高耸，中间河水极深，怒涛汹涌，仿佛要倾倒山崖；水流反复冲荡，撼动了两岸。巨大的山石居高临下，看上去就像随时要坠落一样，却又倚靠在山崖上。古人曾说:“水不是凿石的工具,却能穿透石块。”的确是这样!这里各种水流冲激回荡,白色的水气如云雾一般飘浮着,来来往往的人远远地观赏,常常像有湿漉漉的雾气袭来,沾湿人的身体,往深处望去,感到惊心动魄。黄河水如山崩一样,掀起万丈巨浪,高悬的激流似从千丈高处泻落。水势浩大,激怒咆哮,波涛鼓起,如群山奔涌;大的水浪升起倒下,翻滚而下,一直到达下口。这才知道,当年慎子顺流而达龙门,竹排在激流中飞快地漂流而下,不是四匹马拉的车所能赶上的。

【点评】先写两岸山崖陡峭、巨石嶙峋的险峻,次写峡中激流冲荡、奔腾咆哮的雄浑,最后以古人之行进一步渲染水流一泻千里的壮观景象。全文波澜起伏,惊心动魄,真实地再现了千里黄河流经孟门时的雄奇景象和磅礴气势。在具体手法上,注意多角度地观察和描写,有近景、有远景、有俯视、有仰视,姿态百出,景象万千;又加入作者的主观感受,或“雾露沾人”,如笼罩于水雾之中,或“窥深悸魄”,如临万丈激流,使人身临其境,历历可感。

【集说】郦道元偏具山水笔舌,其法则记,其才其趣则诗也。(陈天定《古今小品》引钟惺语)

秀峭郁苍,如披画图,固柳柳州西山诸记所自出。(纳兰常安《古文披金》)

(宋心昌　朱惠国)

洣　水

洣水东北有峨山[(1)],县东北又有武阳、龙尾山[(2)],并仙者羽化之处[(3)]。上有仙人及龙马迹[(4)],于其处得遗咏。虽神栖白云,属想芳流[(5)],藉念泉乡[(6)],遗咏在兹。览其余诵,依然息远[(7)],匪直邈想霞踪[(8)]。爱其文咏可念,故端牍抽札,以诠其咏。其略曰:“登武阳,观乐薮[(9)],莪岭千蕤洋湖口[(10)]。命蜚螭[(11)],驾白驹[(12)],临天水,心踟蹰[(13)]。千载后,不知如[(14)]。”盖胜赏神乡[(15)],秀情超拔矣。

【注释】(1)洣(mǐ)水:湘江支流,源出湖南炎陵县八面山,至衡东县洣河镇注入湘江。峨山:旧县名,地在今湖南沅陵县西。 (2)县:指阴山县。《水经注》三九:"县,本阳山县也,县东北犹有阳山故城,即长沙王孝王子宗之邑也。言其势王,故堑山堙谷,改曰阴山县。"武阳、龙尾:二山名。《太平御览》三百八十六引盛弘之《荆州记》:"湘东阴山县数十里,有武阳、龙靡二山,上悉生松柏美木。龙靡山有盘石,石上有仙人迹及龙迹。传云:昔仙人游此二山,尝税驾此石。又于其所得仙人遗咏。"龙靡当从此,作龙尾为是。《隋志》:湘潭有武阳山。宋本《寰宇记》亦载武阳山于湘潭。二山当在今湖南攸县西北。 (3)羽化:指飞升成仙。 (4)龙马:瑞马。《尚书中候》:"帝尧即政,龙马衔甲,赤文绿色,有帝王录,纪兴亡之数。" (5)属想:犹寄思,寄情。芳流:高雅的风气。 (6)泉乡:犹黄泉,指阴间。 (7)息:生命的气息。 (8)匪直:非只。邈想:遥想。 (9)乐薮:山冈名,在阴山县西北。 (10)莪(é)岭:山岭名,在阴山县。洋湖口:《水经注》三九:"洣水又西北与洋湖水会,水出县(指阴山县)西北乐薮冈下洋湖,湖去冈七里,湖水下注洣,谓之洋湖口。" (11)蜚(fěi):传说中的兽名。螭(chī):传说中无角的龙。 (12)白驹:白色骏马。 (13)踟蹰(chí chú):徘徊不进,犹豫。(14)如:往。 (15)胜赏:畅快地观赏。神乡:神仙所居处,犹仙国。

【今译】洣水的东北有峨山县,阴山县的东北又有武阳山和龙尾山,都是仙人飞升成仙的地方。山上有仙人和瑞马的踪迹,在那里发现了仙人遗留的诗篇。即使神游天上的白云,寄情高雅的风尚,系念地下的黄泉,他们的遗诗也还是留在这美丽的地方。吟诵残留的诗篇,依然洋溢着永久的生命气息,并非只是遥思遐想云霞的踪影。我喜爱那些文章诗歌可以朗朗诵读,因而抽出简牍,安放齐整,用来诠解那些诗篇。诗的大概意思如下:"登上武阳山,观赏乐薮冈的景致,只见莪岭上、洋湖口,千百种草木繁盛茂密。差遣神异的蜚螭,驾驭飞驰的白马,面对天际奔泻而下的江水,心中迟疑犹豫,徘徊不前。千年之后,还不知去往何方。"那是快意地观赏仙国佳景,优美的情感腾越升华,因而达到超群拔俗的境界了。

【点评】神往天上仙境，寄思世间风情，冥想地下黄泉，古人时刻萦念于怀的，不外乎此。但在秀美的大自然面前，一切人世杂念都烟消云散，心灵得到净化和升华。他们不求仙境的逍遥，不慕泉下的清静，也不恋世间风情的优雅，而希冀融化在大自然中，永葆纯真美妙的天韵。

【集说】语意矜庄得妙。（陈天定《古今小品》引钟惺语）

从遗咏中诠出仙境，王摩诘诗中有画，信然。（纳兰常安《古文披金》）

（吉明周）

唐

王绩

王绩(约589—644),字无功,自号东皋子,绛州龙门(今山西河津)人。隋末大儒王通之弟。性豪放不羁,不拘礼教,纵酒如狂。在隋官秘书省正字,出为六合县丞。入唐为太乐丞,不久即归隐。所作诗文风格遒健,皆能涤初唐排偶板滞之习。有《东皋子集》。

五斗先生传

有五斗先生者,以酒德游于人间。人有以酒请者,无贵贱皆往。往必取醉,醉则不择地斯寝矣,醒则复起饮也。常一饮五斗,因以为号。先生绝思虑,寡言语,不知天下之有仁义厚薄也。忽焉而去,倏然而来[(1)],其动也天,其静也地,故万物不能萦心焉[(2)]。尝言曰:“天下大抵可见矣,生何足养,而嵇康著论[(3)];途何为穷,而阮籍恸哭[(4)]? 故昏昏默默,圣人之所居也。”遂行其志,不知所如[(5)]。

【**注释**】(1)倏然:疾速,转眼之间。 (2)萦:牵挂。 (3)嵇康:三国魏

文学家,因声言“非汤武而薄周孔”遭人构陷,为司马昭所杀。 (4)阮籍:魏晋时期文学家,对当时的黑暗现实采取消极反抗态度,终日“饮酒昏酣,遗落世事”“发言玄远,口不臧否人物”。 (5)如:往,去。

【今译】有一个叫五斗先生的人,因为饮酒的品行好,而广泛交游来往在人们中间。凡是请他吃酒的,不论富贵还是贫贱,他都应邀前往。他每次去喝酒必定要醉,醉后就不分地点倒头便睡,醒后又坐起来继续喝。他常常一次饮下五斗酒,所以有了个外号叫“五斗先生”。五斗先生不思前想后,言语亦很少,根本不知道人世间还有仁义的厚与薄。疾速地走了,转眼之间又来了,他的行为犹如变幻莫测的天空,他的心境又如沉稳坚实的大地,所以世间的万事万物都不能够牵挂住他的心。他曾经说:“天下的事大部分都见过了,生命哪能永恒,而嵇康却大谈养生;路途自有穷尽,而阮籍却途穷而哭,这实在是多余的。所以终日使自己处在昏酣之中,这才是伟大的人所选择的道路。”五斗先生就按照自己的意志行事,最后不知他到哪儿去了。

【点评】酒,是令人喜爱的东西。李白曾说:“天若不爱酒,酒星不在天;地若不爱酒,地应无酒泉。”对酒当歌,给人以喜乐。然而,何以解忧?也只有酒。借酒浇愁,是古人常用的方法。通篇无一字言及五斗先生之身世,而其“天下大抵可见”一语,包含多少对现实、对身世的不满和感叹,读之令人三叹。行动上的怪诞,表现了内心的痛苦。这种内心的痛苦和愤懑无由发泄,只得借助于酒了。本文通过五斗先生的言行,塑造了一个志高才雄,超世独往,具有反抗精神的形象。

【集说】时贤诮人云:“不知天地为何物。”东皋子胸中乃只爱此七字。(王符曾《古文小品咀华》)

放得下,便一切如幻。(陈天定《古今小品》)

(卞 岐)

王维

王维(701—761),字摩诘,原籍太原祁(今山西祁县),从他父亲起,寄籍蒲州(今山西永济)。开元九年(721)进士,累官至给事中。安禄山军陷长安时被迫授伪职,乱平,因陷贼官论罪,降职为太子中允,后仕至尚书右丞,世称王右丞。晚年居蓝田辋川,过着亦官亦隐的优游生活。厉鹗称其"文格华整超逸,虽不以此获称"(《王右丞集笺注序》)。有《王右丞集》。

山中与裴迪秀才书

近腊月下,景气和畅,故山殊可过[(1)]。足下方温经[(2)],猥不敢相烦[(3)]。辄便往山中,憩感配寺,与山僧饭讫而去。北涉玄灞[(4)],清月映郭。夜登华子冈,辋水沦涟[(5)],与月上下;寒山远火,明灭林外。深巷寒犬,吠声如豹,村墟夜舂,复与疏钟相间[(6)]。此时独坐,僮仆静默,多思曩昔,携手赋诗,步仄径[(7)],临清流也。

当待春中,草木蔓发,春山可望,轻鲦出水[(8)],白鸥矫翼[(9)],露湿青皋[(10)],麦陇朝雊[(11)]。斯之不远,傥能从我游乎?非子天机清

妙者[12]，岂能以此不急之务相邀？然是中有深趣矣！无忽。因驮黄蘗人往[13]，不一。山中人王维白。

【注释】(1)殊可过：很值得游赏。 (2)温经：温习经书。 (3)猥：自我谦称，犹"鄙"。 (4)玄：指水色深青。灞：水名。 (5)沦涟：水波纹。 (6)疏钟：稀疏的钟声。 (7)仄径：山间小路。 (8)鲦(tiáo)：鱼名。 (9)矫：举起。 (10)青皋：水边草地。 (11)雊(gòu)：雄雉鸣。(12)天机：天性。 (13)黄蘗(bò)：植物名，可供药用。

【今译】时近十二月下旬，景色晴和畅爽，故山很适宜游赏。可是您正在温习经书，我不敢打扰您，便独自往山中，在感配寺休息，同山僧吃完饭就离开了。往北涉过清澈碧青的灞水，这时清朗的月光映照着城郭。乘夜登上华子冈，辋水微波荡漾，和月影上下起伏；寒山远处的灯火，在树林外时明时灭。深巷中的寒犬，吠声如同豹吼，村落里的夜舂声，又和稀疏的钟声交错在一起。此时独自坐着，僮仆也默不作声，想起很多我们以前在窄狭的山间小路上、在清澈的溪流旁携手赋诗的情景。

等到春天，花草树木蔓生萌发，青翠的山色可以观赏，轻捷的鲦鱼游出水面，白色的沙鸥展翅飞翔，露水润湿了青青的河畔，清晨雄雉在麦田里长鸣，这个时间距离现在已经不远了，那时您或许能与我一同来游赏吧？如果不是您天性清高，我怎能以这样闲适的事情来招请您呢？而这之中实在是有深妙的意趣呵！请千万不要错过了。趁运药人前往之便，托他带信，不一一细说了。山中人王维陈述。

【点评】苏东坡说："味摩诘之诗，诗中有画。"其文如诗亦如画。月光下的城堞，涟漪泛着的寒光，跃出水面的白鲦鱼，草尖的露珠，无不细致入微地呈现眼前。然而"文中有画"之说并不全面。"有画"只求作者真实再现客观景物即可，此文与其说"再现"，倒不如说揭示了作者与自然浑然一体的关系，显示了一颗深得自然之趣、天机清妙的灵魂，在景物描写中渗透了禅家"虚静"之理。清月寒山远火深巷，大自然是静谧的，"明灭林外"，若有似无，带着些许朦胧神秘。尤为难能可贵的是以动显静，静谧得惊心动魄。深巷犬吠、静夜春声，看似处处写景，实则字字记录静寂前心灵悸动曲线。文章之妙不仅“有画”，更在“有境”。

【集说】“天机清妙”四字，可评此文。（陈天定《古今小品》）

写得来便令人欣然欲往，止是笔有化机耳。（纳兰常安《古文披金》）

一幅辋川画图景界耳。（孙钎《翰苑琼琚》）

昔人谓摩诘诗中有画，画中有诗，此文幽隽华妙，有画所不到处。（高步瀛《唐宋文举要》）

（毛时安　梦　君）

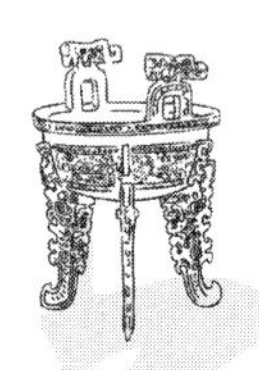

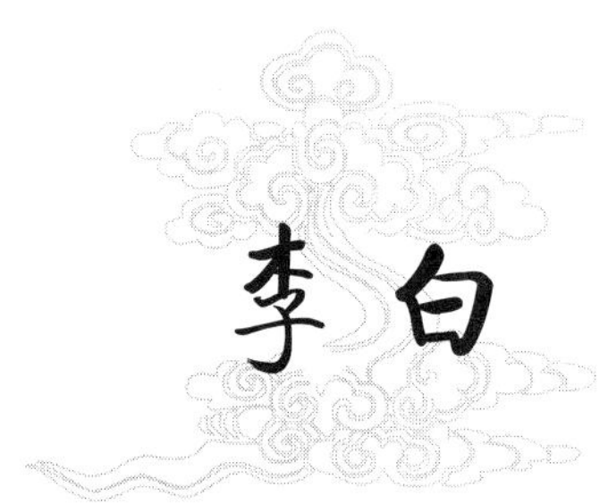

李白

李白(701—762),字太白,号青莲居士。先世隋时因罪徙西域,出生于安西都护府之碎叶城(今吉尔吉斯斯坦境内),约五岁时随父迁居绵州彰明县(今四川江油)之青莲乡。青年时即漫游全国各地。唐玄宗天宝初被召到长安,供奉翰林,因性情高傲不为权贵所容,不久弃官而去,继续漫游生活。"安史之乱"中,曾为永王李璘幕僚。李璘兵败后,白因附逆之罪而被流放夜郎,中途遇赦东还,病逝于当涂。《四六法海》云:"太白文萧散流丽,乃诗之余。"有《李太白集》。

春夜宴从弟桃李园序

夫天地者,万物之逆旅也[(1)];光阴者,百代之过客也。而浮生若梦,为欢几何?古人秉烛夜游,良有以也[(2)]。况阳春召我以烟景,大块假我以文章[(3)]。会桃李之芳园,序天伦之乐事[(4)]。群季俊秀[(5)],皆为惠连[(6)];吾人咏歌,独惭康乐[(7)]。幽赏未已,高谈转清。开琼筵以坐花,飞羽觞而醉月[(8)]。不有佳咏,何伸雅怀?如诗不成，罚依金谷酒数(9)。

【注释】(1)逆旅：客舍。 (2)以：缘故。 (3)大块：大自然。文章：这里指写诗文的情趣意境。 (4)天伦：这里专指兄弟。 (5)季：此指弟弟。 (6)惠连：南朝宋文学家谢惠连。幼而聪慧，十岁能作诗文，深受族兄谢灵运喜爱。 (7)康乐：南朝宋诗人谢灵运。 (8)羽觞：酒器。 (9)金谷酒数：晋石崇有金谷园，常宴客园中，当筵赋诗，不成者罚酒三斗。

【今译】天地是万事万物的旅馆，光阴是古往今来的过客。而人生浮泛，如梦一般，能有多少快乐？古人持烛夜游，确实是有道理啊。况且温煦的春天用艳丽的景致召唤我们，大自然将美好的文章提供给我们。集合在桃李园中，叙说兄弟团聚的快乐。诸位弟弟之俊秀，好比谢惠连；而我之作诗吟咏，只是惭愧不如谢康乐了。正以幽雅的情趣欣赏着美景，高远的谈吐已更为清妙。设宴于花间，酣醉于月下。倘若没有好诗，怎能抒发我们高雅的情怀？如赋诗不成，则按金谷园三斗之数罚酒。

【点评】自老庄出，对于宇宙变化时间短促所具备的独特感应力，构成中国古代文学家的哲学情思。但起首即挫天地光阴万物百代于笔端，确实体现了李白才有的豪迈博大。接着由对时间空间的生命体验转向浮生如梦的人生态度、秉烛夜游的人生行为，再转向阳春美景的特定人生片刻，逐渐由大到小导出主体，为夜宴布下宏阔背景，并使具体夜宴有了某种哲学意味，进入主体的人文“俊秀”对应自然“阳春”，暗合一个“欢”字，写事有歌、赏、谈、饮，而详写饮酒，写得华丽而又不失豪迈之致。有人认为本文意境是崇高的，格调是明朗的，其实豪迈潇洒之外总有一股掩不住的悲怆和忧郁，它们不是来自社会的痛苦而是来自生命的短促。良宵苦短！酒醒以后是什么呢？

【集说】人止见其气概之豪，而不知其胸中之乐。（纳兰常安《古文披金》）

大意谓人生短景，行乐犹恐不及。况值佳辰，岂容错过？寄情诗酒，所

以为行乐之具也。青莲全集，强半是此段襟怀。此副笔墨，若出他手，则锦心绣口，不可多得者也。（林云铭《古文析义》）

此序为春园夜宴而作，不惟描写当时光景奇艳精绝，即用字用句，如“逆旅”“过客”“召我”“假我”“坐花”“醉月”等字，具见锦心绣肠，非后世宴游者所能仿佛万一。(《新镌焦太史汇选百家评林名文珠玑》引李廷机语)

字仅百余，而逸趣幽怀，恍然纸上。（刘士鏻《古今文致》）

（毛时安　梦　君）

杜甫

杜甫(712—770),字子美,祖籍襄阳(今属湖北),出生于巩县(今属河南)。曾应进士举,不第。天宝中,客居长安近十年,以求进取,仅获小官。安史乱起,流亡颠沛,竟为叛军所俘。脱险后,授官左拾遗。后因上书议救房琯,被外放为华州司功参军。不久,弃官入蜀,曾在西川节度使严武幕中任检校工部员外郎,故世称杜工部。代宗大历三年(768)携家出蜀,漂泊鄂、湘一带,后卒于赴郴州途中。杜甫是我国古代伟大的诗人,他的诗反映了当时广阔的社会生活,被人们称为“诗史”。在艺术上,融合众长,兼备诸体,思想深厚,意境广阔,并形成沉郁顿挫的独特风格,达到了古典诗歌现实主义的高峰。有《杜少陵集》。

《观公孙大娘弟子舞剑器行》序[1]

大历二年十月十九日[2],夔府别驾元持宅见临颍李十二娘舞剑器[3],壮其蔚跂[4]。问其所师,曰:“余公孙大娘弟子也。”开元五载[5],余尚童稚,记于郾城观公孙氏舞剑器浑脱[6],浏漓顿挫[7],独出冠时。自高头宜春、梨园二伎坊内人洎外供奉[8],晓是舞者,

圣文神武皇帝初[9]，公孙一人而已。玉貌锦衣，况余白首。今兹弟子，亦匪盛颜[10]。既辨其由来，知波澜莫二[11]。抚事慷慨，聊为《剑器行》。往者吴人张旭[12]，善草书书帖，数常于邺县见公孙大娘舞西河剑器[13]，自此草书长进，豪荡感激[14]，即公孙可知矣[15]。

【注释】(1)大历二年(767)，杜甫在夔府别驾元持家观看李十二娘舞剑器，作《观公孙大娘弟子舞剑器行》诗，此为诗序。公孙大娘：唐开元时著名舞蹈家，善舞剑。剑器：一种古代舞，舞者身着戎装，手执剑器，表现战斗姿态。 (2)大历二年：公元767年。 (3)夔府：唐代置夔州，州治在奉节(今属四川)，为府署所在，故称为夔府。别驾：州刺史的辅助官。元持：人名，时任夔府别驾。临颍：县名，故址在今河南临颍县西北。 (4)蔚跂(qí)：雄浑多彩的样子。 (5)开元五载：公元717年。 (6)郾(yǎn)城：县名，今属河南。浑脱：一种古代舞，舞姿粗犷雄壮。剑器浑脱：武后末年，由剑器舞和浑脱舞综合而成一种新的舞蹈。 (7)浏漓顿挫：形容舞姿轻快流利、回旋转折。 (8)宜春：指唐长安宫内歌伎居住的宜春院。擅长歌舞的教坊女伎被征调入院，称为内人；她们常在皇帝前演奏，也叫"前头人"。高头：疑即"前头"。伎坊即教坊，皇家御用音乐、技艺机构之一。梨园：唐玄宗时教练宫廷歌舞艺人的地方，在长安(今陕西西安)光化门北禁苑中。外供奉：指不居宫内的杂应官伎。 (9)圣文神武皇帝：唐玄宗的尊号。 (10)匪：非。(11)波澜莫二：犹一脉相承。 (12)张旭：字伯高，吴(今江苏苏州)人。唐代著名书法家。善草书，人称"草圣"。 (13)邺县：在今河南安阳县境内。西河：古称黄河上游南北流向的一段为西河。 (14)豪荡感激：豪放激奋。(15)即：则。

【今译】大历二年(767)十月十九日，在夔府别驾元持家见到临颍李十二娘表演"剑器"舞，她的舞姿雄浑多彩，很是壮美。问她师从谁，她回答说："我是公孙大娘的弟子。"开元五年(717)，我还是小孩，记得在郾城观看过公孙氏表演剑器浑脱舞，舞态轻捷流利，回旋转折，独到出众，压倒当时。从皇帝近前的宜春、梨园二教坊的歌舞伎到宫外的杂应官伎，通晓这种舞的，在玄宗初年，仅公孙大娘一个人而已。公孙大娘当时身着锦绣舞衣，容貌姣美如玉，如今我已白发苍苍。她的弟子也已不是青年了。辨明了李十二娘的来历，就知道她与公孙大娘一脉相承。追抚往事，慷慨激奋，姑且作《剑器行》。过去吴人张旭善草书，他经常在郸县观看公孙大娘表演西河剑器舞，从此草书获得长进，雄豪狂放，使人感奋激动，那么，公孙大娘的舞姿就可想而知了。

【点评】由公孙大娘弟子与乃师波澜莫二的舞蹈表演，想到公孙大娘生前舞技独出冠时，身后声名寂寞无闻，而自己则从童稚变成白首，五十年人间沧桑，五十年身世浮沉，能不抚事慷慨？妙在含蕴不露，只从公孙大娘着笔，使人从言外得之。公孙氏的舞蹈节奏、气势浏漓顿挫，具有豪荡激越的艺术力量，曾给唐代大书法家、"草圣"张旭以艺术感悟，使之草书大进。揭示这种触类旁通的艺术现象，对理解各种艺术门类间的融通渗透乃至影响、掌握艺术发展规律、促进艺术发展有重要启示。这一艺术真谛，为杜甫不经意中道破，尤觉难能可贵。

【集说】斩截有力，在一即字，每文字简妙处，似有脱文，而解人读之了然。（陈天定《古今小品》引钟惺语）

钟总评："题是公孙大娘弟子，而序与诗，情事俱属公孙氏，便自穆然深思。"余谓未尽也，不知情事俱属玄宗，故序云："抚事慷慨，聊为《剑器行》。"知其意不在剑器也。（王嗣奭《杜臆》）

舞剑器者，李十二娘也。观舞而感者，乃在其师公孙大娘也。感公孙者，感明皇也。是知剑器特寄托之端，李娘亦兴起之藉。此段情景，正如湘中采访使筵上，听李龟年唱"红豆生南国"，合坐凄然，同一伤惋。观命题之法，知其意之所存矣。（浦起龙《读杜心解》）

浏漓顿挫，便足以评斯文。（纳兰常安《古文披金》）

（吉明周）

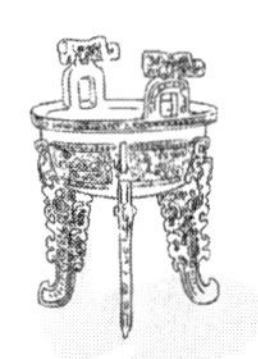

元结

元结(719—772),字次山,鲁山(今属河南)人。天宝十二载(753)进士。乾元二年(759)奉诏入京,上《时议》三篇,得肃宗赏识,擢升为右金吾兵曹参军。在“安史之乱”中,立有战功。代宗时,官至容管经略使。其文格调高古,辞义幽约,有耿介拔俗之姿。有《元次山集》。

送谭山人归云阳序[1]

吾于九疑之下[2],赏爱泉石,今几三年。能扁舟数千里来游者,独云阳谭子[3]。谭子文学[4],隐名山野,隐身云阳之阿,世如君何?牧犊爱云阳之宰峻公[5],不出南岳三十年[6]。今得云阳一峰,谭子又在焉,彼真可家之者耶!子去为吾谋于牧犊,近峻公有泉石老树,寿藤萦垂,水可灌田一区,火可烧种菽粟[7],近泉可为十数间茅舍,所诣才通小船,吾则往而家矣。此邦舜祠之奇怪[8],阳华之殊异[9],漶泉之胜绝[10],见峻公与牧犊,当一一说之。松竹满庭,水石满堂。石鱼负樽[11],凫舫运觞[12],醉送谭子,归于云阳。漫叟元次山序(13)。

【注释】(1)谭山人:谭姓隐士。山人,山居者,这里指隐士。云阳:古县名,治今陕西泾阳县西北。谭山人自云阳千里来九疑山下看望元结,临别时元结以此序相赠。 (2)九疑:山名,今作"九嶷",在今湖南宁远县南。 (3)谭子:对谭山人的尊称。 (4)文学:官名。汉州郡及王国皆置文学,大略如后世教官。唐代诸王府也设文学。 (5)牧犊:人名。峻公:人名,时为云阳县令。 (6)南岳:衡山,在今湖南省境内。 (7)菽粟:豆类和谷类。(8)舜祠:上古五帝之一虞舜的庙堂。 (9)阳华:《全唐文》卷三八二元结《阳华岩铭序》:"通州江华县东南六七里,有回山。南面峻秀,下有大岩。岩当阳端,故以阳华命之。" (10)溾(huì)泉:泉名,在今湖南省道州市。 (11)石鱼:湖名。《元结诗序》:"溾泉南,上有独石在水中,状如游鱼,乃命湖曰石鱼湖。" (12)凫舫:凫形船。凫,野鸭子。(13)漫叟元次山:元结,字次山,号漫叟。

【今译】我居住在九疑山下,赏爱喜好山水,如今已将近三年了。其间,能乘小船不远数千里来游玩的,只有云阳谭子。谭子文学在山野间隐姓埋名,隐居在云阳的山坡中,世人又能将你怎么样呢?牧犊敬重云阳县令峻公,三十年不离开南岳衡山。今若能得到云阳一座山峰,况且谭子又在那儿,那真是可以安家的地方呢!你去为我与牧犊商量,靠近峻公所知云阳,在有泉石古树、常青藤萦绕低垂、水可灌溉一些田地、火可烧山种植豆谷之类的环境中,接近泉水处可造十几间草屋,须通小船才能到这一地方,那么我就到那里安家了。这地方舜祠的不同寻常,阳华岩风景的奇异,溾泉的佳妙绝顶,见到峻公和牧犊,应该一一说给他们听听。庭院内满是松柏翠竹,堂屋前满是流水山石。石鱼湖上载酒而行,凫形船中杯觞频传,乘着醉意为谭子送行,遥送他返回云阳。元结序。

【点评】三年仅得一人过访,其寂苦之境可见;但愿安家故人居处,其思念之情可感;传语故友此地风物独异,其邀请之意可知。一种深重的孤独蕴含在字里行间,却又丝毫不显露于言表,自是元结戛戛独异、奇古拔俗

之处。

【**集说**】可谓郁确，次山口原无软腔。（陈天定《古今小品》）

峭异。（纳兰常安《古文披金》）

元子胸中，真有浩浩。（陈仁锡《古文奇赏》）

（吉明周）

韩愈

韩愈(768—824),字退之,河阳(今河南孟州市)人。自谓郡望昌黎,世称韩昌黎。早孤,由嫂抚养。刻苦好学,贞元八年(792)考中进士。任监察御史时,因上书言事触怒当权者,被贬为阳山令。后赦还,曾任国子博士。元和十四年(819)因谏阻宪宗迎佛骨,贬为潮州刺史。穆宗时回朝,以吏部侍郎卒,谥文,世又称韩文公。韩愈反对六朝以来的骈偶文风,提倡散体,倡导了唐代古文运动。其"文起八代之衰"(苏轼语),是司马迁之后文学史上最大的散文家,被列为唐宋八大家之首。文风刚健雄肆,通达顺畅,抒意自言,自成一家。有《昌黎先生集》。

杂说四

世有伯乐[1],然后有千里马。千里马常有,而伯乐不常有。故虽有名马,祗辱于奴隶人之手[2],骈死于槽枥之间,不以千里称也。马之千里者,一食或尽粟一石。食马者[3],不知其能千里而食也。是马也,虽有千里之能,食不饱,力不足,才美不外见[4],且欲与常

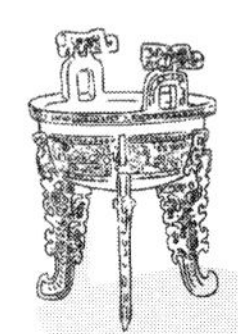

马等不可得，安求其能千里也？策之不以其道[5]，食之不能尽其材[6]，鸣之而不能通其意，执策而临之[7]，曰："天下无马。"呜呼！是真无马邪？其真不知马也[8]！

【注释】(1)伯乐：名孙阳，春秋时秦国人。擅长相马。 (2)祇(zhǐ)：仅仅，只是。辱：受屈辱。奴隶人：受人役使的人。 (3)食(sì)：同"饲"，喂养。(4)外见(xiàn)：表现在外面。 (5)策：马鞭。这里用作动词，即鞭策、驱使。(6)材：同"才"。 (7)执：握。临：面对。 (8)不知：不识。

【今译】人世间先有伯乐，然后才有了千里马。千里马常常有，但伯乐倒不常有。所以虽然有好马，也只能在一般马夫的手中受屈辱，与平常的马受到同等看待，直到老死在食槽、马棚之中，不被人称作千里马。能行千里的马，有时一次能吃掉一石粮食。喂养马匹的人，不知道这匹马能行千里而喂养它。这匹马，虽然具有行千里的能力，由于吃不饱，力量不足，它的出色的才能也就无法表现出来，想与一般的马等同尚且不容易，怎么能够要求它能行千里呢？鞭策千里马不按照（驱使千里马的）正确方法，饲养马匹不能够让马匹发挥才能，也不能通晓马的叫声的意思，手握马鞭，面对马说："天下没有好马。"唉！是真的没有好马吗？是真正不识好马啊！

【点评】本文气脉通畅。开头用警句式议论提出伯乐的重要这个论题，提纲挈领，不同凡响，接着笔锋一转，从反面层层生发，发现之难，饲养之难，使用之难，皆围绕论题而展开。末尾用反诘句，警拔卓绝，文尽而意不尽。全文无一字讲到人才，但又分明是对人才的惋惜，既有作者个人的怀才不遇，又有封建社会一代知识分子压抑、不满的情绪。充溢全文的丰富思想情感如潮水一般，和文章的哲理交融一体，使得文章充满了说服力和感染力。这篇短文，表现了作者深刻的思想和精湛的艺术技巧，闪耀着作者独特审美见解的光芒。

【集说】此篇主意谓英雄豪杰，必遇知己者，尊之以高爵，食之以厚禄，任之以重权，其才斯可以展布。（谢枋得《文章轨范》）

看其凡提倡千里马者便有七样，转变处风云倏忽，起伏无常，韵短势长，文之极有蓄泄者。（过珙《古文评注全集》）

此篇俱借喻，格力遒迈，结语咏叹含蓄，正意到底不露，高手。（蔡铸《蔡氏古文评注补正全集》）

虽限尺幅，而卷舒有千里之势。（钱基博《韩愈志》）

（卞　岐）

送王含秀才序[1]

吾少时读《醉乡记》[2]，私怪隐居者无所累于世而犹有是言[3]，岂诚旨于味邪[4]？及读阮籍、陶潜诗，乃知彼虽偃蹇不欲与世接[5]，然犹未能平其心，或为事物是非相感发，于是有托而逃焉者也。若颜氏子操瓢与箪[6]，曾参歌声若出金石[7]，彼得圣人而师之，汲汲每若不可及，其于外也固不暇，尚何曲蘖之托而昏冥之逃邪[8]？吾又以为悲醉乡之徒不遇也！建中初，天子嗣位，有意贞观、开元之丕绩[9]，在廷之臣争言事。当此时，醉乡之后世又以直废[10]。吾既悲醉乡之文辞，而又嘉良臣之烈，思识其子孙。今子之来见我也，无所挟[11]，吾犹将张之；况文与行不失其世守，浑然端且厚。惜乎吾力不能振之，而其言不见信于世也！于其行，姑与之饮酒。

【注释】(1)据序中“建中初，天子嗣位”云云，此文当作于德宗之世，据此文在韩文集中的前后篇，当作于贞元二十年(804)。　(2)《醉乡记》：隋末大儒王通之弟王绩所作。王绩，字无功，唐初辞官归田，隐居东皋，王含系其子孙。在《醉乡记》中，他虚构了一个醉之乡，言自己将往游。　(3)累：牵连。　(4)旨：味美。　(5)偃蹇：傲慢。　(6)颜氏子：即颜回。瓢：葫芦做的舀水器。箪：竹子做的盛饭器。《论语·雍也》：“一箪食，一瓢饮，在陋巷，人不堪其忧，回也不改其乐。”　(7)《庄子·让王》：“曾子曳屣而歌《商颂》，声满天地，若出金石。”　(8)曲蘖：酒。　(9)丕：大。　(10)此句史书失

载,无可考。 (11)无所挟:犹言无足称。

【今译】我少年时读了《醉乡记》,暗自怪那些隐士摆脱了世事的困扰,还要说这样的话,难道他们真的以酒味为美吗?后来读了阮籍、陶渊明的诗,才知道那些隐逸不仕者虽落落寡合,与世人很少来往,却并非是六根清净,或因为对世事有所不满,故借酒以逃避。像颜回虽贫,但箪食瓢饮,怡然自得;曾参虽贫,但以歌自乐,声如金石;他们得圣人为师,汲汲求道,常恐来不及,对于外面的事没有工夫去问,哪里还会借酒以逃入醉乡呢?然而我又为醉乡的人不用于世而感到悲伤!建中初年,德宗继位后,有意想做出贞观、开元时代一样的伟绩,在朝之臣,争相进谏。但此时"醉乡"的后代却又因直言遭黜废。我既悲伤《醉乡记》的文辞,又嘉许良臣的忠烈,因此很想与《醉乡记》作者的子孙结识。今天你来见我,即便你不为世人所重,我也要为你张扬;何况你的文华与品行不失祖宗的名声,端庄厚重。可惜的是我的力量不能使你的名声大振,而且我的话也不为世人所信服!在你临别之际,姑且和你喝一杯酒罢。

【点评】王含求仕不得,悻悻而去。送之者,若直言君相不能用才,有犯时忌;若直言得失不足为怀,未免迂阔。作者另辟蹊径,就其先世遗文《醉乡记》发论。醉乡之徒借酒而逃,在不师圣,不师圣故难平己心,以不遇而悲,由此而引申出劝勉王含当以圣人为师,乐圣人之道,汲汲于自治之本意。行文左盘右折,深微婉曲,有无限情思。

【集说】此序只从《醉乡记》三字得意,变化成一篇议论,此文公最巧处。凡作论,可以为法。(谢枋得《文章轨范》)

突然将《醉乡记》抑扬评论,几不解所谓,读终篇,知立言之悲也。醉乡之后人既不振,而公力又不足以振之,序之结穴在此。(储欣《唐宋八大家类选》)

味此序之意,必王含无一可称述,姑就其祖《醉乡记》上生出一篇议论,乃是无中生有,文字超伟奇绝,可珍可爱。(《新镌焦太史汇选百家评林名文珠玑》引林希元语)

刘海峰云：含蓄深婉，颇似子长，退之文以雄奇胜，独此篇及《送董邵南》，深微屈曲，读之觉高情远韵，可望不可及。观刘氏所评，然则此文真令人百读不厌。（蔡铸《蔡氏古文评注补正全集》）

（陈如江）

送区册序[1]

阳山[2]，天下之穷处也。陆有丘陵之险，虎豹之虞[3]；江流悍急[4]，横波之石廉利侔剑戟[5]，舟上下失势[6]，破碎沦溺者往往有之。县郭无居民[7]，官无丞尉[8]，夹江荒茅篁竹之间[9]，小吏十余家，皆鸟言夷面[10]。始至，言语不通，画地为字[11]，然后可告以出租赋、奉期约[12]。是以宾客从游之士，无所为而至。

愈待罪于斯且半岁矣[13]。有区生者，誓言相好[14]，自南海拿舟而来[15]。升自宾阶[16]，仪观甚伟[17]，坐与之语，文义卓然[18]。庄周云："逃空虚者，闻人足音跫然而喜矣[19]！"况如斯人者[20]，岂易得哉？入吾室，闻《诗》《书》仁义之说，欣然喜，若有志于其间也。与之翳嘉林[21]，坐石矶[22]，投竿而渔，陶然以乐。若能遗外声利而不厌乎贫贱也[23]。

岁之初吉[24]，归拜其亲，酒壶既顷，序以识别[25]。

【注释】（1）贞元十九年（803）冬，韩愈由监察御史贬为阳山令，此序作于阳山。　（2）阳山：属连州，今广东连阳。　（3）虞：忧患。　（4）悍急：形容水流湍急。　（5）廉利：锋利。侔：相等。　（6）失势：失去控制。　（7）县郭：县城。　（8）唐朝中下等的县，设县丞、县尉各一人，阳山无县丞和县尉，可见其地之荒僻。　（9）夹江：沿江两岸。　（10）鸟言：指语言难懂。夷面：指阳山人的面型与中原人不同。古代对少数民族歧视，称其为蛮夷。　（11）画地为字：说明此地落后与贫穷，缺乏文具纸张，官府出告示只能写在地上。　（12）期：期限。约：规约。　（13）待罪：这是韩愈的

谦词,意思是随时等待处分。 (14)誓:愿意。 (15)拿舟:指乘船来。(16)宾阶:古代宾主相见时,客人由西阶而上,故称西阶为"宾阶"。(17)仪观:仪表。 (18)文:言辞。义:见解,思想。 (19)语见《庄子·徐无鬼》。意思是说,在旷野的荒芜墓地间巡行,听到行人脚步声就感到高兴。(20)斯人:指区册。 (21)翳:遮蔽。 (22)石矶:水边突出的岩石或石滩。(23)遗外声利:指遗忘、疏远功名利禄。 (24)岁之初吉:指正月。 (25)识:通"志",记住。

【今译】阳山是天下的穷乡僻壤。陆地上丘陵险峻,时有猛兽为患;江中水流湍急凶猛,横在水中的礁石,像剑戟一样锋利,船只航行一旦失去控制,经常会被撞碎沉没。县城里没有百姓居住,县里的官吏不设县丞和县尉,沿江两岸的荒草竹林中,住着在县里当差的小吏十余家,这些人说话很难听懂,相貌类似蛮夷。刚来的时候,言语不通,只能在地上画字,才能把按期缴纳租税、遵守规约等政府命令告示他们。由于阳山是这样的荒僻,所以宾客和游士从不到这里来。

我贬官到这里,将近半年了。有个区姓的书生,愿意同我交朋友,从南海郡乘船到此。他从西阶上堂来,仪表英俊壮美。坐下来和他交谈,发现他言辞思想都不一般。庄周说:"巡行于荒野古墓间的人,只要听到行人的脚步声就感到高兴。"何况像区生这样的人,难道是容易遇到的吗?他到我的屋里来,听我谈《诗》《书》仁义的道理,非常高兴,好像有志于此。同他一起在荫蔽的树林下散步交谈,在水边的岩石上垂竿钓鱼,真是怡然快乐。好像能遗忘和摈弃名利而不厌恶贫穷的生活。

正月里,区生要回家探望他的父母,喝完了送别之酒,我写了这篇序以记离别之情。

【点评】阳山地处穷乡僻壤。对仕途十分热衷的韩愈,这时正处在失落与孤寂之中。区册慕名远道相访,而且言辞志趣不凡,所以韩愈有空谷足音之感,把区生引为同调。全文语言简洁,命意幽洁,富有形象性与表现力,读之有味。

【**集说**】昌黎谪官时调，信凄惋慨慷。（茅坤《唐宋八大家文钞》）

处穷极之际，而能不顾险阻，以后辈礼定交世外，真能遗外势利，求得于《诗》《书》仁义之说者也。前铺叙穷境，镌铲造化，笔笔有神。（于光华《古文分编集评》引沈德潜语）

极写荒陋景况，正见拔俗之士相聚，为可乐也。文极纵宕。（纳兰常安《古文披金》）

初叙其威仪、文辞，以嘉其外之所著；继叙其有志有守，以赞其内之所存。则区生学问人品，亦可概见。文中历历如绘，真写生妙手也。（林云铭《古文析义》）

（郑　麦）

应科目时与人书[(1)]

月日，愈再拜：天池之滨[(2)]，大江之濆[(3)]，有怪物焉，盖非常鳞凡介之品汇匹俦也[(4)]！其得水，变化风雨，上下于天不难也；其不及水，盖寻常尺寸之间耳[(5)]。无高山大陵旷途绝险为之关隔也[(6)]，然其穷涸不能自致乎水，为猵獭之笑者[(7)]，盖十八九矣。如有力者哀其穷而运转之，盖一举手一投足之劳也。然是物也，负其异于众也[(8)]，且曰："烂死于沙泥，吾宁乐之；若俯首帖耳摇尾而乞怜者，非我之志也。"是以有力者遇之，孰视之若无睹也。其死其生，固不可知也。今又有有力者当其前矣，聊试仰首一鸣号焉，庸讵知有力者不哀其穷[(9)]，而忘一举手一投足之劳而转之清波乎？其哀之，命也；其不哀之，命也；知其在命而且鸣号之者，亦命也。愈今者实有类于是。是以忘其疏愚之罪，而有是说焉。阁下其亦怜察之[(10)]！

【**注释**】(1)作者于贞元八年(792)第四次应礼部试时登第，然要出仕，还需经吏部博学宏词试及格，此文便是韩愈在贞元九年(793)就试吏部博学宏词科时写给韦舍人的求荐信。科目：科举时代分科取士的项目。　(2)天池：此处指南海。　(3)濆：水边。　(4)鳞、介：水族的统称。鳞，鱼龙之属；

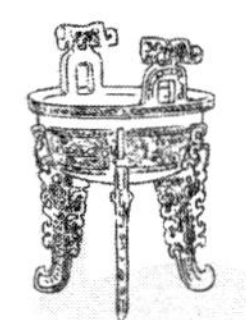

介，龟鳖之属。品汇：品类。匹俦：匹配。（5）寻常尺寸：古以八尺为寻，二寻为常，此指范围狭小。（6）关隔：屏障。（7）猵：亦为獭属，二者皆水兽，食鱼为生。（8）负：恃。（9）庸讵：岂。（10）阁下：对收信者的尊称。

【今译】某月某日，愈向您再拜：南海的水边，大江的滩上，听说有一种怪物，不是一般鳞甲之类的动物可以比拟的！它得了水，呼风唤雨，上天下地都不难；它得不到水，只能在极小的范围内活动。尽管没有高山、峻岭、远途、险隘能够来阻挡它，然而当它窘困于干涸之地无法进入水中时，十有八九会遭到猵獭的嘲笑。如果一个有力量的人怜惜它的困窘，把它运转到水中去，只要一举手、一抬脚的辛劳就行了。然而这种怪物，自恃与众不同，却说："就是烂死在泥沙中，我也乐意；若要俯首帖耳、摇尾乞怜，那就非我所愿。"因此有力量的人碰到它，总是熟视无睹。它是死是活，当然也就不可知了。现在又有一个有力量的人出现在它的面前了，它姑且抬头一喊，哪里知道有力量的人会不会怜惜它的困境，不计较一举手、一抬脚的辛劳，把它转移到清清的波涛之中去呢？怜惜它，是一种命运；不怜惜它，是一种命运；知道是命运却还要叫喊，也是一种命运。我现在的处境确实与这怪物相似，所以我不避自己的粗疏愚陋，而陈述了这番议论。希望您能够给予怜惜和体察！

【点评】此书分明是篇干禄文字，但通篇不见夸诩钻营之态、摇尾乞怜之状，堪称奇绝。怪物者，龙也。龙之得水，上下于天不难；龙之失水，则为猵獭所笑。作者借以自喻，化俗入雅，说尽己之冀求援引之心，而又不失孤高自恃。文章纵横出没，波澜无数，如神龙在天，令人莫测其际。

【集说】亦无头，亦无尾，竟斗然写一怪物。一气直注而下，而其文愈曲。细分之，中间却果有无数曲折，而其势愈直。此真奇笔怪墨也。（金圣叹《评注才子古文》）

一意到底，却接连四五个转换，波兴浪作，笔无停妍。吾无以拟之，亦曰公所云云，文实有类于是。（过珙《古文评注全集》）

转常为奇，回俗入雅，纵横出没，圆融不滞。唐之文宛然为一王法，此书

乃其极也。(《新镌焦太史汇选百家评林名文珠玑》引顾克语)

其意态诙诡瑰玮,盖本诸《滑稽传》。干泽文字,如是乃为轩昂,他篇皆不能自振。(曾国藩《求阙斋读书录》)

(陈如江)

题李生壁[1]

余始得李生于河中,今相遇于下邳,自始至今,十四年矣。始相见,吾与之皆未冠[2],未通人事,追思多有可笑者,与生皆然也。今者相遇,皆有妻子[3],昔时无度量之心,宁复可有!是生之为交,何其近古人也。是来也,余黜于徐州,将西居于洛阳。泛舟于清泠池,泊于文雅台下,西望商邱,东望修竹园,入微子庙[4],求邹阳、枚叔、司马相如之故文[5],久立于庙陛间,悲《那颂》之不作于是者已久,陇西李翱、太原王涯、上谷侯喜实同与焉。贞元十六年五月十四日,昌黎韩愈书。

【注释】(1)李生:李翱,字习之。曾从韩愈学古文,为中唐著名古文家。(2)未冠:古礼男子二十岁而加冠,以表示成年。未冠,即不到二十岁。(3)妻子:妻子、儿女的统称。 (4)微子:名启(一作开),商纣的庶兄,周代宋国的始祖。 (5)邹阳:齐人,西汉文学家,所作散文有战国游士纵横善辩之风。枚叔:枚乘,字叔,西汉辞赋家。司马相如:字长卿,蜀郡成都人,西汉辞赋家。

【今译】我和李翱初次相识是在河中,今天又在下邳和他相会,从初次相识到现在,已经十四年了。初次相识时,我和他都还不到二十岁,还没有通晓人情事理,回想起来有不少令人发笑的事情,我和李翱都是这样。这次相会,我们都有了妻子、儿女,过去那种率性而行,哪里能再有呢!不过李翱待人,与古人是很相近的。我这次来,是准备从贬谪之地徐州,西迁到洛阳。乘着小船在清泠池游荡,停泊在文雅台下,往西看是商丘,往东看是修竹园,

进入微子庙，寻觅西汉文学家邹阳、枚乘、司马相如的遗文，长时间站立在庙堂之间，慨叹《那颂》已有很久不作了，陇西李翱、太原王涯、上谷侯喜都和我有相同的感受。贞元十六年五月十四日，韩愈作。

【点评】韩愈与李翱，本是师生关系。本文却重在表现友情，毫无师道尊严的脸孔。作者叙事繁简得当，行文坦率，没有丝毫隐避，一任感情自然倾泻，看不出造作之迹。这种不刻意追求结构而结构自妙，只有在大名家手中才能运用自如。

【集说】低回唱叹，深远不尽，无韵之诗也。（曾国藩《求阙斋读书录》）

感今怀昔，无限悲思。（纳兰常安《古文披金》）

古郁苍凉，清微萧远，别有襟抱。（王文濡《评校古文辞类纂》引张裕钊语）

屈长江大河于杯水坳堂之中，疑其腕底有蛟螭结蟠也。（王文濡《评校古文辞类纂》引吴汝纶语）

（卞　岐）

祭田横墓文[(1)]

贞元十一年九月，愈如东京，道出田横墓下，感横义高能得士，因取酒以祭，为文而吊之。其辞曰：

事有旷百世而相感者[(2)]，余不自知其何心。非今世之所稀，孰为使余歔欷而不可禁？余既博观乎天下，曷有庶几乎夫子之所为[(3)]？死者不复生，嗟余去此其从谁？当秦氏之败乱，得一士而可王，何五百人之扰扰[(4)]，而不能脱夫子于剑芒？抑所宝之非贤？亦天命之有常？昔阙里之多士[(5)]，孔圣亦云其遑遑[(6)]。苟余行之不迷，虽颠沛其何伤？自古死者非一[(7)]，夫子至今有耿光[(8)]。跽陈辞而荐酒[(9)]，魂仿佛而来享[(10)]。

【注释】（1）作者于贞元八年（792）进士及第，却又在试博学宏词科时三次落榜。贞元十一年(795)一至三月,他三上宰相书求荐,不得官。同年九月,在前往东京洛阳的途中,经田横墓,遂借古抒怀,作此文。田横,战国时齐王田氏的后裔,楚汉间逐鹿中原,为刘邦所败,率从属五百人逃亡海上。后为存全部属,假意归降,途中自刭,五百从属闻知,皆自尽于海岛,义烈惊世,向为得士之典式。 (2)旷:远隔。 (3)曷:何人。夫子:指田横。(4)扰扰:纷乱。 (5)阙里:这里代指孔门。孔子生于鲁陬邑昌平乡阙里。(6)遑遑:同"皇皇",心绪不定。《孟子·滕文公》:"孔子三月无君,则皇皇如也。" (7)非一:情况各异。 (8)耿光:光明。 (9)跽:长跪。陈辞:读祭文。 (10)来享:接受祭奠。

【今译】贞元十一年九月,我去洛阳,经过田横墓,对他德高义重、能受到士人的爱戴崇仰颇有感慨,因此取酒致祭,作文凭吊。祭文为:

世上的事有远隔百世而能为其精神所打动的,我不知这是什么道理。倘不是现今像您这样的人物过于稀少,怎么会使我歔欷悲泣而不能自禁呢?我曾见到过天下的很多事物,哪有像您这样所作所为的呢?死了不能复生,今后我还能到哪里去找到像您这样的明主呢?在秦末大乱之际,只要得到一个精于谋略的士人辅佐,往往就可以平定天下,为什么您有五百人相随,却不能使您免于伏剑自杀的命运呢?难道您所爱重的人都不是贤者?还是这属上天的安排?从前孔门弟子有贤德的很多,但孔圣人还是东奔西走,不用于世。只要是自己行路不迷失方向,即使颠沛流离,也没有关系。自古以来死亡的情况有很多不同,而独您至今还闪耀着光辉。我现在跪下宣读祭文并献上一杯酒,期望您的灵魂来接受我的祭奠吧。

【点评】叹田横之贤,正是悲已之不为世用。不然,以区区田横,何足为其殷殷荐酒享魂、放言高论?横之伏剑,已足可悲;而更可悲者,乃是如横之好士者"今世之所稀"。"博观"二句,其慨深矣,一腔悲愤,言外可见。其虽不得如横其人者遇之,但不信此乃天命而悲观绝望。不甘沉没之心,积极进取之志,令人感怀难已。

【集说】借田横发自己一生悲感之意。(茅坤《唐宋八大家文钞》)

以沉郁之气，发悲凉之音。逐二句抗声吟之，真有天崩海立之势。（金圣叹《评注才子古文》）

韩公以命世才，每欲为知己者用。而世无其人，故有感于横之高义，借此以发胸中之愤。玩其文辞，一种敬慕之情，悲伤之意，凄然可掬。（过珙《古文评注全集》）

文仅百余字，而旨味无穷。字字金玉，可珍可爱，真命世之作也。（《新镌焦太史汇选百家评林名文珠玑》引林希元语）

（陈如江）

祭房君文[1]

维年月日[2]，愈谨遣旧吏皇甫悦，以酒肉之馈，展祭于五官蜀客之柩前[3]。呜呼！君乃至于此，吾复何言！若有鬼神，吾未死，无以妻子为念[4]。呜呼！君其能闻吾此言否？尚飨[5]。

【注释】(1)房君：韩愈之友。 (2)维：助词，用在句首，不能译出。(3)五官：司历之官。 (4)妻子：妻子、儿女。 (5)尚飨：希望鬼神歆享的意思。这是古人祭祀时带有迷信色彩的祝词。

【今译】某年某月某日，韩愈满怀敬意地派从前的下属官吏皇甫悦，把酒肉之类的食品，展示祭奠于四川人五官您的灵柩之前。呜呼！您落到现在这个地步，我还能说些什么！如果有鬼神的话，他们可以作证，我只要没死，您就不必挂念妻子和儿女。呜呼！您能听到我说的这些话吗？尚飨。

【点评】古代祭文常用句式整齐的韵文，本文却用长短错落的散文，不刻意为文，只要表露真情，是本文的特点。祭文一般要写死者的简历、业绩、人品、死因等。本文却只字未提，足见有难言之隐。在真诚的感叹中，作者向死者保证要照顾死者的妻儿，一片真情，出于肺腑。不能说，还要说，一两行字，便含无限冤情，令人回肠荡气，感人至深，非有千斤之笔，很难作此奇文。

【集说】提起便气尽。(昌黎自注)

一两行内包括万千冤惨,亘古奇笔。(王符曾《古文小品咀华》)

字有尽而泪无穷。(纳兰常安《古文披金》)

(陈 元)

女挐圹铭[1]

女挐,韩愈退之第四女也,惠而早死。

愈之为少秋官[2],言佛夷鬼,其法乱治。梁武事之[3],卒有侯景之败[4],可一扫刮绝去,不宜使烂漫[5]。天子谓其言不祥,斥之潮州。汉南海揭阳之地[6]。愈既行,有司以罪人家不可留京师,迫遣之。女挐年十二,病在席,既惊痛与其父诀,又舆致走道,撼顿失食饮节,死于商南层峰驿[7],即瘗道南山下[8]。五年,愈为京兆[9],始令子弟与其姆易棺衾,归女挐之骨于河南之河阳韩氏墓,葬之。

女挐死当元和十四年二月二日;其发而归,在长庆三年十月之四日;其葬在十一月之十一日。铭曰:

汝宗葬于是,汝安归之,惟永宁!

【注释】(1)圹(kuàng):墓穴。 (2)少秋官:唐刑部侍郎之俗称。(3)梁武:即南朝梁武帝,姓萧名衍,信奉佛教,在位时,寺院遍境内。(4)侯景:原为北朝东魏之将,后叛魏归梁,不久又叛梁,围梁武帝于台城中饿死。 (5)烂漫:漫延。 (6)南海:今属广东省。秦置郡,汉朝因之。揭阳:汉置县,属南海郡。 (7)商:古地名,即今陕西商洛一带。 (8)瘗(yì):埋葬。 (9)京兆:官名,京兆尹之省称。

【今译】女孩名挐,是我的第四个女儿,她为人聪慧但过早死了。

我担任刑部侍郎时,曾上表陈说佛教是外来宗教,它的规则会扰乱国家的正常治理。历史上梁武帝一心事佛,结果被侯景所困,因此我主张对敬佛之事扫除灭绝,不宜让它漫延开来。天子认为这番话不吉利,就把我贬谪到

潮州。那里原属汉代南海郡揭阳县之地。我已上路,官府认为罪人的家室不能留在京城,强迫驱赶我的家人一块离开。挐儿年仅十二岁,正病在床上,由于既受惊吓又伤心与她父亲分别,又因坐车在途中颠簸,经受震动劳困,饮食没有规律,结果死在古商地南面的层峰驿,被埋葬在道路之南的山脚下。五年后,我升任京兆尹,才叫孩子们同其保姆为挐儿更换棺木和衾被,收殓她的尸骨归葬到河南河阳的韩氏墓地。

挐儿死于元和十四年二月二日;移棺回乡是在长庆三年十月四日;重新安葬在十一月十一日。墓铭写道:

你的祖宗葬在此处,你平安地回到了这里,永远安息吧!

【点评】幼女"惠而早死",哀婉之情已略见。接着叙"早死"之因:不单因病,更主要是因身为父亲的作者心忧国家兴亡,言辞触怒天子,远贬他乡而官府"迫遣"家人所致。年仅十二岁的挐儿虽平生无甚事可记以表哀思,但记政治风云的"撼顿"竟祸及幼女,作者的悲愤交织、哀恸深切之情便蕴含其中,足以引人痛惜。

【集说】女挐无他行,独因随昌黎赴贬所病死。而昌黎摹写其情,悲惋可涕。(茅坤《唐宋八大家文钞》)

女挐仅十二龄而殇,若具达观,未尝不可以修短之数置之。所可痛者,因病而别,因别而悲。复因迫遣而受饥寒劳顿,似可以不死而死者。及死后草葬客路,魂无所归,无异流放。是明明以己之冤,为其女之冤矣。骨肉钟情,至此安能辞其责乎?发而归之先墓,或可慰亡魂于九泉也。段段说来,无限酸楚,不忍多读。(林云铭《古文析义》)

直叙其事,自然令人涕零,此《史》《汉》法。(纳兰常安《古文披金》)

寥寥淡淡,哀不可言,只得如此言之。(陈天定《古今小品》)

(张　兴)

刘禹锡

刘禹锡(772—842),字梦得,洛阳(今属河南)人。贞元九年(793)进士,又中博学宏词科,官监察御史。曾参加王叔文政治改革集团,失败后,贬朗州司马,历连州、夔州、和州刺史。后因裴度力荐,入朝为主客郎中,以太子宾客分司东都,世称刘宾客。官终检校礼部尚书。张文虎称其文"才辩纵横,间以古藻,亦柳(宗元)之亚"(《舒艺室杂著》)。有《刘禹锡集》。

陋室铭[1]

山不在高,有仙则名;水不在深,有龙则灵。斯是陋室,惟吾德馨[2]。苔痕上阶绿,草色入帘青。谈笑有鸿儒[3],往来无白丁[4]。可以调素琴[5],阅金经[6];无丝竹之乱耳[7],无案牍之劳形[8]。南阳诸葛庐[9],西蜀子云亭[10]。孔子云:"何陋之有?"

【注释】(1)相传刘禹锡所赞之陋室在今河北定县,文中表现了作者孤芳自赏、不屑与世俗同流合污的情趣。　(2)唯吾德馨:只因我的品德是美好的。馨:指能散布到远处去的香气。　(3)鸿儒:大儒,指学识渊博的

学者。（4）白丁：白衣，即平民，这里指没有文化的人。（5）素琴：朴素无华的琴。（6）金经：指用泥金书写的佛经。（7）丝竹：泛指乐器演奏的音乐之声。（8）案牍：官场的文书。（9）诸葛庐：诸葛亮隐居南阳时的草屋。（10）子云：西汉辞赋家扬雄的字。他是成都人。

【今译】山不在于高，有神仙便会出名；水不在于深，有蛟龙便会显出神灵。这是一间很简陋的小屋，只因我的德行而使之远近闻名。碧绿的青苔痕迹蔓延到台阶，台阶成了绿色，青青的草色映入门帘，屋内闪着青光。相互谈笑的，都是些有学问的名士；来来往往的，没有一个是没有文化的。在这里既可以弹琴自娱，又可以阅读佛经；既没有那些刺耳的世俗之音来扰乱听觉，也没有满桌的官府公文来劳神伤身。就像是三国诸葛亮隐居南阳邓州的茅庐，又像是汉代扬子云住在西蜀的玄亭。孔子曾说："这有什么简陋？"

【点评】此称为百字令可也。然亦可分三段，开篇四句，第一段也；"斯是陋室"至"无案牍之劳形"，第二段也；余下为第三段。

刘氏散文好以议论发端，此篇又是。以对山水之议论而引出陋室，随后即对陋室加以描述，语虽简洁，亦可谓声色俱备，有幽雅之趣。"南阳""西蜀"二句，此宕笔也。末引孔子语，以反诘语作结，似更有力。要言之：起结皆议论，唯中间铺陈。其议论雄辩有力，振振有词；其铺陈则雅趣横生，令人神往。有此美文，即为陋室，亦不陋矣。

【集说】此篇不上百字，曲尽陋室之气象，起用譬喻尤的切。（《新镌焦太史汇选百家评林名文珠玑》引茅坤语）

词调之清丽，结构之浑成，则文虽不满百字，自具大观。（余诚《重订古文释意新编》）

通篇以"惟吾德馨"四字衍出，言有德之人，室藉以重，虽陋亦不陋也。起四句以山水喻人，次言室中之景，室中之客，室中之事，种种不俗，无他繁苦。即较之南阳草庐、西蜀玄亭，匪有让焉。盖以有德者处此，自有不同者在也。末引夫子何陋之言，隐藏君子居之四字在内，若全引便著迹，读者皆

不可不知。（林云铭《古文析义》）

此文殆借室之陋，以自形容其不凡也。虽不满百字，而具虎跳龙腾之致。（于光华《古文分编集评》引谢立夫语）

（孙琴安）

白居易

白居易(772—846),字乐天,号香山居士,下邽(今陕西渭南)人。早年生活贫寒。贞元十六年(800)进士,授秘书省校书郎。因上书请求严缉刺杀宰相武元衡的凶手,得罪权贵,贬为江州司马。唐穆宗长庆年间任杭州刺史、苏州刺史,政绩卓著。后被召任太子宾客分司东都,官终刑部尚书。其文各有所长,风格流畅清丽。有《白氏长庆集》。

游大林寺序[1]

余与河南元集虚,范阳张允中,南阳张深之,广平宋郁,安定梁必复,范阳张特,东林寺沙门法演、智满、士坚、利辩、道建、神照、云皋、息慈、寂然凡十七人[2],自遗爱草堂[3],历东西二林[4],抵化城,憩峰顶,登香炉峰,宿大林寺。大林穷远,人迹罕到。环寺多清流苍石,短松瘦竹。寺中唯板屋木器。其僧皆海东人。山高地深,时节绝晚:于时孟夏月[5],如正二月天,梨桃始华,涧草犹短;人物风候,与平地聚落不同。初到,恍然若别造一世界者。因成口号绝句云:“人间四月芳菲尽,山寺桃花始盛开。长恨春归无觅处,不知转入此中来。”既而周览屋壁,见萧郎中存、魏郎中弘简、李补阙渤三人姓名文句。因与集虚辈叹且曰:此地实匡庐间第一境(6),由驿路至山门,曾无半日程;自萧、魏、李游,迨今垂二十年,寂寥无继来者。嗟乎!名利之诱人也如此!时元和十二年四月九日,乐天序。

【注释】(1)大林寺:在庐山。《大清一统志·九江府二》:“上大林寺在庐山西大林峰南……中大林寺在庐山锦涧桥北。下大林寺在桥西。”查慎行《庐山纪游》:“上大林寺,乐天先生曾游此,于四月见桃花。”白氏所游系庐山上大林寺。结尾有“元和十二年”云云,可知此篇作于任江州司马时。(2)沙门:佛教用语,指依照戒律出家修道的人。 (3)遗爱草堂:白氏所建草堂,元和十二年三月二十七日始居之。此草堂介于香炉峰、遗爱寺之间,故名。(4)东西二林:指庐山东林寺、西林寺。 (5)孟夏月:夏季的第一个月,即四月。 (6)匡庐:庐山的别称。

【今译】我和河南人元集虚,范阳人张允中,南阳人张深之,广平人宋郁,安定人梁必复,范阳人张特,东林寺僧人法演、智满、士坚、利辩、道建、神照、云皋、息慈、寂然等一共十七人,从遗爱草堂出发,经过东林寺、西林寺,到达化城寺,在峰顶小憩,又登上香炉峰,最后投宿大林寺。大林寺偏僻遥远,一般人极少到此。大林寺的四周,多为清澈的溪流,苍青的岩石,郁茂的松树,纤瘦的竹枝。寺内只有板屋木器。这里的僧人都是海东人。因这里的山很高、地理位置僻深,所以时节比正常的要迟:时间是四月,而这里恰像正二月的天气,梨树桃树刚刚开花,山涧里的草也刚发芽;这里的风土人情,与平地村落迥然不同。刚到这里时,好像是到了另外的一个世界。因此感叹地作了一首诗:“人间四月芳菲尽,山寺桃花始盛开。长恨春归无觅处,不知转入此中来。”接着又观察寺中墙壁,看见有萧存、魏弘简、李渤三个人的留名和文句。见到这些,我和元集虚等人十分感慨,并说:这个地方真正是庐山中的第一境界,由大路到山门,只有不到半天的路程;自萧存、魏弘简、李渤三人来游后,至今已有二十年了,但没有人再来此地。唉!名利的诱人竟达到这种程度。元和十二年四月九日,白居易序。

【点评】本文是一篇诗序。重点是记游，先写登山，次写山寺所见，最后抒发感慨。作者因非罪遭贬江州，对黑暗现实有亲身体验，故而洁身自好，对追名逐利的丑行十分厌恶，胸中有许多怀才不遇之抑郁。本文借大林寺之冷落来抒发胸中的郁愤，表明自己胸无尘滓之心境，把叙事、议论、抒情糅合在一起，行文看似平淡，其实颇有深意。

【集说】一味萧骚，想老姥亦解得。（陈天定《古今小品》）

此记结语有千钧之力而意味黯然，使后游者能贾余勇。（陈仁锡《古文奇赏》）

（卞　岐）

柳宗元

柳宗元(773—819),字子厚,河东(今山西永济)人。贞元进士,授校书郎,调蓝田尉,升监察御史,又迁礼部员外郎。因参与以王叔文为首的政治革新活动,失败后贬为永州(治今湖南零陵)司马。后迁柳州刺史,卒于任,世称柳柳州,又称柳河东。宗元与韩愈共倡古文,为唐代两大散文家,其文雄深雅健,牢笼百态,记山水,状人物,论文章,无不形容尽致。有《柳河东集》。

霹雳琴赞引[1]

霹雳琴,零陵湘水西震余枯桐之为也。始枯桐生石上,说者言有蛟龙伏其窾[2]。一夕暴震,为火之焚,至旦乃已。其余硿然[3]倒卧道上。震旁之民,稍柴薪之,超道人闻[4],取以为三琴。琴莫良于桐;桐之良,莫良于生石上;石上之枯,又加良焉。震之于火为异。是琴也,既良且异,合而为美,天下将不可载焉[5]。微道人,天下之美几丧。余作赞辞,识其越之左与右[6],以著其事;又益之以

序，以为他传。辞曰：

惟湘之涯，惟石之危。龙伏之灵，震焚之奇。既良而异，爰合其美[7]。超实为之，赞者柳子。

【注释】(1)起句有“零陵湘水西”云云，可知此篇作于贬永州时。通篇以桐寄慨，自伤被弃。　(2)窾(kuǎn)：空洞。　(3)硿：石落声，此指桐木倒地之声。　(4)超道人：僧人，名超。　(5)不可载：意为无以复加，美之至。　(6)越：琴底之孔。　(7)爰：乃。

【今译】霹雳琴，是以生在零陵湘水西部，后遭雷击的一株枯桐制成的。这株桐树原来植根于岩石，传说树洞里藏着一条蛟龙。一天夜里，忽然响起惊雷，树被雷电击中，焚烧起来，大火烧到天亮才熄灭。烧剩下来的枯株，“轰”的一声倒在路旁。附近居民有人劈桐当柴烧，一位名超的和尚闻讯赶来，取了桐材，制成三把琴。琴材以桐木为上；桐木又以生在石上的为佳；石上的桐木如果枯焦了，便是最好的琴材。雷击起火，也是奇事。这三把琴，材料优良，又和雷击的怪事儿联在一起，诸种因素聚合而成至美，天下无双。但是，如果没有识材的和尚来抢救，这天下至宝便要毁于一旦。我为此拟了几句赞辞，镌刻在琴底圆孔的左右，以记其事；又增写了一篇小序，另作一些说明。赞辞说：

湘水的旁边，岩石陡峭。潜伏的蛟龙有灵，雷火也稀奇。既良且异的枯桐，制成天下的美琴。成此事者是超道人，作赞辞的是我柳宗元。

【点评】桐材具三良，又遇雷火之异，合之而成天下之美琴，非常难得。若不遇超道人，徒作柴薪燎于炉中而已。人才固难得，更需有识之者，爱之者，成之者。作者以枯桐遇超道人(“超”字值得玩味，超者，超乎流俗也。或许这是一个假托的人物)，得成美琴，反衬自己被逐的遭际。通篇无一字言及身世，而句句含身世之感，读之令人三叹。

【集说】妙在不滥。(何焯《义门读书记》)

命意滴水不漏。(陈天定《古今小品》)

引愈于赞。引中之言曰："琴莫良于桐；桐之良，莫良于生石上；石上之枯，又加良焉。"火之余，又加良焉。五用"良"字，语有深浅，读之不见其赘。子厚以累劫之身，殆以焚余之桐自方。（林纾《柳文研究法》）

（夏咸淳）

罴说

鹿畏貙[(1)]，貙畏虎，虎畏罴[(2)]。罴之状，被发人立[(3)]，绝有力而甚害人焉。

楚之南有猎者[(4)]，能吹竹为百兽之音。寂寂持弓矢罂火[(5)]，而即之山，为鹿鸣以感其类[(6)]，伺其至，发火而射之。貙闻其鹿也，趋而至。其人恐，因为虎而骇之。貙走而虎至，愈恐，则又为罴，虎亦亡去。罴闻而求其类，至则人也，捽搏挽裂而食之[(7)]。

今夫不善内而恃外者，未有不为罴之食也。

【注释】(1)貙(chū)：兽名，似狸而大。 (2)罴(pí)：猛兽名，熊的一种。 (3)被：通"披"。 (4)楚：今湖南、湖北一带。 (5)寂寂：悄悄地。罂火：装在瓦罐中的灯火。 (6)感：招引。 (7)捽(zuó)：揪。搏：搏击。挽裂：撕裂开。

【今译】鹿害怕貙，貙害怕虎，虎害怕罴。罴的形状，头上披着长毛，能像人一样站立着，极有力量，而且对人的危害很大。

楚地的南方有个猎人，能够用竹管吹出许多野兽的声音。他悄悄地拿着弓箭，提着装在瓦罐中的灯火，走到山里去，用竹管吹出鹿的叫声来招引鹿的同类，等到鹿群到来时，亮出灯火，照明射击。貙听到鹿的叫声，快跑而来。猎人害怕了，就吹出老虎的叫声吓它。貙逃跑了，但老虎来了，猎人更害怕了，就又吹出罴的叫声来，老虎也吓得逃走了。罴听到了叫声而来寻找它的同类，到了一看却是个人，就揪住搏击，撕裂吃掉。

现在那些不善于加强自己的力量仅仅依靠外力的人，没有不成为罴的食物的。

【点评】对猎人而言，有招引百兽的技能，仅是“恃外”；有制服百兽的本领，便是“善内”，然其不悟，终弄巧成拙，被罴所食。结尾点睛之笔，有如撞钟，既使人耳目为之一震，感到明快和醒觉；又使人觉得余音绕梁，有无穷的回味。

【集说】总领三句甚健。（何焯《义门读书记》）

此百炼精金也，不愧与韩并驾。中、晚以后绝响矣。（王符曾《古文小品咀华》）

便觉庄辛幸臣论倦烦。（陈仁锡《古文奇赏》）

痛快淋漓。（林纾《柳文研究法》）

（陈如江）

蝜蝂传

蝜蝂者，善负小虫也[(1)]。行遇物，辄持取，昂其首负之。背愈重，虽困剧不止也[(2)]。其背甚涩[(3)]，物积因不散，卒踬仆不能起[(4)]。人或怜之，为去其负；苟能行，又持取如故。又好上高，极其力不已，至坠地死。

今世之嗜取者，遇货不避，以厚其室。不知为己累也，唯恐其不积。及其怠而踬也[(5)]，黜弃之，迁徙之，亦已病矣[(6)]。苟能起，又不艾[(7)]。日思高其位，大其禄，而贪取滋甚，以近于危坠，观前之死亡不知戒。虽其形魁然大者也，其名人也[(8)]，而智则小虫也。亦足哀夫！

【注释】(1)善负：会背（东西）。　(2)困剧：疲累至极。　(3)涩：不光滑。　(4)踬仆：跌倒。　(5)怠：疲乏。　(6)病：受害。　(7)艾：悔改。　(8)名人：名称是人。

【今译】蝜蝂是一种善背东西的小虫。在爬行中遇到东西,总要把它拿过来,抬起头背上。背上的东西愈来愈重,即使疲累至极,也不停止。它的背很不光滑,因而东西堆上去不会掉下,终于被压倒而爬不起来。有人可怜它,替它拿掉身上背负的东西;但只要能够爬行,它又会像先前那样搬东西。它又喜欢往高爬,用尽了力气也不停止,直到摔死在地上。

现在世上贪得无厌的人,见财物就捞,以充实他的家产。并不知道这些财物会成为自己的拖累,只担心它们还不够多。等到因疲乏而跌跤,被罢官、被放逐,也可算已经吃够苦头了。可是,如果被重新起用,又不悔改。整天考虑提高自己的地位,增加自己的俸禄,更加厉害地掠取财物,以至于接近摔死的地步,真是看到前人因贪财死而不知引以为戒。虽然他们的模样魁梧高大,名称是人,而见识却如同小虫。实在可悲啊!

【点评】以虫比人,一半写虫一半写人,全赖作者在喻体"蝜蝂"和本体"嗜取者"之间,撷取沟通二者的共同的喻柄:一是为财贪多,二是为权贪高。在常人看来,于没有联系的事物之间发现共同的喻柄,是一种想象与智慧的表现。更难能可贵的是,作者还找到了二者行为过程的相似性。蝜蝂积物跌倒爬不起,"苟能行"则必"至坠地死"。嗜取者黜弃迁徙,"苟能起"则同样必"以近于危坠"不可。文章还妙在找相似性又不陷于相似性,进而充分描写人虫之异的特殊生动性。写蝜蝂侧重具体行动,"踬仆不起",写嗜取者着眼于心理活动"其怠而踬"。实写蝜蝂"坠地死",虚写嗜取者"危坠"。富于文学独有情致,同时不乏警世之心。人虫之异不在名而在"智",没有"智",人虫一纸之隔,人是很容易异化为虫的。蝜蝂的下场足以使一切嗜取者"知戒"。

【集说】公所托喻,宜其持己刚矣。(陈仁锡《古文奇赏》)

偶尔游戏之笔,然力追龙门而奴视兰台,所以久传。(王符曾《古文小品咀华》)

余意后半不说出,止作比体,更蕴藉。(纳兰常安《古文披金》)

戒之深矣。(《增广百家详补注唐柳先生文集》引黄翰语)

(毛时安　梦　君)

永某氏之鼠[1]

永有某氏者，畏日[2]，拘忌异甚。以为已生岁直子[3]，鼠，子神也，因爱鼠，不畜猫犬，禁僮勿击鼠。仓廪庖厨，悉以恣鼠，不问。

由是鼠相告，皆来某氏，饱食而无祸。某氏室无完器，椸无完衣[4]，饮食大率鼠之余也[5]。昼累累与人兼行[6]，夜则窃啮斗暴[7]，其声万状，不可以寝。终不厌。

数岁，某氏徙居他州。后人来居，鼠为态如故。其人曰："是阴类恶物也[8]！盗暴尤甚，且何以至是乎哉？"假五六猫[9]，阖门[10]，撤瓦灌穴[11]，购僮罗捕之[12]。杀鼠如丘，弃之隐处，臭数月乃已。呜呼！彼以其饱食无祸为可恒也哉！

【注释】(1)本篇系《三戒》之一，写于作者被贬永州期间。作者通过鼠的悲剧下场，对封建社会中恃宠而骄的官僚贵族，予以强烈的讽刺和鞭笞。(2)畏日：怕犯日辰的吉凶禁忌。 (3)生岁直子：出生的年份正当子年。旧说子年出生的人，生肖属鼠。直，同"值"，正当。 (4)椸(yí)：衣架。 (5)大率：大都。 (6)累累：一只接着一只。兼行：并行。 (7)啮(niè)：咬。(8)阴类恶物：在阴暗处活动，不敢见天日的坏东西。 (9)假：借。 (10)阖(hé)：同"合"，关闭。 (11)撤瓦：揭去屋瓦。 (12)购僮：用钱物雇人。罗捕：四面搜捕。

【今译】永州有一个人，怕犯日辰的吉凶禁忌，忌讳得特别厉害。他认为自己出生的那一年正当子年，老鼠是子年的神，因此爱护老鼠，不养猫狗，还训诫仆人不要打老鼠。粮仓厨房，全都任凭老鼠糟蹋，不加过问。

由于这个缘故，老鼠就互相传告，都到这一家来，它们吃得饱饱的，却没有一点危险。这一家，屋里没有一件完好的器具，衣架上没有一件完好的衣服，吃的喝的，大都是老鼠吃剩下来的东西。白天，老鼠成群结队地和人一同行走，夜里就偷东西、咬东西，争斗打闹，发出各种各样的声音，吵得人没法睡觉。可是这个人始终不感到厌烦。

过了几年，这个人搬到别的州居住。后来另一个人住进这间屋子，老鼠仍像从前那样胡闹。新主人说："这本是在阴暗角落里活动的坏东西啊！如此嚣张，是什么缘故使它们达到这种程度呢？"就借来五六只猫，关上门，揭去屋瓦，用水灌老鼠洞，雇人围起来捕捉老鼠。杀死的老鼠堆得像座小山，把它们扔在隐僻的地方，腐烂的臭气好几个月才消失。唉！它们以为吃饱而没有祸害是可以长久的吗！

【点评】题为《永某氏之鼠》，落笔却先写某氏；鼠为一般之鼠，人却是奇特之人。有了人之"畏日""爱鼠""恣鼠""终不厌"，方有鼠之肆暴。某氏养痈成患，看似愚昧，实为纵恶之魁！文章如此写来，十分顺理成章。鼠仗某氏之庇，窃时肆暴，然卒迨于祸，可见世间一切恃宠而骄、胡作非为者绝无好下场。此文以鼠喻人，讥切时弊，读来耐人寻味。

【集说】写鼠、写某氏，皆描情绘影，因物肖形，使读者说其解颐，忘其猛醒。（孙琮《山晓阁评点唐大家柳柳州全集》）

随物赋形，尽态极妍，阔入史迁之室矣。予摩娑把玩，不忍释手。世人因习举学业，谓无所用此，遂废置不顾，良可悼也。（王符曾《古文小品咀华》）

节促而宕，意危而冷，猥而深，琐而雅，恒而警。（浦起龙《古文眉诠》）

是篇主意，谓小人狃于故态，任意骄纵，卒取一网打尽之祸。但假托于事，至末句方轻轻点醒，便通篇主意，全在不言中。（林景亮《评注古文读本》）

（杨文德）

鞭　贾

市之鬻鞭者，人问之，其贾宜五十[(1)]，必曰五万；复之以五十，则伏而笑，以五百，则小怒；五千，则大怒，必以五万而后可。有富者子，适市买鞭，出五万，持以夸余。视其首，则拳蹙而不遂[(2)]；视其握，则蹇仄而不植[(3)]。其行水者，一去一来不相承。其节朽黑而无文[(4)]，掐之灭爪，而不得其所穷，举之翲然若挥虚焉[(5)]。余曰：

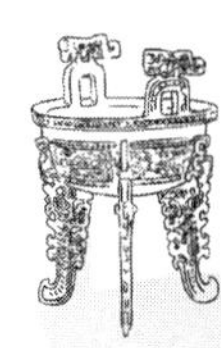

"子何取于是而不爱五万?"曰:"吾爱其黄而泽。且贾者云。"余乃召僮爚汤以濯之[6],则遬然枯[7],苍然白。向之黄者栀也,泽者蜡也。富者不悦,然犹持之三年。后出东郊,争道长乐坡下,马相踶[8],因大击,鞭折而为五六。马踶不已,坠于地,伤焉。视其内则空空然,其理若粪壤[9],无所赖者。今之栀其貌,蜡其言,以求贾技于朝,一误而过其分则喜,当其分则反怒曰:"余曷不至于公卿。"然而至焉者亦良多矣。居无事,虽过三年不害。当其有事,驱之于陈力之列以御乎物[10],以夫空空之内,粪壤之理,而责其大击之效,恶有不折其用而获坠伤之患者乎。

【注释】(1)贾(jià):价。 (2)遂:通畅。 (3)蹇(jiǎn):跛足,引申为歪曲。仄:倾斜。植:树立,引申为直。 (4)文:纹理。 (5)翲:轻。(6)爚(yuè):火光,引申为烧。 (7)遬:同"速"。 (8)踶(dì):踢。(9)理:玉石的纹路,引申为物的纹理和质地。 (10)陈力:贡献力量。

【今译】市场上有一个卖鞭子的人,人们向他询问怎么卖法,鞭子的价格应该是五十的,他一定要五万;再还价到五十时,他就把鞭子藏起来,对着你笑;还价到五百时,他有点生气了;还价五千时,他便勃然大怒,一定要你出到五万时才肯卖。有一个富家子弟,到市场上买鞭,拿出五万买了一根鞭子,拿着它向我夸耀。看看这鞭子的首部,卷曲皱缩不流畅;看看它握杆,扭曲不直。把它往水中挥动一下,鞭子的来回曲张并不能相互顺承。它的连接部分磨灭没有纹理,用指甲去掐一下,可以深入到把指甲隐没,还不知道究竟有多么深,把它举起来轻飘飘的好像用手在空气中挥动一下。我说:"先生为什么不珍惜五万钱却去弄来这玩意儿?"他说:"我是喜爱这根鞭子颜色黄而且有光泽。另外它的价格也高。"我于是叫来僮儿拿开水浇在鞭上,它的外表一下子就萎蔫了,呈现出青白颜色。从前的那种黄色只不过是栀的果汁染的,那种光泽只不过是涂了一层蜡罢了。富家子不高兴了,但仍然拿着这根鞭子用了三年。后来出去到东郊,在长乐坡下与人争道,马互相踢,因此用鞭狠狠抽打,鞭折断为五六截。马还是相互踢踏不停,把主人掀翻在地致伤。检查鞭子的内部是空空的,它的质地好像粪土一般,没有什么可以借助的。现在的那些外表装饰得很漂亮，言语说得很动听的人，在朝廷上来摆弄卖鞭人的惯技，误把他的本事过分夸大，那么他就很高兴，如果恰如其分，那么他反而气愤起来，说：“我难道不如那些公卿大臣吗?”但是及得上那些公卿大臣者也实在太多了。安居无变故，即使越过三年也不会有害处。一旦突发事故，把他编入可以出力的行列来办事，以他空无一用、无可依仗的实际水平，却要责成他能够像猛抽一鞭那样迅速收效，没有不受挫而得到摔伤的恶果的。

【点评】“金玉在外，败絮其中”是刘伯温的讽世妙语，也是他的诙谐处。对于这类名不副实的柑果，第一次推销者，是耍小聪明；第二次推销者，是无赖；第三次推销者，则是一个绝顶了不起的洞世者。何以见得？本篇中的“富者子”正是促成这种“洞世者”产生的直接因素。真正的悲剧，并不在于有这类“鞭贾”，而在于有这类“富者子”，“鞭贾”赖“富者子”而生。正是在这个意义上，柳宗元似乎比刘伯温更有头脑，看得更深。柳文行文富有戏剧性，也不乏幽默处，但略带点“黑色”。

【集说】宗元托喻，非特戒取士者毋皮相，亦戒幸进者以争道相踶之会，折为五六，良可惧以思也。(爱新觉罗·弘历《唐宋文醇》)

子厚借以讽空空于内者。贾技于朝，求过其分，而实不足赖。然命题既仄，而鞭之内空外泽，又至难写。子厚偏于仄题中，能曲绘物状，匪一不肖。不惟笔妙，亦体物工也。(林纾《柳文研究法》)

正喻夹写，即小见大。(林景亮《评注古文读本》)

(西　坡)

石渠记

自渴西南行不能百步[1]，得石渠。民桥其上，有泉幽幽然，其鸣乍大乍细。渠之广或咫尺，或倍尺，其长可十许步。其流抵大石，伏出其下。逾石而往，有石泓，昌蒲被之，青鲜环周[2]。又折西行，旁陷岩石下，北堕小潭。潭幅员减百尺[3]，清深多鲦鱼[4]。又

北曲行纡徐，睨若无穷，然卒入于渴。其侧皆诡石怪木奇卉美箭，可列坐而庥焉[5]。风摇其巅，韵动崖谷，视之既静，其听始远。予从州牧得之，揽去翳朽[6]，决疏土石。既崇而焚[7]，既酾而盈[8]。惜其未始有传焉者，故累记其所属，遗之其人，书之其阳[9]，俾后好事者求之得以易。元和七年正月八日，蠲渠至大石[10]。十月十九日，逾石得石泓、小潭，渠之美于是始穷也。

【注释】(1)渴：袁家渴，地名。　(2)鲜：苔藓。　(3)幅员：地广狭称幅，周围为员。　(4)鲦(tiáo)：鱼名。又称白鲦。　(5)庥(xiū)：同“休”，休息。　(6)揽：采摘。翳(yì)：通“殪”，死。　(7)崇：聚。　(8)酾(shī)：疏导。　(9)阳：此指石渠之北。　(10)蠲(juān)：清除，疏通。

【今译】从袁家渴西面向南走不到一百步的地方，有一石渠。人们在它上面造了一座桥，泉水缓缓地流着，水声忽而响亮忽而细微。渠的宽度有的八寸(古长度，下同)，有的二尺，长度十步左右。泉水流到大石前，潜在石下而出来。越过大石向前流去，有一石泓，被菖蒲覆盖，青苔遍及四周。又转弯向西流去，陷入旁边的岩石之下，往北流入一个小石潭里。小潭方圆不过百尺，水清渊深鲦鱼很多。又向北蜿蜒而行，看上去像是无穷无尽似的，但最终流入袁家渴。在它的旁边尽是异石怪木、奇花美竹，可以依次坐在那里纳凉休憩。风吹动着林木的梢头，林涛声在崖谷中回荡，一阵风过去竹林树丛似乎平静了，仔细听起来林涛声却飘得很远。我从州牧那里获知已经摘掉死去腐朽的部分，开掘疏通土石。将败叶枯枝聚拢来烧掉，疏通水道使渠充满水。(我)深为它从未被记载而可惜，所以几次记写石渠和与它有关的事物，送给他(州牧)，记载在石渠的北面，好让后来的那些好管闲事的人能容易地了解这里的今昔变化。元和七年正月八日，疏浚渠道至大石那里。十月十九日，越过大石见到石泓、小石潭，石渠的优美景色就尽在此处了。

【点评】美在发现，倘若没有一双审美的眼睛、两只审美的耳朵，纵有再好的风景，也不过是枉然。作者有极敏感的审美力，故视渺小者如石渠，亦觉情趣盎然。闻于耳者，乃幽泉之鸣乍大乍细，美箭之韵既静始远；视于目者，乃桥、泉、石、泓、菖蒲、青苔、鱼、怪木奇卉。形微而具体，勾勒出一幅幽雅深邃的美景。不过，要从石渠这样细微平凡处发现美，除了要有相当的审美素养，作者被放逐后独特的心绪折射于山水之中，这一点也不可轻轻放过。

【集说】清冽。（王文濡《评校古文辞类纂》引茅坤语）

读去便见妙境无穷。篇中第一段写石渠幽然有声，确是写出石渠，不是第二段石泓；第二段石泓澄然以清，确是写出石泓，不是第三段石潭；第三段写石潭渊然以深，确是写出石潭，亦不是第一段、第二段石渠、石泓。洵是化工肖物之笔。（孙琮《山晓阁评点唐大家柳柳州全集》）

子厚才美，虽纪小景，亦有精神。（林纾《选评古文辞类纂》）

到处不肯放过，古人用心每如此。（纳兰常安《古文披金》）

（西　坡）

小石城山记

自西山道口径北[1]，逾黄茅岭而下，有二道：其一西出，寻之无所得；其一少北而东，不过四十丈，土断而川分，有积石横当其垠[2]。其上为睥睨梁欐之形[3]，其旁出堡坞[4]，有若门焉。窥之正黑，投以小石，洞然有水声，其响之激越，良久乃已。环之可上，望甚远。无土壤而生嘉树美箭[5]，益奇而坚，其疏数偃仰[6]，类智者所施设也。

噫！吾疑造物者之有无久矣，及是，愈以为诚有。又怪其不为之于中州，而列是夷狄，更千百年不得一售其伎[7]，是故劳而无用，神者傥不宜如是。则其果无乎？或曰："以慰夫贤而辱于此者。"或曰："其气之灵，不为伟人，而独为是物，故楚之南少人而多石。"是二者，余未信之。

【注释】(1)径：一直。　(2)垠：边界，此指岸边。　(3)睥睨(pì nì)：城墙上的短墙。梁欐：屋栋。　(4)堡坞：城堡。堡，小城。坞，屏障。(5)箭：竹名。　(6)数(cù)：密。　(7)伎：同"技"。

【今译】从西山路口一直向北,越过黄茅岭往下走,有两条路:一条向西面去,寻找可看的风景却一无所获;一条偏北向东去,走了不到四十丈远,路被一条河切断,由许多块石头累积而起的石山横着挡在岸边。石山上呈现出城墙和栋梁的形状,石山的旁边,生出像堡垒样的东西,上有一个仿佛门样的洞穴。往里探望,漆黑一团,丢一块小石子进去,在很深的地方传出水被石子碰击的响声,那声音是很高亢激烈的,以致回荡了好长时间才消失。这座石山可以盘旋而上,在山顶放眼望去,可以看得很远。山上没有土壤却生着很优美的树木和箭竹,更显得奇崛和挺拔,或疏或密,或高或低,似乎是精于此道的人安排布置而成的。

唉!我怀疑造物主是否已经存在很久了,见到这里的景象就更认为所谓的造物主确实是有的。但又责怪他不把这小石城造在中原地区,而放在这尚未开化之处,在这里,就是时序变更千百年,也不能使它的佳绝之处得以向人表现一次的,这实在是耗费气力而没有什么效用,神奇的造物主也许不会这样处置的。那么,难道造物者果真是不存在的吗?有人说:"这是造物主用此来安抚那些有贤才却被贬黜在此地的人的。"有人说:"这地方的钟灵之气,并不能造就出伟人,而只能孕育出这样的山川形胜,所以楚地的南边就不免贤人少而顽石多了。"对这两种说法,我都不相信。

【点评】本篇蓄势功夫极其出色。先尽情描述小石城的奇景,积石作睥睨梁欐之形,水声作激越之响,嘉树美箭,疏密偃仰。引出此景,如智者所营造。由此而宕开一笔:既是智者的刻意所为,何以将此等奇景不为之于中原繁华之地而列于荒蛮?虽然有两种很有想象力的说明,但作者觉得都不可信,然而正是在这"不可信"中,透露出作者强烈的失落感和对造物者(其实指君主)缺少眼光的愤懑。

【集说】惝怳然疑,总束永州诸山水记,千古绝调。(高步瀛《唐宋文举要》引储欣语)

状物设疑,都从"城"字生出。古人构意为文,无泛设者,泛设便可移掇。寓感于谐,不作煞语,故超。(浦起龙《古文眉诠》)

前幅一段径叙小石城,妙在后幅从石城上忽信一段造物有神,忽疑一段造物无神;忽捏一段留此石以娱贤;忽捏一段不钟灵于人而钟灵于石。诙谐变幻,一吐胸中郁勃。(孙琮《山晓阁评点唐大家柳柳州全集》)

借题发论,竟以瘦洁胜。(陈天定《古今小品》)

(西　坡)

答贡士廖有方论文书[1]

三日,宗元白:自得秀才书,知欲仆为序。然吾为文,非苟然易也[2]。于秀才,则吾不敢爱[3]。吾在京都时,好以文宠后辈;后辈由吾文知名者,亦为不少焉。自遭斥逐禁锢[4],益为轻薄小儿哗嚣,群朋增饰无状[5],当途人率谓仆垢污重厚[6],举将去而远之。今不自料而序秀才,秀才无乃未得向时之益,而受后事之累[7]?吾是以惧。洁然盛服而与负涂者处[8],而又何赖焉?然观秀才勤恳,意甚久远,不为顷刻私利,欲以就文雅,则吾曷敢以让?当为秀才言之,然而无显出于今之世,视不为流俗所扇动者乃以示之[9]。既无以累秀才,亦不增仆之诟骂也,计无宜于此。若果能是,则吾之荒言出矣[10]。宗元白。

【注释】(1)贡士:自唐以来,朝廷取士,由州县推举者曰乡贡。经乡贡考试合格者称贡士,由州县送京参加会试。廖有方:后改名游卿,唐交州(今河内附近一带)人,"刚健重厚,孝悌信让"(柳宗元《送诗人廖有方序》),元和十一年(816)进士及第。廖有方求被贬为永州司马的柳宗元为其诗作序,宗元应诺,并以此书作答。　(2)苟然:随便。易:轻易。　(3)爱:吝啬。(4)遭斥逐禁锢:指永贞元年(805),柳宗元任礼部员外郎,参与王叔文为首的政治改革活动,失败后贬为永州司马一事。　(5)群朋:群集。无状:指罪不可言状。　(6)当途人:指掌握政权的人。　(7)后事:指柳宗元受贬之事。　(8)负涂:身上有污泥。　(9)扇动:鼓动、怂恿。　(10)荒言:空话。

【今译】三日,宗元启:自从收到秀才您的信后,知道您要我作序。但我写文章,不是随便轻易写的。而对秀才您,我不敢吝啬不写。我在京城时,喜好用文章来宠爱后辈;后辈由于我的文章而出名的人,也是不少。自从遭

斥逐、受禁锢后，更被轻薄的小人喧嚣诽谤，共同增添无名罪状，当权者就说我污秽厚重，都离开我而远去。如今自己未料想到给秀才您作序，秀才您岂非没有得到昔日的好处，而受到遭贬之事的连累？我因此感到害怕。好比穿着干干净净的盛装和身有污泥的人相处，又有什么指靠呢？然而看秀才您忠恳诚挚，想得十分久远，不为一时的私利，而要以此来投身艺文乐礼。那么，我怎么敢推辞呢？应当给秀才您说几句话的，然而，要并不突出显眼于当今之世的，选不会被世俗的人所扇动的内容，才写出来给人们看。既没什么连累秀才您，也不增加对我的辱骂，想来没有比这样再适宜的了。如若果然能这样，那么，我的荒谬言论就出笼了。宗元启。

【点评】遭斥逐禁锢，是人生一大转折。轻薄小儿群起哗嚣，罗织罪状，增饰不实之辞，当权者听信谗言，诬蔑作者污秽不堪，人们纷纷弃他而去。这一切，使他清醒，使他愤嫉，他对世俗社会有了深层透视和了解，于处世为文也有了相应改变：处世则求“无显出于今之世”而“不为流俗所扇动”，为文则由“好以文宠后辈”变为“惧”而“非苟然易”。前后对照，如履薄冰，不寒而栗。这时，廖有方不图“得向时之益”，不怕“受后事之累”，敢于“洁然盛服而与负涂者处”，其操守和胆识深为柳宗元赞赏；他“勤恳，意甚久远，不为顷刻私利，欲以就文雅”，其品行和志向，又使柳宗元感佩。抨击世俗丑恶，奖掖有为青年，是柳宗元一反常例、毅然命笔的契机，也是本文内蕴的思想力量所在。

【集说】中多自矜，亦自悲怆。（孙琮《山晓阁评点唐大家柳柳州全集》引茅坤语）

吾细读其通篇笔态，并不是为写自家不肯轻易为人作序，亦不是写今日独肯为廖秀才作序，乃是刻写当时无一人不要其作序，今则更无一人要其作序，以为痛愤。（金圣叹《评注才子古文》）

真情苦语，妙处在转折。（纳兰常安《古文披金》）

柳子厚此书，皆是愤世嫉俗之言，却作两半写出：前一段说不欲作序，言世俗之嚣哗轻薄，不作序，固是愤世嫉俗之言；作序，戒其无示世人，欲作序，亦是愤世嫉俗之言。看来世人炎凉习态，真有令人愤之嫉之也。（孙琮《山晓阁评点唐大家柳柳州全集》）

（吉明周）

李商隐

李商隐(约813—约858),字义山,号玉溪生,又号樊南生,怀州河内(今河南沁阳)人。年轻时曾受知于天平军节度使令狐楚,聘为幕僚,并亲自教以骈文。开成二年(837)登进士第,曾任县尉、秘书郎等职,后入泾原节度使王茂元幕。因受牛、李党争的影响,被人排挤,终身不得志。商隐工四六文,风格瑰迈奇古。黄侃称其文"上承六代,而声律弥谐;下开宋体,而风骨独峻,流弊极少,轨辙易遵"(《金陵大学国学研究班学程提要跋》)。有《樊南文集》。

祭小侄女寄寄文[1]

正月二十五日[2],伯伯以果子弄物,招送寄寄体魄,归大茔之旁[3]。

哀哉!尔生四年,方复本族。既复数月,奄然归无。于鞠育而未申[4],结悲伤而何极!来也何故?去也何缘?念当稚戏之辰,孰测死生之位?时吾赴调京下,移家关中[5]。事故纷纶,光阴迁贸。寄瘗尔骨[6],五年于兹。白草枯荄[7],荒涂古陌。朝饥谁抱?夜渴

谁怜？尔之栖栖[8]，吾有罪矣！

今吾仲姊[9]，反葬有期[10]。遂迁尔灵，来复先域。平原卜穴，刊石书铭[11]。明知过礼之文，何忍深情所属！

自尔殁后，侄辈数人，竹马玉环[12]，绣襜文褓。堂前阶下，日里风中，弄药争花，纷吾左右。独尔精诚，不知所之。况吾别娶已来，胤绪未立[13]。犹子之义，倍切他人。念往抚存，五情空热[14]。

呜呼！荥水之上[15]，坛山之侧[16]。汝乃曾乃祖，松槚森行[17]。伯姑仲姑[18]，冢坟相接。汝来往于此，勿怖勿惊。华彩衣裳[19]，甘香饮食，汝来受此，无少无多。汝伯祭汝，汝父哭汝，哀哀寄寄，汝知之邪？

【注释】(1)寄寄是李商隐之弟李羲叟之女。　(2)正月二十五日：时为唐武宗会昌四年正月二十五日(844)。　(3)茔：坟地。大茔指祖先的墓地。寄寄原葬于济源，会昌四年迁葬回坛山的祖坟。　(4)鞠育：抚育，养育。(5)关中：古代在今陕西建都的王朝，通称函谷关或潼关以西王畿附近叫关内，亦称关中。　(6)瘗：掩埋，埋藏。　(7)枯荄：枯死的草根。　(8)栖栖：形容不安定，此处指寄葬在异乡。　(9)仲姊：李商隐的裴氏姊，于会昌年间自获嘉迁返祖坟河南郑州的坛山。　(10)反：同“返”。　(11)刊石书铭：即墓志铭。　(12)竹马：指儿童玩骑竹马的游戏。玉环：指小孩的玩具。(13)胤绪：后代，后嗣。　(14)五情：指人的喜、怒、哀、乐、怨，这里泛指人的感情。　(15)荥水：古泽名，在今河南郑州西北面，此处作郑州解。(16)坛山：当在河北的赞皇县。此处的坛山，应指在河南郑州之坛山。(17)松槚：槚即楸树，常同松树一起种在墓前。　(18)伯姑仲姑：旧时兄弟排行常以伯、仲、叔、季为序。伯姑为大姑妈，仲姑是二姑妈。　(19)华彩衣裳：此处指华丽的衣裳。

【今译】正月二十五日，伯伯带着果品和玩具，招送寄寄的亡魂遗骨，回祖先的大墓旁。

哀哉！你长到四岁，才回到本家。回来才几个月，就忽然离我们而去，还来不及好好地抚育你，真是悲伤至极！你为何而来？又为何匆匆而去？

正当是孩儿尽情嬉戏的时光,谁能料到死生之有期?当时伯伯我奉调到京城,举家迁到关中。世事纷繁,光阴似水,转眼间,寄埋你的遗骨在这里已经五年了。茅草枯根,荒野孤坟,早晨饿了,有谁抱你?晚上渴了,有谁爱怜你?寄寄的亡魂在异乡漂泊不安定,伯伯我有责任啊!

现在,我的二姊裴氏很快就要迁葬回故乡,就把你的遗骨一起迁回祖先的墓地。平原择墓,刻石树碑,明知这样违反了礼数,可这实在是我深情的寄托。

自从你死后,侄辈里还有几个,他们穿着绣花的衣服,骑竹马,玩玉环,在堂前阶下,于日里风中,奔逐在花园的鲜花丛中,围绕在我的左右。唯独你的灵魂,不知去了哪里。况且我重新结婚之后,还没有后嗣。我对你的疼爱,比别人要尤为深切。抚今追昔,令我百感交集。

呜呼!荥水之上,坛山之侧,你的曾祖、祖父墓旁松槚森森,大姑二姑坟墓相接。你来往在这里,不必害怕和惊慌。华丽的衣裳,甜香的饮食,你来享受,不多也不少。伯伯祭奠你,你的父亲痛哭你,可怜的寄寄,你知道吗?

【点评】李商隐生于唐王朝濒临覆亡的前夕,幼年丧父,是在叔父的抚养下成长的。渴求亲情,是他感情世界中的重要方面。这篇悼念四岁小侄女的祭文,与其说是抒发失亲之悲,不如说是感慨自己长期沦落江湖,历尽沧桑,备尝艰辛,在牛李党争的夹缝中求生之苦,是一篇寄寓深远、言简意赅之作。

【集说】秀媚不可言。(陈天定《古今小品》引陈继儒语)

情真语韵。(刘士鏻《古今文致》)

(郑　麦)

孙樵

孙樵，字可之，又字隐之，唐朝关东（函谷关以东）人。唐宣宗大中九年(855)进士，授中书舍人。黄巢起义军破京城长安后，随唐僖宗出逃，迁职方郎中。他曾自称“藏书五千卷，常自探讨，幼而工文，得之真诀”（《孙樵集·自序》）。其文刻意求奇，对当时腐败政治颇多讽刺。有《孙樵集》。

舜城碑

帝承天休[1]，纂尧之勋[2]，启宫于蒲[3]，守不以城。帝守以城，孰守不城？阻湖为池，限华为门[4]，波非不狂，岩非不崇，守不以仁，社为周迁。将蒙监扶[5]，理土朔方，万里扞胡[6]，贻谋子孙，始讫其宫，阿房已墟。帝岂不城，城在民和。自华洎夷[7]，罔不顺同。屹为国垣，以藩有虞[8]。其坚如金，其厚如坤，荡荡巍巍，牢不可隳。四罪虽顽[9]，莫敢来攻。一家熙熙[10]，相视而安。帝配商均[11]，不私以城。帝死苍梧，授之夏家[12]，太甲不修[13]，帝城乃颓。

唯此帝城，哲王独知[14]，求之民心，乃见其基。帝城虽隳[15]，筑之不难，无宁无荒，帝城复高。不识不知，相传峻隅。其板虽崇，其筑虽坚[16]，非帝之心，孰为帝城？

【注释】(1)天休：天赐福祐。　(2)纂：通“缵”，继承。　(3)蒲：蒲坂，地名，在今山西永济市，相传为舜都。　(4)限华为门：以华山为城门。贾谊《过秦论》：“然后斩华为城，因河为池，据亿丈之高，临不测之渊以为固。”(5)蒙：指蒙恬，秦大将。扶：指扶苏，秦始皇长子。　(6)扞：捍御。(7)洎(jì)：及。　(8)有虞：有虞氏，远古部落名，舜为其首领。　(9)四罪：古代传说舜所流放的四人或四族首领。《尚书·尧典》：“流共工于幽州，放驩兜于崇山，窜三苗于三危，殛鲧于羽山，四罪而天下咸服。”　(10)熙熙：和乐貌。　(11)商均：舜之子，不肖。　(12)夏家：指禹，因治水有功，被舜选为继承人，其子启建立了历史上第一个奴隶制国家，即夏朝。　(13)太甲：商代国王，传说即位后，因破坏汤法，不理国政，被伊尹放逐。　(14)哲王：英明的君王。　(15)隳(huī)：毁坏。　(16)板：夹墙板。筑：捣土的杵。都是筑泥墙的工具。

【今译】舜帝蒙受上天赐予他的福祐，继承了尧的勋业，在蒲坂这地方建房为都，却不筑城来防守。如果舜帝都要用城池来防守的话，谁还能不筑城而守呢？隔断湖泊作为护城河，凭借华山作为城门，水波不能说不汹涌，山岩不能说不险峻，但如果不施行仁政，即使这样的防守，天下也会易主。秦以蒙恬为将，又派扶苏监军，在北方边地治理疆土，筑万里长城抗击匈奴，为子孙后代谋福，可这些事情刚刚完成，秦国已经灭亡，阿房宫也化为废墟。舜帝怎么没有城池呢？这城池其实就是人民的同心同德。从华夏之地到边远的少数民族，没有不服从的。以此作为护国的城墙，保护有虞氏部落，就像金一样坚硬，像大地一样厚实，又宽广，又高大，牢不可破。共工、驩兜、三苗、鲧这四个罪人虽然凶顽，也不敢来攻击。舜和部落的人民和和乐乐，十分安定。舜帝安置儿子商均，并不以此而有私心。舜帝死于苍梧，将舜城传给了禹。以后太甲不重民心，舜城就倒塌了。

这座舜城，只有英明的君主才真正知道：求得民心，城的基础就出现了。

舜城虽然已经毁坏，要再建起来也不难，但不如使人民没有灾荒，这样，城就自然而然地建起来了。不知不识的人，却相传舜城曾是一座高大的城。即使有十分高大、坚固的筑城工具，如果没有舜帝的仁爱之心，又有谁能筑起舜城呢？

【点评】舜建都于蒲，只是一种传说，但文章却借机发端，提出以何为守可保天下方安的现实问题，认为如不施仁政，哪怕以大湖为池，以高山为城，仍不能逃脱覆灭的命运；相反，施行仁政，求得民心，尽管不筑城池，也能相视而安。以此观，舜帝实际也是建了一座城的，这就是“民心”。紧接着由古转今，引出对当朝统治者的批评与劝诫：与其再筑一座城，倒不如施行仁政。文章议论透彻而深刻，文字精练而整齐，具有极强的说服力和艺术感染力。

【集说】只就一“城”字，变现如许奇特，锻句炼意，笔笔旋转。（纳兰常安《古文披金》）

（宋心昌　朱惠国）

罗隐

罗隐(833—910),原名横,字昭谏,新城(今浙江富阳)人。因得罪权贵,十应进士试不第,于是改名罗隐。黄巢起义后,避乱归乡里,任钱塘令。唐亡,依吴越王钱镠,官至谏议大夫。其所作《谗书》是一部讽刺小品文专集,鲁迅称之为"几乎全部是抗争和愤激之谈"(《南腔北调集·小品文的危机》)。文风简洁警策,犀利激拗。有《罗隐集》。

梅先生碑[1]

汉成帝时,纲纽颓圮[2],先生以书谏天子者再三。夫火政虽失[3],而剑履间健者犹数百位,尚能为国家出力以断佞臣头,复何南昌故吏愤愤于其下[4]?得非南昌,远地也,尉,下寮也[5]?苟触天子网,突幸臣牙[6],特殛一狂人[7],噬一单族而已。彼公卿大臣有生杀喜怒之任,有朋党蕃衍之大[8],出一言,作一事,必与妻子谋。苟不便其家,虽妾人婢子撄挽相制[9],而况亲戚乎?况骨肉乎?故虽有忧社稷心,亦噤而不吐也[10]。呜呼!宠禄所以劝功,

而位大者不语朝廷事。是知天下有道，则正人在上；天下无道，则正人在下。余读先生书，未尝不为汉朝公卿恨。今南游复过先生里。吁！何为道之多也。遂碑之[11]。

【注释】(1)梅先生：指梅福，字子真，西汉末寿春人。曾任南昌尉，后弃官返乡。时大将军王凤专权，曾上书请削王凤权柄，不纳。后离家出游，传说成仙而去。 (2)纲纽：纲纪。颓圮(pǐ)：毁坏。 (3)火政：古人以金、木、水、火、土五行附会王朝命运，称五德。西汉刘向以为秦王朝为水德，汉灭秦，为火德。 (4)南昌故吏：指梅福。 (5)下寮：下僚，下级官吏。(6)突：冲撞。 (7)殛(jí)：诛杀。 (8)蕃衍：孳生众多。 (9)撄(yīng)挽：纠缠牵扯。 (10)噤：闭口。 (11)碑之：写碑文记下这些。

【今译】汉成帝时，国家纲纪已经毁坏，梅先生几次三番上书劝谏皇帝。当时汉朝的德政虽然不存在了，但武将中强健者仍有几百位，还能为国家出力，除去朝中奸佞之臣，为什么梅先生这位昔日的南昌尉又敢在下面愤愤不平呢？或许因为南昌是个偏远的地方，县尉又是下层的官职？如果触犯皇帝的法纪，冲撞了宠臣达贵的牙齿，诛杀的仅仅是一个狂放的人，咬死的也只是一个微贱之族。那些公卿大臣掌握着生杀大权，有任意喜怒的权力，又互相勾结，关系紧密，党羽众多，说一句话，做一件事，必定要与妻子儿女商量，如果对他家不利，即便是小妾、婢女也要相互拉扯，更何况是亲戚？是骨肉呢？所以纵然有为国担忧的心意，也闭口不敢说了。唉！皇帝的宠信和禄位本来是用来奖勉功绩的，而官位高的人却反而不谈朝廷的事了。由此可以知道，天下有道，正直的人就能在上位；天下无道，正直的人就在下位。我读梅先生之上书，未尝不对汉朝的公卿大臣表示愤恨。如今游历南方，又路过梅先生的家乡。啊！梅先生行天下之道是这么的多。于是写了这篇碑文来记载这些。

【点评】位高权重者结党营私，不语朝政，人微言轻者反而能上书直谏，愤愤不平，两相对照，自然引出“宠禄所以劝功，而位大者不语朝廷事”的感叹。文章表面上是就梅先生上书天子一事展开议论，揭露、讽刺西汉末年的黑暗政治，但细加品味，其真正意图却是表达对当朝政治的不满。晚唐时期的朝政不也同西汉末年一样黑暗吗？作者鸣古人之不平，泄今人之愤慨，文笔既尖锐又含蓄。

【集说】借一梅先生，以痛骂汉朝公卿，借汉朝公卿，以痛哭唐末公卿，读书人须有此种妙悟。位卑禄薄，不足以感其心；位高禄厚，适所以钳其口。篇中"宠禄所以劝功"二语，真血泪交进之谈。（王符曾《古文小品咀华》）

偏是贫贱人撇得下，以学道亦然。（陈天定《古今小品》）

大臣心肠，曲曲写尽，方寸中垒块，借酒杯以浇之。（纳兰常安《古文披金》）

小臣未必有梅先生心事，大臣恐已写于罗先生语中。忠以匡君，哲以完身，龚死梅生，孰谓膏之必焚？（陆云龙《翠娱阁评选文奇》）

（宋心昌　朱惠国）

刻严陵钓台[1]

岩岩而高者[2]，严子之钓台耶？寥寥不归者，光武之故人耶？故人之道何如？假苍苔以言之：尊莫尊于天子，贱莫贱于布衣。龙飞蛇蛰兮[3]，风雨相遗；干戈载靡兮，悠悠梦思。何富贵不易节，而穷达无所欺[4]？故得脱邯郸之难[5]，破犀象之师[6]，造二百年之业，继三尺剑之基者[7]，其唯有始有卒乎！今之世风俗偷薄[8]，禄位相尚，朝为一旅人，暮为九品官，而骨肉亲戚已有差等矣[9]，况故人乎？呜呼！往者不可见，来者未可期。已而！已而[10]！

【注释】(1)严陵钓台：在富春江边，相传为严光垂钓处。严光，字子陵，会稽余姚（今属浙江）人，少与光武帝刘秀同游学。秀称帝，他改名隐去，后刘秀派人寻访，征召到京，授谏议大夫，不受，退隐富春山。　(2)岩岩：高峻貌。　(3)龙飞蛇蛰：指刘秀称帝，严光归隐。　(4)穷达：困厄与显达。(5)脱邯郸之难：刘玄更始元年十二月，邯郸卜者王郎自称帝子，起兵称帝，刘秀北徇蓟，恰刘接又起兵蓟中以应王郎。刘秀闻讯昼夜不敢进城邑，至饶

阳,官兵乏食,便自称邯郸使者,命传舍吏供食,因从者争食,被识破。刘秀迅速镇定下来,设计安然逃脱。 (6)犀象之师:刘玄更始元年,王莽遣王邑、王寻率兵42万,号百万,以长人巨无霸为垒尉,驱虎豹犀象助威,进围昆阳,刘秀发诸营兵大破莽军,杀王寻。 (7)三尺剑:《汉书·高帝纪》:"吾以布衣提三尺剑取天下。" (8)偷薄:轻薄。 (9)差等:等级。 (10)已而:罢了。

【今译】那高而险峻的地方,是严子陵的钓台吗?孤单单在那儿退隐不归的人,是汉光武帝刘秀的旧时朋友吗?这位旧时朋友的志趣怎样呢?还是借山上苍绿色的青苔来说:最尊贵的人,莫过于皇帝,最贫贱的人,莫过于百姓。光武帝如天龙腾飞,威扬天下,严子陵如冬蛇蛰伏,归隐不出,风风雨雨,难以相见。战乱结束后,光武帝思念故友,旧时情谊一直萦绕梦中。富贵了,怎样才能不改变节操,对困厄的和显达的,怎样才能一样的真诚相待?光武帝刘秀之所以能面对邯郸王郎的搜捕,安然脱险,击破巨无霸的犀象虎豹之阵,开创东汉两百年帝业,继承汉高祖刘邦的大统,大概正是因为能有始有终吧!如今世俗风气轻薄,看重的只是俸禄和官位,早晨还是一个普普通通的人,下午已经成了九品朝官,即便是自己的骨肉和亲戚也分成等级,不一样看待,更何况是旧日的朋友?啊!已经过去的不会再返回了,今后的事也难预测。罢了!罢了!

【点评】文章从严子陵钓台落笔,重点却放在对汉光武帝有始有终、不忘故人的赞扬上,认为正是这种"富贵不易节""穷达无所欺"的品质,才使他排除万难,成就中兴汉室的大业。紧接笔锋一转,托出对唐末世风浅薄、禄位相尚的抨击,显露作者行文的真正用意。最后以感叹收束全文,表达内心的极度愤慨。

【集说】余少读罗公昭谏《严陵钓台遗刻》,盖所著《谗书》之一者,气节凛然,烨烨方册间,每以未睹全书为恨。(黄贞辅《罗昭谏〈谗书〉题辞》)

比《范文正公祠记》更觉尖酸警动。(陈天定《古今小品》)

(宋心昌 朱惠国)

皮日休

皮日休(约838—约883),字逸少,后改字袭美,自号鹿门子、醉吟先生等,襄阳(今属湖北)人。唐懿宗咸通进士,历官著作郎、太常博士、毗陵副使。后参加黄巢起义军,任翰林学士。工诗文,与陆龟蒙齐名,并称“皮陆”。所作诗文多忧时愤世,抨击现实,笔锋锐利,措辞峭拔。有《皮子文数》。

襄州孔子庙学记[1]

天地,吾知其至广也,以其无所不覆载;日月,吾知其至明也,以其无所不照临;江海,吾知其至大也,以其无所不容纳。料广以寸管[2],测景以尺圭[3],航大以一苇[4]。广不能逃其数,明不能私其质[5],大不能忘其险。伟哉!夫子后天地而生,知天地之始;先天地而没,知天地而终。非日非月,光之所及者远;不江不海,浸之所及者溥[6]。三代礼乐[7],吾知其损益;百王宪章[8],吾知其消息[9]。君臣以位,父子以亲,家国以肥,鬼神以享。道未可诠其有物[10],释未可证其无生[11]。一以贯之,我先师夫子圣人也。帝之

圣者曰尧，王之圣者曰禹，师之圣者曰夫子。尧之德有时而息，禹之功有时而穷，夫子之道久而弥芳，远而弥光。用之则昌，舍之则亡。昔否于周，今泰于唐[12]。不然，何被衮而垂裳[13]，冕旒而王者哉[14]？

【注释】(1)襄州：即襄阳郡，在今湖北襄阳市。孔子庙学：设在孔庙中的学校。本篇为襄州设孔子庙学而作，表达了作者尊崇孔子、倡导以儒学治国的一贯主张。 (2)料：核计，统计。寸管：指笔。 (3)景(yǐng)："影"的本字，日影。尺圭：古代测日影的器具。 (4)一苇：像一片苇叶的小船。(5)私：隐秘，隐去。质：本质。 (6)浸：灌溉。溥(pǔ)：广大，普遍。(7)三代：指夏、商、周三个朝代。 (8)宪章：典章制度。 (9)消息：消减增长。 (10)道：道教。诠：解释。 (11)释：佛教。 (12)否(pǐ)：穷，困窘。泰：通，显达。 (13)被：同"披"，穿。衮(gǔn)：古代帝王的礼服。(14)冕旒：古代帝王的礼帽。旒，垂挂在冕的前后的玉串。

【今译】天地，我知道它无比广大，因为天地覆盖承载着世间万物；日月，我知道它无比明亮，因为日月把它的光辉洒向大地的每一个角落；江海，我知道它无比浩瀚，因为江海能容纳千万条水流。广大的物体可用笔来计算，太阳的光影可用尺圭来测量，浩瀚的江海可用小船来渡越。天地不会因为广大而没有数量加以核计，日月不会因为明亮而隐没了它的本质，江海不会因为浩瀚而掩盖了它的险阻。伟大啊！孔子生于天地形成之后，却知道天地的开始；卒于天地毁灭之前，却知道天地的终点。孔子不是太阳不是月亮，却如日月光芒万丈照耀四方；不是长江不是大海，却如江海沾溉天下。三代的礼乐文化，历代的典章制度，我们可以参照孔子的学说知道它的损益变化。由于孔子制定了伦理纲常，从而君仁臣忠，父慈子孝，家国富庶，连鬼神也降恩赐福。道家认为万物由"道"生成，但未能解释它的内在结构；佛教认为修行的最高理想是熄灭生死轮回，但未能证明一切现象生死变化的原因。真正能垂化于万世的是我们的先师孔圣人。帝中的圣人是尧，王中的圣人是禹，师中的圣人是孔子。尧的德行高尚，惜乎昭著于上古；禹的功业显赫，异乎湮没于今日。只有孔子之道万古不移，历久弥新，光照后世。用孔子之道治国则国家昌盛，反之则国家衰亡。孔子不得志于周代，却显达于大唐。如果不是这样，为何孔庙中夫子塑像身穿礼服，头戴冠冕，令后人顶礼膜拜呢？

【点评】作者生当唐末乱世，力主排斥佛老，独尊儒术。文中盛赞孔子学说为万古不移的治世之道，目的在于重振儒学权威，以治世济民。作者虽有心补天，然而以儒学除弊兴邦终非治世良方。通篇语用排偶，行文严整。以天地、日月、江海比喻孔子学说的博大宏通和深远影响，富于形象性和感染力。

【集说】不作头，不作尾，不作过接，并无开阖擒纵等法，而凡文章所有一切法，无不备是。（金圣叹《评注才子古文》）

包举圣人体段，累言难尽，故史迁极言向往，只以“至圣”二语结之。文提出“天地”“日月”“江海”作衬，终形容不尽，故亦以“圣人”该之，俱跌扑不破文字。（唐德宜《古文翼》）

（顾伟列）

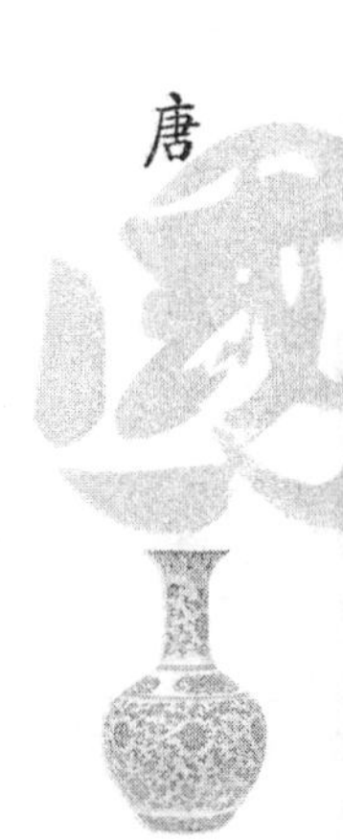

陆龟蒙

陆龟蒙(？—约881),字鲁望,吴郡(今江苏苏州)人。曾任苏、吴二郡从事。后隐居松江甫里,时称“甫里先生”。举进士不第,放浪江湖之间,自号“江湖散人”,或号“天随子”。朝廷以高士召,不赴。工诗文,与皮日休齐名,并称“皮陆”。作诗数量很多,成就一般。小品文成就较高,多忧时讽世之作,或借物以讽,或托古讽今,语言犀利,讽刺辛辣,表现出不同流俗的艺术特色。有《笠泽丛书》《甫里集》。

记锦裾[1]

侍御史赵郡李君,好事之士也,因予话上元瓦官寺有陈后主羊车一轮[2]、天后武氏罗裾、佛幡,皆组绣奇妙[3],李君乃出古锦裾一幅示余。长四尺,下广上狭,下阔六寸,上减下三寸半,皆周尺如直。其前则左有鹤二十,势若飞起,率曲折一胫,口中衔莩葩[4]。辈右有鹦鹉[5],耸肩舒尾,数与鹤相等。二禽大小不类,而隔以花卉,均布无余地。界道四向,五色间杂。道上累细钿点缀。其中微云琐结,互以映带。有若驳霞残虹,流烟堕雾,春草夹径,远山截空。坏墙古苔，古泓秋水，印丹浸漏，粉蝶涂染。盭缅环佩[6]，云隐涯岸，浓淡霏拂，霭抑冥密。始知不可辨别，乃谛视之，条段斩绝，分画一一有去处。非绣非绘，缜致柔美，又不可状也。裹用缯彩，下制线尚仍旧，两旁皆解散，盖拆灭零落，仅存此故耳。纵非齐梁物，亦不下三百年矣。昔时之工如此妙耶！曳其裾者复何人焉？因笔之为辞，继于锦谱之后，俾善诗者赋之。

【注释】(1)锦裾：华丽彩色的衣襟。本文记叙了作者在友人处见到的一幅前代锦裾，从中可见中国古代服饰的精美绝伦。 (2)陈后主：即陈叔宝，南朝陈皇帝，公元582—589年在位。羊车：古代一种制作精美的车，门帘皆绣瑞羊。 (3)天后武氏：即武则天。幡：长而下垂的旗帜。 (4)莩葩：芦花。 (5)辈：同"背"，背面，后面。 (6)盭(lì)缅：绿色粗线。

【今译】赵郡人李君官侍御史，是个多事的人。因为听我谈起上元瓦官寺收藏有南朝陈代宫中的一辆羊车，以及唐初武则天的一段衣襟和当年的一面佛幡，编织刺绣，都十分精妙，于是，李君便向我出示他所珍藏的一幅古锦裾。李君所藏的那幅古锦裾长四尺，下宽上窄，下部阔六寸，上部阔两寸半，剪裁丝毫不差。锦裾的正面左方绣有白鹤二十只，作飞起状，都曲折一脚，口衔芦花。后面右方绣有鹦鹉，耸着肩，舒展着尾羽，也有二十只。白鹤和鹦鹉大小相杂，两种禽鸟之间又绣有花卉，作为间隔，图案布局颇具巧心。整幅锦裾五色间杂，分出界线。分界处镶金嵌银，以为点缀。上面染织的图案更是五彩斑斓，有如彩云缭绕，互相映照。乍望似云雾虹霓，烟生雾障；似春草缘路而生，远山现于天外；又似坏墙古苔之边，秋水印丹，粉蝶蹁跹。而绿色粗线串以玉片，缝缀其上，更使锦裾如白云浮现于水天相接之处，显得浓淡有致，鲜艳繁缛。初观锦裾，只觉撩人眼目，不可细辨，细细观赏，又觉纹理分明，图案井然。既不像刺绣，又不似彩绘，真是精细柔美，不可言状。古锦裾用彩色绸缎包裹，锦裾下部的缝线仍在，但两边的缝线因年久而解散，整件衣服破损脱落，只留下衣襟一幅保存至今。推想起来，这幅锦裾即使不是南朝齐、梁时的遗物，至今也该不下三百年了。古代服饰的制作工艺达到如此高妙的境地，真令后人叹赏！我不由浮想联翩，当年身穿这件服装，长袖飘然而起的又是哪一位呢？有感于

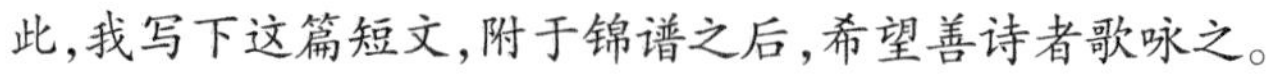
此，我写下这篇短文，附于锦谱之后，希望善诗者歌咏之。

【点评】一幅前代锦裾，因其精美绝伦而使作者观赏之余情不自胜，有感而发，写下此文。首叙锦裾的收藏者及见到锦裾的经过，次叙锦裾的尺寸，皆言简意赅，点到即止。继叙锦裾的图案及制作工艺，则详加描绘，用墨如泼，绘形绘色，逼真欲现。末叙观赏锦裾的感受，不胜神往之情溢于纸外。通篇语言简明，间有润泽华采；记叙、描摹、议论、抒情交相为用，行文生动而饶有情趣。

【集说】是赋手，亦是绘手。（刘士鏻《古今文致》引沈千秋语）

（顾伟列）

江湖散人传(1)

散人者，散诞之人也(2)。心散意散，形散神散，既无羁限，为时之怪。民束于礼乐者外之曰(3)："此散人也。"散人不知耻，乃从而称之。人或笑曰："彼病子之散而目之(4)，子反以为其号，何也？"散人曰："天地，大者也，在太虚中为一物耳(5)。劳乎覆载，劳乎运行，差之晷度(6)，寒暑错乱，望斯须之散(7)，其可得耶？水土之散皆有用乎？水之散为雨、为露、为霜雪；水之局为潴、为洳、为潢污(8)；土之散封之可崇(9)，穴之可深(10)，生可以艺(11)，死可以入；土之局埙不可以为埏(12)，甓不以为盂(13)。得非散能通于变化，局不能耶？退若不散，守名之筌(14)；进若不散，执时之权。筌可守耶？权可执耶？"遂为散歌散传以志其散。

【注释】(1)散人：闲散不为世用的人。陆龟蒙隐居松江甫里，自号"江湖散人"，本篇借为"江湖散人"立传，表明作者傲世独立的人生志趣。　(2)散诞：放诞不羁。　(3)外之：疏远他。　(4)病：不满，责备。　(5)太虚：宋代张载认为"太虚即气"，这里指宇宙。　(6)晷(guǐ)度：古代测时仪器日晷的刻度。　(7)斯须：犹言须臾，一会儿。　(8)局：拘束，这里引申为积聚。潴(zhū)：指水停聚，即积水。洳(rù)：同"沮洳"，低湿之地。潢污：低洼积水处。 (9)封:堆。崇:高。 (10)穴:洞孔。这里用作动词,打洞。(11)艺:种植。 (12)埙(xūn):古代吹奏乐器,烧土为陶制成,又称陶埙。埏(shān):以水和土烧制陶器。 (13)甓(pì):砖。盂(yú):圆口器皿,这里指陶盂。 (14)筌(quán):捕鱼用的竹器。《庄子·外物篇》:"筌者所以在鱼,得鱼而忘筌。"这里指名声上留下的迹象。

【今译】所谓散人,就是放诞不羁的人。散人的特点是心意闲散,忘掉自我,无挂无碍,放旷不羁,在社会上显得不同时俗。于是,受礼乐束缚的人都疏远他,并说:"这个人是散人啊。"散人听了不以为耻,反而顺着众人自称散人。有人笑着对他说:"人们对你的放诞不羁感到不满,故以散人称呼你,你却接受这一外号,为什么呢?"散人答道:"天地无比广大,然而只是宇宙造化中的一物罢了。天地覆载万物,时刻在运动变化,何其劳苦。倘若稍有差错,就会导致寒暑颠倒,想要天地有须臾之散,那可能吗?再说水和土的分散不是都有用吗?水分散或变为雨,或变为露,或变为霜雪;水积聚不散就只能是积水,是湿地,是水洼。土分散可堆土为高丘,打洞为深穴,可以种植庄稼,埋葬死者;土积聚不散,则烧土制成的陶埙,就再不能和水成黏土烧制其他陶器,烧土制成的砖,也就无法再使它变为盂。这不正表明散能顺时变化,而积聚不散就不能够吗?一个人退隐江湖而不闲散,那是为了死守空名;身在官场而不闲散,那是为执掌一时之大权。名声难道能守住?大权难道能保住?"于是,我作了这篇散歌散传来记述他的散。

【点评】作者生当乱世,愤世嫉俗,借为散人立传寄托傲世独立之情。通篇以"散"字立论,通过散人在外在行为上的洒脱不羁,表达精神上的耿介绝俗。文章巧用问答方式展开议论,议论则逐层推进,由宏观到微观,由天地水土到人的出处进退,文末点出一篇主旨便洒然作收,活泼中见严谨。文中比喻、排比、对比、反诘交错为用,洋洋洒洒中见抑扬顿挫的声情,引人联想,发人深思,有事理相生之妙。

【集说】实获我心。(陈天定《古今小品》引陈继儒语)

从几死之散人一句中又翻出许多妙议,笔有辘轳。(纳兰常安《古文披金》)

(顾伟列)

宋

王禹偁(954—1001),字元之,济州巨野(今属山东)人。太平兴国八年(983)进士,历官右拾遗、翰林学士、知制诰等。为人刚正敢言,常批评朝政,故屡遭贬谪。真宗时,参与编修《太祖实录》,直书史事,为宰相不满,被贬黄州,后迁蕲州,病卒。为文学韩愈、柳宗元,风格平朴简淡,清新流畅。有《小畜集》。

黄冈竹楼记

黄冈之地多竹,大者如椽。竹工破之,刳去其节,用代陶瓦,比屋皆然,以其价廉而工省也。

子城西北隅,雉堞圮毁[1],榛莽荒秽。因作小楼二间,与月波楼通。远吞山光,平挹江濑[2],幽阒辽敻[3],不可具状。夏宜急雨,有瀑布声;冬宜密雪,有碎玉声。宜鼓琴,琴调虚畅;宜咏诗,诗韵清绝;宜围棋,子声丁丁然;宜投壶,矢声铮铮然:皆竹楼之所助也。

公退之暇,被鹤氅衣,戴华阳巾,手执《周易》一卷,焚香默坐,消遣世虑。江山之外,第见风帆沙鸟、烟云竹树而已。待其酒力

醒，茶烟歇，送夕阳，迎素月，亦谪居之胜概也。

彼齐云、落星，高则高矣，井干、丽谯，华则华矣，止于贮妓女、藏歌舞，非骚人之事，吾所不取。吾闻竹工云："竹之为瓦，仅十稔；若重覆之，得二十稔。"噫！吾以至道乙未岁自翰林出滁上，丙申移广陵，丁酉又入西掖(4)，戊戌岁除日，有齐安之命(5)，己亥闰三月到郡。四年之间，奔走不暇；未知明年又在何处？岂惧竹楼之易朽乎！幸后之人与我同志，嗣而葺之，庶斯楼之不朽也。咸平二年八月十五日记。

【注释】(1)雉堞(dié)：城上矮墙。圮(pǐ)毁：塌坏。 (2)濑(lài)：沙上的流水。 (3)阒(qù)：寂静。敻(xiòng)：遥远。 (4)西掖：中书省的别称。宋太宗至道三年，王禹偁在中书省任知制诰。 (5)齐安：即黄州，又称齐安郡。

【今译】黄州地方盛产竹子，大的如椽子那么粗。竹匠破开竹子，挖去竹节，用它代替烧制的瓦片来盖房子，连片的房屋都是这样，因为它价钱便宜而且省工。

子城的西北角，城头上的矮墙倒塌，草木丛生，杂乱荒芜。而我因地制宜造了两间小楼，与月波楼相通。小楼远含西山风光，近收江濑水色，且清幽寂静，辽阔旷远，水光山色之美，无法详尽描述。夏天宜在这里听急雨之声，犹如瀑布的轰鸣；冬天宜在这里听积雪坠落，如闻玉碎之清脆。小楼宜于弹琴，琴声宛转悠扬；宜于诵诗，声韵清爽浏亮；宜于下围棋，棋子落在棋盘上叮当作响；宜于做投壶的游戏，箭投在壶中铮铮铿锵：这一切，都是由竹楼促成的。

公事办完后的闲暇之时，披上用鸟羽编织成的衣裳，戴着道士帽，手中拿一卷《周易》，在竹楼上焚香然后默默地坐着，排除胸中所有世俗的念头。江山之外，但见江上风帆沙鸟、远处烟云竹树罢了。待到从酒醉中醒来，煮茶的烟火已经熄灭，送天际的夕阳下山，迎皎洁的明月东升，也是谪居的胜境乐事。

古代那齐云楼、落星楼，高是确实够高的了，井干楼、丽谯楼，华丽是够华丽的了，但只是用来蓄养歌伎舞女，供帝王们享乐罢了，而非骚人墨客所行之事，我是不赞成的。我听竹工说："用竹代瓦，只能用十年；如果盖上两层，则可以用二十年。”啊！我在至道乙未年从翰林学士任上贬官到滁州，丙申年移广陵（扬州），丁酉年又奉调回京入中书省任职，戊戌年除夕那天，又有贬谪齐安之命，已亥年闰三月到任。四年之中，不停地东奔西颠，不知明年又将在什么地方？我哪里还惧怕竹楼容易朽坏呢！假如有幸后来者与我志趣相同，接受这竹楼并加以修缮，那么这座竹楼就可望永久地保持完好而不至于朽坏了。

咸平二年八月十五日记。

【点评】作者由黄州之地多竹入题，记述其所筑之竹楼。作者描述了竹楼清幽的环境：“远吞山光，平挹江濑，幽阒辽夐，不可具状。”仿佛让人看到一幅深邃、宁静的竹楼图。“夏宜急雨，有瀑布声；冬宜密雪，有碎玉声”，静中有动，使竹楼充满了动感，颇有诗意。接着，作者以“鼓琴”“咏诗”“围棋”“投壶”等人事活动的描写，表现出他与友人聚会的乐趣，使竹楼平添了几分生机。而公事之余，在竹楼读书、赏景、消遣愁绪的记叙，流露出作者淡淡的怅惘之情，表达了贬谪后随遇而安、游于物外的思想。然而，作者于世事毕竟未能完全忘情。他虽不羡歌舞宴饮，但我们仍能从文章中隐约感到作者对屡遭贬谪的境遇流露的不平之气。而“幸后之人与我同志，嗣而葺之，庶斯楼之不朽也”，则是作者用以自慰之词了。全文虽短，但首尾相应，自然妥帖。文字如行云流水，写得轻灵潇洒，读来别有一番情致。

【集说】通体俱切定竹楼，抒写胜概，观“亦谪居”句，则竹楼之景，尽属谪居之乐矣。“吾以至道”数语，分明由乐转入悲意，却妙在笔能含蓄不露。末以“斯楼不朽”结到底，还他个记体。（余诚《重订古文释义新编》）

冷淡萧疏，无意于安排摄道，而自得之于景象之外，只觉飘飘欲仙。（过珙《古文评注全集》）

竹楼，韵事；竹楼记，韵文也，必极力摆脱俗想方佳。此作妙在用“消遣世虑”四字摆脱一切，纸上亦觉幽阒辽夐，不可具状也。确是楼，确是竹楼，确是默坐竹楼。令人读之如在画图。（王符曾《古文小品咀华》）

记竹楼之景如画，朗诵令人心开目明，杰作也。（《新镌焦太史汇选百家评林名文珠玑》引林希元语）

（姜汉椿）

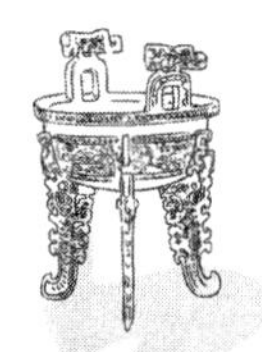

范仲淹

范仲淹(989—1052),字希文,苏州吴县(今属江苏)人。真宗大中祥符八年(1015)进士。仁宗康定元年(1040)被任命为陕西经略安抚副使,驻守西陲,西夏人称其"胸中自有数万甲兵",相戒不敢犯境。庆历三年(1043)回朝任枢密副使,不久迁参知政事,因推行政治改革,受到保守派排挤,被罢政,出知邓州,后在赴颍州途中病死。谥文正。纪昀称其文"一一皆有本之言,固非虚饰词藻者所能,亦非高谈心性者所及"(《四库全书总目提要》)。有《范文正公集》。

严先生祠堂记

先生,汉光武之故人也,相尚以道。及帝握赤符,乘六龙,得圣人之时,臣妾亿兆[(1)],天下孰加焉?惟先生以节高之。既而动星象[(2)],归江湖,得圣人之清,泥涂轩冕,天下孰加焉?惟光武以礼下之。

在《蛊》之"上九",众方有为,而独"不事王侯,高尚其事",先生以之[3]。在《屯》之“初九”，阳德方亨，而能“以贵下贱，大得民也”，光武以之[4]。盖先生之心，出乎日月之上；光武之器，包乎天地之外。微先生不能成光武之大，微光武岂能遂先生之高哉！而使贪夫廉，懦夫立，是有大功于名教也。

某来守是邦，始构堂而奠焉。乃复其为后者四家，以奉祠事。又从而歌曰：“云山苍苍，江水泱泱；先生之风，山高水长！”

【注释】(1)臣妾亿兆：统治天下百姓。 (2)星象：指星体明、暗、薄、蚀等现象。 (3)《蛊》是《周易》的卦名，“上九”指该卦的第六爻。“不事王侯，高尚其事”，是蛊卦上九爻所表示的意思。 (4)《屯》是《周易》第三卦，“初九”指该卦第一爻阳爻。“以贵下贱，大得民也”是后人对屯卦的初九爻的解释。亨：通。

【今译】先生，是汉光武帝的老朋友，他们以道义相互尊重。到了光武帝掌握了赤伏符，驾驭六龙，得到君临天下的际遇，登极称帝，统治天下百姓，天下还有谁能胜过他呢？只有先生以节操自守，不肯屈居其下。后来先生和光武帝同床而卧，惊动了天象；先生不愿为官，归隐江湖，深得圣人清高之道，视官职地位如泥土，天下还有谁能超过他呢？只有光武帝仍屈尊以礼相待。

《周易》蛊卦的上九爻讲，正当众人想做官的时候，却有人“不肯服侍王侯，以保持自己高尚的节操”，先生正是这样做的。屯卦的初九爻讲，有的人阳德正通，无比显达，而能以“尊贵的身份礼贤下士，这是大得民心的”，光武帝就是这样做的。这是因为先生的品行，比日月还高；光武帝的器量，能包容天地。如果没有先生，就不能成就光武帝宽宏大量之名；如果没有光武帝，又怎能成就先生的高洁呢？先生立身处世的作为，使贪心的人变得廉洁，使懦弱之人变得意志坚强，先生对于名教，是有很大功劳的。

我来睦州太守任上，始修筑祠堂祭奠先生。又免除先生后裔四户人家的徭役，让他们侍奉祭祀先生。我又为祠堂作歌一首：“云雾缭绕的高山郁郁苍苍，大江的水浩浩荡荡，先生的品德啊，比高山还高，比长江还长。”

【点评】严子陵祠堂，是范仲淹在睦州太守任上时所建，并亲自为之作记。作者曾说，如有人能改动文中一字，则赠以千金。可见作者对此文是极为自负的。作者写此文的深意，是想通过刘秀和严光的故事，来宣泄内心的郁愤之气。严光是东汉光武帝刘秀的同学，友谊甚笃。刘秀称帝后，严光隐姓埋名，隐居山林。后被刘秀召到京城洛阳，任为谏议大夫，严光不受，归隐于富春山。范仲淹希望宋仁宗能像汉光武帝那样，有“包乎天地之外”的气度，“以贵下贱”，任用贤能，做个圣明君主。同时，作者十分仰慕严光的节操，称其品行“出乎日月之上”。这是作者对严光的赞扬，而且，从字里行间可以看出，范仲淹是颇以严子陵自许的。此文整饬严谨，一气呵成。文中绝大部分句子两两相对，对仗极为工整，音节铿锵优美，读来朗朗上口，确为佳作。

【集说】字少意多，文简理详，大有关于世教，非徒文也。（谢枋得《文章轨范》）

一起一结，中间整整相对。有发挥，有证佐，有咏叹，有交互，此今日制义之所自出也。（金圣叹《评注才子古文》）

细玩通体神味，虽以光武对讲，而意实则重先生。宾主原是分明，勿泥于对讲之迹，而失其神味之轻重处也。至笔力之雄健而生动，结构之精严而自然，更觉直追秦汉。（余诚《重订古文释义新编》）

记以简重严整为主，而忌堆叠窒塞；以清新华润为工，而忌浮靡纤丽。此记意高语赡。先儒谓宋朝人物以仲淹为第一，余于文亦然。（《新镌焦太史汇选百家评林名文珠玑》引顾克语）

（姜汉椿）

欧阳修

欧阳修(1007—1072),字永叔,号醉翁,晚年又号六一居士,庐陵吉水(今江西吉安)人。仁宗天圣八年(1030)进士,初任西京推官,后入朝为馆阁校勘,官至枢密副使、参知政事。因与王安石政见不合,自求去职。卒谥文忠。欧阳修是北宋文坛领袖,在诗、文、词各方面都有杰出成就。为文以韩愈为宗,风格纡徐委曲,条达疏畅,被列为“唐宋八大家”之一。有《欧阳文忠公文集》。

养鱼记

折檐之前有隙地,方四五丈,直对非非堂。修竹环绕荫映,未尝植物。因洿以为池,不方不圆,任其地形;不甃不筑[(1)],全其自然。纵锸以浚之,汲井以盈之[(2)]。湛乎汪洋,晶乎清明。微风而波,无波而平。若星若月,精彩下入。予偃息其上,潜形于毫芒,循漪沿岸,渺然有江湖千里之想。斯足以舒忧隘而娱穷独也。

乃求渔者之罟,市数十鱼,童子养之乎其中。童子以为斗斛之水不能广其容,盖活其小者而弃其大者。怪而问之,且以是对。嗟

乎！其童子无乃嚚昏而无识矣乎[3]？予观巨鱼枯涸在旁，不得其所；而群小鱼游戏乎浅狭之间，有若自足焉。感之而作《养鱼记》。

【注释】(1)甃(zhòu)：用砖砌。 (2)纵锸以浚之，汲井以盈之：用铁锹疏浚水道，汲井水把池子注满。 (3)嚚(yín)昏：愚顽昏昧。

【今译】官衙回廊前面有一块空地，四五丈见方的样子，正对着非非堂。四周修竹环绕，绿荫遮蔽，没有栽种东西。因而就原来低洼之地筑了一个池塘，不方不圆，随地形筑就；不用砖砌，也不筑堤岸，保全了自然形态。用铁锹疏浚水道，汲取井水把池子注满。显得既深且广，清澈澄明。微风吹来，水面泛起波纹，风停波息，水面平如明镜。晚间星星月亮映在水中，光彩直透塘底。我在池塘边休息，身影照在水中，须发都看得很清；沿着池塘散步，微波荡漾，不觉令人有身处千里江湖之感。这个池塘足以让人舒展心中的忧郁不畅之气，安慰我这个处在逆境中而独善其身之人。

于是，我请渔夫撒网打鱼，买了数十条鱼，命书童把它们养在池塘中。书童以为池中斗斛之水不足以把鱼都容纳下，于是把小鱼放养其中而把大鱼弃在一边。我感到奇怪而问书童是什么缘故，书童就将他的想法告诉了我。呵！这个书童不是愚顽糊涂、没有见识之人吗？我见大鱼被扔在干涸之地，而得不到安身之所在，而那群小鱼在又浅又窄的池水中游戏，好像十分得意满足。我对此深有感触，因而作《养鱼记》。

【点评】这篇寓言式的文章，源于《庄子·外物》中"夫揭竿累，趣灌渎，守鲵鲋，其于得大鱼难矣"这段文字，然含意却更为深刻。作者有感于当时才识之士受到钳制，无法施展抱负，而奸佞小人却放纵恣肆的现实，写下此文。文中，作者极写小池之美妙，且令人"渺然有江湖千里之想"，又"足以舒忧隘而娱穷独"。然后笔锋陡转，写"童子以为斗斛之水，不能广其容"，因而"活其小者而弃其大者"。面对"巨鱼枯涸在旁，不得其所；而群小鱼游戏乎浅狭之间，有若自足"的状况，不仅造成了上下文的强烈反差，也引出了作者的慨叹。通篇文笔清新优美、叙事平易，但简洁的文字中，寄寓了深刻的哲理和作者对当时政治腐败的激愤之情。

【集说】文为喻言体，然通篇绝不道及正意，惟结数语，略露正意。（林景亮《评注古文读本》）

（姜汉椿）

游大字院记[1]

六月之庚[2]，金伏火见[3]，往往暑虹昼明，惊雷破柱，郁云蒸雨[4]，斜风酷热。非有清胜，不可以消烦炎，故与诸君子有普明后园之游。春笋解箨[5]，夏潦涨渠[6]。引流穿林，命席当水。红薇始开，影照波上。折花弄流，衔觞对弈[7]。非有清吟啸歌，不足以开欢情，故与诸君子有避暑之咏。太素最少饮[8]，诗独先成，坐者欣然继之。日斜酒欢，不能遍以诗写，独留名于壁而去。他日语且道之，拂尘视壁，某人题也。因共索旧句，揭之于版，以致一时之胜，而为后会之寻云。

【注释】(1)这篇游记小品写于宋仁宗天圣九年，时欧阳修在洛阳（今属河南）任西京留守推官。本文记录了他和友人的一次游园活动。(2)庚：古代以干支记日。庚是天干的第七位。(3)金伏火见：指黄昏前。金：金星，也称启明、长庚、太白，在诸星中最明亮。火：星名，亦称大火，即心宿二。每年夏历五月黄昏时，这星出现在南方，方向最正，位置最高。六月以后，就偏西下行。(4)郁云：浓云。郁，盛貌。(5)箨（tuò）：笋壳。(6)潦（lǎo）：雨后的积水。(7)觞（shāng）：古代饮酒器。也指饮酒。(8)太素：即张太素，欧阳修的朋友。

【今译】六月伏天，将近黄昏的时候，常常白天就会出现明亮的彩虹，响起阵阵惊雷，几乎要击破堂前的柱子，浓密的云层在酝酿着阵雨，偶尔吹过几丝斜风，更觉酷热难当。如果没有清凉的胜境，就不能消除炎热带来的烦闷，所以与朋友们去普明后园游玩。春天长出的新笋已脱去了外壳，夏天大雨后的积水涨满了河渠。沿着河流穿过树林，面对河水席地而坐。红薇花

刚刚开放,花影映照在碧波之上。折花嬉水,饮酒下棋。如果没有清朗的吟咏和歌唱,就不足以表达欢乐的情感,所以与朋友们作描写避暑的诗。太素喝得最少,诗却最先作好,大家都高兴地继他而成。日已西斜,饮酒亦欢,没有时间把所有的诗都写下来,只能在墙壁上留下姓名而离去。以后谈起这件事时,拂去尘埃看壁上题字,就可以知道谁曾题写过。因此大家一起回忆旧句,标明在墙上,以表达一时的盛况,并作为日后寻访的缘由。

【点评】夏日炎炎,令人难耐,于是有消暑之游。竹木之幽,花卉之盛,清波倒影,流水潺潺,令人凉意顿生,游兴无穷。文人宴游,不可以无诗,故"非有清吟啸歌,不足以开欢情"。欧阳修的这篇不足二百字的短文,就生动地记录了当时文人的一次清游活动,反映了文人士大夫的生活情趣。

文章写于欧阳修始作古文时,骈散结合,多用排比和对偶的修辞手法,增强了文章的表现力。至于语言的平易简洁、舒畅婉转,更体现了欧公散文的风神。

【集说】不记大字院之来历风景等事,但记游时之情景。通篇章法全在"游"字,前后布置,层次井然,一丝不乱,一结尤去路悠悠。(林景亮《评注古文读本》)

(高克勤)

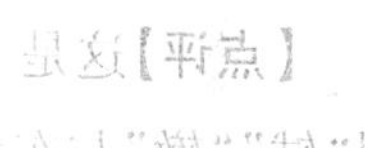

苏洵

苏洵(1009—1066),字明允,号老泉,眉州眉山(今属四川)人。屡试不第。仁宗嘉祐间到京师,因欧阳修推荐,文名大盛,被授为秘书省校书郎。后任霸州文安县主簿,参与纂修礼书,成《太常因革礼》而卒。其文深受《孟子》《战国策》影响,风格雄健奇厉、纵横恣肆,尤长于策论,为“唐宋八大家”之一。有《嘉祐集》。

名二子说[1]

轮辐盖轸[2],皆有职乎车,而轼[3]独若无所为者。虽然,去轼则吾未见其为完车也。轼乎,吾惧汝之外饰也!天下之车,莫不由辙[4];而言车之功,辙不与焉。虽然,车仆马毙,而患不及辙。是辙者,祸福之间。辙乎,吾知免矣!

【注释】(1)名二子说:给两个儿子起名字的议论。名,起名字,名词用作动词。二子,即苏轼、苏辙。说,议论,一种文章体裁。 (2)轮轸盖辐:车子的车轮、车轸、车盖和车辐。轸(zhěn),车后横木。辐(fú),车轮中连接轴和轮圈

的一条条直棍(现在多用钢条)。　(3)轼(shì):古代车厢前面用作扶手的横木。　(4)辙(zhé):一义为车轮压出的痕迹,另一义为行车规定的路线方向。

【今译】车轮、车轸,车盖和车辐对车来说,都承担着一定的职务,而车轼独独好像没有职务和用途。虽然如此,取掉车轼,我看车也就不是一个完整的车了。车轼啊,我怕你仅仅是车外部的一种装饰!天下的车子,没有不经过车辙的,但是谈到车子的功劳时,车辙却没有份。虽然如此,(一旦车子出了事)车倒了,马死了,但祸患却降临不到车辙身上。车辙,是处在祸福之间的。车辙啊,我知道怎样来勉励自己了!

【点评】这是一篇精妙的小品文。以"轼""辙"发论,分别从正反两面阐明"轼""辙"与车的关系。作者写"轼",是着眼于它的功用;写"辙",则着眼于它的祸福。用具体形象的事物说明人在社会生存环境中应处的态度,这是从本质和内在意义上进行比喻,是隐喻的手法。通过描写事物来比附某种意义,渲染张扬以说明事理,正是刘勰所说的"写物以附意,扬言以切事"。以"轼""辙"为两个儿子命名,正表现了作者旷达豪纵、与世无争、荣辱不惊的处世态度。文章还运用了衬托铺垫的技巧,先说反意,后说正意,既使正意更为有力,又防止语气过直,一泻无余。情致错落起伏,曲折含蓄,短小凝练,富于哲理。

【集说】读此及《辨奸论》乃知老泉有大识见。(王符曾《古文小品咀华》引钟伯敬语)

只从"轼""辙"二字发论,而长公、次公全身都现。宾主双彰,小品中绝唱也。两"虽然"字极转得好,便觉纸上无限曲折顿挫。(王符曾《古文小品咀华》)

两片各四折,幅窄神遥。(浦起龙《古文眉诠》)

(陈　元)

苏氏族谱引[(1)]

苏氏族谱,谱苏氏之族也。苏氏出于高阳[(2)],而蔓延于天下。

唐神龙初，长史味道刺眉州，卒于官[3]，一子留于眉，眉之有苏氏自是始。而谱不及焉者，亲尽也。亲尽则曷为不及？谱为亲作也。凡子得书而孙不得书，何也？以著代也。自吾之父以至吾之高祖，仕不仕，娶某氏，享年几，某日卒，皆书；而他不书，何也？详吾之所自出也。自吾之父以至吾之高祖，皆曰讳某，而他则遂名之，何也？尊吾之所自出也。谱为苏氏作，而独吾之所自出得详与尊，何也？谱，吾作也。

呜呼！观吾之谱者，孝弟之心可以油然而生矣[4]。情见于亲，亲见于服，服始于衰，而至于缌麻[5]，而至于无服。无服则亲尽，亲尽则情尽，情尽则喜不庆，忧不吊，喜不庆忧不吊，则途人也。吾之所与相视如途人者，其初兄弟也。兄弟，其初一人之身也。悲夫！一人之身分而至于途人，此吾谱之所以作也。其意曰：分而至于途人者，势也。势，吾无如之何也已。幸其未至于途人也，使之无至于忽忘焉可也。呜呼！观吾之谱者，孝弟之心可以油然而生矣。

【注释】(1)此文为苏洵所撰《苏氏族谱》的序。苏洵《族谱后录·下篇》署“至和二年(1055)九月一日”，此文当作于同时或其前不久。 (2)高阳：传说古代部族首领，名颛顼，号高阳氏。为古五帝之一，相传为黄帝之孙。 (3)“唐神龙初”三句：神龙，本为周武则天的年号(705)，唐中宗沿用不改(705—707)。味道：即苏味道(648—705)，唐代文学家，赵州栾城(今属河北)人，唐中宗时贬为眉州(治今四川眉山)刺史。 (4)孝弟(tì)：亦作“孝悌”，为儒家伦理思想。善事父母为孝，善事兄长为弟。 (5)“亲见于服”三句：古代照丧礼规定穿戴一定的丧服以哀悼死者，丧服按与死者关系的远近，分为斩衰、齐衰、大功、小功、缌麻五等。斩衰是五服中最重的一种，缌麻是五服中最轻的一种。详见《仪礼·丧服》。衰(cuī)：古人丧服胸前当心处缀有长六寸、广四寸的麻布，名衰，因名此衣为衰。缌(sī)麻：细麻布，也指用细麻布制成的丧服。

【今译】苏氏族谱，谱的是苏氏的家族。苏氏一族来自于高阳氏这一支，

而蔓延于天下各地。唐代神龙初,长史苏味道为眉州刺史,卒于为官任上,有一个儿子留在眉州,眉州有苏氏一族就从这时开始。然而族谱中没有提到,是因为亲属都没有了的缘故。亲属没有了为何就没有提到?是因为族谱是亲属作的。凡是儿子可以写上族谱而孙子不可以写上族谱,这是为什么呢?是为了明确辈分。从我的父亲到我的高祖,出仕不出仕,娶某氏,享年多少,某日卒,都写上了;而其他人不写,这是为什么呢?是为了详细叙述我这一系。从我的父亲到我的高祖,都写讳某,而其他人就直接称名,这是为什么呢?是为了尊重我这一系。谱为苏氏家族所作,而只有我这一系得以详细叙述和得到尊重,这是为什么呢?是因为这个谱是我作的。

啊!读我这个谱的人,孝敬父母、尊重兄长之心可以油然而生了。情分表现在亲属关系,亲属关系表现在丧服制度,丧服制度从斩衰开始,一直到缌麻,然后到没有丧服。没有丧服就没有亲属关系,没有亲属关系就没有情分,没有情分就有喜事不来庆贺,有丧事不来慰问,喜事不贺丧事不吊,就同路人一样。我看作是路人的,最初其实大家是兄弟。兄弟,最初是来自一个人的身体。可悲呀!从一人之身分开直到同路人一样,这就是我要作谱的原因。其大意是:分开直到同路人一样,是必然的情势。情势,我对此是没有办法的。我只有庆幸自己还没有同路人一样,使自己不至于疏忽忘记就可以了。啊!读我这个谱的人,孝敬父母、尊重兄长之心可以油然而生了。

【点评】本文紧扣题意,在“苏氏族谱”上做尽文章。文章首先叙述了眉山苏氏的渊源、作谱的缘由和修谱的原则,然后阐发了自己作谱的意义:“观吾之谱者,孝弟之心可以油然而生矣。”即作谱可以生发人们孝敬父母、尊重兄长之心,这也是作者修谱的目的和本文的主旨所在。

本文在论述时多用设问的修辞手法,环环扣紧,层层剖析。例如在阐述修谱的原则时,作者从“亲”“著代”、详略和避讳等方面来层层展开,说明族谱是“为亲作”“以著代”,并且“详吾之所自出”“尊吾之所自出”。这种论述手法,贯穿于全文之中,因而使文章清晰明了,引人入胜,而不显得枯燥呆板。至于文字的简洁,文气的通畅,更体现了苏洵文章的风格特点。

【集说】纡徐隽永,有欧阳俯仰揖让之态,有先秦向背往来之致,不徒以

学《公》《穀》见长。(王符曾《古文小品咀华》)

谱之复自此谱始,谱有谱法,有谱意,自此文叙议始,人至而天见,莫之为而为。(浦起龙《古文眉诠》)

此文如快马轻刀,闯然陷阵,笔之犀利,无能当者。(林纾《选评古文辞类纂》)

明允文章多姿,以纵横刑名之习、五经等论尤驳而未纯。独此篇效《公》《穀》体,至性流露。文笔委折,可歌可诵。即不必观其谱,读其引,孝悌之心有不油然而生乎?(蔡世远《古文雅正》)

(高克勤)

宋

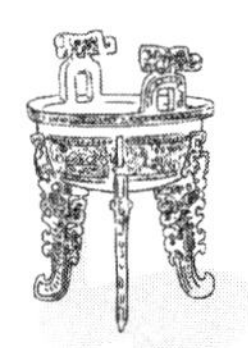

周敦颐

周敦颐(1017—1073),字茂叔,道州营道(今湖南道县)人。仁宗景祐三年(1036)以舅父郑向故得荫出仕,初为分宁主簿,后知南康军。因筑书堂于庐山莲花峰下小溪旁,仿营道故居濂溪以名之,人称濂溪先生。卒谥元公。敦颐是宋朝理学的创导者,为文主“文以载道”。有《周元公集》。

爱莲说

水陆草木之花,可爱者甚蕃[(1)]。晋陶渊明独爱菊[(2)];自李唐来[(3)],世人甚爱牡丹[(4)];予独爱莲之出淤泥而不染[(5)],濯清涟而不妖[(6)],中通外直[(7)],不蔓不枝[(8)],香远益清[(9)],亭亭净植[(10)],可远观而不可亵玩焉[(11)]。予谓菊,花之隐逸者也[(12)];牡丹,花之富贵者也;莲,花之君子者也。噫! 菊之爱,陶后鲜有闻[(13)],莲之爱,同予者何人[(14)]? 牡丹之爱,宜乎众矣[(15)]。

【注释】(1)蕃(fán):众多。　(2)陶渊明独爱菊:东晋著名诗人陶渊明特别喜爱菊花。有“采菊东篱下，悠然见南山”之句。菊花清雅耐寒，有节操的高士赋予它不慕荣华、自甘淡泊的禀性。 (3)李唐：即唐代。前人习惯将皇帝姓氏与其王朝相连称。唐帝李姓，故称。 (4)“世人”句：唐代统治阶级喜爱牡丹成风。唐李肇《国史补》记载当时盛况说：“京城贵游，尚牡丹，三十余年矣。每春暮，车马若狂，以不耽玩为耻。执金吾铺官围外寺观种以求利，一本有直数万者。”宋人爱牡丹之风亦盛，周氏的世人甚爱牡丹有贬义，讽喻时尚日趋奢华侈靡。 (5)“出淤泥”句：借莲花的清雅高洁，比喻君子立身处世不受污浊环境熏染。淤(yū)泥：水中沉积之泥。 (6)“濯清涟”句：经过清澈的水波洗涤而并不妖冶。濯(zhuó)：洗。清涟：清澈的水波。妖：美艳而不端重。不妖：借喻君子不媚于世。 (7)中通外直：是说莲茎里面贯通，外面笔直。借喻君子事理通达，心气和平，为人正直。 (8)不蔓不枝：莲花的茎干没有节外生枝，没有枝蔓的缠绕。借喻君子襟怀坦荡，不攀缘附势。 (9)香远益清：香气远播越觉得清幽。 (10)亭亭净植：挺挺地洁净地立于水中。亭亭：形容花木形体挺拔，直立貌。植：树立。借喻君子卓然自立，不苟合于世。 (11)亵(xiè)玩：亲近而不庄重地玩弄。(12)鲜有闻：很少听说。 (14)同予者何人：和我相同的还有谁呢。(15)宜乎众矣：当然人很多了。

【今译】在水上和陆地上生长的各种草木花卉，可爱的很多。晋代的陶渊明唯独喜爱菊花；从唐代以来，社会上的人很爱牡丹；而我特别喜爱莲花出污泥而不染的高洁品性，莲花经过清澈的水波洗涤而并不显得妖冶，莲梗内里贯通，外形笔直，没有枝蔓的缠绕，香气传得愈远愈觉得清幽，挺挺地洁净地立于水中，使人只能远远地观看而不可以走近去不庄重地玩弄。我认为，菊花是花中的隐居之士，牡丹是花中的富贵之流，莲花是花中的正人君子。唉！对菊花的喜爱，在陶渊明之后就很少听到了，对莲花的喜爱，和我相同的还有谁呢？而对牡丹的喜爱，当然人就很多了。

【点评】这是一篇咏物抒情、托物寄意的小品散文。文章以世人甚爱牡丹为陪笔，引入正题，写自己独爱莲，即“借花以自为写照”。接着对比品评三种花卉，象征地写出了三种不同人的品格。通过对莲花的礼赞，寄托了作

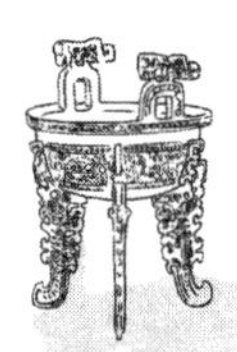

者高远的志趣，表现了作者洁身自爱的君子情操，也流露了他与世俗异趣的士大夫情调。文章虽短，但层次分明，婉曲相应，言约意丰，风神卓逸，短而不促，百读常新。文章运用了传统的比兴寄托手法，融会了宋代诗文“说理”的艺术特征，体现了宋代特有的“理趣”文化形态，是小品文中的上乘之作。

【集说】濂溪得千圣不传之绪，所作《爱莲说》，实借题自写其所学耳。二氏性学，尤多以莲为比。（林云铭《古文析义》）

莲在众卉之内，最为高品。幽同夫菊而不傲，艳类牡丹而不俗。故于甚蕃之中，而特举二者以为陪衬；又妙在不说坏了他。起处以可爱二字，包罗在内。立言极有斟酌。玩“予谓”一段，以隐逸富贵，陪衬出君子，分明是轻外重内之学。末段“同予者何人”，亦望世之契合君子也。至首段“予独爱莲”以下，则语语借莲自况。……呜呼，此其所以为莲花欤，此其所以为濂溪欤？谓之君子，谁曰不宜！（余诚《重订古文释义新编》）

文品之高，与《五柳先生传》同。（纳兰常安《古文披金》）

（陈　元）

曾巩

曾巩(1019—1083),字子固,建昌南丰(今属江西)人。年十二就以文章得到欧阳修的赞赏。嘉祐二年(1057)进士,历任太平州司法参军、集贤校理等职,官至中书舍人。追谥文定,世称南丰先生。为文斟酌于司马迁、韩愈,风格平易舒缓,尤长于叙事说理,为“唐宋八大家”之一。有《元丰类稿》。

墨池记[1]

临川之城东[2],有地隐然而高[3],以临于溪,曰新城。新城之上,有池洼然而方以长[4],曰王羲之之墨池者[5],荀伯子《临川记》云也[6]。羲之尝慕张芝[7],临池学书,池水尽黑,此为其故迹,岂信然邪?方羲之之不可强以仕,而尝极东方,出沧海,以娱其意于山水之间[8],岂有徜徉肆恣[9],而又尝自休于此邪?羲之之书晚乃善[10],则其所能,盖亦以精力自致者,非天成也。然后世未有能及者,岂其学不如彼邪?则学固岂可以少哉!况欲深造道德者邪?

墨池之上,今为州学舍[11]。教授王君盛恐其不章也[12],书

"晋王右军墨池"之六字于楹间以揭之[13]。又告于巩曰："愿有记。"推王君之心，岂爱人之善，虽一能不以废，而因以及乎其迹邪？其亦欲推其事以勉其学者邪？夫人之有一能，而使后人尚之如此，况仁人庄士之遗风余思[14]，被于来世者如何哉！

庆历八年九月十二日曾巩记。

【注释】(1)本文作于庆历八年(1048)，是作者应抚州州学教授王盛之请而写的一篇叙记。文章就传闻的王羲之临池苦练书法，池水被染黑一事展开议论，强调学习不能依赖天赋，必须苦下功夫，专心致志，才能取得卓越的成就。 (2)临川：宋代抚州临川郡，即今江西临川。 (3)隐然：突起的样子。 (4)洼然：低深的样子。 (5)王羲之(321—379)：字逸少，东晋临沂(今属山东)人，著名书法家，号称"书圣"。 (6)荀伯子(378—438)：南朝宋人，曾任临川内史，著《临川记》六卷。按传说中关于王羲之的墨池，除江西临川外，还有浙江会稽、浙江永嘉、江西庐山、湖北蕲水等地。(7)张芝：东汉著名书法家，善草书，号为"草圣"。 (8)"方羲之之不可强以仕"四句：据《晋书・王羲之传》载，王羲之为会稽内史时，不愿做他看不起的长官的属下，遂称病辞官，并于父母坟前立誓不再出仕。他辞官后，"尽山水之游，弋钓为娱""遍游东中诸郡，穷诸名山，泛沧海"。 (9)徜徉(cháng yáng)：慢步逍遥自在的样子。肆恣：适性任情。 (10)羲之之书晚乃善：《晋书・王羲之传》："羲之书不胜庾翼、郗愔，及其暮年方妙。" (11)州学舍：据《宋史・职官志七》载，庆历四年(1044)三月，朝廷颁诏天下州县皆立学。 (12)教授：官名。宋代在路学、府学、州学皆置教授，主管教育所属生员。 (13)楹(yíng)：厅堂的前柱。 (14)仁人庄士：指有道德修养的人。

【今译】临川城的东面，有块突起的高地，下临溪水，名叫新城。新城的上面，有一口低洼的长方形水池，称为王羲之的墨池，这是荀伯子《临川记》的说法。羲之曾经仰慕张芝，在池边练习书法，池水因而都变黑了，这就是他的故迹，这难道是真的吗？当羲之不愿受人勉强而做官的时候，他曾遍游越东各地，泛舟东海之上，于山光水色之中使自己心情愉悦，难道当他逍遥自在尽情游览的时候，又曾经在此地休息过吗？羲之的书法到了晚年方入佳境，那么他的造诣，看来是刻苦用功所达到的结果，而不是天赋所致。后人没有能及得上王羲之，恐怕是他们所下的学习功夫不如王羲之吧？那么学习的功夫怎么可以少花呢！更何况对于想要在道德方面取得很高成就的人呢？

墨池的旁边，现在是抚州州学的校舍。教授王盛恐怕关于墨池的事迹湮没无闻，就写了"晋王右军墨池"这六个大字悬挂在堂前的柱子间作为标志。又对我说："希望有篇记文。"我推测王君的心意，莫非是因为爱好别人的长处，即便是一技之长也不肯让它埋没，而因此就连他的遗迹也一并重视起来吗？或者是想推广王羲之临池苦学的事迹来勉励这里的学生吗？人有一技之长，尚且使后代人尊崇到这般地步，更不用说仁人君子们留下的风尚和美德，会怎样地影响到后世人呢！

庆历八年九月十二日，曾巩作记。

【点评】文章记王羲之墨池，而"墨池之上，今为州学舍"，本文又是应州学教授之请而作，因此，在结构上采取双线交错递进的手法，即"能与学两层到底，因其地为州学舍，而求文记之者即教授，故推而论之"（何焯《义门读书记》）。由于传为王羲之墨池的旧迹有多处，作者对临川墨池是否确为王羲之的故迹有怀疑，故文章开头略记了墨池的处所形胜之后，便提出了对墨池来历的怀疑，随之转入了勉学主题，探讨王羲之书法成功的原因，记墨池不过是论学的一个引子罢了。文章从王羲之学习书法推及道德修养，从具体的书法家推及天下的仁人庄士，认为后之学者"欲深造道德"，则更须努力于学，从而深化了本文的勉学主旨。

本文小中见大，表现出作者思路的开阔和识见的高超。在写作手法上，文章即事生情，宛转矫劲，多用设问句、反问句和感叹句，使这篇短文平添了一唱三叹的情韵，显得低回往复，余味不尽。

【集说】看他小小题，而结构却远而正。（茅坤《唐宋八大家文钞》）

寥寥短章，而使人味之隽永。此曾、王之所长也。（爱新觉罗·弘历《唐宋文醇》）

右军之书，以精力自致，此题中所有也，因右军学书，而勉人以深造道德，此题中所无也。既发本题所有，又补本题所无，尺幅之间，云霞百变，熟

此可无窘笔。(孙琮《山晓阁评点曾南丰文选》)

小中见大,可以暗藏,可以说破,此则说破深造道德意,不以一格拘也。(沈德潜《唐宋八家文读本》)

(高克勤)

送傅向老令瑞安序[1]

向老傅氏,山阴人[2]。与其兄元老读书知道理。其所为文辞可喜。太夫人春秋高[3],而其家故贫。然向老昆弟尤自守,不苟取而妄交,太夫人亦忘其贫。余得之山阴,爱其自处之重,而见其进而未止也,特心与之。

向老用举者令温之瑞安[4],将奉其太夫人以往。予谓向老学古,其为令当知所先后。然古之道盖无所用于今,则向老之所守亦难合矣。故为之言,庶夫有知予为不妄者,能以此而易彼也。

【注释】(1)这是曾巩为送友人傅向老任瑞安(今属浙江)县令而作的序。　(2)山阴:今浙江绍兴。　(3)太夫人:对人母亲的尊称。春秋:指年龄。　(4)温:温州。瑞安曾属温州,故云。

【今译】向老姓傅,山阴人。与他的哥哥元老在家读书,通晓道理。他所作的文章读来令人可喜。他的母亲已经高龄,而他的家境却很贫穷。然而向老兄弟十分坚持自己的操守,不苟合取悦他人和随便交友,他的母亲也不以贫穷为意。我在山阴与他认识,喜爱他处世稳重,并且看到他好学上进而无止境,很欣赏他,与他成为朋友。

向老被人推荐任温州瑞安县令,将要侍奉其母亲同往。我说向老学习古道,他做县令应当知道所做事情的先后轻重。然而古代的道理大概对于现在不适用,那么向老所坚持的也难以迎合时尚了。我所以这样说,是希望有人知道我的话不是乱说,能够以此来改变时尚。

【点评】本文仅百余字,而构思措辞颇见匠心。寥寥数笔,便写出了一个学古守道、贫贱不移而又好学上进的儒士傅向老的形象。文中有对傅向老为人的叙述，有对他守道难合的感慨，也有对他出仕的期望，笔墨极其省俭而内容又十分丰富，感情看似平淡而其实十分真挚，显示出曾巩散文简洁淡雅的特点。

【集说】文至此，可谓铲刻浮华，独存老干，然惟识者知之。（纳兰常安《古文披金》）

不过百余字而叙事清晰，措语沉着，不失子固本色。（王文濡《评校古文辞类纂》）

（高克勤）

司马光

司马光(1019—1086),字君实,号迂叟,陕州夏县(今山西夏县)涑水乡人,世称涑水先生。宝元元年(1038)进士。神宗时,为翰林学士,以反对王安石新法不成,出知永兴军。后退居洛阳,全力主编《资治通鉴》。哲宗即位后召为门下侍郎,拜尚书左仆射,当政八月卒。赠温国公,谥文正。为文精贵近理,记叙周详。有《温国文正司马公文集》。

谏院题名记[(1)]

古者谏无官,自公卿大夫至于工商,无不得谏者。汉兴以来,始置官。夫以天下之政,四海之众,得失利病,萃于一官使言之,其为任亦重矣。居是官者,当志其大[(2)],舍其细,先其急,后其缓,专利国家而不为身谋。彼汲汲于名者,犹汲汲于利也,其间相去何远哉!

天禧初[(3)],真宗诏置谏官六员,责其职事。庆历中[(4)],钱君始书其名于版[(5)]。光恐久而漫灭[(6)],嘉祐八年,刻著于石。后之人将历指其名而议之曰："某也忠，某也诈，某也直，某也曲。"呜呼！可不惧哉！

【注释】(1)此文系宋仁宗嘉祐八年(1063)作者为谏院题名刻石而作。谏院：宋官署名，是指陈朝政阙失的机构。 (2)志：记住。 (3)天禧：宋真宗年号(1017—1021)。 (4)庆历：宋仁宗年号(1041—1048)。 (5)钱君：可能是指钱惟演之侄钱逸明，庆历六年擢知谏院。 (6)漫灭：磨灭。

【今译】古时候没有专门为谏者设置官位，凡公卿大夫以至工商之民，没有不能进谏的。汉朝建立后，才开始设置谏官。将天下的政事，四海的民众，国家的得失利弊，集中于一个谏官身上，叫他提出意见，他所承担的责任可以说是很重的。担任这种官职的人，应当留心大事，舍弃小事，先谏那些急迫的事，后讲那些不急的事，专门为国家谋利益而不为自身考虑。那些急切地追求名声的人，实际与那些急切地追求私利的人一样，他们与谏官的距离是多么远啊！

天禧初年，真宗下诏设置谏官六名，明确了他们的职责。庆历年间，钱君开始把谏官的名字写在木板上。我恐怕时间长了会磨灭，于嘉祐八年，把谏官的名字都刻在石头上。后人将会逐个指着他们的名字议论说："某某人忠诚，某某人奸诈，某某人正直，某某人圆滑。"啊！这能不叫人畏惧吗？

【点评】题名石上，人皆以为身荣，而作者悚然以惧，有此卓识，故小小题记而关及世教，读之令人生敬。世传司马温公德业深宏，平生所为，未尝有妄，文如其人，此之谓也。

【集说】首尾百六十八字而包括无余，识治体、明职守，笔力高简如此，可以想见其人。(《新镌焦太史汇选百家评林名文珠玑》引楼昉语)

必有一种台阁气象，而后其文乃贵；必有一副干净肚肠，而后其文乃洁；必有一管严冷笔伏，而后其文乃遒；必有一段不朽议论，而后其文乃精。兼四美者，其斯文乎！前从古者起，末用后人结，想曩贤作文，便欲与天地日月并寿，绝不苟作。(王符曾《古文小品咀华》)

书谏官之名于石，本以示荣。记中却以示戒，非大儒不能为此言。通篇皆责备语，无一句闲话，看来似过于朴直，然其不可及处，正不外此。公有《传家集》八十卷，语多此类。余每诵读，未尝不正襟起敬。（林云铭《古文析义》）

非但笔霜凛冽，看其老成持重，沨沨乎有忠款余思，故词不烦，而简严有体。（过珙《古文评注全集》）

（陈如江）

王安石

王安石(1021—1086),字介甫,号半山,临川(今属江西)人,庆历二年(1042)进士。曾向仁宗上万言书,主张改革政治,但不为所重。神宗熙宁二年(1069)被任为参知政事,次年拜相,推行新法。因遭反对,新法推行受阻,熙宁七年辞退,次年再相,九年再辞,晚年退居江宁。生前封荆国公,世称王荆公。卒谥文,又称王文公。其文雄健峭拔,为"唐宋八大家"之一。刘熙载云:"半山文瘦硬通神,此是江西本色,可合黄山谷诗派观之。"(《艺概》)。有《王临川集》。

读《孟尝君传》

世皆称孟尝君能得士[(1)],士以故归之,而卒赖其力,以脱于虎豹之秦[(2)]。嗟乎!孟尝君特鸡鸣狗盗之雄耳,岂足以言得士?不然,擅齐之强,得一士焉,宜可以南面而制秦[(3)],尚何取鸡鸣狗盗之力哉?夫鸡鸣狗盗之出其门,此士之所以不至也!

【注释】(1)孟尝君:战国时齐国贵族田文。 (2)以脱于虎豹之秦:据《史记·孟尝君列传》载,孟尝君出使秦国,被秦昭王拘留,他托人向昭王宠姬求救。宠姬提出要他的白狐裘,恰巧孟尝君的狐裘已献给昭王了,他就派一个曾经是惯偷的门客,半夜装成狗,入宫中将狐裘偷回,献给宠姬。于是宠姬劝说昭王放了孟尝君。孟尝君连夜逃到函谷关,关法规定,鸡鸣后才开城门。而昭王此时已后悔放了孟尝君,正派兵追赶,恰好有个门客能学鸡叫,引得附近群鸡皆鸣,骗得关吏开了城门,孟尝君才得逃出秦境。本文所谓“鸡鸣狗盗”即指此事。 (3)南面:此指称王。

【今译】世上的人都说孟尝君能招贤纳士,因此人才都归附到他的门下,而他终于依靠他们的力量,从虎豹一样凶恶的秦国逃出来。咳!孟尝君不过是那班鸡鸣狗盗之徒的头目罢了,哪里称得上什么招贤纳士呢?如果不是这样,他凭着齐国的强大,只要得到一位真正的人才,就应该可以南面称王,制服秦国,还用得着这些鸡鸣狗盗之徒的能力吗?鸡鸣狗盗之徒出在他的门下,这就是真正的人才不来投奔他的原因呀!

【点评】这篇驳论性读书笔记,渗透了王安石“拗相公”不畏陈言的气魄和犀利的逻辑思辨能力。文首即将“孟尝君能得士”作为靶子列出,以醒眉目。然后团团围住多方进击,迫使论敌就范。驳论部分以感情色彩极浓的“嗟乎”领起,对世人平庸之见发出遗憾的感慨。接着正面出击,从概念上划清鸡鸣狗盗之徒与士的界限,否定“得士”说。此句以判断起、以反诘收,出手不凡,制敌于绝境,然后迂回批驳论敌制高点“制秦”,以齐桓公为例,从反面论证鸡鸣狗盗之徒不能算士。正反夹击后,作者挥兵长驱直入,突进到论敌腹地,指出鸡鸣狗盗之徒都出自孟尝君门下,乃有识之士不来的缘故。从根本上否定了“得士”的最后一个论点。堪称理性思辨魅力的一次精美展示。

【集说】文章简短,难得气长,惟王半山《读孟尝君传》、韩退之《送董邵南序》,内有许多转折,读之不觉气长,真妙手也。(归有光《文章指南》)

凿凿只是四笔,笔笔如一寸之铁,不可得而屈也。读之可以想见先生生

平执拗，乃是一段气力。（金圣叹《评注才子古文》）

转折有力，首尾无百余字，严劲紧束，而宛转凡四五处，此笔力之绝。（高步瀛《唐宋文举要》引楼昉语）

通篇只八十八字，而有四层段落，起承转合，无不毕具，洵简劲之至！然非此等生龙活虎之笔，寥寥数语中，何能得此转折，何能得此波澜。文可与画竹，尺幅而具寻丈之观，此其似之。至议论正大，尤堪千载不磨。（余诚《重订古文释义新编》）

（毛时安　梦　君）

《同学》一首别子固[(1)]

江之南有贤人焉，字子固，非今所谓贤人者，予慕而友之。淮之南有贤人焉，字正之[(2)]，非今所谓贤人者，予慕而友之。二贤人者，足未尝相过也，口未尝相语也，辞币未尝相接也[(3)]。其师若友，岂尽同哉？予考其言行，其不相似者何其少也！曰：学圣人而已矣。学圣人，则其师若友，必学圣人者。圣人之言行，岂有二哉？其相似也适然[(4)]。

予在淮南，为正之道子固，正之不予疑也。还江南，为子固道正之，子固亦以为然。予又知所谓贤人者，既相似，又相信不疑也。

子固作《怀友》一首遗予[(5)]，其大略欲相扳，以至乎中庸而后已[(6)]。正之盖亦尝云尔。夫安驱徐行[(7)]，轥中庸之庭[(8)]，而造于其室[(9)]，舍二贤人者而谁哉？予昔非敢自必其有至也，亦愿从事于左右焉尔。辅而进之，其可也。

噫！官有守[(10)]，私有系[(11)]，会合不可以常也。作《同学》一首别子固，以相警且相慰云。

【注释】(1)本文是王安石在读了曾巩(子固)《怀友》一文后所写。曾巩之文作于庆历二年(1042)，安石文当作于其后不久。文章表现了王安石和友人之间互相敬慕、勉励，以期携手共进的情怀；表明了作者企慕圣人，有所

作为的志向。 (2)正之:即孙侔,字正之,一字少述,吴兴(今属浙江)人,一生隐逸不仕。 (3)辞:书信。币:缯帛,古人常用作礼物。 (4)适然:应该,恰好。 (5)遗(wèi):赠送。 (6)扳(pān):通“攀”,援引。中庸:不偏为中,不变为庸,即不偏不倚,循常守旧。这是儒家奉行的道德标准。(7)安驱徐行:稳步前进的意思。 (8)辚(lìn):车轮,这里用作动词。(9)造:到。《论语·先进》:“子曰:‘由也升堂矣,未入于室也。’”后世便以升堂入室比喻学习由浅入深的两个阶段。王安石在这里化用其意。(10)守:典守的岗位。 (11)私:私人。系:牵制,指系牵的琐事。

【今译】江南有一位贤人,字子固,不是现在通常所说的那种贤人,我仰慕他并以他为朋友。淮南有一位贤人,字正之,不是现在通常所说的那种贤人,我仰慕他并以他为朋友。这两位贤人,足不曾登门相访,口不曾相互交谈,书信、礼物也不曾交换过。他们的老师和朋友,难道都相同吗?我观察他们的言行,彼此不相同的地方是多么的少呀!我说:这是学习圣人的结果罢了。学习圣人,那么他们的老师和朋友,必定也是学习圣人的。圣人的言行,难道会有两样的吗?他们的相似也是当然的了。

我在淮南,向正之介绍子固,正之不怀疑我说的话。回到江南,向子固介绍正之,子固也认为我的话对。我又由此知道被称为贤人的人,既相似又互相信任不疑。

子固作了一篇《怀友》送给我,文章的大意是要互相援引以期最终达到中庸之道的境界。正之也曾经这样说过。驾车安稳地行进,通过中庸的厅堂,然后到达它的内室,除了这两位贤人之外还有谁能做到呢?我从前不敢肯定自己能够达到中庸之道的境界,却也愿意跟随他们去做。在他们的帮助下朝着这个方向前进,也就可以了。

啊!做官有典守的岗位,私人有羁绊的琐事,朋友间的相聚不可以经常得到。作《同学》一首留别子固,用来互相勉励,并互相安慰。

【点评】本文题为“别子固”,写的却不是子固一人,一开始便以子固和正之相提并论,写子固,却处处以正之陪说,写正之即是在写子固。这种陪衬法的运用,是本文在表现形式上的最大特色。

本文的主旨是“同学”，学习圣人之言行，“至乎中庸而后已”。《礼记·学记》曰：“独学而无友，则孤陋而寡闻。”本文的主旨隐含了这一层意思，写子固而以正之来陪衬，也正是为了强调这一主旨，文章因此显得活泼而不呆板，具有很强的说服力。

【集说】文严而格古。（茅坤《唐宋八大家文钞》）

此为瘦笔，而中甚腴。学文必当由瘦以入腴，如先学腴，即更无由得瘦也。（金圣叹《评注才子古文》）

扯正之来作伴，牵合不无痕迹，然文亦秀发，不近凡俗。（王符曾《古文小品咀华》）

交友所重，在道德学问之际，形迹之聚散，怀想之私情，其小者也。故前面只说学问相勖处，而系恋之私，只以“官有守，私有系，会合不可以常”三语作一棹，体格高绝。（谢有辉《古文赏音》引谢立夫语）

（高克勤）

苏轼

苏轼（1037—1101），字子瞻，号东坡居士，眉州眉山（今属四川）人，嘉祐二年（1057）进士。神宗时任太常博士，摄开封府推官。因与王安石政见不合，出知密州、徐州、湖州。元丰二年（1079）以"讪谤朝政"罪贬为黄州团练副使。后召还，任翰林学士等职。绍圣初，又以为文讥斥先朝的罪名，远谪惠州和琼州。徽宗即位，遇赦北还，病死常州。追谥文忠。轼在散文、诗词、书法、绘画诸方面均有杰出成就，其文受《庄子》《战国策》影响颇深，抒情则淋漓尽致，议论则纵横开阖，尤擅长作小品文，为"唐宋八大家"之一。有《苏东坡集》《东坡志林》等。

游白水书付过[1]

绍圣元年十月十二日[2]，与幼子过游白水佛迹院。浴于汤池[3]，热甚，其源殆可熟物。循山而东，少北，有悬水百仞[4]。山八九折，折处辄为潭，深者磓石五丈不得其所止[5]。雪溅雷怒，可喜可畏。水涯有巨人迹数十[6]，所谓"佛迹"也。暮归倒行[7]，观山烧，火甚，俯仰度数谷。至江，山月出，击汰中流[8]，掬弄珠璧[9]。到家二鼓，复与过饮酒，食余甘煮菜[10]，顾影颓然，不复甚寐，书以付过。东坡翁。

【注释】（1）白水：山名，在今广州市增城区东部，山有佛迹岩。过：即苏过，苏轼之子，字叔党，自号斜川居士，时称小坡。此文系作者畅游归来后，乘兴挥笔写成付给苏过的。（2）绍圣元年：公元1094年。（3）汤池：即汤泉，白水山佛迹院中涌二泉，其东谓汤泉。（4）悬水：瀑布。仞：古时七尺（一说八尺）为一仞。（5）硾：系上重物，使之下沉。（6）涯：水边。（7）倒行：苏轼《和陶归园田居六首》引云："三月四日，游白水山佛迹岩，沐浴于汤泉，晞发于悬瀑之下，浩歌而归，肩舆却行。"此"倒行"当是"肩舆却行"意，即乘坐在滑竿一类的竹椅上。背向归途，面向山路，犹如倒退而行。（8）击汰：打着水波。（9）掬弄：用两手捧着东西玩。珠：指船桨打起的水花。璧：指水中的月影。（10）余甘：即余甘子，亦称油柑。

【今译】绍圣元年十月十二日，我和最小的儿子苏过游览白水山佛迹院。在汤泉里洗澡，水很热，其源头大概可以煮熟东西。沿山向东走，稍微再向北，有条瀑布高达七八百尺。山有八九个曲折处，瀑布冲泻到山的曲折处就蓄聚而成潭，其深者用绳子吊着石头垂下五丈深还探不到底。瀑布冲入潭里溅起的水花像雪飞，声音像雷鸣，使人既喜欢又害怕。水边有几十个像巨人的脚印，这就是人们所说的"佛迹"了。傍晚回家，乘坐肩舆，背向归途而行，观看山上烧枯草的野火，火势很大。我们时而下坡，时而上坡，越过了几个山谷。到了江边，山间的明月已经升起，我们在江中一面划船，一面玩弄着溅起的水花和月影。回到家里，已是二更，我又和苏过喝起酒来，吃着用余甘煮成的菜，看着自己的身影日渐衰老，再也睡不着了，便写下这篇文章给苏过。东坡老人。

【点评】与子同游白水佛迹，日常生活一片断，本不足为奇。但经作者写出，却趣味无穷。日游先浴汤池、次观悬瀑、再循佛迹；暮归而遇山火、仰月出、泛轻舟、掬浪花；至舍兴犹未尽，再饮酒、食菜、付书。一路写来，读者仿

佛自觉同游者。

写景之文本为抒情。作者一生都在激烈的政治斗争中度过。在变法与守旧时而两营对垒轮番上台,时而阵营混淆难分你我的北宋政坛滚了三十七年后,至绍圣,宋哲宗亲政再用新党,作者又作为“元祐党人”而被一贬再贬,仕途已近末路。此时的苏轼确实累了。是年秋写此文,其实是感喟人生无常、顾影自怜的心境的写照。文中不知其源之热汤池、深不可测之潭、撩人做出世之想的佛迹、神秘的山火、幽然而出的山月,全是无端无缘无由之景。

【集说】不用虚而韵足,不模写而景足,如画家萧萧数笔,含意无穷。此等在东坡集皆上乘也。(王纳谏《苏长公小品》)

是篇纯以写景取胜,前路写所游之地,中权写山景,后路写归途之景,是为顺叙法。(林景亮《评注古文读本》)

(文　祥　汝　东)

韩干画马赞

韩干之马四:其一在陆,骧首奋鬣[(1)],若有所望,顿足而长鸣;其一欲涉,尻高首下[(2)],择所由济,跼蹐而未成[(3)];其二在水,前者反顾,若以鼻语,后者不应,欲饮而留行。

以为厩马也,则前无羁络,后无箠策;以为野马也,则隅目耸耳[(4)],丰臆细尾,皆中度程。萧然如贤大夫、贵公子,相与解带脱帽,临水而濯缨。遂欲高举远引,友麋鹿而终天年,则不可得矣,盖优哉游哉,聊以卒岁而无营。

【注释】(1)骧首:昂起头。奋鬣:耸起鬃毛。　(2)尻(kāo):指马屁股。　(3)跼蹐(jú jí):小步徘徊。　(4)隅目:眼眶棱角分明。一说斜着眼睛看。

【今译】韩干有一幅画了四匹马的画:一匹在陆地上,昂起头,扬起鬃毛,好像在望着远方的东西,又以蹄子踩地,发出萧萧长鸣;一匹正欲过河,撅着屁股低着头，在选择渡河的地点，踏着小步试探水的深浅而没有找到路径。二匹在水边，前面一匹扭头在向后看，鼻孔忽闪忽闪，好像在说话，后面一匹却并不搭理，想要饮水而留在原地未行。

说它们是圈养的马，然而马头上却不戴笼头，身后也不挂鞭子；若说它们是野生的马，却又两眼棱角分明，双耳挺立，丰满的胸脯，细长的尾巴，全都符合良马的标准。它们那种怡然自得的样子，如同贤良的士大夫和高傲的贵公子，在一起宽衣解带，脱下冠帽，到水边洗涤帽缨。看来，它们想要远走高飞，以麋鹿为友在山林度过自己的一生，是不可能的了。大概它们只是想优哉游哉，逍遥自在地打发日子而不想再追求什么了。

【点评】在这篇短文中，作者仅用寥寥数笔便生动、准确、形象、传神地突现了神态各异的四匹马的各自特征，体现了苏轼驾驭语言的本领。然而，“醉翁之意不在酒”，作者的深意在于借题发挥。苏轼将马比作“萧然如贤大夫、贵公子”，由马而及人，以此抒发内心深处的情感：既然“欲高举远引，友麋鹿而终天年”的志趣已“不可得”，那么不如“优哉游哉，聊以卒岁而无营”，表达了作者旷达、乐天的性格和随遇而安、超然物外的生活态度。苏轼在题画赞语中，既对韩干所画之马给予高度评价，又不露痕迹地表达了自己的情怀，可谓写得十分巧妙。

【集说】神游言外，点缀淋漓。（茅坤《苏文忠公文钞》）

胸中旷然。（陈天定《古今小品》引钟惺语）

此为活马，此为活笔。（纳兰常安《古文披金》）

文亦高举远引，洒脱可喜。（王文濡《评校古文辞类纂》）

（姜汉椿）

怪石供[1]

《禹贡》：“青州有铅、松、怪石[2]。”解者曰：“怪石，石似玉者。”今齐安江上往往得美石[3]，与玉无辨。多红、黄、白色，其文如人指上螺[4]，精明可爱。虽巧者以意绘画，有不能及，岂古所谓“怪石”

耶？凡物之丑好，生于相形[5]，吾未知其果安在也？使世间石皆若此，则今之凡石复为怪矣。海外有形语之国，口不能言，而相喻以形。其以形语也捷于口。使吾为之，不已难乎？故夫天机之动[6]，忽焉而成[7]，而人真以为巧也。虽然，自禹已来怪之矣。

齐安小儿浴于江，时有得之者。戏以饼饵易之。既久，得二百九十有八枚，大者兼寸，小者如枣栗菱芡。其一如虎豹，首有口鼻眼处，以为群石之长。又得古铜盆一枚以盛石，挹水注之粲然[8]。而庐山归宗佛印禅师适有使至[9]，遂以为供。

禅师尝以道眼观一切[10]，世间混沦空洞[11]，了无一物。虽夜光尺璧与瓦砾等[12]，而况此石。虽然，愿受此供，灌以墨池水，强为一笑。使自今以往，山僧野人欲供禅师，而力不能办衣服饮食卧具者，皆得以净水注石为供：盖自苏子瞻始。时元丰五年五月，黄州东坡雪堂书。

【注释】(1)此文作于元丰五年(1082)苏轼贬谪黄州期间，以石之美而异者被人视作“怪石”比喻自己。　(2)《禹贡》：古代地理著作。《尚书·虞夏书》篇名。　(3)齐安：古县名，隋改黄州，在今湖北黄冈市西北。　(4)指上螺：手指螺纹。　(5)相形：外形、外表。　(6)天机：天意。　(7)忽焉：倏忽。　(8)粲然：鲜明、灿烂。　(9)佛印：宋代高僧，江西浮梁(今江西景德镇)人，住金山寺。　(10)道眼：能见道之眼。　(11)混沦：轮转。(12)夜光尺璧：夜光珠、径尺的玉璧，比喻无价之宝。

【今译】《禹贡》有一段记载说：“青州出产铅、松、怪石。”有人解释说：“怪石，是指质地像玉的石头。”现今齐安江上往往能得到一种美丽的石子，和玉几乎没有分别。大多是红色、黄色和白色，它的花纹如同人手指上的螺纹，精细明亮可爱。即使巧手画师用心地画，也往往及不上它，这难道不就是古代所谓的“怪石”吗？物品的丑和美，是由它的外形所生成的，我不知道它的原因在什么地方？如果世上的石头都像这个模样，那么现在的普通石头倒成了怪石了。海外有用手势交谈的国家，他们口不能言，就互相作手势。他们以手势交谈比用口说话还快。如果让我这么做，不是太困难了么？所以天意的变化发动，是倏忽而成的，人们却真的以为巧。虽然这样，从大禹以来，人们已经感到奇怪了。

齐安的孩子在江里游泳，常常得到这种石头，我就以糕饼食物换了来。时间长了，收集了二百九十八枚，大的一寸多长，小的像枣子、栗子、菱角、芡实般大小。其中之一像虎豹，头上有口、有鼻、有眼，是石头中最出色的一块。我又得到一只古铜盆来装石子，注入清水，看上去鲜明、灿烂。庐山归宗佛印禅师正巧派了人来，我就把石子作为供品送给了他。

禅师曾经以入道人的眼睛观看世间的一切，万物轮转，一切虚空。即使是夜光珠和径尺的玉璧，也不过和瓦砾一样，何况这些石子。但禅师还是愿意接受这一供品，并用墨池水灌它，勉强露出笑容。可是从今以后，山中的僧侣、百姓要想供养禅师，又没有能力备办衣服、饮食、卧具，就都会用清水和石子作供品了，这是从我苏子瞻开的头啊。元丰五年五月，写于黄州东坡雪堂。

【点评】质地如玉、花纹奇巧的美石，被世人看成“怪石”，正如才华杰出之士被当成罪犯贬谪、流放，这种是非颠倒、黑白混淆的怪事，既然古已有之，那就不妨看得开一些。清水注铜盆，齐安的“怪石”，自有能珍爱、欣赏它的人。

【集说】议论胜，自是宗文，而旨趣则清雅。（王纳谏《苏长公小品》）

戏笑说法。（郑之惠《苏长公合作》）

“形语”一段不相粘而相关，慧甚，末亦楚楚有致。（陈天定《古今小品》）

（黄　明）

书蒲永升画后[1]

古今画水多作平远细皱[2]，其善者不过能为波头起状，使人至以手扪之[3]，谓有洼隆[4]，以为至妙矣。然其品格，特与印板水纸

争工拙于毫厘间耳。

唐广明中[5]，处士孙位始出新意[6]，画奔湍巨浪，与山石曲折，随物赋形，尽水之变，号称神逸。其后蜀人黄筌、孙知微[7]，皆得其笔法。始，知微欲于大慈寺寿宁院壁作湖滩水石四堵[8]，营度经岁[9]，终不肯下笔。一日仓皇入寺，索笔墨甚急，奋袂如风[10]，须臾而成。作输泻跳蹙之势[11]，汹汹欲崩屋也[12]。

知微既死，笔法中绝五十余年。近岁成都人蒲永升，嗜酒放浪，性与画会，始作活水，得二孙本意。自黄居寀兄弟、李怀衮之流[13]，皆不及也。王公富人或以势力使之，永升辄嘻笑舍去。遇其欲画，不择贵贱，顷刻而成。尝与余临寿宁院水，作二十四幅，每夏日挂之高堂素壁，即阴风袭人，毛发为立。

永升今老矣，画亦难得，而世之识真者亦少。如往时董羽[14]、近日常州戚氏画水[15]，世或传宝之。如董、戚之流，可谓死水，未可与永升同年而语也。元丰三年十二月十八日夜，黄州临皋亭西斋戏书[16]。

【注释】（1）本文作于元丰三年（1080）苏轼被贬居黄州时，是一篇画跋，评论一位画家的技艺，并赞美他的人品。 （2）细皱：细微的水波。（3）扪：手摸。 （4）洼隆：高低起伏。 （5）广明：唐僖宗年号，公元880—881年。 （6）处士：未入仕的人。孙位：唐代画家。 （7）黄筌：五代时画家，善画山水花鸟。孙知微：宋代画家。 （8）四堵：两柱之间的墙为一堵。（9）营度：计划、考虑。 （10）奋袂（mèi）：挥动衣袖。 （11）输泻跳蹙：水势倾泻奔涌，波浪激荡。 （12）汹汹：形声词，形容水声。 （13）黄居寀兄弟：黄筌的儿子，画家。李怀衮：黄筌的弟子。 （14）董羽：宋代画家。 （15）戚氏：戚文秀，宋代画家。 （16）黄州，今湖北黄冈市。临皋亭西斋：苏轼的居住处。

【今译】自古到今，画家画水大多画成平远的水面，有着细微的波纹，其中画得好的，也不过能画出浪头起伏，使观看的人伸手去抚摸，说画有高低不平，认为这就算是绝妙了。然而这些画的品格，和印板水纸相比，只能在毫厘之间争优劣罢了。

唐广明年间，处士孙位才发明新技巧，画出奔腾的巨浪，随山石曲折的各种形状，极尽变化能事，号称不同凡俗。其后四川人黄筌、孙知微，都学到了他的画法。当初，孙知微要在大慈寺的寿宁院壁作四堵壁画，画的是湖滩、水与石头。他构思了整整一年，都不肯动笔。一天，他忽然急急忙忙地跑进寺院，索要笔墨，挥动衣袖，呼呼有风，不多一会就画成了。画上的水势奔腾倾泻，激荡跳跃，好像水声轰轰，就要冲坍房屋。

知微去世以后，这一技法中断了五十多年。近几年来，成都有位蒲永升，他好酒、放浪，但是全身心都融到画里去。他画出的活水，继承了孙位、孙知微的本意。像黄居宷兄弟、李怀衮那一批人，都及不上他。王公富人有时用权势压他作画，永升就嘻嘻笑着走开。可是遇到他有兴致作画，就不问求画的人身份高低，一会儿就画好。他曾经为我临摹寿宁院的壁画，一共作了二十四幅，每当夏天，悬挂在厅堂雪白的墙上，就觉得冷风阵阵吹到人身上，毛发也会竖立起来。

永升现在上了年纪了，他的画也难以得到，而世上真能赏识画的人也很少。像过去的董羽，近来常州的戚氏，都能画水，世上有些人就珍惜他们的作品。可是董、戚那些人画的水，只能说是死水，无法和永升相提并论了。元丰三年十二月十八日夜晚，我在黄州临皋亭西斋里，写下这段开玩笑的文字。

【点评】画水，有死水、活水之分。作者赞美蒲永升的画技，不直接写蒲永升，而是追溯画史，赞扬前辈画家的成就，抨击某些画家只能画死水，从而烘托蒲永升画技的高超。从蒲永升的绘画效果、品格为人，以及不为世人所知的种种情形，可以看出其身上有着苏轼自己的影子。

【集说】活水死水，可悟行文之法。中“仓皇入寺”一段，尤能状出神来之候。盖古今妙文，无有不成于神来者，天机忽动，得之自然，人力不与也。（沈德潜《唐宋八大家读本》）

东坡善画故知画，知画，故言入底里。（王纳谏《苏长公小品》）

可以喻道。(郑之惠《苏长公合作》)

非深于画理者,不克道此。(陈雄勋《三苏文选评解》引陈知止语)

(黄　明)

书李伯时《山庄图》后[1]

或曰:龙眠居士作《山庄图》,使后来入山者,信足而行,自得道路,如见所梦,如悟前世;见山中泉石草木,不问而知其名;遇山中渔樵隐逸,不名而识其人。此岂强记不忘者乎?

曰:非也。画日者常疑饼[2],非忘日也。醉中不以鼻饮,梦中不以趾捉,天机之所合[3],不强而自记也。居士之在山也,不留于一物,故其神与万物交,其智与百工通[4]。虽然,有道有艺[5]。有道而不艺,则物虽形于心,不形于手。吾尝见居士作华严相[6],皆以意造[7],而与佛合。佛菩萨言之,居士画之,若出一人,况自画其所见者乎?

【注释】(1)李伯时:李公麟(1049—1106),字伯时,号龙眠居士,舒州(今安徽安庆市)人,北宋著名画家,擅画人物、佛道像,亦工山水。《山庄图》,亦称《龙眠山庄图》,为李公麟山水画名作,人比之为唐王维的《辋川图》。苏辙有《题李公麟山庄图二十首》,诗前有序云:“伯时作《龙眠山庄图》,由建德馆至垂云沜,著录者十六处。自西而东凡数里,岩崿隐见,泉源相属,山行者路穷于此。道南溪山,深清秀峙,可游者有四,曰:胜金岩、宝华岩、陈彭漈、鹊源。以其不可绪见也,故特著于后。”据此可知图的大略。(2)疑饼:类似面饼。“疑”,通“拟”,比拟,类似。　(3)天机:犹天性,本能。(4)百工:各种工匠。　(5)有道有艺:指掌握客观事物规律,具有艺术地再现客观事物的技能。　(6)华严:即中国佛教宗派之一的华严宗。此宗出现于南朝陈、隋之际,以《华严经》为法典。华严相,即华严宗五祖画像。(7)意造:凭主观想象而创作。

【今译】有人说:龙眠居士创作《山庄图》,使得后来进山的人信步行走,自然有道路四通八达，就好像见到梦中情景，就好像领悟前世因缘；看到山中泉水、岩石、野草、树木，不用问人就知道它们的名称；遇到山中的渔人、樵夫、隐士、逸民，不知道他们的名字就认识他们。这难道是记忆力强、不会忘却的原因吗？

我说：不对。画太阳的人常画得像面饼，并非忘记了太阳的形状。人们酒醉时不用鼻子饮酒，睡梦中不用脚趾捉人，这是因为符合人的天性和本能，所以不用硬记，自然就记住了。龙眠居士在山中，注意力不滞留在一种事物上，所以他的精神与世间万物交流，他的智慧与各种能工巧匠相通。即使这样，他还要掌握客观事物的规律，并有艺术地再现客观事物的技能。掌握规律而无再现的技能，那么事物虽然在心中构成形象，却不能用手描绘出来。我曾经观看过龙眠居士画的华严画像，都是凭主观想象创作的，却与佛相符合。佛菩萨说的，龙眠居士画的，就像出自一个人，何况他自己画自己亲眼见到的呢？

【点评】由探究李伯时《山庄图》创作成功的奥秘，苏轼揭示了有道有艺这一艺术创作规律。所谓有道，即物形于心，亦即认识并掌握客观事物的规律，对事物了然于心，臻于不强记而自记的境地；所谓有艺，即物形于手，亦即具有再现客观事物的艺术表现力。画日者常把日画成饼，就因为有道（熟知日的形状）而不艺（无再现日的技能）。只有道艺结合，物形于心而又形于手，才能创造出完美的艺术形象。这充满辩证法的艺术见解，至今仍闪烁着真理的光辉。

【集说】有道而不艺，则物虽形于心，不形于手，如后世理学名公，未必善诗文。（王纳谏《苏长公小品》）

书画说法。（郑之惠《苏长公合作》）

（吉明周）

李太白碑阴记[(1)]

李太白，狂士也，又尝失节于永王璘[(2)]。此岂济世之人哉[(3)]！

而毕文简公以王佐期之[(4)]，不亦过乎！

曰：士固有大言而无实，虚名不适于用者，然不可以此料天下士[(5)]。士以气为主。方高力士用事[(6)]，公卿、大夫争事之，而太白使脱靴殿上，固已气盖天下矣。使之得志，必不肯附权幸以取容[(7)]，其肯从君于昏乎！夏侯湛赞东方生云[(8)]："开济明豁[(9)]，包含宏大。陵轹卿相[(10)]，嘲哂豪杰，笼罩靡前，跆籍贵势[(11)]。出不休显，贱不忧戚。戏万乘若僚友[(12)]，视俦列如草芥[(13)]。雄节迈伦，高气盖世。可谓拔乎其萃，游方之外者也[(14)]。"吾于太白亦云。

太白之从永王璘，当由迫胁。不然，璘之狂肆寝陋[(15)]，虽庸人知其必败也。太白识郭子仪之为人杰[(16)]，而不能知璘之无成，此理之必不然者也。吾不可以不辩。

【注释】(1)李太白：即唐代大诗人李白(701—762)，其在安史之乱中，曾为永王李璘幕僚。璘败受牵累，流放夜郎，中途遇赦东还。碑阴：碑的背面。　(2)永王璘：即李璘(？—757)，唐玄宗第十六子，开元十三年(725)封为永王。天宝十五载(756)，玄宗避乱入蜀，命太子亨等分任督师讨叛。璘至江陵招募将士数万人，时太子已即位，诏令归蜀，他不听。这年冬，他率舟师东下当涂，欲向广陵，肃宗令淮南节度使、江南西道节度使、江南东道节度使共拒之。次年，他兵败被杀。　(3)济世：救世。　(4)毕文简公：即毕士安(938—1005)，北宋代州云中(今山西大同)人，景德元年(1004)累迁翰林侍读学士兼秘书监，后为参知政事。王佐：辅佐帝王的人。　(5)料：估量。　(6)高力士(684—762)：唐代大宦官。开元初，加右监门卫将军，知内侍省事，四方奏事都经其手，封渤海郡公。　(7)权幸：权贵、宠臣。　(8)夏侯湛(约243—约291)：西晋文学家。字孝若，谯县(今安徽亳县)人，官至散骑常侍。有《夏侯常侍集》。东方生：即东方朔(前154—前93)，字曼倩，西汉平原厌次(今山东惠民东北)人，武帝时为太中大夫。性诙谐滑稽。夏侯湛有《东方朔画赞》。　(9)开济：创业济时。《文选》此句作"明济开豁"。(10)陵轹(lì)：欺压、干犯。　(11)跆(tái)籍：践踏。　(12)万乘：犹万辆。周制：天子地方千里，出兵车万乘，故以万乘称帝王。　(13)草芥(jiè)：小草，喻轻贱。 (14)方外：世俗之外。 (15)寝陋：丑陋。 (16)郭子仪(697—781)：唐代名将，华州郑县(今陕西华县)人。玄宗时为朔方节度使，平安史之乱，功第一。后以一身系时局安危二十年。累官中书令，封汾阳郡王，尊为尚父。

【今译】李白是个狂放的读书人，又曾因投靠永王李璘而失去节操。他这个人哪里是救世之人呢！而文简公毕士安却以帝王的辅佐来期待他，不也错了吗！

我说：读书人中固然有只说大话而无实际行动，徒有虚名而不适合使用的情况，但不能以此来估量天下所有的读书人。读书人以精神气质为其主要方面。当高力士当权时，公卿士大夫们争相侍奉他，而李白却让高力士在殿廷上替自己脱靴子，他的气概固然已压倒天下人了。假如让他得志，一定不肯依附权贵和宠臣，屈从讨好，取悦于他们，哪里肯以昏庸糊涂的态度顺从帝王呢！夏侯湛称赞东方朔说："创业济时，开朗豁达，胸襟阔大，思想宏富。干犯公卿宰相，嘲笑英雄豪杰，笼盖一切，超越前人，践踏显贵，脚踩权势。出仕时不喜庆、不显耀，贫贱时不忧伤、不悲戚。戏弄帝王如同戏弄同朝做官的朋友，蔑视平辈如同蔑视轻微而无价值的草芥。雄伟的节操超过同辈，崇高的气概盖过当世。可说是出类拔萃、漫游世外的人了。"我对李白也这样评说。

李白顺从永王李璘，当出于胁迫。不然的话，李璘狂肆丑陋，即使庸人也知道他必定失败。李白能识别郭子仪是杰出的人物，而不能知道李璘不会成功，这是道理上必定讲不通的。我不可不辩论明白。

【点评】"士以气为主"，何等气魄，何等胆识！谁说李白"狂"？他使权极一时的高力士"脱靴殿上"，正是他"陵轹卿相，嘲哂豪杰""笼罩靡前，跆籍贵势""不肯附权幸以取容"的迈伦雄节和盖世高气。谁说李白"失节"？他能"识郭子仪之为人杰"，就不能识永王李璘之"狂肆寝陋"？他顺从永王当出于胁迫。谁说李白可期之以"王佐"？他哪里"肯从君于昏"呢！千古不实之辞为之扫荡一空。将李白视为"开济明豁，包含宏大""拔乎其萃，游方之外"的东方朔，道前人之未道，发前人之未发，真李白的异代知己。

【集说】古来豪俊，所被横口之污蔑者多，长公此一番洗刷绝是。（茅坤《苏文忠公文钞》）

仿太史论断体。（郑之惠《苏长公合作》）

识拔子仪、气挫力士，观此二事，太白自是千古人豪也。（纳兰常安《古文披金》）

以豪士断定太白，为一篇柱义。证事引赞，反复申辩，而处处以他事陪衬。（林景亮《评注古文读本》）

（吉明周）

与鲁直[1]

某启：晁君寄骚[2]，细看甚奇，信其家多异材耶！然有少意[3]，欲鲁直以己意微箴之[4]。凡人文字，务使平和，至足之余，溢为奇怪，盖出于不得已尔。晁文奇怪似差早[5]，然不可直云耳。非谓其讳也，恐伤其迈往之气[6]，当为朋友讲磨之语乃宜[7]。不知公为然否？

【注释】(1)鲁直：黄庭坚（1045—1105），字鲁直，号山谷，又号涪翁，洪州分宁（今江西修水）人。北宋诗人、书法家。黄庭坚致信苏轼，苏轼以此作答。 (2)晁君：指晁补之。晁补之（1053—1110），字无咎，号归来子，济州巨野（今属山东）人，北宋著名文学家。骚：指骚体诗，为诗体的一种。战国楚屈原作《离骚》，后世仿其体，称骚体，亦称楚辞体，其语尾多用“兮”字。(3)有少意：觉得稍有欠缺之处。 (4)箴（zhēn）：劝诫。 (5)差：略。(6)迈往之气：豪放雄迈、勇往直前的气势。 (7)讲磨：讲习、琢磨。

【今译】苏某启：晁君寄来的骚体诗，细读十分新奇，相信他家确实多奇异的人才啊！然而觉得他稍有欠缺的地方，想要您以自己的意见稍微劝诫他。大凡一个人的文字，应当务必使之平淡和缓，充分平淡和缓之后，流溢为险怪奇谲，是出于不得而已的。晁的文章新奇怪谲似乎略微早了些，但不可直截了当地对他说。这不是说要为他避讳，而是恐怕挫伤他那种英迈勇往的气概，应当说一些朋友间研习、切磋的话才合适。不知您以为对否？

【点评】既明确指出学生的不良倾向,又悉心保护其迈往之气,是苏轼为师之道。对晁补之为文甚奇丽的弊病,苏轼请黄庭坚“以己意微箴之”,间接提出,以免凭借师长之尊强加于人;又叮嘱“不可直云”,委婉措辞,以免直截、唐突,使人难以接受;更要求“为朋友讲磨之语”,平等相待,以免居高临下,压而服之。不仅宣示了苏轼为文主平和不尚怪奇的文学主张,更显示了一代文宗对后学关怀备至、爱护入微的风范。

【集说】君子之欲成人之美如此,其至也。千载下令人感叹。(纳兰常安《古文披金》)

用意悃欢。(王纳谏《苏长公小品》)

此老乃不喜人妄意作奇。(陈天定《古今小品》引王纳谏语)

(吉明周)

答参寥子[(1)]

某启:专人远来,辱手书,并示近诗。如获一笑之乐,数日慰喜忘味也。某到贬所半年,凡百粗遣,更不能细说,大略只似灵隐、天竺和尚退院后[(2)],却住一个小村院子,折足铛中[(3)],罨糙米饭吃[(4)],便过一生也得。其余,瘴疠病人[(5)]。北方何尝不病?是病皆死得人,何必瘴气?但苦无医药。京师国医手里死汉尤多。参寥闻此一笑,当不复忧我也。故人相知者,即以此语之,余人不足与道也。未会合间[(6)],千万为道善爱自重。

【注释】(1)参寥子:即北宋僧人道潜(1043—?)。道潜,杭州于潜(今浙江临安西)人,俗姓何,本名昙潜,苏轼为改名道潜,号参寥子。他自幼出家,受业于治平寺。能文,尤工诗,为苏轼所称誉。元祐中,居杭州智果寺,时轼为郡守,二人多唱和之作。绍圣元年(1094),轼被贬南迁惠州,他遣专人探望,牵连获罪,被责令还俗,编管兖州。建中靖国元年(1101),诏复祝发。崇宁间,赐号妙总大师。著有《参寥子集》。此信写于绍圣二年(1095)正、二月

间,时轼在宁远军节度副使惠州贬所。　(2)灵隐:寺名,在浙江杭州市西灵隐山。相传晋咸和中有僧慧理来此,称灵鹫峰别岭飞至此地,于是因山起寺,名为灵隐,取灵山隐于此之义。宋景德四年改名为景德灵隐禅寺。天竺:寺名,在灵隐山飞来峰之南天竺山,有上、中、下三天竺寺。退院:指卸去寺院主持职务。　(3)折足铛(chēng):断脚的锅。《景德传灯录》二八《汾州大达无业国师》:"茆茨石室,向折脚铛子里煮饭,吃过三十二十年,名利不干怀,财宝不为念,大忘人世,隐迹岩丛。"文中用典,透出追慕隐逸的思想。(4)罨(yǎn):通"掩",覆而取之。　(5)瘴疠:山林温热地区流行的恶性疟疾等传染病。　(6)会合:聚集,会面。

【今译】苏某启:你派专人远道而来,承蒙亲笔来信,并给我看近来的诗作。如果从中获得哪怕是一次笑的欢乐,我会接连几天快慰欣喜得忘掉佳肴的滋味。我到贬官的处所已半年,凡是各种粗鄙的差遣,更不能对你细细叙说。大概而言,就好像是灵隐、天竺的和尚卸去寺院主持职务后,却住在一个小村院子里,从断脚的锅中盛糙米饭盖在碗里就吃,即使这样过一生也行。此外,瘴疠使人传染疾病。北方哪里就不会生病?凡是病,都能死人,哪里就一定是因为瘴气呢?只是苦于无医无药。京城朝廷御医手里死人尤其多。参寥子你听到这消息,姑且一笑,当不再为我担忧了。朋友中的知己,就把这事告诉他,其他人不值得对他们说。未见面的日子里,千万为所信奉的思想体系各自珍重自爱。

【点评】死生亦大矣,然达而观之,又何惧之有?生不用惧,百般粗遣,全然不以为怀,唯从凝聚友人情谊的书信诗作中,寻觅人生情趣和欢乐;贬所生活,权当退院和尚住小村院子吃糙米饭,即使如此度过一生,又有何妨?病不用惧,南方北方何处不会得病?死不用惧,凡病都会死人,京城国医手中死的人还特别多呢!旷达而不乏幽默,死生置之度外,这才是东坡的处世哲学。

【集说】勘得此一段意思破,何处去不得。(郑之惠《苏长公合作》)

达甚如此,则生死得丧皆不足以挠之矣。(陈天定《古今小品》)

(吉明周)

记承天寺夜游[1]

元丰六年十月十二日[2],夜,解衣欲睡,月色入户,欣然起行。念无与乐者,遂至承天寺寻张怀民[3]。怀民亦未寝,相与步于中庭。庭下如积水空明,水中藻荇交横[4],盖竹柏影也。何夜无月?何处无竹柏?但少闲人如吾两人耳。

【注释】(1)时作者贬谪湖北黄州,任团练副使,是挂名官员,故称“闲人”。 (2)元丰六年:公元1083年。元丰,宋神宗年号。 (3)张怀民:作者友人。 (4)藻荇(xìng):皆水草名。

【今译】元丰六年十月十二日,这天夜里,正要解衣就寝,忽见月光照进室内,欣然起身。但想到没有同乐的伴侣,便到承天寺寻张怀民。这时怀民也未睡,于是一起在庭院中散步。俯视庭院下面,如一泓积水,透明清澈,水中藻荇之类植物纵横交错,原来是竹柏的影子。哪个夜晚没有月亮?哪个地方没有竹子与松柏?唯独缺少像我俩这样的闲人罢了。

【点评】夜半出游,雅兴出于自然。水中藻荇,月中幻景,画笔难描。结穴处点出“闲人”,有此闲人,方能发此雅兴,方能赏此妙境。

【集说】江山风月本无常,主闲者便是主人。(《苏长公小品》引王永启语)

偶然景,偶然事,不可多得。(《古今文致》引李攀龙语)

摹写如身处其地,而小小丘壑有幽奇之致,具见灵腕。(《古今文致》引徐渭语)

居然胜赤壁两赋。(纳兰常安《古文披金》)

(夏咸淳)

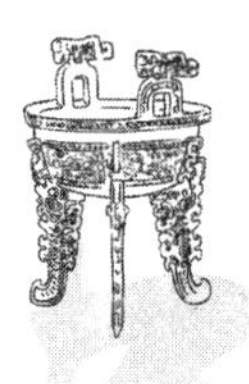

黄庭坚

黄庭坚(1045—1105),字鲁直,号山谷道人,又号涪翁,分宁(今江西修水)人。治平四年(1067)进士。历任秘书省校书郎、国史编修官等职。绍圣二年(1095)以修《神宗实录》不实之罪,贬为涪州别驾。徽宗即位,一度起用,后又被除名羁管宜州,死于贬所。文风轻松洒脱,天然自成。有《豫章黄先生文集》。

书赠俞清老[1]

人生岁衣十匹,日饭两杯,而终岁萧然疲役[2],此何理耶?男女婚嫁,缘渠侬堕地[3],自有衣食分齐[4],所谓"诞置之隘巷,牛羊腓字之[5]"。其不应冻饿沟壑者,天不能杀也。今蹙眉终日者,正为百草忧春雨耳。青山白云,江湖之水湛然[6],可复有不足之叹耶?

【**注释**】(1)俞清老:原名俞子中,金华(今属浙江)人。曾与黄庭坚同学于淮南。王安石度他在半山报宁禅院为僧,并为他起僧名紫琳,字清老。后还俗。黄庭坚谓:"清老性耿介,不能容俗人。间辄使酒谩骂,以是俗子多谤讥,清老自若也。以故善人君子终爱之。"(《山谷题跋·书赠俞清老》) (2)萧然:骚扰貌。疲役:被疲劳所驱使。 (3)渠侬:他们。 (4)分:名分。 (5)诞置之隘巷,牛羊腓字之:语出《诗经·生民》。诞:发语词,有叹美的意思。置:弃置。隘:狭。腓:庇护。字:乳育婴儿。 (6)湛然:澄清。

【今译】人活在世上,一年穿十匹布的衣服,一天吃两杯米的粮食,可是终年到头骚扰不安,被疲劳所驱使,这是什么道理呢?男婚女嫁,是因为他们从出生落地起,自然就完全具有吃和穿的名分,所谓"弃置在狭窄的小巷里,牛和羊庇护并乳育他"。那些不该在沟壑中受冻挨饿的人,上天也不能杀害他们的。现在一天到晚皱着眉头、忧心忡忡的人,正是为地上的各种小草忧虑春天是否有雨水滋润。山青翠,云洁白,江湖水澄清,难道还有不满足的感叹吗?

【点评】人生在世,离不开吃穿。有了这两条,人就有了起码的生存条件,也就有了繁衍发展的可能。而且,人从出生之日起,就被赋予生存权利。这权利神圣不可侵犯,上天也不能剥夺。既然如此,又何必终日为生存忧虑不安以致疲惫不堪呢?作者标举青山的生机,白云的纯洁,江湖的澄澈,流露壮美的情怀,寄托高尚的心志,充满对生活的热爱,表达对世界的希望。

【集说】觑破此窍,便可一齐放下。(陈天定《古今小品》)

人须是大开眼目,方好在葛藤中打飞脚,不然一步不可行矣。(纳兰常安《古文披金》)

(吉明周)

秦观

秦观(1049—1100),字少游,一字太虚,号淮海居士,扬州高邮(今属江苏)人。元丰八年(1085)进士,历任太学博士、秘书省正字、国史编修官等职。绍圣初,被斥为“元祐党人”,出为杭州通判,继贬郴州、雷州等地。徽宗继位,放还,卒于途中。其文劲健简洁。有《淮海集》。

龙井题名记[1]

元丰二年,中秋后一日,余自吴兴过杭,东还会稽[2]。龙井辨才法师以书邀予入山[3]。比出郭[4],已日夕,航湖至普宁[5],遇道人参寥[6],问龙井所遣篮舆[7],则曰:“以不时至,去矣。”是夕,天宇开霁,林间月明,可数毛发。遂弃舟,从参寥杖策并湖而行。出雷峰,度南屏,濯足惠因涧,入灵石坞,得支径,上风篁岭!憩于龙井亭,酌泉据石而饮之[8]。自普宁经佛寺十五,皆寂不闻人声。道旁庐舍,或灯火隐显,草木深郁,流水激激悲鸣,殆非人间有也。行二鼓矣,始至寿圣院,谒辨才于潮音堂,明日乃还。

【注释】(1)宋神宗元丰二年(1079)之秋,秦观正在绍兴省亲,忽闻苏轼因“乌台诗案”下狱,急往吴兴羁所探询。在返越途中,路过杭州,应龙井寿圣院辨才法师的邀请,随诗僧参寥乘月夜入山,此文便记这次龙井之游。(2)会稽:今绍兴。 (3)辨才法师:龙井寿圣院住持。 (4)比:及,等到。郭:外城。 (5)普宁:寺名。 (6)参寥:又名道潜,诗僧。 (7)篮舆:竹轿。 (8)酌:舀取;饮酒。

【今译】元丰二年,中秋后一日,我从吴兴经过杭州,往东返回绍兴。龙井寿圣院住持辨才法师写信邀我入山。等到走出城去,已是夕阳西坠,乘船穿过西湖到普宁寺,碰到诗僧参寥,问他龙井派来的竹轿呢,回答说:“因为时间已过,竹轿回去了。”这天晚上,天空晴朗,林间月光明亮,可数头发。于是舍船,随从参寥拄杖沿湖步行。经过雷峰塔,越过南屏山,赤足涉水惠因涧,进入灵石坞,找到一条小路,登上风篁岭!在龙井亭上休息,舀上泉水靠石而喝。从普宁寺起,共经过佛门寺庙有十五座,都是寂静得听不到人声。道路旁边的田舍,灯光时隐时现,草木深绿茂盛,湍湍的流水发出悲哀的响声,好像不是人间之境。走到二更时分,方到寿圣院,在潮音堂谒见辨才法师,第二天就回去了。

【点评】此篇短文主要是叙事,但不平铺直叙,而有曲折纡余。作者应邀入山,至湖,而篮舆已去,又见月色皎洁,遂贾勇夜行。这中间便有几层曲折。此文叙事又有缓急跌宕。“出雷峰”几句,以三字一顿的动宾结构为主,连用“出”“度”“入”“得”“上”诸动词,文势迫促,表现了夜间长途跋涉的情景。“酌泉据石而饮之”以下,文势渐渐舒缓,这与作者快到目的地时,一边据石休憩,一边回味所历山川美景的情状,是完全合拍的。

此文叙事时也点缀景物,笔稀墨淡,描摹如画,而且和事情的发展与作者的情绪密切应和。“天宇开霁,林间月明”,这良宵美景鼓起了作者的游兴。“自普宁”以下几句,总叙一路山行之景。将相反的色调糅合在一起,使图景更加鲜明。闪烁的灯火,深郁的草木,一明一暗,互相映衬;沉寂的佛寺,悲鸣的流水,无声与有声相间。作者的身心都沉浸其中了。

【集说】写出山水间夜景如画。(陈天定《古今小品》)

清美映人。(陈仁锡《古文奇赏》)

(陆　昕　夏咸淳)

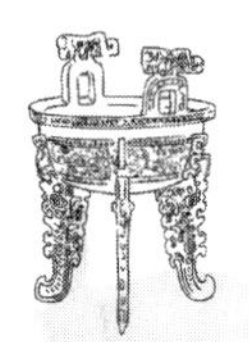

李格非

李格非(约1090年前后在世),字文叔,济南(今属山东)人。是著名词人李清照的父亲。神宗熙宁九年(1076)进士,历任冀州司户参军、郓州教授、国子监博士、礼部员外郎等职。宋徽宗建中靖国元年(1101)以党籍罢免,远谪岭外。所著除《洛阳名园记》外,余俱佚。

书《洛阳名园记》后[1]

洛阳处天下之中,挟崤渑之阻[2],当秦陇之襟喉[3],而赵魏之走集[4],盖四方必争之地也。天下常无事则已,有事,则洛阳必先受兵。予故尝曰:洛阳之盛衰,天下治乱之候也。

方唐贞观、开元之间[5],公卿贵戚开馆列第于东都者[6],号千有余邸。及其乱离,继以五季之酷[7],其池塘竹树,兵车蹂践,废而为丘墟;高亭大榭,烟火焚燎,化而为灰烬。与唐共灭而俱亡者,无余处矣。予故尝曰:园圃之兴废,洛阳盛衰之候也。

且天下之治乱,候于洛阳之盛衰而知;洛阳之盛衰,候于园圃之废兴而得，则《名园记》之作，予岂徒然哉？

呜呼！公卿大夫，方进于朝，放乎一己之私意以自为[8]，而忘天下之治忽[9]，欲退享此乐，得乎？唐之末路是矣。

【注释】(1)宋哲宗绍圣二年(1095)，作者写《洛阳名园记》，记洛阳名园凡十九处。此文是记述这些名园后的短跋。 (2)挟：凭借。崤：山名，在今河南洛宁县北。渑：即渑池，古城名，在今河南渑池县西。 (3)秦陇：今陕西、甘肃一带。襟喉：衣襟与咽喉，比喻险要之地。 (4)赵魏：战国时的赵国与魏国，地处今河北、河南、山西一带。走集：边境上的垒壁，此处指往来必经之地。 (5)方：当。贞观：唐太宗年号(627—649)。开元：唐玄宗年号(713—741)。 (6)东都：唐代以长安为国都，洛阳为东都。 (7)五季：即梁、唐、晋、汉、周五代。 (8)放：放浪自纵。自为：随心所欲。 (9)治忽：治理与怠忽。

【今译】洛阳处在中国的中心，凭借崤山与渑池的险阻，控制秦陇山川的要冲，并且作为赵魏之地的必经之路，可以说是四方必争之地了。中国若平安无事也就罢了，一旦有战乱，洛阳必定首遭兵灾。所以我曾经说过：洛阳的兴盛与衰败，便是中国安定与战乱的征兆啊。

当唐代贞观、开元之间，公卿贵戚在东都洛阳建造馆舍、宅邸的，不下千余家，等到动乱就流离失所。继之而起的梁、唐、晋、汉、周五代的残酷战争，使其池塘竹树，在兵车的蹂躏践踏下，变成了座座废墟；高大的凉亭、宽敞的水榭，在烟火的焚燎下，化为了堆堆灰烬。它们都与大唐帝国同归于尽，没有一处剩下的。所以我曾经说过：这些园圃的兴盛与荒废，便是洛阳繁盛与衰败的征兆啊。

既然中国的安定与战乱，可以从洛阳盛衰的迹象上看出来；洛阳的盛衰，又可以从园圃废兴的迹象上看出来，那么我写《洛阳名园记》，难道是徒劳白费吗？

唉！公卿大夫，正当进用于朝廷，就放纵一己之私欲，任意所为，而将国家政治的好与坏抛在一边。他们想告老致仕以后安享园林之乐，这可能吗？唐代的没落便是前车之鉴啊！

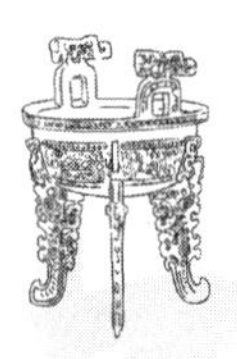

【点评】先以东西南北的空间坐标展示洛阳“处天下之中”“四方必争”的要冲地位，揭示天下治乱与洛阳盛衰的联系；再从时间坐标上截取历史辉煌瞬间洛阳“号千有余邸”的名园盛况，进而从贞观开元间洛阳名园盛极而衰的历史瞬间提炼出洛阳盛衰与园圃兴废的联系。战火毁灭了一切美好，在苍凉的悲剧性画面和“岂徒然哉”的诘问中搏动着一种深沉炽热的忧患意识。一颗醒世之心、一番警世之言，俱在历史的沧桑中，在园林的美丽和战火的肆虐中，在“天下治乱—洛阳盛衰—园圃兴废”的递次序列中，徐缓必然而庄严地道出。跋语一般以精致小巧见长，此跋却以雄浑博大取胜，是一篇写得大气的小跋，足以资历代治世者鉴。倘联系作者的生活时代读，则体味必更加深刻细致。

【集说】名园特游观之末，今张大其事，恢广其意，谓园圃之兴废，乃洛阳盛衰之候；洛阳之盛衰，乃天下治乱之候。是至小之物，关系至大，有学有识，方能为此文。（谢枋得《文章轨范》）

么么小题，发出如许大论。大儒眼中，固无细事；大儒胸中，固无小计；大儒手中，固无琐笔：定当如此。（金圣叹《评注才子古文》）

文字不过三百字，而挟括无限盛衰治乱之变。意有含蓄，事存鉴戒，读之令人感叹。（《新镌焦太史汇选百家评林名文珠玑》引楼昉语）

即名园之兴废，推到天下之治乱，是小题大做法。（过珙《古文评注全集》）

（毛时安　梦　君）

晁补之

晁补之（1053—1110），字无咎，济州巨野（今属山东）人。"苏门四学士"之一。元丰二年（1079）举进士第一，历任著作佐郎、吏部员外郎、礼部郎中等职。后因党争被贬，回乡闲居，建"归来园"，自号"归来子"。其文波澜壮阔，有汉唐风味。有《鸡肋集》。

新城游北山记

去新城之北三十里，山渐深，草木泉石渐幽。初犹骑行石齿间。旁皆大松，曲者如盖，直者如幢，立者如人，卧者如虬。松下草间有泉，沮洳伏见[1]，堕石井，锵然而鸣。松间藤数十尺，蜿蜒如大蚖[2]。其上有鸟，黑如鸲鹆[3]，赤冠长喙，俯而啄，磔然有声。稍西，一峰高绝，有蹊介然，仅可步。系马石嘴，相扶携而上，篁篠仰不见日[4]。如四五里，乃闻鸡声。有僧布袍蹑履来迎[5]，与之语，愕而顾，如麋鹿不可接。顶有屋数十间，曲折依崖壁为栏楯，如蜗鼠缭绕，乃得出。门牖相值，既坐，山风飒然而至，堂殿铃铎皆鸣，

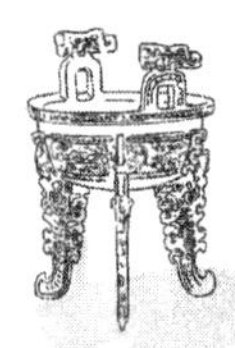

二三子相顾而惊，不知身之在何境也。

且暮皆宿，于时九月，天高露清，山空月明，仰视星斗，皆光大，如适在人上。窗间竹数十竿，相摩戛[6]，声切切不已。竹间梅棕，森然如鬼魅离立突鬓之状，二三子又相顾魄动而不得寐，迟明皆去[7]。

既还家数日，犹恍惚若有遇，因追记之。后不复到，然往往想见其事也。

【注释】(1)沮洳(jù rù)伏见：泉水在低湿之地或潜流或露出。沮洳，低湿之地。伏，潜流。见，通“现”。 (2)蚖(yuán)：即虺，蝮蛇。 (3)鸲鹆(qú yù)：鸟名，即“八哥”。 (4)篁篠(huáng xiǎo)：篁，成竹；篠，小竹。(5)蹑(niè)：穿。 (6)摩戛(mó jiá)：摩擦撞击。 (7)迟明：天将明之时。

【今译】从新城县往北走三十里，山势渐渐深邃，杂草树木山泉岩石越来越幽密。刚上山时，还能骑马在布满像牙齿一样的碎石的山道中前行。两旁都是高大的松树，有的弯曲状如伞盖，有的挺拔直立像是幢旗，有的如人站立，有的如虬龙偃卧。松树下的草丛中有山泉漫流，时而在低湿之地潜流，时而涌现，堕入石井中，发出铿锵的鸣响。松树间垂悬着数十尺长的藤萝，蜿蜒攀缘如一条条巨大的蝮蛇。树上有鸟，羽毛黑色，就像鸲鹆一样，这种鸟红顶长嘴，低头在啄木寻食，发出磔磔的声响。路西有一高峻险峭的山峰，一条山间小路很明显，宽窄仅可容步。把马系在石角上，一行人相互扶助提携攀缘而上，一路上竹林茂密，抬头不见太阳。走过了四五里路，才听到鸡的叫声。这时，有一僧人身着布袍脚穿麻鞋前来迎接，和他说话，他却吃惊地四面环顾，就如山中麋鹿一样无法接近、讲话。山顶有房屋数十间，曲曲折折依着山崖峭壁围起了栏杆，要像蜗牛穴鼠出洞一样辗转盘桓才能出入。屋子的门和窗户正相对而开，刚在屋中坐下，山间冷风就飒飒吹来，殿堂上的铃铎全都发出叮咚的声音。同行的数人面面相觑十分惊愕，好像已不知身在何处了。

天色已黑，一行数人皆在山上住宿。此时正值九月，天宇高澄，秋露清冷，山色空蒙，明月皎洁，抬头仰视满天星斗，都又亮又大，好像恰在人的头顶上。屋外窗前有竹子数十竿，在山风中相互摩擦撞击，不停地发出凄厉的声响。竹枝间的梅树、棕榈树，阴森森地如鬼怪一样地并立着，显得鬓毛怒张的样子，同行的友人相互环视，心中十分惊怕而无法入睡，天将明时，大家全都离去了。

回到家后好几天，还恍恍惚惚像是见到了那晚的情景，于是追记了游山的经过。此后再也没有到过那里，但不时还能想见游山之事。

【点评】记述游山所至、所见：先写新城北山的自然景物，次写山顶秋夜的凄清可怖，最后是追记，全文脉络清晰。作者笔下对松、泉、藤、鸟的描绘，形象、生动、逼真，展现在读者面前的是幽深寂静的氛围。那静中有动、动静相间的诗情画意，恰似一幅深山林泉图。而夜宿山顶时显现的则又是另一种景象："天高露清，山空月明"的环境，窗前竹子"相摩戛，声切切不已"的凄厉之声和"竹间梅棕，森然如鬼魅离立突鬓之状"的意象，勾勒出一幅阴冷可怖的画面，使人有身历其境之感。本文风格峭拔峻洁，语言平实凝练，颇见功力。但读后却让人感到，这篇游记写得似乎过于寂寞凄凉了一点。

【集说】每阅一过，神骨俱冷。（陈天定《古今小品》）

清激隽快，读之心魂若刷。（刘士鏻《古今文致》引陈继儒语）

摹写极工，巉刻处直逼柳州。（高步瀛《唐宋文举要》）

境既幽深，文亦峭厉，我读之亦恍惚若有遇。（王文濡《评校古文辞类纂》）

（姜汉椿）

陆游

陆游(1125—1210),字务观,号放翁,越州山阴(今浙江绍兴)人。绍兴二十三年(1153)应试礼部,名在前列,因触怒秦桧,被黜免。隆兴初,赐进士出身,授枢密院编修官。中年入蜀,在川陕宣抚史王炎幕府中助理军务。后官至宝章阁待制,晚年归老家乡。陆游一生坚持抗金、收复中原,是南宋伟大的爱国诗人,其文超迈修洁,亦深造三昧。有《剑南诗稿》《渭南文集》《老学庵笔记》等。

跋韩晋公牛(1)

予居镜湖北渚(2),每见村童牧牛于风林烟草之间,便觉身在图画。自奉诏紬史(3),逾年不复见此,寝饭皆无味。今行且奏书矣,奏后三日,不力求去,求不听辄止者,有如日(4)。嘉泰癸亥四月一日(5),笠泽陆某务观书(6)。

【注释】(1)韩晋公:唐代著名画家韩滉(723—787)。韩滉字太冲,长安(今陕西西安)人。以荫仕德宗为宰相,贞元初封晋国公。雅好书画,工章草，擅画人物及农村风俗景物，写牛、羊、驴等走兽，神态生动，尤以画牛曲尽其妙。传世作品有《五牛图》等。 (2)镜湖：后汉永和五年(140)太守马臻在会稽、山阴(今属浙江绍兴)二县界，筑塘蓄水，以水平如镜名镜湖。(3)奉诏紬(chōu)史：嘉泰二年壬戌(1202)五月，宋宁宗宣召陆游以原官提举佑神观兼实录院同修撰兼同修国史。紬史，编纂史书。 (4)有如日：古人发誓之辞，意谓有太阳可以作证。 (5)嘉泰癸亥：公元1203年。这年四月，修史成，陆游请求致仕。 (6)笠泽：陆游又号笠泽。

【今译】我住在镜湖北边，每当见到乡村儿童在和风轻拂的树林、云烟迷蒙的草地之间放牛，就觉得自己身处图画之中。自从奉皇上的诏命编纂国史后，一年多不再见到这种情景，睡觉、吃饭都无味。如今即将把编成的史书呈献皇上了，呈献以后三天，如果不尽力请求离开，或者请求不被理睬就作罢，有太阳可以作证。嘉泰癸亥四月一日，笠泽陆游书。

【点评】读画思归，是图画牵动遐思，是归情萦绕心怀。图画足以怡情遣怀。画中牛勾起对故乡风物和农家风情的深沉怀想：平湖的明净，林草的秀美，村童的天真，牧牛的情趣，景如图，情似画，人仿佛也生活在图画之中。但奉诏编史却味同嚼蜡，他厌倦，他烦闷，发誓离开这混浊的是非之地。追慕隐逸山林，向往回归自然，折射出陆游晚年思想的一个真实侧面。

【集说】读之，可想见此翁胸次。(史承谦《静学斋偶志》)

高蹈之思，奇特之气，拂拂从十指间出。(王符曾《古文小品咀华》)

(吉明周)

跋程正伯所藏山谷帖[1]

此卷不应携在长安逆旅中[2]，亦非贵人席帽金络马传呼入省时所观[3]。程子他日幅巾筇杖[4]，渡青衣江[5]，相羊唤鱼潭、瑞草桥清泉翠樾之间[6]，与山中人共小巢龙鹤菜饭[7]，扫石置风炉[8]，煮蒙顶紫茁[9]，然后出此卷共读，乃称尔[10]。

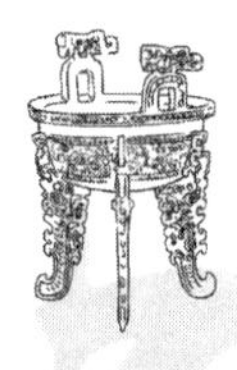

【注释】(1)程正伯:程垓,字正伯,号书舟,北宋眉州眉山(今属四川)人,与苏轼为表兄弟。山谷:北宋文学家、书法家黄庭坚(1045—1105)。(2)长安:古都城,故城在今陕西西安市西北。这里代指都城。逆旅:客舍。(3)贵人:显贵之人。席帽:以藤席为骨架编成的帽,相当于后来的笠。金络马:套黄金笼头的马。省:古时王宫禁地之称。(4)程子:对程垓(正伯)的尊称。幅巾:古代男子用绢一幅束发,称为幅巾。筇杖:筇竹手杖。(5)青衣江:一称雅河,是大渡河的支流。江在四川省中部,源出宝兴县北,东南流经雅安、洪雅、夹江等市县,到乐山市草鞋渡入大渡河。(6)相羊:即徜徉,漫游、徘徊之意。唤鱼潭:不详。瑞草桥:在四川青神县西。樾(yuè):道旁成荫的树。(7)小巢:巢菜即野豌豆,也称元修菜,为宋巢元修所嗜而名。陆游《剑南诗稿》卷十六《巢菜序》:"蜀蔬有两巢:大巢,豌豆之不实者;小巢,生稻畦中,东坡所赋之元修菜是也。吴中绝多,名漂摇草,一名野蚕豆,但人不知取食耳。"龙鹤菜:未详。《剑南诗稿》卷四《题龙鹤菜帖》题下自注云:"东坡先生元祐中与其里人史彦明主簿书云:'新春龙鹤菜羹有味,举箸想复见忆邪?'"(8)风炉:炊具。陆羽《茶经》(中):"风炉,以铜铁铸之,如古鼎形。"(9)蒙顶:茶名。因产于四川名山县蒙山顶峰而得名。相传蒙山有五岭,中岭上青峰所产茶称蒙顶茶,香气芳烈,唐宋以来即驰名国内。紫茁:茶叶紫色的嫩芽,犹紫笋。《剑南诗稿》卷五《病酒新愈独卧蘋风阁戏书》自注:"紫笋,蒙顶之上者,其味尤重。"(10)称:相称。

【今译】这卷法帖不应当携带在京都客舍中观看,也不是贵人受到传呼,戴着席帽、骑着金络马进入宫禁时观看的。程子他日束着幅巾,拄着筇竹手杖,渡过青衣江,徜徉唤鱼潭、瑞草桥一带清冽的泉水、翠绿的树荫之间,和山中人一起吃野豌豆、龙鹤菜饭,扫净山石,放置风炉,烹煮紫色的蒙顶茶叶嫩芽,然后捧出这卷法帖一起品读,这才与之相称呢!

【点评】人有人品,书有书品。山谷的书法遒健而不俗,品位甚高。追逐于功名场、奔走在帝王家的俗人,又岂能懂得其超凡脱俗的妙处?只有生活在山林清泉翠樾之间,与山中人同尝野菜饭,同品清香茶,才配读此法帖,也才能读出其中味，读懂其中义。细味文意，程正伯虽藏有山谷帖，却未能理解山谷字；而真正堪称山谷知音的，正是体验过蜀中山林生活情趣的陆游本人。

【集说】清丽。（陈仁锡《古文奇赏》）

凡数十言，只两句耳，可为急流之局。（刘士鏻《古今文致》）

（吉明周）

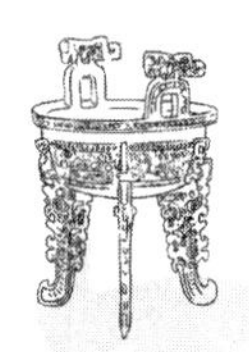

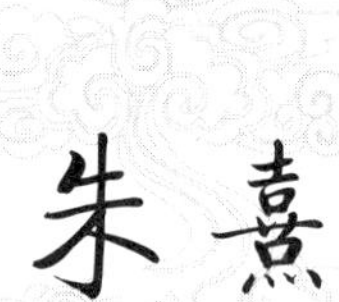

朱熹

朱熹(1130—1200),字元晦,后改仲晦,号晦庵,婺源(今属江西)人。官至宝文阁待制。晚年迁居建阳考亭,又主讲紫阳书院,故亦称考亭、紫阳。卒谥文。刘熙载云:“朱子之文,表里莹彻,故平平说出,而转觉矜奇者之为庸;明明说出,而转觉恃奥者之为浅。其立定主意,步步回顾,方远而近,似断而连,特其余事。”(《艺概》)有《晦庵集》。

跋唐人《暮雨牧牛图》

予老于农圃[(1)],日亲犁耙[(2)],故虽不识画,而知此画之为真牛也。彼其前者却顾而徐行,后者骧首而腾赴,目光炯然,真若相语以雨而相速以归者!览者未必知也。良工独苦[(3)],讵不信然?延平余无竞出示此卷[(4)],卷中有刘忠定、邹忠公题字[(5)],览之并足使人起敬。而龙山老人[(6)],又先君所选士[(7)],而余所尝趋走焉者也。俯仰存没,为之慨然,因识其后而归之。

【注释】(1)老:告老、致仕。圃:菜园。 (2)犁耙:用犁、耙耕田、平整土地。 (3)良工独苦:谓精于技艺的人特别苦心经营。 (4)延平:路、府名,治今福建南平市。余无竞:人名。 (5)刘忠定:即刘安世(1048—1125),字器之,北宋大名(今属河北)人。从学于司马光。历任左谏议大夫、宝文阁待制,卒谥忠定。邹忠公:即邹浩(1060—1111),字志完,号道乡居士,北宋常州晋陵(今江苏常州)人,徽宗时为中书舍人,同修《神宗国史》,卒谥忠。 (6)龙山老人:人名。 (7)先君:亡父。

【今译】我告老在农家菜圃,每天亲自犁田、平地,所以虽然不懂画,却知道这画的是真牛。它们中跑在前面的回眸凝视,缓步行走,落在后面的昂首奋蹄,腾跃奔赴,目光炯炯有神,真好像相互转告雨势,催促着赶快回家呢!这情景,观画的人未必知晓。技艺精良的工匠特别苦心经营创作,难道不是真的吗?延平余无竞将这卷画拿给我看,卷中有刘安世和邹浩的题字,看了都使人肃然起敬。而龙山老人又是先父所推荐的才能优异的士人,我曾经在他门下任过职。生与死只在瞬息之间,为此我感慨万分,所以在画后题上款识归还。

【点评】画是传神之画:不但画出前牛凝眸回视、缓步等待的神态,后牛昂首向前、腾跃追赶的雄姿,而且画出暮雨归牛的炯炯目光,无怪乎作者赞叹唐代画家描绘出了真牛。跋是传神之文:"相语以雨而相速以归"虽是作者想象之辞,却使无声图画顿然变成充盈哞哞情语的有声场景,而且道出了他人未必体味得到的画中真谛。良工独苦,最苦无人解其苦心孤诣。传神之画有此传神之跋,可谓得之。跋的末尾由画及人,寄寓思情,感慨生死,又将人们的思绪引向对人生的关注和思考,其涵义已不限于画的本身。

【集说】小文字,贤者多不为,然偶一为之,其韵趣自异。(陈天定《古今小品》引钟惺语)

(吉明周)

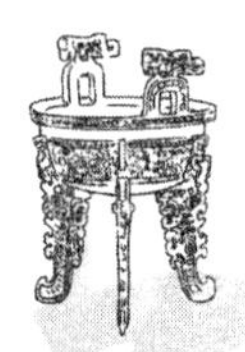

文天祥

文天祥(1236—1283),字履善,又字宋瑞,号文山,吉州庐陵(今江西吉安)人。宋理宗宝祐四年(1256)中进士第一,官至丞相。德祐二年(1276)出使元军被拘,后从京口逃脱,至福州,继续募集将士抗击元军。景炎三年(1278)在海丰兵败被执,屡遭威逼利诱,始终不屈,作"人生自古谁无死,留取丹心照汗青"(《过零丁洋》)诗句以明志,最后被害。所作诗、词、文皆慷慨悲壮,意气激昂,充溢着爱君忧国之诚。有《文山先生全集》。

回谢教授爱山帖[1]

日于仲氏便介得书[2],振衣快读,恍焉眉宇之迫吾睫。可人不来,苍苔满径,得无忘把酒看山时约耶?

西风逼人,桂香浮动;天池鲲化,抟扶摇而上之,舍爱山其谁属魁?卷纸一幅,纳之文房,衣被琳琅,腾翥光景,诸生辈亦将侈其逢矣。薄言占复[3],挂一漏万。

山中度日如年。落叶萧萧,凉月堕砌,起视寥泬[4],安得知己握手长吟，写胸中之耿耿，以相慰藉耶！

杪秋余热犹壮，二竖者虽相戏[5]，而不吾虐。予亦纵其所为，仓、扁辈未尝屑屑然也[6]。久之，不觉脱然去体，是又不治之治有胜于剂饵者。

宠贻手札，问劳渠渠[7]，故道其所以然而以复于执事。

【注释】(1)谢爱山：名崧老，字伯华，曾任吉州教授。 (2)仲氏：弟弟。指文璧。便介：便人、仆役。 (3)薄言：浅薄的话。谦辞。 (4)寥泬(xuè)：空旷。 (5)二竖者：喻病魔。 (6)仓、扁辈：指医生。仓，仓公；扁，扁鹊。我国古代著名良医。 (7)渠渠：殷勤。

【今译】日间自家弟童仆处得到您的信，大喜过望，即刻拜读，见信如见人，仿佛您的眉宇逼近我的眼睫毛，您就在我的面前。然而吾友不能前来，舍间已苍苔满径，莫非您已忘记了饮酒畅叙、观赏山色时相约到舍下之事了吗？

时已深秋，西风逼人，山间飘浮桂花的清香；天池中鲲化而为大鹏，抟扶摇而上者九万里，如此奋发向上，除了爱山您，谁还堪当此？所赐书法墨宝一幅，已放诸书房，条幅装裱得鲜艳华丽，笔走龙蛇，奔放飞腾，诸晚辈能得到您的厚爱，深以为幸。如此回复您，难免挂一漏万，词不达意，还望谅解。

我在山中度日如年。眼下落叶萧萧，已是深秋景象，清冷的月色洒满山径，每每夜起，面对秋夜的清空，怅然若失，哪里能得知己促膝长谈，抒发心中耿耿不平之气，以求得慰藉呢！

虽已秋末，但余热尚盛，病魔虽前来与我开了个玩笑，但未尝折磨我。对之我任其自然，泰然处之，倒也未使医生为我忙碌不安。过了一段日子，病魔竟然离我而去，我亦不治而愈。这倒真称得上是不治疗的治疗远胜于药剂了。荣幸地得您来信，殷勤慰问，因而详告我的情况于足下。

【点评】这篇短笺，是文天祥免官家居、养病山中时给友人谢崧老的信。信虽短，但却写得情真意切。作者为权奸排挤，心中苦闷，渴望友情的慰藉。当得到友人之信，“振衣快读，恍焉眉宇之迫吾睫”，欣喜之情溢于言表。然

友人未能如约而来,又不免感到惆怅。作者对友人寄予厚望,希望他能搏击万里,建功立业,以《庄子·逍遥游》中鲲化为鹏的寓言,表达了对友人鹏程万里的良好祝愿。对友人所赠字画,赞赏备至,更见友情之深。作者的心中奔涌着报效国家的一腔激情,而今只能面对"落叶萧萧,凉月堕砌"的肃杀景象,在山中度日如年,消磨岁月,不由充满了孤寂忧伤之感和耿耿不平之气。然而,作者毕竟抱着积极的人生态度。对疾病泰然处之、不戚戚于怀的旷达情怀,也正反映了他的信念。

【集说】世传文山《正气歌》诸篇,其表启工致沉雄,亦古人所少。(陈仁锡《古文奇赏》)

(姜汉椿)

元

刘因

刘因(1249—1293),字梦吉,号静修,保定容城(今属河北)人。至元十九年(1282)应召入朝,任承德郎、右赞善大夫,教授近侍子弟。后以母疾辞归。至元二十八年(1291)召为集贤学士,固辞不起。死后追赠翰林学士,封容城郡公。为人清高傲岸,引陶渊明为知己,所作诗文,才情驰骋,风格高迈。有《静修集》。

读药书漫记

天生此一世人,而一世事固能辨也[(1)]。盖亦足乎己,而无待于外也。岭南多毒,而有金蛇、白药以治毒[(2)];湖南多气,而有姜、橘、茱萸以治气[(3)]。鱼、鳖、螺、蚬治湿气而生于水[(4)],麝香、羚角治石毒而生于山[(5)]。盖不能有以胜彼之气,则不能生于其气之中。而物之与是气俱生者,夫固必使有用于是气也,犹朱子谓:“天将降乱[(6)],必生弭乱之人以持其后[(7)]。”以此观之,世固无无用之人,人固无不可处之世也。

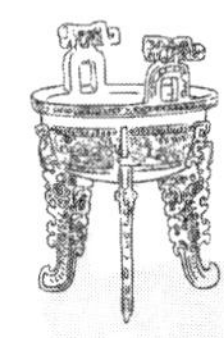

【注释】(1)辨:通“办”,治理。 (2)金蛇:小蛇,蛇体呈金色。《本草纲目》:“生宾州、澄州,大如中指,长尺许,常登木饮水,体作金色,照日有光。” (3)茱萸(zhū yú):植物名。 有浓烈的香味,可入药。古时风俗,夏历九月九日重阳节,佩带茱萸囊袋,用来去邪辟恶。 (4)螺:有回旋形贝壳的软体动物,栖息在河溪、湖泊、池塘、水田里。蚬(xiǎn):小蛤。壳圆小稍厚,成轮层,颜色外褐内紫,生活在淡水软泥地,壳可研粉入药。 (5)麝香:雄麝香腺中的干燥分泌物,保香力极强,是极名贵的香料。中医上用为开窍通络药,能开窍醒神、活血通经、消肿止痛。羚角:即羚羊角,入药。能平肝熄风、清热定惊。 (6)朱子:指宋代哲学家、教育家朱熹。 (7)弭(mǐ):平定、平息。持:主持。后:后来的事情。

【今译】天生育出这一辈子人,一辈子的事情自然就能办理。这也是因为人们自身的需要,从自身获得了满足,而不必等待外界的帮助。岭南多毒气,就有金蛇、白药医治毒气;湖南多病气,就有生姜、橘子、茱萸医治病气。鱼、鳖、螺、蚬医治湿气,就生在水中;麝香、羚羊角医治石毒,就出在山上。这是因为未能具备战胜那种物质的气质,就不能生存在那种气的环境中。而与这种气共存的物质,自然必定使自己对这种气有用,正如朱熹所说:“上天将把乱世降临到人间,必定生育出平定乱世的人,让他主持处理乱世残局。”从这点看,世界上自然没有无用的人,人自然也没有不能生存的世界。

【点评】由药书悟出人生真谛和社会规律,可谓善读书、活读书。天生我材必有用,不必过虑人生无所作为;天无绝人之路,不必为自己的生存环境担忧。相信自己的力量足以对付和处理世间的一切事,相信社会的发展总是由乱而治,而为力图贡献才华的人们提供条件和可能。重要的是对自己充满信心,对未来满怀希望。

【集说】借药书发挥正理,单指乱世中豪杰而言。厥后诏征,以疾固辞,其所以自命者甚大,盖不仅在禄仕矣。(林云铭《古文析义》)

实理实事,仙佛多出于乱世,亦此理。(陈天定《古今小品》)

世之轻自位置者,固无关于是世者也。精理融结。(纳兰常安《古文披金》)

(吉明周)

马祖常

马祖常(1279—1338),字伯庸,祖先属雍古部(本西域色目人,后并入蒙古),居靖州天山(在今新疆)。延祐元年(1314),以乡、贡、会试皆第一,廷试第二的成绩,授翰林文字,拜监察御史。官至枢密副使,后致仕。卒谥文贞。苏天爵称其文"接武隋唐,上追汉魏,后生争效慕之,文章为之一变"(《石田集序》)。纪昀云:"其文精赡鸿丽,一洗柔曼卑冗之习。"(《四库全书总目提要》)有《石田集》。

小圃记

余环堵中[(1)],治方一畛地[(2)],横纵为小畦者二十一塍[(3)]。昆仑奴颇善汲[(4)],昼日絙水十余石[(5)]。井新浚[(6)],土厚泉美,灌注四通,阳春土脉亦偾起[(7)]。古所谓"滋液渗漉,何生不育"者[(8)],信矣哉。杂芦菔、蔓菁、葱、薤诸种[(9)],布分其间。栅以秸薪[(10)],限狗马越入蹂躏。圃在前时为故主马厩,土有粪,合水之膏泽并渍[(11)]。之后菜熟,芼羹以侑廪米之馈馏[(12)]。吾于世资盖寡取也,如是可日

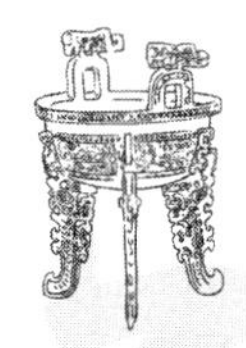

计也。

学子汪琯[13]曰："铸铁作齿，缀于横木，使土平细，尤宜菜。"余谓不然。土之力完则殖繁，若力尽则亦不殖矣。因为《小圃记》。

【注释】(1)环堵：四围土墙。 (2)畛(zhěn)：田间道路。一畛地，谓一块有田间小路的地。 (3)畦：田垅，长条田块。塍(chéng)：田埂。 (4)昆仑奴：唐代豪门富家以中印半岛南部和南洋诸岛国人为奴，称昆仑奴。 (5)緪(gēng)：大绳。緪水，谓用绳索汲水。 (6)浚：深挖。 (7)土脉：土壤开冻松化，生机勃发，如人身脉动。这里泛指土壤。偾(fèn)：紧张而奋起。 (8)滋液渗漉，何生不育：语出汉司马相如《封禅书》。渗漉：水下流的样子。 (9)芦菔(fú)：萝卜。蔓菁：即芜菁，俗称大头菜。薤(xiè)，俗称藠(jiào)头，鳞茎可作蔬菜，一般加工制成酱菜。 (10)栅以秸薪：用麦秸、柴木作栅栏。 (11)膏泽：滋润植物的及时雨。渍：淹泡。 (12)芼(máo)羹：用菜杂肉为羹。侑(yòu)：辅助。廪米：官府发给的米粮。馈馏(fēn liú)：饭食。 (13)学子：学生。汪琯(guǎn)：人名。

【今译】我沿着围墙，在墙内整治出一块地，其间纵横开垦二十一块小田垅。昆仑奴很善于从井中打水，白天能用绳索打十余石水。井刚淘过，土壤厚实，泉水甜美。引水灌溉，泉水流遍田垅四周。阳春三月，土壤开冻松化，也像人的血脉一般鼓起。对古人所谓"滋润的水渗流到土中，哪有什么植物不能生长发育"的说法，我信服了。把萝卜、大头菜、葱、薤等各种蔬菜错杂分种在菜圃里。菜圃用麦秸、柴木作栅栏，阻止狗、马闯进去践踏。小圃以前是旧主人的马厩，土里有马粪，和滋润的雨水淹泡在一起。以后蔬菜成熟了，把菜和肉混杂做成羹，作为官府配给米饭的佐食。我对世上的财物取用很少，像这样就可安排每天的生计了。

学生汪琯说："铸铁做成齿状，连缀在横木上，使得土壤平整细软，尤其适宜于菜的生长。"我说不是这样。土地的肥力保存完好，植物就生长繁盛；如若把肥力使用殆尽，植物也就不能生长了。因此作《小圃记》。

【点评】小圃倾注着一种情愫：精心的纵横布局，细微的水土观察，深刻的古训启示，是对农事的关切和重视，是对生活的满足和欣喜。小圃体现出一种情操：官至枢密副使，位不可谓不高，却以“于世资盖寡取”为人生哲学，为处世准则，俭省淡泊，高风可感。作者对土力，反对开发殆尽而主张保存完好。这独到的见地给人的启迪，又不仅止于种植方面，言外之旨，似在提倡休养生息而抨击竭泽而渔。这正是这篇小记令人玩索不已之处。

【集说】凡事宜留有余。（纳兰常安《古文披金》）

（吉明周）

明

宋濂

宋濂(1310—1381),字景濂,号潜溪,金华(今属浙江)人。早年受业于元末著名学者、古文家吴莱、柳贯、黄溍之门。至正间,召为翰林院编修,固辞不就。明初,征至建康,除江南儒学提举,任《元史》总裁官。晚年以长孙宋慎坐罪,谪茂州,死途中。谥文宪。宋濂为明文开山祖,为文随地涌出,波澜自然浩渺。其文不仅衣被有明一代,且远播朝鲜、越南、日本诸国。有《宋文宪公集》。

题郭熙《阴崖密雪图》[(1)]

河阳郭熙以善画山水寒林名,盖得营邱李咸熙笔法[(2)],其所作《阴崖密雪图》,大阴霮䨴[(3)],而皓素淋漓[(4)]。使人玩之,肌肤累累然起粟矣。或者强指为杨士贤相类者[(5)],殆未见其衡气机也。

【注释】(1)郭熙:北宋画家,曾为图画艺学,后任翰林待诏直长。工画山水,取法李成。后人并称为“李郭”。 (2)李咸熙(919—967):五代宋初画家李成之字,善画山水。 (3)霮䨴(dàn duì):云密聚貌。 (4)皓素:此指

白雪。 (5)杨士贤:不详,似亦一画家。

【今译】河阳郭熙因善于画山水寒林而有名,郭画已学到其前辈营邱李咸熙的笔法。他所画的《阴崖密雪图》,浓云密布,天色阴沉,而白雪飘飘。让人在欣赏它时,不觉之间,皮肤上打起一撮一撮的像小米一样的疙瘩了。有人硬是主张郭画与杨士贤所作很相像,这大概是没有体悟到郭熙作画时运气的特长吧。

【点评】在不足八十字的短小篇幅中,便言简意赅地点明了原画的来龙去脉,及主要的艺术价值,给人以较高的美学享受。

【集说】《云汉图》使人热,《北风图》使人凉,技盍至此乎?(纳兰常安《古文披金》)

(刘明浩)

刘基

刘基(1311—1375),字伯温,号郁离子,青田(今浙江青田)人。元末进士,任江西高安县丞,补江浙儒学副提举。入明,任御史中丞兼太史令,佐太祖定天下。《明史》本传谓其“所为文章,气昌而奇,与宋濂并为一代之宗”。所作小记,清新雅健,格调高远。有《诚意伯文集》。

卖柑者言

杭有卖果者,善藏柑,涉寒暑不溃[1]。出之烨然,玉质而金色。置于市,贾十倍[2],人争鬻之[3]。予贸得其一。剖之,如有烟扑口鼻。视其中,则干若败絮。予怪而问之曰:“若所市于人者,将以实笾豆[4],奉祭祀、供宾客乎?将炫外以惑愚瞽乎?甚矣哉,为欺也!”

卖者笑曰:“吾业是有年矣[5]。吾赖是以食吾躯。吾售之,人取之,未尝有言,而独不足子所乎?世之为欺者不寡矣,而独我也乎?吾子未之思也。今夫佩虎符、坐皋比者[6],洸洸乎干城之具

也[7]，果能授孙吴之略耶[8]？峨大冠、拖长绅者[9]，昂昂乎庙堂之器也[10]，果能建伊皋之业耶[11]？盗起而不知御，民困而不知救，吏奸而不知禁，法斁而不知理[12]，坐縻廪粟而不知耻[13]。观其坐高堂，骑大马，醉醇醲而饫肥鲜者[14]，孰不巍巍乎可畏，赫赫乎可象也[15]？又何往而不金玉其外、败絮其中也哉！今子是之不察，而以察吾柑！"

予默然无以应。退而思其言，类东方生滑稽之流[16]。岂其愤世疾邪者耶？而托于柑以讽耶？

【注释】(1)涉：经过。　(2)贾：同"价"。　(3)鬻(yù)：买。　(4)实：装满、充实。笾(biān)豆：笾，竹制品；豆，木(或陶、铜)制品。古代祭祀或宴会时盛食物的容器。　(5)业是：即做这买卖。　(6)皋比(pí)：虎皮，指铺着虎皮的交椅，一般为武将所坐。　(7)洸洸(guāng)：威武状。干城：捍卫城池，指保卫国家。具：才具，此指人才。　(8)授：此通"受"，接受、继承。孙吴：此指春秋战国时军事家孙武、吴起。略：韬略，即兵法。　(9)大冠、长绅：均指文官的服饰。峨：如山般地高戴着帽子。绅：士大夫束在衣外的带子。　(10)庙堂：指朝廷。器：才具。　(11)伊皋：伊尹和皋陶。伊尹，商汤时的大臣；皋陶，虞舜时的大臣。两人辅其君主，建有极大的功勋，为后人称颂。　(12)斁(dù)：败坏。　(13)坐縻廪(lǐn)粟：不劳而获地消耗俸米。縻：同"靡"，浪费。廪，粮仓。　(14)醇醲：味厚美酒。饫(yù)肥鲜：大吃肥美食物。　(15)赫赫：显贵状。象：效法，做人表率。　(16)东方生：即西汉东方朔，常以滑稽的言谈讽谏其主。

【今译】杭州有一卖果子小贩，善于收藏柑子，经冬夏不腐烂。取出看时，色泽鲜艳，玉石般的质地，黄金似的颜色。摆在市场上销售，可卖出十倍的高价，人们却争着购买。我购得其中一个。剥开，像有一股烟直扑口鼻。而一看里边柑肉，则干枯如同旧棉絮一般。我诧异地问此小贩道："你卖给别人的果子，打算用来装在碗中，供奉神灵、招待宾客呢？还是打算弄得外面好看，用来骗骗笨人和瞎子呢？你这样做是欺骗行径，太过分了！"

小贩笑道："我干这一行已有多年了，我靠它来养活我自己。我卖出，人购进，从未听到闲言碎语，难道先生偏偏不满意？世上干骗子之事者不少了，难道只有我一人吗？这位先生没有好好地想一想（就批评了我）。现在那些身挂虎头印、坐在虎皮椅上的将军，很神气的样子，好像是保家卫国的将才，他们真能用孙吴兵法吗？那些高高地戴官帽、拖着官带的人，一副很高贵的样子，好像是朝中重臣，果真能建立伊尹、皋陶那样的伟大勋业吗？盗贼出现却不知抵抗，百姓困苦却不知救助，官吏狡诈却不知禁止，法令败坏却不知整顿，坐食俸米却不知羞耻。看他们神气活现地坐高堂，骑大马，喝尽了佳酒，吃饱了山珍海味，哪一个不是庞然大物、令人害怕，哪一个不是威严显赫、可供效法呢？这批人无论到哪里，又何尝不是外表像金玉、内里像破絮呢！现在先生对这些不去明辨，却来查究我的柑子。”

我沉默了，无言以对。回家后想想小贩的一番话，很像东方朔这种人说的话。难道他是对世事表示愤慨、对邪恶表示憎恨的人吗？是借着柑子来进行讽刺吗？

【点评】本文巧妙地运用设辞问答的艺术手段，借“卖柑者”之口由一坏柑引起驳论，从一“欺”字开掘主题，由远及近，由表及里，层层深入，步步紧逼，直指当时统治阶级的弊政，具有无可辩驳的逻辑力量。文中层层议论，如长江大河不可阻遏，把愤世嫉俗之情表达得痛快淋漓。用笔有张有弛，行文摇曳生姿。

【集说】承平日久，文恬武嬉，子云所谓廓外虚内者比比然也。犁眉先生流览时弊，不敢痛哭以陈词，而婉约以见志，微文隐跃，与子厚《炉步志》、鲁望《野庙碑》同一寄慨。（孙琮《山晓阁明文选》）

青田此言为世人盗名者发，而借卖柑影喻。满腔愤世之心，而以痛哭流涕出之。士之金玉其外而败絮其中者，闻卖柑之言，亦可以少愧矣。（吴楚材等《古文观止》）

（刘明浩）

王行

王行(1331—1395),字止仲,号半轩,又号楮园,吴县(今江苏苏州)人。幼随父依卖药徐翁家,翁授以《论语》,乃尽读其家所有书,遂淹贯经史百家。洪武初,郡学延为经师,后馆于凉国公蓝玉家。玉诛,行父子亦坐死。有《半轩集》。

偻说

娄江有偻焉[(1)],畚其业[(2)]。农余而织,农作而售,以为常。岁戊戌[(3)],娄民大疫,耒事弛[(4)],畚不得售。或诫偻:"能杀而直,将贾诸[(5)]?"偻曰:"嘻!讵以暂而夺吾常也?"织之不置[(6)],畚愈积。里多让之[(7)],偻唯唯。明年,吴大发民城杭[(8)],偻用无留畚,资直甚裕[(9)]。里贺之,偻亦唯唯。

果何为者耶?业之不售,守其常而不屈,心无加忧,功无加怠。业之既售,有利而不骄,功无加修,心无加喜。异哉!噫!士君子之所为,苟偻之若也,吾知其于道不远矣。

【注释】(1)娄江：今江苏太仓，因境内有娄江(即浏河)而得名。(2)畚其业：谓以编织畚箕为职业。 (3)戊戌；似指元至正十八年(1358)。 (4)耒(lěi)事：即农事。 (5)贾：出售。 (6)不置：犹不辍、不停。 (7)里：指乡里之人。让：责怪。 (8)发：征调。城杭：往杭州筑城。 (9)资直：钱财。

【今译】江苏娄江有个驼背的人，以编织畚箕作为职业。他在农闲的时候编织，到农忙的时候出售，这已经成了他生活中的常规。至正十八年，娄江地面上发生了严重的流行疫病，百姓死的死，病的病，农事都荒废了，畚箕卖不出去。有人劝告驼背说："你能降低价钱，把畚箕出卖吗?"驼背回答道："嗨！怎么能够因为一时的现象而改变了我的常规呢?"他继续埋头不停地编织，畚箕愈积愈多。乡里的人都责怪他，他并不辩解，只是客气地应诺着。第二年，江浙征调大批民工到杭州去筑城，没想到，驼背的畚箕，因此而售卖一空，得了很多的钱。乡里的人祝贺他，驼背也不说什么，照样客气地应诺着。

他到底为什么这样做呢？畚箕卖不掉，他能恪守常规而绝不改变，心里不增加一丝忧愁，编织没有半点放松。畚箕卖空以后，获得了利益，他能不高傲神气，编织不增加，心里没有增添一分高兴。也算是奇特的了！嗨！读书人的所作所为，假如也能做到驼背这样子，我说他差不多已经懂得"道"了。

【点评】娄江的偻者是一个农余而织的普通农民，但是他对得利与失利均能保持心态的平衡，守常如一，始终专一于畚箕的编织。而许多能断文识字的读书人，往往做不到这一点。故作者为此而感叹。

(刘耿大)

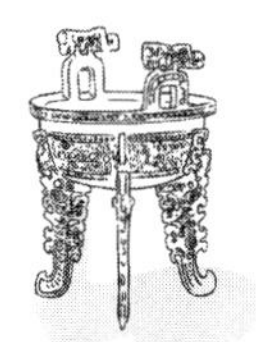

孙作

孙作(生卒年未详),字大雅,一字次知,号东家子,江阴(今江苏江阴)人。元末,避兵于吴,后客松江。洪武间,聘修《大明日历》,授翰林院编修,乞改太平教授。召为国子助教,迁司业,归卒于家。有《沧螺集》。

石菖蒲赞

东坡赞石菖蒲[(1)],能言其久,而不能知其劲。今观菖蒲之叶,自本之末,中深如沟,傍岸如发,圭角廉厉[(2)],不可抚扪。盖自根节之坚,有以发之。故画者以是争能,求别于草。

凡蒲皆不畏水。一种生下湿,叶大,有剑脊,即菖阳[(3)];一种生涧沼,名菖歜[(4)],所谓溪毛可羞于王公[(5)],疑即此欤?草木非土不生,而此独用水活,萧然岩石之上,愈久愈青。有道之士,嘻,其似之。

赞曰:石斗其根,瓦啮其节。苦而瘠,不遁其贞[(6)];郁而苍,不昧其洁。不汶汶于风尘[(7)],不矫矫于霜雪。岂其与道逍遥,故能坚齿发而寿岁月也耶?

【注释】(1)石菖蒲:天南星科,形似菖蒲,但植株矮小,夏季开花,叶钱形,而主脉不显著。主产于我国长江以南各地,多生于山涧水石隙中或山沟流水砾石间。 (2)圭角:圭玉的棱角,犹言锋芒。廉厉:锋利。 (3)菖阳:菖蒲之一种,一名白菖。 (4)菖歜(chù):菖蒲菹。按菖蒲辛香之气发起充盛,故以为名。 (5)溪毛:溪中水藻。羞:同"馐",进献。《左传·隐公三年》:"涧溪沼沚之毛……可羞于王公。" (6)遁:埋没。 (7)汶汶:犹惛惛,昏暗不明貌。与"察察"相对,引申为蒙受污垢或耻辱。

【今译】苏东坡著文赞美石菖蒲,能够说到它的久长,但不知它的有力。现在观察菖蒲的叶子,从叶根到叶尖,中间深凹就像一条沟渠,沿叶子边长着头发似的毛芒,锋芒锐利,不可以用手抚摸。大概因为它是依托着根节的坚韧,而生发出来的,所以画画的人总要显示这一特点,以表现出它不同于别的草类。

凡属于蒲一类的都不怕水。一种生长在低洼潮湿之处的,叶子大,有剑脊的,就叫菖阳;一种生长在石涧沼泽之地的,叫菖歜,古人所说的野草可以作为王公贵族席上珍馐的菜蔬,恐怕就是它吧?花草树木没有泥土就不会生长,而只有菖蒲因水就能活,清静冷落地生长在岩石上面,长得愈久愈是青苍。有道德修养的人,唉,就像它。

赞词说:石块挤压它的根部,瓦片侵蚀它的茎节。艰苦贫瘠,不失去它的坚定;茂盛苍郁,不失去它的廉洁。不因为污浊纷扰的环境而蒙垢,不由于霜雪般高洁而傲然。难道是它与"道"优游自得地融合在一起,因此能够齿固发茂而长盛不衰吗?

【点评】作者赞颂石菖蒲,先从它的外形与生态来写,写外形时抓住叶子的特点,细致具体地写出了它的凛然不可抚弄的外形美;写生态时抓住它不畏水的特性,写出了它的品性美。在此基础上,作者顺势而写了一段赞美词,自然恰当,毫无夸饰。由于作者对菖蒲观察得仔细,了解得透彻,因此这篇文章非但文学性强,而且知识性也强,这在前人的文章中是不多见的。

(刘耿大)

方孝孺

方孝孺(1357—1402),字希直,一字希古,宁海(今属浙江)人。幼惊敏,长从宋濂学。洪武二十五年(1392),除蜀王府教授。建文时,召为翰林博士,进侍讲。燕兵起,廷议讨之,诏檄皆出其手。成祖入南京,命草登极诏书,孝孺投笔于地,且哭且骂。遂磔于市,灭十族。孝孺志高气锐,词锋浩然,晓畅明达,奇峻有光焰。有《逊志斋集》。

越　巫[1]

越巫自诡善驱鬼物。人病,立坛场,鸣角振铃,跳掷叫呼,为胡旋舞禳之[2]。病幸已,馔酒食,持其赀去[3];死则诿以他故,终不自信其术之妄。恒夸人曰:“我善治鬼,鬼莫敢我抗。”

恶少年愠其诞,瞷其夜归,分五六人栖道旁木上,相去各里所。候巫过,下沙石击之。巫以为真鬼也,即旋其角[4],且角且走。心大骇,首岑岑加重[5],行不知足所在。稍前,骇颇定,木间沙乱下如初。又旋而角,角不能成音,走愈急。复至前,复如初。手栗气慑不能角[6]，角坠；振其铃，既而铃坠，惟大叫以行。行，闻履声及叶鸣谷响，亦皆以为鬼号，求救于人甚哀。

夜半，抵家，大哭叩门。其妻问故，舌缩不能言，惟指床曰："亟扶我寝[7]，我遇鬼，今死矣。"扶至床，胆裂，死，肤色如蓝[8]。巫至死不知其非鬼。

【注释】（1）越巫：越，今浙江省境；巫，以降妖驱鬼骗取钱财为业者。本文约作于方孝孺三十余岁时，具体年代无考。（2）胡旋舞：唐西北少数民族的一种舞蹈，舞姿多快速旋转。禳（ráng）：祈祷消除灾殃。（3）赀：通"资"，财物。（4）旋其角：旋转地吹他的海螺。（5）首岑岑（cén）：此释为头脑发胀。（6）栗：发抖之意。慑：惧怕。（7）亟（jí）：赶快。（8）肤色如蓝：肤色发青。

【今译】越巫自己诈称擅长驱赶妖魔鬼怪。如有人患病，便设一作法的场所，吹海螺摇铃，边跳边叫，以胡旋舞祈祷。如病人幸运地痊愈，便居功吃喝，并将病人酬谢的钱财取走；若病死就推以其他原因，从来不说自己巫术不灵。经常向人夸道："我善于惩治鬼，鬼不敢以我为敌。"

一群调皮的青少年恨他的荒诞行径，窥视他夜归时，分五六人埋伏在路旁树上，约相隔一里。等到越巫经过树下时，将沙石丢下打他。他以为真鬼来了，就吹起海螺，一边吹一边逃离。由于心中太害怕，头脑也发胀，（慌乱到）行走时不知脚在何处。稍稍走了一段路，惊骇之心有些平静，树间的沙石又像起初一样纷纷抛下。越巫又吹起海螺，渐渐地吹不成音，且逃跑得比前次更快。再向前走了一段，又出现先前那样的情况。他的手发抖了，惊慌得吹不成海螺，并将海螺滑落到地上；他只得摇铃，一会，铃也吓掉了，只得大叫大嚷地逃走。在逃跑的时候，听到自己的脚步声以及风吹树叶的沙沙声和山谷间的回响，也都认为是鬼在作怪。于是大声向人们求救，非常哀苦。

半夜里，终于到了家，大哭着敲门。他妻子问原因，越巫舌头缩了进去不能回答，只指着床道："快扶我睡吧，我遇到鬼，现在要死了。"扶到床上，越巫已吓破了胆，死了，皮肤颜色发青。越巫直到死还不知他遇到的并不是真正的鬼。

【点评】方孝孺是明初重要的理学家，但在本文中，却是通过展示骗中骗的故事情节与刻画鬼迷心窍、至死不悟的越巫形象来实现自己的创作意图，达到对丑恶灵魂无情鞭挞的目的，读来颇令人快意。

【集说】诞与夸之过小，奈何遂至于死，甚矣！人之不可好诞务夸乃至是耶？（张汝瑚《明八大家文》）

（刘明浩）

里社祈晴文[(1)]

民之穷亦甚矣。树艺畜牧之所得，将以厚其家，而吏实夺之。既夺于吏，不敢怨怒，而庶几偿前之失者，望今岁之有秋也。而神复罚之：嘉谷垂熟，被乎原隰[(2)]，淫雨暴风，旬月继作，尽扑而捋之[(3)]。今虽已无可奈，然遗粒委穗，不当风水冲者，犹有百十之可冀。神曷不亟诉于帝而遏之。吏贪肆而昏冥，视民之穷而不恤，民以其不足罪，固莫之罪也；神聪明而仁闵，何乃效吏之为，而不思拯且活之？民虽蠢愚，不能媚顺于神，然春秋报谢，以答神贶者[(4)]，苟岁之丰，未尝敢怠。使其靡所得食，则神亦有不利焉，天胡为不察之？民之命悬于神，非若吏之暂而居、忽而代者之不相属也。隐而不言，民则有罪；知而不恤，其可与否？神尚决之，敢告。

【注释】(1)里社：明承元制，农村基层组织名，其规模大致相当于自然村。本文作于洪武十八年左右。　(2)原隰(xí)：低而平的一片原野。隰：低下之地。　(3)捋(luō)：有卷起之意。　(4)贶(kuàng)：赐予。

【今译】百姓是非常穷的。种庄稼饲养家畜之所得，本可使他们的家庭富裕起来，然而却为县吏所夺取。被县吏夺走了又不敢怨怒。而欲要大致偿还以前被夺走的收获物，只有希望今年有个好收成。可是，上天又一次惩罚他们：丰产的谷子即将成熟，一片片庄稼披盖在原野上，然而，淫雨暴风，几乎是连月不断地施虐，将谷子完全打倒摧毁。在这种情况下，尽管已无可奈何，然而，残剩的粒穗，没被风雨冲走的，犹有百分之十可以收获。神灵何不马上与天帝商议阻止风灾雨害。县吏贪婪又昏庸，看到百姓穷困却不怜悯，百姓不去怪罪他们，也就罢了，而神既聪明又仁爱，为什么偏学县吏的行径，也想不到救救百姓使他们活下来？百姓尽管愚蠢，不能讨好神灵，但是一春一秋两次祭祀，酬谢神灵的赏赐，只要是丰年，是从不敢怠慢的。假设他们口粮还无所得，那么对神来说，也有不利的方面，老天为何想不到这一点？百姓的死活，全在于神灵，不像县吏只是暂管而已，不多时，接替者来了，治理方法与前任是不相连接的。我如隐瞒自己上述观点不讲，对百姓是犯罪；神知道以后仍不体恤百姓，这样做，难道能允许吗？神灵呀，还要您做出明智的决断呀。我大胆地披陈己见。

【点评】本文行文简洁，用语诙谐，冷嘲热讽，鞭辟入里，剖析了神之狰狞、愚昧之面目，实为中国古代“不怕鬼”（鬼、神相通，均客观唯心主义产物）故事中之佼佼者。

【集说】如闻羯鼓，庐陵《醉翁亭》嗣音也。（王符曾《古文小品咀华》）

（刘明浩）

薛瑄

薛瑄(1389—1464),字德温,号敬轩,河津(今属山西)人。永乐十九年(1421)进士,宣德中擢御史。正统初,出为山东提学佥事,忤中官王振,下狱论死,寻得释。英宗时,迁礼部右侍郎,兼翰林院学士,入内阁。后见石亨等窃权弄威,引疾致仕。居家八年,四方学者从之甚众。谥文清。为文主张平易简质,反对艰深奇古。有《薛文清公集》。

河崖之蛇

濒河居者为予言:"近年有大蛇,穴禹门[(1)]下岩石中,常束尾崖树颠,垂首于河,伺食鱼鳖之类,已而复上入穴。如是者累年。一日复下食于河,遂不即起,但尾束树端,牢不可脱。每其身一上下,则树为之起伏,如弓张弛状。久之,树枝披折[(2)],蛇堕水中。数日,蛇浮,死水之漩隈[(3)]。竟不知蛇得水物,贪其腥膻不舍而堕耶,抑蛇为水之怪物所得,欲起不能而堕也。"

余闻之,喟曰:"是蛇负其险毒,稔其贪婪[(4)],以食于河。所恃以安者，尾束于树耳。使树不折，则其生死犹未可知，惟树折身堕，遂死于河。此殆天理，非偶然也。且使蛇得水物，贪其腥膻不舍而死，固可为怙强贪不知止之戒；使蛇为水之怪物所得而死，亦可为害物必报之戒。”

蛇恶物，所不足道者，但其事有近乎理，故书以告来者。

【注释】(1)禹门：又名禹门渡，在今山西河津，即古龙门关所在。(2)披：裂。　(3)漩隈：水之有漩涡及曲深之处。　(4)稔(rěn)：酝酿成熟。

【今译】靠河住者对我道：“近年有一条大蛇，穴居在禹门下面的岩石中，常挂尾在山崖树顶，将头垂落在河面，等候机会捕食鱼鳖之类的水生物，一会又上入洞中。像这样过活已经有许多年了。一日，大蛇又把头伸到河面觅食，头便起不来了，由于尾巴挂在树端，又像粘牢似的掉不下去。每次蛇身一上一下，树便因此而起伏，像弓一张一弛的样子。这样很久，树枝折断了，蛇也掉入水中，几天以后，蛇浮在水面上，已死在水之多漩涡而曲深的地方了。不知到底是蛇抓住了水中生物，因贪吃其腥臊不放而掉入河中死掉的呢，还是蛇被水中的怪物抓住，想要上树而不能，反掉在河中死的。”

我听到后，感叹道：“这条蛇依靠它的危险和狠毒，它的贪食的习性也逐渐养成，这样来吃水中的鱼鳖。所依靠而取得安全的原因，只不过是尾巴能挂牢在树上罢了。如果树枝不断，那么，它生死究竟如何还无法知道，只是树断身子掉下，才死在河中。这大约是命吧，不是偶然之事。况且如果蛇为了攫取水中生物，贪图它们的腥臊，不舍得放弃而死去，固然可作为依仗自己的强大贪婪而不知控制这类人的鉴戒；如果蛇被水中的怪物抓住而死，也可作为残害其他生灵一定会得到报应的鉴戒。”

蛇是坏东西，不值得称道，但是它的这番经历，有合乎道理的一面，所以写下此文告诉后人。

【点评】这篇寓言简洁、生动，通过“濒河居者”之叙述及“余”之分析、议论，组成结构别致、紧凑的一叙一议。理从事出，事由理显，理事契合得十分

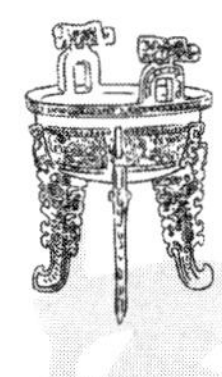

自然。末“蛇恶物”以下，为全文小结，特为突出题旨。

【集说】怙权席宠者陵轹朝士，尚侠任气者武断乡曲，据其一时，岂不横行得势？至久之而一败涂地，然后悔祸之无及也，与此蛇何异者！（沈一贯《名文品节》）

（刘明浩）

崔铣

崔铣（1478—1541），字仲凫，一字子钟，号后渠，安阳（今河南安阳）人。弘治十八年（1505）进士，授编修。以忤刘谨，出为南京吏部主事。世宗即位，擢南京国子祭酒，因劾新贵张璁、桂萼等，遂致仕。后起南京礼部右侍郎。卒谥文敏。其文典实精约，奥曲渊和。有《洹词》。

说　竹

直庵张翁之寿也。铣作《说竹》寿之曰："夫理周而辞寡者，要言也；旨肤而辞辩者，费言也。故养浅者露，行浮者饰。可以名近而废于恒，可以说俗而病于哲。夫花一日、二日，非不嫣然美矣，旬而衰，再旬而尽；柳，天下易生之物也，数岁则瘁矣。昔肩吾子问于师曰[1]：'君子何贵于竹与？'曰：'其苞则固，而进则渐也；其外则淡，而节则坚也；其干则约，而用则富也。'夫不迅其发，则气益结；不膏其艳，则本益坚；不杂其体，则用无折。夫霞朝烂而夕散；月盛采而旋曀[2]；雨暴注而速霁；潦倏长而遂涸，而况于无实者乎！故

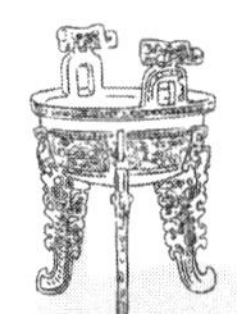

《诗》曰：'绿竹如箦[3]'，言其德也。是故德而不寿，未之有也。"

【注释】(1)肩吾：即南朝梁文学家庾肩吾，字子慎，一字慎之，南阳新野（今河南新野）人。文学家庾信父。 (2)曀(yì)：阴暗。 (3)绿竹如箦：出自《诗经·卫风·淇奥》。箦(zé)：密集。

【今译】张直庵先生的生日将到。我崔铣作此《说竹》一文向他祝寿道："一般而言，说理周密但用语少的，是简要的话；内容空洞但却喋喋不休的，是啰嗦之语。所以，修养浅薄者常直露，行为轻浮者常自饰。前者慕于虚名而废于坚持不懈，后者迎合俗套而病于过于聪明。花在一两天内，没有不美的，但十天就衰败了，再过十天，就凋谢了；柳，乃天下容易生长的植物，几年以后就显得无生机了。以前肩吾先生问(他)老师道：'道德高尚的先生为什么看重竹子呢？'老师答：'它叶子很有韧性，故生命力长久；它外表的颜色较淡，但竹节很坚实；它的主干很细，却用途很广。'一般事物，如不很快地发展，那么它就愈显得充实；如不使它特别的美艳，那么它就愈显得质地牢固能耐久远；不掺杂其他之物，那么它在使用过程中就不易折断。灿烂的朝霞到傍晚就散去了；明亮的月光不久就阴暗了；雨暴下的话很快就会停下；雨后积水一下猛涨则马上就会干涸，更何况某些没有基础的事物呢！所以，《诗经》所谓'绿竹茂盛密成行'，是形容人的德行。因而，道德高尚者寿命却不长的现象，是没有的。"

【点评】作者为了祝张翁长寿，特意立下本文主要论点："德而不寿，未之有也。"这样就必须说清楚"德"与"寿"的关系。为此，作者进行了反复的阐释和论证。尤其是作者以连续四句颇有声势的比喻（即"霞朝烂"而下）及所引"绿竹如箦"诗句，相合而成连珠炮式的辩说，使文章显得雄辩有力。这样就自然而然地得出结论：有德者必有寿。

【集说】寥寥短篇，理周辞寡而用富，可谓要言也。（渡边硕也《明清名家文杂抄》）

（刘明浩）

归有光

归有光(1507—1571),字熙甫,号震川,昆山(今属江苏)人。嘉靖四十四年(1565)进士,授长兴知县,年已六十。隆庆中,调顺德通判,升南京太仆丞,留掌内阁制敕,修《世宗实录》。有光喜司马迁、欧阳修之文,其传世之作多写人伦之情,尤善于叙悲,平淡中蕴含着真情至性,每令览者恻然。有《震川文集》。

《吴山图》记[1]

吴、长洲二县在郡治所[2],分境而治。而郡西诸山皆在吴县,其最高者,穹窿、阳山、邓尉、西脊、铜井,而灵岩,吴之故宫在焉,尚有西子之遗迹[3]。若虎丘、剑池,及天平、尚方、支硎,皆胜地也。而太湖汪洋三万六千顷,七十二峰沉浸其间[4],则海内之奇观矣。

余同年友魏君用晦为吴县[5],未及三年,以高第召入[6],为给事中[7]。君之为县有惠爱,百姓扳留之不能得[8],而君亦不忍于其民,由是好事者绘《吴山图》以为赠。

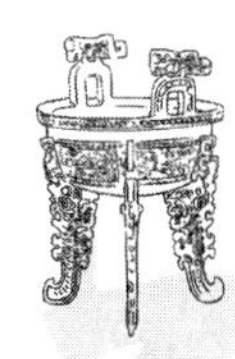

夫令之于民诚重矣。令诚贤也,其地之山川草木,亦被其泽而有荣也;令诚不贤也,其地之山川草木,亦被其殃而有辱也。君于吴之山川,盖增重矣。异时吾民将择胜于岩峦之间,尸祝于浮屠、老子之宫也固宜[9]。而君则亦既去矣,何复惓惓于此山哉[10]?昔苏子瞻称韩魏公去黄州四十余年[11],而思之不忘,至以为思黄州诗,子瞻为黄人刻之于石。然后知贤者于其所至,不独使其人之不忍忘而已,亦不能自忘于其人也。

君今去县已三年矣,一日与余同在内庭[12],出示此图,展玩太息,因命余记之。噫!君之于吾吴有情如此,如之何而使吾民能忘之也?

【注释】(1)本文作于隆庆二年(1568)。 (2)郡治所:郡、府机关所在地。此郡指苏州府,旧辖吴县、长洲等县,与今之江苏苏州市相近。 (3)西子之遗迹:指响屧(xiè)廊、西施洞等。西子,即西施,越王勾践献给夫差的美人。 (4)三万六千顷、七十二峰:皆指约数。 (5)同年:同一年考取举人或进士者,彼此互称"同年"。魏君用晦:魏体明,字用晦,明侯官(今福建福州)人。嘉靖四十四年(1565)任吴县知县,隆庆二年(1568)迁刑科给事中。为吴县:做吴县的县官。下文的"为县"是做县官之意。 (6)高第:吏部考绩成绩优异,列在高等。第,等级。 (7)给事中:六科长官名,掌侍从、规谏等。 (8)扳:同"攀";扳留:挽留。 (9)尸祝:古主祭祀者,此作动词解,意即求福。浮屠之宫,即佛寺。老子:即春秋时李耳,道教尊为祖师。老子之宫,即道观(guàn)。 (10)惓(quán)惓:恳挚状,此有思念不忘之意。(11)苏子瞻:名轼,号东坡,北宋大文学家。韩魏公,名琦,北宋名相,封魏国公。黄州:今湖北黄冈一带。 (12)内庭:宫廷。

【今译】吴、长洲二县在苏州府辖下,分区域治理。苏州西边诸山都在吴县境,其中最高的,为穹窿、阳山、邓尉、西脊、铜井等山,至于灵岩山,吴国故宫就在那里,山上还有西施的遗迹。如虎丘、剑池与天平、尚方、支硎等处,都是名胜之地。太湖汪洋一片三万六千顷,七十二峰被它所浸润,就是海内罕见的景色了。

与我同在一年考中进士的朋友魏用晦先生任吴县知县，还没到三年，就因考核时得了高等级而被朝廷召到京城，任给事中。魏先生在任吴县令时，有仁爱于民，人民挽留，然不能成，而先生也不忍心离开吴县人民而去，因此，热心人就画了这幅《吴山图》作为礼品相赠。

县令对于百姓实在是重要。县令如果贤明，他所管辖之地的山川草木，则也受他恩惠而感到荣耀；县令如不贤明，他所管辖之地的山川草木，则也受他的祸害而感到耻辱。魏先生对于吴县的山川是增加荣耀的了。以后我们百姓将在山峦之间选择吉地(建立纪念的佛寺、道观)，在寺观中为他祝福是合适的。另外，先生既已离开吴县，为何还留恋这里的山水呢？以前苏轼曾说，韩琦尽管离开黄州四十多年，仍然经常想念不忘，甚至写下思念黄州的诗，苏轼为黄州人将韩诗刻在石上。这样，我们就可知贤明的人对他所到之处，不但能使他人不忍心忘却他，而且他自己也不会忘却那些人。

先生现在离开吴县已有三年了，一天与我同在宫廷相遇，拿出此图让我看，观赏之余感慨无穷，因此要我写下经过。唉！先生对我们吴地有如此深的感情，我们吴地百姓又怎样会忘却先生呢？

【点评】全文不过400来字，却详略有致地写了吴地、吴山、吴水，然后由吴令，而至吴民；由吴民拥吴令而涉及《吴山图》；由《吴山图》及吴令而生议论："令之于民诚重"；在议论中，又点到与吴地、吴山、吴水关系密切的吴之名人——韩琦、苏轼；最后归结为作《吴山图记》之缘起，抒发了作者情致，表达了文章中心，真乃美绝妙绝之文。

全文围绕一"吴"字写，重在由吴而出现的"巧"字上。用语自然、贴切、细腻、流畅，与作者《项脊轩志》《先妣事略》等偏于亲情流露者不同。

【集说】深情厚道。(张汝瑚《明八大家文》)

因令赠图，因图作记，因赠图而知令之不能忘情于民，因记图而知民之不能忘情于令。婉转情深，笔墨在山水之外。(吴楚材等《古文观止》)

不作赞颂语，因令之与民两不能忘，其贤可知。写来自淡宕有致。(王文濡《评校音注古文辞类纂》)

(刘明浩)

寒花葬志

婢，魏孺人媵也[1]。嘉靖丁酉五月四日死[2]，葬虚邱。事我而不卒，命也夫！

婢初媵时，年十岁，垂双鬟，曳深绿布裳。一日天寒，爇火煮荸荠熟[3]，婢削之盈瓯。予入自外，取食之，婢持去不与。魏孺人笑之。孺人每令婢倚几旁饭，即饭，目眶冉冉动[4]。孺人又指予以为笑。

回思是时，奄忽便已十年[5]。吁，可悲也已！

【注释】(1)魏孺人:归有光前妻，昆山人，南京光禄寺典簿魏庠次女。明清时七品以下职官之母或妻封孺人，通常也用以尊称妇人。媵(yìng):陪嫁婢女。 (2)嘉靖丁酉:明世宗嘉靖十六年(1537)。 (3)爇(ruò):烧。 (4)冉冉:眼珠缓缓转动的样子。 (5)奄忽:忽然。

【今译】婢女寒花，是我妻子魏孺人陪嫁的女孩，死于嘉靖十六年五月四日，埋葬在荒丘乱坟之中。没能服侍我到底，也许是命里注定的吧！

她当初陪嫁到我家时，年仅十岁，头上扎着两个圆圆的髻子，蓬松下垂，穿一件深绿布裙子，一直拖到地上。一天，天气寒冷，燃火煮熟了荸荠，寒花把一个个荸荠削了皮，盛满一小盆。我从外面进来，正要取一个尝尝，这小淘气忽地捧着盆子走开去，不让我取食。妻子见了只是发笑。用餐时，妻子常叫寒花靠在几案旁吃饭，每当吃饭时，她的眼睛便骨碌碌地转动。这时妻子又要向我示意发笑。

回想起当时光景，一晃已经十年。唉，实在令人伤心呀！

【点评】二三琐事，淡淡几笔，幼婢寒花伶俐可爱形象活现纸上。而归有光夫妇为得此婢之欢乐，失此婢之悲伤，一片爱心也充盈字句之间。百余字情文竟成不朽之篇。

【集说】文中有画，吾与此文云然。（姚鼐《古文辞类纂》）

能将婢女神态，曲折描写出来，着墨不多，而神采生动。此是震川擅长文字，所谓于太史公所深会处也。（胡怀琛《古文笔法百篇》）

（夏咸淳）

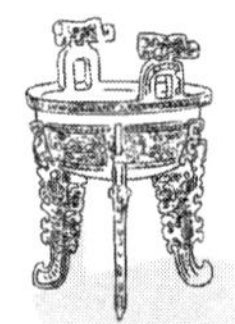

徐渭

徐渭(1521—1593),字文长,号天池山人,又号青藤老人,山阴(今浙江绍兴)人。天才超逸,知兵好奇计,以诸生为总督胡宗宪幕客,尝草《献白鹿表》。后宗宪下狱,渭忧愤成狂,又击杀继妻,论死罪,赖里人张元忭力救得免。晚年贫甚,抑郁潦倒而死。其文短幅最淡逸,才隽手滑,有晋人风韵、宋人理味。有《徐文长集》。

叶子肃诗序[1]

人有学为鸟言者,其音则鸟也,而性则人也;鸟有学为人言者,其音则人也,而性则鸟也。此可以定人与鸟之衡哉?今之为诗者,何以异于是。不出于己之所自得,而徒窃于人之所尝言,曰某篇是某体,某篇则否;某句似某人,某句则否。此虽极工逼肖,而已不免于鸟之为人言矣!若吾友子肃之诗则不然,其情坦以直,故语无晦;其情散以博,故语无拘;其情多喜而少忧,故语虽苦而能遣;其情好高而耻下,故语虽俭而实丰。盖所谓出于己之所自得,而不窃于人之所尝言者也。就其所自得，以论其所自鸣，规其微疵而约于至纯，此则渭之所献于子肃者也。若曰某篇不似某体，某句不似某人，是乌知子肃者哉！

【注释】(1)叶子肃：即叶雍。徐渭年轻时的朋友，曾为名将戚继光的幕客。

【今译】有仿学鸟语的人，他发出的声音固然像鸟语，然而本性却还是人；有仿学人说话声音的鸟，它发出的声音固然像人说话，然而本性依然是鸟。难道据此便可断定人与鸟的区别了吗？看看今天的写诗者，同上述的这个例子是非常相像的。不是出于本人的所感所得，光知道模仿窃取别人曾用过的语言，还讲什么某某篇是某种体类，某某篇就不像；某某句如某位作家，某某句就不像。这种做法，虽然从效果上看确实学得惟妙惟肖，然而却不知已经同鸟学人语没有什么两样了！如果举出我的好友子肃的诗作来看，就完全不同了。他性情坦白正直，所以诗作也不晦涩；他不拘礼法，知识广博，所以诗作也不拘板；他性情开朗，所以诗作中用语虽苦却能直泄；他追尚崇高，所以诗作中用语虽少却感丰实，这就是作者出于自身的所感所得，而不模仿、窃取别人语言的原因。把本人所感所得，通过诗作来表达，设法避免小毛病，从而达到尽善尽美的境地，这些便是我徐渭所要奉献给子肃的一番话。如果说其某某篇不像某种体类，某某句不像某位作家，这怎么算是认识和了解子肃这个人呢！

【点评】此文是因对当时文坛风气的不满，借为好友诗集写序之机，阐发自己的文学观。这段文字是一篇精彩的诗话，是反对模拟诗风的纲领，也是后来的公安派文学主张的出发点。

全文流畅而不纡，浑厚而不滞，虽非恢宏巨论，然寓理于譬，以警后人，实为诗歌理论之妙文。

【集说】识超而言爽。（袁宏道评《徐文长集》）

（董如龙）

彭应时小传

彭应时，山阴人。始以文敏为生员[1]，既以侠败，乃用武，中武科，为镇抚，又以亢被黜。家居困郁甚。久之，都御史王公抒来镇浙，知其材，檄使练士。会参将庐镗自松江击走萧显[2]，公令应时截诸海塘乍浦，为贼所掩，乃奋斗，被创坠马死。死之时，犹怪骂其马前卒促使己脱身走者。应时性聪敏，能诗文，材力武技，一时盖乡里中，而驰射尤妙，几于穿叶。少年时使气，人莫敢忤；至是，善抚士卒，士卒且乐为之用，而竟以败死，命也夫！

【注释】(1)生员：俗称秀才。　(2)萧显：明代进犯我国沿海地区的倭匪首领。

【今译】彭应时，浙江绍兴人。年轻时文章聪慧被举为秀才；不久，因遭受侠客武士们的欺侮而受挫败，便转志练习武艺，并考中武科秀才，被任命为专掌刑狱的镇抚司官员，但又因性情耿直而被罢职。回到家中，生活艰难窘迫，心情烦闷郁结。隔了一段时间，都察院长官王公抒镇守浙江，知道了他的才能，便写信让彭前来协助训练士兵。正好此时，副将庐镗在松江击溃了进犯的倭寇首领萧显，王公抒命令彭应时在海塘乍浦设防堵截溃逃匪兵。战斗中，他被贼兵包围，虽然竭力奋战，终因受伤而落马战死。临死之前，彭应时还厉声痛骂身边那些欲救自己后撤的士兵。彭应时生性聪明敏捷，善诗能文，勇力武艺在家乡一带首屈一指，而尤其擅长飞马射箭，几乎达到百步穿杨的境地。年少时好使性子，别人不敢得罪他；然而领兵为将，却善于体恤安抚手下的兵士，底下人也心甘情愿地为他出力奔命。谁知竟会战败而死，真是命运的安排啊！

【点评】短短两百字，将人物写得栩栩如生，呼之欲出，誉为“传记体”之范文，实不为过。

文首作者惜墨如金，仅以数虚词，诸如“始以”“既以”“乃”“为”“又”等，遂使人物"亮相"登场,而观者已窥其文武双全、性刚义正之形象。"文必虚字备而后神态出"(清刘大櫆《论文偶记》),可见虚字的运用大有讲究。徐渭深知虚字的分量,故以此来传神。

给人物立传,往往多歌其功德而隐其瑕疵;此篇则不然。作者末节竟"记录"壮士少年"称霸"的不光彩一笔,如此直笔,非但未减英雄本色,反而读来使人感到真实可信。

【**集说**】言简却有气韵。(袁宏道评《徐文长集》)

(董如龙)

李贽

李贽(1527—1602),字宏甫,号卓吾,又号秃翁,晋江(今属福建)人。嘉靖三十一年(1552)举人,为数官。万历初,历南京刑部主事,出为姚安知府。后弃官为僧,客居湖北麻城,读书讲学,掊击道学,被诬下狱,不屈,引剃刀自裁。袁中道云:"其为文不阡不陌,摅其胸中之独见,精光凛凛,不可迫视。"(《李温陵传》)著有《藏书》《焚书》。

赞刘谐[1]

有一道学[2],高屐大履,长袖阔带,纲常之冠[3],人伦之衣[4],拾纸墨之一二,窃唇吻之三四,自谓真仲尼之徒焉[5]。

时遇刘谐。刘谐者,聪明士,见而哂曰:"是未知我仲尼兄也。"其人勃然作色而起曰:"天不生仲尼,万古如长夜。子何人者,敢呼仲尼而兄之?"刘谐曰:"怪得羲皇以上圣人尽日燃纸烛而行也[6]!"其人默然自止,然安知其言之至哉?

李生闻而善曰[7]:"斯言也,简而当,约而有余,可以破疑网而昭中天矣。其言如此，其人可知也。盖虽出于一时调笑之语，然其至者百世不易。”

【注释】(1)选自《焚书》。 (2)道学：此指过分拘泥儒家道统的人。 (3)纲常：即儒家三纲五常的合称。 (4)人伦：阶级社会里人的等级关系。 (5)仲尼：孔丘字。 (6)羲皇：伏羲氏。纸烛：灯笼。 (7)李生：作者李贽自称。

【今译】有个道学先生，高屐大鞋，长袖宽带，戴着合乎纲常的帽子，穿着符合人伦的衣裳，拾得一二篇经传文章，偷得三四句圣人话语，就自以为是仲尼的嫡传弟子了。

有一天遇到了刘谐。刘谐，是个聪明的读书人，一见面就讥笑他说：“你这个人并未真正了解我的仲尼老兄啊。”那人忽然怒形于色地站起来说：“假使皇天不降生仲尼，千秋万代将像长夜一样漆黑一团。你是个什么样的人物，竟敢直呼仲尼二字并且认他为兄长？”刘谐说：“怪不得太古以上的圣人整天点着灯笼走路啊！”那人被说得哑口无言，自动停止争辩，可是，他哪里知道这句话的深刻含义呢？

李先生听到这件事称赞说：“这句话啊，简明而恰当，含蓄而有余味，可以冲破愚昧的疑网而照亮天空了。他的话锋如此犀利，他的为人也就可想而知了。虽说是出于一时的戏谑之语，然而其中所包含的深刻道理是一百代都不会过时的。”

【点评】开篇写道学先生的穿戴言行，特征极其鲜明，但已于“拾纸墨”“窃唇吻”二句揭穿其不学无术的真相，为刘谐出场拉开序幕。中间写刘谐与道学对话，文笔生动，对比强烈。一个是幽默诙谐巧辩无碍，一个是气急败坏迂腐不堪，正好相映成趣而又意味深长。“怪得”一句，借归谬法轻举重落，立刻使“勃然作色”的道学“默然自止”，足见寓意深刻。最后，作者盛赞“斯言”，进而仰慕“其人”，大有“惺惺惜惺惺”之意。

（韩焕昌）

思旧赋[1]

向秀《思旧赋》，只说康高才妙技而已。夫康之才之技，亦今古所有，但其人品气骨，则古今所希也。岂秀方图自全，不敢尽耶？则此赋可无作也，旧亦可无尔思矣。秀后康死，不知复活几年，今日俱安在也？康犹为千古人豪所叹，而秀则已矣，谁复更思秀者，而乃为此无尽算计也耶[2]！且李斯叹东门[3]，比拟亦大不伦。"竹林七贤[4]"，此为最无骨头者，莫曰先辈初无臧贬"七贤"者也[5]。

【注释】(1)选自《焚书》。向秀为怀念嵇康曾作《思旧赋》。嵇康因不满司马氏专权而被害，临刑坦然自若，索琴弹《广陵散》，叹曰："《广陵散》于今绝矣！" (2)无尽：没有竭尽全力。 (3)叹东门：李斯被赵高所害，临刑曾对中子云："吾欲与若复牵黄犬，俱出上蔡东门逐狡兔，岂可得乎？" (4)竹林七贤：魏末晋初，阮籍、嵇康、山涛、向秀、阮咸、王戎、刘伶相与友善，常聚集于竹林之下，时号为七贤。 (5)初无：从来。臧贬：偏义复词，犹言批评。

【今译】向秀的《思旧赋》，只说到嵇康具有高超的文才和绝妙的乐技罢了。那嵇康的文才乐技，也是古今常有的，但是他的品质和骨气，倒是古今少见的啊。或许向秀正在试图保全自己，不敢把话说尽吧？那么这篇赋就可以不作了，旧情也就可以不必这样思念了。向秀在嵇康死后，不知又活了多少年，今天又都在哪里呢？嵇康总还被上千年来的豪杰所赞叹，而向秀却等于消失了，谁还再去思念向秀，就是对这一点没有透彻思考啊！而且赋中还写到李斯叹东门这件事，用来与嵇康临刑前的表现作比也太不相称。"竹林七贤"之中，这个人是最没有骨气的，不用说前辈们是从来也没有批评过"七贤"的了。

【点评】开篇单刀直入，正中《思旧赋》避重就轻要害。随即略点拨，已令向秀"方图自全"的本质昭然若揭。"则此赋可无作也，旧亦可无尔思矣"二句，冷峻剀切，最耐反复寻味。下文针对向秀既惮于司马氏压力又试图掩人耳目的矛盾心理，专就生死毁誉问题层层用比，极尽往还顾盼之势，遂使向秀“为最无骨头者”的论断毋庸置疑。结句“莫曰先辈初无臧贬‘七贤’者也”，更见作者的胆识气概。

（韩焕昌）

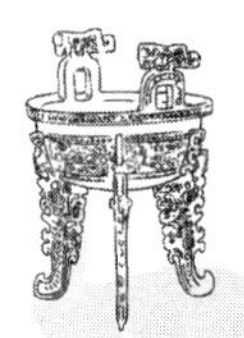

焦竑

焦竑(1540—1620),字弱侯,又字从吾,号澹园,又号漪园,江宁(今江苏南京)人。万历十七年(1589)状元,授翰林修撰,升东宫讲官。后主试顺天乡试,遭诋毁,贬行人,遂放为福宁同知。任满后,又被贬黜,乃弃官家居,专事著述。竑博极群书,自经史至稗官杂说,无不淹贯,为东南儒者之宗,享誉海内。为文平易而有法度。有《澹园集》。

史　痴(1)

金陵史痴翁名忠,字廷直,能诗,又能为新声乐府。性豪侠不羁,不喜权贵人,有不合,辄引去;或径以言折之,不顾。遇所善则留连忘怀,无贵贱皆与款洽。家有楼近冶城(2),扁曰"卧痴",中列图史敦彝(3),位置雅洁;有酒肴,引客笑谈,呼卢其中(4),不醉不已。然翁饮辄醉,醉则按拍歌新词,音吐清亮,旁若无人。有姬何,名玉仙,号白云道人,聪慧解篆书,居常以文字相娱乐,甚适也。有时出游,辄附舟而行,不告家人所往。女笄当嫁(5),婿贫不能具礼,翁诡携观灯,同妻送之婿家,取笑而别。年逾八十,预命发引[6],已随而行,谓之生殡。其达生玩世如此。善作画,不拘家数,纵意作山水树石,清润纷错,天机浑成,大率以韵胜。得其片纸者,皆藏弆以为宝[7]。余友盛仲交尝辑翁遗诗,同金元玉诗为一帙[8],题曰《江南二隐》,惜未能板行耳。

【注释】(1)选自《焦氏笔乘》。 (2)冶城:故址在江苏南京朝天宫附近。相传三国吴冶铁于此,故名。 (3)敦:古代食器。彝:古代礼器。 (4)呼卢:即呼卢喝雉,又叫樗朴、五木,古代一种赌博。削木为子,共五子,每子两面,一面涂黑,画牛犊,一面涂白,画雉。五子都黑,称“卢”,得头彩。掷时高声大喊,望得全黑,故叫“呼卢”。 (5)笄:簪子,女子盘发插笄,表示成年。 (6)发引:旧时发丧启灵,送丧者执引前导,称为发引。引,挽柩车之索,又称绋。 (7)弆(jǔ):收藏。 (8)金元玉:金琮,字元玉,上元(今属南京)人,为人高洁,工诗。

【今译】金陵史痴老人名忠,表字廷直,会作诗,又会唱新声乐府。性格豪迈勇武,不拘礼法,不爱权贵人,发现不相投合,就马上避开;有时直接用言辞斥责对方,也毫无顾忌。遇到所欣赏的人,就会留恋不舍,不计得失,无论地位高低都能亲密相处。家里有座楼房靠近冶城,匾额上写着“卧痴”二字,里面陈列着图册、史书、铜敦、彝器之类,布置得典雅高尚;每有酒肴,总是招客笑谈,在里边尽情赌戏,不醉不止。不过老人一饮就醉,醉了就击着拍子唱新歌词,吐音清越洪亮,像旁边没别人一样超然自如。有妾姓何,名叫玉仙,号称白云道人,聪明伶俐懂得篆书,平时用文字相互娱乐,过得很舒适。有时出门交游,临时搭船随行,不对家里人说要到什么地方去。女儿成人后面临出嫁,女婿贫穷不能备办聘礼,老人诈称带领女儿去看灯,同妻子一起送她到女婿家,说说笑话告别而归。年过八十,预先叫人给自己殡葬,自己随着丧仪走,称为生殡。他通达人生、玩世不恭到如此地步。善于作画,不受流派拘限,随意作山水树石,或清朗,或滋润,或纷披,或错落,让天生的情趣浑然一体,大多凭气韵取胜。能得到他一张纸的人,都珍藏着当成宝贝。我的朋友盛仲交曾经辑录过老人的遗诗,同金元玉的诗合为一套,题

为《江南二隐》,可惜没有雕版行世罢了。

【点评】人称“史痴”,全文仅于自题匾额“卧痴”处点到“痴”字,但已于此透露出“豪侠不羁”与“达生玩世”的个性特点。作者就紧扣这两点随意点染,往往笔到意出。如写“不喜权贵人……”,虽寥寥数语,其豪侠之气已飕飕扑人。再如“女笄当嫁……”,虽信手援引,其达生之态已历历在目。而每一言行,又不难让人看出史痴的品格与趣味。名为“史痴”,实乃借“痴”而“隐”之奇异人也。

(韩焕昌)

屠隆

屠隆(1543—1605),字长卿,号赤水,鄞县(今属浙江)人。万历五年(1577)进士,授颍上知县,调青浦,迁礼部主事。因放浪诗酒被劾,罢归益放纵,好宾客,以卖文为生。其文赡丽繁富,能临境写态,随物赋形,唯伤于率易冗长。有《白榆》《由拳》《栖真》《鸿苞》诸集。

在京与友人

燕市带面衣[(1)],骑黄马,风起飞尘满衢陌。归来下马,两鼻孔黑如烟突。人马屎,和沙土,雨过淖泞没鞍膝。百姓竞策蹇驴[(2)],与官人肩相摩;大官传呼来,则疾窜避委巷不及[(3)],狂奔尽气,流汗至踵。此中况味如此。遥想江村夕阳,渔舟投浦,返照入林,沙明如雪,花下晒网罟[(4)];酒家白板青帘,掩映垂柳;老翁挈鱼提瓮出柴门。此时偕三五良朋,散步沙上,绝胜长安骑马冲泥也[(5)]!

【注释】(1)燕市:指北京城内。 (2)策:鞭打。 (3)委巷:小巷。

(4)网罟(gǔ):渔网。 (5)长安:今陕西西安,因西汉、隋、唐等王朝建都于此,故唐以后常通称国都为长安,这里指北京。

【今译】在北京城里穿好带有面纱的衣服,骑着黄马行走,大风一吹街道上尘土飞扬。回来下马,两只鼻孔又黑又脏如同烟囱。人马的屎溺,与沙土搅和在一起,大雨过后形成的泥泞淹没至膝盖。百姓们拼命鞭打着劣驴,与那些职位不高的官吏们擦肩而行;一听到朝廷大官路经此处的呼喝声,就赶快奔进小巷躲避,唯恐躲得太慢,竭力奔跑气喘不止,以致大汗淋漓。北京城的境况情味就是如此。遥想夕阳下的江村景象,渔舟纷纷停泊在水滨,阳光照射进小树林中,细沙明亮如雪,花树下晒着渔网;酒店门与酒旗,掩映于垂柳之中;老翁手提鲜鱼、酒瓮走出柴门。此时偕同三五好友,散步水边沙上,远远胜于在北京骑马冲撞泥土的滋味!

【点评】若没有亲身经历,写不成如此真切生动之文字;若不受生活煎熬,生不出这般强烈深刻之情感。"散步沙上"与"骑马冲泥",真可谓两个世界之写照。

(沈习康)

归田与友人

一出大明门,与长安隔世[1],夜卧绝不作华清马啼梦[2]。家有采芝堂,堂后有楼三间,杂植小竹树,卧房厨灶,都在竹间。枕上常听啼鸟声。宅西古桂二章[3],百数十年物,秋来花发,香满庭中。隙地凿小池,栽红白莲。傍池桃树数株,三月红锦映水,如阿房、迷楼[4],万美人尽临妆镜。又有芙蓉蓼花,令秋意瑟。更喜贫甚道民,景态清冷,都无吴、越间士大夫家华艳气。

【注释】(1)长安:指京城。 (2)"华清"句:意思是不做京华尘土之梦。华清,唐宫殿名,在西安市临潼区南骊山上。此处泛指京城繁华之地。

(3)章:株。　(4)阿房:阿房宫,秦始皇时建造的著名建筑,秦亡尚未完工,后被项羽放火焚毁。迷楼:隋炀帝时建造的行宫。

【今译】一走出大明门,与京城隔开了一个社会,夜间睡觉绝对不做京华尘土之梦。家里有一间采芝堂,堂后有三间楼房,夹杂着种了一些小竹树,卧房与厨房也都在竹树之间。枕上常常能听到啼鸟之声。住宅的西面有两棵老桂树,树龄在百数十年之间,每逢秋天来了花开了,香气布满庭中。空隙地方挖掘了一个小池,中间栽种了些红白莲。小池旁有几株桃树,三月花开时犹如红锦倒映水中,仿佛阿房宫、迷楼中无数美人临镜打扮。又有芙蓉、蓼花,能令秋意萧瑟。最使人心喜的是贫民之家,境况清冷,毫无吴、越间士大夫家的华艳庸俗习气。

【点评】看似信笔写来,毫不经营,然而几处小景却天趣盎然,生机勃勃。竹间的幽雅自得,小池的清丽可人,非但无华艳之气,而且无斧凿之痕。离开竞斗激烈的官场,步入悠然如此的家园,难怪作者会产生浓重的偏爱之心。

(沈习康)

汤显祖

汤显祖(1550—1616),字义仍,号若士,别号海若,临川(今属江西)人。隆庆四年(1570)举人,万历十一年(1583)进士,授南京太常博士,迁礼部主事。后因抗疏弹劾执政者,被贬为广东徐闻典史,移浙江遂昌知县。任满考核,又被黜,遂居家不复出。其文奇丽,浓纤修短,都有矩镬,机以神行,法随力满。言一事,极一事之意趣神色而止;言一人,极一人之意趣神色而止。有《玉茗堂文集》。

《哭外翁吴公允頫诗》序[1]

翁行历久矣,在可乎不可之间,处玄之又玄之世[2]。风流郑重,良深长者之风;日逐遨游,有若小儿之状。七十三岁,行无二心;六百余烟[3],谈惟一口。盗得之而愧送,虎逢之而别跳[4]。多彼地之乡评,恒推上客;笑此时之郡饮[5],全要方兄[6]。每道贤甥,成其宅相[7];谁言大父,遽作泉人!痛绝松云,歌从《薤露》[8]。

【注释】(1)吴允頫:作者的外祖父,其时新逝。 (2)玄之又玄:意为微妙难测。语出《老子》:"玄之又玄,众妙之门。" (3)六百余烟:余烟,余生。六百,指六百天。 (4)别跳:跳避。 (5)郡饮:群饮,聚饮。 (6)方兄:"孔方兄"之省文,指钱。 (7)宅相:家宅的贵相。原来的意思是说家宅中出了一位贤外甥,这里借用典故,说明外祖父平日对作者寄有厚望。 (8)《薤露》:汉代送殡的哀歌。这里指《哭外翁吴公允頫》一诗。

【今译】外祖父的这种经历已经够长久了。立身于微妙难测之世,行事于可以与不可以之间。你既风流又庄重,的确深具长者之风;日日遨游四方,又活像天真的小孩。七十三年来,行为始终如一;六百日余生,言旨未尝有变。(像你这样的好人,)盗贼偷去你的东西也会惭愧地送还,老虎碰上你也会跳开远避。乡间对你素有好评,因此常成为别人座中的上客;现在大家聚饮伤悼,反处处弥漫着铜臭的味儿。生前常称道我可成就家宅的福相,没想到你这样快就作了泉下之人。如今献上一曲《薤露》以志哀思,相信树木和云朵也在为你伤心。

【点评】吴允頫一身而兼具"长者"和"小儿"两种品性。因为是"长者",所以处事能固守不变的原则;同时因为是"小儿",所以并不需要攒眉蹙额才能打发岁月。这样一位既洁身自好而又放浪不羁的老人,对于所谓身外物的钱财,可能不会有什么特殊感情,然而在丧事的筵席上,"方兄"的尊容却处处在对死者大表不敬。作者于此下一"笑"字,笑中带刺,谑中带虐,那弦外之音是值得细味的。

【集说】游戏成文,无刀尺之迹。(陈天定《古今小品》)

(吴宝祥)

答王宇泰[1]

来教令仆稍委蛇郡县[2],或可助三径之资[3],且不致得嗔。宇泰意良厚。第仆年来衰愦[4],岁时上谒,每不能如人[5]。且近莅[6]

吾土者，多新贵人，气方盛，意未必有所挹[7]。而欲以三十余年进士、六十余岁老人，时与末流后进，鱼贯雁序于郡县之前，却步而行，伺色而声，诚自觉其不类。因以自远。至若应付文字，原非仆所长。必糜肉调饴，作胡同中扁食[8]，令市人尽鼓腹去，又窃自丑。因益以自远。其以远得嗔，仆固甘之矣。所幸鸡肋尊拳[9]，长人者或为我一吷耳[10]。然因是益贫。田可耕，子可教，利用安身，仆亦有以观颐也[11]。赵真宁书亦语及此[12]。种种情事，悦之兄能为兄详言之[13]。总非楮笔能尽[14]。

【注释】(1)这是作者晚年在临川闲居时写给朋友王宇泰的信。王宇泰，名肯堂，精于医术，《明史》卷二百二十一有传。 (2)委蛇：敷衍。 (3)三径：园中小径，这里借指闲居之所。 (4)衰愦(kuì)：衰老糊涂。 (5)如人：令人满意。 (6)莅：到临，这里指任职。 (7)挹(yì)：取。 (8)扁食：饺子。 (9)鸡肋尊拳：《晋书·刘伶传》说，刘伶与人争吵，对方想动武，刘伶说："我的鸡肋怎承受得了你的尊拳呀。"对方听了这话便笑着走开了。后以"鸡肋"比喻身体的瘦削，而"尊拳"则指别人的拳头。 (10)吷(xuè)：小声响。 (11)观颐：将养。 (12)赵真宁：即赵邦清，真宁人，作者的朋友。(13)悦之：王悦之，作者的朋友。 (14)楮：纸。

【今译】来信教我对地方官要稍作敷衍，这样或许会得到资助以供赋闲之用，而且不会惹他们生气。你的心意的确诚恳笃厚。但近年来我是衰老加上糊涂，逢年过节谒见官长，往往不能使他们满意。而近些年任职于本地的，多是新进贵人，志骄意满，恐怕也未必有从我这里捞点什么的想法。要我这个有着三十年进士资历、已经六十出头的老人，不时和后生小辈在一起，像鱼和雁那样成行成列地现身于官长们面前，小心地向后倒行，观察对方的脸色然后说话，自己觉得实在有点不伦不类。因此，就主动地回避了。说到做应酬文字，本来就不是我所擅长，如果一定要我切肉调味，制造巷弄摊子常出售的那种"饺子"，让买食的人个个得以填饱肚皮，然后满意地离去，私下里又觉得是一件很不光彩的事。所以，更是主动地回避了。假如因为这种回避态度而受到旁人指责，我确实是心甘情愿的呢。幸运的是我这个人太瘦骨嶙峋，完全没有打击的价值，官长们会因此而给我一个轻蔑的嘘声了事。由于这样，我会变得更穷，但只要有田可耕，有子可教，赖此而得安身立命，也尽可以享享晚年颐养的福气了。赵真宁来信亦谈及这一问题。种种情况，悦之兄是会详细告诉你的。总之，一切非纸笔所能形容。

【点评】为官难，为民也不易。汤显祖是因为不愿做鱼肉百姓的县令才弃官的，不料赋闲之后，还是处处以“不能如人”而感苦恼。六十多岁的人，当然不免有点“衰愦”；三十余年的老进士，也难免有点“老子当年如何如何”的想法，但若仅仅因为这两点，便刻意与世情隔绝，这位东方的莎士比亚至少会减价一半。实际上，作者所不能忍受的，只是奴才举止和帮闲角色。“却步而行，伺色而声”，这就是典型的奴才举止；“作胡同中扁食，令市人尽鼓腹去”，这就是典型的帮闲角色。奴才与帮闲，名声虽然不好，但他们的便宜处，是不大需要为口腹问题操心。作者虽穷，却不愿走这条道路，而采取坚决的“自远”态度。这种贫而益坚的高尚情操，无疑仍有它超时代的价值。

【集说】肝膈之言，一字，一痛。（孙鑛《翰苑琼琚》）

介气可风。余见临川人物，多孤竖少附和者。先后意绪所留远矣。（沈际飞《玉茗堂尺牍》）

（吴宝祥）

张大复

张大复(1554—1630),字元长,号病居士,昆山(今属江苏)人。壮年曾游北京,登吕梁,过齐鲁,思奋臂建功业。然不得志于有司,而以哭父丧明。遂垂帘瞑目,温其已读之书,有不属则使侍者读之。学问日富,慕者日众。其文雅似东坡,谈物情事理,往往与甘言冷语相错而出。有《梅花草堂笔谈》。

雨　势

大雨狂骤,如黄河屈注[(1)],沸喊不可止;雷鸣水底,砰砰然往而不收,如小龙漫吟,如伐湿鼓[(2)];电光闪闪,如列炬郊行,来着门户[(3)],明灭不定。仰视暗云,垂垂欲堕。道上无弗揭而行者[(4)],藉肩曳踵,入坎大叫[(5)],如伥啼深林[(6)],鬼啸云外。而裂垣败屋之声,隐隐远近间,雨势益恣。每倾注食许时[(7)],天辄明,旋即昏暗,如盛怒狂走,气尽忽舒,稍稍喘息,而后益纵其所如者。此时胸中亦绝无天青日朗境界,吾其风波之民欤!

【注释】(1)屈(jué):竭,穷尽。 (2)伐:击,敲打。 (3)着:附着,接触到。 (4)揭(qì):提起衣裳。 (5)坎:坑,地洞。 (6)伥(chāng):伥鬼。古时传说人被虎咬死后,鬼魂为虎服役。 (7)食许时:一顿饭时间。

【今译】大雨狂急,如同黄河之水尽情往下灌注,喧腾之声不可止;雷声轰鸣直入水底,砰砰之声久不绝响,如同小龙漫吟,如同敲击湿鼓;电光一闪一闪,如同排列着火把在郊外行动,不断地撞击着门户,忽明忽暗闪闪不定。抬头看天上的乌云,仿佛要慢慢地堕落下地来。道路上的行者都提起衣服,互相肩靠肩,拖着脚步,掉入水坑中的人大声呼叫,犹如伥鬼啼叫于深林之中,厉鬼呼啸于云层之外。墙壁破裂房屋败坏之声,隐约从远至近传来,雨势更加恣肆无忌。往往倾注到一顿饭的时间后,天就明亮一会,随即又是一片昏暗,如同盛怒之下狂奔不停,待气尽忿平、稍微喘息一下,而后更加暴怒。这时刻人的胸中也绝对没有天青日明的境界,我恐怕就是风波之民啊!

【点评】好大的暴雨,好响的惊雷,好亮的闪电,在一手好自然的笔墨下,化成了好形象的文章,造就了好逼真的境界。然而,说不清其好所在的结尾,也许更能令人叫好不绝!

(沈习康)

优 伶

旋行之牛,主人悯而休之,令散处于野;比视之[1],旋行如故。见者争相笑也。夫不有功成名遂、身退而终不能自放者乎?

张伯任先生曰:"今世仕宦都不类优伶。优伶舍其故我,扮脚色于当场;士大夫苟且当场,但修边幅于林下[2],盖优伶退而歌哭者耶?"

【注释】(1)比:及至,等到。 (2)边幅:谓仪表行为。

【今译】一头为灌田而绕着水车不停地旋走着的牛，主人怜悯它，不愿让它过分劳累，便放它下来休息，让它自由地在旷野活动。等到主人回头看它，却见它仍在转圈。周围看到的人都笑那头牛只会自苦，不会放松。那些功成名就、退隐后始终不能停止追名逐利的人，跟此牛不是同样可笑吗？

张伯任先生说："现在一些做官的还不如唱戏的。唱戏的只有在演出时才把本来面目隐藏起来，扮成戏中的角色上场；而那些士大夫呢，他们在官位上不认真扮演自己的角色，却以本来面目出现，不循礼法，用不正当手段争名逐利，及至退归乡里，则又修饰仪容，演戏似的装出道貌岸然的样子，这大概可以算是唱戏的退了场还在扮演角色吧？"

【点评】这篇小品，乍看是各写一事，了无相关，再看却是两个寓意的层叠递进，一以贯之。作者先写车水灌田的一头牛，被主人放下牛套，"散处于野"，可以休息了，岂料仍"旋行如故"。所寓的意思是明白写出了的："夫不有功成名遂、身退而终不能自放者乎？"接着转述同乡（昆山）前辈张伯任的话。记完即止，不加评论，亦无申说，所寓之意就在其中。优伶只在台上演戏，化自我为角色，一丝不苟，一下台就还了本来面目；士大夫在台上（官场）不是进入角色认真做官，而是用不正当手段争名逐利，及至退归林下，却又修饰仪表装扮得像土偶一般，做作得像正人君子，这好比优伶回到台下还在演戏，该怎样令人诧异。所写两事，一是功名利禄不能自放，始终自苦；一是在位时不舍故我、去位时又装模作样掩饰故我；前者真相毕露，固属可笑，而后者假中见真并且以假为真，可笑更可鄙。两事寓意相通，层递讽喻。刘勰《文心雕龙》云："贯一为拯乱之药。"此之谓欤？

（朱　奕　王尔龄）

江盈科

江盈科(1553—1605),字进之,号渌萝山人,桃源(今湖南桃源县)人。万历二十年(1592)进士,为长洲令,升吏部主事,寻贬大理寺丞。升户曹,主试蜀中,擢提学佥事。盈科之文超逸爽朗,言切而旨远,是刘基之后一大寓言家。有《雪涛阁集》。

鼠技虎名[(1)]

楚人谓虎为"老虫"[(2)],姑苏人谓鼠为"老虫"[(3)]。余官长洲,以事至娄东[(4)],宿邮馆[(5)],灭烛就寝,忽碗碟砉然有声[(6)]。余问故,阍童答曰[(7)]:"老虫。"余楚人也,不胜惊错,曰:"城中安得有此兽?"童曰:"非他兽,鼠也。"余曰:"鼠何名老虫?"童谓吴俗相传尔耳。

嗟嗟!鼠冒老虫之名,至使余惊错欲走;徐而思之,良足发笑。然今天下冒虚名、骇俗耳者不少矣。堂皇之上,端冕垂绅,印累累而绶若若者[(8)],果能遏邪萌、折权贵、摧豪强欤?牙帐之内[(9)],高冠

大剑，左秉钺、右仗纛者，果能御群盗、北遏虏、南遏诸夷，如古孙、吴、起、翦之俦欤(10)？骤而聆其名，赫然喧然，无异于“老虫”也，徐而叩所挟，止鼠技耳。夫至于挟鼠技、冒虎名、立民上者，皆鼠辈，天下事不可不大忧耶？

【注释】(1)据文内所示，此文作于作者任长洲(在今江苏苏州)县令时。作者有感而发，抨击时弊。 (2)楚：古国名，后指湖北、湖南、巴东、安徽等一带地域。 (3)姑苏：指苏州，以境内有姑苏山而得名。 (4)娄：江苏太仓。 (5)邮馆：客舍。 (6)砉(huā)然：破碎声。 (7)阍童：看门的童仆。 (8)若若：长而下垂貌。 (9)牙帐：将军营帐。 (10)孙、吴、起、翦：指春秋战国时著名军事家孙武、吴起、白起、王翦。

【今译】楚地人把老虎叫作“老虫”，吴地人把鼠叫作“老虫”。我在长洲做县令时，曾有事去娄东，住在旅舍中。晚上灭烛就寝，忽然听到碗碟破碎声，查问原因，管门的小厮说：“是老虫。”我是楚人，一听之下，不禁大为惊诧，问道：“城里怎么会有这种野兽？”小厮说：“不是什么野兽，是老鼠。”我问：“鼠为什么叫老虫？”小厮答吴地风俗就是这么称呼相传的。

唉！鼠冒用老虫之名，差一点把我吓跑；慢慢地琢磨此事，实在让人发笑。但是现在社会上顶冒虚名吓唬众人的人也不少。那些坐在殿堂之上，戴着冠冕穿着朝服的大官，他们官印众多、印绶飘飘，果真能遏制邪苗、摧折权贵豪强吗？那些坐在牙帐之内，头戴高冠身佩大剑的将军，左右满是手执兵器、旗帜的兵士，果真能抵御强盗、遏制南北边寇，像古代的孙武、吴起、白起、王翦这类名将一样吗？乍闻其名，非常显赫，无异于“老虫”之名，慢慢地考察他的本事，不过是老鼠的伎俩。那么至于那些身怀鼠技、冒用虎名、立在百姓之上的，都是鼠辈，天下事难道可以不为之深深担忧吗？

【点评】作者是一位有心人，对于因方言误会引起的一场小小虚惊，并未等闲视之，而是由小及大，思考起关系国家民生的重大问题来。

作者认为社会上诸如“鼠技虎名”、名实难副的现象不少，尤可注意的是：那些身居深堂大殿、将军营帐内的文臣武将，外表看上去冠冕堂皇，内里果真有治理之才、御寇之方吗？实在令人怀疑。如果这种“鼠技虎名”现象发生在普通人身上，还不足为忧，但发生在那些掌管国家大事、操纵百姓生死的高官显宦身上，就会为患无穷。作者对此表示了深深的忧虑，显示了作者忧国忧民的思想境界。

（王宜媛）

蛛 蚕[1]

蛛语蚕曰：“尔饱食终日，以至于老，口吐经纬，黄白灿然，因之自裹。蚕妇操汝，入于沸汤，抽为长丝，乃丧厥躯。然而其巧也，适以自杀，不亦愚乎？”

蚕答蛛曰：“我固自杀，我所吐者，遂为文章[2]。天子衮龙[3]，百官绂绣[4]，孰非我营？汝乃枵腹而营[5]，口吐经纬，织成网罗，坐伺其间。蚊虻蜂蝶之见过者，无不杀之，而以自饱。巧则巧矣，何其忍也！”

蛛曰：“为人谋，则为汝；自为谋，则为我。”

嘻！世之为蚕不为蛛者，寡矣夫！

【注释】（1）本文是一篇动物寓言，展示了两种对立的人生观。 （2）文章：错杂的花纹。 （3）衮（gǔn）龙：古代帝王的绣龙礼服。 （4）绂（fú）绣：古代帝王、高官祭礼的服饰。 （5）枵（xiāo）腹：空腹，指饥饿。

【今译】蜘蛛对蚕说：“你天天有食吃，一生无饥饿，口内吐丝，纵横交错，色泽鲜明，金黄洁白，并用这些丝自裹身躯而成了茧子。蚕妇把你放入沸水中，抽出长丝，你也因此破身丧命。那么，你的灵巧，恰恰是用来自杀，不也太蠢了吗？”

蚕回答蜘蛛说：“我是‘自杀’，但我所吐出来的，都将成为纹理斐然的织品。皇帝的龙袍、百官的服饰，哪一件不是靠我织造？你却为饥腹而忙碌，吐出纵横的长丝，织成蛛网，身居其间，等待捕食机会。见有蚊、虻、蜂、蝶等小虫子经过，无不杀死，用以充饥。你也很灵巧，但又是多么残忍呀！”

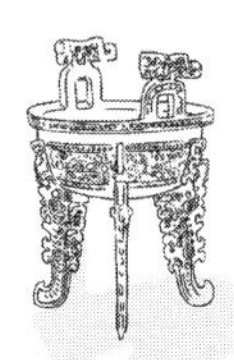

蜘蛛说:“替别人谋利,这是你;为自己打算,这是我。”

呀!这世上愿做蚕不愿做蜘蛛的,太少了!

【点评】这则动物寓言,全由蜘蛛与蚕的问答构成,结尾一句抉发寓意。

蛛、蚕同是织网,但目的不同:前者为自身的口腹之欲而忙碌,后者为造福人类而辛勤吐丝。它们的人生哲学也因此迥然有别:一个利己,一个利他。利己者和利他者是很难有共同语言的,这则寓言中蜘蛛的攻难、蚕的反驳,正反映这两种人生观的水火难容。

蜘蛛认为蚕因巧织而取杀身之祸,愚蠢至极,蚕则以自己的奉献而自豪;蚕指斥蜘蛛滥杀生灵以自饱口腹的行径太残忍,蜘蛛则狡辩利己者固有其存在的道理。蜘蛛不理解蚕,蚕亦不屑与蜘蛛为伍。在这场争论中,人生旨趣的孰高孰下,本不难判断,读者倾向于蚕,也自不待言。但事实上,正如作者所感叹的那样:世上利己者多利他者少。作者展示两种人生观,暗寓褒贬的用意所在,就是为了警醒世人。

蜘蛛的短视、蚕的义正辞严,口吻毕肖地刻画出利己者和利他者的特征,足见作者寓言写作的功力。

(王宜媛)

董其昌

董其昌(1555—1636),字玄宰,号思白,别号香光居士,华亭(今上海松江)人。万历十七年(1589)进士,授编修,出为湖广副使。天启中,拜南京礼部尚书,请告归。书画妙天下,名闻外国。其昌精于品题,收藏家得片语只字以为重。有《容台文集》。

跋仲方云卿画[1]

传称西蜀黄筌画[2],兼众体之妙,名走一时。而江南徐熙后出[3],作水墨画,神气若涌,别有生意。筌恐其轧已,稍有瑕疵。至于张僧繇画[4],阎立本以为虚得名[5]。固知古今相倾,不独文人尔尔。吾郡顾仲方、莫云卿二君,皆工山水画。仲方专门名家,盖已有岁年。云卿一出而南北顿渐[6],遂分二宗。然云卿题仲方小景,目以神逸;乃仲方向余敛衽云卿画不置[7],有如其以诗词相标誉者。俯仰间见二君意气,可薄古人耳!

【注释】(1)选自《画禅室随笔》。仲方:顾正谊,字仲方。云卿:莫是龙,字云卿。 (2)黄筌:五代画家,后蜀成都(今属四川)人。 (3)徐熙:五代画家,南唐江陵(今江苏南京)人。 (4)张僧繇:六朝画家,梁吴中(今江苏苏州)人。传说曾于金陵安乐寺画四条白龙,点睛后雷电并起,龙皆飞去。 (5)阎立本:唐代画家,京兆万年(今陕西西安)人,官拜右相,与兄立德均以善画人像名时。 (6)南北顿渐:佛教禅宗有南宗北宗两派,南宗主张顿悟,北宗主张渐悟。 (7)敛衽:整顿衣襟,表肃敬。

【今译】传说西蜀黄筌的画,兼有众体的美妙,名扬一时。而江南徐熙稍后出名,作水墨画,神情气概犹如泉涌,另有一番生机。黄筌恐怕他排挤自己,稍许有些指责。至于张僧繇的画,阎立本认为徒有虚名。诚然可知,古今相互倾轧,不只文人如此。我乡顾仲方、莫云卿二位,都善于山水画。仲方是久负盛名的专家,大概已经有些年数了。云卿脱颖而出就与之分庭抗礼,终于形成两个宗派。然而云卿品评仲方的小景,视为神逸之品;而仲方对云卿的画也向我恭敬地赞不绝口,就像他用诗词所标榜称誉的那样。俯仰之间能随时见到二位君子的志趣,也可算接近古人的风范了!

【点评】先借前代画家相轻的事例,指出"古今相倾,不独文人"的遗憾,接着介绍同郡二位画家竟能相互推崇,立刻振起下文,颇得衬垫之妙。云卿对仲方小景"目以神逸",仲方也"敛衽云卿画不置",前者偏重记叙评价,后者着力描写态度,运笔平中有变,变中藏情,最后抑制不住由衷的敬佩与自豪,终于发出了"二君意气,可薄古人"的赞叹。

(韩焕昌)

谢肇淛

谢肇淛(1567—1624),字在杭,长乐(今属福建)人。万历二十年(1592)进士,授湖州推官,量移东昌,后升云南参政,历广西按察使,至右布政使。有《小草斋集》《居东集》《五杂俎》。

秦士

秦士有好古物者,价虽贵,必购之。一日,有人持败席一扇,踵门而告曰:“昔鲁哀公命席以问孔子。此孔子所坐之席也。”秦士大惬,以为古;遂以负郭之田易之[1]。逾时,又有持枯竹一枝,告之曰:“孔子之席,去今未远,而子以田售。吾此杖,乃太王避狄[2],杖策去豳时所操之箠也[3]。盖先孔子又数百年矣。子何以偿我?”秦士大喜,因倾家资悉与之。既而,又有持朽漆碗一只,曰:“席与杖皆周时物,固未为古也。此碗乃舜造漆器时作,盖又远于周矣!子何以偿我?”秦士愈以为远。遂虚所居之宅以予之[4]。三器既得,而田舍用资尽去,致无以衣食。然好古之心,终未忍舍三器。于是

披哀公之席，持太王之杖，执舜所作之碗，行丐于市曰：“那个衣食父母，有太公九府钱[5]，乞我一文！”

闻者喷饭。

【注释】(1)负郭：意为临近城边。 (2)太王：名亶父，周文王的祖父，因受狄人侵扰，率部由豳迁岐。 (3)箠：通“棰”，棍，杖。 (4)虚：空出来。 (5)太公：即太公望吕尚，佐周武王灭商，封于齐。九府：官署名，掌钱财，为太公望所建。

【今译】秦地有个非常喜欢古物的人，只要听说是古东西，价钱再贵，也一定会不顾一切买下来。一天，有人拿来一张破席子，跑到他的家里说：“从前鲁哀公专门让人铺席以请教孔夫子。这席子便是当年孔夫子坐过的。”他听了高兴得不得了，觉得是件古董，就用靠近城郭的良田换下了。过了一段时间，又有人拿了一根枯竹竿来，对他说：“你上次买的孔子的席子，其实离现在并不太远，可你却用良田去换。我的这根竹杖还是周太王为躲避狄人的侵扰离豳地时所用的呢。它可比孔子时代又早了几百年了。你该用什么来与我交换呢？”秦士兴奋得忘乎所以，就把全部家产送给了他。以后，又有一人拿着一只坏了的漆碗来找他，说：“你那席子与竹杖不过仅仅是周代的玩意儿，本来算不上很古的。这碗却是大舜造漆器的产品，应该比周代更远了。你拿什么来交换呢？”秦士更觉得此碗是远古之物，便让出自己的住宅换取了它。秦士买下了三件古物，他的田产、房屋、家财也全部弄光了，以致连温饱都难以维持。但好古之心，使他一直不忍把三件古物丢掉。于是，他便披着鲁哀公的席子，拄着周太王的竹杖，握着大舜所制之碗，去街上行乞。他嘴里还在念叨不停：“哪位衣食父母，有姜太公的九府钱呐，行行好，施我一文！”

听到此话的，笑得连饭也喷了出来。

【点评】本篇的构思，巧妙精细，令人击节。败席、枯竹、朽碗，正好为下文秦士没落行乞设计了必要的一组道具。这种结构出诸自然，妙得其趣。“闻者喷饭”，不仅出现在当日，亦让今天的读者忍俊不禁。其文立意虽严峻，但不乏幽默机智。闲闲写来，步步推进，笔致如行云流水，极见功力。

（陈澍璟）

陈继儒

陈继儒(1558—1639),字仲醇,号眉公,华亭(今上海松江)人。诸生,盛年即筑室佘山,隐居不出。博涉经史诸子,以及术伎稗官、佛老之书,征请诗文者无虚日。又善书画。朝贵多与交游,先后荐征,屡辞不应。继儒之文朴实和易,间露谐趣。有《陈眉公全集》。

书种竹

子猷税地种竹[(1)],笑谓人曰:“何可一日无此君!”竹以虚中通外,岁寒弥坚,故昔人往往喜与把臂入林。余之爱竹,独爱其子孙玉立,参差捧笏而拱青云,龙翔凤舞,直有干霄之气。回视一切草丛花色,仅仅脂粉媚人,一遇风雨,阑珊狼藉,不复有特出草莽之志[(2)]。今里中朱门弟子,皆此类也。吾愿以竹望之,庶有长进。盖花岁减,竹岁增;竹于世有实用,而花以容事人故耳[(3)]。

【注释】(1)子猷:王徽之,字子猷,东晋书法家王羲之之子,性爱竹。

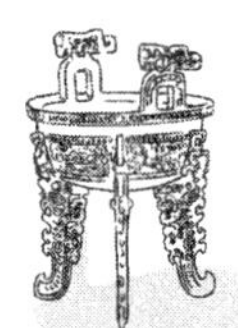

(2)草莽:杂草、丛草。　(3)事:事人,取悦于人。

【今译】王子猷暂寄人空宅住,便派人种竹,笑着对人说:"怎么可以一天不见到它(竹子)呢!"竹子胸怀若谷,风仪伟岸,越是寒冷,越是坚强,所以古人喜作竹林之游。我爱竹,特别喜爱新生的幼竹。它们有高有低,个个亭亭玉立,围绕在母竹四周,如同群臣朝见天子;风吹过后,俯仰摇曳,神态万千,大有犯汉冲霄的气概。回过头来看看那些草丛花卉,只不过是以色泽讨人欢喜,一旦风吹雨打,便都凌乱凋残,与杂草无异。如今乡里的贵族子弟,全像这草丛花卉一样。我愿他们能像新生之竹,有所长进。花再好,不过一年光景,而竹子却年年长高;另外,竹子具有实用价值,而花草徒以容色媚人罢了。

【点评】古代文人大多爱竹,故咏竹颂竹之作极多,但雷同之作也不少。后人要翻出新意,也实在不容易。此篇以昔人爱竹的共同之处——"虚中通外,岁寒弥坚"作为陪衬,而引出作者对竹的特殊爱好,"爱其子孙"(新生幼竹)蓬勃向上、气宇轩昂的非凡之姿;又将此与"脂粉媚人"、经不起风吹雨打的"草丛花色"相对比,最后对那些"朱门弟子"提出了批评和希望。如此立意便不落俗套,可谓别具只眼,读来使人耳目一新。这是在烂熟的题材中翻出新意的一个极好例子。

(孙光道)

袁宗道

袁宗道(1560—1600),字伯修,号玉蟠,又号石浦,公安(今属湖北)人。万历十四年(1586)进士,授编修,后迁春坊中允,至右庶子。时王世贞、李攀龙复古主义盛行,宗道与其二弟及同馆黄辉力排其说。其文能发性情,文字浅易,而意致含蓄。有《白苏斋集》。

锦石滩[(1)]

余家江上,江心涌出一洲,长可五七里,满洲皆五色石子,或洁白如玉,或红黄透明如玛瑙[(2)],如今时所重六合石子[(3)],千钱一枚者,不可胜计。余屡同友人泛舟登焉。净练外绕[(4)],花绣内攒[(5)],列坐其上,似在瑶岛中[(6)]。余尝拾取数枚归。一类雀卵,中分玄黄二色[(7)];一类圭[(8)],正青色[(9)],红纹数道,如秋天晚霞;又一枚,黑地布金彩,大约如小李将军山水人物[(10)]。东坡《怪石供》所述[(11)],殊觉平常。藏箧中数日[(12)],不知何人取去,亦易得不重之耳。

一日偕诸舅及两弟游洲中[(13)],忽小艇飞来,一老翁向予戟

手[14],至则外大父方伯公也[15]。登洲大笑:“若等谩我取乐。”次日,送《游锦石洲》诗一首,用蝇头字跋诗尾曰[16]:“老怀衰飒[17],不知所云,若为我涂抹,虽一字不留亦可。”嗟夫,此番归去,欲再睹色笑,不可得矣。

【注释】(1)锦石滩:在作者家乡的长江边上,因滩上产五色石而得名。 (2)玛瑙:一种矿物。品类极多,色彩光美。 (3)六合石子:即南京雨花石。六合:县名,今属南京市。 (4)净练外绕:指洲在江中,四周环水,如被白练缠绕。 (5)攒(cuán):聚集。 (6)瑶岛:仙岛。 (7)玄:黑色。 (8)圭(guī):一种上尖下方的玉器。为古代帝王和诸侯举行重大仪式时所用。 (9)正青色:纯青色。古代以纯色为正色,两色相杂则为间色。 (10)小李将军:指唐代画家李昭道。李昭道是唐代画家李思训之子,擅长青绿山水,李思训在开元初曾任右武卫大将军,人称“大李将军”,而称其子为“小李将军”。(11)《怪石供》:苏轼文篇名。有《前怪石供》和《后怪石供》。(12)簏(lù):竹箱。 (13)诸舅:指这次与作者同游锦石洲的两位舅父龚仲敏和龚仲庆。两弟:指袁宏道和袁中道。 (14)戟(jǐ)手:招手。 (15)外大父方伯公,指袁宏道的外祖父龚大器。方伯,原指一方诸侯。龚大器官至河南布政使,故称。 (16)跋:一种写在诗文或书籍后面的文体。此用作动词。 (17)衰飒:衰落,颓废。

【今译】我的家乡湖北公安县的长江上,江心涌出一块小洲,长约五七里,满洲都是五色的石子,有的洁白如玉,有的如玛瑙般红黄透明,至于像现在的人们所看重的六合石子,价值一千钱一枚的,都多得不计其数。我曾多次同朋友一起泛舟登洲,洲在江中,四周如净练环绕,洲中则五彩斑斓,坐在洲上,仿佛置身于仙岛之中。我曾经捡了几枚石子回家,一枚形如麻雀蛋,一半黑色,一半黄色;一枚形如玉圭,纯粹的青色,上有红纹数道,宛如秋天的晚霞;又一枚黑色的底子上布满金彩,就像小李将军的山水人物画。相比之下,苏轼《怪石供》中记述的石子就很觉一般了。我把石子藏在竹箱里,过了几天,不知被谁拿走了,这也是因为来得太容易便不知珍重的缘故。

有一天,我同两位舅舅和两位弟弟游洲中,忽然,一艘小艇飞驰而来,艇上的一位老翁还在向我招手，小艇靠岸时才知道是我的外祖父。外祖父登上锦石洲，哈哈大笑，说："你们同我开玩笑。"第二天，外祖父送来《游锦石洲》诗一首，诗后用蝇头小楷写了一段跋，说："年老衰颓，简直不知所云，如果你们能为我删改，即使改得不剩一字，也没关系。"唉，这次回去，要想再见到和颜悦色的外祖父，已经不可能了！

【点评】如此行文，潇潇洒洒，心中所想便是笔下所书；既不讲义、理、声、色，又不讲起、承、转、合，而法度自在其中，性情已出文表。如此选材、结构、措词，遥开"五四"后现代散文的风气，而为桐城派和骈文派所不齿。

（王兴康）

岳阳纪行(1)

从石首至岳阳(2)，水如明镜，山似青螺(3)；篷窗下饱看不足。最奇者，墨山仅三十里(4)，舟行二日，凡二百余里，犹盘旋山下。日朝出于斯，夜没于斯，旭光落照，皆共一处。盖江水萦回山中，故帆樯绕其腹背，虽行甚驶(5)，只觉濡迟耳(6)。

过岳阳，欲游洞庭(7)，为大风所尼(8)。季弟小修秀才(9)，为《诅柳秀才文》(10)，多谑语(11)。薄暮，风极大，撼波若雷；近岸，水皆揉为白沫，舟几覆。季弟曰："岂柳秀才报复耶？"余笑曰："同袍相调(12)，常事耳。"因大笑。明日，风始定。

【注释】(1)岳阳：在今湖南省。此文为游记，虽是小品，但娓娓道来，纡徐不迫，且风趣横生，可见作者性情。 (2)石首：县名。在今湖北省境内。(3)山似青螺：语出唐刘禹锡《君山》诗："遥望洞庭山拥翠，白银盘里一青螺。"形容山色青翠，富有层次。 (4)墨山：山名。在今湖南省华容县境内，东接岳阳县城。 (5)驶：迅速。 (6)濡(rú)：迟缓。 (7)洞庭：即洞庭湖。位于今湖南省北部的长江南岸。沿湖为岳阳、华容、南县、汉寿、沅江、湘阴等县。 (8)尼：阻止。 (9)季弟小修秀才：作者的小弟袁中道字小修。袁中道科场不利，当时还是个秀才。后来，到他四十六岁那年，才好不

容易考中了进士。 (10)《诅柳秀才文》:此文今本《珂雪斋集》未收。据题目推测,这是一篇表现作者才情的游戏文章。诅(zǔ):古代以言告神曰祝,请神降祸曰诅。柳秀才:即神话传说中的柳毅。据唐代李朝威的传奇小说《柳毅传》说:洞庭湖中的龙女遭受夫家虐待,书生柳毅见义勇为,帮助龙女摆脱了苦难,遂相爱慕。后数经磨难,终结良缘。后来,元人尚仲贤将此题材写成杂剧《柳毅传书》。 (11)谑(xuè):戏言,开玩笑。 (12)同袍:《诗经·无衣》云:"岂曰无衣,与子同袍。"袍是长衣。当时军人行军时,日以当衣,夜以当被。诗言同袍,即言友爱。小修与柳毅都是秀才,均未释褐,故戏称为同袍。

【今译】从石首至岳阳,一路上水平如镜,山似青螺。坐在船中的篷窗之下,饱看两岸的风光,犹嫌不足。最使人感到奇怪的是,墨山仅三十里,我们坐船走了两天,一共行驶了二百多里路,却还在山下盘旋。太阳早晨从这里升起,夜晚又消失在此处,旭日的光辉同夕阳的残照,好像都出现在同一方位。这是因为江水在山中萦回缭绕,所以船只好绕着山兜圈子,尽管船开得很快,给人的感觉却是非常缓慢。

过了岳阳城,我想去游览洞庭湖,但却被大风所阻。三弟小修是个秀才,曾写过一篇《诅柳秀才文》,其中有不少玩笑话。傍晚时分,风更大了,湖中波涛的撞击声如同雷响;在靠近岸边的湖面上,波涛又被揉成一片片白沫,我们乘坐的船差一点倾覆。三弟说:"莫非是柳秀才有意报复呢?"我笑着说:"你们都是秀才,同袍之间开个玩笑,不过小事一桩。"于是,两人大笑。第二天,大风才停了下来。

【点评】此文之佳处在下半篇。舟过洞庭湖,遇风浪,险些覆舟,舟中之人几乎葬身鱼腹,此情此景,煞是可怕;而作者与其弟竟"险中作乐";小修以曾撰游戏文章而调侃柳毅,而作者则善意地嘲弄小修乡试不捷,与柳毅一样至今还是个秀才,堪称"难兄难弟"。先有其人之旷达、幽默,再有其文之幽默、旷达,于此可见三袁性情之一角。

(王兴康)

陶望龄(1562—1609),字周望,号石篑,会稽(今浙江绍兴)人。万历十七年(1589)会试第一,授编修,官至国子祭酒。笃嗜王阳明心学,所宗者周汝登,与弟奭龄,皆以讲学名。望龄长于记叙,风格淡逸。有《歇庵集》。

养兰说[1]

会稽多兰,而闽产者贵[2]。养之之法:喜润而忌湿,喜燥而畏日,喜风而避寒。如富家娇小儿女,特多态难奉[3]。予旧尝闻之曰:"他花皆嗜秽而溉,闽兰独用茗汁。"以为草树香清者,无如兰;味清者,无若茗。气类相合宜也[4]。休园中有兰二盆,溉之如法,然叶日短,色日瘁。无何,其一槁矣。而他家所植者,茂而多花。予就问故,且告以闻。客叹曰[5]:"误哉!子之术也。夫以甘食人者,百谷也;以芳悦人者,百卉也。其所谓甘与芳,子识之乎?臭腐之极,复为神奇。物皆然矣。昔人有捕得龟者,曰龟之灵,不食也。箧藏之,旬而启之,龟已饥死。由此言之,凡谓物之有不食者与草

木之有不嗜秽者，皆妄也。子固而溺所闻，子之兰槁亦后矣。”

予既归不怿，犹谓闻之不妄，求之不谬。既而疑曰：物固有久而易其嗜，丧其故，密化而不可知[6]。《离骚》曰：“兰芷变而不芳兮，荃蕙化而为茅。”夫其脆弱骄蹇[7]，衒芳以自贵，余固以忧其难养而不虞其易变也。嗟夫！于是使童子剔槁沃枯，运粪而渍之，遂盛。

【注释】(1)此文作于万历二十二年(1594)。 (2)会稽：今浙江绍兴。闽：今福建。 (3)多态：态度多变。 (4)气类：同类。 (5)客：佣工，又称客作儿。 (6)密化：暗暗变化。 (7)骄蹇：傲慢不顺。

【今译】绍兴多种兰花，而以福建品种最为名贵。养兰的法则是：喜欢滋润却忌讳潮湿，喜欢干燥却害怕日晒，喜欢通风却回避寒冷。正像富贵人家娇生惯养的小儿女，特别容易耍态度难侍候。我以前曾经听人说过：“其他的花都喜欢施肥和浇水，闽兰只用茶叶水就行了。”因为花草树木的香气最清纯，但都不如兰花；滋味最清纯，但都不如茶叶。同类才能相互投合啊。休园里有两盆兰花，浇灌很符合上述原则，可是叶子一天比一天短小，颜色一天比一天憔悴。没过几天，其中的一盆枯死了。而其他人家所种的，不但茂盛而且多花。我上前询问缘故，并把从前听到的说法讲一遍。那家花匠很感叹地说：“荒谬啊！您的办法。那用甘甜来喂养人的，是五谷杂粮；用芳香来愉悦人的，是各种花草。它们的所谓甘甜和芳香，您知道吗？腐烂脏臭到极点，又变为神圣奇异的。万物都是如此啊。从前有个捉到乌龟的人，说龟有灵性，不吃东西。用匣子把它装起来，等十几天打开一看，乌龟已经饿死了。由此看来，凡是说动物有不需要饮食的与草木有不需要施肥的，都是无知妄说啊。您经验不多又迷信道听途说，您家兰花枯死的怪事还在后头呢。”

我回家后很不高兴，还是觉得以前听到的说法没有错，养兰方法有道理。而随后又开始怀疑道：生物本来就有时间长了而改变自身爱好，丧失原先特性，暗暗变化而不能了解的。《离骚》说：“兰花、白芷变得不芬芳了啊，荃草蕙兰也都变成了白茅。”那兰花既脆弱又傲慢，因蕴含着芳香而自视高贵，我本来由于担心它难养而没想到它容易变化啊。唉！于是让童仆剔除干死的，浇灌枯黄的，搬运粪便来滋润它们，我那些兰花终于旺盛起来了。

【点评】开篇指出闽兰贵而难养，且以富家娇小儿女作比，让人对“独用茗汁”也深信不疑。待“溉之如法……其一枯矣”之后，谁不想追问究竟？文章趁此详记“他家客”说养兰，先以百谷百卉说明“臭腐之极，复为神奇”，再以昔人养龟说明“不嗜秽者皆妄也”，类比生动，推理清晰，批评、警告也都令人信服。但作者并未贸然轻信，而是颇费踌躇之后，从“物固有久而易其嗜……”方才慢慢转圜，并援引《离骚》为证，最后“运粪而渍之，遂盛”。运笔曲折有致，情真而味永。

（韩焕昌）

游洞庭山记[1]

自胥口望太湖[2]，颇惮其广。扬帆行，少顷，抵中流，而诸山四环之，似入破垒中也。目得凭杖[3]，意更安稳，顾反诮之曰：“此楪面耳[4]，‘划却君山好，平铺湘水流[5]’，岂欺予哉？”登缥缈峰之日[6]，日色甚薄，烟霭罩空。峰首既高绝，诸山伏匿其下，风花云叶复覆护之。于是四望迷谬，三州遁藏[7]，浩弥之势，得所附益，渺然彷徨，莫知天地之在湖海，湖海之在天地。予于是叹曰：“夫造化者，将以是未足以雄予之观而为此耶？”仰而视，白云如冰裂，日光从罅处下漏，湖水映之，影若数亩大圆镜百十，棋置水面。

僧澄源曰：“登山之径不一，从西小湖寺上者夷[8]。”故是日炊于寺而登。罡风横掣，人每置足自固，乃敢移武[9]，攀石据地，仅而得留。至顶蹲岩间，引胠窃望[10]，便缩避。以其游之艰，不可辄去也。更相勉少住，然以不可，竟相引而下。

【注释】(1)此记凡九则，此为第四。洞庭山：太湖中的岛山。原分洞山和庭山，后人把位于西面的岛山称为西洞庭山，位于东面的岛山称为东洞庭山。　(2)胥口：胥河入太湖处，传说因伍子胥而得名，位于苏州西南五十里。　(3)杖：通“仗”。　(4)楪：同“碟”。　(5)此为李白《陪侍郎叔游洞庭

醉后》(其三)前二句。刬(chǎn):通"铲"。君山:在洞庭湖中。　(6)缥缈峰:西洞庭山主峰。　(7)三州:当指太湖附近的苏州、湖州和常州。　(8)西小湖:在西洞庭山,今有西湖寺。　(9)武:古时半步为武。　(10)脰(dòu):颈项。

【今译】从胥口望太湖,那广阔的水面真让人震惊。扬帆起航后,不大一会,到了湖水中央,只见群山环绕,如同进入残破的营垒之中。目光有了凭靠,内心更加踏实些,我反而讥嘲起这段太湖来:"这只不过是个碟子面罢了,'刬却君山好,平铺湘水流',李白的这句诗难道会欺骗我吗?"登缥缈峰那天,阳光十分微弱,云气笼罩在空中。主峰高高耸立着,其他山峦全都卧藏在它的脚下,那随风摇摆的花朵和云锦似的树叶又给群山披上了绚丽的外衣。这时,四顾一片迷茫,苏、湖、常三州也好像全躲藏起来了,整个太湖的浩荡弥漫的气势,又得到了进一步的壮大,竟使我心神恍惚,不知是天地在湖水中,还是湖水在天地中。我于是感叹道:"那造物主或许认为前面的景象还不足以壮大我的观瞻,而又特地变幻出如此雄浑的景象吧?"抬头仰望,白云宛如断裂的冰层,阳光从缝隙中漏下来,被湖水映衬着,日影恰如数亩大的圆镜百十来个,棋子似的点缀在湖面上。

僧人澄源说:"登山的道路不止一条,从西小湖寺上去比较平缓些。"所以我们当天在寺里吃过饭,就开始往山顶攀登了。高处的大风猛烈异常,吹得人们东倒西歪,我们往往停下脚来等稳住身体,才敢再往前挪动脚步,抓着石头贴紧地面,只能得到暂时的停留。到了山顶,立刻蹲在岩石中间,探头朝外一望,就得赶紧缩回来。由于那攀登的艰辛,都不想马上离开,相互鼓励稍许多停留一会,但是因为不可能,终于相互搀扶着下来了。

【点评】开篇写沿途所见所感,着力于太湖的宽广和游兴的高昂,为登临缥缈峰提供背景。详写缥缈峰部分,极尽烘托渲染之能事,"烟霭罩空"方显"浩弥之势","诸山伏匿"更见"峰首高绝"。作者"四望迷谬",大兴天地湖海之叹,俯仰白云日影,油然飘飘欲仙。最后简述登山历程,只在攀登的艰辛和离去的依恋上用笔,既突出了峰顶奇观又使脉络分明,颇得顺逆疏密章法。

(韩焕昌)

袁宏道

袁宏道(1568—1610),字中郎,号石公,公安(今属湖北)人。万历二十年(1592)进士,选吴县令,已而解官去。起授顺天教授,历国子助教、礼部主事,谢病归。久之,起故官,擢吏部主事,至稽勋郎中。其文变板重为轻巧,变粉饰为本色,致天下耳目一新,靡然而从之。有《袁中郎集》。

荷花荡

荷花荡在葑门外[1],每年六月二十四日,游人最盛。画舫云集,渔舠小艇,雇觅一空。远方游客,至有持数万钱,无所得舟,蚁旋岸上者。舟中丽人,皆时妆淡服,摩肩簇舄[2],汗透重纱如雨。其男女之杂,灿烂之景,不可名状。大约露帏则千花竞笑,举袂则乱云出峡,挥扇则星流月映,闻歌则雷辊涛趋。苏人游冶之盛,至是日极矣。

【注释】(1)葑门:在今苏州市郊。　(2)舄(xì):鞋。

【今译】荷花荡在葑门外,每年农历六月二十四日这天游人最多。不仅画舫云集,连渔舟小艇也被雇觅一空。远道来的游客,竟有人手持数万钱仍无法雇得一舟,急得如热锅上蚂蚁在岸上走来走去。船中佳人,衣着浅淡,装扮入时,肩并肩,脚挨脚,汗如雨下,竟湿了几重纱衣。其男女之杂,热闹之景,简直不可名状。衣服飘起犹如千花争艳,举手甩袖犹如乱云出峡,香扇一挥犹如星流月映,歌声响动犹如雷鸣涛滚。苏州人之游湖到这天算是最高潮了。

【点评】写荷花荡竟一字不着荷花,只极写舟船杂沓,粉汗淋漓,读来眼前就有熙熙攘攘的热闹之景。其实,中郎写荷花荡只在状尽游湖各色人等而已,正如游湖者之意也不在湖、不在花,只在争艳、斗富。中郎此文与张岱《西湖七月半》有异曲同工之妙,妙就妙在着笔都在别有含意处。

(徐欢欢)

西　湖[1]

西湖最盛,为春为月。一日之盛,为朝烟,为夕岚。今岁春雪甚盛,梅花为寒所勒[2],与杏桃相次开发,尤为奇观。石篑数为余言[3]:"傅金吾园中梅,张功甫家故物也[4],急往观之。"余时为桃花所恋,竟不忍去。湖上由断桥至苏堤一带,绿烟红雾,弥漫二十余里。歌吹为风,粉汗为雨,罗纨之盛,多于堤畔之草,艳冶极矣。

然杭人游湖,止午未申三时[5],其实湖光染翠之工,山岚设色之妙,皆在朝日始出,夕舂未下[6],始极其浓媚。月景尤不可言,花态柳情,山容水意,别是一种趣味。此乐留与山僧游客受用,安可为俗士道哉!

【注释】(1)《西湖》凡四则,此为第二。　(2)勒:逼迫。　(3)石篑:陶望龄,字周望,号石篑,会稽(今浙江绍兴)人,万历进士,官至国子祭酒,宏道友人。　(4)张功甫:张镃,字功甫,宋时官奉议郎。　(5)午未申:午,上午十一时至下午一时。未,下午一至三时。申,下午三至五时。　(6)夕舂:

夕阳。

【今译】西湖最美之时，当数春日月夜。一日之中，最美之景当数晨霭夕岚。今年春雪颇多，梅花因寒冷而迟开，与桃杏依次而放，尤其增加美色。石篑好几次对我说："傅金吾家园中的梅花是宋代张功甫家的旧物，赶快前去观看。"可我竟因恋着桃花而不忍离去。湖上从断桥到苏堤一带，绿如烟，红如雾，弥漫二十余里。歌箫如风，粉汗如雨，盛装的男女竟多于堤畔之草，艳冶到了极点。

但是杭州人游湖，只限于上午十一时到下午五时，其实湖光山色最可看之时，皆在朝日初升或夕阳未下之际，其时景色才最明媚。至于月景更是不可名状，那花态柳情、山容水意都别有一种情致。不过，这些乐趣是留给山僧雅士受用的，无法与俗士去论短长！

【点评】春日西湖，绿烟红雾；西湖月夜，清幽静谧，美自不待说，然杭人游湖者虽多于堤畔草木，真解山情水意者又有几人？故袁中郎此文既赞湖光山色之美，更叹雅士无多。虽结尾处用语刻薄了些，但流露出其清高率真的本性。

【集说】山光花月，景致极浓，而中郎摹写极其幽雅，可与白乐天桃李园记并传。（刘士鏻《古今文致》引沈千秋语）

文情逸宕。（刘士鏻《古今文致》引王永启语）

（徐欢欢）

天　目[1]

天目幽邃奇古不可言。由庄至颠[2]，可二十余里。凡山深僻者多荒凉，峭削者鲜迂曲，貌古则鲜妍不足，骨大则玲珑绝少，以至山高水乏，石峻毛枯，凡此皆山之病。天目盈山皆壑，飞流淙淙，若万匹缟，一绝也。石色苍润，石骨奥巧，石径曲折，石壁竦峭，二绝也。虽幽谷县岩[3]，庵宇皆精，三绝也。余耳不喜雷，而天目雷声

甚小，听之若婴儿声，四绝也。晓起看云，在绝壑下，白净如绵，奔腾如浪，尽大地作琉璃海，诸山尖出云上若萍，五绝也。然云变态最不常，其观奇甚，非山居久者不能悉其形状。山树大者，几四十围，松形如盖，高不逾数尺，一株直万余钱[(4)]，六绝也。头茶之香者，远胜龙井，笋味类绍兴破塘，而清远过之，七绝也。余谓大江之南，修真栖隐之地[(5)]，无逾此者，便有出缠结室之想矣[(6)]。

宿幻住之次日[(7)]，晨起看云，巳后登绝顶[(8)]，晚宿高峰、死关。次日由活埋庵寻旧路而下。数日晴霁甚，山僧以为异，下山率相贺。山中僧四百余人，执礼甚恭，争以饭相劝。临行，诸僧进曰："荒山僻小，不足当巨目，奈何？"余曰："天目山某等亦有些子分，山僧不劳过谦，某亦不敢面誉。"因大笑而别。

【注释】(1)天目：山名，在浙江省西北部，分为东西两支，双峰雄峙，并多怪石密林。宏道于万历二十五年(1597)游天目，作游记二篇，此为第一篇。(2)庄：天目山下双清庄，相传梁昭明太子萧统在西天目读书，东天目参禅。统曾双目失明，以东西泉洗眼后复明，故名"双清庄"。 (3)县：同"悬"。(4)直：同"值"。 (5)修真：修炼悟道。 (6)出缠：犹出尘。 (7)幻住：天目山地名。 (8)巳：上午九至十一时。

【今译】天目山幽深奇古难以名状。由双清庄至山顶，约有二十余里。大凡山深邃就多荒凉，尖峭就少迂曲，形状古朴就乏妩媚，架势粗大就不灵巧，以至于山高而水少，岩石险峻而树枯，这些都是山之缺憾。而天目山到处有沟壑，飞流淙淙，如万丈白练，此堪一绝。石色清亮，形状奇巧，石径曲折，石壁高耸陡峭，此堪二绝。虽山幽崖险，但庵堂庙宇精巧雅致，此堪三绝。我平素不爱听雷鸣，而天目山雷声极小，听来如婴儿之啼，此堪四绝。早起看云，在绝壑下，白云如棉絮，翻飞浪涌，整一个琉璃海，穿出浮云的座座山尖就像水上浮萍，此堪五绝。而变化最大的当数流云，常出奇观，不是久居山中之人不可能看尽它的千姿百态。山上树木，大的将近四十围，松树的形状如同伞盖，高不过数尺，一株值万余钱，此堪为六绝。天目山头遍茶之香远胜过龙井，笋味与绍兴的破塘相似，然清香远远过之，此堪为七绝。我想，大江之南，修炼归隐之地，没有比此地更好的了，便有了些出世的想法。

夜宿幻住，第二日早起看云，上午巳时登上绝顶，晚宿高峰、死关。次日自活埋庵寻旧路下山。天多日晴朗，山僧以为好兆头，下山便道贺。山中有僧人四百余，都恭谦殷勤，争着劝饭。临行，几位僧人说："荒山僻小，实在不值一看，是否？"我说："天目山与我们都有些缘分，所以诸位不必过谦，我也不敢溢美。"于是大笑着分别。

【点评】起首便写"山之病"，忽而笔锋一转却托出天目七绝来：不仅水美、石俊、云奇、树贵、茶香、笋鲜，甚至连雷声也如婴孩呢喃，可见是为扬而先抑了。写尽天目之美又信笔记游："宿幻住"，又宿"高峰、死关"，又自"活埋庵寻旧路"，虽一字不出山之险，却也令人提心吊胆。及至与山僧对话，非但幽默，而且以天目之子辈论天目，自有一种亲切，也使七绝之赞有了来处。

【集说】标出诸"绝"，天目便可与雁荡诸峰争胜矣。（陆云龙《翠娱阁评选十六名家小品》）

（徐欢欢）

满井游记[1]

燕地寒[2]，花朝节后[3]，余寒犹厉。冻风时作，作则飞沙走砾。局促一室之内，欲出不得，每冒风驰行，未百步辄返。

廿二日，天稍和，偕数友出东直[4]，至满井。高柳夹堤，土膏微润，一望空阔，若脱笼之鹄。于时冰皮始解[5]，波色乍明，鳞浪层层，清澈见底，晶晶然如镜之新开，而冷光之乍出于匣也[6]。山峦为晴雪所洗，娟然如拭，鲜妍明媚，如倩女之靧面[7]，而髻鬟之始掠也。柳条将舒未舒，柔梢披风，麦田浅鬣寸许[8]。游人虽未盛，泉而茗者，罍而歌者，红装而蹇者[9]，亦时时有。风力虽尚劲，然徒步则汗出浃背。凡曝沙之鸟，呷浪之鳞，悠然自得，毛羽鳞鬣之间[10]，皆有喜气。始知郊田之外，未始无春，而城居者未之知也。

夫能不以游堕事[11]，而潇然于山石草木之间者，惟此官也。而此地适与余近，余之游将自此始，恶能无纪？己亥之二月也。

【注释】(1)满井:北京东北郊名胜。据文末所记，此文作于万历二十七年(1599)。 (2)燕:河北北部，古属燕国。 (3)花朝节:俗传农历二月十二日为百花生日。 (4)东直:东直门，北京东城城门。 (5)冰皮:薄冰。(6)泠光:清冷之光。 (7)靧(huì)面:洗面。 (8)浅鬣:马颈上短毛。(9)蹇:骑驴。 (10)毛羽:指禽鸟。鳞鬣:指游鱼。 (11)堕事:误事。

【今译】燕地寒冷，花朝节过后，冬天余下的寒气还很厉害。时有料峭的寒风，风起便飞沙走石。我住在狭小的屋里，很想出门却又不敢，每每顶风急走，未满百步就又折回了。

二十二日那天，天稍暖和，同几位朋友出东直门，游至满井。那里堤旁高柳相对，土地开始解冻，满眼空旷，令人轻捷如出笼之鸟。其时水上浮冰始化，现出亮绿的波纹，荡开鱼鳞般层层涟漪，水清见底，闪烁如镜，熠熠然恰似镜匣忽开。山峦经融雪细心擦拭，就像美丽的少女晨起梳洗一样，被装扮得鲜艳明媚。柳条垂垂将绿，梢儿随风飘拂，寸高的麦苗马鬃似的浓浓一片。游人虽不多，但汲泉水煮茶的，执酒杯歌唱的，或骑驴踏青的妇人，则时时可见。风虽强劲，徒步走着竟也汗湿衣衫。沙滩上晒着太阳的鸟儿，水中吞吸水波的鱼儿，悠悠然十分自在，展翅甩尾间都露着喜气。我这才知道郊野并非无春，只是住在城中的人不知道罢了。

不至因游览而误正事，能随意沉浸于山石草木之中的也只有我了。况这儿与我住处相近，游春当从此地开始，怎能不记下呢？明万历二十七年二月。

【点评】冬之将尽，乍暖还寒，但毕竟春已悄然而至。岂止草木、山水不甘冷漠，欣欣然绽开眉眼，人也忍不住要去踩踩苏醒的土地，感知春的消息，在旷野之中消散一冬的局促、憋闷。文人心绪，最与春秋关联，感伤怀旧，常托悲秋，满怀欣喜，诉诸东风，故写来处处见情致，更处处见心境——明朗开阔，轻捷如鸟雀展翅。

【集说】满井小小野趣，一经中郎描出，水色山光，便似领略不尽。（刘士镂《古今文致》）

写境亦如平芜，淡色轻阴，令人意远。（陆云龙《翠娱阁评选十六名家小品》）

（徐欢欢）

游高梁桥记

高梁桥在西直门外，京师最胜地也。两水夹堤，垂杨十余里，流急而清，鱼之沉水底者，鳞鬣皆见。精蓝棋置[1]，丹楼珠塔，窈窕绿树中。而西山之在几席者，朝夕设色，以娱游人。当春盛时，城中士女云集，缙绅士大夫非甚不暇，未有不一至其地者也。

三月一日，偕王生章甫、僧寂子出游。时柳梢新翠，山色微岚，水与堤平，丝管夹岸。趺坐古根上[2]，茗饮以为酒，浪纹树影以为侑，鱼鸟之飞沉，人物之往来，以为戏具。堤上游人，见人枯坐树下若痴禅者，皆相视以为笑。而余等亦窃谓彼筵中人，喧嚣怒诟，山情水意，了不相属，于乐何有也？

少顷，遇同年黄昭质拜客出，呼而下，与之语，步至极乐寺观梅花而返。

【注释】(1)精蓝：蓝指佛寺伽蓝，意为精致的寺宇。　(2)趺(fū)：盘腿而坐。

【今译】高梁桥在西直门外，是京城最佳景地。两河傍堤，垂杨绵延十余里，河水湍急清澈，连水底游鱼的脊鳞都能看得真切。四周树木如绿云缭绕，掩映着四散棋置的精致庙宇及红楼珠塔。不远处就是西山，朝晚山色迷人，吸引着众多游客。当仲春时，城中男女蜂拥而至，京中官绅士大夫非决然脱身不得，没有不到此地一游的。

三月初一，与后生王章甫、僧人寂子同游。其时柳梢新绿，山色雾霭冥

蒙，水与河堤齐平，两岸丝竹声声。三人盘腿坐在古树根上，以香茗代酒，有水波树影助兴，将游鱼飞鸟、往来人物权作戏文。堤上游人，见我们三人枯坐树下如痴和尚一般，都相视调笑。而我们也窃窃议论那些设宴狂嚣谩骂之辈，与山情水意甚不相谐，真不知有什么可乐的？

一会儿，见同年进士黄昭质拜客出来，便唤他下来，闲话一番，又一起散步至极乐寺看梅花，而后归。

【点评】同在湖光山色之中，有的默然无声，静享大自然的施与，陶醉于诗情画意之间；有的则肉食狂嚣，与自然美景全不感应。可笑不谙春意者偏自诩为赏春，设宴摆酒，好不排场；更可笑名士反为俗人所笑。通篇清雅讥诮，显现出中郎洒脱性格。

【集说】宛吴郡虹桥致。真适。（陈继儒《袁中郎未刻遗稿》）

（徐欢欢）

斗　蛛[1]

斗蛛之法，古未闻有，余友龚散木创为此戏[2]。散木少与余同馆，每春和时，觅小蛛脚稍长者，人各数枚，养之窗间，较胜负为乐。蛛多在壁阴及案板下，网止数经无纬。捕之勿急，急则怯，一怯即终身不能斗。宜雌不宜雄，雄遇敌则走，足短而腹薄，辨之极易。养之之法，先取别蛛子未出者，粘窗间纸上，雌蛛见之，认为己子，爱护甚至。见他蛛来，以为夺己，极力御之。唯腹中有子及已出子者不宜用。登场之时，初以足相搏；数交之后，猛气愈厉，怒爪狞狞，不复见身。胜者以丝缚敌，至死方止。亦有怯弱中道败走者，有势均力敌数交即罢者。

散木皆能先机决其胜败，捕捉之时，即云某善斗，某不善斗，某与某相当，后皆如其言。其色黧者为上[3]，灰者为次，杂色为下。名目亦多，曰玄虎、鹰爪、玳瑁肚、黑张经、夜叉头、喜娘、小铁嘴，各因其形似以为字。饲之以蝇及大蚁，凡饥、饱、喜、嗔，皆洞悉其情状，其事琐屑，不能悉载。散木甚聪慧，能诗，人间技巧事，一见而知之，然学业亦因之废。

【注释】(1)本文约作于万历廿六年(1598)至廿八年(1600)。 (2)龚散木：即龚仲安。袁氏兄弟称之为“八舅”。殆辈尊而年相仿者。 (3)色黧(lí)：黑色。

【今译】斗蜘蛛的方法，自古从未听说过，我的朋友龚散木创造了这个游戏。散木年少时和我同窗学习，每年春暖时，寻找小蜘蛛脚稍长的，每人各几枚，在窗前饲养，竞胜败取乐。蜘蛛多半在墙角及桌板下，蜘蛛网只几根横丝，没有竖直的。捕捉时不能性急，性急蜘蛛就胆小，胆一小，就终身不能斗。选取时，应择雌的不应择雄的，雄的遇着敌人就逃，它的脚短而肚腹之肉薄，辨别它们是极容易的。饲养它们的方法，首先取出其中未见过世面的幼蛛，贴在窗前纸上，雌蜘蛛见到后，认为是自己的孩子，爱护到极点。见其他蜘蛛来，认为要夺取自己的孩子，就拼命抵御对方。只是腹中孕育有小蜘蛛和已生子的都不应选用。蜘蛛登场之时，起初用足互斗；经几个回合后，勇猛之气更厉害，发怒的足爪四处延伸呈一副凶恶的样子，(斗得剧烈之时)不再能见到蜘蛛的身子。斗胜的用蛛丝捆住对手，将对手勒死才罢休。也有胆小而中途败退的，有双方力量相当，几个回合后就不斗的。

散木都能事先判断所斗双方的胜败，捕捉蜘蛛之时，就判断到某枚能斗，某枚不善于斗，某枚与某枚能相匹敌，以后都像他所判断的那样。(一般来说)黑色的为最好，灰色的其次，杂色最差。蜘蛛的名目也多，有玄虎、鹰爪、玳瑁肚、黑张经、夜叉头、喜娘、小铁嘴等，每一枚都以它们的外形作为名目。用苍蝇和大蚂蚁喂食，对蜘蛛的饥、饱、喜、怒，散木都能彻底了解它们的情况，这些事琐碎，不能详写。散木很聪明，能写诗，人世间凡有技巧的玩意，只要一看到就懂了，但是他的学业也因此而荒废了。

【点评】全篇不过五百字，首先简提其来历和内容，接着就叙述捕捉之地点和方法、雌雄之特点、饲养之技术、相斗之情状，可谓无一不奇，无一不趣，

穷形尽相,生动传神,令人叫绝。

(刘明浩)

与沈广乘[1]

人生作吏甚苦,而作令为尤苦,若作吴令则其苦万万倍,直牛马不若矣。何也?上官如云,过客如雨,簿书如山,钱谷如海,朝夕趋承检点尚恐不及。苦哉!苦哉!

然上官直消一副贱皮骨,过客直消一副笑嘴脸,簿书直消一副强精神,钱谷直消一副狠心肠,苦则苦矣,而不难。唯有一段没证见的是非,无形影的风波,青岑可浪,碧海可尘[2],往往令人趋避不及,逃遁无地。难矣!难矣!

尊兄清声华问[3],灌满耳根,来札何为过自抑损?若弟,则终为不到岸之苦行头陀而已矣[4]。王宁海过姑苏[5],弟适有润州之行[6],不及一面,惆怅曷胜!

【注释】(1)本文作于万历廿四年,时作者在吴县。沈广乘:沈凤翔,字孟威,号广乘,江苏丹阳人。万历二十年进士,廿三年,授萧山知县。 (2)青岑可浪,碧海可尘:青山可成翻滚着波浪的大海,而碧海可干涸成尘土飞扬的土地。岑,即山。 (3)清声华问:优良的品质、声誉。 (4)苦行头陀:即苦行僧。 (5)王宁海:王演畴,字箕仲,彭泽人。万历进士,授宁海知县,故袁宏道称其为王宁海。 (6)润州:即今江苏镇江。

【今译】人生当吏很苦,而当县令更苦,如当吴县之令,那么其苦实为万万倍,简直连牛马都不如了。什么原因?上边官员如云,经吴县(来打秋风)之人如雨,官衙中的各种簿书堆积如山,百姓上交的钱粮如海,一日到晚奉迎讨好及检点验收百姓交来之物还恐怕时间不够。苦呀!苦呀!

然而对待上边为官者只要一副贱皮骨,对待那些(打秋风的)过客只要一副笑嘴脸,对待那些簿书只要有一副苦熬一阵的精神,对待那些钱粮只要有一副狠心肠,苦是苦了,但不难。只有一段没人可证的是非曲直,不见形和影的风波，这些是非，这些风波，有时竟如青山会突然变成翻浪的大海，碧海会突然变成满是尘土的大地一般，往往让人要躲也来不及，要逃离却无去向。难呀！难呀！

您有良好的声誉，我常听到世人对您的盛赞，来信为什么过分贬低自己？像我，只不过是一个在苦海之中挣扎、永远到达不了岸边的苦行僧罢了。王宁海经苏州，我正巧有镇江之行，不能面晤，让我惆怅至极！

【点评】作者通过这篇二百来字的短笺，揭示出官场的丑恶。结构上以"苦""难"二字为纲。说官场之"苦"，是为了诉官场之"难"，诉官场之"难"，是为了揭官场之险。行文上有痛快淋漓的排比铺陈，有以退求进的转折顿宕。作者的愤激不平之气，全从嬉笑怒骂中倾泻而出。

【集说】具此嘴脸皮骨，精神心肠，犹不耐是非风波，识苦且难，非身历者不能快言之。（陆云龙《翠娱阁评选十六名家小品》）

（刘明浩）

袁中道

袁中道(1570—1627),字小修,公安(今属湖北)人。与兄宗道、宏道并称“三袁”。尝从两兄宦游京师,多交四方名士,足迹半天下。万历四十五年(1617)始成进士,由徽州教授、国子监博士,至南京礼部郎中。中道才思俊发,下笔滚滚不休,流畅飘逸,时有新颖之思、俊快之语。有《珂雪斋集》。

陈无异《寄生篇》序[1]

六一居士云[2]:“风霜冰雪,刻露清秀[3]。”以山色言之,四时之变化亦多矣,而惟经风霜冰雪之余,则别有一种胜韵,澹澹漠漠,超于艳冶浓丽之外。春之盎盎[4],百花献巧争妍者,不可胜数,而梅花独于风霜冰雪之中,以标格韵致,为万卉冠。故人徒知万物华于温燠之余[5],而不知长养于寒冱之时者为尤奇也[6]。由此观之,士生而处丰厚,安居饱食,毫不沾风霜冰雪之气,即有所成,去凡品不远。惟夫计穷虑迫困衡之极,有志者往往淬砺磨炼[7],琢为美器。何者?心机震撼之后,灵机逼极而通,而知慧生焉[8]。即经世出世之学问，皆由此出，而况举业文字乎？

吾友无异，少遭困厄，客寄四方，益自振。下帷发愤[9]，穷极苦心。发为文章，清胜之气，迥出埃壒[10]。若叶落见山，古梅着蕊，一遇慧眼而兼收之，固其宜也。然予每会无异于长孺座上[11]，嘿嘿而亲之[12]，私自念此非经风霜冰雪之余，有以消磨其习气而然欤？古人有言："能推食与人者，尝饥者也；赐之车马而辞焉者，不畏徒步者也。"若畏饥而惮步，则天下事其吝为之，怯为之，不亦多乎？无异尝天下之难者也，必无难天下事矣。予以此券无异焉[13]。

【注释】(1)陈无异：作者友人，生平不详。这是袁中道为陈无异的《寄生篇》所写的序文。　(2)六一居士：北宋文学家欧阳修别号。　(3)"风霜"二句，见欧阳修《丰乐亭记》。　(4)盎盎：洋溢之态。　(5)燠(yù)：热，暖。　(6)寒沍(hù)：严寒冻结。　(7)淬砺：磨炼。　(8)知：通"智"。　(9)下帷：放下室内悬挂的帷幕，引申为闭门苦读。　(10)壒(ài)：灰尘。　(11)长孺：丘坦，字坦之，号长孺，麻城(今湖北麻城市)人，万历年间武举人，善诗工书，与作者是好友，文学观点上也属公安派。(12)嘿嘿：沉默。　(13)券：谓立契相约，有希望之意。

【今译】六一居士说："风霜冰雪，刻露清秀。"以山色而言，四季的气候景致变化多端，唯独历经风霜冰雪，则别有一种胜韵高致，清雅古淡，超脱于艳冶浓丽之外。春风洋溢之时，百花们纷纷献巧争妍，不可胜数，而梅花却独于风霜冰雪之中，以其脱俗隽永的标格韵致而成为万卉之冠首。故一般人只知道万物在和煦温暖中会生长萌发，殊不知生长在严寒冰冻之中者则更为奇丽。由此而观之，人如果生下来就处在优裕丰厚的环境之中，安居乐业，饱食终日，丝毫不沾溉风霜冰雪之气，即使有所成就，也离凡品不远。唯独经历过思殚虑竭、穷苦困顿，有志者往往加倍磨炼砥砺，终于成就美器栋梁。原因何在？心灵在受到强烈震撼之后，灵感逼临极致而后通畅，智慧灵光由此而萌发。天下大凡经世出世之学问，无不由此而出，更何况举业文字？

我的朋友无异，早年遭受困苦厄运，只能客寄四方。然而在困顿之中，无异愈发振作自强，闭门发愤苦读，穷极苦心。所作文章，其清新胜畅之气，迥然超越凡尘。好比由叶落而见山貌，古梅着蕊而绽开，一遇慧眼卓识，便兼收并蓄，这原本便很恰当。而我每次在长孺座上遇见无异，无异总是默默无语，然又令人感到忠厚亲切，我常私下自忖，这莫非是因为经历过风霜冰雪，因而其个性气质磨炼而成如此？古人云："能将自己的食物分给别人吃的人，一定尝过饥饿的滋味。能将赐给他的车马推辞不就的人，一定不畏惧徒步的艰辛。"如果畏惧饥饿而害怕徒步的艰辛，那么对天下之事就会怯懦害怕不敢去做，这种情形不也常见吗？无异是尝过人生艰辛的人，天下之事必定再不会难住他。我也因此作此文勉励无异。

【点评】作者借为陈无异《寄生篇》写序文之机而抒发感慨。正如自然界中那些经历过风霜冰雪的花木风姿分外清秀脱俗一样，面对艰难困厄，有志者既磨炼了自己的意志，也激发了才华。心灵在受到强烈震撼之后，灵感就会逼极而至，由此而发为文章，必定情真意切不同凡响。作者一生"不得志于时，多感慨……发之于诗，每每若哭若骂，不胜其哀生失路之感"（袁宏道《叙小修诗》），因此本文对陈无异"穷而后工"的称勉激励，其实也可看作作者对自己创作生涯的自况感喟。

【集说】人得天分者少，资学力者多。困厄，学问之资也。此序不直可鼓无异之气。（陆云龙《翠娱阁评选十六名家小品》）

（耿百鸣）

西　山[1]

从香山俯石蹬[2]，行柳路，不里许，碧云在焉[3]。刹后有泉[4]，从山根石罅中出，喷吐冰雪，幽韵涵澹[5]。有老树，中空火出，导泉于寺，周于廊下，激聒石渠[6]，下见文砾金沙[7]，引入殿前为池，界以石梁，下深丈许，了若径寸。朱鱼万尾，匝池红酣，烁人目睛。日射清流，写影潭底，清慧可怜。或投饼于左，群赴于左，右亦如之，咀呷有声。然其跳达刺泼[8]，游戏水上者，皆数寸鱼，其长尺许者，潜泳潭下，见食不赴，安闲宁寂。毋乃静躁关其老少耶？水脉隐见，至门左奋然作铁马水车之声，迸入于溪。其刹宇整丽不书[9]。书泉，志胜也。或曰：此泉若听其喷溢石根中[10]，不从龙口出[11]；其岩际砌石，不令光滑，令披露山骨，石渠不令若槽臼，则刹之胜，恐东南未必过焉。然哉。

【注释】(1)西山：北京西郊诸山的总称，包括妙峰山、香山、翠微山、卢师山、玉泉山等。中道有《西山》游记十篇，此为第四篇，描绘了香山碧云寺清泉流水和池中游鱼戏水的情景。 (2)香山：指香山寺。 (3)碧云：碧云寺，在香山东麓。 (4)刹(chà)：本指佛塔顶部的装饰物，后代指佛寺。(5)涵澹：水面波动的样子。 (6)激聒：佛家语，喧闹之意。 (7)文砾(lì)：有彩纹的碎石。 (8)刺泼：即泼刺，鱼跃声。 (9)书：描写。(10)听：听凭。 (11)龙口：指人为的总进水口，饰以龙头。《长安客话》卷三"碧云寺"条：佛殿前有池，池水"引自寺后石罅，罅嵌以石兽，泉从兽咀汩汩喷薄入小渠"。

【今译】从香山寺沿着石蹬俯阶而下，行走在柳林路中，一里路光景，便到了碧云寺。寺后有泉，泉水从山脚石缝中喷涌而出，如冰似雪，波滚浪涌，奏出幽雅的韵律。一棵老树因雷击起火，树心空洞倾斜，将泉水导入寺中，泉水绕寺廊周流，喧闹着流进石渠，水下但见有彩纹的碎石和金黄色的细沙，石渠通到殿前成为方池，周围以石块砌就，有一丈来深，但池水清澈澄碧，好像只有一寸深浅。池中金鱼万尾，酣游自得，一池的金红，耀人眼目。阳光照射着清清的池水，将鱼儿的影子清晰地映在了潭底，甚是清慧可爱。把饼子投在池左，鱼群便蜂拥向左；投在池右，鱼群便争相向右，一片吞服咀嚼之声。那些翻腾跳跃、游戏水上的鱼儿都是数寸长的小鱼儿，而那些一尺来长的大鱼，则潜泳在潭底，见到食物也不争抢，十分的安闲宁寂。莫非鱼儿的安静与急躁还同它们的年纪大小有关吗？泉水之脉隐隐若现，到了门左，喧然而为铁马水车之声，奋然迸发，入于溪中。且不花笔墨去描绘碧云寺庙宇的整肃庄丽，只描摹这碧云寺的泉水，为的是记下这胜迹佳景。有人

说：如果听凭此泉从石根中喷溢而出，而不像如今那样从龙口中涌出，其岩际的砌石不人为地打光磨滑，而任其自然刻峭，石渠也不要刻意地做成槽臼之状，让泉流顺势流淌，则碧云寺这一胜景，恐怕东南名刹都未必能超过它。我认为这话很有道理。

【点评】这篇游记的文笔以清新细致见长，作者用清隽简约之笔描绘了碧云寺的泉水佳景，其中对池中游鱼相戏的描摹，无论静态动态，声形色泽，都刻画得细致逼真，精妙入微。"匝池红酣""写影潭底""群赴于左"诸语，将游鱼写得生动灵透，使人历历在目。对游鱼所发的"毋乃静躁关其老少耶"的疑问，则诙谐有味，饶有情趣。全篇最后对碧云泉景所发的观感，则显露出作者不凡的眼光与见地。

【集说】景色可绘。雅有清韵。（陆云龙《翠娱阁评选十六名家小品》）

（耿百鸣）

筼筜谷记[1]

筼筜谷周遭可三十亩，皆美竹。门以内，芟去竹一方，纵可十丈，横半之，前以木香编篱[2]，植锦川石数丈者一，芭蕉覆之。有木樨二株[3]，皆合抱，开时香闻十余里。薝卜、黄白梅各二株[4]。有亭，颜曰杂华[5]。林旁有室，曰梅花廊。总以竹篱络之，而篱外之前后左右，皆竹也。于篱之西，杂华林之后，有竹径百武[6]。又芟去竹一方，纵可三十丈，横三之一。有亭三楹，颜曰净绿。后有堂三楹，名曰箨龙。其后为燕居小室。总以墙络之，而墙外之前后左右，皆竹也。于墙之西，净绿亭之后，又芟去竹一方，纵可十丈，横半之，种黄柑四株，皆合抱，岁下柑实数石，甘美异他柑。有亭曰橘乐，亦以篱络之。而篱之前后左右，皆竹也。

竹为清士所爱，然未有植之几数万个，如予竹之多者。予耳常聆其声，目常揽其色，鼻常嗅其香，口常食其笋，身常亲其冷翠，意常领其潇远，则天下之受享此竹，亦未有如予若饮食衣服纤毫不相离者。予既以腴田数百亩易之王氏(7)，稍与中郎相视点缀，数年间遂成佳圃，而中郎总名之曰筼筜谷云。

【注释】(1)筼筜：竹名，皮薄，节长而竿高。筼筜谷是作者在家乡湖北公安的一处庄园，因其中遍植修竹，故名。 (2)木香：蔷薇科植物，蔓生。(3)木樨：桂花的别称。 (4)薝卜：即栀子花。 (5)颜：题额。(6)武：古以六尺为步，半步为武。百武即五十步。 (7)王氏：指王承光，字官谷，公安举人。

【今译】筼筜谷方圆三十亩，其中遍植美竹。大门之内，砍去一片竹子，长约十丈，宽有长的一半，前面用木香编成篱笆，当中竖一块数丈高的锦川山石，碧绿的芭蕉叶覆盖其上。院内还有两棵木樨树，都有合抱粗，每到金秋开花时节，香闻十余里。还有薝卜、黄白梅各二株。院中有一小亭，门楣匾额上题着“杂华”二字。竹林旁还有一室，叫作“梅花廊”。此处用竹篱围起，而篱外前后左右，都是竹林。从竹篱往西，在杂华竹林之后，有一条五十步长的竹径，此处又砍去一片竹子，纵大约三十丈，横为纵的三分之一，有三间亭子，匾额上题着“净绿”二字，后面又有三间堂屋，起名叫作“箨龙”。最后则是起居的小屋。此处则用墙围起，墙外的前后左右，也都是竹林。在围墙的西面，净绿亭之后，又砍去了一片竹子，纵有十丈，横为其半，种着四株黄柑树，都有合抱粗，每年能收获数石柑橘，甘美异常，不同于一般的柑子。近旁有一小亭，起名“橘乐”亭，也用篱笆围起，篱笆的前后左右也都是竹子。

竹本是清流名士喜爱赏玩的高雅之物，但像我这样植竹几乎数万竿的却也罕见。我耳畔常聆听其萧萧之声，眼睛常流连其青翠之色，鼻子常嗅闻其馨香之气，口里常品味其鲜美之笋，身体常亲抚其冷翠之枝，心中常欣赏其潇远的风姿。想那普天之下赏爱竹子的人，也未必会像我这样将竹子视为饮食衣服，同竹子纤毫不相分离的。我用数百亩良田从王氏那儿换下此地，同中郎一起商量布置点缀，不过数年时间，这里便成一处佳园，中郎将此处题名为“筼筜谷”。

【**点评**】竹子修长挺拔、傲然独立，是清雅高洁的象征，深得作者的赏爱。作者在他的篔筜谷内遍植美竹，耳濡目染，身亲口享，为侣为伴。全篇语言清隽流畅，平易质朴，娓娓道来，如数家珍。虽是寻常景致，却写得淡雅动人，轻描淡写，颇得别趣。虽无一字言及怀抱，但从这一片修竹婆娑中，却分明幻化出了作者所追求的恬淡闲逸的心境意趣和品味情操。

【**集说**】绿川千亩，可容馋太守，个中却隐两才人。一片绿荫，更奕奕有清气。描写位置，令人神往。（陆云龙《翠娱阁评选十六名家小品》）

（耿百鸣）

钟惺

钟惺(1574—1624),字伯敬,号退谷,竟陵(今湖北天门)人。万历三十八年(1610)进士,授行人,迁工部主事,寻改南京礼部主事,进郎中。后擢福建提学佥事,以父忧归。尝与同里谭元春评选《诗归》,名满天下,称其诗文曰“竟陵体”。陆云龙谓其文“备良工之苦心”“宁简无繁,宁新无袭,宁厚无佻,宁灵无痴,工苦之后,还于自然”(《钟伯敬先生小品序》)。有《隐秀轩集》。

善权和尚诗序(1)

金陵、吴越间(2),衲子多称诗者(3),今遂以为风,大要谓僧不诗,则其为僧不清;士大夫不与诗僧游,则其为士大夫不雅。士大夫利与僧游,以成其为雅,而僧之为诗者,得操其权,以要取士大夫。才一操觚(4),便时时有“诗僧”二字在其鼻端眉宇间拂拂撩人,而僧之鼻端眉宇,反索然无一有矣。夫僧不必为诗,亦不必不为诗。僧而诗焉,可也;诗而遂失其为僧,则僧亦乌用诗为?而诗又

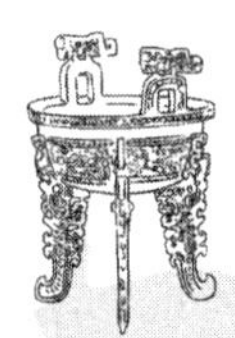

可无论也。余游金陵,所接僧而诗焉者,与之;诗而遂失其为僧者,余不愿见也。

己酉季春望[5],友人梅子庾、林子丘、茂之[6],要予游天界寺。会雨,宿僧善权庵中二日,无所事事,拈韵赋诗。善权与其徒摘蔬炊黍,煮茗焚香,洗砚伸纸,二日中无加礼,亦无倦容。无论其鼻端眉宇,无处着"诗僧"二字。察其情貌,似不识字者。授之韵,不受;问其所作诗,曰无有。竟两日,雨霁。饭毕且辞去,子丘忽于承尘上索纸[7],信手探得诗钞一帙[8],清便有致。许为之序,未就。是岁六月,舟泊京口[9],暑雨无绪,偶忆此,走笔成文,兼以遣愁。若善权者,所谓僧而诗,诗而不失其僧者也,序之可也。

【**注释**】(1)本文以俗僧同善权和尚相比,突出了善权擅诗而不自诩、大智若愚的品行。 (2)金陵:今江苏南京。吴越:指今江、浙一带。江、浙春秋时属吴国和越国,故称。 (3)衲(nà)子:和尚的别称。 (4)操觚(gū):作文。觚,木简。古人书写用木简。 (5)己酉:此指明神宗万历三十七年(1609)。季春:古人把农历的正月、二月、三月分别称为孟春、仲春、季春。望:月圆之时,即农历的每月十五日。 (6)林子丘:林楙。茂之:林古度。二人是兄弟,福州人。 (7)承尘:悬挂在床顶上承接灰尘的小帐子。 (8)帙(zhì):原意是书套、书函。书籍或手稿的一函称一帙。 (9)京口:今江苏镇江。

【**今译**】金陵、吴越一带,和尚中多有号称擅诗的,至今便成了风气,舆论一般以为,和尚不能作诗,则这个和尚便不够清高;士大夫不同擅诗的和尚交游,则这个士大夫便算不得高雅。士大夫们与诗僧们交游,以成就他们高雅的名声,而和尚中的擅诗者,得以乘机邀取士大夫的青睐。刚刚开始写诗作文,便时时有"诗僧"二字印在他们的鼻端和眉宇之间,时时撩动人的心旌,而和尚原有的鼻端和眉宇,反而一无所有了。和尚不一定非得作诗,也不一定非得不作诗。做和尚而又写诗,未尝不可;写了诗便失去了他做和尚的本来面目,则这个和尚作诗又为了什么?至于他写的诗的优劣大可置之不论。我游览金陵,所接触的和尚能诗的,我赞许他;至于作了诗便丧失了当和尚的本来面目者，我是不愿意见的。

万历三十七年三月十五日，我的朋友梅子庾、林子丘、林茂之邀我同游天界寺。不巧正遇上下雨天，就在善权和尚的庵中借宿两天。无所事事，我们四人便拈韵赋诗。善权和尚领着他的徒弟们为我们摘取蔬菜，烧煮米饭，烹茶焚香，洗砚伸纸，两天中既不过分热情地招待，也毫无怠慢之处。无论在他的鼻端上还是眉宇间，都找不出“诗僧”二字。看看他的表情和神态，就像一个不识字的人。我们给他一韵请他作诗，他不作；问他写过哪些诗，他回答说没有。两天以后，雨停了。吃完饭我们正要辞行，子丘忽然在床顶上的小帐子上找纸，随手摸出善权和尚的诗钞一函，清雅感人，别有风致。我答应为之作序，但当时没有写成。这年的六月，我乘船经过京口，天下着雨，暑湿难耐，偶尔忆起此事，便信笔写来，兼以排遣胸中的愁闷之情。至于善权和尚的为人，属于做了和尚又能诗、写了诗又不失其为和尚的本色者，值得为他的诗集作序。

【点评】写俗僧以“诗僧”骄人，只寥寥数语，其可鄙之面目已跃然纸上，而吴、越间称诗衲子之鄙俗也可概见。写俗僧是铺垫，有此反面典型做比照，善权的大智若愚则更显得可贵。

记己酉春望事则笔法近小说。平平叙来，只觉得善权和尚虽平易近人，和蔼可亲，但毕竟无知无识。至子丘于无意中探得秘密，读者方才恍然大悟：善权者，名副其实为诗僧也。

“僧而诗，诗而不失其僧者”是对善权的评价，而作者人生之祈向与诗论之宗尚也于此中透露出消息。

【集说】奕奕有清气，竹声梅韵，拂拂撩人。（陆云龙《翠娱阁评选十六名家小品》）

（王兴康）

夏梅说[1]

梅之冷，易知也，然亦有极热之候[2]。冬春冰雪，繁花粲粲，雅

俗争赴，此其极热时也。三、四、五月，累累其实，和风甘雨之所加，而梅始冷矣。花实俱往，时维朱夏[3]，叶干相守，与烈日争，而梅之冷极矣。故夫看梅与咏梅者，未有于无花之时者也。张谓《官舍早梅》诗[4]，所咏者，花之终，实之始也。咏梅而及于实，斯已难矣，况叶乎！梅至于叶，而过时久矣。廷尉董崇相官南都在告[5]，有《夏梅》诗[6]，始及于叶。何者？舍叶无所为夏梅也。予为梅感此谊，属同志者和焉，而为图卷以赠之。

夫世固有处极冷之时、之地，而名实之权在焉[7]。巧者乘间赴之[8]，有名实之得，而又无赴热之讥，此趋梅于冬春冰雪者之人也，乃真附热者也。苟真为热之所在，虽与地之极冷，而有所必辨焉。此咏夏梅意也。

【注释】(1)此文借题发挥，直吐胸中块垒。文中夏梅之"冷极"，正与作者之久处闲曹的境遇暗合。 (2)候：时令。古人根据鸟兽、草木生长的不同情况，以五天为一候，一年为七十二候。 (3)朱夏：夏季。因古人认为夏季五行属火，又和朱色对应，故有此称。 (4)张谓：字正言，河内(今河南沁阳)人。唐天宝进士，官至礼部侍郎。 (5)廷尉：官名，始置于秦，掌刑狱。自北齐至明、清，称大理寺卿为廷尉。董崇相：董应举，字崇相。时为南都大理寺丞。南都：明朝人称今之江苏南京为南都。在告：古代官吏休假称"告"。在告即指在休假期间。 (6)《夏梅》诗：董应举此诗，据今人考订，约作于明万历四十六年(1618)，当时钟惺写了诗和《夏梅说》。 (7)权：通变。古人以反经合道为权。(8)间：空隙。

【今译】梅境遇之冷清，易为人解，然而，梅也有极热闹的时节。每当冬春之交，冰封雪飘，寒梅怒放，雅人俗子，争赴观梅，这便是梅极热闹的时节。三、四、五月，梅实累累，和风细雨频频吹打，于是梅之境遇便趋于冷清。待到花与实都零落成泥碾作尘了，时间也便进入了夏季，这时，梅之叶与梅之干苦苦相守，同烈日抗争，于是梅之冷清便达到极点。因此，观梅与咏梅者，都不会挑选无花时节的梅作为观赏和吟咏的对象。唐代诗人张谓的《官舍早梅》诗，所吟咏的是花朵刚落、梅实始结之梅。咏梅而至梅实，已难下笔，何况咏梅叶呢！梅到了只剩几片叶子的时候，它的“黄金时代”自然早就过去了。廷尉董崇相在南都做官，正巧在家休假，写了首《夏梅》诗，这才把梅之叶作为吟咏的主题。这是为什么呢？因为夏季之梅已无花可咏了。我有感于夏梅的境遇，嘱咐志同道合的朋友唱和董崇相的《夏梅诗》，又绘了夏梅图送给他。

世上本来就存在着处于极冷之时、极冷之地的事物，而冷与热的名实通变也存在于其中。机巧者钻了名实通变的空子，既名利双收，又免于“趋炎附势”的讥讽，这种人便是在冬春之交、冰雪之中的赏梅者，他们是真正的“趋炎附势”之徒。果真处在极热中，却又是极冷之候，亦须细加辨别，也不能混为一谈。这就是我吟咏夏梅、议论夏梅的立意所在。

【点评】世之观梅、咏梅、说梅者，多注目于冬梅和初春之梅，因为这时的梅凌霜傲雪，性格鲜明突出。本文作者有鉴于此，从这一现象的背后看出了哲理。作者正面论述的“夏梅”在文学史上很少有人注目，而作者竟能自出机杼，揭示出夏梅与世态人情的某种相似之处。

（王兴康）

与郭笃卿[(1)]

往时入蜀者[(2)]，道荆州则过潜江[(3)]，可图一晤，而此番欲取道夷陵谒座师[(4)]，又往承天谒陵[(5)]，故遂不能由此道，归途或可耳。

弟平生不喜星相[(6)]，尤不喜星相之极验者。凡以人生祸福，妙在不使人前知，若一一前知，便觉索然，且多事矣。弟所知陈生，则星家之极验者也。以弟不喜其术，欲去而之他邑。想兄与弟同好恶，亦应不喜此术，而世上如我两人趣尚者，百无一二，则陈生之遇者百而不遇者亦一二也。幸随分推广，但莫荐之钟伯敬一流人耳。一笑笑。

【注释】(1)本文表达了作者对星相家的态度，并把郭笃卿引为同调。当

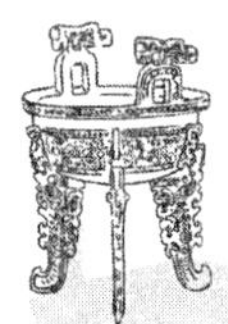

时,不相信星相术的人“百无一二”,这样便更突出了作者同郭氏之间友谊的可贵。　(2)蜀:今四川地区。　(3)荆州:府名,治所在今湖北江陵。潜江:县名,今属湖北。　(4)夷陵:州名,治所在今湖北宜昌市。座师:明、清时期,举人和进士称科举考试时的主考官或总裁官为座师。　(5)承天:府名,治所在今湖北钟祥市。当时,潜江县即在承天府境内。　(6)星相(xiàng):即星命和相术。古代的术数家认为,人的命运同天上星宿的位置和运行有关,所以,他们把人的生辰八字按星宿的运数,附会人事,推算人的命运,称星命。相术即指通过观察人的形貌来预言命运的方术。

【今译】以前入蜀,取道荆州则要经过潜江,这样我们便能会上一面,然而这次我想取道夷陵去拜谒座师,又要去承天扫墓,所以就不能走从前的老路了,回来时或许还可以取道荆州。

弟平生不喜欢星命、相术,尤其不喜欢星命、相术极灵验者。人生的祸福,妙在事前人不能知晓,如果事前都知道了,便觉人生索然无味,而且由此会生出许多麻烦。弟所熟知的陈生,是星家中极灵验者。因为弟不喜欢他的星术,所以他便要离开我这里。我想,兄与我好恶相同,当亦不喜欢这类方术,而世上像我们两人志趣者,百里难寻一二,这样陈生遇上知音的可能性有一百而他遇不上知音的可能性只有一二而已。拜托您替他在适当的机会誉扬推荐,但是千万不要推荐给像我钟伯敬这一流人。这是玩笑话。

【点评】“己所不欲,勿施于人”,先哲有言。作者既明言不喜星相之术,又把郭笃卿引为同志,却偏偏要郭看他的面子为陈生介绍主顾,如此悖理之事竟被他说得圆圆满满,不露破绽,可谓“巧舌如簧”“妙笔生花”。

【集说】每读先生文,有一波未竟,一波又兴,一峰方转,一峰又出,令人不暇应接,而尺牍尤甚。(陆云龙《翠娱阁评选十六名家小品》)

(王兴康)

王思任

王思任(1574—1646),字季重,号遂东,又号谑庵,山阴(今浙江绍兴)人。万历二十三年(1595)进士,历兴平、当涂、青浦三县知县,迁袁州推官,擢刑部主事,转工部,出为江西佥事。鲁王监国,授礼部侍郎,清兵陷绍兴,绝食而死。思任擅长游记,新奇诡怪,谐趣横生。有《王季重集》。

剡溪[1]

浮曹娥江上[2],铁面横波[3],终不快意。将至三界址[4],江色狎人[5]。渔火村灯,与白月相下上。沙明山静,犬吠声若豹,不自知身在板桐也[6]。

昧爽[7],过清风岭,是溪江交代处[8]。不及一唁贞魂[9]。山高岸束[10],斐绿叠丹[11]。摇舟听鸟,杳小清绝[12],每奏一音则千峦嚁答[13]。秋冬之际,想更难为怀[14],不识吾家子猷何故兴尽[15]?雪溪无妨子猷[16],然大不堪戴[17]。文人薄行[18],往往借他人爽厉心脾[19],岂其可?

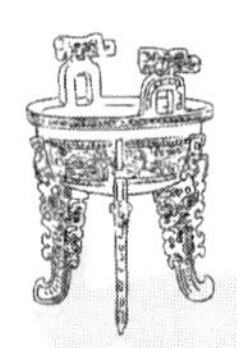

过画图山,是一兰苕盆景[20]。自此万壑相招赴海[21],如群诸侯敲玉鸣裾[22]。逼折久之[23],始得豁眼一放地步。

山城崖立[24],晚市人稀。水口有壮台作砥柱[25]。力脱帻往登[26],凉风大饱。城南百丈桥翼然虹饮[27],溪逗其下[28],电流雷语。移舟桥尾,向月碛[29],枕漱取酣[30],而舟子以为何不傍彼岸,方喃喃怪事我也。

【注释】(1)剡(shàn)溪:水名。在今浙江嵊州市南,为曹娥江的上游。本文是一篇山水小品,融写景、叙事、抒情、怀古、议论于一体而各极其妙,是晚明小品中的山水佳构。 (2)曹娥江:水名,在浙江省境内,为剡溪之下游。因其流经曹娥庙前,故名。 (3)铁面:谓江面景色单调清冷,就像一个人毫无表情的面孔。横波:谓江水横流,无情东去。 (4)三界:镇名,在上虞至嵊州市之间的曹娥江畔。 (5)狎(xiá):亲近,亲密。 (6)板桐:舟船。 (7)昧爽:黎明时分。 (8)溪江交代处:指剡溪和曹娥江的交汇处。 (9)唁(yàn):凭吊。贞魂:指东汉时孝女曹娥贞洁的灵魂。相传曹娥是东汉时上虞(今属浙江绍兴市)人。其父溺死江中。当时,曹娥年仅十四岁,沿江号哭,寻找父尸,因不得而投江殉父。后人便称此江为曹娥江,又在江边建庙,祭祀曹娥的贞魂。(10)岸束:谓江面狭窄,犹如被江岸束住一般。 (11)斐(fěi)绿叠丹:谓两岸景色一片碧绿之中间以红色,十分宜人。斐,色彩鲜明貌。 (12)杳(yǎo)小清绝:谓鸟声听来既远又轻,但清妙绝伦。 (13)啰(miù):应。 (14)"秋冬"二句:据《世说新语·言语》载:"王子敬(献之)云:'从山阴道上行,山川自相映发,使人应接不暇。若秋冬之际,尤难为怀。'"意谓秋冬之际,草木开始凋零,更增添了游人的感慨。 (15)吾家子猷(yóu)何故兴尽:据《世说新语·任诞》记载:"王子猷(即王徽之)居山阴(今浙江绍兴)。夜大雪,眠觉,开室,命酌酒,四望皎然。因起彷徨,咏左思《招隐》诗,忽忆戴安道。时戴在剡,即便夜乘小船就之。经宿方至,造门不前而返。人问其故,王曰:'吾本乘兴而行,兴尽而返,何必见戴?'"吾家子猷:因作者和王徽之同姓,故称。 (16)无妨子猷:意谓子猷雅性放诞,故严寒冰雪无妨其出行。 (17)大不堪戴:戴,即戴逵,字安道,少博学,好谈论,善属文,能鼓琴,工书画。曾居会稽之剡县。性情高洁,常以礼度自处,深以放达为非道。此句意谓王徽之的放诞行为,戴安道是不赞成的。 (18)文人薄行:谓文人尽管文才卓著,但往往品行不检点。此指王徽之。据《晋书》本传记载,王徽之好声色,“时人皆钦其才而秽其行”。(19)借他人爽厉心脾:意谓希望通过与品行高洁的人交往,来使自己心胸爽朗,情绪振奋。 (20)兰苕(tiáo)盆景:指兰草盆景。 (21)万壑(hè)相招赴海:意谓曹娥江汇集下游各支流,东赴大海。壑,沟池。 (22)敲玉鸣裾(jū):谓江水之声犹如诸侯们走路时衣服和佩玉发出的声音。裾,古人指衣服的前襟或后襟。 (23)逼折:狭窄。犹言逼仄。 (24)山城:指嵊县县城。故址在今浙江嵊州市西南。 (25)砥(dǐ)柱:山名。一名三门山。原在今河南三门峡市东北的黄河中。河水至此,包山而过。后因修建三门峡水库,山没入水中。此谓壮台如砥柱,屹立江中。 (26)帻(zé):包头巾。 (27)翼然虹饮:谓桥如百丈长虹,飞架溪上;桥的两端坐落在水边,犹如长虹吸水。虹饮,古代传说虹能饮水。 (28)逗:停留。 (29)碛(qì):浅水中的沙石。(30)枕(zhèn)漱:即枕石漱流。

【今译】船行曹娥江上,但见江景板滞,江水横流,始终不能令人感到愉快。将到三界址的时候,江景这才使人感到了亲切与惬意。那江边的两三点渔火和岸上村庄里的零星灯光,与天上皎洁的明月遥相呼应。沙滩明净,山峰静立;村落里的犬吠听来就如豹吼,这一切使人几乎不觉得身在舟中了。

黎明时,船过清风岭,这里是剡溪与曹娥江的交汇处。我因旅途匆忙,没有时间到江边的曹娥庙去吊唁贞魂。这时,只见两岸高山耸立,水道狭窄;岸上的草木碧绿中间以鲜红,色彩十分明艳。我们一边摇着船,一边听着清晨的鸟鸣,只觉得那声音杳远而娇小,真是清妙绝伦。当群鸟从它们的歌喉里唱出每一个音符的时候,千山万壑便马上响应。如果到了秋冬之际,万木凋零,那情景一定会更加触发游人的感慨,不知道王徽之为什么会兴尽而返?雪中的剡溪并没能阻止王徽之去拜访戴安道,然而,王徽之放诞不羁的性情,戴安道未必赞赏。文人们大都不拘小节,品行不佳;他们往往希望借助于同他人的交往来改变自己的形象,这怎么可能呢?

船过画图山,这山就像一座兰草盆景,小巧玲珑。从这里开始,两岸的大小水流汇入剡溪,一起东流大海,这潺潺的水声,就像群诸侯朝见天子时衣服和佩玉发出的声音一样。船在狭窄的溪流中行驶了好久,这才豁然开朗。

山城紧傍山崖，夜晚的集市上人很少。水口有座壮台，立于水中。我脱下头巾，奋力登上高台，让夜晚的凉风吹了个够。城南有座百丈桥，如长虹吸水，横跨溪上，剡溪曲曲折折地从桥下流过，其情景犹如电流雷语。我让小船停靠在桥尾，面向月光下浅水中的沙石，想“枕石漱流”而眠，然而那位船老大却怪我为什么不把船停泊在对岸，正在自言自语地唠叨呢。

【点评】一路写来，句之长短与气之高下，笔下风景之动与静、声与色、山与水，皆顺其自然。不拘一格而风格自在其中。文中自然带出王子猷访戴故事，似随意评点，而作者之才、之识可见，也是一段“翻案文章”。

（王兴康）

小　洋[1]

由恶溪登括苍[2]，舟行一尺水，皆污也[3]。天为山欺，水求石放，至小洋而眼门一辟。

吴闳仲送我，挈睿孺出船口，席坐引白[4]，黄头郎以棹歌赠之[5]。低头呼卢[6]。俄而惊视，各大叫，始知颜色不在人间也。又不知天上某某名何色，姑以人间所有者仿佛图之。

落日含半规，如胭脂初从火出。溪西一带，山俱以鹦鹉绿，鸭背青。上有猩红云五千尺，开一大洞，逗出缥天[7]，映水如绣铺赤玛瑙。

日益曶[8]，河滩色如柔蓝懈白，对岸沙则芦花月影，忽忽不可辨识。山俱老瓜皮色。又有七八片碎翦鹅毛霞，俱金黄锦荔[9]；堆出两朵云，居然晶透葡萄紫也。又有夜岚数层斗起，如鱼肚白；穿入出炉银红中，金光煜煜不定。盖是际天地山川，云霞日彩，烘蒸郁衬，不知开此大染局作何制？意者，妒海蜃，凌阿闪[10]，一漏卿丽之华耶[11]？将亦谓舟中之子，既有荡胸、决眦之解[12]，尝试假尔以文章，使观其时变乎？何所遘之奇也？

夫人间之色，仅得其五[13]。五色互相用，衍至数十而止，焉有不可思议如此其错综幻变者？曩吾称名取类，亦自人间之物而色之耳。心未曾通，目未曾睹，不得不以所睹、所通者，达之于口而告之于人。然所谓仿佛图之，又安能仿佛以图其万一也？嗟乎！不观天地之富，岂知人间之贫哉！

【注释】(1)小洋：滩名，在浙江青田。本文由船过小洋时所见斑斓云彩入笔，层层剥笋，最后点出“不观天地之富，岂知人间之贫”的题意。 (2)恶溪：瓯江的支流。括苍：在浙江丽水。 (3)污：谓水浅混浊。 (4)引白：举杯喝酒。 (5)黄头郎：船夫。 (6)呼卢：赌博时吆喝之声。此指劝酒声。 (7)缥天：青天。 (8)曶(hū)：昏暗。 (9)锦荔：即锦荔枝，一名苦瓜，颜色金黄。 (10)阿闪：梵语，无动无怒之意。此指佛国妙境。 (11)卿丽：即卿云，五彩祥云。 (12)荡胸、决眦：杜甫《望岳》：“荡胸生层云，决眦入归鸟。” (13)五：五色，即青黄赤白黑。

【今译】由恶溪登括苍山，船行于狭窄的水中，水流皆浅平混浊。这时，只见苍天似乎为高峻的青山所欺，溪水仿佛在恳求山石放行，而这种逼仄的景象，直到船至小洋，这才使人眼界一开。

吴闳仲送我，带着睿孺走出船口，坐在甲板之上，举杯饮酒，那位船夫一面打着拍子，一面唱着船歌，似乎以此作为送给我们的礼物。我们都低着头在劝酒。突然，我们惊异地看到天上一片奇丽的景色，大家不禁欢呼起来，这才领悟了真正美妙的景色原来并不在人间的道理。然而，我们又说不出这天上的景致是什么颜色，只好姑且用人间所有的事物近似地作一个比喻。

那将落未落的夕阳就像一个巨大的半圆，其色如刚刚从火中取出的胭脂。恶溪西面一带，山峰都是鹦鹉绿或者鸭背青。其上飘浮着五千尺猩红色的云霞，中间有一大洞，露出淡青色的苍穹，而这赤云和青天倒映在水中，犹如锦绣之上缀以红色的玛瑙。

天色更加昏暗了，沙滩呈现出迷茫的蓝色和白色。再看对岸的河边，白色的芦花和淡淡的月光，已模模糊糊地分不清了。两岸的山峰一片青黑色。天上又飘来了七八片晚霞，就像剪碎了鹅毛，其色金黄，如鲜美的锦荔枝；晚霞很快堆出两朵云，居然晶莹透明，呈葡萄般的紫色。还有夜间的云气，层

层叠叠，竞相涌起，色如鱼肚之白；它穿过银红色的云霞，金光闪烁。总之，这时候的天地和山川、云霞和夕阳，其色彩和光芒互相辉映，互相交融，真不知老天爷开了这么大的染坊派什么用场？不过我猜想，老天爷会不会是在嫉妒海市蜃楼，或者是要超过佛国妙境，因而偶尔一露他那吉祥、美丽的云霞呢？或许，难道是老天爷知道我们船上的这几位已经领会了"荡胸生层云，决眦入归鸟"的雄阔意境，于是便试着给我们看他的色彩和形态，好让我们观察其中的变化呢？我们怎么会遇上这么奇妙的景色呢？

至于人间的颜色，最基本的仅有五种。这五种颜色相互配合着，最多只能衍变出几十种颜色，怎么能比得上如此不可思议、错综变幻的自然界的颜色呢？刚才，我说某物为某色，往往借助于同这一颜色相似的某物做比喻，当然，我是用人间的事物来比较它们的颜色的。其实，我的心并未与自然界沟通，我的眼睛也并没有真正看见过自然界的本色，我是"强作解人"，不得不借助我所看见过和我自认为通晓的事物，通过我的口来告诉别人。然而，所谓只说出了一个大概的感觉，其实，我又怎能把自然界千差万别、千变万化的颜色的本来面目，说出它们万分之一的本质特征来呢？啊！不亲眼看见自然界的丰富，怎么会知道人类社会的贫乏呀！

【点评】此文题为"小洋"，却不写"小洋"水面之景，而把笔触伸至天上——写"小洋"天上之景。天上之景色乃自然之景色，其丰富与变化自非人间所有。全文的主旨是突出"天工"的伟大和"人工"的渺小，作者挖空心思构成的联珠妙喻均为此主旨而设。

此文之特色在于：借助多种比喻手法，把千差万别的自然之色，在读者的脑海里经过他们自己的想象处理，成功地还原成最接近其原来颜色的色觉，于此可见作者驾驭语言的能力。

【集说】夏日之云，层层出其奇丽，意七窍外更有一窍供其冥搜乎？不可思议。（陆云龙《明文归》）

开染局，与蜃斗丽；逞枯管，与天写色。人巧也，足配天工。（陆云龙《翠娱阁评选十六名家小品》）

（王兴康）

张京元

张京元(生卒年不详),字思德,又字无始,泰兴(今属江苏)人。万历三十二年(1604)进士,授户部主事,擢江西参议佥事,迁提学副使。京元幼有颖异,及长,文辞敏赡,倾倒一时,书法尤精妙。有《寒灯随笔》。

九里松[1]

九里松者,仅见一株两株,如飞龙劈空,雄古奇伟。想当年万绿参天,松风声壮于钱塘潮。今已化为乌有。更千百岁,桑田沧海[2],恐北高峰头有螺蚌壳矣[3],安问树有无哉!

【注释】(1)九里松:杭州西湖西路一景。《西湖游览志》:"九里松,唐刺史袁仁敬守杭,植松以达灵、竺,凡九里,左右各三行,每行相去八九尺,苍翠夹道。" (2)桑田沧海:喻世事变迁大。 (3)北高峰:在浙江杭州市灵隐寺后,与南高峰相对峙,海拔 314 米。

【今译】九里松一带的松林,只有零零落落的一两株了,老干虬枝,势同

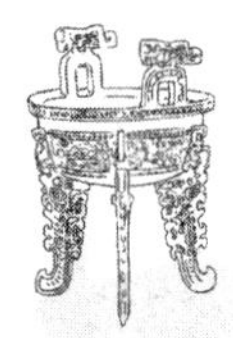

冲天的苍龙，显得雄浑古穆，奇异高大。由此可以想象，当年九里松碧绿万顷、浓荫蔽天，松涛声比钱塘潮还震撼心魄。但如今却都随着时间的流逝而消失了。再过千百年，随着世事的巨大变迁，恐怕在如今的北高峰上，都会找得到螺蚌的甲壳呢，还用得着问有树没树吗！

【点评】此记仅60余字，可称“超短文”，但篇窄而思阔。作者由眼前的一两株老松，回溯千百年前九里松一带松林壮盛的景象，又揣度千百年后，高峰将没于白浪之中，使全文时间的跨度极大。作者又由眼前的老松，而将视野拓展到昔日钱塘江的惊涛骇浪与将来北高峰的奇观，使全文空间的延伸也极广。真可谓纳须弥于芥子，藏世界于一粟。

（陶湘生）

断　桥(1)

西湖之胜在近，湖之易穷亦在近。朝车暮舫(2)，徒步缓行，人人可游，时时可游，而酒多于水，肉高于山。春时，肩摩趾错(3)，男女杂沓，以挨簇为乐。无论意不在山水，即桃容柳眼，自与东风相倚，游者何曾一着眸子也。

【注释】（1）断桥：杭州西湖白堤一景。《西湖游览志》：“断桥，本名宝祐桥，自唐时呼为断桥。”　（2）舫：游船。　（3）趾错：脚相碰。

【今译】西湖好就好在离城近，西湖容易游遍也在于近。早晨乘车，傍晚乘船，悠然闲步，每个人都可以来游，每时每刻都可以来游，喝掉的酒盛起来比湖水还多，吃掉的肉堆起来比山还要高。烟花三月，人多得肩碰肩，脚碰脚，男男女女，混杂在一起，以拥挤为乐。不必说这些游客之意不在山水，即使桃花灿然的容颜，柳条嫩绿的新芽，也只能寂寞得自个儿与东风相依相伴，这些游客何曾好好地看过它们一眼呢。

【点评】众多写西湖的文字，难得有写西湖不足之处。张京元指出了西湖的不足在于“近”，所以西湖人满为患，整日闹闹哄哄，游客不是在这里观赏山水，而是大嚼大喝，以“挨簇为乐”，空自辜负了西湖的大好风光。掩卷而思，其实作者并不是在说西湖的不是，而是在讽刺游客不懂得赏玩山水、领受西湖的韵致。

（陶湘生）

李流芳

李流芳(1575—1629),字长蘅,一字茂宰,号檀园香海、沧庵,别号慎娱居士,嘉定(今属上海)人。万历三十四年(1606)举于乡,天启初,北上会试,抵京郊,闻魏忠贤气焰甚张,乃赋诗而还,绝意仕进。性好山水,杭州有别墅,数流连湖光山色之间。长蘅无他大文,其题画册,潇洒数言,便使读之者如身出其间。有《檀园集》。

游西山小记[(1)]

出西直门[(2)],过高梁桥,可十余里,至元君祠。折而北,有平堤十里,夹道皆古柳,参差掩映。澄湖百顷,一望渺然。西山匌匒[(3)],与波光上下。远见功德古刹及玉泉亭榭[(4)],朱门碧瓦,青林翠嶂,互相缀发[(5)]。湖中菰蒲零乱[(6)],鸥鹭翩翩,如在江南画图中。

予信宿金山及碧云、香山[(7)],是日,跨蹇而归[(8)]。由青龙桥纵辔堤上。晚风正清,湖烟乍起,岚润如滴,柳娇欲狂,顾而乐之,殆不能去。

先是，约孟旋、子将同游，皆不至，予慨然独行。子将挟西湖为己有，眼界则高矣，顾稳踞七香城中，傲予此行，何也？书寄孟阳诸兄之在西湖者一笑[9]。

【注释】(1)此文作于作者在京师期间。作者不喜应酬，耽嗜山水，其游踪在诗歌和小品文中多有反映。西山，今北京西郊群山的总称，是游览胜地，包括玉泉山、灵山、香山、翠微山、卢师山等。　(2)西直门：北京城的西门，城楼于1969年拆除。　(3)匌匒(kē dā)：重叠。　(4)玉泉：玉泉山。在北京市西北。以山下有玉泉而得名。山麓有静明园。　(5)缀(zhuì)发：谓青山与翠树相映发。缀，联结。　(6)菰(gū)：植物名，即茭白。蒲：指蒲柳，即水杨。　(7)信宿：连宿两夜。碧云：碧云寺，在香山上。其寺金碧辉煌，下有台阶数百级，气势恢宏，明代为京师诸寺之冠。香山：香山寺，也在香山上。　(8)蹇(jiǎn)：跛，行动迟缓。此借喻驽马。　(9)孟阳：程嘉燧，字孟阳，号松圆，休宁(今属安徽)人，侨居嘉定(今属上海)。工诗善画，人称松圆诗老。

【今译】走出西直门，经过高梁桥，约十余里地，便到了元君祠。转而往北，有一条十里平堤，堤上夹道种着的都是年代久远的柳树，高高低低，互相掩映。那上百顷的澄湖，一眼望去，烟波浩渺。西山重重叠叠，与湖中的波光水影一上一下。远远望见功德古刹和玉泉山脚下的亭榭。那红色的大门和绿色的瓦片，青青的树林和苍翠的山峦，互相映发。湖中的菰蒲长得很零乱，水鸥和鹭鸶翩翩飞翔，使人仿佛置身于江南水乡的图画之中。

我在金山寺和碧云寺、香山寺住了两夜，这天，骑着一匹驽马回来。我从青龙桥走上平堤，让马随心所欲地跑着。这时，晚风正清，湖上的烟雾刚刚升起，那烟岚使人感到其中充满了水气，柳树正在枝繁叶茂之时，我在观赏的同时感到很快乐，几乎不愿离去。

在此之前，我曾约孟旋、子将同游西山，两人都不到，于是我便慨然独往。子将把西湖视为己有，眼界是真够高的，但他稳居七香城中，傲慢地对待我这次旅行，这是为何缘故呢？我把这些写下来寄给在西湖的孟阳等诸位兄长，想博得他们一笑。

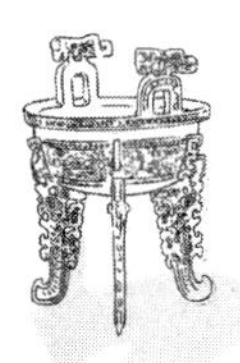

【**点评**】古柳夹道，菰蒲零乱；山岚欲滴，柳娇欲狂；湖光山色，交相辉映。如此风光，乃典型的江南景色，却不料令作者在北地见之，其欣喜之情，流连之意，固在意料之中。

【**集说**】清而丽。（纳兰常安《古文披金》）

（王兴康）

萧士玮

萧士玮(1585—1651),字伯玉,号三莪,泰和(今属江西)人。万历四十四年(1616)进士,授行人。崇祯初,册封秦藩,再命使琉球,请辞,谪光禄典簿,寻迁礼部主事,转吏部。弘光南渡,官至太常寺卿,后以疾归。士玮有隽才,为文奇肆奔放。有《春浮园集》。

湖山小记

雨中上韬光[1],雾树相引,风烟披薄,飞流木末,江悬海挂。稍倦,时踞石而坐,时倚竹而息。大都山之姿态,得树而妍;山之骨格,得石而苍;山之营卫[2],得水而活。惟韬光道中能全有之。初至灵隐,求所谓"楼观沧海日,门对浙江潮"者[3],竟无所有。至韬光,了了在吾目中矣。白太傅碑可读[4],雨中泉可听,恨僧少可语耳。枕上沸波,终夜不息,视听幽独,喧极反寂,益信"声无哀乐"也。

【注释】(1)韬光:寺名,在杭州北高峰下。 (2)营卫:血脉。 (3)“楼观”二句:唐骆宾王《灵隐寺》诗句。 (4)白太傅:指白居易,其有《灵隐寺碑》。

【今译】冒雨前往韬光寺,一路上雾气与树木交融,风烟弥漫,瀑布喷洒于树梢,钱塘江与大海仿佛凌空悬挂。略感疲倦,便时而坐在石上,时而靠着竹树休息。往往山的姿态,有树而显得美丽;山的骨格,有石而显得苍劲;山的血脉,有水而显得有活力。只有韬光道上因树、木、水三物皆备而囊括山的姿态、骨格、血脉三种美景。初到灵隐寺,希求看到骆宾王“楼观沧海日,门对浙江潮”诗句所描绘的情景,结果却没有看到。一到韬光寺,这种情景就清晰地映入我的眼帘。白居易写的碑文历历可读,雨中的泉水声悦耳动听,遗憾的是少有趣味相投的和尚可交谈切磋。倚枕而眠,那风声、雨声、泉声、林涛声交织在一起,犹如沸腾的波涛,整夜不停,耳目所感只觉得幽静孤独,喧闹之极反而显得分外寂静,我越发相信嵇康所说“声音不分哀乐”的话了。

【点评】文章开篇,即以精炼的文字描绘出韬光道上山色空蒙、雄奇壮美的烟雨图。“悬”“挂”二字尤奇崛传神。由韬光景色自然引出作者别具慧眼的山水审美见解,认为“树”“石”“水”三物,构成“妍”“苍”“活”三美;并就“姿态”“骨格”“营卫”三方面,把山水比拟为“人化的自然”,生动形象,新颖独到,巧妙揭示了自然美与人体美的“同构”现象。说透道理后,笔锋一转,仅以“惟韬光道中能全有之”一句,便把此山完备而可贵的审美风貌一语道破。结尾语短意长,有理趣,有余韵。

【集说】拳石即是名山,妙语固不在多也。(陆云龙《明文奇艳》)

由来品山者,谅无出此。(陆云龙《明文奇艳》)

(刘耿大)

谭元春

谭元春(1586—1637),字友夏,号鹄湾,又号蓑翁,竟陵(今湖北天门)人。天启七年(1627)举乡试第一。崇祯时会试下第,十年再试,殁于旅店。其文皆从“一片性地流出,尽洗书本积木之气,栖泊人心腑间,如吞香咽脂”。有《谭友夏合集》。

《期山草》小引

己未秋阑,逢王微于西湖[(1)],以为湖上人也。久之复欲还苕[(2)],以为苕中人也。香粉不御,云鬟尚存,以为女士也。日与吾辈去来于秋水黄叶之中,若无事者,以为闲人也。语多至理可听,以为冥悟人也[(3)]。人皆言其诛茅结庵,有物外想,以为学道人也。尝出一诗草,属予删定,以为诗人也。诗有巷中语,阁中语,道中语,缥缈远近,绝似其人。荀奉倩谓妇人才智不足论,当以色为主[(4)]。此语浅甚。如此人此诗,尚当言色乎哉?而世犹不知,以为妇人也。

【注释】(1)王微:字修微,号草衣道人,扬州人。幼年沦于青楼,长而才情出众,好游山水,又喜禅佛,所与游皆胜流名士。 (2)苕:苕水,也作苕溪,在浙江省。 (3)冥:幽暗,深远。 (4)荀奉倩:荀粲,三国时魏荀彧之子,字奉倩。“妇人才智”云云,语见《世说新语·惑溺》。

【今译】己未秋深时节,在西湖遇见王微,以为她是西湖一带人。过了好一阵,又要回苕溪去,以为她是苕溪人。不施浓妆,尚留发髻,以为她是女中文人。日日与我们这些人往来于山水秋色之间,像是无所事事,以为她是闲人。话语听来多含深刻的道理,以为她是深思而有悟性的人。人们都说她搭造草屋,有出世想法,以为她是学道的人。她曾拿出一部诗稿,让我删改定稿,我以为她是诗人。诗中有市井中语言,闺阁中语言,道家中语言,诗风隐隐约约,若即若离,极像作者本人性情。荀奉倩说妇女的才能智慧不值一谈,应当以美色为主。这句话很浅薄。像王微这样的女性、这样的诗歌,还能说她以色取胜吗?然而世人还不明白,把她看作一般的妇女了。

【点评】谭元春这篇为明代女诗人王微诗集《期山草》所写的“小引”,先详述王微的人品、性情、才智,次略谈其诗,最后引出一番警世之论,构思颇为精巧。介绍王微,一口气连用七个“以为……人也”的排比句,从各个方面描述了王微超凡拔俗的生活习性、精神风范、思想特质和智慧才情,层次清楚,语意畅达。末句“以为诗人也”与下文述其诗作的内容衔接紧密、自然;“绝似其人”轻轻一笔,借助前文对作者人品、性情、才智的详述,将其诗作“缥缈远近”的风格揭示了出来。收尾以王微“其人其诗”力斥“妇人才智不足论,当以色为主”的世俗谬见,不同凡响,有如异峰突起,使全文立意顿显高拔。

(刘耿大)

刘侗

刘侗（1594—1637），字同人，号格庵，麻城（今属湖北）人。少有文名，与竟陵谭元春、黄冈何闳中友善。崇祯七年（1634）举进士，授吴县令，赴任途中卒于维扬舟次。文章宗法竟陵派，冷隽尖新，别具一格。有《帝京景物略》（与于奕正合著）。

白石庄[1]

白石桥北，万驸马庄焉，曰白石庄。庄所取韵皆柳[2]。柳色时变，闲者惊之。声亦时变也，静者省之。春，黄浅而芽，绿浅而眉，深而眼。春老，絮而白。夏，丝迢迢以风，阴隆隆以日[3]。秋，叶黄而落，而坠条当当，而霜柯鸣于树。柳溪之中，门临轩对。一松虬，一亭小，立柳中。亭后，台三累[4]，竹一湾，曰爽阁，柳环之。台后，池而荷，桥荷之上，亭桥之西，柳又环之。一往竹篱内[5]，堂三楹。松亦虬[6]，海棠花时，朱丝亦竟丈。老槐虽孤，其齿尊，其势出林表。后堂北，老松五，其与槐引年[7]。松后一往为土山，步芍药牡

丹圃良久，南登郁冈亭，俯翳月池，又柳也。

【注释】(1)选自《帝京景物略》。 (2)韵：风韵、风景。 (3)阴：通“荫”。 (4)累：叠。 (5)往：进、过。 (6)亦：助词，表示加强语气。(7)引年：古礼选择年老而贤明者加以尊养。

【今译】白石桥以北，有万驸马庄，就是白石庄。这个庄所选取的造景特点是遍植柳树。柳树的颜色时常变化，闲适的人从中得到惊戒；声音也时常变化，沉静的人由此引起省察。开春不久，柳色泛黄，那是柳条发芽了；转眼变为浅绿，那是柳条抽叶了；绿色渐深，那是柳花含苞了。暮春一到，柳絮飘白。入夏之后，修长的柳丝摇曳于风中，浓密的柳荫遮住了烈日。到了秋天，柳叶枯黄凋零了，而悬垂的柳条叮当作响，霜冻的丫枝嘎嘎有声。柳溪一带，门挨着门，窗对着窗，房舍比较集中。有棵松树盘曲似龙，一个小亭轻巧玲珑，都伫立在柳树丛中。小亭后边，有个三叠的高台，台前是一湾碧水似的竹林，这是爽阁，有柳树环绕着。高台后边，池塘里边种满了荷花，荷花上边有桥，桥西边有亭，又有柳树绕着。一到竹篱里边，就看到三排堂屋。这里的松树也很盘曲，海棠开花时，红丝竟有丈把长。有棵老槐树虽说孤苦伶仃，但是它的年龄大，那气势一直冲出树林外面。后堂的北边，又有五棵老松树，它们跟槐树一起养老。松树后边一过就是土山，在芍药牡丹园里走了很久，往南登上郁冈亭，俯瞰翳月池，还是一片柳树啊。

【点评】写柳树声色，一句一景，景景相生。忽黄忽绿，忽浅忽深；忽柳荫隆隆，忽坠条当当。仅二三十字，耳目倏忽数变，真有光阴似箭、日月如轮之感。写柳从景物，拟人传神。一亭一台，一竹一木，往往姿态横生，个性鲜明。那玉立柳溪似有所待的小亭，那势出林表颐养天年的孤槐，真令人可爱可敬、难舍难分。小记语言简短，节奏轻快，时以“柳”字贯穿其中，造成回环往复的旋律，给人以轻松、满足的愉悦。

（韩焕昌）

杨文骢

杨文骢(1597—1646),字龙友,号山子,贵阳(今贵州贵阳)人。万历举人,崇祯间历任青田、永嘉、江宁知县。弘光朝官兵备副使。隆武立,任兵部右侍郎,在衢州抗清,被俘遇害。文骢以画名,能诗,所作题画小记,咫尺千里,情思悠远。有《山水移》。

画古银山望金焦[1]

晚登古银山,望金、焦两峰,如轻鸥浮水上,信笔点染,收之尺幅。因思吾辈胸次,原包六合内外[2],若肯放开手眼,则十洲三岛[3],玩弄腕股间耳。倘恋恋牖下,甘心蒙面,向井瓮中讨生活,吾不为也。

【注释】(1)银山:在江苏省镇江西江畔,山直立。俗称竖土山或植土山,又名蒜山、云台山,以与金山相对,故称银山。上有金鸡岭,下有紫阳洞。金、焦:金山,焦山。俱在江苏镇江市西北。金山本在长江中,清末江沙淤积,始与南岸相连。焦山现仍在江中,相传东汉末焦光隐居于此,因而得名。

(2)六合:天地四方。 (3)十洲三岛:古代传说中仙人居住的地方。

【今译】傍晚的时候登上古银山,远望金、焦两座山峰,犹如两翼轻盈的沙鸥浮游在水面上。我随笔画了起来,把景物收留在我的一幅小画上。因而想到我们的胸襟,本当大得可以包含整个宇宙天地,若是肯放开自己的手脚和眼界,那么,连十洲三岛的仙境,也能任凭我们去恣意玩赏了。假如要我沉恋于家,心甘情愿地蒙着自己的面孔,满足于在一井一瓮的小天地里过日子,我是不肯这样做的。

【点评】本文强调"胸次"对于山水画家创作的重要性。画家只有具备了包涵"六合内外"的广大胸次,方才能得心应手地创作出美好的画来。而这个"胸次"的获得,绝不是坐在家里所能得到的,而必须放开手脚,走到大自然中去,对山川景物进行大量的审美观照。

(刘耿大)

张岱

张岱（1597—1679），一名维城，字宗子，又字石公，号陶庵，又号蝶庵、天孙、六休居士，山阴（今浙江绍兴）人。生于通显之家，极爱繁华，多才多艺，又博极群书，胸怀“补天”之志。少工举业，然不第，遂专事著述。明亡后，避迹山居，布衣蔬食，常至断炊，于贫困中修成明史巨著《石匮书》。张岱擅写市井风情，山水与人物小记亦斐然可观。其文吸收公安、竟陵诸家之长，为明际小品文之集大成者。有《琅嬛文集》《陶庵梦忆》《西湖梦寻》。

湖心亭看雪[1]

崇祯五年十二月，余住西湖。大雪三日，湖中人鸟声俱绝。是日更定矣，余拏一小舟[2]，拥毳衣炉火，独往湖心亭看雪。雾凇沆砀[3]，天与云与山与水，上下一白。湖上影子，惟长堤一痕，湖心亭一点，与余舟一芥，舟中人两三粒而已。

到亭上，有两人铺毡对坐，一童子烧酒，炉正沸。见余大喜，曰：“湖中焉得更有此人！”拉余同饮，余强饮三大白而别[4]。问其

姓氏,是金陵人,客此。及下船,舟子喃喃曰:"莫说相公痴[5],更有痴似相公者!"

【注释】(1)此文作于崇祯五年(1632)冬十二月,时作者在杭州。(2)拏(ná):牵引,此指驾舟。(3)雾凇:树枝上凝结的雾露。沆砀(hàng dàng):迷迷蒙蒙。(4)大白:大杯酒。(5)相公:对年轻人的敬称。

【今译】崇祯五年十二月,我住在杭州西湖。落了三天大雪,湖上一片寂静,听不见人声与鸟声。这天晚上,八时光景,我雇了一条小船,裹着一件皮衣,对着炉火,独自前往湖心亭去看雪景。只见积雪皑皑,天呀,云呀,山呀,水呀,上上下下,一片素白。湖上淡淡的影子,只有苏堤一条长痕,湖心亭一个小点,和我乘坐的小舟一叶,舟中人两三粒罢了。

上了亭子,见有两人相对坐在一张毛毡上,一个童子在烧火烫酒,炉火正旺,水已经沸了。两人见到我,十分高兴,惊喜道:"湖中怎么还有这样的游人!"拉我一同饮酒,我痛快地饮了三大杯,而后才告辞。问了他们的姓氏和籍贯,知是南京人,作客于此。回到船上,船夫嘀咕道:"别提我们这位相公有多么痴,还有比他更痴的哩!"

【点评】写景如绘,简淡清远。作者虚设一个立足点,俯视远眺,将全景连同自己所乘小舟一并收入笔底。数量词"一痕""一点""一芥""两三粒",贴切尖新,有质感。叙事奇妙,简而有趣,见出雅士豪情(即所谓"痴")。客之惊喜语与舟子喃喃语,相映成趣,绝妙!

(夏咸淳)

天镜园[1]

天镜园浴凫堂,高槐深竹,樾暗千层。坐对兰汤[2],一泓漾之,水木明瑟[3],鱼鸟藻荇,类若乘空。余读书其中,扑面临头,受用一绿,幽窗开卷,字俱碧鲜。

每岁春老,破塘笋必道此[4]。轻舠飞去[5],牙人择顶大笋一株掷水面，呼园中人曰："捞笋！"鼓枻飞去[7]。园丁划小舟拾之，形如象牙，白如雪，嫩如花藕，甜如蔗霜[8]。煮食之，无可名言，但有惭愧。

【注释】(1)天镜园为张氏园林之一。祁彪佳《越中园亭记》云："园之胜以水，而不尽于水也。远山入座，奇石当门，为堂为亭，为台为沼。每转一境界，辄自有丘壑，斗胜簇奇，游人往往迷所入。" (2)兰汤：即兰荡湖，在绍兴南门外里许。 (3)明瑟：明亮鲜洁。 (4)破塘：绍兴地名，以产竹笋著称。(5)轻舠：轻快的小船。 (6)牙人：买卖中间人，此指贩笋者。 (7)鼓枻(yì)：拍桨，划桨。 (8)蔗霜：即蔗糖。

【今译】天镜园内的浴凫堂，高高的槐树，茂密的竹林，树荫竹影，重重叠叠。坐观前面的兰荡湖，碧波荡漾，水清树明，游鱼、飞鸟的投影以及水草，都好像在空中一般。我在园中读书，映在脸上，盖在头上的，都是绿色。坐在幽静的窗下，翻开书本，字字都呈鲜碧的颜色。

每年春末，必有破塘笋从此经过。轻快的小船，在水上如飞，贩笋的人总是拣一株顶大的笋，扔到水面上，对园中人叫道："捞笋！"叫罢，便划桨飞也似的驰去。园丁便划小船去取。这笋形状像象牙，洁白如雪，鲜嫩如花下藕，甜如蔗糖。煮熟了吃，味道鲜美，妙不可言，只觉得能够尝到如此美味乃是一种奢侈，而有惭愧之感。

【点评】一百二十余字，写景、叙事、状物、言情，融成一片，句句活脱，字字精妙，是诗，是画，是绝唱，恐韩、柳也须退避三舍。

（夏咸淳）

焦　山[1]

仲叔守瓜洲[2]，余借住于园[3]，无事辄登金山寺。风月清爽，二鼓，犹上妙高台，长江之险，遂同沟浍。

一日，放舟焦山，山更纡谲可喜。江曲涡山下，水望澄明，渊无

潜甲。海猪海马，投饭起食，驯扰若豢鱼。看水晶殿，寻《瘗鹤铭》[(4)]，山无人杂，静若太古。回首瓜州烟火城中，真如隔世。

饱饭睡足，新浴而出，走拜焦处士祠[(5)]。见其轩冕黼黻[(6)]，夫人列坐，陪臣四，女官四，羽葆云罕[(7)]，俨然王者。盖土人奉为土谷，以王礼祀之。是犹以"杜十姨"配"伍髭须"[(8)]，千古不能正其非也。处士有灵，不知走向何所?

【注释】(1)焦山，在镇江东北长江中，因汉末高士焦光隐居于此而得名。此文作于崇祯十年(1637)前后。　(2)仲叔：指作者叔父张联芳，字尔葆，工画，精赏鉴。曾任扬州同知，兼管瓜洲。　(3)于园：瓜洲于五家园林，《陶庵梦忆》有《于园》一则。　(4)《瘗鹤铭》：南朝著名摩崖碑刻，在今焦山碑林。(5)焦处士：即焦光，字孝然，河东(今属山西)人。汉末大乱，隐居焦山，后返北方，食草饮水，不屈其志。　(6)黼黻(fǔ fú)：华贵的礼服。　(7)云罕：旌旗。　(8)杜十姨：或为"杜拾遗"之误。杜甫曾任左拾遗，人称"杜拾遗"。民间误为"杜十姨"，以为古代女神也。伍髭须：为"伍子胥"之误。此谓民间以讹传讹。

【今译】二叔尔葆镇守瓜洲时，我借住在于园，闲时常到金山寺游玩。其时清风明月，十分清凉爽快，二更天，还乘兴登上妙高台，俯瞰大江，已不成天险，如同田间水沟。

一天，乘船去往焦山，此山特别盘曲怪异，观之可喜。江流曲屈，萦回山下，水很清澈，深水里的鳞甲之类动物都能看得清清楚楚。海猪海马，见到投去的食物，便起来争食，驯服得像养在池中的鱼儿。登上焦山，游览了水晶殿，又寻找《瘗鹤铭》。山中没有嘈杂的人声，寂静得像远古时代，回首人烟稠密的瓜洲城，真有隔世之感。

吃饱了饭，睡足了觉，又洗了一回澡，再次出游，去参拜焦处士祠。见他舆服华贵，有夫人坐在旁边，又有四个陪臣、四个女官，羽盖旌旗，仪仗隆盛威严，好像帝王一样。当地人把他奉为土谷之神，故而以王者的礼仪祭祀他。这好像以"杜十姨"配"伍髭须"，千古而下，不能纠正其错误。如果焦处士有灵，看见发生这样的事，不知要逃往何处哩?

【点评】前写焦山之静，是栖隐的好去处，由此引出焦处士。后写焦处士祠，是此文最妙处。当日高蹈深隐、穷愁潦倒的高士，竟被后人打扮成尊严华贵的王者模样，令人啼笑皆非。“是犹以‘杜十姨’配‘伍髭须’”，牛头不对马嘴，如此摆弄历史人物是何等荒谬。张岱散文的幽默感于此可见一斑。

（夏咸淳）

定海水操[1]

定海演武场，在招宝山海岸[2]。水操用大战船、唬船、蒙冲斗舰数千余艘[3]，杂以鱼艓飞艣[4]，来往如织。舳舻相隔[5]，呼吸难通，以表语目，以鼓语耳，截击要遮，尺寸不爽。

健儿瞭望，猿蹲桅斗，哨见敌船，从斗上掷身腾空休水[6]，破浪冲涛，顷刻到岸，走报军中，又趵跃入水[7]，轻如鱼凫。

水操尤奇在夜战。旌旗干橹皆挂一小镫[8]，青布幕之，画角一声，万蜡齐举，火光映射，影又倍之。招宝山凭槛俯视，如烹斗煮星，釜汤正沸。火炮轰裂，如风雨晦冥中电光翕焱[9]，使人不敢正视。又如雷斧断崖石，下坠不测之渊，观者褫魄[10]。

【注释】(1)定海：县名，今属浙江。东北滨海。张岱以崇祯十一年(1638)至定海，登招宝山，并由此渡海，游普陀山。 (2)招宝山：又名候涛山，上有威远城，山麓有靖海城，俱明嘉靖三十九年(1560)置。 (3)蒙冲斗舰：战船名。 (4)艓(dié)：又称“艓子”，小船。 艣(lǐ)：江中大船。(5)舳舻：船头称舳，船尾称舻。 (6)休：音义同“溺”，沉没于水。 (7)趵(bào)跃：跳跃。 (8)镫：古代灯具，也叫“锭”。 (9)翕焱：火花闪烁。(10)褫(chǐ)：夺。

【今译】定海演习水兵的操场，在招宝山海岸。水操用大战船、轻快的唬船、蒙冲斗舰，总共有几千艘，又有小渔船、过江大船，舰船来来往往，密集如穿梭织布。船头船尾，互相衔接，叫唤不应，只好挥旗将信息传递到对方的

眼睛里，击鼓将命令传递到对方的耳朵里，发起攻击和拦截，没有分毫差错。

健儿进行瞭望侦察，像猴子一样蹲在高高的桅斗上，一旦发现“敌船”，便从斗上掷身腾空跳入水中，破浪冲涛，顷刻之间便游到岸边，奔向大营报信。然后又跳跃入水，轻快如鱼儿戏水。

水兵演习夜战，场面更加奇伟。旗杆和盾牌上面都挂一盏小灯，用青布作灯幕，号角一响，万灯齐明，火光映射，物影摇晃缭乱。在招宝山凭栏俯视，好像在烹煮天上的北斗、繁星，锅子里的水正在沸腾。大炮轰鸣，火光耀眼，如风雨之夜电光闪烁，使人不敢正视。又像惊雷劈断崖石，滚下无底的深渊。目睹这种景象，令人丧魂失魄。

【点评】场面阔大奇伟，惊心动魄，而仅以二百余字绘之，真所谓“一粒粟中藏世界，半升铛里煮山川”。篇中有鸟瞰式的全景图，又有特写镜头，既有粗线条的勾勒，又有细微的工笔描画，既有写实，又有夸张。绝世奇文。

（夏咸淳）

柳敬亭说书[1]

南京柳麻子，黧黑，满面疤瘤，悠悠忽忽[2]，土木形骸[3]。善说书，一日说书一回，定价一两，十日前先送书帕下定[4]，常不得空。南京一时有两行情人，王月生[5]、柳麻子是也。

余听其说《景阳冈武松打虎》白文[6]，与本传大异。其描写刻画，微入毫发，然又找截干净[7]，并不唠叨哱夬[8]。声如巨钟，说至筋节处，叱咤叫喊，汹汹崩屋。武松到店沽酒，店内无人，謈地一吼[9]，店中空缸空甓皆瓮瓮有声。闲中着色，细微至此。

主人必屏息静坐，倾耳听之，彼方掉舌。稍见下人呫哔耳语[10]，听者欠伸有倦色，辄不言，故不得强。每至丙夜，拭桌剪灯，素瓷静递，款款言之。其疾徐轻重，吞吐抑扬，入情入理，入筋入骨，摘世上说书之耳而使之谛听，不怕其不齰舌死也[11]。

柳麻子貌奇丑，然其口角波俏，眼目流利，衣服恬静，直与王月生同其婉娈，故其行情正等。

【注释】(1)柳敬亭原名曹逢春，江苏泰州人，明末评话大师。张岱游南京时认识柳敬亭，对其推崇备至，除此篇外，又有诗歌《柳麻子说书》一首。(2)悠悠忽忽：放荡不羁，随随便便。(3)土木形骸：谓仪表本色自然，而无矫饰之态。(4)书帕：明代官场行贿，常以绢帕包装新刻图书，而将金银藏于其中。此指说书定金。(5)王月生：南京名妓。张岱《陶庵梦忆》有《王月生》一则记其事。(6)白文：说大书的底本。(7)找截：说书术语。"找"指回叙或补叙，"截"指中间止息和终场收束。(8)哷夬(guài)：杂乱无章。(9)暑(páo)：大叫。(10)呫(chè)哔：低声絮语。(11)齰(zé)：咬。

【今译】南京柳麻子，面孔深黑，生了许多疙瘩，举止随随便便，仪表也不修饰。他擅长说书，每天说一回书，定价一两银子，必须在十天前进行预约，送上定金，聘请者很多，所以常常不得空闲。当时南京有两个人最行时走俏，一个是名妓王月生，一个就是评话艺人柳敬亭。

我听过柳敬亭说的《景阳冈武松打虎》评话，与《水浒传》出入很大。他善于描写刻画，细微之处，连毫芒、头发也不放过，但表述却干净利落，一点也不啰嗦凌乱。他发出的声音像一座大钟，说到节骨眼的地方，叫声如雷，房屋也要被震塌。模仿武松到店买酒，见店中无人，突然大吼一声，店中空缸空坛都嗡嗡作响。(他)善于在不紧要的地方绘声绘色，细微到了极点。

请他说书的主人必须平心静气，安静地坐在位置上，集中注意力听他说书，他才肯调弄三寸之舌。稍微见到下面有人窃窃私语，或者伸懒腰、打哈欠，表现出疲倦的神态，便停止演说，强求也不行。每当说到半夜，擦净桌子，剪去灯芯，静静地递上白色茶具，慢悠悠往下说。有快有慢，有轻有重，有吞有吐，有低有高，符合人情物理，能得事物的精髓，如果把天下说书人都叫来听柳敬亭说书，恐怕都要自叹不如，羞愧而死。

柳麻子面目十分丑陋，但口齿伶俐，眼睛顾盼有神，衣服整洁，就姿态神情而言，与美人王月生一样的美好，所以二人行时走俏也是一样的。

【点评】明末清初的许多名士,如钱谦益、吴伟业、黄宗羲、周容等,都写过关于柳敬亭的文章,但数张岱的这篇最为出色。无论是勾勒柳敬亭的外貌,还是刻画他的性格,抑或渲染他说武松打虎情节出神入化的表演,都笔笔精妙。柳敬亭相貌奇丑,但其口齿、眼神、艺术、人品都很美。张岱善于发现和表现丑中之美。

(夏咸淳)

姚简叔画[1]

姚简叔画千古,人亦千古。戊寅[2],简叔客魏,为上宾。余寓桃叶渡[3],往来者闵汶水、曾波臣一二人而已[4]。简叔无半面交,访余,一见如平生欢,遂榻余寓。与余料理米盐之事,不使余知。有空则拉余饮淮上馆,潦倒而归。京中诸勋戚大老、朋侪缁衲、高人名妓,与简叔交者,必使交余,无或遗者。与余同起居者十日,有苍头至,方知其有妾在寓也。简叔塞渊不露聪明,为人落落难合,孤意一往,使人不可亲疏。与余交不知何缘,反而求之不得也。

访友报恩寺,出册叶百方,宋元名笔。简叔眼光透入重纸,据梧精思[5],面无人色。及归,为余仿苏汉臣[6]:一图,小儿方据澡盆浴,一脚入水,一脚退缩欲去。宫人蹲盆侧,一手掖儿,一手为儿擤鼻涕。旁坐宫娥,一儿浴起,伏其膝,为结绣裾[7]。一图,宫娥盛装端立,有所俟,双鬟尾之。一侍儿捧盘,盘列二瓯,意色向客。一宫娥持其盘,为整茶锹,详视端谨。复视原本,一笔不失。

【注释】(1)姚简叔:姚允在,字简叔,浙江绍兴人。明末画家,工山水人物,笔墨遒劲,思致不凡。允在自矜其画,不肯多作,人持重金购之,竟不得一水一石。崇祯十一年(1638),张岱游南京,结识姚允在。 (2)戊寅:崇祯十一年(1638)。 (3)桃叶渡:渡口名,在今南京秦淮河与青溪合流处。(4)闵汶水:张岱之友,善茶道。曾波臣:曾鲸,字波臣,福建莆田人,明末画家,擅人物。 (5)据梧:凭几。 (6)苏汉臣:宋宣和中宫廷画师,善画人物,尤工婴孩。 (7)裾(jué):短衣。

【今译】姚简叔的画可传之千古,他的人品也可传之千古。崇祯十一年,简叔在魏某家里作客,我当时住在桃叶渡,交往的人只有闵汶水、曾波臣一二知交而已。简叔与我素不相识,一天他来访问我,我们一见如故,于是他就在我的寓所住下了。他给我料理柴米油盐等生活琐事,不让我知道。空闲时,他就拉我到秦淮河上的酒楼中饮酒,常常喝得烂醉才回家。在南京的诸位贵戚元老、好友高僧、杰出的人物、有名的妓女,凡与简叔相识的,简叔都把他们介绍给我,没有一个遗漏的。我们在一起住了十天,有个仆人来叫简叔,我这才知道他有一个小妾留在寓所。简叔思想深沉,不扬露聪明,待人接物,很难使他惬意,他孤意独行,使人难以接近。但与我相交,不知什么缘故,唯恐求之不得。

一天,我们到报恩寺拜访一位朋友,友人拿出画册百页,都是宋、元名家手笔。简叔细心观赏,眼光似乎穿透了层层纸张,而后凭几深思,脸色也变了。回到家中,为我仿制了两幅苏汉臣的画。其中一幅,画一婴儿在澡盆中沐浴,一只脚已经入水,一只脚退缩欲出。一个宫女蹲在澡盆旁边,一手扶着婴儿,一手给婴儿擤鼻涕。其旁坐着一个宫娥,有一小儿已经浴毕起来了,正伏在她的膝盖上,她在给小儿穿锦绣短衣。另一幅,画一宫娥盛装端立,似有所待,后面跟着两个小丫鬟。另一宫女托着盘子,盘中放着两个杯子,意态神色在于款待客人。又有一宫娥手持同伴的盘子,帮助整理茶匙,注视茶盘,神色庄重谨慎。再与原本一对照,一笔也不差。

【点评】首二句"姚简叔画千古,人亦千古",括尽简叔人品与画品。他不滥交,交则竭诚倾心。在绘画上,他有惊人的记忆能力与表现技巧。张岱论简叔两幅画,亦极精细,历历如在目前。据此文或可复制原画。

(夏咸淳)

小青佛舍[1]

小青,广陵人。十岁时遇老尼,口授《心经》[2],一过成诵。尼

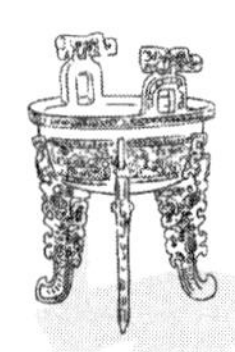

曰:“是儿早慧福薄,乞付我作弟子。”母不许。长好读书,解音律,善弈棋。

误落武林富人,为其小妇。大妇奇妒,凌逼万状。一日,携小青往天竺[(3)],大妇曰:“西方佛无量,乃世独礼大士,何耶?”小青曰:“以慈悲故耳。”大妇笑曰:“我亦慈悲若。”乃匿之孤山佛舍,令一尼与俱。

小青无事,辄临池自照,好与影语,絮絮如问答,人见辄止。故其诗有“瘦影自临春水照,卿须怜我我怜卿”之句。后病瘵[(4)],绝粒,日饮梨汁少许,奄奄待尽。乃呼画师写照,更换再三,都不谓似。后画师注视良久,匠意妖纤[(5)]。乃曰:“是矣!”以梨酒供之榻前,连呼:“小青!小青!”一恸而绝,年仅十八。遗诗一帙[(6)]。

大妇闻其死,立至佛舍索其图并诗,焚之,遽去。

【注释】(1)小青:相传为万历间女子,其事流传甚广,《虞初新志》有《小青传》详述其事。 (2)《心经》:佛经名,全称《般若波罗蜜多心经》。(3)天竺:寺名,杭州有上、中、下三天竺寺。 (4)瘵(zhài):肺结核。(5)妖纤:美丽,柔弱。 (6)一帙(zhì):犹一套。帙,包书的套子。

【今译】小青是扬州人。十岁的时候,曾遇见一个老尼姑,向她口授《心经》,一遍就能背诵。老尼说:“这孩子自幼聪慧,只怕福分太浅,还是跟我做徒弟吧。”小青的母亲不同意。长大后,喜爱读书,又通音乐,善下棋。

不幸的是,落入杭州一个富人家里,做了小妾。大老婆十分嫉妒,对小青百般作践。一天,大老婆带小青到天竺寺敬香,问道:“西天佛法无边,但世人特别敬重观音大士,这是什么缘故?”小青答道:“因为大士慈悲。”大老婆笑道:“我也慈悲你。”于是将小青藏在孤山一个庵堂里,叫一个尼姑陪伴着她。

小青在尼庵十分孤寂,常常走到清池边,映照自己的芳容,喜欢对着水中的身影讲话,絮絮叨叨,自问自答,发现有人便停止这样做。她有两句诗说:“瘦影自临春水照,卿须怜我我怜卿。”后来她得了肺痨,不能进食,每天只饮少许梨汁，奄奄一息。便叫了一位画师为她画像，画了数稿，她都说不像。最后，画师观察很久，才表现出她的花容娇态。小青这才认可，说："像啦。"她将这幅画像供在榻前，并献上梨子和酒浆，连声呼道："小青！小青！"伤心地哭了一场，便故去了。年仅十八岁。留下了一卷诗稿。

大老婆听说小青死了，立即赶到尼庵，找到小青的画像和诗稿，统统付之一炬，才离开此地。

【点评】小青有无其人，还是一桩悬案，不过关于她的故事却流传很广，文人雅士津津乐道。其事所以成为当时一个热门话题，是因为小青这位才貌出众的女子，她不幸的命运带有普遍性，而且很容易使那些落魄文人联想到自身的遭遇，产生同病相怜的感慨。此篇文字清浅，叙事简洁，爱憎之情，藏于笔底。小青之早慧而不幸，令人同情，大妇之嫉妒与冷酷，令人切齿。

（夏咸淳）

蟹　会[(1)]

食品不加盐醋而五味全者，为蚶、为河蟹。河蟹至十月与稻粱俱肥，壳如盘大，坟起，而紫螯巨如拳，小脚肉出，油油如螾愆[(2)]。掀其壳，膏腻堆积，如玉脂珀屑，团结不散，甘腴虽八珍不及[(3)]。

一到十月，余与友人兄弟辈立蟹会，期于午后至，煮蟹食之。人六只，恐冷腥，迭悉煮之。从以肥腊鸭、牛乳酪。醉蚶如琥珀，以鸭汁煮白菜如玉版[(4)]。果蓏以谢桔[(5)]，以风栗，以风菱。饮以玉壶冰[(6)]，蔬以兵坑笋[(7)]，饭以新余杭白[(8)]，漱以兰雪茶[(9)]。由今思之，真如天厨仙供，酒醉饭饱，惭愧惭愧。

【注释】(1)张岱"好美食"，精于饮食之道，尝编食谱《老饕集》，并将许多美食形诸诗文。此篇便是一例。　(2)螾愆(yǐn yán)：即蚰蜒，一种昆虫，形似蜈蚣。　(3)八珍：各种山珍海味，具体所指，说法不一。　(4)玉版：即竹笋。　(5)果蓏(luó)：蔬果。在木曰果，在地曰蓏。　(6)玉壶冰：

酒名。 (7)兵坑:绍兴地名,以产竹笋著称。 (8)余杭白:浙江余杭出产的一种稻米。 (9)兰雪茶:张岱特制之茶。详见《陶庵梦忆·兰雪茶》。

【今译】食品不加盐和醋,而五味俱全的,要数蚶子与河蟹了。河蟹到了十月,便与稻谷一起丰满、肥大了。蟹壳有盘子那样大,高高隆起,两只大螯颜色青紫,如拳头一般大小,小腿的肉好像要绽出来似的,光滑发亮,如同蚰蜒。掀开蟹壳,蟹膏蟹黄堆积在一起,像白玉的脂液,像琥珀的碎粒,团团块块,凝而不散。味道甘美极了,各种山珍海味都赶不上。

一到十月,我就同友人、兄弟聚会食蟹,约定午后到齐,煮蟹饮酒。每人六只,为了避免冷却发腥,随时加热煮食。辅助菜肴有肥腊鸭、牛奶制品,像琥珀一样的醉蚶,像鲜笋一样用鸭汁烹煮的白菜。果品有谢庄产的橘子,有风干的栗子、菱角。饮料用的是"玉壶冰"酒,蔬菜用的是兵坑竹笋,米饭用的是新出的余杭白,香茗用的是"兰雪茶"。现在想来,这都是神仙的肴馔,倒让我享用了,真是惭愧!

【点评】张岱有此"蟹文",又有"蟹诗"。诗云:"肉中具五味,无过是霜螯。盾锐两行列,脐高八月烧。瘦因奔夜月,肥必待秋涛。谁说江瑶柱,方堪厌老饕?"他的这一类描写美食的诗文,犹如一幅幅静物小品画,精美鲜活,情趣盎然,非但发人"清馋",而且给人美感,是美食家与文学家结合的产物。

(夏咸淳)

祁彪佳

祁彪佳(1602—1645),字虎子,一字幼文,又字弘吉,号世培,别号远山堂主人,山阴(今浙江绍兴)人。天启二年(1622)进士,授福建兴化推官。崇祯间为御史,出按苏、松诸府。后为当政衔恨,上疏乞休。福王时复任御史,巡抚江南。清兵陷杭州,乃自沉于池。彪佳精通造园艺术,所作园亭记《寓山注》整丽洒脱,有花鸟烟云之致。有《祁彪佳集》。

通霞台[1]

寓山之右为柯山,万指锤凿[2],自吴大帝赤乌以迄于今[3],几于刊山之半。绝壁竦立,势若霞褰[4],秀出层岩,罩络群山之表。而飞流注壑,尝如猛兽攫人[5],窥深魂悸。颓崖虹卧[6],悬栈蚁引,一小亭翩然峙之。昂首,石佛高数十丈,绀宇覆焉,金碧鲜丽,盖巧工以锤凿破浑沌,而劈石奔峦[7],更能补造化所不及。柯山之胜,以此甲于越中,今尽以供此台之眺听,则台之为景,有不必更为叙志者矣。

【注释】(1)通霞台为作者私家园林——寓山的重要景点之一。(2)万指:形容役使人数之多。 (3)吴大帝:孙权谥号。赤乌:吴大帝年号(238—251)。 (4)褰(qiān):揭起。 (5)尝:通“曾”,简直。(6)颓:秃。 (7)奔(fèn):通“贲”,覆败。

【今译】寓山的右边是柯山,经过千万人的开凿,从吴大帝孙权赤乌年间一直到今世,几乎削去了一半山石。陡峭的山崖高高耸起,那样子就像高挑的云霞,突出在层岩之上,笼罩于群山之外。而飞泻的瀑布直灌壑底,简直像猛兽扑人,哪怕偷眼窥探一下深浅,都令人魂飞心跳。有座光秃秃的山崖犹如虹霓横卧前方,那高悬的栈道好似蚁队连缀其间,一只小亭宛若振翅欲飞的鸟儿耸立在上面。抬头一看,石佛有几十丈高,上面盖着天青色的屋檐,金碧交辉,鲜丽无比。巧妙的工匠用锤凿打破沉睡的自然界,以至劈开岩石,毁坏山峦,更能弥补大自然的缺陷。柯山的佳妙,就凭这点冠绝越地,如今完全用来供游通霞台的眺望遥听,那么这个台的景色,或者就不必再作记叙了吧。

【点评】标题是“通霞台”,正文对之竟未置一词,通篇都在描绘“以供此台之眺听”的“柯山之胜”,颇得借宾托主之妙。既写柯山之胜,即紧扣“眺听”二字取景,处处声色动人。而若一味模山范水,难免平淡无奇,故作者先以“万指锤凿……几于刊山之半”点明曾经人工开凿的特点,后以“盖巧工以锤凿破浑沌……更能补造化所不及”,慨叹人可胜天的道理,这就从历史和哲理两方面大大丰富了意境,使人顿生高远之思。

(韩焕昌)

魏学洢

魏学洢(约1596—约1625),字子敬,号茅檐,嘉善(今属浙江嘉兴)人。诸生,好学工文,有至性。父大中以劾魏忠贤被逮,学洢微服间行,刺探起居。闻父受酷刑死,恸几绝,扶榇归,晨夕号泣,竟死。其文与其人皆挺立千仞,高峻廉洁。有《茅檐集》。

《短歌》跋[1]

堕地而后,刻刻皆死期也,但未测死法耳。死于饿,死于杖,死于缢,死于毒,死于水,死于火,死于刀,死于镬,死于千锋万镝,人总谓不如死于病。

嗟乎!枕席之上,凄泪暗滋,苦汗猛迸,咽喉轮转,一响而绝,亦安见其愈于烈烈死也哉?

丈夫身荷军国,方以徒死为臣子罪,岂堪更以不死为君夫羞?世之豪杰自命者,未及见虏骑,辄踉跄奔还,抑何其不知惭也!

友人钱棻吊辽死事将吏[2],作《短歌》十章,敲如意歌之[3],声

辞慷慨。余歌文信公诗[4]，为之乱曰[5]："人生自古谁无死，留取丹心照汗青。"

【注释】(1)选自《茅檐集》。 (2)钱棻：字仲芳，号涤山，浙江嘉善人。崇祯举人，博通经史，善画山水。其父钱士升曾破家产以营救作者之父魏大中。 (3)如意：初为搔痒器物，可如人意，因得名。后因其名吉祥，可供玩赏指划，或在歌唱时击之以为节拍。晋王敦尝以如意打唾壶为节，壶边尽缺。 (4)文信公：文天祥封信国公。 (5)乱：音乐的尾声。

【今译】人生呱呱坠地之后，时刻都有死亡的危险，只是不能预测死亡的方式罢了。比如死于饥饿，死于棍棒，死于吊缢，死于中毒，死于水溺，死于火灾，死于刀剑，死于汤镬，死于千枪万箭，但是人们总以为不如死于疾病。

唉！睡在枕席上面，凄凉的眼泪暗暗滋生，苦涩的汗水突然涌出，咽喉像转轮咯咯作响，突然一声就断气了，又哪里看得出他比威武壮烈的死好一些呢？

大丈夫身负军国大任，正把白白送死当成臣子的罪过，岂能再把怕死作为君主的羞耻？世上以豪杰自许的人，还没等到看见敌人的骑兵，就踉踉跄跄地跑回来，又多么不知羞愧啊！

我的好友钱棻为凭吊在辽东战死的军官，作《短歌》十章，敲着如意唱，声调辞意都慷慨激昂。我唱文天祥的诗，为它作尾声道："人生自古谁无死，留取丹心照汗青。"

【点评】开篇从死期与死法的矛盾入笔，历数九种死法，突然以"人总谓不如死于病"收束，为下文笑庸人、刺懦夫张目。庸人辗转枕席，可怜之至，"亦安见其愈于烈烈死也哉"？懦夫临阵脱逃，丑态百出，"抑何其不知惭也"！层层侧面用墨，妙在偏师取奇，作者所服膺的正面形象一呼即出。故结尾只闲闲用笔，点明跋文缘起及宾主唱和情状，一幅吊国殇、赞烈士的悲壮场面已动人耳目。

【集说】看得破此，一死所以不惜。（陆云龙《明文归》）

（韩焕昌）

陈子龙

陈子龙(1608—1647),字卧子,又字人中,号轶符,又号大樽,华亭(今上海松江)人。崇祯初,参加张溥、张采之复社,又与夏允彝、徐孚远诸人结几社。十年(1637)举进士,选绍兴推官,擢兵科给事中。南京沦亡,举兵抗清,事败被俘,抗志不屈,赴水殉国。子龙文多超逸之风。有《陈忠裕公集》。

许氏之鹤[1]

里中许氏园有二鹤,其雄毙焉。岁余客有复以二鹤赠之者,孤鹤踽踽避之[2],不同饮啄也。雄鹤窥其匹入林涧间,意挟两雌,翛然蹑迹[3],则引吭长鸣,相搏击,至舍之去乃已。夕,双鹤宿于池,则孤鹤宿于庭;其在庭亦然。每月明风和,双鹤翩跹起舞,嘹唳鸣和,孤鹤寂处不应。或风雨晦冥,寒湍泻石,霜叶辞柯,哀音忽发,有类清角,闻者莫不悲之。主人长其羽翮纵之去。是故禴悦之贞锋刃不能变也[4],檗卵之信寒暑不能夺也[5],九三不恒,亦孔之丑也[6]。

【注释】(1)选自《陈忠裕公集》。 (2)踽踽(jǔ jǔ):孤独貌。 (3)翛(xiāo):疾速貌。 (4)褵帨(lí shuì):古时出嫁所系佩巾,后作为成婚代称。(5)鷇(kòu):待哺的小鸟。后以“鷇卵”代养育之恩。 (6)九三:九烈三贞,九、三极言其甚。孔:甚。

【今译】本乡姓许的园子里养过一对鹤,其中的雄鹤死了。过了一年多,有位朋友又拿两只鹤送给他,孤鹤默默地避开它们,不在一起饮水啄食。雄鹤瞅着它的配偶走到有树林的山涧里去了,有心拥有两只雌鹤,忽然追踪孤鹤,孤鹤就伸长脖子高声大叫,和它相互拍打,直到雄鹤舍弃离开才停止。晚上,双鹤栖宿在池子里,而孤鹤就栖宿在庭子下;它们如果栖在庭子下,孤鹤也照样躲到池子里去。每个月明风和之夜,双鹤轻快地旋转起舞,响亮地曼声鸣和,孤鹤安静地歇息从不理睬。倘或遇到风雨昏暗之时,寒冷的急流从石头上泻注下来,霜打的红叶从树枝上飘落下来,孤鹤那哀伤的鹤唳忽然鸣放出来,好像清越的号角,听到的人没有不悲伤的。后来主人让它长好了羽翼终于放它离开了。由此可见,夫妻的贞节在武力威胁下都不能改变啊,养育的信用在严寒盛暑都不能丧失啊,九烈三贞如果不能永恒长久,也是非常大的耻辱啊。

【点评】欲写孤鹤,特以双鹤厕身其间,构思高妙。通过多方面的矛盾、冲突、反衬、陪衬,使孤鹤的操行跃然纸上。这里既有郁郁寡欢的情绪,也有怒不可遏的反抗;既有小心提防的智慧,也有悲痛欲绝的哀音。精诚所至,金石为开,主人再也不忍目睹这催人泪下的悲剧排演下去,终于“长其羽翮纵之去”。最后连作者都激动不已,干脆出来赞叹。三个“也”字句,犹如悠扬的谢场词,既点明了小品的旨意所归,又具有声情之美。

(韩焕昌)

徐芳

徐芳（1617—1670），字仲光，号拙庵，别号愚山子，南城（今属江西）人。崇祯十二年（1639）乡试第二，次年举进士，授山西泽州知州，以亲丧归。唐王立，封验司，升翰林院编修，后引疾归。顺治七年（1650），以遗逸荐，不就。其文舒徐条达，有吐纳百川之势。有《悬榻编》。

雁奴说

雁之性善睡，宿于野，恐人谋己，则使孤者司警。有所见，高鸣戛戛，若传呼然，群雁辄随之起，谓之"雁奴"。

有黠者贮火竹管中，潜行至近处摇之，火星喷出烂然，旋韬而伏[1]。雁见火至，谓有寇，瞿然而叫[2]，群雁鼓翅交应。久之，寂然无所睹，于是怪奴欺己，小啄之，复就宿。少顷，伏者再起，举火摇之，奴又辄叫，群雁又辄应。已又寂然，则益怪，啄之加甚。如是数四火，即数四惊，又数四啄。奴见火之无害，而啄不胜苦也，意稍怏，不敢复警；即再警，群雁亦不复应。于是张网遍其宿处，噪而攻

之,群雁梦中起,尽在网中,不可复脱。自后捕雁者皆用其术。

愚山子曰[3]:设警固将以防患也,今更以其警罪之,固不如无设矣,欲不罹得乎[4]? 至骈颈就絷,而后叹奴之忠而听之不早也,则何及矣! 吾非悲睡雁也,悲奴之屡鸣屡啄,而又以俱网也。

【注释】(1)韬:隐藏。　(2)瞿然:吃惊的样子。　(3)愚山子:作者自谓。　(4)罹:蒙难,遭劫。

【今译】雁有爱睡的习性,栖宿在野外,惧怕别人谋害自己,就委派一只孤雁担任警戒。发现敌情,便嘎嘎地高声鸣叫,就像传呼信息那样,群雁就随即飞逃,这只担任警戒的孤雁,就称为"雁奴"。

有狡黠的人把火储存在竹管中,悄悄走到雁奴近旁摇动竹管,火星喷出,光彩鲜明,旋即伏身隐藏起来。雁奴见到火光,以为有敌来袭,惊恐地叫了起来,群雁交相振翅飞逃。过了好一阵,静悄悄地不见有敌,于是群雁责怪雁奴欺骗自己,轻啄雁奴后,又去睡觉。一会儿,潜伏者又站起来,举火管摇动着,雁奴又叫起来,群雁又飞逃。一会儿又寂静无声,群雁就更加责怪雁奴,加重啄雁奴。像这样潜伏者四次弄火,群雁四次受惊,又四次啄雁奴。雁奴见火光没有危害,而群雁又把它啄得很苦,心里有点不快,不敢再报警;即使再报警,群雁也不会再有反应了。于是潜伏者趁机在群雁栖宿处到处张网,大喊大叫地攻击群雁,群雁在梦中起来,全部落网,不能再逃脱。从此后捕雁的人都采用这个方法。

愚山子说:设警戒本是用来防备侵患的,现在反以雁奴执行警戒而怪罪它,还不如不设警戒了,要想不蒙难可能吗? 直到被一网打尽,再来感叹雁奴的忠心而没有早听它的警告,那怎么来得及呢! 我不是悲叹那睡着的群雁,是为雁奴屡次鸣叫、屡次遭啄,而又一起落网而悲叹啊。

【点评】雁奴受命司警群雁,尽心尽职,未敢稍怠,忠良之心可见,然屡遭群雁怪罪,备受折磨,竟至陪同落网,诚足令人可悲、可叹。这个朴实生动的寓言,寄寓着明代所以覆亡的深刻历史教训。愚蠢昏聩的明代统治者对于正直清醒之臣的忠告根本听不进去,还要加以排挤迫害,于是朝臣噤若寒蝉,无人再敢进诤言,这样就导致明朝在糊里糊涂中灭亡了。作品以通俗易懂的寓言阐发意味深长的历史教训,然又含而不露,给人以余味无穷之感。

(刘耿大)

与梅律之

别时桃腮初绽,今榴火又欲然矣(1)。江云暮树(2),似属例语,然情之所钟,正在此际。

抵三山(3),主人即迎入,蕉阴深处,俨有一庐,以待栖止,则其殷然之意亦可知矣。此公金玉粹品,如冰之门与如灰之心,最相惬适。长日无营(4),惟清淡古今,放论山水。又从故友林孔硕所乞得荆川五编及杂书十数种(5),窗几益觉明畅,兴会所至,辄抽一卷,回荔枝树下,倚拳石(6),就浓阴,学蜷蜿白鱼,吞啮数字,便足竟日。苏子瞻云"有什么歇不得处",贫苦自吾分耳,闭户读书,随处净土,今即以客舍为僧关,亦奚弗可也?深恐兄倦念遥切,或欲征近来日课,辄以此报。

儿辈读书,有"浮""惰"两病,望社兄留意鞭策。大抵温故知新,务有常课,所谓日计不足,月计有余者也。诸不一。

【注释】(1)然:同"燃"。(2)江云暮树:语出杜甫《春日忆李白》:"渭北春天树,江东日暮云。"意为:当杜甫在渭北思念江东的李白之时,也正是李白在江东思念渭北的杜甫之时;杜甫遥望南天,唯见天边日落的云彩,李白翘首北国,唯见远处春天的树色。由此表达了两人真挚、深重的离别之情。(3)三山:福州之别称。(4)无营:无事。(5)荆川:唐顺之。五编:指唐顺之所辑《左编》《右编》《文编》《武编》《稗编》五种著作。(6)拳石:小石。

【今译】当初离别时桃花初开,如今石榴花又开得似火燃烧。杜诗中所说"江云暮树"云云,似乎是平常交往应酬的客套话,然而我与友人之间的眷念之情,正合诗中的情景。

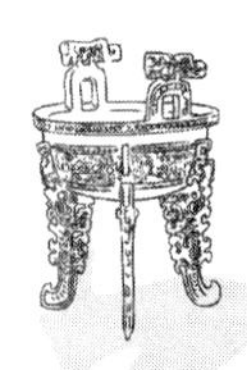

抵达福州，主人立即迎我入内，在芭蕉树荫深处，有一座齐整的屋舍，专留给客人栖宿，主人殷切的心意也由此可知了。这位主人纯粹的品格犹如金玉，他那冰清玉洁的门户，与我对功名富贵心灰意懒的性情，非常投合。时辰悠长，无所事事，只有高谈阔论古今之事、山水之情。又从老朋友林孔硕那儿要来唐顺之所编五部著作以及十几种杂书，只觉得窗户格外明亮，桌几格外宽敞，乘着兴致，随即抽出一卷书来，回到荔枝树下，靠着玲珑假山，置身浓密的树荫，像蛀食书籍的蠹虫那样埋头啃书，就足以度过我的一天了。苏轼说"没有什么地方不可栖身"，我本来就该过清贫艰苦的生活，只要能闭门读书，随处都是我的净土，今天就以这所客舍为出世的栖身之处，又何尝不可呢？恐怕兄弟远念心切，或许要问近来做些什么事情，就以这封信相告。

儿辈读书，有浮泛和懒散两种毛病，望兄长留心严格督促。一般说，经常温习、反复研究学过的知识而求得新的收获，规定一定的日常课程，持之以恒，就能日积月累，积少成多。许多事情不能一一详谈了。

【点评】这封给友人的书信，以报告闽中闲适的客居生活为主要内容，由此却寄寓了作者不同流俗的生活态度、志向和情趣，也透露出作者宦途的失意。全文叙述流畅，感情洋溢，所记虽是些小事，读来却沁人肺腑。

（刘耿大）

清

钱谦益

钱谦益(1582—1664),字受之,号牧斋,晚号蒙叟,常熟(今属江苏)人。万历进士,崇祯初官礼部侍郎,坐事削籍归。福王时为礼部尚书。后降清,授礼部侍郎。其文锋铦芒坚,感慨淋漓,波澜曲折,矩度安详,唯伤于驳杂。有《初学集》《有学集》。

题《塞上吟》卷[(1)]

岁云暮矣,白衣补衲坐竹窗木榻上[(2)],挑灯读《塞上吟》卷。云旗雷车[(3)],猎猎然从空而下,如嫖姚将军率轻勇骑、弃大军趋利转战过焉支山[(4)];又如昆阳城西震呼动天地,屋瓦皆飞,虎豹股战[(5)],快矣哉!已而更阑吟罢,佛火青荧,刁斗无声[(6)],木鱼徐响,然后知此诗中边声猛气,适足助老夫禅观也。作者娄江王紫涯氏[(7)],其人挽十石弓,执丈二殳,磨盾鼻草檄[(8)],笔墨横飞,临阵作壮士歌,功成,和《竞病》诗[(9)]。老夫坐长明灯下,只用尔时一味水观消受耳。

【注释】(1)这篇文章是钱谦益为王紫涯书写的《塞上吟》诗卷撰写的题记。文章的主要落墨处有二:一是以形象的比喻写出作者阅读《塞上吟》诗后的感受;二是择取最能表现诗作者性情的细节来反映他的精神风貌。前后两部分又具有内在的联系:唯其人英武豪壮,故其诗如霹雳惊风。(2)白衣:佛家称在家俗人为白衣。白衣补衲系作者自谓。 (3)云旗:言旗旒如云。旒(liú)是古旗帜下悬挂的小饰物。雷车:言车声如雷。 (4)嫖(piāo)姚将军:指汉代大将霍去病。霍去病因抗击匈奴有功,曾任嫖姚校尉。嫖姚一作剽姚,意为劲疾貌。率轻勇骑、弃大军趋利转战过焉支山:汉元朔六年(前123),年仅十八岁的霍去病在将军卫青的率领下出征匈奴。他亲自率领一支八百人的轻骑兵,把大部队扔在数百里之外,孤军深入,斩敌二千余人,因功封冠军侯。焉支山:在今甘肃山丹县东南。据《史记·匈奴列传》记载,汉武帝曾派骠骑将军霍去病率上万骑兵出师陇西,越过焉支山一千多里,征讨匈奴,斩敌一万八千余人。 (5)此三句描写"昆阳之战"的场面。据《后汉书·光武帝纪》记载,公元23年,王莽派王寻、王邑率二十四万大军包围昆阳(今河南叶县北)城,用楼车和地道攻城。城中的绿林军仅八九千人,他们在王凤的率领下顽强抵抗。当时,汉室后裔刘秀主动请命,冒死突围出城求援。当各路义军的援兵进逼昆阳时,刘秀看准战机,乘王莽军轻敌懈怠,率精兵三千突然袭击,杀死敌军主将王寻。城内和城外的义军里应外合,大破敌军,消灭了王莽军队的主力。虎豹股战,据《后汉书·光武帝纪》记载,王莽军曾驱使猛兽作战,如虎、豹、犀、象等。股战谓连野兽也吓得腿脚发抖。 (6)刁斗:古行军用具,状如小铃,夜击以报时。 (7)娄江:即今浏河,发源于太湖,流经苏州、昆山、太仓等市县,东入长江。 (8)殳(shū):古兵器,用竹、木制成。磨盾鼻草檄:意为在盾牌的把手上磨墨写檄文。 (9)《竞病》诗:梁武帝于华光殿宴饮连句,时韵已尽,唯余"竞""病"二字。曹景宗操笔立就,其辞曰:"去时儿女悲,归来笳鼓竞。借问行路人,何如霍去病。"帝叹不已。见《南史》卷五十五。

【今译】年底到了,我这个居士坐在竹窗下的木榻上,挑亮灯芯诵读《塞上吟》诗卷。乍读之下,只觉军旗如云、战车如雷,风声猎猎从空而下。就像当年霍去病率领轻骑深入敌人腹地,甩开大部队四处转战经过焉支山;又像昆阳城西王莽军兵败如山倒，震动呼叫之声撼动天地，屋上的瓦片也飞了起来，那些参战的虎豹都吓得四脚打战，真是痛快极了！过会儿夜已深了，我念完了诗，只见供桌上的佛火闪烁着青光，刁斗无声，木鱼徐徐敲响，这时我才知道此诗中的边庭之声、杀伐之气，正好可以帮助我这个老头子参禅礼佛。诗作者是娄江王紫涯，他这个人能挽十石强弓，手持丈二殳，在盾牌的把手上磨墨，起草文书，笔墨横飞，军前作壮士之歌，功成以后，酬和《竞病》诗。我这个老头子坐在长明灯下，一边念着诗，一边就把念诗当作佛家的水观，心里反而清净、镇定极了。

【点评】边塞诗篇，刀光盈卷，猛气充斥，同坐禅静观的佛家修炼本属两回事。然而，作者竟然能从边塞诗卷中悟得禅理，在沉湎禅理的同时又能从塞上诗篇中获得“快矣哉”的感受，可见作者禅观之别具一格。

（王兴康）

彭士望

彭士望(1610—1683),本姓危,字世望,号躬庵,一号树庐,南昌(今江西南昌)人。少时究心经世之学,又喜结客立义声。明亡,徙宁都,与魏禧兄弟隐居翠微峰,讲学易堂,为"易堂九子"之一。有《耻躬堂文集》。

书门人郑去非兰卷后[1]

人不似兰不可画,郑忆翁其人哉[2]!其始称好兰者惟屈正则[3],而尼父尝引为"同心之言"[4]。兰不苟受人知,自古然矣。

予门人郑去非,得新安方九皋画兰四十本,幅长可二十尺。平反攲正[5],高下疏密,浓淡晴雨风露之态,横见侧出,穷极思致,挥斥自恣。幅高不盈四寸,画兰一本,或荫纸尺余,则亦有感于士之穷而自豪者矣。去非本浙人,生燕都[6],长身魁岸。年甚少,意气激昂,每不得意,辄欲破羁绁为之[7]。不屑屑行墨,于兹画譬之草木有臭味焉[8]。

予是月既见山阴徐文长所画花卉虫鱼及题咏[9],又见闽孝廉林尊宾《丙戌冬为周果作字说》墨迹[10]，皆疑有鬼神出腕下。之二人又皆坎壈失志，其著述多在人间，令后人于一二细物，犹想见其瑰异超绝。

予既私幸一时所得见，而去非将之岭南。陈元孝者，岭南穷士也，与予未相见，予知其人久。去非持此往见元孝，元孝必有以知此矣。

【**注释**】(1)作者明亡后隐居不仕，以卑媚为耻。此文借兰花述心趣，是入清后的作品。 (2)郑忆翁：郑思肖(1241—1318)，宋亡后改字忆翁，示不忘赵宋。善绘兰，自易代后，绘兰不画土，暗寓国土沦丧之意。 (3)屈正则：屈原，名平，又名正则。 (4)尼父：孔子。据说是孔子所作的《易·系辞》有云："同心之言，其臭如兰。" (5)攲：倾斜。 (6)燕都：今北京市。(7)羁绁：马笼头、马缰绳，此谓拘囿。 (8)臭：同"嗅"，各种气味。(9)徐文长：徐渭。山阴：今浙江绍兴。 (10)孝廉：举人。

【**今译**】画家不具有兰花那样的品性，是不可能画出兰花真正美的地方，郑思肖真称得上是这样一位画家啊！最早自称爱好兰花的是屈原，而孔子也曾经将兰花比喻为"志同道合者的肺腑之言"。兰花不随便被人引为知己，自古以来就是如此。

我的学生郑去非，得到新安方九皋所画的兰花四十株，画幅长约二十尺。画中兰花平展、反折、倾斜、正直，或高或低，或疏或密，有的深浓，有的素淡，有的则受日晒雨淋风吹露沾，种种姿态，横见侧出，各尽思致，奔放恣纵。画幅高不满四寸，所画兰花，有的一株就荫映画纸一尺有余，实是画家有感于士人虽然穷困潦倒却志气高迈的一种寄托。去非原籍浙江，出生在燕都，体魄壮伟。他年纪很轻，意气振奋昂扬，每当遇到不得意的事情，就想冲破拘囿，任性而为。他对书画并不怎么介意，而于这幅画却殊有所好，好像被蕴含奇香的草木深深吸引。

在这个月里，我既见到了山阴徐渭所画的花卉虫鱼和题画诗，又观赏了福建林尊宾举人《丙戌冬为周果作字说》的墨迹，简直怀疑他们腕下都有鬼神相助。这二人生平遭遇又都坎坷不得志，他们的著述大多流传在人间，让

后人通过一两件小小墨迹，就能想到他们整个创作无比瑰美奇异的风采。

我暗自庆幸在短短时间内得以目睹诸多墨宝，而去非则将前往岭南漫游。陈元孝是岭南一位穷困之士，与我还未曾见过面，可是我闻其大名已经很久。去非带着这幅画和我的这篇题词去见元孝，元孝一定能够体味出此中的含义。

【点评】“兰生幽谷，无人自芳”。古人赞美兰花的习性，其实也是对一种高洁正直人格的讴颂。本文紧扣兰与“穷士”的主题，表现并肯定了失志者孤傲不屈的情愫，同时对他们的不幸遭遇寄予深切同情。联系作者的时代和身世，不难体味到文中蕴含的遗民意念。文中的兰与人相互映显衬托，写兰即是赞人，写人也是赞兰。读后令人激起无穷的感兴和遐想。

【集说】历落出没，淡宕处烟波无际。（彭士望《树庐文钞》引魏禧评语）

（邬国平）

李渔

李渔(1611—1680),字笠鸿、谪凡,号笠翁、觉世稗官,兰溪(今属浙江)人。少有才名,善为通俗文学,又精园林、饮食、花木、禽鱼、香茗之道。尝游历四方,遍交名士,晚年由南京迁西湖之滨。其文浅易畅达,纯粹圆润,有识见,多情致,“事在耳目之内,思出风云之表”。有《一家言全集》。

木　本[1]

草木之种类极杂,而别其大较有三:木本、藤本、草本是也[2]。木本坚而难痿,其岁较长者,根深故也;藤本之为根略浅,故弱而待扶,其岁犹以年纪;草本之根愈浅,故经霜辄坏,为寿止能及岁。

是根也者,万物短长之数也[3],欲丰其得,先固其根。吾于老农老圃之事,而得养生处世之方焉。人能虑后计长,事事求为木本,则见雨露不喜,而睹霜雪不惊,其为身也挺然独立。至于斧斤之来,则天数也,岂灵椿古柏之所能避哉[4]?如其植德不力而务为苟且,则是藤本其身,止可因人成事,人立而我立,人仆而我亦仆

矣[5]。至于木槿其生[6]，不为明日计者，彼且不知根为何物，遑计入土之浅深[7]，藏荄之厚薄哉[8]？是即草木之流亚也[9]。

噫！世岂乏草木之行，而反木其天年，藤其后裔者哉？此造物偶然之失，非天地处人待物之常也。

【注释】(1)木本：有木质茎的植物。本，草木的茎或根。 (2)藤本：有缠绕茎或攀缘茎的植物。草本：有草质茎的植物。 (3)数：命运。 (4)椿(chūn)：椿树，也叫香椿，落叶乔木。易长，萌芽性强。木材坚实、耐湿。 (5)仆(pū)：倒下。 (6)木槿(jǐn)：落叶灌木。李渔《闲情偶寄·种植部》："木槿朝开而暮落。" (7)遑(huáng)：何。 (8)荄(gāi)：草根。 (9)草木：疑为草本之误，下同。

【今译】草木的种类很杂，而要区别它们，大概可分三类：木本、藤本和草本。木本坚韧不易瘘病，它的岁数较长，那是因为根深的缘故；藤本的根略浅，故柔弱要靠扶持，但它的岁数还可以用年来计算；草本的根更浅，因此遇霜就坏，寿命仅能达到一岁。

根，是决定万物时间短长的命运的，万物要丰富它的所得，就要先巩固自己的根。我在长期的农圃工作中，悟出了养生处世的方法。人如果能为今后考虑，有长远的打算，事事都要求像木本那样，那就会见雨露不必沾沾自喜，睹霜雪不必惊慌失措，为身能够挺然独立。至于遇到斧头的砍伐，那便是天数了，难道灵椿古柏就能躲避得了吗？如果种植不力，贪求苟且，那其身就如藤本，只能够因人成事，人立自己也立，人倒自己亦倒。至于像木槿那样的一生，不替明日打算，甚至不知道根是什么东西，又哪里会去考虑入土的浅深、藏根的厚薄呢？它只能算是草本的末流。

唉！这世上仅具有草本的资质，但反能像木本那样得获天年，使藤本成为其后裔的现象难道会少见吗？不过这只是造物者偶然的过失，不是天地处人待物的常规。

【点评】全篇之骨在一"根"字。作者借草木来谈论人生，木本的"坚而难瘘"、藤本的"弱而待扶"、草本的"经霜辄坏"，皆与人生中"挺然独立""因人成事”“不为明日计”的各种人相类,而关键皆在于“根”。全文哲理精警,寄托深邃。末段的议论更是振聋发聩,读后可给人以许多启迪。比较手法的运用,既鲜明生动地突出了木本、藤本和草本的特征,又巧妙地阐明了文意,显示了高超的匠心。

(郑小宁)

山　茶

花之最不耐开,一开辄尽者,桂与玉兰是也;花之最能持久,愈开愈盛者,山茶、石榴是也。然石榴之久,犹不及山茶;榴叶经霜即脱,山茶戴雪而荣。则是此花也者,具松柏之骨,挟桃李之姿,历春夏秋冬如一日,殆草木而神仙者乎(1)?又况种类极多,由浅红以至深红,无一不备。其浅也,如粉如脂,如美人之腮,如酒客之面;其深也,如朱如火,如猩猩之血,如鹤顶之朱(2),可谓极浅深浓淡之致,而无一毫遗憾者矣。

得此花一二本,可抵群花数十本。惜乎予园仅同芥子,诸卉种就,不能再纳须弥(3),仅取盆中小树,植于怪石之旁。噫!善善而不能用,恶恶而不能去,予其郭公也夫(4)?

【注释】(1)殆:恐怕、大概。　(2)鹤顶之朱:鹤,指丹顶鹤,又名白鹤、仙鹤,其顶红色。朱,红。　(3)“芥子”“须弥”:佛家语,见《维摩诘经·不思议品》。指一粒小小的荠菜籽中可以容纳一座高大的须弥山。此处用来形容花园面积较小,不能再种新花。　(4)郭公:唐代柳宗元《种树郭橐驼传》中的人物郭橐驼,是一位善于种树者。

【今译】花中最不耐开放,一开就尽的,是桂花和玉兰花;花中最能持久,并且愈开愈盛的,是山茶花和石榴花。但是,石榴花开放虽长久,仍然比不上山茶花,因为石榴叶一经与霜接触就会马上脱落,而山茶花却能顶着雪花开放而显示它的荣耀。那么这种花,具有松树和柏树的风骨,兼有桃花和李花的姿态,历春夏秋冬如一日,恐怕可算得上是草木中的神仙了吧?况且它

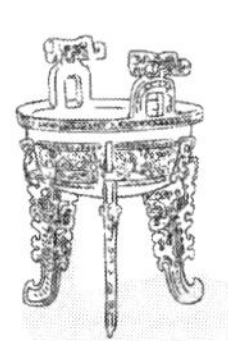

的种类很多,由浅红色到深红色,没有一样不具备。那些浅红色的,如粉如脂,如美人的脸腮,如酒客的面容;那些深红色的,如朱如火,如猩猩的血,如仙鹤顶上的朱,真可以说是极尽了浅深浓淡之致,而无丝毫使人感到遗憾的地方。

得到这种花一二株,可以抵得上其他花的几十株。可惜我的园子小得如同芥子,各种花木又都已经种上了,不能再种植了,只好取盆中的小树,种在怪石的旁边。唉!喜欢好的而不能取用,厌恶不好的而不能舍弃,我难道是郭公吗?

【点评】形神兼备、姿质相得、外美和内美相统一的山茶,是作者审美理想的象征物。全文篇短而情浓,字里行间无不洋溢着对山茶的赞叹之情。艺术上对比和叠喻手法的运用颇巧妙,既力避了行文的平淡,又激发了读者的无穷遐思。文中的构词极精当,"戴""荣""挟""具"等,给山茶以人格美,展示了其傲雪凌霜的雄姿;"粉""脂""腮""面""朱""火""血"等,赋山茶以色泽美,体现了其"淡妆浓抹总相宜"的风采。

(郑小宁)

柳

柳贵乎垂,不垂则可无柳。柳条贵长,不长则无袅娜之致,徒垂无益也。此树为纳蝉之所,诸鸟亦集。长夏不寂寞,得时闻鼓吹者[(1)],是树皆有功,而高柳为最。总之种树非止娱目,兼为悦耳。目有时而不娱,以在卧榻之上也[(2)]。耳则无时不悦。

鸟声之最可爱者,不在人之坐时,而偏在睡时。鸟音宜晓听,人皆知之;而其独宜于晓之故,人则未之察也。鸟之防弋[(3)],无时不然。卯辰以后[(4)],是人皆起,人起而鸟不自安矣。虑患之念一生,虽欲鸣而不得,鸣亦必无好音,此其不宜于昼也。晓则是人未起,即有起者,数亦寥寥,鸟无防患之心,自能毕其能事。且扪舌一夜,技痒于心,至此皆思调弄,所谓"不鸣则已,一鸣惊人"者是已,此其独宜于晓也。庄子非鱼，能知鱼之乐[5]；笠翁非鸟，能识鸟之情[6]。凡属鸣禽，皆当以予为知己。

种树之乐多端，而其不便于雅人者亦有一节：枝叶繁冗，不漏月光。隔婵娟而不使见者[7]，此其无心之过，不足责也。然匪树木无心，人无心耳。使于种植之初，预防及此，留一线之余天，以待月轮出没，则昼夜均受其利矣。

【注释】(1)鼓吹者：指虫声鸟声。 (2)卧榻(tà)：床。 (3)弋(yì)：带有绳子的箭，用来射鸟。 (4)卯辰：古时把一昼夜分作十二辰。卯辰指早晨五时至七时。 (5)庄子：句见《庄子·秋水》。 (6)笠翁：李渔字笠翁。 (7)婵娟：指嫦娥，这里借来代表月亮。

【今译】柳可贵之处在于下垂，不垂就无所谓柳。柳条可贵之处在于长，不长就缺少袅娜的韵致，徒垂而无益。柳树是招来蝉的所在，各种鸟儿也会聚集在这里。在漫长的夏天里不显得寂寞，可以使人时时听到鸟儿的欢叫声，凡是树都有这份功劳，但功劳最大的要数高柳。总之，种树不单是为了娱目，同时也为了悦耳。眼睛有时是得不到娱乐的，那是躺在床上睡觉的时候。耳朵却无时都可以感受到愉悦。

鸟声最可爱的，并不在人坐着的时候，而偏是在人睡觉的时候。鸟音适宜在拂晓时聆听，这是人们都知道的，然而它唯独适宜在拂晓时聆听的缘故，人们就不一定能体察得到了。鸟儿防箭之心，是时刻都保持着的。卯辰以后，所有的人都起来了，人起来后，鸟儿就不能安心自得。忧虑祸患的念头一产生，虽想鸣叫而不敢，即使鸣叫也必定没有好听的声音，这是鸟声不适宜在白天聆听的缘故。拂晓时人们还未全都起来，即使有起来的，也是寥寥可数，鸟儿没有提防祸患之心，自然就能够做它喜欢做的事情。况且闭口一夜，心中技痒，到这时都想自我表现一番，正所谓"不鸣则已，一鸣惊人"，这就是鸟声唯独适宜在拂晓时聆听的缘故。庄子不是鱼，而能知道鱼儿为什么快乐；笠翁不是鸟，也能懂得鸟的性情。凡是鸣禽，都应以我作为知己。

种树的乐趣是多方面的，但种树令人不满意的地方也有一处：这就是树

的枝叶过于繁密,以致月光不能下漏。隔着月亮而使人不能看见,这就是树木无心之过,不值得去责备它。但这其实不是树木无心,而是种树的人无心呀!如果人们在开始种植的时候,就能预防到这一点,留一线天地,用来等待月亮的出没,那么,就会使人从早到晚都能享受到树的好处了。

【点评】形散神聚是本文的最大特点。粗看,作者写柳形、谈鸟声、论种树……似乎纵笔所至,漫无中心。细察,却发觉分明有一根主线:从大自然中寻求乐趣的情感,贯穿着全文的始终。正因如此,文章便显得既摇曳多姿,富有参差美,又内涵丰富,具有诗意美。两美相合,读来自会使人兴趣横生,感到美不胜收。

本文的写作角度亦颇新颖。题为《柳》而不专论柳,而是借题发挥,谈种树之乐,抒热爱大自然之情,这是一新;辨鸟声、察鸟情、探鸟性,这是二新;论树木之不足,献种植之良策,这是三新。这些,皆发前人之所未发,故读来又使人有恍然大悟、耳目一新之感。

(郑小宁)

却 病

病之起也有因,病之伏也有在。绝其因而破其在,只在一字之和。

俗云:“家不和,被邻欺。”病有病魔,魔非善物,犹之穿窬之盗[(1)],起讼构难之人也[(2)]。我之家室有备,怨谤不生,则彼无所施其狡猾,一有可乘之隙,则环肆奸欺而祟我矣[(3)]。

然物必先朽而后虫生之,苟能固其根本,荣其枝叶[(4)],虫虽多,其奈树何?人身所当和者,有气血、脏腑、脾胃、筋骨之种种,使必逐节调和,则头绪纷然,顾此失彼,穷终日之力,不能防一隙之疏。防病而病生,反为病魔窃笑耳。有务本之法,止在善和其心。心和则百体皆和。即有不和,心能居重驭轻,运筹帷幄[(5)],而治之以法矣。否则,内之不宁,外将奚视?然而和心之法,则难言之。哀不至伤，乐不至淫，怒不至于欲触[6]，忧不至于欲绝。“略带三分拙，兼存一线痴；微聋与暂哑，均是寿身资。”此和心诀也。三复斯言，病其可却。

【注释】(1)穿窬(yú)之盗：翻越墙壁入人家中盗窃的贼。 (2)起讼构难：制造诉讼，陷害别人。 (3)此句意谓到处恣意捣乱，使人不得安宁。 (4)荣：茂盛。 (5)运筹帷幄：运筹，策划；帷幄，军中帐幕。在营帐中拟定作战的策略。 (6)触：碰撞，这里意谓动武。

【今译】疾病的发生是有原因的，疾病的潜伏是有一定地方的。杜绝它的原因，攻破它潜伏的所在，便在于一个“和”字。

俗话说：“家庭不和，被邻人欺负。”疾病的产生是因为有病魔作祟。病魔不是好东西，它犹如翻越墙壁入人家中盗窃的贼，犹如制造诉讼陷害别人的家伙。如果我的家庭有防备，没有出现怨言和诽谤，那么它就无法施展那狡猾的伎俩。而一旦有隙可乘，它就会到处恣意捣乱，使人不得安宁。

然而大凡事物必定是先腐朽了，而后才长出虫来。一棵树如果能巩固它的根本，使它的枝叶长得蓬勃茂盛，那么，虫虽多，又能拿树有什么办法呢？人的身体应当要“和”的，有气血、脏腑、脾胃、筋骨等。假若一定要逐节去调和，则会弄得头绪纷纭，顾此失彼，即使竭尽一天的精力，也还会有像小裂缝一样的疏漏未能提防到。防病而病生，反倒会被病魔偷偷地耻笑而已。有致力于巩固根本的办法，即在善于调和身心。心和则身体各处都和。即使有不和的地方，由于心能居重驭轻，运筹帷幄，就可以按照一定的方法去医治。否则，内部尚且不安宁，外部又哪里能够诊治呢？但是，和心的办法，实在难以用语言表达出来。悲哀不至于过分伤感，快乐不至于坠入淫乱，愤怒不至于要动武，忧愁不至于要寻短见。“略带三分拙，兼存一线痴；微聋与暂哑，均是寿身资。”这是和心诀。多次重复这段话，病是可以退却的。

【点评】全文的主旨在于阐述“以和养身”的却病之道。作为说理文，读来无枯燥乏味之嫌，反有生动谐趣之感。原因在于作者善用形象化的语言

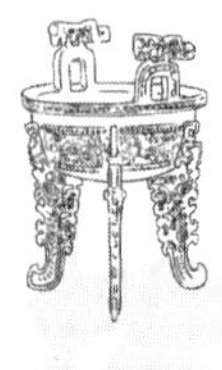

议论。如“病有病魔，魔非善物，犹之穿窬之盗，起讼构难之人也”“防病而病生，反为病魔窃笑耳”“心能居重驭轻，运筹帷幄”等句，杂比喻、拟人于一身，在轻松幽默之中，深入浅出地阐明了道理，具有诱人的艺术魅力。同时全文句式整散相间，长短交错，显得灵活多变而又富于美感。语气从容舒缓，不窘不迫，末段多用整齐的双句，读之仿佛长者在娓娓细语，再三叮咛。这些皆体现了“和”的风格，而又恰与文旨相通。

（郑小宁）

周亮工

周亮工(1612—1672),字元亮,一字缄斋,号栎园,祥符(今河南开封)人。明崇祯进士,授监察御史。明亡仕清,任福建左布政使、户部右侍郎等职。坐事论绞,复遇赦得释。亮工精于收藏鉴赏,书画题跋是其所长,又闽中小记短隽有趣。有《赖古堂集》。

题徐青藤花卉手卷后[1]

青藤自言:书第一,画次;文第一,诗次。此欺人语耳。吾以为《四声猿》与竹草花卉俱无第二[2]。予所见青藤花卉卷,皆何楼中物[3];惟此卷命想着笔,皆不从人间得。汤临川见《四声猿》[4],欲生拔此老之舌;栎下生见此卷[5],欲生断此老之腕矣。吾辈具有舌腕,妄谈终日,十指如悬槌,宁不愧死哉!

余过山阴[6],既不得见公,访所谓青藤书屋者,初归吾友老莲[7],今荡为荒烟蔓草矣,即其子戏呼为蔗渣角尖者[8],亦没没无闻。青藤之名,空与千岩万壑竞秀争流而已。抚此浩叹者久之。

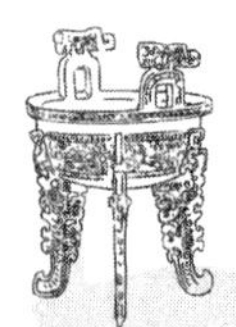

【注释】(1)徐青藤:即徐渭,字文长,号青藤居士。 (2)《四声猿》:徐渭所作四部杂剧的总称,包括《狂鼓史渔阳三弄》《玉禅师翠乡一梦》《雌木兰替父从军》《女状元辞凰得凤》。 (3)何楼:宋时京城开封有何家楼,楼下设市,售货常以次品充好货。 (4)汤临川:即明代戏曲家汤显祖,江西临川人,故称。 (5)栎下生:周亮工自称。栎,栎县,今河南禹县。 (6)山阴:今属浙江绍兴。 (7)老莲:指陈洪绶,号老莲,明末著名画家。 (8)其子:指陈洪绶子陈字,号小莲,亦擅画。

【今译】徐渭自我评价说:书法第一,绘画第二;文章第一,诗第二。这是哄人的话。我认为《四声猿》和他的花草绘画都不得看作是第二的作品。我所看到的徐渭花卉画卷,大都是市场上出售的赝品;只有这幅画,其命意构思、技法运笔,都佳绝奇妙,人间所无。汤显祖读了《四声猿》后,想要生拔徐老先生的舌头;我看了这幅画卷,恨不得切断徐老先生的手腕。我们这些人舌头手腕俱在,终日扯淡,十指笨拙得如木槌,怎么不羞愧死了呢!

我曾路过山阴,既然已见不着徐公,就去访问徐渭故居青藤书屋。此房子起初由我的朋友陈老莲住着,现在已毁败荒芜、蔓草丛生了,就是被老莲儿子开玩笑地称为"蔗渣角尖"的青藤,也荡然无存了。只有青藤的名称,与千山万壑同生共存罢了。我抚摸着这画卷,感叹良久。

【点评】本文是一篇题跋之作。作者在赏鉴徐渭花卉画卷时,引发了许多感想:对前贤的仰慕之情,对故友的缅怀之思,对世事迁移的感喟。作者感想联翩,而用笔又是一波三折、起伏有致。首先否定了徐渭的自贬其画的评断,后用一个比衬之法,表达了对此画卷的珍赏。"欲生断此老之腕"一句,把对徐渭画才的追慕之情推向高潮。随后,作者荡笔开去,由画及人,由前贤而及故友,对徐渭、陈老莲这些才艺高超的画家身后寂寞、故居萧索,发出了深沉喟叹。

(王宜媛)

鱼魫娇[1]

闽兰四时皆作花,气泄过甚,香无为芳之力,故不如过岭之馥[(2)]。且叶皆怒张，花亦剑立，真是男子所种，不若山兰叶袅花盈，枝枝向人索笑也。

独鱼魫娇一种大异。鱼魫兰，以色白而茎高取重于吴越，人皆见之。鱼魫娇则茎质最弱，力不承花，竟以藤丝名茎，茎不受服[(3)]，亦不忍直目作茎。花一绽，即横陈于碧叶中，若春闺思妇，甫匀枕痕，又倦欲寐者。茎茎斜诱，花花曲引。他兰嫌叶力太盛，不足俪[(4)]。此则若名姝既醉，非此解事侍儿不足纵送扶掖；又若非白玉床，不足当彝光笑倚者[(5)]。并叶增娇，将茎都艳。

予偶得此种，骄语闽人曰："得火齐木难[(6)]，足以压多宝船矣。"

【注释】(1)本文记载一种奇异的闽地兰花——鱼魫娇。 (2)过岭：指岭南地区。 (3)服：承受。 (4)俪：对偶。这里用作动词，相称的意思。(5)彝光：即夷光，春秋时越国美女西施的别名。 (6)火齐：即火齐珠，一种名贵宝石。木难：又称木难珠，宝石名。这里以喻鱼魫娇。

【今译】福建的兰花一年四季都开花，花气发泄得太多，无力再散发香气，所以不如岭南兰花香气浓馥。而且福建兰花的叶子茂盛肥大，花朵也挺拔如剑一般，真像是男子所种之物。不像山兰那样，叶子袅娜、花朵轻盈，枝枝叶叶都像是在讨人欢心。

唯有鱼魫娇这一种很奇特。鱼魫兰以色白茎高在吴越地区广受欢迎，是一种较常见的品种。鱼魫娇却茎质最弱，茎叶无力承受花朵的重量，竟可以把茎叶称作藤丝：茎叶没有承受力，不忍心把它当作茎叶来看待。这花一开，就横倒在绿叶丛中，就像春闺中的思妇，才匀平了脸上的枕痕，又慵倦得想要睡去。鱼魫娇的茎叶斜出，花朵柔媚。其他兰花的茎叶太茂盛，与花朵不相称。而鱼魫娇却如醉酒的佳丽，不是这懂事的侍儿不足以陪送扶持；又如同不是白玉床就不配让笑意盈盈的美女倚靠。鱼魫娇花与叶互相映衬，倍添娇态艳色。

我偶然获得这名贵品种，得意地对闽人说："得到这鱼魫娇，就如同得到火齐珠、木难珠，它足以压得住珠宝满舱的宝船了。"

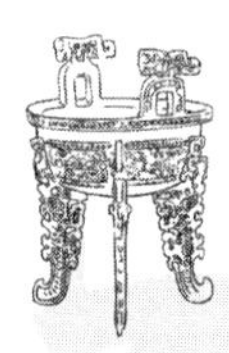

【点评】本文通篇用“比”的手法，以一连串的正比反比，写出了鱼魫娇的珍贵奇特。

鱼魫娇是闽兰，但又不同于一般的闽兰。一般的闽兰香气不如岭南兰花浓郁，花叶不如山兰轻盈袅娜，这里是“比”中有“比”。鱼魫娇还异于同种的鱼魫兰，茎质不如后者挺拔。以上的两组反比突出了鱼魫娇的非同一般，下文的正比又极尽描绘形象之能事。鱼魫娇的娇弱柔美，如同不堪相思之苦的思妇；花叶的相得益彰如同醉酒的佳丽与懂事的侍儿、美貌的西施与白玉床；鱼魫娇的难得如同名贵的火齐珠和木难珠。作者偶获此种，如获至宝，得意之态，溢于言表。鱼魫娇的不凡也由此留给读者以深刻的印象。

（王宜媛）

相思鸟[(1)]

予过浦城[(2)]，得相思鸟，合雌雄于一笼。初，闭一，纵一。一即远去，久之，必觅道归，宛转自求速入。居者于其初归，亦鸣跃接喜。三数纵之，则归者、居者意只寻常。若田间夫妇有出入，皆可数迹而至，不似闺人望远、荡子思归也。宿则以首互没翼中，各屈其中距立[(3)]。予常夜视之，惊失其一，久之，觉距故二，而羽则加纵。

笑语人曰：“视此，增伉俪之重！”或有言：“独闭雌能返雄耳，若闭雄则否。”予视之，不然。视同媢鲎[(4)]，诬此贞禽矣！鲎负雌以游，人呼曰：“鲎媢”；得雌则雄不去，得雄则雌远徙矣。

【注释】(1)本文描绘和赞美了一对相思鸟恩爱之深。相思鸟，又称红嘴相思鸟，画眉科。体态玲珑，鸣声悦耳，常成对或小群生活。　(2)浦城：今福建建安。　(3)距：鸡爪。这里指相思鸟爪。　(4)鲎(hòu)：一种产于太平洋、头胸腹带甲的鱼。

【今译】我去浦城时，得到一对相思鸟，关在一个笼内。起初，我关住一只，放走一只。放走的那只立即远飞而去。过后，它必定会找着飞回来，在笼门外辗转不停，要求快快进入笼内。笼中的鸟儿对它的归来，也高兴地鸣叫跳跃。这样放飞了几次后，无论是飞回的鸟，还是笼中的鸟，神色都恢复平常，不再那么兴奋。就像田间的农夫农妇早出晚归，都可沿着行迹自己回来。不再像闺中妇人盼望远行之人、四处漂泊的游子思念家人那样急不可耐。晚上两鸟同宿，把各自的头埋入对方的羽翼之中，各屈起靠近的一只鸟爪并立着。我常夜里起床探视，往往会吃惊地以为飞走了一只相思鸟，仔细一看，才发现鸟爪本来就有两只，而羽毛加厚了。

我笑对人说："看看相思鸟，可以增进人间夫妻的感情啊！"有人说："只关住雌鸟，雄鸟会飞回来；如果关住雄鸟，雌鸟就不会飞回来。"我又试验观察一番，那人说的不对。他把相思鸟看作了媚鲎，真是诬蔑了这忠贞的鸟啊！鲎鱼是雄鱼背着雌鱼游动，所以被称为"鲎媚"；抓住了雌鲎，雄鲎不肯游走，抓住了雄鲎，雌鲎会弃它远去。

【点评】相思鸟是著名的观赏鸟，作者无一字提及它的羽色鸣声，而专就"相思"作了一番观察试验，由衷地赞誉了它们的恩爱之深。

全文的重心是在对相思鸟的试验观察上。通过试验，读者可看到相思鸟有久别重逢的热烈、有寓以深情的平淡、有相濡以沫的温存等种种恩爱之状。作者对几次试验的写法虚实相兼、详略得当。比如初次放飞，用墨较多，刻画较细。以后几次用笔简略，着力写其神态变化。最后一次辩诬试验，不写过程，只提结果，意在突出反驳结论。

（王宜媛）

归庄

归庄(1613—1673),字玄恭,又字尔礼,号恒轩,又号己斋,昆山(今江苏昆山)人。明末诸生。顺治二年(1645),清兵破昆山,与顾炎武举兵抵抗,事败,亡命去。后隐居乡野,佯狂玩世,晚年寄食僧舍。庄博涉群籍,善书法,工墨竹。其文不立间架,不事涂泽,浩浩落落,多愤世伤时之音。有《归玄恭集》。

杂　说[1]

客贻腊梅一枝,高三尺许,姿致奇古[2]。余爱之甚,顾无大花樽以贮之,乃剪为小枝,以入胆瓶[3],颇历落有致[4],因以一壶赏之。

既而自叹,花枝惟大者不易得耳,乃以无器可贮而小用之,枉其材为可惜也。诸葛亮、王猛、王朴皆间气所钟[5],王佐之器,不生于一统之世,展其经纶[6],而小用之于偏安之国,其亦瓶花之谓欤?至若文中子才略非常而不遭时[7],无所见于天下,是又花之不得入胆瓶而憔悴枯萎者也。吾于是乎有感。

【注释】(1)此篇是归庄晚年的自伤之作。 (2)姿:指形貌姿色。致:指意趣情态。 (3)胆瓶:细颈大腹、状如悬胆的小花瓶。 (4)历落:疏疏落落。 (5)王猛:字景略,北海剧(今山东寿光)人。前秦丞相。王朴:字文伯,山东东平人。后周谋臣。间气:旧说英雄豪杰上应星象,禀承天地灵气而成,间世而出,称为“间气”。 (6)经纶:整理丝缕。引申为处理国家大事。 (7)文中子:王通,字仲淹,绛州龙门(今山西河津)人。隋哲学家。曾上“太平策”,不见用,退居河汾间,授徒自给。死后,门人私谥曰“文中子”。

【今译】友人送我一大枝腊梅,有三尺多高,形态气势非同一般。我非常喜爱,因为没有大花瓶可供插放,于是只好将它剪成一株株小枝,插在细颈小花瓶里,疏疏落落,倒也很雅致。因此煮上一壶酒,对花敞怀,尽情享受一番。

随后,又觉得腊梅大株最为难得,由于我没有大容器,于是竟将它剪成小枝,大材不能大用,实在太可惜了。诸葛亮、王猛、王朴都是天之骄子,具有治国兴邦的才能,无奈生于乱世,才干得不到充分发挥,他们的命运不也像插在小花瓶里的腊梅一样吗?至于像文中子才智胆略超群出众,只因生不逢时,则如同连小花瓶都难插入而枯萎凋谢的花枝啊。想到这里,真使我感慨不已。

【点评】运用虚实结合的手法来表达深沉而凝重的感情,是本文写作上的特点。文章先为腊梅的大材得不到大用表示同情与惋惜。然后因物及人,由近至远,联想到许多古哲先贤们的不幸遭遇。全文不满二百字,始则一喜,继则一叹,以腊梅为喻起笔,以文中子自况收尾,情绪起伏,文笔波折,一腔幽愤跃然于纸上。

(孙克道　王宜媛)

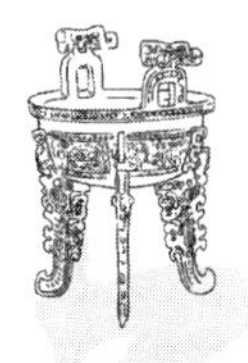

龚鼎孳

龚鼎孳(1615—1673),字孝升,号芝麓,合肥(今属安徽)人。明崇祯进士,授兵科给事中。入清,官至礼部尚书。工诗能文,与钱谦益、吴伟业齐名,称“江左三大家”。其文多者数千言,少或数百言,援笔立就,备极工丽,小品隽美有诗意。有《定山堂集》。

晴窗书事

月来阴雨黯晦,檐溜滴沥,如远公山房莲漏[(1)],丁丁吉吉,使人春愁暗长。今午风日稍霁,取架上书一卷,伏几读之。瓶梅细细作寒香,从鼻间度去,急追之,如炉烟因风,一丝散漫,已复再来袅人[(2)]。

因念此数点幽花,入吾碧纱净榻间已十许日。仆兵事冗,踏跌尘土坑堑中,披衣晨出,夜不得息,才支枕小卧,衙鼓一声,好梦又敲断矣。彼冰魂淡淡[(3)],孤芳自怜,从开至落,仅博吾半晌幽赏。莺花九十[(4)],忽忽焉虚掷其三。人生百年,为茫劫驱迫如此[(5)],清福难享，信哉！

【注释】(1)远公：晋高僧惠远，他隐居庐山三十余年，迹不入市。莲漏：古代计时所用如莲花形的漏壶。 (2)袅：当解作“撩”，即逗惹之意。(3)冰魂：此处比喻梅花的高洁。 (4)莺花九十：指莺啼花开的春天三个月(九十日)。 (5)茫劫：这里指茫茫无际的世俗纷扰。

【今译】一月多来，阴雨连绵，天气晦暗，房檐上的水点滴下，就像远公山房的漏滴，丁丁吉吉，使人不知不觉地生出春愁。今天中午，天气稍稍转晴，我从书架上取下一卷书，伏在几案上读着。这时，瓶中的梅花散发出细细的幽香，从鼻间飘去，我急忙追闻，它好像炉烟被风吹拂，一丝散漫，过一会儿它又来撩惹人。

于是，这才使我想起这数朵梅花，插在我这碧纱净榻的房间里已有十多天了。我军务繁冗，出入摔跌在尘土坑堑之中，早晨披着衣服就出去，到夜里仍不能休息，刚刚垫着枕头勉强睡下，而一声衙鼓，又把人从梦中惊醒过来了。那高洁淡雅的梅花，孤芳自怜，从开到落，仅仅博得我片刻的深情欣赏。莺啼花开的九十日大好春光，已被我匆匆忙忙地虚耗一月了。人生不过百年，竟这样被茫茫无际的世俗纷扰所驱迫，清静的福分难得享受，确实是这样的啊！

【点评】此文由偶赏梅香而感及人事，韵味隽永，情意婉长。起写阴雨凄黯，带给人淡淡愁思，由此定下全文阴郁的色调。至“风日稍霁”而伏案读书，则氛围略变。以上虽铺叙笔墨，犹有情有景，曲折可读。“瓶梅”以下，方转入“书事”主体。写追赏寒梅，以视觉写嗅觉，以人情状物态，文虽不多，然情韵盎然，可玩味再三。“因念”以下，抒发其由赏梅而引起的人生悲感，字里行间，流露出疲于人事的倦怠之情与怜惜寒梅的哀悯之意。怜梅之孤独，实自怜整日奔忙之无趣，其既厌倦官场政务纷扰却又无可奈何的思想情绪，是显而易见的。其文名为“书事”，实为抒情。行文流丽自然，如信笔写来，而精美之处，如“暗长”“敲断”“冰魂淡淡”等语，无不各具情韵，耐人咀玩。

(赵义山)

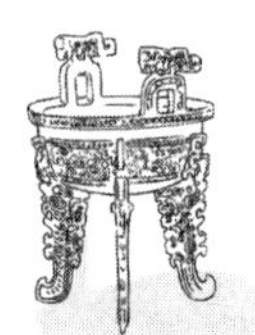

侯方域

侯方域(1618—1655),字朝宗,商丘(今属河南)人。明末,与方以智、陈贞慧、冒襄齐名,称“四公子”。尝师事倪云璐,为复社诸君子推重。入清,应河南乡试,中副榜。方域之文高古雄奇,骏迈奔放。有《壮悔堂文集》。

西施亡吴辩[1]

西施非能亡吴也,而后世以亡国之罪归之西施,过矣。使吴王不信宰嚭[2],杀伍胥[3],内修国政,外备敌人,西施一嫔嫱耳[4],何能为?

当时以勾践之坚忍[5],种、蠡之阴计[6],卧薪尝胆日伺其后[7],而乃远出数千里,争长黄池之间[8],构衅艾陵之上[9],穷师黩武,殆无宁岁。越人乘其虚而倾其巢穴。此即无西施,岂有不亡者哉?

吾观吴之亡也,与秦之苻坚相类[10]。二君荒淫精明,固不可同年而语,而秦之亡以伐晋自溃,吴之亡以越境而内救不及,其辙一也。然后知佳兵者自焚[11]，而攻远者遗近，元龟格言[12]，必不可易也。

夫吾之为西施辩者，非果谓女戎可与于末减也[13]。盖欲推其致亡之由，而断之于穷师黩武[14]，以为后世鉴戒也。呜呼！吴之亡也，有西施亡，无西施亦亡，强大真不可恃哉！

【注释】(1)本文虽为西施洗冤翻案，实际上亦是对穷兵黩武而致破国亡身之历史总结。西施：即西子，一作先施。传为春秋时越国美女，其家苎萝村西(今浙江诸暨南)，赖卖柴薪为生。越王勾践为吴王夫差所败，困守会稽山，取大夫文种“遗之好美以荧其志”之计，访得西施，训练三年，命范蠡献之于吴王。吴王大悦，荒废政事，终为越国所灭。吴亡后，西施未知所终。(2)宰嚭：春秋时吴国太宰(掌王家内外事务之官)，姓伯，名嚭，一作帛喜，亦称白喜，字子余。楚大夫伯州犁之孙。楚诛伯州犁，嚭亡奔吴国，任大夫。夫差即位，擢太宰，因善于逢迎而获宠幸。夫差败越，勾践使大夫文种乞和，嚭因受贿赂，力劝吴王许之，并屡进谗言，谮杀伍子胥。越亡吴，以嚭为不忠，诛之(一说降越为臣)。 (3)伍胥：名员，字子胥，楚大夫伍奢次子。楚平王七年(前522)伍奢被杀，子胥亡命奔吴，佐吴伐楚，以功封于申，故又称申胥。吴破越后，因谏吴王不许越王勾践请和，刚而犯上，复为宰嚭所谗，被赐死。 (4)嫔、嫱：均宫廷女官名。 (5)勾践：春秋末年越国国君，父允常为吴王阖闾所败，勾践败阖闾而雪其辱，阖闾子夫差复报越，困之于会稽(今浙江绍兴)，勾践屈辱求和，以美女宝器贿吴君臣，卧薪尝胆，刻苦自强，用范蠡、文种十年生聚十年教训之策，转弱为强，终于一举攻灭吴国。复渡淮水，会诸侯，横行江淮，称霸中国。在位36年(前497—前461)。 (6)种：文种，字少禽，一作子禽。春秋末年越国大夫。楚国郢(今湖北江陵西北)人，平王时曾官宛令。越为吴所败，奉勾践之命，入吴求和，贿赂太宰嚭，使越得以免亡国。勾践归国后，乃授以国政，君臣刻苦自强自励，终于攻灭吴国。其间，以种谋划为多。吴亡后，遭谗而被迫自杀。蠡：范蠡，字少伯。春秋末政治家。楚国宛(今河南南阳)人，越大夫。越败于吴而保栖于会稽，赴吴为人质二年。返越后，与文种共事勾践，苦身戮力，深谋二十余年，终于灭吴雪耻，称上将军。后功成隐退，浮海适齐，改称鸱夷子皮，又自号陶朱公，营商

治产，累资巨万。卒于陶（今山东定陶西北）。阴计：指文种、范蠡与越王勾践共谋复国灭吴之大计。据《吴越春秋》卷九，文种曾献报怨复仇、破吴灭敌之九术（《史记》作七术）与越王勾践。其计云：“一曰尊天事鬼以求其福；二曰重财币以遗其君，多货贿以喜其臣；三曰贵籴粟槁以虚其国，利所欲以疲其民；四曰遗美女以惑其心而乱其谋；五曰遗之巧工良材，使之起宫室以尽其财；六曰遗之谀臣使之易伐；七曰强其谏臣使之自杀；八曰君王国富而备利器；九曰利甲兵以承其弊。” （7）卧薪尝胆：据《史记》卷四十一《越王勾践世家》：“吴既赦越，越王勾践反国，乃苦身焦思，置胆于坐，坐卧即仰胆，饮食亦尝胆也。曰：‘汝忘会稽之耻邪？’”后因以喻刻苦自励，不敢贪图安逸。卧薪，未知所本。 （8）争长黄池：史称“黄池之会”，即吴、晋、鲁会盟黄池争大事。据《史记》卷三十一《吴太伯世家》：“（夫差）十四年（前482）春，吴王北会诸侯于黄池，欲霸中国以全周室。……七月辛丑，吴王与晋定公争长。吴王曰：‘于周室我为长。’晋定公曰：‘于姬姓我为伯。’”黄池，古地名，即黄亭，在今河南封丘西南，当济水和黄沟交合处。 （9）构衅艾陵：谓吴师破齐师于艾陵事。据《史记》卷三十一《吴太伯世家》：“七年（前489），吴王夫差闻齐景公死而大臣争宠，新君弱，乃兴师北伐齐……败齐师于艾陵。”据《左传》，吴败齐在鲁哀公十一年（前484）。艾陵，古地名，春秋时齐地，在今山东莱芜东北。一说在今山东泰安博县故城南。 （10）苻坚（338—385）：十六国时前秦皇帝。字永固，一名文玉，略阳临渭（今甘肃秦安东南）人。初为东海王，后弑苻生自立，在晋时五胡中号称最强，一度统一北方大部分地区。建元十九年（383）率军九十万攻晋，结果大败于淝水。建元二十一年为部将姚苌所杀，在位约二十八年（357—385）。 （11）佳兵：佳，善。兵，兵器。本作利器解，后转为好兵之义。《老子》卷三十一：“夫佳兵者不祥之器，物或恶之。” （12）元龟：大龟，古代用之于占卜。 （13）女戎：犹女祸。末减：从轻科罪或减等处刑。 （14）穷师黩武：用同“穷兵黩武”“穷兵极武”，意指好战不止。

【今译】西施并不能使吴国灭亡，后世将亡国之罪名每加于西施身上，那是错了。当初，如若吴王夫差不信任佞臣太宰嚭，不枉杀了直臣伍子胥，相反整治好内部政务，防御好外部敌人，西施充其量一后宫妃嫔，她又能有什么作为？

当年越国以越王勾践之坚毅忍耐，其大夫文种、范蠡之种种雪耻复仇计谋，君臣卧薪尝胆，刻苦自励，时时窥伺吴国，以求一逞，而吴王夫差却全然不顾，率兵北上，贸然越境几千里，在黄池会盟晋、鲁，去争什么强弱大小，在艾陵耀武寻衅，举兵欺弱齐之师，连年穷兵黩武，滥用武力，弄得国内没一年太平。这样，越国便乘虚而入，一举捣毁了他的老巢，灭亡了吴国。这一过程，这一史实，即使没有西施，吴国哪有不亡的道理呢？

在我看来，吴国的灭亡正与历史上后来的前秦苻坚相类似。这两位君王或荒淫奢侈，或精明强干，本来并不能简单类比，同日而语。但是，前秦以侵伐东晋失败而导致崩溃，走向灭亡；吴国则因率师远伐，北会诸侯，国内空虚，为越所乘，不及挽救，最终失败，二者覆灭的根源还是一样的。由此而后，我们便明白：炫耀武力的好战分子往往自我毁灭，远途用兵攻伐他国的人必定顾不上自己国内的空虚，这些可作历史借鉴的格言箴规，确实是不刊之论啊。

其实，我在这里之所以为西施辩诬洗冤，并非真的认为女祸可以从轻论处。究其结果还在于想就此推求吴国所以亡国的原因，断定其为穷兵黩武，使后世引以为戒。唉！吴国的灭亡，真是有西施亦亡，没有西施也一样灭亡。所谓的“强大”，实在是很靠不住的啊！

【点评】古往今来，有关西施的诗文可谓汗牛充栋，而反对“女祸”说，竭力为西施辩诬鸣冤的著作亦并非少见，如唐陆龟蒙的《吴宫怀古》诗“吴王事事须亡国，未必西施胜六宫”，又如宋王安石的《宰嚭》诗“谋臣本自系安危，贱妾何能作祸基。但愿君主诛宰嚭，不愁宫里有西施”等，不一而足。然纵观诸多诗文，大都就事论事，多以探究吴国必亡之兆，令洗西施所蒙不白之冤，或代鸣不平，或设以反诘，或径下断语，或略施鞭笞。而本文则一反前人所著，在谋篇构思上别具匠心，另出机杼，不落窠臼。文章表面上似乎亦落脚于替西施翻案，放言纵论越之必胜、吴之必败的有关其内政外交方面的原因，使人误以为作者仅是在步武前贤，反对“女祸”论。可文章的末一段，却突然急转直下，翻空出奇，独具只眼，逮住前文之“知佳兵者自焚”大做文章，用以揭示穷兵黩武必然导致国破身亡的历史教训，这就使文章深入一层，其立意骎骎乎超然于前贤之上。纵观全文，言辞犀利，语义精警，笔底波澜，气盛意足，洵为传世佳构。

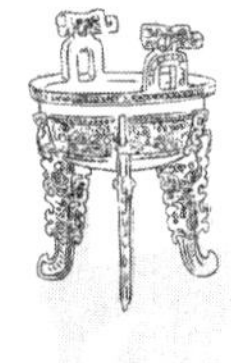

【集说】层层推论，精劲无前。（徐恭士评《壮悔堂文集》）

（聂世美）

书练贞吉《日记》后[1]

友人练贞吉，司马公少子，能继述其家学，为中原人士之冠。尝游禾水[2]，作《日记》，所载皆纤碎不经意事，而含蓄甚远。余每读之，以遣旅况。记中间杂诙谐，客有病之者[3]。夫"善戏谑兮，不为虐兮"，风人所以颂卫武也[4]。谈言微中，固不在庄语矣。尝闻有先朝[5]，巨公惑志一姬[6]，致夙望顿减[7]。姬问之曰："公胡我悦？"曰："以其貌如玉，而发以鉴也[8]。然则姬亦有所悦乎？"曰："有之。即悦公之发如玉，而貌可以鉴耳。"又尝游虎丘，其为衣去领而阔袖。一士前揖，问："何也？"巨公曰："去领，今朝法服[9]。阔袖者，吾习于先朝久，聊以为便耳。"士谬为改容曰[10]："公真可谓两朝'领袖'矣！"以此二谑语观之，是巨公碑传之所不尽者，而赖以表微也。然则《日记》之诙谐，何必其无关于世耶？

【注释】(1)据文中所述讽刺钱谦益为明清"两朝领袖"的话，知写于入清以后。作者为戏谑讽刺之文辩护，能寓严肃于诙谐中。练贞吉：字石林，河南商丘人，顺治拔贡，著有《扫叶居士诗文集》等。 (2)禾水：又名旱禾江，在江西泰和县西，源出禾山。 (3)病：责备。 (4)风人：诗人。该句引自《诗经·卫风·淇奥》，古人以为此作颂美卫国武公。 (5)先朝：前朝，此指明朝。巨公：指钱谦益，降清后，仍保持一些怀明意绪。 (6)姬：指柳如是，明末名妓，后为钱谦益妾。 (7)夙望：平素的声望。 (8)鉴：照亮。此形容头发乌黑油亮。 (9)法服：礼法规定的标准服。 (10)谬：荒诞，故意。

【今译】我的朋友练贞吉是司马公最小的儿子，在中原人士中，数他最能继承家学。练贞吉曾经游历禾水，写成《日记》，书中所载都是一些细碎不被人注意的事情，然而蕴意相当丰富。我常常阅读它，借以排遣旅途寂寞。其中夹杂着一些诙谐的笔墨，有人对此甚表不满。“善于开玩笑啊，不做残暴的事情啊”，《诗经》的作者用这句诗赞美卫国武公。讲话、写文章，可采用委婉隐晦的方式击中要害，本来就不在于用庄重严肃的笔调。我曾听说前朝有一个大人物，被一姬妾所迷惑，从而使他平素的声誉即刻下降。姬妾问他：“您看中我什么？”他回答：“看中你颜貌洁白如玉，而头发乌黑照人。那么，您是否也有看中我的地方？”姬妾答：“有。那就是看中你头发雪白如玉，颜貌乌黑照人。”又有一次他到虎丘游玩，所穿衣服无领阔袖。有位士子上前给他作揖，问道：“为何穿这样的服装？”大人物说：“没有领子，是当今朝廷所制礼法规定的服装式样。衣袖宽阔，是因为我习惯于穿前朝服装已经很久，聊以此为安适罢了。”士子听罢故意变了脸色，装出很认真的样子说：“您真称得上是两朝‘领袖’啊！”以这二则谑语而言，这位大人物的碑文传记所阙略的内容，正可借助它们而显其微末。这样看来，《日记》诙谐的笔墨，怎能肯定它们与世道人心没有关系呢？

【点评】自唐宋古文运动以后，散文的地位日益巩固。然而在一些文人眼中，散文成了一种高贵的文体，反对小说之言、诙谐之笔掺入其中。侯方域是突破这种拘囿并且取得了显著成就的散文作家，本篇既是他的理论表述，也是对他文学主张的一次很好的实践。文章围绕回护友人《日记》“间杂诙谐”而展开。先引用儒家经典《诗经》中的句子，说明爱好“戏谑”古已有之，而且得到圣人的肯定，作者借此增加自己论点的说服力，这是古人论证道理的一般方法。接着，以“先朝巨公”两事作例子，证明“谈言微中，固不在庄语”，从而也实现了替《日记》行文诙谐作辩护的目的。文章立论无偏颇之失，引例宜妥，从而使自己立于不败之地。其中写钱谦益轶事，极有趣味。貌如玉，发可鉴，颠倒二字而成发如玉，貌可鉴，衰翁与美女形象顿别。无领阔袖，仅就衣着而言，“两朝领袖”，则写出了随风转舵的品行。口舌灵巧，令人发噱，而诙谐之中，讽刺寓焉。

【集说】所谓嬉笑怒骂皆成文章。（静止评《壮悔堂文集》）

（邬国平）

周容

周容(1619—1679),字茂三,号鄮山,又号躄翁,鄞县(今属浙江)人。诸生,工诗,称才人。明亡,剃发为僧,以母在,复返初服。放浪湖山间,狂哭恸哭,杂以诙谐,世比之徐渭。后入京,大臣以博学鸿儒荐,以死力辞。其用笔变幻,吐辞典丽,有悲愤感慨之志,委婉真挚之情。有《春酒堂集》。

小港渡者

庚寅冬[(1)],予自小港欲入蛟川城[(2)],命小奚以木简束书从。时西日沉山,晚烟萦树。望城二里许,因问渡者:"尚可得南门开否?"渡者熟视小奚,应曰:"徐行之尚开也,速进则阖。"予愠为戏。趋行及半[(3)],小奚仆,束断书崩,啼未及起,理书就束,而前门已牡下矣[(4)]。

予爽然思渡者言近道[(5)]。天下之以躁急自败,穷莫而无所归宿者[(6)],其犹是也夫?

【注释】(1)庚寅:此即清顺治八年(1651)。 (2)蛟川城:指浙江镇海,近海处有蛟门山,故名。 (3)趋行:急行。 (4)门牡:锁门的键。(5)近道:指具有哲理。 (6)莫:通"暮"。

【今译】庚寅年的冬天,我自小港将进蛟川城,命小书童用木简捆着书相随。当时落日西下,晚烟萦树。遥望蛟川城,大约有二里地,于是问摆渡的人:"还能否在南门开着时赶到?"摆渡的人仔细地打量着小书童,回答说:"慢慢走去,南门还开着,走快了就关了。"我听了有些生气,以为他在戏弄人。因急速前行,到半途,小书童跌倒了,绳断书垮,他啼哭着不等站起来,就赶忙整理书籍,捆好便赶向前去,结果南门已关闭了。

我一下子醒悟到摆渡人的话近于道。世上那些因为急躁而自取失败、到途穷日暮之时还不能有归宿的人,大概就是这样的吧?

【点评】此文随笔记一凡人小事,却曲折有致,于平淡中见意趣。因日暮天晚,担心城门关闭而向人打听,由此引出渡者。虽未正面着笔,其戏谑古怪之情态却十分逼真,文之情趣由此而生。有此波澜,则小奚跌倒、"束断书崩"一节方不落平俗,而成奇趣盎然之文。篇末感慨,点活全文,化情趣而为意趣,耐人玩味。

【集说】神味渊然。结处即小见大,悟道之言。(王文濡《清文评注读本》)

暮景苍茫,归心逼急,一望一问,情态如见。(王文濡《续古文观止》)

(赵义山)

毛奇龄

毛奇龄(1623—1716),字大可,又字齐于,号初晴,又号秋晴,萧山(今属浙江)人。明末避兵乱入南山,读书土室中。康熙中,召试博学鸿词,授翰林院检讨,元明史纂修官。后乞归,得痹疾,遂不复出。奇龄之文,纵横辨博,其小牍随笔,饶有意致。有《西河合集》。

与故人[1]

初意舟过若下[2],可得就近一涉江水,不谓蹉跎转深。今故园柳条又生矣!江北春无梅雨,差便旅眺,第日薰尘起,幛目若雾。且异地佳山水,终以非故园,不浃寝食[3]。譬如易水种鱼难免圉困[4];换土栽根,枝叶转悴。况其中有他乎!向随王远侯归夏邑[5],远侯以宦迹从江南来,甫涉淮、扬[6],躐濠、亳[7],视夏邑枣林榆隰[8],女城茅屋[9],定谓有过。乃与其家人者夜饮中酒[10],叹曰:"吾遍游北南,似无如吾土之美者。"嗟乎!远游者可知已。

【注释】(1)此信抒发眷念故乡之情及羁旅无依的悲慨。 (2)若下:浙江长兴有若溪,南曰上若,北曰下若。 (3)浃:通,彻。 (4)圉(yǔ)困:拘困不舒貌。 (5)夏邑:县名,今属河南省。 (6)甫:刚。淮、扬:淮水和扬子江。 (7)躐(liè):踏。濠、亳:濠州和亳州,今属安徽。亳州的一部分在今河南。 (8)隰:低湿之地。 (9)女城:城墙上的矮墙称女墙,此指低矮的城墙。 (10)中酒:饮酒入醉。

【今译】原先以为船经过若下时,可以在就近的地方顺便涉越江水与你一晤,不料一再阻滞难行。现在,故乡柳树又该长出新枝条了吧!江北春天没有梅雨,这倒是略便于旅途眺览,只是日照尘扬,如雾遮目。况且异乡山水无论怎样美丽,毕竟因为不是自己家园,难以令人寝食安恬。好比改水养鱼,难免会使鱼觉得拘困不舒;换土植物,枝叶也会转为憔悴。更何况游子心头还郁结着其他愁绪呢!以前曾陪随王远侯回夏邑,远侯因在外任官而从江南归来。他刚刚渡过淮水、扬子江,一踏上濠州、亳州的土地,见到夏邑的枣林、低湿的榆田、矮矮的城墙和简陋的茅屋,坚持说此景胜过江南。于是,他与家人一起夜饮入醉,慨叹道:"我一生遍游大江南北,似从未遇见过比自己家乡更美的地方。"唉!漂流远方的游子,其凄凉和思乡也由此可知了。

【点评】作者生长在明媚秀丽的江南水乡,后曾沦为客子,游食四方。信中所表达的游子羁恨和恋乡之情,来自他对生活的真切体验。全文先述自己羁旅北方,不堪北土薰尘若雾,景色苍凉;继而述北方人从江南返回故园,顿时为家乡的景致欣喜雀跃,陶醉入迷。山水风光是否美丽,有时很难有客观的、统一的标准,乡情所系,美亦在焉,故俗谚云:"美不美,家乡水。"作者通过异地人们对自然风景的不同感受,将这种南北方人所共通的故乡之情,描写得切实细微,丝丝入扣。全信写得委婉隽永、亲切感人。

【集说】情至语,旅客对之凄断。(纳兰常安《古文披金》)

(郭国平)

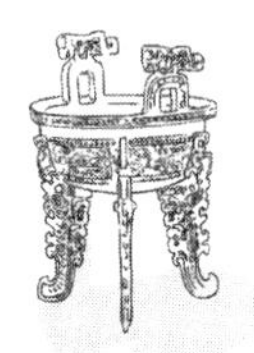

魏禧

魏禧(1624—1681),字冰叔,又字叔子,号裕斋,又号勺庭,宁都(今属江西)人。明末诸生,与兄祥、弟礼,以学问文章相砥砺,海内称"宁都三魏"。年四十,乃出游四方,归而益以实学倡导后进。康熙中,诏举博学鸿词,以疾辞。其为文主识议,综练世务,而凌厉雄健。有《魏叔子文集》。

书罗饭牛扇面[(1)]

别饭牛八年,画益工,山水林木云气,悠远而不尽,疏而能积,其书法亦绝可观也。

往饭牛游吴、越[(2)],吴、越士大夫好之;今再游,好之必甚。然予交东南士最多,恒散伏草间,或灭迹穷山深谷,不求知于人,人亦不得而见。故于饭牛之行,书其扇以介之[(3)]。

饭牛以艺交天下二十余年,而夷然不自屑[(4)],有篷户之心[(5)]。夫世之必以软美游于世者[(6)],亦何为也!

【注释】(1)罗饭牛:名牧,字饭牛,江西宁都人,明清之际书画家。本文通过向罗饭牛介绍吴、越一带明代遗民和向“东南士”介绍罗饭牛,颂赞高节贞骨,挞伐“软美”之流。从文章内蕴知作于明亡以后。 (2)吴、越:指今江苏省东南部和浙江省东北部一带。 (3)介:介绍。 (4)夷然不自屑:指不屑结交豪门权势。 (5)篷户:指穷人的住处。 (6)以软美游于世:指谄世媚俗,取悦权贵。

【今译】与饭牛分别八年,他作画益发精进了。所画山水林木云气,悠远无际,疏朗而善于聚积,他的书法也非常可观。

从前,饭牛游历吴、越,那里的士大夫就已喜爱他了;今天重游,人们必将更加爱他。然而,我与东南一带士大夫交往最多,知道他们经常散居蛰伏于荒野丛草之中,或者隐居穷山深谷,足不出户,不求知于人,世人也无从与他们相见。所以我于饭牛出游之际,在他的扇面书写此文,作为对饭牛的介绍。

饭牛以自己的书画艺术与天下之人相交已有二十余年,而他夷然不屑结交豪门权势,心怀甘贫乐道之志。而世上定然欲以软美之态谄世媚俗、取悦权贵之流,又为何竟堕落到如此地步!

【点评】明室倾覆后,士大夫在新朝的逼诱下,人格出现明显分野。本文称赞隐者甘愿寒贫、不求闻达的傲岸气骨,反映了作者坚定的遗民意识。作者并未直接畅述自己的政治立场、生活态度,只是通过叙说自己“交东南士最多”和赏识罗氏所怀“篷户之心”,则其志趣已呈。这些均可见作者构思行文的巧妙。通篇赞扬隐者的高尚人格,仅以最后一语讥斥丧失骨气者的浊污灵魂,形成以刚正压邪媚之势,增添了文章的凛然豪气。

【集说】笔笔层折,亦所谓悠远不尽,疏而能积者。(杨兰佩评《魏叔子集》)

(邬国平)

复六松书[1]

"死友"一语[2],此仆十数年来最伤心事。每登高望远,辄怆然涕下,有子昂"天地悠悠"之叹[3]。

吾辈德业相勖[4],无儿女态,然气谊所结,自有一段贯金石、射日月、齐生死、诚一专精、不可磨灭之处[5]。此在千百年后犹得而想见之,况指顾数十年之间耶[6]!

仆于天性骨肉中[7],颇不可解[8]。外此,则一腔热血,亦欲一用。非用于君,则用于友。悠悠泛泛[9],无所用之,又安能禁宝剑沉埋之恨[10]?仆所以期待二三至友者,颇不以世人所谓遂足相许。

旅寓屏营[11],百感交集,聊因人来,为一及之。

【注释】(1)六松:明曾灿堂名。灿,字青藜,一字止山,原名传灿,宁都(今属江西)人,少有诗名。其父曾应麟,明末任给事中。明亡,灿削发为僧,遨游闽、浙、两广间。后归,筑六松草堂,躬耕养母。为"易堂九子"之一,著有《六松草堂文集》《西崦草堂诗集》。 (2)死友:指交情深笃,至死不渝,可以死相托的朋友。 (3)子昂:唐著名诗人陈子昂(661—702)。 (4)勖(xù):勉励。 (5)贯金石:穿透金石,意指交情之深,坚逾金石。齐生死:即生死与共。齐,相同。 (6)指顾:一指一瞥之间,喻其短暂。语本班固《东都赋》:"指顾倏忽,获车已实。" (7)天性骨肉:指有血缘关系的亲人,如父母兄弟、妻子儿女等。 (8)颇不可解:意谓因感情亲密深厚而难以分离。(9)悠悠泛泛:比喻飘浮无定的样子。 (10)宝剑沉埋:喻英雄莫为人知无用武之地。 (11)屏营:惶恐不安的样子。按,汉魏以降,上帝王表文及报上司书笺,文末多用"不胜屏营""屏营之至"一类客套话,以示谦卑。作者于此用之,也是一种自谦和表示客气的意思。

【今译】"死友"这句话,是我十几年来最为伤心动情的事。每当登高远眺之时,一想起这句话,我就会悲怆难抑地流下眼泪,大有唐代诗人陈子昂

“前不见古人，后不见来者。念天地之悠悠，独怆然而涕下”的感叹。

我们这辈人每以道德功业相勉励，绝没有小儿女情态，但彼此意气相投，又自有一节坚逾金石、光照日月、同生共死、专心一意、难以消磨绝灭的情谊。这种深情厚谊便是在千百年之后也还能够想见其流传不替，而况乎目前这一指一瞥短短几十年的时间呢！

我个人对于骨肉亲人，因情深意密而很难摆脱。除此之外，胸中一腔热血，唯愿挥洒，不是用之于国君社稷，就是用之于同志朋友。如若飘浮无定，一无所用，又如何能没有宝剑沉埋、英雄无用武之地的怅恨感触呢？我之所以殷殷企盼得二三志同道合、生死与共的要好朋友的原因，就是很不以一般人所谓的友道而满足称许。

旅居惶恐，百感齐涌心头，无法尽言心事，借来人之便于此聊表一二。

【点评】据《清史稿·文苑传一》，魏禧其人，“为文凌厉雄杰。遇忠孝节烈事，则益感激，摹画淋漓”。即如这封短札，便颇具这一特点。作者生活的时代，清军入关，定鼎中原，统治日趋稳定。可是，作为具有强烈民族意识的文人学士，魏禧秉承庭训父志（其父兆凤，明诸生。“明亡，号哭不食，剪发为头陀，隐居翠微峰”），从此绝意仕进，对清朝统治者采取了冷漠的、坚决不与其合作的态度。短札中充塞流溢于字里行间的忠于友情的赤诚及其追求理想的献身精神，正是作者不满异族侵凌，以通过交结“死友”，寻觅政治知音，希冀一洒碧血以求反清复明心声的隐晦含蓄的表露。全文虽不足二百字，却写来激昂慷慨，荡气回肠，铿锵有力，掷地有声！阅读斯文，无有不为之动容浩叹者。“死友”者，死义也。义之所在，虽万死不辞，这便是中国几千年来封建知识分子立身处世的信条之一。

【集说】可谓肝肠火热，胆魄金坚，但中不可无穷理尽性作骨子，否且流入情痴意气一路。结束处难得中正，毫厘千里，当自辨之。（王文濡《续古文观止》）

（聂世美）

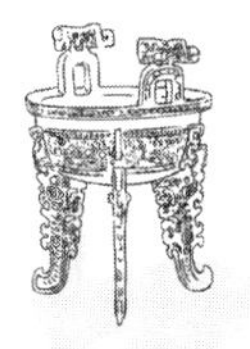

汪琬

汪琬(1624—1691),字苕文,号钝庵,晚号尧峰,又号玉遮山樵,长洲(今江苏苏州)人。顺治进士,由户部主事累官刑部郎中,旋乞病归,结庐尧峰山,闭户著书。康熙中,召试博学鸿词,授翰林院编修,预修明史。其文温粹雅驯,无钩唇棘吻之态,而不尽之意含吐言表。有《钝翁类稿》。

跋《剑阁图》[(1)]

此图虽不免院家气[(2)],而用笔最为苍润。及观图中人,皆按骑徐行,指顾间颇有闲雅态[(3)],若不知阁道之险者。真能品也[(4)]。予因思士大夫处崎岖崄巇之场[(5)],率当安闲如此,然后可济于难。若轻薄躁妄,未有不失身坠者。夫岂徒度阁道然哉!同年子吴天章出此图示予[(6)],因附识此语于后[(7)]。

【注释】(1)此文因《剑阁图》而及士大夫处世立身的态度。剑阁,栈道名,在今四川剑阁县东北大剑山、小剑山之间,是川陕间主要通道。这里“连山绝险，飞阁通衢”（《水经注·漾水》），故而得名。历代取材剑阁的画作颇多。 （2）院家气：院体画习气。院体画原指古代宫廷画家作品，迎合帝王所好，讲究格法，崇尚工丽。以宋代翰林图画院中画家的作品为代表，后亦泛指并非宫廷画家而效法南宋画院风格之作。 （3）指顾：指点、瞻望。（4）能品：古人评论书画分神品、妙品、能品三等，“得其形似而不规矩者，谓之能品”（元夏文彦《图绘宝鉴》卷一《六法三品》）。此用作较高的赞语。（5）崄巇（xiǎn xī）：险要高峻貌。崎岖崄巇，此喻处境困苦艰险。 （6）同年子：科举制度中称同科考中的人。吴天章：吴之纪，字天章，一字小修，号慊庵，江南吴江人。顺治六年进士，官至湖广荆西道佥事。著有《适吟草》《好我斋集》。 （7）识：记。

【今译】此幅图虽然不免有院体画习气，其运笔则最为苍劲圆润。及观赏图中所画人物，轻轻拿着马缰绳，缓缓而行，指点顾瞻之间，神态颇为闲适优雅，好像全然不知道阁道艰险似的。此画真可置身于能品之中。我由此想到，士大夫置身于困苦艰险的环境，大概都应当像这样安闲处之，然后才能渡过难关。倘若轻浮刻薄，急躁妄动，没有谁不会失身坠地的。难道仅仅对渡越剑阁险道的人来说才是这样么！同年进士吴天章向我出示《剑阁图》，因此于图后附记以上这番话。

【点评】作者对《剑阁图》先略抑，后略扬，又进一步上扬，评赞富有顿挫抑扬的节奏感，而总体上又不失分寸。作者是从自己的人生经验和宦海经历出发理解《剑阁图》的寓意，接受其所绘境象的启示，从而赋予该画新的内涵；反过来说，他又借助《剑阁图》所绘的形象，将自己在生活和仕途中的感受表达得更为具体生动。“崎岖崄巇”原是形容山道艰危，作者用以比喻人世和宦场险恶，语含讥贬。文中戒警语，实也寓有对“崎岖崄巇之场”的感慨。合而观之，文章讥世之意隐约可感。

【集说】涉世者不可不知此言。（纳兰常安《古文披金》）

（邬国平）

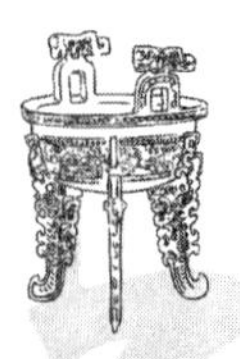

陆次云

陆次云(生卒年未详),字云士,钱塘(今浙江杭州)人。康熙十八年(1679)应博学鸿儒试,落选。次年,出任河南郏县知县,有惠政,以父丧归。起补江阴县,不逾年而治行推第一。其文清奇俊逸,皆发自性情,小品佳制颇多。有《北墅绪言》。

三滩记

五溪之险何限[1],而独记三滩,记其尤耳。

几渡洞庭,溯沅水者,至武陵必易船。船名鳅,广三尺,锐尾锐头,肖形也。摇舟之夫,力如虎,驱礁濑恃篙,抢徊溜恃楫,挺穿石缝,盘茫绕角,不失累黍,惟棹是力。沿仰溪流,愈曲愈峻。双峡夹峙,隘不容天;乱箐披纷[2],密不容日。山横路绝,境转波开,甫寸晷而风顺逆不时,帆张收不一矣。而滩时时越,有有名者,有无名者,不可胜数。

其骇人耳者,曰“猛虎跳涧”。涧之势,左钩右突,水因互折。

舟逆折而上，如车负重而加迟；顺折而下，如弩发弦而加疾。超然径度，始全一叶。乱人目者，曰“满天星”。礁崿上浮，锥戟下隐，象纬纵横[3]，冗不可测，非细认湍林，巧回曲避，樯橹所经，鲜不为其毁折者。至“大王滩”慑人魄矣！当晴日而惊雷，声远震也；溅青空而集霰，沫远飞也。悬流瀑布，倒卷怒涛。坚绠众牵，低篷危坐。水忽裹舟，舟还跃水，几力挽而出于安澜之上，庆更生矣。

夫乘风鼓浪，快事也，而不胜其险。然不泛瞿塘，不知滟滪之异；不浮云梦，不识吕梁之奇[4]。余好游成性，履险如夷，亦惟忠信涉波涛而已，何足阻少文志哉[5]？为记以告来者。

【注释】(1)五溪：指雄溪、樠溪、酉溪、沅溪、辰溪，在湖南常德(武陵)。(2)箐：竹名。　(3)象纬：日、月、五星。　(4)吕梁：即吕梁洪，在江苏铜山，水流湍急，巉石齿列。　(5)少文：宗炳，字少文，南朝人，喜山水。

【今译】五溪的险恶处有无数，而我偏偏只记三个险滩，这是因为它们特别险恶。

几过洞庭湖，朝沅水上方而行的人，到了武陵必定要换乘船只。船名称之为“鳅”，宽三尺，首尾都呈尖状，活像一条泥鳅。摆渡的船夫，力壮如虎，回避险礁靠的是竹篙，越过漩涡靠的是船楫，直穿山崖石缝，盘绕山涧曲流，不被黍草绊住船，全仗着船夫用力驾驶船只。随江河溪流直上，真是越弯曲越险峻。两边高山耸立呈关口形势，山缝犹如一线天，难见天日；河边乱竹丛生，繁杂密布，抬头不见太阳。一会儿江面被大山挡道，似无路可走，一会儿又峰回路转，河面顿时开阔起来。眨眼的工夫风向或顺或逆，于是船帆也只能或启或落。险滩时时被越过，有叫得出名的，也有叫不出名的，真是不计其数。

有个叫“猛虎跳涧”的险滩颇骇人魂魄。山涧的态势是东一块尖石、西一个露角，水流因此左盘右旋、转折而行。小船逆水上行，真好比负重而行的车辆，艰难迟缓；顺着流水转折而下，又好比飞箭脱弦，其快无比。全凭着高超绝伦的技巧驾驭飞渡，才得保全着一条完整的小船。让人眼花缭乱的地方，叫“满天星”。乱礁残石浮在水面，尖石怪壁潜隐水下，犹如日月五星，

难辨难测，若不眼明心细，认准急流险石，巧妙地迂回躲避，船只没有不被它损折腰斩的。到了“大王滩”，才真正叫人胆破魂飞呢！天晴而响惊雷，声音远震天外；湍流飞溅直上，又当空而落，水沫浪花溅得四处飞扬。半山腰飞流直下的瀑布，如排江倒海，震天动地。此时，众人抓紧船上坚实的绳索，在船篷里安坐不动，急流忽而紧裹船身，船只忽而跃出水面。船夫几经努力，才终于安然渡过险滩，大家都庆贺死里逃生、重获生命。

说起乘风破浪，当然是件愉快的事，然而险象环生，让人难以承受。没有泛舟瞿塘峡的人，不知道滟滪堆的惊险；没有泛舟云梦的人，也见识不到吕梁洪的奇观；我善游成性，历艰经险如行平地一般，但靠的是坚信能胜过波涛险恶的缘故，何必惧怕艰险而阻挡自己如少文般游山玩水的雄心壮志呢？因此记下这些以告后人。

【点评】三滩之险，其险不一，作者记之，互不雷同。“猛虎跳涧”险在崖岸曲折锐突，水势高低不齐；“满天星”险在水上水底遍布明礁暗石，密如繁星；“大王滩”险在水位落差极大，溪流就像一道瀑布。三滩相连，一滩更比一滩险，描写的顺序和尺寸都有讲究。

险与奇往往是连在一起的，险境每多奇观。本文记三滩之险，同时也突出了三滩之奇。写到奇险处，便着力描绘，造出一些佳句。这些白描的句子，也能将人带入一种奇境。

【集说】一幅五溪图。（澹人评《北墅绪言》）

《水经注》千古称奇，索篇中如许奇语，亦不多得。（东川评《北墅绪言》）

（董如龙）

徐庵古佛记

石佛庵在映壁庵石壁之上，一椽小筑，压壁之肩。徐庵在石佛庵之上，一椽小筑，较石佛庵稍宽，压庵之肩。

石佛庵一石佛，石佛之外无余佛。徐庵三古佛，古佛之外无余佛。石佛之像高三尺,垂目趺坐,与世像同。而古佛甚异,佛身之高几一寻。

中则释迦求道像。清槁贫削,眉卧准轩(1),螺发结而不理。盘坐一枯树根,若有所思而未悟者。腹脐内吸,若久不粒者。肌骨棱棱栗栗(2),若六花周绕(3),强自撑耐者。背偻,若鸟巢其顶;膝踊,若藤穿其膝者。

右普贤。身跨一灰象,两手平衡持贝叶(4),两目不瞬,注贝叶;贝叶失矣,手犹是,目犹是也,从无字句处参观而有得者(5)。所跨象眠齿突颐外,双目宛转善睨人,人亦与之左右睨,往往人象相睨,有久而不舍者。

左文殊,与普贤雁行于释迦之次(6)。一手持藤杖,一手着膝上,坐狮。狮之状,庞然以伏(7),貌猛而性善,然人之爱狮不若爱象也。及晦夜入佛堂,炉香不红,琉璃火灭,有两炬炷,烛射窗闼。人即大恐退,以为室有虎也。乃从壁隙谛审其所在,炯炯者狮之目,盖阳燧为之也(8)。故人之宿于庵者,爱象又不若爱狮。

【注释】(1)准:鼻。轩:高。 (2)棱棱栗栗:饥寒貌。 (3)六花:即雪花。 (4)贝叶:贝多罗树之叶,用以书写佛经。 (5)参观:领悟、体验。 (6)雁行:排列如飞雁的队形。 (7)庞然:形容狮毛纷披。 (8)阳燧:一种铜镜,照日以取火。

【今译】石佛庵在映壁庵的石壁上面,它是一座很小的建筑,坐落在石壁的背脊上。徐庵在石佛庵的上面,也是一座很小的建筑,但比石佛庵宽大一些,它坐落在石佛庵的背脊上。

石佛庵只有一尊石佛,石佛之外就没别的佛像了。徐庵有三尊古佛,此外便没有其他佛像了。石佛庵的那尊石佛高三尺,垂目盘坐,跟一般佛像相同。徐庵的三尊古佛非常奇特,佛身高约八尺。

中间那尊是释迦牟尼求道的造像。面目身材清枯瘦削,平卧的眉毛,高高的鼻梁,头发盘结如螺状,但未梳理。盘坐在一株枯树根上面,像有所思

却还未开悟的样子。肚脐内收，好像长久没有吃饭。肌肤骨节因饥寒而收缩颤抖，好像四周正是雪花纷飞，犹自勉强坚持着，忍耐着。其背驼，头顶上似有鸟在上面建巢；其膝曲，双膝似被藤索捆缚似的。

释迦右边的佛像是普贤。身跨一头灰色的大象，两手平衡持贝叶，两目不瞬地注视着贝叶，如果贝叶落下来，手还是这样，目还是这样，好像是从没有文字的地方参悟佛道而有所得。普贤胯下的大象，两支长牙突出面颊之外，两只瞳子仿佛在转动瞅人，人也随着它左瞅右看，往往人与象互相瞅看，以致久久相视而不愿离开。

左边的佛像是文殊，与普贤分列于释迦之旁。此佛一手持藤杖，一手按在膝上，坐在狮子身上。狮子的形状，蜷毛伏在地上，样子凶猛，而性情温顺。但是人们对狮子的喜爱不如大象。当夜幕降临的时候，进入佛堂，此时炉中香火已经不红，琉璃灯的光焰也熄灭了，突然发现有两道火炬照射窗门。人见了就会吓得后退，以为禅室有虎。但从墙壁的缝隙窥探，那炯炯发光的地方，原来是狮子的眼睛，或许是阳燧镜制作的。因此，在徐庵寄宿的人，喜爱大象又不如狮子。

【点评】小小徐庵，僻处山曲，鲜为人知，但庵中的三尊古佛却是造像艺术的杰作。释迦与普贤、文殊极有个性，与那些一个模子脱出来的佛像迥异其趣。更有奇者，是普贤和文殊的坐骑，一象一狮，活灵活现，其神奇都在双目。象之目，宛转欲动，似与人相睨，宜白日观赏；狮之目，炯炯有光，如两道炬火，宜夜间玩味。于此可见造像者之技巧与匠心。无名的徐庵少有人来光顾，偶尔涉足于此者，未必能发现古佛之奇，狮象之妙，并以生动之笔传之于世。倘非陆次云，这徐庵及其中所藏古代造像艺术的奇构便湮灭无闻了。

【集说】无起无结，不衫不履，画家逸品，反在神品之上。（澹人评《北墅绪言》）

（夏咸淳）

陈维崧

陈维崧(1625—1682),字其年,号迦陵,宜兴(今属江苏)人。陈贞慧之子,早岁能文,尝与王士祯、计东等唱和,名声大噪。补诸生,久不遇。五十四岁始举博学鸿词科,授检讨,预修明史。在馆四年,病卒。维崧善填词,文章亦多情致。有《陈迦陵文集》。

《金陵游记》序[(1)]

忆余八九岁时,家鸡鸣埭下,时先少保尚在[(2)]。犹记一日,从板舆后遍访栖霞、牛首、灵谷诸胜。时滇南杨龙友读书摄山寺[(3)],衣冠举止,仿佛晋人。至今思之,犹历历若梦中事。己卯,余年十五,寓白塔巷宋园。壬午,年十八,寓鹫峰寺,俱随处士公[(4)]。一时名士如密之、舒章、朝宗[(5)],人各踞一水榭,每当斜阳叆叇[(6)],青帘白舫,络绎縠纹明镜间[(7)],日以为常。然是时先少保没已数年,鸡鸣埭下宅已转徙他氏矣。后余频过秣陵[(8)],而风景顿殊,人琴都异,畴昔板桥、鸣呵诸巷,荒烟蔓草,零落不堪。中年萧槭[(9)],亦欲

拂纨展素[10]，一序旧游，而伤于哀乐，辄呜咽中止。今观阮亭先生诸记[11]，明窈而屑瑟，青溪三十六曲，曲曲俱在笔端。嗟乎！先生殆移我情矣。秋日过广陵[12]，先生出此索余跋，掩抑摧藏[13]，泫然书此。

【注释】(1)本文是一篇为王士祯《金陵游记》所作的序，抚今思昔，笔调伤感悲沉。 (2)先少保：作者祖父陈于廷。 (3)滇南：云南省的别称。杨龙友：杨文骢。摄山寺：在南京摄山。 (4)处士公：作者的父亲陈贞慧。 (5)密之、舒章、朝宗：方以智、李雯、侯方域，皆复社成员。 (6)叆叇(ài dài)：云浓盛貌。 (7)络绎：车、船等前后相接，连续不断。縠纹：喻水的波纹。 (8)秣陵：今南京市。 (9)萧槭(sè)：寂寥。 (10)拂纨展素：意谓铺开纸张。纨，白色细绢。素，白色生绢。 (11)阮亭先生：王士祯。 (12)广陵：今扬州。 (13)摧藏：极度悲哀。

【今译】想起我八九岁时，家住鸡鸣寺堤堰下面，那时祖父还在人世。记得有一天，从板舆后遍访栖霞、牛首、灵谷等名胜。当时云南杨文骢在摄山寺读书，穿戴举止，宛如晋朝名士。今天回想起来，犹如梦中的情形，历历在目。己卯，我十五岁，寓居白塔巷宋园。壬午，十八岁，住在鹫峰寺，都是跟随在父亲身边。一时名士如方以智、李雯、侯方域，每人分别坐在一个水上亭台，每当斜阳西照，浓云布空，青的船帘，白的船只，鱼贯行驶在明镜般的水波中，天天如此，以为常事。然而那时，祖父去世已有几个年头，鸡鸣寺堤堰下的住宅也已经物换其主了。后来，我多次经过秣陵，而风景已是迥然不同，亲朋挚友都化为异物，从前的板桥巷、鸣珂巷等，荒烟四起，野草丛生，景象荒败不堪。到了中年，深感寂寞，曾经打算铺纸握笔，追叙往昔游乐的情景，无奈思及从前哀乐之事，悲从中起，呜咽难忍，只好辍笔不为。今天读阮亭先生所写的诸篇游记，明朗深远，细致洁净，青溪共有三十六道弯，文章对每处的景色都做了描写。嗟乎！先生几乎转移了我的感情。秋天途经广陵，先生拿出游记让我写跋。我心情低沉悲痛，流着眼泪写下此文。

【点评】作者早年是在优裕舒适的环境中度过的，后来家道中衰，颠沛流离，饱尝酸辛，故对盛衰之变有着特别真切深刻的感受。本文撷取童年、步入青年及青年以后三个生活阶段的事情来做描写，真实而概括地反映了家道由盛而衰、心灵由喜为悲的演变过程，选材适宜，剪裁得当。在叙述上，作者主要采用融情于事、融情于景的手法。如写其童年的生活，只举他祖父尚在、游玩名胜和睹见前辈读书的风采数事，而欣快之意可见。又如叙其步入青年后，只描写他父亲与挚友们充满诗意的生活情形，欢悦之情从中流出；写其乐中之悲，也是通过倒叙祖父已亡和旧宅已属他姓二事来点出。他离开金陵后的悲哀，则又完全融化在“风景顿殊”“荒烟蔓草，零落不堪”的景色描写之中。这些叙述，虽不及情，却又无不生情。

（郇国平）

姜宸英

姜宸英(1628—1699),字西溟,号湛园,慈溪(今浙江慈溪)人。少有才名,与秀水朱彝尊、无锡严绳孙并称“江南三布衣”。因忤大学士明珠之子,连遭压抑,年七十始成进士,授翰林院编修。后因科场案牵连,死于狱中。有《湛园未定稿》。

题项霜田小影[1]

僦居湫隘[2],庭前,春尽不见寸草,一枝之荫,比于琼树。盖都下寓居皆如此,不独予也。闻之老居京师者云[3]:“五十年前,公卿邸第,门宇靓饬[4],杂树疏映;街衢阛阓[5],槐柳俱成行列。士大夫公余散步[6],间入肆中,翻阅图史,摩挲古敦彝窑器[7],翛然而返[8],不碍车马。”予因此想见唐人“落叶满长安”之句[9]。

今日,项子霜田手携此图相示,老树突兀在吾眼前,既是快所未得,又著此萧疏闲远、不受一点尘埃人物,观其挟策趺坐[10],意不在书,使人之意也消。时金行初届[11],残暑犹灼,与客同观,如有凉风拂拂从卷中出矣。

【注释】(1)文中有“五十年前”句,知作者所述为清初统治者不重视绿化,致使明末北京较好的植被环境遭到破坏的情状。 (2)僦(jiù):租赁。湫(jiǎo)隘:低洼狭小。 (3)京师:国都,此指北京。 (4)靓(jìng)饬:安静、整齐。靓,通“静”。 (5)阛阓(huán huì):市肆。 (6)公余:公务以外的时间。 (7)敦:盛黍稷之器,似彝有足。彝:青铜祭器的通称。窑:陶瓷器的代称。 (8)翛(xiāo)然:无拘无束、自由自在的样子。 (9)所引是贾岛《忆江上吴处士》中诗句。 (10)趺坐:双足交叠而坐。 (11)金行:秋天。届:至。

【今译】租赁的居室低洼且狭小,庭院之前,春天都过去了犹不见寸草出土,一枝绿荫,好比琼树般的珍贵。其实北京寓居处处如此,并非只有我的住处才是这样。听老住北京的人说:“五十年前,王侯公卿的府第,门庭清静整齐,各种树木扶疏相映;街道市肆,槐树、柳树各自成排成行。士大夫们乘办公之暇,外出散步,不时来到店铺里,翻阅图书史籍,摸弄玩赏古代敦、彝、窑器,然后又自由自在地回去,于道路上车马并无任何妨碍。”我因此而想起唐代诗人贾岛“落叶满长安”的诗句来。

今天,项霜田先生手拿这帧画像相示,苍老的树身高耸在我眼前,一方面我为自己从未见到的这一景致感到欣喜,另一方面,画像中又画着这样一位清幽闲远、不受一点尘埃之累的人物,只见他手扶杖杆,双足交叠而坐,其意并不专注于书,使人看了觉得杂念顿消。时值秋季方临,仍感残暑热气灼人。与客人共同观赏,恰似有凉风从画卷中吹拂而出。

【点评】在古代小品文中,以关心都市绿化为主题的并不多,所以此文的内容给人以新颖感,作者流露的文明意识更是难能可贵。第一段采用对照手法,描写作者生活的北京城今昔迥异的自然景貌。第二段始切题,描述画像中“老树”和人物,正显示人类与绿树应当谐和,方成美好。相比之下,更显出现实中的人在无树无草的城区生活,是多么疲累无聊。作者与“客”观画而生“凉风拂拂从卷中出”之感,说明绿化的环境可以给人提供舒适,也表

达了作者对保持人类与绿色生命和谐关系的期待和向往。通篇主要表现了作者对绿色的思考,由树、草而及画像,针脚似疏实密。

（邬国平）

王士祯

王士祯（1634—1711），字贻上，号阮亭，又号渔洋山人，新城（今山东桓台）人。顺治进士，选授扬州推官，官至刑部尚书。诗负盛名，又创“神韵说”，门生众多，影响甚大。其文隽逸，议论风发泉涌。读其序记诸篇，如闻魏晋人挥麈清谈。有《渔洋文略》。

焦山题名记[1]

来焦山有四快事。观返照吸江亭，青山落日，烟水苍茫中，居然米家父子笔意[2]。晚，望月孝然祠外，太虚一碧[3]，长江万里，无复微云点缀；听晚梵声出松杪[4]，悠然有遗世之想。晓起，观海门日出，始从远林微露红晕，倏忽跃起数千丈[5]，映射江水，悉成明霞，演漾不定[6]。《瘗鹤铭》在雷轰石下[7]，惊涛骇浪，朝夕喷激。予来游以冬月，江水方落，乃得踏危石于潮汐汩没之中[8]，披剔尽致[9]，实天幸也！

【注释】(1)本文记游焦山所获欢愉,笔调轻灵,充满诗情画意。焦山,在今江苏镇江市东北。 (2)米家父子:宋代书画家米芾、米友仁。 (3)太虚:天空。 (4)梵声:诵经声。杪:树梢,木末。 (5)倏忽:疾速,指极短的时间。 (6)演漾:流动起伏貌。 (7)《瘗(yì)鹤铭》:碑刻,在焦山崖壁上。(8)汩没:埋没。 (9)披剔:指仔细阅读研求。

【今译】到焦山来,有四件令人欣快之事。观赏夕阳回照在吸江亭上,只见青山落日,烟霭水汽一片苍茫,居然充满米家父子山水图的笔意韵趣。晚上,从孝然祠往外望月,夜空一片澄碧,长江万里滔滔,不见半点云翳点缀空中;聆听从松树梢头传来众僧在晚上的诵经声,使人悠然产生超尘出凡之感。早晨起身,观看海门日出。起初,从远方的林中微微露出一点红晕,瞬间红日跃起数千丈,阳光映射江水,江面到处泛起明亮的霞光,不断波动起伏。《瘗鹤铭》位于雷轰石之下,江上惊涛骇浪,自晨至夕不停地向它喷涌撞击。我来此地游览时值冬天,正是长江水位低落的时节,因此得以在潮汐涨落中踏着礁石,清楚仔细地赏读摩崖碑刻,这真是天赐良机啊!

【点评】一文所记之景无论多寡,要在有序莫乱;绘述之妙不在详略,而在情状鲜明。本文记焦山四景:夕阳返照吸江亭;孝然祠外望月并听诵经声;观海门日出;赏《瘗鹤铭》摩崖碑刻。文章恰似由四组画面粘连而成,时间上依次按黄昏、夜晚、清晨和整个白天的顺序推延,正好完成一天的回环,使画面的粘连在看似不经意中又显出内在的脉络。文中有画、有声,静动谐和。无论清虚幽寂之境,抑或壮丽涌动之景,皆宽旷开阔,杳渺恢宏。叙景中,沁透出作者欣喜、惊叹之情。前人有“王渔洋工诗而疏于文”的评断,其实他的散文并不乏优美隽永之章,此文即是一例。

【集说】虽有天幸,然非先生亦谁能领取?(纳兰常安《古文披金》)

(邬国平)

雨登木末亭记[1]

廿四日,为家兄西樵礼佛长[2]。于薄暮入寺,然灯九级塔[3]。

塔皆五色琉璃，陶埴成之[4]，表里莹彻。篝灯百四十有四[5]，放大光明，不可思议。礼佛毕，饭休上人方丈。夜宿北轩。窗外鸭脚参天[6]，下荫十亩。中夜风起，闻雨声洒叶上，与檐角琅珰相应，觉枕簟间萧然有秋意。晨起盥栉[7]。僧院中，梧桐得雨，青覆檐霤[8]。盆山石菖蒲数丛，勺水渟泓，苍然可爱。南入高座寺，访山雨上人。时晨雨方零[9]，空山寂历，宿鸟闻剥啄声，扑刺惊起。坐僧楼，泛览壁间衲子诗[10]，有"鸟鸣山寺晓"之句，赏其幽绝。

冒雨登木末亭，四顾烟岚蓊郁，萦青缭白，城阙峰峦，江渚林木，皆入空闲。惟长干塔百仞，耸立亭左。东南望钟山[11]，仿佛天外，蜿蜒而已。山头松柏数十株，疏密皆有画意。近俯长干诸刹，楼台丹碧，明灭烟雨中。他日得一筇一钵[12]，足迹遍南朝四百寺，足了此生矣。尝观南宫笔墨[13]，辄悠然远想，今乃恨不携米颠来，泼墨数斗，尽收烟云入奚囊耳[14]。雨泞甚，舆人数促迫，遂由景公祠而西，观"无碍居士碑"。抵青溪水榭，犹觉烟云荡胸，急索笔墨追记之。

【注释】(1)文章记述夜宿佛寺，次日雨中登览木末亭。文笔优美，神韵悠远。　(2)西樵：王士禄，号西樵山人。　(3)然：同"燃"。　(4)琉璃：以黏土、长石、石青等为原料而烧成的瓦。埴：黏土。　(5)篝灯：即灯笼。　(6)鸭脚：银杏树，以树叶似鸭脚而得名。　(7)盥栉：梳洗。　(8)檐霤：屋檐滴水处。　(9)零：下雨。　(10)衲子：僧徒。　(11)钟山：即紫金山，在今江苏南京市东。　(12)筇(qióng)：竹杖。钵：盛器。　(13)南宫：宋代书画家米芾，又称米颠。　(14)奚：奴仆，随从。

【今译】二十四日，为家兄西樵礼拜佛陀。傍晚时来到庙寺，在九级塔上点燃灯火。塔全是用五色琉璃瓦和陶瓷、黏土建成的，内外晶莹明透。灯笼一百四十四盏，散放出灿烂光芒，此景真令人不可思议。做完拜佛仪式，在佛寺长老讲经说法的方丈内用饭、休憩。晚上，住宿于北房。窗外，银杏树高入苍穹，其绿荫覆盖的土地有十亩之广。半夜开始刮风，听见雨水洒落在

叶上，与屋檐四角琅珰之声互相应和，觉得枕席之间萧然有一股寒凉的秋意。早晨起床梳洗。佛庙院子中，梧桐树经过秋雨淋洗，其青色的叶子遮掩着屋檐滴水处。在山石盆景中，长着数丛菖蒲草，如勺的石盆水池，雨水静聚清澈，苍然可爱。往南来到高座寺，拜访山雨上人。此时，晨雨刚开始飘落，山间空旷寂静，栖息的鸟听见“剥啄”响动，“扑刺”一声，纷纷惊起。坐在寺楼上，浏览僧人题写在墙壁的诗歌，其中有一句“鸟鸣山寺晓”意境极为清幽，令人赏爱。

冒雨登上木末亭，顾望四面，雾气到处弥漫，青的山色，白的雨雾，互相缠环萦系，城楼峰峦，江渚树林，都笼罩在一片空蒙迷茫之中。只有近千尺高的长干塔，巍峨耸立在木末亭东面。远望东南的钟山，仿佛在天外一般，只见其蜿蜒延伸之姿。山顶上有松柏数十棵，长得或疏或密，都充满画意。俯视附近的长干等寺庙，红碧相映的楼房亭台，在烟雨中时隐时现。将来如果能够带着一只钵器，拄着一根竹杖，遍访南朝所建的四百座寺院，这一生也算是没虚度了呀。以前曾观赏米芾的画，总会悠然产生渺远的想望，今天不能携米芾同来，让他泼墨数斗，挥毫作画，将眼前自然烟云尽行收入仆从的囊袋里，这真令人十分遗憾。大雨使道路变得泥泞不堪，轿夫多次催促赶路，于是由景公祠往西，观看无碍居士碑。抵达建在青溪边上的水榭楼台，仍感到烟云在胸中涌动，急忙找来笔墨，将刚才见到的景观追记在此。

【点评】文章题目为《雨登木末亭记》，记述登木末亭的文字实际仅占一半，前面一半以上篇幅用来详叙作者礼佛、在寺中宿夜等事，而其中已道出因礼佛而顺便登木末亭的缘由；在“闻雨声洒叶上”和“晨雨方零”等句中，也已经预示“冒雨”登临之意。所以两段文字虽各有侧重，犹有绾联缀合的针线可寻。两段内容不同，作者写法也作了区别。第一段叙事周备，行起止息，般般件件，皆为之作清晰有序的叙述。第二段是文章主体，一改第一段端末毕陈、体物入微的写法，笔势转为开宕，景象阔大疏略，混茫空蒙；远望近观，富有层次。文章景中寓情，因而展示给读者的不仅是一幅美丽的江南图景，也是一颗热爱自然的心灵。

（郭国平）

邵长蘅

邵长蘅(1637—1704),字子湘,号青门山人,武进(今属江苏)人。少即肆力于诗赋、古文辞。及壮,北游,与陈维崧、朱彝尊、姜宸英过从甚密。后入太学,应顺天乡试,落第归,寄情山水,江苏巡抚宋荦招致幕中。有《青门簏稿》。

游慧山秦园记[1]

慧山诸园,可游者五六,而秦园以胜闻。余自吴阊归[2],舣舟山麓[3],呼一僮循扉入。时宿雨初霁[4],落英委磴[5],新禽弄声。龙山爽气扑人,眉睫间,苍翠欲滴。泉瀌瀌石罅中[6],鸣声乍咽乍舒,咽者幽然,舒者淙然;坠于池,漻然渊然[7]。池广袤可百尺[8],虹桥蜿蜿,塔影动摇,鯈鱼跳波[9]。轩阁以十数,不为敞丽,而整洁靓深[10];竹榻湘帘,石屏髹几之设[11],在在不乏。

余尝谓:探山水之胜者,必梯巉岩,缒幽壑[12],嗜奇者快焉,而或病其劳;去而休乎园林,展足见平池小丘,鱼鸟亲人,而乏岩壑高深之趣。兹游遂兼得之,意甚适。独哦五言诗六首。暮色苍然,忽

忽犹不欲别。盖丁巳二月二十七日也[13]。

【注释】(1)慧山亦名惠山、九龙山,在今江苏无锡市西。相传僧人慧照居此,故名。本文记游山中秦园所见和所感,状景鲜明生动,抒感亦见真知。(2)吴阊:即吴门,苏州的别称。 (3)舣(yǐ)舟:船泊岸边。 (4)宿雨:隔宿的雨。霁:雨后转晴。 (5)委:堆积。蹬:山路的石级。 (6)漷漷(guó):水流声。罅(xià):缝隙。 (7)潨(cóng):水声。湃(pēng):水冲击声。 (8)广袤:面积。东西为"广",南北为"袤"。 (9)鲦(tiáo)鱼:一种身小呈条状的淡水鱼。 (10)靓:通"静",安静。 (11)髹(xiū)几:上漆的小桌。 (12)絙(gēng):粗绳。此作动词用,意谓拉着粗绳探山沟。(13)丁巳:1677年。

【今译】慧山上各处园林,能游览的有五六处,而秦园以胜景著称。我自苏州归来,泊舟于山脚之下,叫一名童仆跟随,沿着门进了秦园。此时,昨晚的雨刚停,天气放晴,落花堆积在山道的石阶上,到处传出新鸟的鸣唱。慧山清爽之气扑面而来,周围草木苍翠欲滴。泉水在石缝中漷漷流淌,鸣声一会儿似咽,一会儿如舒,咽者幽微轻细,舒者淙淙有声,坠入池中,飞出一片"潨湃"之响。泉池的面积大约有百尺之广,如虹的小桥蜿蜒池上,塔影在池中轻轻摇荡,鲦鱼欢快地跃波戏水。有房廊楼阁十几处,不求宽敞富丽,却整洁幽静深邃;竹榻、湘帘、石屏、漆几,这些布设到处能见到。

我曾经说过:探寻山水胜景,必定要爬攀险峻的岩石,缘绳而入幽深的沟壑,这样,爱好奇景的人才会得到极大满足,然而有些人则抱怨如此太劳累;转而休憩于园林,举步即可见到平整的水池,小小的山丘,鱼鸟与你相亲相近,却又缺乏高岩深壑之趣。此次游秦园,两得其美,甚是适意。独自吟成五言诗六首。时光流逝,不觉已是暮色苍苍,我犹不愿离去。时为丁巳年二月十七日。

【点评】文章由两部分组成:一是写秦园景致,二是写游后观感。写景,先写拾山级而上,再写泉、写池,最后写轩阁,使秦园景色如展,历历在目。写观感,指出山水之奇和园林之胜,游人难以兼得其美,而这次游慧山秦园,则山情园趣，兼而得之。这段虽涉议论，作者却通过议论揭示了秦园风景最重要的特点，与前面对秦园具体景致的描写互为补充和印证。

【**集说**】收处如天际孤鸿。（纳兰常安《古文披金》）

（邬国平）

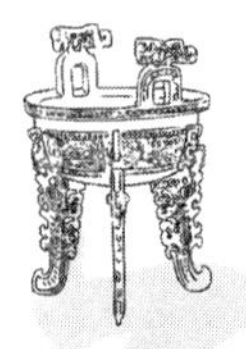

蒲松龄

蒲松龄(1640—1715),字留仙,一字剑臣,号柳泉居士,又号西周生,淄川(今山东淄博)人。早岁有文名,为王士祯、施润章所重。屡应省试,皆落第,年七十余始成贡生,以授徒为业。尝搜抉奇怪,成《聊斋志异》一书。松龄善小说,文章亦描写委曲,叙次井然,古折奥峭,简洁隽永。有《聊斋文集》。

骂鸭[(1)]

邑西白家庄居民某[(2)],盗邻鸭烹之。至夜,觉肤痒。天明视之,茸生鸭毛[(3)],触之则痛。大惧,无术可医。夜梦一人告之曰:“汝病乃天罚。须得失者骂,毛乃可落。”而邻翁素雅量,生平失物,未尝征于声色[(4)]。某诡告翁曰:“鸭乃某甲所盗。彼甚畏骂焉,骂之亦可警将来。”翁笑曰:“谁有闲气骂恶人。”卒不骂。某益窘,因实告邻翁。翁乃骂,其病良已[(5)]。

异史氏曰:“甚矣,攘者之可惧也[(6)]:一攘而鸭毛生!甚矣,骂者之宜戒也：一骂而盗罪减！然为善有术，彼邻翁者，是以骂行其慈者也。”

【注释】(1)本文选自《聊斋志异》卷五。 (2)邑：县，这里指作者家乡淄川县。 (3)茸生：细毛丛生。 (4)征：表现。 (5)良已：完全痊愈。(6)攘(rǎng)：窃取。

【今译】淄川县西的白家庄有一居民，偷吃了邻居的鸭子。到了晚上，他觉得皮肤很痒。第二天早上一看，皮肤上长出一层细细密密的鸭毛，碰一碰就疼痛。那人大为恐惧，却找不到治疗方法。晚上梦见有人告诉他说：“你的病是上天的惩罚。必须让丢失鸭子的人骂你，鸭毛才会脱落。”但是邻家那位老翁素来度量很大，平常丢失东西，从未表露在语言和脸色上。偷鸭人欺骗老翁说：“鸭子是某某人所偷。他最怕挨骂；你骂他，也可以警诫他将来不犯。”老翁笑道：“谁有闲气骂恶人。”终究没有骂。那盗鸭人更加尴尬，就实话对邻居说了。老翁于是骂了他，他的病也完全好了。

异史氏说：“偷窃者真该感到畏惧呀：偷一鸭就会生鸭毛！骂人者真该注意呀：骂一下就能减免盗窃罪！然而行善也有方法，那邻家老翁是靠骂人来行善的呀。”

【点评】骂人本是不良习气，失主骂人，本来不过解气而已，现在却能减免偷者罪罚，成了“善行”。骂人的特异功效，产生了与愿望相反的结果：痛恨遭窃而破口相骂的，反而帮了偷者的忙；不想追究的，却无意为难偷者。所以，作者不但提醒偷者应该畏惧上天的惩罚，也提醒骂人者应该慎用其“骂”。全文意味深长。

【集说】盗一鸭，天公那有若许闲工夫。盗牛马者又以何法治之？(冯镇峦《聊斋志异评》)

“谁有闲气骂恶人”，此语有道气，近犯而不校光景。予谓遭横逆，读此语，觉此心湛然。(冯镇峦《聊斋志异评》)

(王宜媛)

夏　雪[1]

丁亥年七月初六日[2]，苏州大雪。百姓皇骇[3]，共祷诸大王之庙[4]。大王忽附人而言曰："如今称老爷者，皆增一大字；其以我神为小，消不得一大字耶[5]？"众悚然，齐呼"大老爷"，雪立止。由此观之，神亦喜谄，宜乎治下部者之得车多矣[6]。

异史氏曰："世风之变也，下者益谄，上者益骄。即康熙四十余年中，称谓之不古，甚可笑也。举人称爷，二十年始；进士称老爷，三十年始；司、院称大老爷[7]，二十五年始。昔者大令谒中丞[8]，亦不过老大人而止；今则此称久废矣。即有君子，亦素谄媚行乎谄媚，莫敢有异词也。若缙绅之妻呼太太，裁数年耳。昔惟缙绅之母，始有此称；以妻而得此称者，惟淫史中有林乔耳，他未之见也。唐时，上欲加张说大学士[9]，说辞曰：'学士从无大名，臣不敢称。'今之大，谁大之？初由于小人之谄，而因得贵倨者之悦，居之不疑，而纷纷者遂遍天下矣。窃意数年以后，称爷者必进而老，称老爷者必进而大，但不知大上造何尊称？匪夷所思已[10]！"

【注释】(1)本文选自《聊斋志异》卷八。　(2)丁亥年：指清世祖顺治四年(1647)。　(3)皇：通"惶"。　(4)大王之庙：此处指金龙四大王庙，在苏州阊门北。　(5)消不得：承受不起。　(6)治下部者之得车多：意思是治疗的部位越不堪，赏赐就越多。典出《庄子·列御寇》，说秦王规定，治疗痈痤的，"得车一乘""舐痔者得车五乘"。这里讥讽谄媚者。　(7)司、院：指两司(布政使司布政使和按察使司按察使)、抚院(亦即巡抚)。　(8)大令：县令的尊称。中丞：清代巡抚的别称。　(9)张说：唐玄宗时名臣(667—730)，曾任翰林学士，故称。　(10)匪夷所思：不是常理所能思议的事。夷：平常。

【今译】顺治丁亥年七月初六日，苏州大雪。百姓们惊慌不安，一同到大王庙祈祷禳除灾异。忽然大王附身某人，说："现在称呼老爷的人，都加上一个‘大’字；难道你们认为我这个神太小，不配称用一个‘大’字吗？”众人惊惧，齐声叫道：“大老爷！”大雪立刻停止。由此观之，神也爱受奉承，那么谄媚得越不堪者，得到赏赐越多，也是应该的。

异史氏说：“世风演变至今，在下者更加谄媚，在上者更加骄横。就是在康熙四十多年中，称谓的变化，很是可笑。把举人称作‘爷’，是从康熙二十年开始的；把进士称作‘老爷’，是从康熙三十年开始的；两司、抚院被称作‘大老爷’，开始于康熙二十五年。过去县令谒见巡抚，不过称呼‘老大人’而已；现在这一称呼早已废除。就是有君子，也对谄媚称呼习以为常，并按此称呼，不敢有不同意见。像把官员的妻子叫作‘太太’，才不过几年。过去只有官员的母亲，才可这么称呼；官员妻子有这个称呼的，只有淫史中的林乔是这样，其他人则没有。唐代皇帝想给张说加上‘大学士’称谓，张说推辞道：‘学士从来不用大字，我不敢用。’现在称谓中的‘大’，是谁加上的呢？起初是小人献媚，讨得上司的欢心，上司被尊称也心安理得，于是这种尊称也就遍及天下了。我私下揣度：几年以后，被称作‘爷’的必会进而尊称为‘老’，称作‘老爷’的必会进而尊称为‘大’，但不知‘大’上面还可以造出什么尊称来？真是不可思议！”

【点评】大凡人的心理总乐意接受好话，但超过一定限度，就是“喜谄”了。本文中的那位神灵正是这样一位典型的“喜谄”者，为一个尊称而大耍威风，降下灾异。

作者对于这一可笑可气的行为，生发了许多的感想。他联类提及了近几十年来称谓随意加码的现象，抨击了下级工于献媚、上级喜谄骄横的浅薄世风。全篇行文不无嘲讽，但对世态人心下滑局面的担忧也溢于字里行间。

【集说】今举人果进而称老矣，不谓更有监生而称爷，且有捐资较监生少而亦进而称老者，则从九职衔与举人、进士同称矣。（但明伦《聊斋志异评》）

（王宜媛）

大　鼠(1)

万历间(2)，宫中有鼠，大与猫等，为害甚剧。遍求民间佳猫捕

制之，辄被啖食[3]。适异国来贡狮猫[4]，毛白如雪。抱投鼠屋，阖其扉，潜窥之。猫蹲良久，鼠逡巡自穴中出，见猫，怒奔之。猫避登几上，鼠亦登，猫则跃下。如此往复，不啻百次[5]。众咸谓猫怯，以为是无能为者。既而鼠跳掷渐迟，硕腹似喘，蹲地上少休。猫即疾下，爪掬顶毛，口龁首领[6]，辗转争执，猫声呜呜，鼠声啾啾。启扉急视，则鼠首已嚼碎矣。然后知猫之避，非怯也，待其惰也。彼出则归，彼归则复，用此智耳！噫！匹夫按剑，何异鼠乎？

【注释】(1)本文选自《聊斋志异》卷九。 (2)万历：明神宗朱翊钧的年号(1573—1620)。 (3)啖(dàn)：吃。 (4)狮猫：狮子猫。 (5)不啻(chì)：不只。 (6)龁(hé)：咬。

【今译】明朝万历年间，皇宫里有大鼠，长得和猫一样，为害无穷。于是访求民间的好猫来捕捉它，却往往反被此鼠吃掉。恰好有外国贡来一只狮子猫，毛色雪白。把猫放进闹鼠的房间里，关上门，人在外偷偷观察。狮子猫长久地蹲着不动，那只鼠慢慢地从洞中爬出来，看到猫，凶猛地跑上去。狮子猫躲避地跳上案几，鼠也跳上，猫就又跳下来。如此来来回回，重复了不只百次。众人都说这猫怯弱无能，捉不了这只鼠。过了一会儿，鼠跳跃频率慢下来，大肚子一喘一喘的，蹲在地上稍事休息。这时，猫马上快速跳下，两爪捧住鼠的顶毛，咬住它的头颈。猫鼠挣扎搏斗，猫发出呜呜之声，鼠也啾啾地叫唤。人们打开房门，急忙察看，鼠的脑袋已被嚼碎了。这时才明白猫先前的躲避，不是害怕，而是等待鼠的懈怠。对方出动，我方回守；对方回守，我方出击，猫用的就是这个智谋呀！哎！凡夫庸人提剑发怒，勇而无谋，与这只鼠有什么两样？

【点评】从来只有鼠怕猫，而本文中却有一只吃猫的大鼠，因此这场猫鼠之战就非同寻常了，它们不但斗勇，还要斗智、斗气势。大鼠因多次战胜猫，忘了天性，见到狮猫非但不躲避，反而进攻，气焰甚是嚣张。面对这样一只轻敌骄横的大鼠，狮猫的表现也是非凡的。它以逸待劳、因敝制胜，这是用智；它不避胆怯之嫌，暂处守势，这是善忍；抓住时机，奋起出击，这又是勇猛果敢。狮猫运用智谋，挫败了对方的气势，奠定了胜利的基础。大鼠的不可一世、贾勇而战，是它先前屡胜的原因，也是它败于狮猫的根源。作者由此讥讽了大鼠及类似大鼠的"匹夫"的有勇无谋。

蒲松龄擅长描写。这场猫鼠之战也写得相当生动。鼠由凶猛而到疲怠，猫先守雌，后出击，优劣势转，扣人心弦。尤其"猫声呜呜，鼠声啾啾"，以声音概括最后的搏斗，简洁形象，使人如闻其声，如临其境。

【集说】善写状。（冯镇峦《聊斋志异评》）

大勇若怯，大智若愚，伺其懈也，一击而覆之。啾啾者勇不足恃矣，呜呜者智诚可用矣。（但明伦《聊斋志异评》）

（王宜媛）

廖燕

廖燕(1644—1705),初名燕生,字人也,号柴舟,曲江(今广东韶关)人。少习举业,后弃不为,专事著述。尝北游蓟镇,东极辽阳,西至大同,又游金陵、吴门、南昌等地。屡遭贫病兵燹之灾,备尝流离险厄之故,清贫著书二十年,至老未衰。其文识见卓荦不凡,远过俗儒,描写平常事物,笔墨琐细,但思致深新。有《二十七松堂集》。

小品自序[1]

己未春[2],予僦居城东隅[3],茅屋数椽,檐低于眉,稍昂首过之,则破其额。一巷深入,两墙夹身,而臂不得转,所见无非小者。屋侧有古井一,环甃狭浅[4],仅可供三四爨[5],天甫晴,则已竭。井边有圃,虽稍展,然多瓦砾,瘠瘦,蔬植其中,则短细苦涩,不可食,予每大嚼之不厌。巷口数家,为樵汲艺圃与拾粪卖菜佣所居。其家多小雏[6],大亦不至五六岁,时入嬉戏,或偷弄席上纸笔,画眉颊戏者,予颇任之。门外有古槐一株,颇怪,时有翠衣集其上[7]。旁有小石墩数块,客至则坐其上谈笑。客多乡市杂竖[8],所谈皆米盐菜豉,无有知肉食大言者[9]。予虽欲大言之,而客莫能听也。以故凡笔之于文者皆称是。

辛酉七月日[10],偶搜破簏中旧稿,得文九十三首,类多短幅杂著,零星散乱,因稍为校次,付奚录过[11],目为小品,附《二十七松堂集》刻之。时予适改燕生,单名燕。燕者小鸟也,古"燕"字从"鸟"从"乙",或曰"鳦",盖得天地巨灵者[12]。越一岁,为壬戌春正月[13],刻成,是岁德星见于北[14]。

【注释】(1)本文选自《二十七松堂文集》。燕有室名二十七松堂,故名。(2)己未:康熙十八年(1679)。 (3)僦(jiù):租赁。 (4)甃(zhòu):井壁。 (5)爨(cuàn):烧火煮饭。 (6)小雏:指幼童。 (7)翠衣:指鸟。(8)竖:仆童。此指鄙贱之人。 (9)肉食大言:吃肉的人(指居高位、得厚禄的人)所谈论的大事。 (10)辛酉:康熙二十年(1681)。 (11)奚:童仆。(12)巨灵:传说中的精怪名。 (13)壬戌:康熙二十一年(1682)。 (14)德星:即岁星。传说岁星所照有福。

【今译】在已未年的春天,我租赁了几间小茅屋,居住在城东的一角,那茅屋的屋檐非常低矮,还没有眼眉那么高,稍微抬起头来走过去,那就会撞破额角。一条小巷直通到里面,巷子非常狭窄,两面墙壁似乎要夹住行人的身体,连转动双臂都有点困难,所看到的事物,其特点无非就是一个"小"字。在茅屋的旁边有一口古井,井壁的圈子既狭小又不深,所容的井水仅够烧三四顿饭,天气刚刚转晴,井水就会干涸。在井边有块园地,虽然稍微开阔一点,可是瓦砾很多,土质贫瘠,蔬菜种在这园子里,那就既矮小又细瘦,而且带有苦涩味儿,难以食用,可是我常常大口大口地吃,细细地嚼,还不能满足我的食欲。小巷头上的几户人家,住的是打柴汲水种菜的和拾粪卖菜受人雇用的人。这些人的家中都有不少小孩,年龄大的也不足五六岁,经常到我家中来戏耍玩闹,有的还偷偷地玩弄席上的笔墨,在眉上脸上涂涂画画的,我就听凭他们而不去多管。大门外面有一棵年岁很久的槐树,形态怪异,树上常有翠鸟栖息。树旁有好几块石墩子,来往走动的人到了这里就坐在石

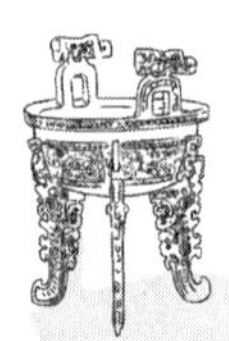

墩上谈天说地,笑声朗朗。这些人大多是出入于乡镇集市的各种干粗活的人,他们所谈的都是日常生活中柴米油盐之类的小事,没有人知道显贵们所谈论的大事。我尽管要想说些大事,但他们当中没有人能够好好地听。因为这个缘故,凡是我记述他们的文字也都是些小品了。

我在辛酉年七月的某一天,偶然在破旧的纸簏里寻求过去的文稿,找到文章九十三篇,大多数是篇幅很短的杂著,零星而不成体系,趁此机会稍微作了些校订,编排好次序,交给童仆抄录下来,看作小品文,附在《二十七松堂集》后面刻印。当时我正好把燕生这个名字改为单名燕。燕,就是小鸟的意思,古代的"燕"字从"鸟"的意义,从"乙"的读音,有人说"燕"就是"鳦",恐怕是得益于天地间的神灵。过了一年,是在壬戌年的正月,这些小品也刻好了,那年的岁星正好在北方出现。

【**点评**】所述皆身边琐事,每事不过十余字。然而,饮食起居、人情物景,无不历历在目,情趣盎然。若信手拈来,而寓意言志,因小而见大。全文落笔如行云流水,自然而清新。

【**集说**】写屋侧,写井边,兼写巷口、门外、儿童、杂客,层次细碎,何等点染!结处更别致。虽短幅,全从《左》《史》得来,觉东坡小品犹未遒紧。(萧䌹若点评《二十七松堂集》)

(陈仲年)

选古文小品序[1]

大块铸人[2],缩七尺精神于寸眸之内。呜呼!尽之矣。文非以小为尚,以短为尚,顾小者大之枢,短者长之藏也。若言犹远而不及,与理已至而思加,皆非文之至也。故言及者无繁词,理至者多短调。巍巍泰岱[3],碎而为嶙砺沙砾,则瘦漏透皱见矣;滔滔黄河,促而为川渎溪涧[4],则清涟潋滟生焉。盖物之散者多漫,而聚者常敛。照乘粒珠耳[5],而烛物更远,予取其远而已;匕首寸铁耳,而刺人尤透,予取其透而已。大狮搏象用全力,搏兔亦用全力,小不可忽也！粤西有修蛇，蜈蚣能制之，短不可轻也。

【注释】(1)选自《二十七松堂集》。 (2)大块：大自然，大地。 (3)泰岱：泰山。 (4)促：缩短。川渎：泛指河流。 (5)照乘(shèng)：珠名，光能照远的明珠。

【今译】天地造就人，人的全身精神都能凝聚在一双眼睛之内，啊，甚至整个世界都可以收敛在里面。写文章并非就是推崇写生活中小事，也不是以短小的篇幅为时尚，但所谓的"小"却正是"大"的中心，篇幅短小的正是长篇的缩影。如果阐述的内容很广泛而没有扣住主旨，以及道理已经说透了而还要想补充些什么，那么这些都称不上是最好的文章。所以好的文章说到了关键要害就没有多余的文辞，道理讲透的大多篇幅不长。高高的泰山，破碎了就成为累累碎石，那么窄小的孔隙、明显的石纹都可以看得见了；滔滔的黄河，缩小了就成为一般的河流山溪涧水，那么流水清澈水波荡漾的景象也就产生了。物之散者是由于太松随，而物之聚者是因为能收敛。名为"照乘"的明珠只不过是一颗小珍珠啊，然而它却能把更远地方的东西都照亮，我吸取它的不过是"照得远"的特色罢了；匕首也不过是几寸长的铁器啊，然而它刺起人来就特别深透，我就吸取它深入透彻的长处罢了。硕大的狮子与大象搏斗必须使出全部力量，如果与兔子搏斗，使用的也是所有的力量，可见小事物也不可以忽视啊！在粤西有很长的蛇，然而小小的蜈蚣就能制服它，可见小东西也不能看轻啊。

【点评】通篇博喻联珠，不但两两成对，互为补充，而且浅近贴切，精辟辩证。尤其是认为小品文犹如"照乘"的粒珠，犹如刺人心肺的"匕首"，不仅见解独特，而且也对小品文提出了严格的要求。

【集说】连用七譬喻，无承无接，而口齿了然，岂非奇文？（黄少涯点评《二十七松堂集》）

（陈仲年）

半幅亭试茗记[1]

亭在韵轩西之南，声影寂寥，方嫌花翻鸟语之多事也。萝垣苔砌，修竹施绕[2]，亭赘其中，而缺其半，如郭恕先画云峰缈缥[3]，仅得半幅而已，因以为名。

亭空闲甚，似无事于主人，主人亦无事于客，然客至不得不须主，主亦不能不揖客。客之来，勇于谈，谈渴则宜茗。而亭适空闲无事，遂以茗之事委焉，安鼎瓯窑瓶汲器之属于其中[4]。主无仆，恒亲其役。

每当琴罢酒阑，汲新泉一瓶，箑动炉红[5]，听松涛飕飕，不觉两腋习习生风。举磁徐啜，味入襟解，神魂俱韵，岂知人间尚有烟火哉？

地宜竹下，宜莓苔，宜精庐，宜石砰上[6]；时宜雨前，宜朗月，宜书倦吟成后；侣则非眠云跂石人不预也[7]。品茗之法甚微，予从高士某得其传，备录藏之，不述也。独记其清冷幽寂，茗之理倘宜如是乎？

【注释】(1)选自《二十七松堂集》。 (2)施(yì)：蔓延，延续。 (3)郭恕先：字恕先，又字国宝，河南洛阳人。宋初画家、文学家，工篆籀，善画。所图屋室重复之状，颇极精妙。 (4)鼎：古代炊器。瓯：盆盂一类的瓦器。窑：今通称陶器。瓶：汲水器。 (5)箑(shà，又读 jié)：扇子。此指用扇子扇。 (6)砰：疑“枰”字之误。枰，古代博局，亦指棋盘。柳宗元《柳州山水近治可游者记》：“又西曰仙弈之山……其始登者，得石枰于上。” (7)预：参与。此指志同道合者。

【今译】亭子在韵轩的西南方，那里无声无息无身影，非常寂静，就连花枝舞动鸟儿喁喁也显得是多余的事情了。藤萝爬满了墙头，藓苔布满了台阶，修长的翠竹回绕着四周，亭子点缀在这个环境里也似乎成了累赘，因而遮掩了它的一半，犹如宋代画家郭恕先画的云峰缥缈不能见其全貌，远望所见得到的仅仅是它的一半罢了，因此就以“半幅亭”作为它的名字了。

半幅亭非常清闲，对于主人来说好像没有什么事情可做的，对于客人来说主人也同样没有什么事情可说的，然而客人既然来了，就不能不由主人拱手招呼，作揖迎客。客人来了，他们都很健谈，长谈必然口渴，那么最适宜的莫过于品茗。而且半幅亭里正好空闲无事，就安置了烹茶的汲水的这一类器具。主人没有使唤的童仆，常常亲自担任这烹茶的差事。

每当抚琴之后，酒席将尽之时，去汲取一瓶清冽的泉水，把炉火扇得旺旺的，聆听着飕飕作响的松涛声，自然觉得两腋之间习习生风，好不惬意。举起瓷杯慢慢地啜饮，品出了味儿，胸怀大敞，整个身心都感到无比风雅，哪里知道人间还有烟火的气息呢？

品茗的地方最适宜的是在修长的翠竹下，莓苔旁，精致的小屋里，对局的石枰上；啜饮的时间最相宜的是在下雨之前、明月当空、书写困乏之际、吟诵成章之后；一起共饮的伴侣最合意的是那些云下眠、石上坐的人，否则就不要附庸了。品茗的方法是很精深奥妙的，我从某某隐士那里得到了他的传授，全部记录下来把它收藏好了，在此不再多说了。只记下半幅亭的清冷幽寂，品茗的道理或许应该也像这样的吧？

【点评】写亭实为写人，写人重在写情，而情愫皆附于茗理。读后令人仿佛进入了清虚美好的境界之中。

（陈仲年）

孔尚任

孔尚任(1648—1718),字聘之、季重,号东塘、岸堂、云亭山人,曲阜(今属山东)人。初隐石门山中,康熙南巡时,召讲经,授国子监博士,累迁户部主事、员外郎等职。后以疑案罢归。以《桃花扇》传奇与洪昇《长生殿》驰名海内。其文含真性情,信手写来,潇洒秀逸,记、序、书牍皆可观。有《湖海集》。

琼花观看月序[1]

游广陵者[2],莫不搜访名胜,以侈归口[3]。然雅俗不同致矣[4]。雅人必登平山堂[5],而俗客必问琼花观。琼花既已不存,又无江山之可眺,久之,俗客亦不至。寂寂亭台,将成废土。丁卯冬,余偶一游之,叹其处闹境而不喧,近市尘而常洁。乃召集名士七十余人,探琼花之遗址。流连久立,明月浮空,恍见淡妆素影,绰约冰壶之内[6]。于是列坐广庭,饮酒赋诗,间以笙歌。夜深景阒[7],感慨及之。

夫前人之兴会，积而成今日之感慨；今日之感慨，又积而开后贤之兴会。一兴一感，若循环然，虽千百世可知也。而况花之荣枯不常，月之阴晴未定，旦暮之间，兴感每殊。计生平之可兴、可感者，盖已不能纪极矣。今日之集，幸而传也，不过在不能纪极中，多一兴感之迹。其不传也，并兴与感亦无之，而所谓琼花与明月，固千古处兴感以外耳。

【注释】(1)本文作于康熙二十六年(1687)。琼花观：扬州名胜，故址在今江苏省江都市城外。观中有琼花(八仙花的变种)，称为天下无双。(2)广陵：扬州的古名。(3)以侈归口：回家时作为谈论的资料。(4)不同致：不一致。(5)平山堂：扬州名胜。在江苏扬州市西北瘦西湖北蜀冈上，宋文学家欧阳修所建。(6)冰壶：比喻境界的清莹。(7)阒(qù)：寂静。

【今译】到广陵游玩的人，没有不到处寻访名胜古迹的，回乡以后，好增添谈话的资料。可是，雅人和俗人的行动并不一致。雅人一定要登平山堂，而俗客准会打听琼花观。观中的琼花既然已经不存在了，又没有江山风景可以眺望，久而久之，便连俗客也不再光临，冷清清的亭台，很快就会成为一堆废土。丁卯年的冬天，我偶然到那里游览了一次，喜欢它虽然处在闹市中，却很清静；离街市尘嚣很近，却干干净净。于是我约请了七十多位名士，来访问琼花的遗址。我们流连很久，明月浮在空中，恍惚看到淡妆素服的仙女，袅袅婷婷的影子出现在冰壶清辉之中。广阔的庭院里，我们列席就座，饮酒赋诗，有时奏乐听歌。直到夜色沉沉，寂静无声，我心中充满了感慨。

前人的一时兴致之举，延续下来，形成今日的感慨；今日的感慨，延续到将来，又引发后代贤者的兴致。兴致与感慨，如循环一样反复，千百年以后也可以想象。更何况花开花落，枯荣不常，月圆月缺，阴晴无定，早晚之间，兴致与感叹每每不同。算算我一生之中，可以兴、可以叹的事情，已经多到不可记数。今日的集会，如果有幸传之后代，也不过在不可记数之中，增加一份兴感事迹。若不能传，便连兴感也不存在。而只有琼花与明月长久留存，处于人世所谓兴感之外。

【点评】皇朝有兴亡,古迹有兴废,世间所有事物,莫不有盛衰。名动天下称为无双的琼花观,也成了连俗人都不愿游览的花园。然而,当空的明月依旧,琼花的奇异传说长留,不为世俗之见所蒙蔽的文人雅士,仍然可以在此获得许多乐趣,领悟到一些人所不觉的感受。

(黄　明)

傍花村寻梅记[1]

维扬城西北[2],陵陂高下[3],多瓦础荒冢[4];唐人所咏十五桥者,已漠然莫考,行人随意指为此地云。

地接城堙[5],富家园亭,一带比列,箫鼓游舫,过无虚日。溪流转处,一桥高挂如虹,谓之虹桥。自阮亭先生宴集后[6],改字曰红桥,而桥始传。旧有花村在桥东,今已墟矣。傍花村者,花村之附庸也,岿然独存焉。一酒旗出竹林,飘扬有致。主人爱梅,红白绿萼,参差种之。花时与竹篱茅屋相映,梅之精神倍出,富贵家不知也。

戊辰正二月,多雪雨,逗留梅信,至花朝方盛。箫鼓游舫,皆集红桥,独留此数株老梅,为冷落薄游者吟诗买醉之所。余闻而羡之,遂醵酒钱[7],唤笙歌,作竟日欢。同一饮也,觉饮于旗亭[8],较饮于名园胜;同一诗也,觉入于歌者之口,较入于选楼胜[9]。安知今日之红桥,不胜于十五桥;后日之傍花村,不胜于花村也哉?

【注释】(1)此文作于康熙二十七年(1688),作者负责淮河治理工程期间。　(2)维扬:指扬州。　(3)陵陂:土丘与水洼。　(4)础:房屋柱子下的石头。　(5)城堙(yīn):土山。　(6)阮亭:清代诗人王士祯的字,他曾在红桥举行集会,赋红桥修禊诗,和者千余人。　(7)醵(jù):凑钱。　(8)旗亭:酒楼。　(9)选楼:选刻诗文的地方。

【今译】扬州城西北郊，土丘与湖泊高高低低，有许多瓦砾、石础、荒坟，唐人吟咏过的所谓十五桥，已经无处可以查考。过路人就随意指说是这一带地方了。

这里紧接着扬州的外城，富贵人家的花园亭台排列成行，没有一天不看到奏着音乐的游船从这儿经过。溪流转弯的地方，有一座桥梁，高高地挂着，如同彩虹，人们称它虹桥。自从阮亭先生在这里举行过宴会，就改名叫红桥，红桥也就开始被人传扬。桥东过去有个花村，现在已经变成了废墟。傍花村这个地方，原先是花村的附属，现在岿然屹立，仍旧保存着。一挂酒旗挑出在竹林外面，随风飘扬，很有情致。主人喜爱梅花，红梅、白梅、绿萼梅，高高低低种了许多。开花时和竹篱、茅屋相映，梅花的精神更足了，这是富贵之家无法了解的。

戊辰年正月、二月里，多雨多雪，延误了梅花消息，直到二月中方始盛开。萧鼓游船，都聚集到红桥，只留下这几株老梅花，给贫寒的游客作为吟诗、饮酒的场所。我听到了以后，感到很羡慕，就大家凑了酒钱，叫来了乐手，做了一次全天的欢聚。同样是饮酒，感觉在旗亭中饮，比在名园中饮快意；同样一首诗，在歌女口中唱出，比选本选进更强。谁能说今天的红桥，不比过去的十五桥好；今后的傍花村，不能胜过花村呢？

【点评】一曲红桥，经诗人王士祯品题，吟诗宴集之后，顿时名传遐迩，游客云集，而近在咫尺的傍花村，虽有着梅花的雅趣和竹篱茅舍的清韵，却备受冷落，正如才识之士被弃置在闲官冷署之中。但作者却能在冷寂当中自求乐趣，同时也期待着被人发现，受到重视的那一天。

（黄　明）

与季昭霁潭两弟[1]

萧然寒署[2]，岁云暮矣[3]！既无补于苍生，徒见疏于兄弟。少年乐事，转盼陈迹。闻两弟依然聚首，欢笑经年。每日一盘棋，谁赢谁输？每夜一尊酒，谁醉谁醒？我独扁舟孤棹，暮海朝河[4]，如垂钓之翁，似乘槎之客[5]，兼之食指逾百[6]，薪水皆艰[7]，奏绩何

年,言归无日。两弟与西野弟,除夕围炉,念旧日之情事,挥泪一饮,能尽欢乎?

其相三兄,此时必在京与三立大兄守岁(8),秋浦弟又在曹南过节,所谓地北天南,同一相思也!

【注释】(1)这是孔尚任于1686—1689年在办理淮河海口疏浚工程时写的家书。季昭、雰潭均为他的兄弟。 (2)萧然寒署:冷落的官署。 (3)岁云暮:岁末、年终。 (4)暮海朝河:早早晚晚在淮河与海口工地上奔忙。 (5)槎:船。 (6)食指:人口。 (7)薪水:官俸。 (8)守岁:风俗,年三十夜里不睡,守候天明。

【今译】官署冷冷清清,又到了一年之末。我既没能为苍生效力,又白白疏远了兄弟。少年时快乐的事情,转眼已为陈迹。听说两位兄弟依然在一起,一年到头欢笑快乐。每日一盘棋,谁是赢家,谁是输家?每夜一壶酒,谁喝醉了?谁依然清醒?只有我独自一人,驾着小船,早上在淮河,晚上又去海口,像钓鱼的老翁,又像乘船的漂流客,加上家中人口众多,供应都很困难。治河工程哪年才能大功告成?回家日期遥遥无望。两位弟弟和西野弟,除夕晚上坐在炉旁,想到我们从前的事情,含着眼泪饮酒,怎么能高兴得起来?

其相三哥,此时一定在京里和三立大哥守岁,秋浦弟又在曹南过节,真是所谓天南地北,都是同样地在思念啊!

【点评】每逢佳节倍思亲,作者于除夕之夜独守官署,思念亲友,而仕途之坎坷、生计之艰难,种种忧愁涌上了心头。全文语短情长,悲凉动人。

(黄　明)

戴名世

戴名世(1653—1713),字田有,一字褐夫,号药生,又号忧庵,桐城(今属安徽)人。少苦家贫,课徒自给。初以制义发名,后乃肆力经史,与方苞引为知己。康熙四十八年(1709)成进士,授编修。以文字获罪,被诛,事连数百人。其文纵横飘逸,雄浑悲壮。有《戴名世集》。

书《咏兰诗》后[1]

兰为国香,东南山泽涧多产之,当春深时,幽岩曲涧,窈然自芳[2]。然往往有虫啮之[3],自其华初生时[4],辄已被啮而萎。即幸而能自发荣[5],亡何又辄萎。其幸得脱者,仅十二三焉,而众草蒙翳[6],条达畅遂,无有害之者。

岁己未,余读书山中。每晨起,辄捕虫投之涧水,漂没以去。于是兰遂大盛。每卧台藉草[7],盖幽香未尝不入吾怀也。而产于遐荒绝壑[8],不遇好事者之爱惜而制于毒虫恶物以沮其夭者[9],岂少也夫?

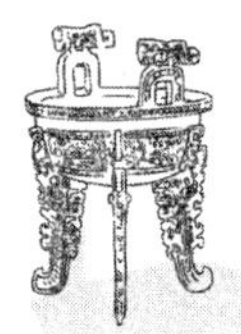

余既为诗以志之，而复为书其说如此。

【注释】(1)这是作者写于其《咏兰诗》后的小记。 (2)窈(yǎo)：幽深，深远。 (3)啮(niè)：咬。 (4)华(huā)：花。 (5)荣：草的花。 (6)翳(yì)：遮蔽。 (7)藉(jiè)：坐卧在某物上。 (8)遐荒绝壑：遥远、荒凉、闭塞的山沟。 (9)沮(jǔ)其夭：意谓使花夭折。

【今译】兰花是国香，多生长在东南山的泽涧之中。每当春深的时候，那幽静的山岩和曲折的涧水，就会远远地传来兰花散发的芳香。但是常常有虫去撕咬它，从花瓣刚刚开始萌出时起，便总要遭到小虫的撕咬而萎谢。即使有幸能开出花来的，不久又总是被小虫撕咬得萎谢了。在它们之中，能够侥幸摆脱这种灾难的，仅十分之二三而已。而周围那些杂草，由于得到了花木的遮掩，反倒长得茂盛畅达，没有谁去伤害它们。

己未年，我在山中读书。每天清晨起来，总要去捕捉花虫扔进涧中，让流水将它们冲走。于是兰花便大盛起来。从此，每当我坐卧在青苔或草地上时，就无不感受到兰花的幽香。可是，那些生长在遥远、荒凉、闭塞的山沟之中，由于得不到像我这样的"好事者"的爱惜而受制于毒虫恶物，以至于过早地夭折的兰花，数量难道会少吗？

我既作诗记下以上的感慨，又写下这篇小文来述说。

【点评】兰花与杂草，两者姿质不同，价值迥异。然而，贵为国香的前者偏命途多舛，难以善终；托庇他人的后者竟"条达畅遂"，旺盛生长。其遭遇是何等的不公平！其实，植物界如此，人世间又何曾不如此！尤其是作者所处的那个时代，种种不公平的社会现象"岂少也夫"！作者本身的命运，便是一明证。故作者惜花，实是自惜。他呼吁有更多的"好事者"来"护花"，不过，这在当时只是一种美好的憧憬而已。全文句句不离植物，又句句暗寓人生，落笔沉实，感慨深邃，读者可从中获得启迪。

（郑小宁）

鸟说

余读书之室，其旁有桂一株焉。桂之上，日有啫啫然者[1]。即而视之，则二鸟巢于其枝干之间，去地不五六尺，人手能及之。巢大如盏[2]，精密完固，细草盘结而成。鸟雌一雄一，小不能盈掬[3]，色明洁，娟皎可爱，不知其何鸟也。雏且出矣[4]，雌者覆翼之，雄者往取食，每得食，辄息于屋上，不即下。主人戏以手撼其巢，则下瞰而鸣。小撼之小鸣，大撼之即大鸣，手下，鸣乃已。

他日，余从外来，见巢堕于地，觅二鸟及鷇无有。问之，则某氏僮奴取以去。嗟乎！以此鸟之羽毛洁而音鸣好也，奚不深山之适而茂林之栖？乃托身非所，见辱于人奴以死！彼其以世路为甚宽也哉？

【注释】(1)啫啫:鸟鸣叫的声音。　(2)盏:小杯。　(3)盈掬(jū):满手的一捧。　(4)且:将要。

【今译】我读书的屋子，旁边有一株桂树。桂树之上，整天有唧唧的鸣叫声。走近去看，原来是两只鸟在树枝间结了巢，巢离地面不过五六尺，伸手就能摸到。鸟巢像杯子那么大，精密完固，是用细嫩的小草盘结而成的。巢中的鸟有一雌一雄，长得很小以致不能满手的一捧。鸟的毛色明亮洁白，形态娟皎可爱，但不知是什么鸟。当雏鸟将要出生的时候，雌鸟就用羽翼遮盖着它，雄鸟则外出寻找食物，每当得到食物时，它总是先栖息在屋子上而不马上下来。主人故意用手去摇动鸟巢，它就向下张望鸣叫。轻轻摇动，它就小声鸣叫，大力摇动，它就大声鸣叫，把手放下，它的鸣叫声才停止。

某日，我外出回来，见鸟巢掉落地上，雌雄二鸟和鸟卵都不见了。一打听，才知道是被某位僮奴捉了去。唉！凭这鸟那明洁的羽毛和美好的声音，为什么不到深山里去找茂林栖息呢？结果却寄身在不应该寄身的地方，以致被人奴弄死！它大概以为这世间的路是很宽广的吧？

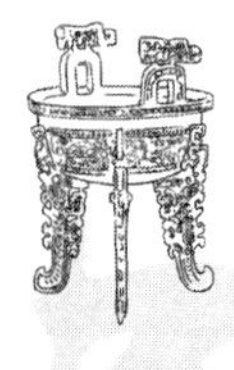

【点评】鸟虽可爱,但最终受辱而死,乃因托身非所之故。“不深山之适而茂林之栖”“以世路为甚宽”,这是生活目标选择上的错误,故鸟之死,诚足可叹。作者是以文字获罪而被诛杀的,他在写作此文时,是否对险恶的环境和悲惨的命运已有所预感呢?

(郑小宁)

史震林

史震林(1692—1778),字悟冈,一字岵冈,号瓠冈居士,金坛(今属江苏)人。乾隆进士,官淮安教谕。性孤介,不与时俯仰,喜禅悦,工书画。震林之文多为随笔、杂感,文笔清新自然,情文并茂,别开生面。有《西青散记》《华阳散稿》。

采　棉[1]

事有小而不忘,思之不可再得,与人言生感慨者。

忆三四岁时,最喜猬。猬刺如栗房,见人则首尾相就如球。啼时见猬即喜笑,以足蹴之辘辘行[2]。获乳兔二,抱而眠,饲以豆叶,不食而死,哭之数日。

八九岁,独负筐采棉,怀煨饼[3]。邻有兄,名中哥,长一岁。呼中哥为伴,坐棉下,分煨饼共食之。棉内种芝麻,生绿虱,似蚕而大,拈之相恐吓。中哥作骇态,蹙额缩颈以为笑[4]。后虽长,常采棉也。采棉日宜阴,日炙败叶,屑然而脆,粘于花。天晴,每承露采

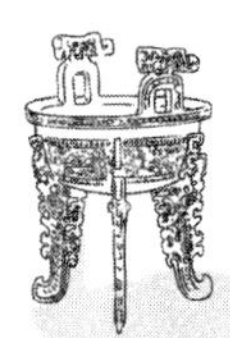

之，日中乃已。或兼采杂菽，棉与菽相和筐中，既归，乃别之也。幼时未得其趣。

前岁自西山归湖上[(5)]，携稚儿采棉于村北。秋末阴凉，黍稷黄茂，早禾既获，晚菜始生。循田四望，远峰一青，碎云千白；蜻蜓交飞，野虫振响；平畴长阜，独树破巢。农者锄镰异业[(6)]，进退俯仰。望之，皆从容自得。稚儿渴，寻得余瓜于虫叶断蔓之中，大如拳，食之生涩。土蝶飞掷[(7)]，翅有声激激然[(8)]。儿捕其一，旋令放去。

晚归，稚儿在前，自负棉徐步随之，任意问答。遥见桑枣下，夕阳满扉，老母倚门而望矣！

【注释】(1)此文选自《西青散记》。《西青散记》是史氏中年以后田园生活的纪实，或记山水林泉之游，或叙好友诗酒之会，或叹佳人薄命，或谈阡陌田畴。文字清新淡雅，幽倩飘逸。近代人顾筱樵誉之为艺苑之佳作，文林之上乘。　(2)蹴：踢。辘辘行：像车轮一样滚动。　(3)煨饼：用文火烘烤的面饼。　(4)蹙额：皱起眉头。　(5)湖：指洮湖，又名长荡湖或长塘湖，在江苏溧阳、金坛两县境内。　(6)异业：指农民们从事不同的劳作。　(7)土蝶：蝗虫的一种，体小，善蹦跳。　(8)激激然：形容声音频率急疾的样子。

【今译】有些小事至今难忘，很想再能遇上一次，然而不可能，每与人谈起来，就会引起许多感想。

记得三四岁时，我特别喜欢小刺猬。小刺猬浑身长满了刺，就像未破囊的栗子毛茸茸的，看见人便缩作一团，像只圆球。我哭时，只要一看见小刺猬，就高兴得大笑起来，用脚一踢它，它就在地上骨碌碌地滚动。有一次家里捉来两只小兔子，我连睡觉都抱着它。用豆叶喂养，它不吃，因此没多久便死了，我伤心地哭了好几天。

到了八九岁，我一个人背着箩筐下田去采棉，怀里揣上烧饼。邻居家有个小伙伴，名叫中哥，比我大一岁。我叫中哥一起去采棉，两人坐在棉下，分烧饼吃。棉花田里还套种芝麻。芝麻好生虫，有一种土名叫“绿虱”的青虫，样子很像蚕，但比蚕还大。我们各拈一条，互相吓唬对方，中哥装作害怕的样子，皱紧眉头，缩起脑袋，以此来玩耍取乐。后来大家虽然都长大成人了，但仍旧常常下地去采棉。在阴凉天采摘棉花比较适宜,大晴天采摘,棉叶容易枯焦变成碎末而粘在棉花上。晴天采棉,要趁露水未干,中午就要停止。有时候,棉花豆类同时采,一起放在筐里,回家之后,才分别拣开。小时候还体会不到这其中的乐趣。

前年,我从西山回到家,又领着小儿到村北去采棉。晚秋时节,天气阴凉,一片丰收景象,早稻刚刚割完,晚菜便已茁壮生长。沿着田间望去,远处是一带青山,天空中飘浮着朵朵白云;蜻蜓或前或后,飞来飞去,田里的小昆虫,扇动翅膀,发出各种声响;一边是良田万顷,一边是土山一横,孤树上只剩下一个破落的鸟巢。农夫们进退俯仰,从事各种农活,看上去个个动作熟练轻松,神情十分愉快。小儿叫嚷口渴,好不容易找到一个拳头大小的野瓜。儿子啃了一口,又生又涩,难以下咽。小土蝶蹦来跳去,抖动双翅,发出激激的响声。儿子捉到一只,玩了一会,我便叫他放了。

傍晚回家,小儿走在前面,我背着棉筐跟在后头,并回答他不时提出的各种各样的疑问。远远就看见庭前桑枣树下,洒满了夕阳的光辉,年迈的老母,正靠在门边等候她的儿孙呢!

【点评】作者回忆了童年时代的一段生活,和同伴一起玩小动物,捉昆虫,采棉花。到了中年,回到故乡,又重温旧梦,携儿童到田间采棉。他对乡间的田园生活充满了依恋之情,心中犹存一颗活泼的童心。文笔清新细致,非常自然,真如风行水上,没有一点做作,也不讲什么客套。这与儿童天真活泼的性格、农村朴素自然的生活是非常吻合的。

(孙光道)

郑燮

郑燮(1693—1765),字克柔,号板桥,兴化(今属江苏)人。乾隆元年进士,官山东范县知县,调潍县,有惠政,以请赈忤大吏罢归。性落拓不羁,擅写兰竹石,工书法,能诗文,为“扬州八怪”之一。板桥善题跋,寥寥数笔,辄出人意表,遒逸如其兰竹。家书情真语挚,悱恻动人。有《板桥全集》。

种兰

余种兰数十盆,三春告莫[1],皆有憔悴思归之色。因移植于太湖石、黄石之间[2],山之阴,石之缝,既已避日,又就燥,对吾堂亦不恶也。来年忽发箭数十,挺然直上,香味坚厚而远。又一年更茂。乃知物各有本性。赠以诗曰:“兰花本是山中草,还向山中种此花。尘世纷纷植盆盎,不如留与伴烟霞。”又云:“山中兰花乱如蓬,叶暖花酣气候浓。出谷送香非不远,那能送到俗尘中?”此假山耳,尚如此,况真山乎?余画此幅,花皆出叶上,极肥而劲,盖山中之兰,非盆中之兰也。

【注释】(1)莫:通“暮”。 (2)黄石:江苏镇江郊外黄山所产之石。

【今译】我种植了几十盆兰花,到了春三月将尽的时候,都现出枯萎凋谢的气色。于是将它们移植到太湖石和镇江黄石之间,假山的阴处,石头的缝隙,既可以避开烈日的照射,又可以贴近干燥的地方,与我的厅堂相对,还颇有韵致。第二年忽然长出几十枝锋利如箭的叶子,挺然直上,香味厚实,散发得很远。又隔了一年,更加茂盛了。由此知道万物皆有它的本性,并写了两首诗送给兰花。一首说:“兰花本来是生长在山中的草,还应该在山中种植它。世上的人大都把它种在盆子里,倒不如将它留在山中日夜伴着烟霞。”另一首说:“山中兰花乱如蓬草,由于气候条件适宜,叶子与花长势都很旺盛。它的香味能播扬到山谷之外很远的地方,但哪能送到尘俗之中呢?”太湖石、黄石都是假山,尚能使兰花由憔悴而转为茂盛,更何况真山呢?我画的这幅兰花,花朵都开在叶子上面,极其肥大而且遒劲,这是山中之兰,而非盆中之兰。

【点评】物各有性,是本文主旨。兰花爱山谷而厌尘俗,植于盆则枯萎,长于山则茂盛,这是兰的本性。作者不画盆中之兰,而画山中之兰;感慨盆兰之憔悴,而喜石兰之复茂,更希望兰花能得真山之养护;反映了郑板桥对官场与浊世的厌倦,对自由生活的向往。通篇都是讲物之性、兰之性,而实际上就是讲自己的性情与志趣,此是托物言志的佳作。

(夏咸淳)

游 江

昨游江上,见修竹数千株,其中有茅屋,有棋声,有茶烟飘扬而出,心窃乐之。次日,过访其家,见琴书几席,净好无尘,作一片豆绿色,盖竹光相射故也。静坐许久,从竹缝中向外而窥,见青山大江,风帆渔艇,又有苇洲,有耕犁,有馌妇[(1)],有二小儿戏于沙上,犬立岸旁,如相守者,直是小李将军画意[(2)],悬挂于竹枝竹叶间也。

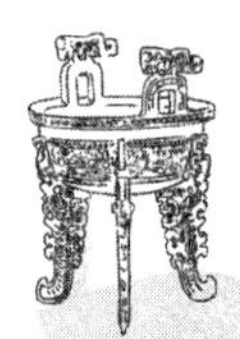

由外望内，是一种境地。由中望外，又是一种境地。学者诚能八面玲珑，千古文章之道不出于是，岂独画乎？

乾隆戊寅清和月(3)，板桥郑燮画竹后又记。

【注释】(1)馌(yè)妇：送饭至田间的妇人。(2)小李将军：即唐代李昭道，善画青绿山水。(3)乾隆戊寅：清高宗二十三年(1758)。清和月：农历四月。

【今译】昨天在江上游玩，见到一处地方有数千竿长竹，竹林中有茅屋，还能听到棋声，又见煮茶的青烟袅袅飘出，心里暗暗高兴。明日，特地去访问那个人家，见到室中的琴书几席都很整洁美好，不沾一点灰尘，笼罩着一片豆绿的颜色，原来是竹林的光影反射入室的缘故。在室内静坐了许久，再透过竹林的缝隙向外看，能见青山大江，风帆渔舟，又有芦洲，有耕田的农夫，有送饭的妇女，有小孩在沙上嬉戏，狗站立在岸边，好像在看守着小孩。此景真像小李将军的一幅画，悬挂在竹枝竹叶中间。

由外向里看，是一种境界；由里向外看，又是一种境界。学者果真能做到“八面玲珑”，创作千古不朽之作的道理不外乎这一点，岂止是绘画呢？

乾隆二十三年四月，板桥郑燮画竹后又题了上述文字。

【点评】此文绘出两种景致，朴野自然，雅而不离俗，体现了郑板桥的生活情趣与生活理想。由这两种境地又悟出一个道理，即所谓“八面玲珑”。也就是说，不论处在何种境地——出处、进退、顺逆、穷达等，都能灵活妥善地对待，而无拘泥滞涩的弊病，这样就达到一种自由的境界。这是人生哲学的大道理，也是艺术哲学的大道理。故云“千古文章之道不出于是”。

（夏咸淳）

袁枚

袁枚(1716—1798),字子才,号简斋、随园老人,钱塘(今浙江杭州)人。乾隆进士,为翰林院庶吉士,出为溧水、沭阳、江宁等县县令。年四十即告归,卜筑江宁小仓山,号随园,以读书著述为事。性通脱,好宾客,负盛名数十年。其文古雅,长于言情。有《小仓山房文集》。

所好轩记[(1)]

所好轩者,袁子藏书处也。袁子之好众矣,而胡以书名?盖与群好敌而书胜也。其胜群好奈何?曰:袁子好味,好色,好葺屋,好游,好友,好花竹泉石,好圭璋彝尊、名人字画[(2)],又好书。书之好无以异于群好也,而又何以书独名?曰:色宜少年,食宜饥,友宜同志,游宜晴明,宫室花石古玩宜初购,过是,欲少味矣。书之为物,少壮、老病、饥寒、风雨,无勿宜也。而其事又无尽,故胜也。

虽然,谢众好而昵焉,此如辞狎友而就严师也[(3)],好之伪者也。毕众好而从焉[(4)],如宾客散而故人尚存也,好之独者也。昔曾皙嗜

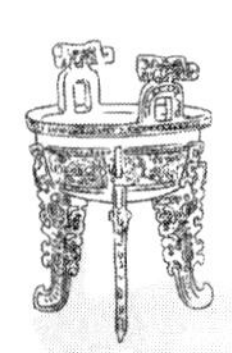

羊枣[5]，非不嗜脍炙也，然谓之嗜脍炙，曾皙所不受也。何也？从人所同也。余之他好从同，而好书从独，则以所好归书也固宜。

余幼爱书，得之苦无力。今老矣，以俸易书，凡清秘之本[6]，约十得六七。患得之，又患失之。苟患失之，则以"所好"名轩也更宜。

【注释】(1)选自《小仓山房续文集》卷二十九。好：读去声，爱好，喜欢。(2)圭璋彝尊：泛指玉器、青铜器等古玩珍品。 (3)辞：遣去。 (4)毕：网罗无遗之意，引申为都、全。 (5)曾皙：名点，曾参之父，孔子弟子。羊枣：果名。实小而圆，紫黑色，今俗呼为羊矢枣。 (6)清秘：清贵，珍贵。

【今译】所好轩是我袁枚藏书的地方。我的爱好可多着呢，为什么把"所好"两字作为书斋的名字呢？因为各种爱好虽然相当却爱书尤甚。那么所有的各种爱好又是怎么样的？我说：袁枚喜欢美味佳肴，喜欢有姿色的妙龄女郎，喜欢整修房屋，喜欢游山玩水，喜欢结交朋友，喜欢花卉竹木清泉奇石，喜欢玉器青铜古玩、名人书画，又喜欢读书藏书。既然对书籍的爱好与其他各种爱好没有什么两样，那么为什么只给书斋取名为"所好"？我的回答是：喜欢美色有阶段性，年轻时候最为适宜；喜欢美食要看时机，饥饿的时候最合适；结交朋友要看对象，志同道合才相宜；外出游览要看天气，晴朗明媚才惬意；对于宫室花石古玩的兴味最浓的时候，莫过于刚刚购得，过了这个时候，欲望减退兴味也少了。但是，书作为一种东西，无论年轻力壮、老弱疾病、饥寒交迫还是风雨交加之时，只要你喜欢它，那就没有不相宜的时候。而且书中所记的事情又是无穷无尽的，所以对书籍的爱好必然要超过其他各种爱好了。

即使这样，(假如)离开了各种爱好而只亲近书籍，这正如赶走了亲近的朋友而投奔到严师那里，这样的爱好也是虚假的。(假如)在所有的爱好中再追求某一种爱好，这正如来宾各自回去了而老朋友还留下一样，这种爱好才是独有的呀。古人曾皙非常喜欢吃羊枣，并不是说他就不喜欢吃切细的烤肉，但是如果说他喜欢吃切细的烤肉，曾皙是不会同意这个说法的。这是什么道理呢？因为这是属于人们共同的爱好。我的其他各种爱好跟其他人一样，可是爱好书籍的特性只属于我自己，那么用“所好”两个字归属于书，本来就是非常恰当的了。

我在小时候就非常喜欢读书，只是苦于无力购买。现在老了，用我的俸禄买来了许多图书，凡是珍贵的版本，已买得十分之六七，买的时候想尽办法考虑怎么得到它，买来之后又要担心将来会失去它。如果现在忧虑的是将来会失去它，那么用“所好”两个字来给我的书屋命名就更为适当了。

【点评】文题虽然曰“记”，其实是“议”。主要阐述了“以书独名”之理，显示其“好书从独”的个性。作者所好者众矣，非寡欲之辈，以群好衬独好，意切情笃，凸现出书籍在人生中地位之显要，读罢无不信服作者所好之脱俗。再者，作者能公开承认“好色”，则有不顾物议、要求个性解放、冲破封建礼教之意味，就当时而论，实属难能可贵。

（陈仲年）

钱大昕

钱大昕(1728—1804),字晓征,一字辛楣,号竹汀,嘉定(今属上海)人。乾隆进士,入选翰林院庶吉士,散馆授编修,官至少詹事,旋引疾归,不复出。历主钟山、娄东、紫阳三书院,讲学著书不倦。有《潜研堂文集》。

弈 喻

予观弈于友人所,一客数败,嗤其失算,辄欲易置之,以为不逮己也。顷之,客请与予对局,予颇易之。甫下数子[(1)],客已得先手。局将半,予思益苦,而客之智尚有余。竟局数之[(2)],客胜予十三子。予赧甚,不能出一言。后有招予观弈者,终日默坐而已。

今之学者,读古人书,多訾古人之失[(3)];与今人居,亦乐称人失。人固不能无失,然试易地以处,平心而度之,吾果无一失乎?吾能知人之失而不能见吾之失,吾能指人之小失而不能见吾之大失,吾求吾失且不暇,何暇论人哉!弈之优劣,有定也,一着之失,人皆见之,虽护前者,不能讳也。理之所在,各是其所是,各非其所非，世无孔子，谁能定是非之真？然则人之失者，未必非得也；吾之无失者，未必非大失也，而彼此相嗤，无有已时，曾观弈者之不若已！

【**注释**】(1)甫：刚刚。 (2)竟：完毕。 (3)訾(zǐ)：说人坏话。

【**今译**】在朋友那里看下棋，有位朋友多次输了，我讥笑他失算，总想要替换他，认为他及不上自己。过了些时候，这位朋友要跟我对局，我很瞧不起他。刚下了几个子，他已经占先了。棋下到将近一半，我冥思苦想得更厉害了，而对方的智谋还绰绰有余。最后点数，他净胜了我十三个子。我羞愧得满脸通红，说不出一句话。这以后有人招呼我看下棋，我就整天坐在一旁默默无语。

现在的学者，读古人书，多非议古人的失误；跟现在的人相处，也喜欢数说人家的过失。一个人本来不可能没有过错，然而换一个位置设身处地、平心静气地想一想，我果真没有一点过失吗？往往我能够知晓别人的过失而不能够看到自己的过失，我能够指出别人的小毛病却不能看到自己的大过错，我找自己的过失尚且顾不过来，哪里还有空闲去议论别人呢！下棋的优劣，有一定的标准，一着棋的失误，人们都能清楚地看到，即使领先的人，也不能避忌。有道理存在，人们便能根据这道理来肯定正确的，否定错误的，若世上没有孔子那样的圣人，哪一个人能够判定是非的标准？既然这样，那么别人的失误，未必没有收获；我没有过错，未必不是大的损失，而彼此相互讥笑，没完没了，这就还不如看棋的人了！

【**点评**】看别人下棋，总认为自己比别人高明，及至自己输了棋，才知道自己并不比别人高明。有些读书人，也总觉得别人一无是处而“不能见吾之失”。这种读书人跟观棋者何其相似乃尔！本文借事议论，用浅近易懂的事例，说明了一个最普通却又极深刻的哲理：知人易，知己难。

【**集说**】凡人易犯此病，读之当以为戒。(王文濡《清文评注读本》)

(冯志贤)

汪中

汪中（1745—1794），字容甫，江都（今属江苏）人。少孤贫好学，尝助书贾鬻书，因遍读经史百家，卓然成家。乾隆中，拔贡生，以母老不赴朝考。后于浙江文宗阁阅校《四库全书》，卒于西湖僧舍。容甫文长于讽喻，而甚深稳。有《述学》。

巴予藉别传

予藉故富家，生而通敏，眉目疏秀，身纤而皙。少好刻印，务穷其学，旁及钟鼎款识、秦汉石刻。遂工隶书，劲险飞动，有建宁延喜遗意[(1)]。又益搜古书画、器用，及琢研造墨[(2)]，究极精美。罗列左右，入室粲然。其父弗善也，颜其居曰[(3)]："可惜"。予藉不能改。又善交游，自通人、名德、胜流、畸士[(4)]，下至工师、乐伎、偏才、曲艺之美[(5)]，莫不一见洒然，如旧相识。周旋款密[(6)]，久而不衰。或欺绐攫夺[(7)]，予藉悟悟不之校[(8)]。他日遇之，则又如故。予藉好棋及驰马、度曲，遇名山胜地、佳时令节、可喜可愕之事，未尝不身在其间。竟数十年，由是大亡其财，且日病。晚为人作书自给，数年，卖其碑刻尚三千金。然其爱之弥甚，节啬衣食，时复买之。乾隆五十八年夏游江都(9)，卒。

予藉虽贫以死，然其声名流溢士大夫间，其遗迹所在有之。惜在治生不在好古也。是故埏埴以为器(10)，方圆具矣，而天机不存焉。巧工引手，冥合自然，览之者终日不能穷其趣，然而不可施之绳墨。知此者可与语予藉矣。

余与予藉同岁而交深，一别五年，相距千里。今笃疾再生，而予藉适至，所欲与谈谐者何尽，而竟不及一见而死，岂余与予藉朋友之缘固止于是与？悲夫！

予藉名慰祖，歙之渔梁人(11)，卒年五十。

【注释】(1)建宁：在福建，清时有建宁府，邵武府又有建宁县。延喜：未详。 (2)研：通"砚"。 (3)颜：题匾，命名。 (4)畸士：奇特的人。 (5)乐伎：乐府之歌女。偏才：犹言歪才。 (6)款密：诚恳亲切。 (7)绐：哄骗。攫：夺取。 (8)惛惛：迷糊不清。 (9)江都：今江苏扬州。 (10)埏埴：和泥制作陶器，语出《老子》。埏，以水和泥；埴，细黏土。 (11)歙：即安徽歙县。渔梁：即歙县之渔梁镇。

【今译】予藉从前是富贵人家，生下来就通达聪明，眉清目秀，身材纤细而皮肤很白。少年时喜爱雕刻印章，他努力精通这门学问，对钟鼎上的题款、记载以及秦汉石刻，也广泛涉及。因而精工隶书，其风格遒劲险峻、龙蛇飞动，有建宁延喜之遗意。又搜集古代书画、器物，以及琢砚造墨，尽力追求精美。他把这些东西分放在屋子两边，一走进他的居室，就觉得鲜明耀眼。他的父亲不喜欢他这样，因而命名他的居室曰："可惜"。予藉仍不改变他的爱好。他又喜欢交结朋友，上自通人、名德、胜流、畸士，下至工师、乐伎、偏才，以及曲艺演员之美者，没有不一见便洒脱自然的，好像老早就相识一样。其交往诚恳亲密，经久不衰。倘有人欺骗他或夺取了他的财物，予藉也迷迷糊糊的并不与之计较。过后遇见那些人，又同从前一样与之交好。予藉爱

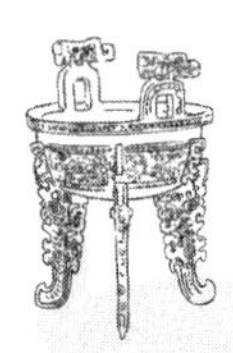

好下棋与骑马、度曲，凡遇名山胜地、佳时令节，以及可庆贺可惊愕的事情，他没有不置身其间的。(像这样)竟长达数十年之久，于是失去了许多财物，而且日渐多病。到晚年，他靠替别人写字自给，数年之间，卖出自己收藏的碑刻尚达三千金。然而，因为他特别珍爱这些东西，所以，他便节衣缩食，不时地又把它们买回来。乾隆五十八年夏，予藉游江都时去世。

予藉虽然贫困而死，但他的名声却流传在士大夫之间，在他所到过的地方都留有他的遗迹。他令人痛惜的地方在于治理生计，而不在于好古。和泥制成陶器，或方或圆的形制都具备了，可是却没有自然的机趣存在。巧妙的工匠一动手，就能与自然暗和，观赏其作品的人即使看了一整天也不能穷尽它的妙趣，但是，却不能用一般的法则去规范。知道这一点的人，就可以同他谈论予藉了。

我与予藉同岁而交情很深，一别五年，相距千里。现在我重病再发，而予藉恰好要来，想同他谈论的那些怪诞的东西是那样无穷无尽，可是，竟然不等相见他便死了，难道我与予藉的朋友缘分本来就应到此而止吗？可悲啊！

予藉名慰祖，是安徽歙县渔梁人，他死的时候才五十岁。

【点评】本文为朋友作传，虽仅略记其习性身世，然缅怀之情见乎辞，纯真而质朴，悲凉而深厚。记其习性，主要突出好刻印、嗜收藏、喜交游三事。记其“喜交游”为传中记事重点，较前二事稍详。其交际之广泛、结交之迅速、交情之久远、相交之大度、游历之广泛，无不大过常人。如果说前二事突出其专情笃志，那么后一事便表现其痴情真意。因其所喜所好而“大亡其财”，虽生富家而终至贫病而死，由此活现出一位聪颖多才、痴笃洒脱、颇有意趣的寒士形象。

后文记其死后之声名并通过比喻评论其人，仍照应着人物的形象特点，最后以“同岁而交深”却最终“竟不及一见而死”怅恨不已，痛惜之情溢于言表。全文记事简要得法，人物形象鲜明突出，感情流露自然而深挚。

（赵义山）

梅曾亮

梅曾亮(1786—1856),字伯言,上元(今江苏南京)人。道光进士,以知县衔分派贵州,以亲老告归。复入资改户部郎中,居京二十年。晚归,主讲扬州书院。与邑人管同皆出姚鼐之门,以善古文名于时。曾亮之文取法桐城,选声练色,务穷极笔势。有《柏枧山房文集》。

观渔

渔于池者,沉其网而左右縻之[(1)]。网之缘出水可寸许,缘愈狭鱼之跃者愈多。有入者,有出者,有屡跃而不出者,皆经其缘而见之。安知夫鱼之跃而出者,不自以为得耶?又安知夫跃而不出与跃而反入者,不自咎其跃之不善耶?而渔者视之,忽不加得失于其心。嗟夫!人知鱼之无所逃于池也,其鱼之跃者,可悲也!然则人之跃者何也?

【注释】(1)縻之:收束渔网。縻,束缚。

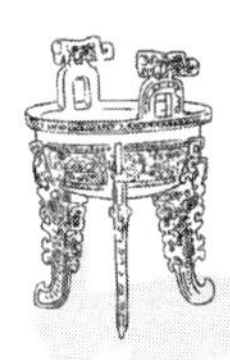

【今译】在水池中捕鱼的人，先把渔网沉入水中，然后从左右两边收紧。当网的边缘露出水面一寸多时，网收束得愈狭小，鱼蹦跳起来的就愈多。有跳入网中的，有跳出网外的，有多次跳跃而没有跳出网外的。它们都经过网的边缘而显露出来。怎么知道池鱼之中那些跳出网外的不自以为庆幸呢？又怎么知道那些没有跳出网外的和反而跳入网中的，不自己责怪自己跳跃得不好呢？然而，捕鱼的人看到这些情形，并不在心里为鱼生得失之情。可叹呀！只有人知道鱼没有可以逃出水池的啊，那些池鱼之中跳跃的，实在可悲啊！然而，作为人，其中跳跃的又怎么样呢？

【点评】本文以池鱼逃捕为喻，感慨法网森严，人民罹触无逃。文多奇趣，寄慨遥深。“网之缘出水可寸许”以下数句描绘池鱼逃捕之种种情状，细致传神，情景活现；接着以二反问句扣住池鱼逃捕之情状进行揣摩，以人之心态加于池鱼，顿觉妙趣横生，有韵外之味；然后转入“渔者”熟视无睹的冷漠态度，从而引出池鱼无逃而枉自跳跃拼搏的慨叹。其文至此，尤觉深沉而悲凉，明叹鱼之可悲，实哀人之不幸，比起前面之推测揣摩，就更富于弦外之音而令人玩味再三了。而文中“池”“网”“渔者”之象征意义，则显而易见，无须明指了。文章末尾一句，意在设眼，以挑明寓意，结果却自揭谜底，有损韵味。

（赵义山）

龚自珍

龚自珍(1792—1841),字璱人,更名易简,字伯定,又更名巩祚,号定庵,又号羽琌山民,仁和(今浙江杭州)人。初以举人例授内阁中书,屡应会试不第,年三十八始成进士,授礼部主事,动触时忌,乃乞养归。博通经学、小学、史学、地学,讲求经世致用,力主政治改革。其文义理精微,辞采丰伟。有《定庵文集》。

病梅馆记[1]

江宁之龙蟠[2],苏州之邓尉[3],杭州之西溪[4],皆产梅。或曰:梅以曲为美,直则无姿;以欹为美[5],正则无景[6];以疏为美,密则无态。固也[7]。此文人画士心知其意,未可明诏大号[8],以绳天下之梅也[9];又不可以使天下之民,斫直、删密、锄正,以妖梅、病梅为业以求钱也[10]。梅之欹、之疏、之曲,又非蠢蠢求钱之民,能以其智力为也。有以文人画士孤癖之隐,明告鬻梅者,斫其正,养其旁条,删其密,夭其稚枝,锄其直,遏其生气,以求重价,而江、浙之梅

皆病。文人画士之祸之烈至此哉！

予购三百盆，皆病者，无一完者。既泣之三日，乃誓疗之、纵之、顺之。毁其盆，悉埋于地，解其棕缚；以五年为期，必复之、全之。予本非文人画士，甘受诟厉[11]，辟病梅之馆以贮之。呜呼！安得使予多暇日，又多闲田，以广贮江宁、杭州、苏州之病梅，穷予生之光阴以疗梅也哉！

【注释】(1)《病梅馆记》：又题《疗梅说》，作于1839年。 (2)龙蟠：山名，即钟山，俗称紫金山，在南京市中山门外。另说是南京市清凉山下之龙蟠里。 (3)邓尉：山名，在今江苏苏州市西南。汉代邓尉曾隐居于此，故名。山中多梅，花时如雪，香闻数十里，号称“香雪梅”。 (4)西溪：水名，在今浙江杭州市灵隐山西北。 (5)欹(qī)：倾斜，歪斜不正。 (6)景：同“影”。 (7)固也：原来如此，的确如此。这里表面承认言之有理，实际上予以否定。 (8)明诏大号：公开宣告，大声号召。 (9)绳：这里作动词用，衡量的意思。 (10)妖梅：使梅弯曲。妖：同“夭”，摧折，断杀。 (11)诟(gòu)厉：辱骂，斥骂。

【今译】南京的龙蟠山，苏州的邓尉山，杭州的西溪，都出产梅花。有人说：梅花(的枝干)要扭成弯曲才美，挺直的就没有风姿；要矫成歪斜才美，端正的就没有姿影；要删剪得稀疏才美，长得密密的就没有雅态。原来是这样。这些文人画家自己心里明白，却不能公开宣扬这种审美观，大声号召用这个标准来衡量天下的梅花；更不能让天下种梅的人都据此砍掉挺直的，剪去茂密的，锄掉端正的，把梅花弄成畸形的、病残的，以此作为职业来赚钱。梅花枝干的横斜、稀疏、弯曲，也不是那些愚昧无知、一心只想赚钱的人能够用他们的才智和心力办得到的。有人把文人画家这种隐藏在内心的独特怪癖明白地告知卖梅花者，让他们砍掉梅花的正干，培养它横斜的枝条，删除梅花的密枝，折坏它新生的嫩枝，除掉梅花的直枝，抑制它勃勃的生机，以便谋求高价厚利。于是江苏、浙江一带的梅花都成为病残的了。文人画家所造成的祸害，竟厉害到这个地步啊！

我买了三百盆梅花，全是病残的，没有一盆是完好的。我为此伤心了好多天，于是发誓要治好它们，给它们松绑，让它们顺着自己的天性生长。砸碎那些花盆，把它们全都种在地里，解开捆绑它们的棕绳；以五年作为期限，一定要让它们恢复原来的形态，保全它们的天然生机。我本来就不是文人画家，心甘情愿受他们的辱骂，决心开设一个病梅馆来贮藏病梅。唉！怎么才能让我有许多空闲的日子，又有很多空闲的田地，用来大量容纳南京、杭州、苏州一带的病梅，用尽我一生的时间来治疗病梅呢！

【点评】由产梅而述病梅，由病梅而议痛梅，由痛梅而言疗梅，看似句句讲梅，抨击“文人画士”所为；实则妙用曲笔，托物言志，处处针砭时弊，鞭挞清王朝扼杀人才的罪恶。全文言简意赅，委婉生动，于曲折含蓄中见刚健有力，这正是龚文的一大特色。

【集说】即孟子杞柳之旨而推阐之，满腹牢骚，借此抒写。（王文濡《清文评注读本》）

复其自然，全其天然，文法一切废弃，而民疾苏矣。此文之正意。（王文濡《续古文观止》）

（冯志贤）

吴敏树

吴敏树(1805—1873),字本深,号南屏,巴陵(湖南岳阳)人。道光举人,官浏阳教谕,自免去,徜徉山水间。游京师,以文见推于梅曾亮,然不欲依附桐城以自取重。敏树之文词高体洁,而含淡远之神。有《柈湖文录》。

石君砚铭[1]

石君,余砚也。昔在辛卯之岁[2],与亡弟半圃读书岳麓[3],以钱三万取之友人家。砚体甚巨,形制古异,无他文饰,惟池旁有“停云馆”三字[4]。验其刻,未工,盖谬为文待诏家物[5],以炫售者。然砚故良石也。半圃喜学书,余以砚属之,颇贵之,未肯轻用。及亡,余痛此砚遂废。无事,命工稍镌治之,摩去旧刻,常供之案间。一日久雨始晴,日光照书室,砚在盖下,喷沸有声,怪而启之,清水盈溢,以此益知其尤[6],愈宝爱之,以姓号之“石君”。余既无能遭遇发扬于世,而文字日颇有名,恐遂抱砚为庸人役,故作为是铭,将求善工而刻之其背。

铭曰:年可寿若老彭[7],吾不以墨之汁而佐彼之觥;行可赠若班生[8],吾不以毫之颖而赆彼之程[9]。匪墨之私,匪毫之爱,恐污吾石君之生平。呜呼石君兮,吾与君铭。

【注释】(1)铭:一种记叙特殊事物的短小文体。 (2)辛卯:此指清道光十一年(1831)。 (3)半圃:作者之弟吴庭树。岳麓:山名,在湖南长沙市。 (4)停云馆:明代文学家文徵明之馆阁名。 (5)文待诏:即文徵明,长洲(今江苏苏州)人,曾以诸生岁贡入京,被授翰林院待诏。 (6)尤:怪异。 (7)老彭:即彭祖,相传寿八百岁。 (8)班生:即班景倩,唐人,自采访使入为大理少卿,过大梁,刺史倪若水饯之,望其行尘,久之乃返,谓官属曰:"班生此行,何异登仙。" (9)赆:赠送的路费或礼物,这里用为动词,指送行。

【今译】石君是我的砚台。从前,在辛卯之年,我与亡弟半圃在岳麓山读书,花三万钱从友人家买得此砚。砚体特别大,形状古怪,没有别的纹饰,只有池旁"停云馆"三字。验证字的雕刻,并不精工,大概假冒是文徵明家的东西,以之炫耀而抬高卖价。然而,此砚确实石质优良。半圃喜欢学书法,我便把此砚交给他,他特别珍爱此砚,不肯轻用。到他去世以后,我哀痛此砚就这样被闲置。因空闲无事,便命工匠稍微镌刻整治,磨去旧刻,经常供置在书桌上。有一天,久雨初晴,阳光照耀书房,砚在盖下喷沸作声,我很奇怪,就揭起砚盖,只见清水盈溢,因而知道它的奇异,更加把它作为宝物爱惜,根据姓名的做法给它取了一个名号——"石君"。我已无能耐在社会上取得显赫的地位和名声,可是文字功夫倒一天天更为出名,我担心这样会带着这方砚台去为庸俗的人做事,所以就写了这篇铭文,将寻求手艺精工的人把它刻在砚的背后。

铭文是这样的:即使那些俗人年寿高得像彭祖一样,我也不会用我的墨汁去为他写祝酒之词;即使那些俗吏升迁起程可为之送行,就像班景倩被人送行那样,我也不会用我的笔尖给他写送行的诗章。这并不是我私爱自己的笔墨,而是害怕玷污了我"石君"的生平。可叹石君啊,我为你写下了这篇铭文。

【点评】此文借石砚遭际，写爱弟早逝之悲，并借以表现复杂的人生感慨。“砚故良石”，却偏要被“谬为”官家物方增其价，其不幸也甚；既得人珍爱，而主人不幸死矣，遂被废置，其又一不幸；后虽再得“宝爱”，又有用之不当之危，更又一不幸。虽着笔于砚，而每关合于人，爱弟早逝之悲痛，自己仕途困顿之落寞，种种凄凉情怀与抑郁不平之气，都不期而然地流露在异常冷峻的叙述之中。作者似乎无动于衷，然而，正是在这看似木然的情调之中，充分地表现了那种经历了一番人世沧桑之后的疲惫和冷漠。作者虽有满腹怀才不遇之悲和愤世嫉俗之情，却在篇末的铭文中委婉以出之，其磊落傲岸之气度，又灿然可见。

此篇看似为砚而写，实为人而作，知其砚即是人，人即是砚，则可与言此文。

【集说】一小题耳，借此以见风骨。喷沸有声，郁极思伸，一如豪杰之沉沦已久，乘时思起者。砚因人而重，人益因砚而重，世有以文字媚人者，得毋颡泚。（王文濡《续古文观止》）

（赵义山）

王韬

王韬(1828—1897),字紫诠,一字子潜,号仲弢,又号弢园、无悔、玉鱿生、天南遁叟、淞北逸民,长洲(今江苏苏州)人。弱龄以家贫居游上海,佣书于英人所设墨海书馆。同治初,在香港译汉籍,旋延聘至英国译五经,因历英、法、俄诸国。光绪初,东渡日本。返港,主《循环日报》笔政。晚归居沪上,主持格致书院,并任《申报》编务。其笔记小品题材广阔,除写本国时事风土外,又涉日本、西欧诸国风情,文字雅丽,富有情韵。有《弢园文录》。

招陈生赏菊

斋中艺菊数本[1],秋后饱霜,花叶不萎。陶徵君爱菊有癖[2],亦取其节耳。

窃闻花有三品:曰神品、逸品、艳品。菊,其兼者也。高尚其志,淡然不厌;傲霜有劲心,近竹无俗态;复如处女幽人[3],抱贞含素。菊乎菊乎,宜于东篱之畔独殿秋芳也[4]!

足下高雅绝尘,于菊最宜,夕来劣有杯盘,与此君一结世外交

何如？

【注释】(1)艺：种植。 (2)陶徵君：即东晋著名诗人陶渊明。 (3)幽人：幽居之人，指隐士。 (4)东篱之畔：陶渊明《饮酒》之五："采菊东篱下，悠然见南山"。

【今译】书斋中种植了数株菊花，秋后饱受寒霜摧凌，花叶不见枯萎。陶渊明有爱菊的嗜好，取的就是菊的节操。

听说花有三种品级：叫作神品、逸品、艳品。菊花，它兼备三品于一身。立志高尚，甘于淡泊；傲然于严霜而有一种刚强心胸，近身于竹畔却无半点庸俗姿态；又如同处女和隐士，抱持操行含守本色。菊啊菊啊，你最适宜在东篱之畔独自开放于群芳凋谢之后！

陈兄是高雅绝俗之士，与菊花极为相称，晚上来我处略喝两杯，和菊花结为世外之交怎么样？

【点评】菊者，雅物；陈生，雅友；笔者，雅士。斋中艺菊，雅事；爱菊成癖，雅习；对酒赏菊，雅兴。于是乎菊、友、我在"雅"字下结为一体，赏菊即赏友，赏友即赏我，赏我即赏雅，赏雅即赏菊。于是乎雅文字从笔者手下悠悠流出，雅境界自读者心中悄悄形成。

（沈习康）

禁食蛙

食物有古今不同、南北各异者。犬于古时以为珍馔，并讲烹饪之法，祭于宗庙者曰羹献[(1)]，而今人罕食之。青蛙古亦入馔，《周礼》有"蝈氏"[(2)]，郑康成以为今御所食蛙[(3)]，则并以充天厨矣。《汉书·东方朔传》云：长安水多蛙、鱼，贫者得以家给人足。则古昔关中已常食之如鱼，不独南人也。今粤东极嗜此，供诸盘飧，出以享客，奉为珍味。江、浙虽有食者，然率贱品视之，缙绅家以登庖为戒。每岁四、五月间，青蛙生发之际，官府多出示禁捕，以其能啄虫保禾，大有益于农田也，故青蛙一名“护谷虫”。其有捉取笼以入市者，有罚。考蛙性热甚补，然人多食，小便若淋；妊娠食蛙，令子多病。粤居灾方，要宜少食。况煮者多经煎炸加入辛辣，如抱薪救火，安能求益？讲养生者，勿视作济馋都护也[4]。

【注释】(1)羹献：古时祭祀用犬的专称。 (2)蝈氏：即青蛙。 (3)郑康成：即东汉著名经学家郑玄。 (4)都护：官名，意为总监。这里意为最高级的食品。

【今译】食物古今不同、南北各异。狗在古时候被认为是珍贵的食物，并有一套讲究烹饪的方法，其中用来祭祀宗庙的狗叫作羹献，而今天的人很少吃狗的。青蛙在古时候也被列入食物，《周礼》中载有“蝈氏”文字，郑康成《周礼注》认为它就是当今皇帝所吃的青蛙，那么青蛙已进入帝王的厨房了。《汉书·东方朔传》中说：长安水中多有青蛙和鱼，贫穷之家因此得以家给人足。那么古时候关中一带人已经常常像吃鱼一样地吃青蛙了，不仅仅是南方人而已。今天广东人极其嗜好吃青蛙，往往将它盛放盘中作为一道菜肴，拿出来招待客人，并且视为珍贵美味。江、浙一带虽然也有吃青蛙的人，然而大都把它视为低贱食品，官宦之家严禁进入厨房。每年四、五月间，正是青蛙生长繁殖的时机，官府多出告示禁止捕蛙，因为它能啄取害虫保护庄稼，大大有益于农田，所以青蛙又名“护谷虫”。那些捕捉青蛙拿入市场卖的人，查获后都有一定的处罚。据考证：青蛙性热，对人体很有补益作用，但是吃了太多之后，小便混浊不清；怀孕的妇女吃了青蛙，往往使婴儿多病。广东地处灾害多发之地，总之应当少吃为妙。况且煮食青蛙的人大多采用煎炸再加入辛辣调味，这就如同抱柴救火，怎么能求得补益？讲究养生之道的人，千万不要把青蛙视为解馋的最好食品啊。

【点评】说南道北，引古证今，文字最易繁冗拖沓，本文则干净利落，明白晓畅，或叙事，或说理，点到即止，明白人听其叙毕自会接受其理。

（沈习康）

吴汝纶

吴汝纶(1840—1903),字挚甫,桐城(今属安徽)人。同治进士,授内阁中书,尝留佐曾国藩、李鸿章幕府,掌奏议。出为冀州知州,主讲保定莲池书院。光绪末,任京师大学堂总教习。曾赴日本考察学制,又乐与西士游。汝纶善古文,然不屑以桐城义法自画,其文得力《史记》尤深。有《桐城吴先生全书》。

跋《蒋湘帆尺牍》[1]

余过长崎[2],知事荒川君一见如故交。荒川有旧藏中国人《蒋湘帆尺牍》一册,视余,属为题记。

湘帆名衡,自署拙老人,在吾国未甚知名,而书甚工,竟流传海外,为识者所藏弆[3],似有天幸者。乡曲儒生[4],老死翰墨,名不出闾巷者,曷可胜道,其事至可悲,而为者不止,前后相望不绝也。一艺之成,彼皆有以自得,不能执市人而共喻之,传不传岂足道哉?得其遗迹者虽旷世殊域,皆流连慨慕不能已,亦气类之相感者然也！

观西士之艺术，争新炫异，日襮之五都之市[5]，以论定良窳[6]，又别一风教矣。

【**注释**】(1)蒋湘帆：名衡，康熙贡生，善书法，有《拙存堂临帖》。(2)长崎：日本九州岛西岸大港，长崎县首府。 (3)弆(jǔ)：收藏。(4)乡曲：乡下。 (5)襮(bó)：暴露。五都之市：我国汉唐时均有所谓五大都市，具体所在前后不一，后用以泛指繁华的都市。 (6)窳(yǔ)：恶劣。

【**今译**】我路过日本长崎，长崎行政长官荒川君与我一见面就如同老朋友一样。荒川有旧藏中国人《蒋湘帆尺牍》一册，他给我看，托我为这册尺牍写一篇题记。

湘帆名衡，自署名号为"拙老人"，在我国不太知名，但是，他的书法却特别精工，竟然流传到海外，被有见识的人所收藏，他仿佛有一种天助的好运似的。乡下儒生，一辈子在笔墨上下功夫，其名声并没有从乡里传出来的不可胜数，这种事情是最可悲的。然而，做这种事的人却没有停止，前后相望仍未见中断。一艺成功，他们自己都感到很满足，不能拿它给城里的人看而让大家都了解，(而反以为)流传与不流传哪里值得一谈呢？得到他们墨迹的虽然是很长时间以后的外国人，却都流连慨慕不止，这也是同气相求而被感召的结果啊！

观察一下西方人士对于艺术作品，都争相炫耀其新奇怪异，每天展示在繁华的都市，以此来评论和确定优劣，这又是另外一种风尚和教化了。

【**点评**】此文借作题记以发感慨，悲叹中国文士的封闭保守。首言"题记"缘起，点出蒋湘帆其人。次言蒋之"书甚工"而名却不显。其尺牍流传海外虽为天幸，然幸中实有大不幸。紧接着由蒋氏之幸与不幸感及众"乡曲儒生"，悲叹其"老死翰墨"而"名不出闾巷"的"至可悲"。而"一艺之成"数语，则揭其原因：只求自得于己，不求见知于人。最后介绍西方文士"争新炫异"的"别一风教"，以反衬中国文士之保守封闭。作者感慨深沉，但却于质朴的

叙述和似乎并不经意的叹惋中曲曲传出，有含蓄蕴藉之妙。

【集说】第知泰西艺术褋其新异，而不知其宝藏古物，其珍贵有百倍于我国人者。而我国所有古物，彼乃重价易之以去。相形之下，岂不愧死！（王文濡《续古文观止》）

（赵义山）

王先谦

王先谦(1842—1917),字益吾,号葵园,长沙(今属湖南)人。同治进士,授翰林院编修,历典云南、江西、浙江乡试,又尝督江苏学政。晚归,主讲思贤讲舍及岳麓、城南书院。为文醇懿盘郁。有《虚受堂文集》。

女慰慈圹铭[1]

女慰慈期有二月而字[2],自庵先生之第三孙[3],又八月而殇。女生数月能言,秀外而惠中,问以家人居室,历指不爽。闻予声辄欢跃叫呼,予亦逾时不见不乐也。每日斜,抱至门外,对门墙上青草丛生,葱郁可爱,女注视,笑语良久乃入。病剧数月稍闲,至门犹视青草,作笑态,而口已不能言,可伤也已!周氏婿少女六月[4],予频过其家,红裾绣褓,奉手拜跪,旁人皆笑,予顾之而悲。

予妻之孕女也,时尽室行大江中,或曰:"是生也,无根易折。"信耶?何以解于舟之人?

殇以同治甲戌正月十三日。既厝矣[5],为之铭:

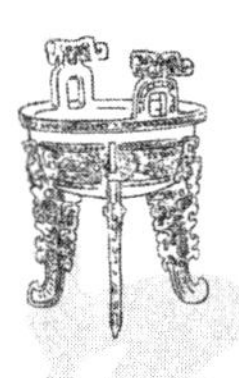

女生置酒兮，予母欢醉。

名女娱祖兮，慰慈其字。

划而逝兮(6)，来何为？

予凉德兮(7)，召之。呜呼！

【注释】(1)圹铭：即墓志铭，一种嵌藏在坟墓中用以追记死者生平事迹的文字。 (2)期：一周年。字：取字，本指古代男子成年后根据本名的含义再取别名，这里指通常的取名字。 (3)自庵先生：殆指作者之父王载之。(4)周氏婿：指慰慈被许婚周家的小男孩。 (5)厝：安葬。 (6)划而逝：转瞬即逝，指慰慈极短暂的生命。 (7)凉德：薄德。

【今译】小女慰慈是在一岁零两个月时取的名字，她是自庵先生的第三个孙子，又过了八个月便夭亡了。慰慈出生以后才几个月就能说话，容貌清秀而心性聪敏，以家里人所住居室问她，她能一一指出而无差错。每当听到我的声音，她便欢快地跳跃叫喊，而我也是每过一段时间不看见她就不快乐。每当太阳西斜的时候，我便把她抱到门外，门对面墙上青草丛生，葱郁可爱，慰慈仔细地看着，有说有笑，许久才进屋。在她重病几个月后，到门口时还看着对面墙上的青草，不过仅能微笑，而口已不能说话，太令人伤感了！与慰慈有婚约的周家小男孩比慰慈小六个月，我经常路过他家，见他穿着红色衣服，围着锦绣小被，捧着手行跪拜之礼，别的人见了都忍不住笑起来，而我看见此情此景，却感到特别悲伤。

当我妻子生慰慈的时候，一家人都行船在大江之中，有人说："像这样生的小孩，没有根本，容易夭折。"难道这是真的吗？(如果这是真的)又凭什么去解释那些家住在船上的人呢？

慰慈夭亡的日子是在同治甲戌年的正月十三日，把她安葬以后，我便为她写了一篇墓志铭：

爱女生而摆酒啊，

我的母亲高兴地把喜酒喝醉。

给爱女取一个名字让祖宗快乐啊，

于是以"慰慈"作为她的名字。

她的生命既然转瞬即逝，
又来到这个世界干什么？
这都是因为我的德行菲薄啊，
因此招来她夭亡的祸患。
可悲可叹啊！

【点评】本文是作者为其早夭之幼女所写的墓志铭，其文短而情长，语浅而情深，虽笔墨所写，实血泪凝成。旧事可忆，而女不可复生，此一可伤也。女生前“闻予声辄欢跃叫呼，予亦逾时不见不乐”，父女之情，天然而深；今父之情犹在，而女之身已夭，此二可伤也。顾周氏婿“红裾绣裸，奉手拜跪”，稚气可爱，而慰慈女却已殇离人世，魂归黄泉；生死相形，令人哀痛尤烈，此三可伤也。追忆爱女降生时情景，人言“无根易折”，竟不幸而言中，此四可伤也。事虽数件而止，而悼亡之情不可终；事虽琐细平常，而悲情凉意无限；事虽娓娓而叙，而情肠却哀痛欲裂。要之，以血泪文字目之可也。

【集说】似归震川《女二二圹志》，又仿昌黎《女挐圹铭》，事异而情不异，缠绵悱恻，读之令人生骨肉之爱。（王文濡《续古文观止》）

（赵义山）

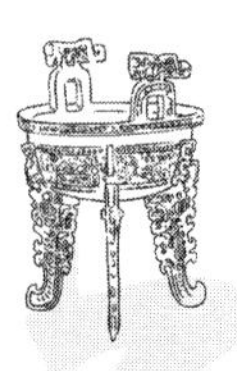

林纾

林纾（1852—1924），字琴南，号畏庐，闽县（今福建福州）人。光绪举人，以能文名世。壮渡海游台湾，归客杭州，主讲东城讲舍，入京，为京师大学堂教师。纾不解西文，以他人口述译欧美小说等一百余种。纾所作务抑遏掩蔽，能伏其光气，而其真终不可自闷。尤善叙悲，音吐凄梗，令人不忍卒读。有《畏庐文集》。

湖之鱼[1]

林子啜茗于湖滨之肆[2]。丛柳蔽窗，湖水皆黯碧若染。小鱼百数，来会其下。戏嚼豆脯唾之[3]，群鱼争喋[4]。然随喋随逝，继而存者，三四鱼焉。再唾之，坠缀葑草之上[5]，不食矣。始谓鱼之逝者皆饱也，寻丈之外[6]，水纹攒动[7]，争喋他物如故。余方悟钓者之将下钩，必先投食以引之，鱼图食而并吞钩，久乃知凡下食者将有钩矣。然则名利之薮[8]，独无钩乎？不及其盛下食之时而去之，其能脱钩而逝者几何也？

【注释】(1)据《畏庐文集·西湖诗序》云:“光绪壬辰,余归自京师,取道沪上,舟行二日至杭州,留湖上六日。”知本文作于1892年。 (2)林子:作者自谓。 (3)豆脯:一种干肉。《周礼·腊人》:“凡祭祀,共豆脯、荐脯、朊胖诸腊物。”一说,豆脯即豆腐干。 (4)喋(zhá):聚食。 (5)缀(zhuì):联结。此谓粘挂。葑草:湖边浅水中的茭白。 (6)寻:八尺谓寻。 (7)攒(cuán):聚集。 (8)薮(sǒu):原指水浅草茂之泽地,后比喻人或物聚集的地方。

【今译】我坐在西湖边上的茶馆里喝茶,四垂的柳条遮蔽着窗口,一汪湖水,深苍碧绿,犹如染过一般,百余尾小鱼正汇聚在窗下的水面。我就试着将肉干嚼碎朝水面唾去,借以取乐。鱼儿纷纷争着抢食。然而一边争食一边又游开了,一直觅食而不走的,只不过三四条而已。我便再嚼而唾下,碎肉沉入水底,粘挂在茭白根上,鱼也不再去吃它了。我起先以为鱼的离去是因为它们都吃饱了的缘故,可离窗口一丈左右的地方,水面泛起了一圈圈涟漪,不住地晃动着,那些小鱼如先前一样,又在争食其他东西。我顿时想到:钓鱼的人在垂下鱼钩之际,必定先以鱼饵为引诱,鱼儿要想吃食,便同时吞下钓钩,时间久了,鱼儿便知道,凡是有饵食的地方多半会有钓钩。然而,那名利汇聚之所,难道没有另一种“钓钩”么?如果不趁着他人频频下饵的时机及时逃走,能够脱钩而远逸他方的又能有几个人呢?

【点评】作者由观看群鱼之争喋湖上、图食吞钩,进而联想到世之萦怀名利者,为名缰利锁牢笼羁绊,正与鱼类为饵食所引诱相类。全文因譬设喻,以小见大;短小精粹,深刻隽永。既是一幅绝妙的西湖鱼乐图,也不啻是一首深谙宦海波涛险恶、充满人生哲理的教育诗。

【集说】图食吞钩,寄慨世情不少。世之萦情名利者,方争喋之水已,遑问有钓?见几舍去,能有几人?何以人而不如鱼乎?(王文濡《续古文观止》)

(聂世美)

冷红生传[1]

冷红生，居闽之琼水[2]，自言系出金陵某氏，顾不详其族望[3]。家贫而貌寝[4]，且木强多怒[5]。少时见妇人，辄踧踖匿隅[6]。尝力拒奔女，严关自捍。嗣相见，奔者恒恨之。迨长，以文章名于时，读书苍霞洲上[7]。洲左右皆妓寮[8]。有庄氏者，色技绝一时，夤缘求见[9]，生卒不许。邻妓谢氏笑之，侦生他出，潜投珍饵，馆童聚食之尽[10]，生漠然不闻知。一日，群饮江楼，座客皆谢旧昵，谢亦自以为生既受饵矣，或当有情，逼而见之，生逡巡遁去[11]。客咸骇笑，以为诡僻不可近[12]。生闻而叹曰："吾非反情为仇也，顾吾偏狭善妒，一有所狎[13]，至死不易志，人又未必能谅之，故宁早自脱也。"

所居多枫树，因取"枫落吴江冷"诗意[14]，自号曰"冷红生"，亦用志其僻也。

生好著书，所译《巴黎茶花女遗事》[15]，尤凄惋有情致。尝自读而笑曰："吾能状物态至此，宁谓木强之人，果与情为仇也耶？"

【注释】(1)本文选自《畏庐文集》，撰年未详。通篇系托名自传、自我传神写照，亦胎息于晋陶潜之《五柳先生传》。　(2)琼水：即闽县之琼河，地处闽江下游。林纾原籍金陵(今南京)，自其始祖对墅公"由金陵迁闽，则世为农夫"(《畏庐文集·叔父静庵公坟前石表辞》)。清咸丰二年(1852)，其父云溪公居家闽县之玉尺山，咸丰九年后迁居该县横山，光绪八年(1882)复移家琼河。　(3)族望：旧指封建社会之名门大族。　(4)寝：容貌丑恶。　(5)木强：质朴而倔强。《史记·周勃世家》："勃为人木强敦厚。"　(6)踧踖(cù jí)：局促不安的样子。　(7)苍霞洲：据《畏庐文集·苍霞精舍后轩记》："苍霞洲在(马)江南桥右偏，江水之所经也，洲上居民百家，咸面江而门。余家洲之北，湫隘苦水，乃谋适爽垲，即今所谓苍霞精舍者，屋五楹，前轩种竹数十竿，微飔略振，秋气满于窗户。"马江，闽江下游之别称。　(8)妓寮

(liáo):犹妓院。寮,小屋。 (9)夤(yín)缘:原指攀附权贵,这里指勾搭。(10)馆童:据《苍霞精舍后轩记》,林纾在苍霞洲上的二轩五楹之屋因故后曾“易主”,未几,乡人“孙幼穀(葆晋)太守、力香雨(钧)孝廉即余旧居为苍霞精舍,聚生徒课西学,延余讲《毛诗》《史记》,授诸生古文,间五日一至”。(11)逡(qūn)巡:因有顾虑而欲进又退的样子。 (12)诡僻:怪异,偏僻。(13)狎(xiá):亲昵而欠庄重。 (14)“枫落吴江冷”:唐诗人崔信明之诗句。 (15)《巴黎茶花女遗事》:林纾所译法国作家小仲马的小说,刊行于光绪己亥(1899)。书中描写了资本主义社会里一对青年男女受金钱和世俗偏见阻碍而分离的爱情悲剧。译著方出,“纸贵洛阳,风行海内”“不胫走万本”,以至严复有“可怜一卷《茶花女》,断尽吾邦荡子肠”之叹。关于此书翻译的时间,由于林纾本人记载的自相矛盾,众说纷纭,无法确定。此据杨荫深《中国文学家列传》,暂定于光绪丁酉(1897)夏。

【今译】冷红生,家居福建闽江下游之琼河,自称祖上是金陵人氏,但是却不清楚家族的具体情况。

他家中贫困,长相丑陋,而且脾气倔强,易动肝火。年轻的时候,一遇到女人,立刻便会显出一副局促不安的神态而躲避到一边去。他曾坚决地拒绝过一位不通过媒人而想追求他的女子,紧闭房门,严行自守。及至后来彼此见面时,那私奔的女子还常常记恨于他。等到成年,他以文章名重一时,读书授教于苍霞洲上。当时,这洲的附近都是妓院,其中有一位庄姓妓女,容貌技艺,冠绝一时,她想攀附结识冷红生,冷红生却始终没有答应。与之相邻的谢姓妓女知情,暗暗觉得好笑。一次,她探知冷红生外出了,暗中送去好吃的食物,谁知都被那些读书的孩子们围吃一空,但冷红生却一点儿也不知晓。一天,大家在江楼上聚会小酌,在座的大多是谢氏昔日的相好,谢氏也自认为冷红生既收受了她的食物,或许会对她有所钟情,就硬逼迫他来相见,可冷红生最终还是顾虑重重地退避而去。那些座上客都感到惊异,既而大笑,觉得冷红生这个人乖张怪僻,不可亲近。冷红生知道了,遂长叹一声道:“我并非是将多情反为仇雠的人,相反,我生性偏狭好妒,一时遇有相亲相爱的人,就是到死也不会变心,而一般的人又未必能够体谅,所以我宁可早早地脱离爱河。”

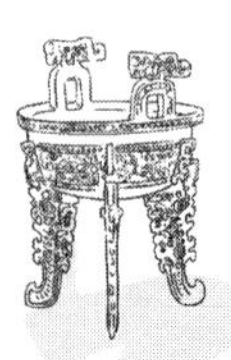

因为居所附近多植枫树，他就取唐代诗人崔信明的诗句“枫落吴江冷”的意思，自号叫“冷红生”，以此作为其孤僻冷峻性格的标记。

冷红生爱好著书，他所翻译的法国名著《巴黎茶花女遗事》，特别凄凉悲怆，富于情致。他曾一边读着一边笑着道：“我能够描摹物态达到如此境地，怎么会被称作是脾气倔强的人，难道真的与男女情爱是冤家对头么？”

【点评】这篇传记描绘了一位专于情而拘于礼的封建文士的生动形象，比较集中地体现了作者在妇女、爱情、婚姻问题上的观点和看法。其中，虽亦散发着封建名教的腐朽气息，却同时将传主对情有独钟的深刻领会及对恋人生死不渝的专注忠贞之情，深深地铭刻在读者心头。在视女子为祸水、为玩物的封建社会里，林纾的这种情操无疑是高尚的，亦是难能可贵的。在文章的构思上，作者并未面面俱到地一一介绍传主的生平，而是抓住人物最富于个性特征的一个侧面，在以一个名号、三个典型事例刻画其不贪美色、近乎冷僻“木强”的同时，复以二句自白及名动天下、传诵一时的译著《巴黎茶花女遗事》，揭示出传主外冷峻而内炽热的极其丰富的感情世界，行文凝练，笔调恢诡，人物形象丰满生动，可谓非大手笔而莫能为此者。

（聂世美）

记九溪十八涧[1]

过龙井山数里[2]，溪色澄然迎面[3]，九溪之北流也。溪发源于杨梅坞。余之溯溪[5]，则自龙井始。

溪流道万山中，山不峭而堑[6]，踵趾错互[7]，苍碧莫辨途径。沿溪取道，东瞥西匿，前若有阻而旋得路。水之未入溪号皆曰涧，涧以十八，数倍于九也。

余遇涧即止。过涧之水，必有大石亘其流。水石冲击，蒲藻交舞。溪身广四五尺。浅者沮洳[8]，由草中行；其稍深者，虽渟蓄犹见沙石[9]。

其山多茶树，多枫叶，多松。过小石桥，向理安寺路[10]，石尤诡异。春箨始解[11]，攒动岩顶[12]，如老人晞发[13]。怪石折叠，隐起山腹，若橱，若几，若函书状[14]。即林表望之[15]，滃然带云气[16]。杜鹃作花，点缀山路；岩日翳吐，出山已亭午矣。

时光绪己亥三月六日[17]。同游者：达县吴小村[18]，长乐高凤岐[19]，钱塘邵伯絅[20]。

【注释】(1)本文作于清德宗光绪二十五年(1899)三月。时作者客居杭州，应杭州府知府林启、仁和县知县陈希贤之聘，掌教于东城讲舍。据朱羲胄《贞文先生年谱》卷一载："三月初六日，(纾)与高凤岐、吴德潚、邵章，同游龙井山之九溪十八涧，又游水乐洞。"九溪十八涧：杭州著名风景区。九溪，据《西湖游览志》："九溪在烟霞岭西南。路通徐村，水出江干，北达龙井。"溪水自杨梅岭发源而下，一路会合青湾、佛石、云栖等九坞之水，故名九溪。九溪"径路崎岖，草木蔚秀，人烟旷绝，幽阒静悄，别有天地，自非人间"(见张岱《西湖梦寻》)。十八涧，山涧名。据《西湖游览志》："十八涧在龙井之西，路通六和塔。""十八"为九的倍数，以示涧流之多，并非实指。九溪十八涧景色深邃幽秀，清俞樾有诗赞曰："重重叠叠山，曲曲环环路，丁丁冬冬泉，高高下下树。"(见《春在堂随笔》) (2)龙井山：在今西湖西南，山有龙井寺、龙井泉。泉水甘冽清凉，相传晋葛洪曾炼丹于此。茶中珍品龙井茶即以产于龙井山而得名。 (3)澄然：清澈凝滞的样子。 (4)杨梅坞：一名杨梅岭。据宋施谔《淳祐临安志》卷九所引《古迹事实》云，在南山近瑞峰石坞内，有一老妪姓金，其家杨梅独盛，俗称杨梅坞，有"金婆杨梅"之誉。其梅至今仍异于他产。 (5)溯(sù)：逆流而上。 (6)不峭而堑：不陡峭而多山沟。堑，沟壑。 (7)踵趾：喻山脚。 (8)沮洳(jù rù)：低湿之地。 (9)渟(tíng)蓄：水积聚而不流动。 (10)理安寺：古涌泉院，始建于五代，也称法雨寺、李岩寺，宋理宗改题今名。寺址原在翁家山附近的理安山麓。 (11)箨(tuò)：包在竹笋外面的皮壳。 (12)攒：通"钻"。 (13)晞(xī)发：披发晾干。 (14)函：古书的封套。 (15)林表：林外。 (16)滃(wěng)然：云气弥漫的样子。 (17)光绪：清德宗年号(1875—1908)。己亥：即光绪二十五年(1899)。 (18)吴小村：吴德潚，字小村，一字季清，自号双遣居士，四川达县人。清光绪二十六年(1900)任浙江西安县(在今浙江衢州市境内)县令时，为义和团所杀，据《饮冰室诗话》卷一："(德潚)先生至德纯孝，而学

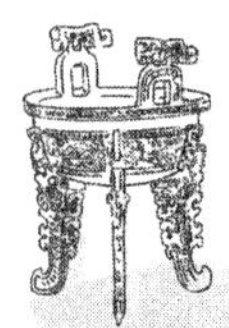

识魄力迥绝流俗，尤邃佛理。” （19）高凤岐：字啸桐，号愧室主人。长乐（今属福建省）人。光绪举人，工古文辞，官至梧州知府。作者三十一岁时即与之相交，其兄弟三人（凤岐、凤谦、而谦）均为作者好友。名噪一时的《茶花女》译作的出版便曾得到当时在商务印书馆工作的高凤谦的帮助。（20）邵伯䌹（jiǒng）：邵章，字伯䌹，号崇百，别号倬庵。浙江钱塘（今杭州市）人。光绪进士，官翰林院编修。

【今译】翻越龙井山数里路，清澈凝碧的溪水立刻映入眼帘。这便是九溪北部的流水。九溪发源于杨梅岭。我们沿流而上，就是从龙井山开始的。

九溪的流水穿行于万山之中，这里山虽不陡峭却多沟壑，山脚相连，纵横交错，抬眼便见一片郁郁苍苍的树木而几乎无法辨识那山间的小路。我们顺着山溪而行，那林间小路忽隐忽现，若有若无。看看无路可通了，不一会即又在脚下出现了。那两山之间的水流不曾汇于溪水的都叫作涧。这里涧之所以名为十八涧，亦是取九的倍数，言其多的意思。

我们遇到山涧就不过去了。凡是流淌于山涧里的水，必有大的石块横卧其中。水流冲击石块激起朵朵浪花，香蒲之类的水生植物在涧水中交结荡曳，随波漂动。九溪宽约四五尺光景。溪水浅的地方，流水从草丛中穿过；较深的地方呢，虽然水流积聚而不流动，但仍能看见水底的沙石。

这里的山上广植茶树，多有枫树，亦遍栽着松树。穿过一座小石桥，我们就朝着去理安寺的路上走过去，那一带的石头尤为千奇百怪。山坡上的春笋正在脱壳，纷纷从泥土里往外钻，以至于顶动岩石，露出端芽，就像是老人在晾干稀稀拉拉的头发。而那些层层叠叠、奇形怪状的山石，隐现于群山之中，有的像橱柜，有的像桌子，有的像古书的函套。若朝树林上边望去，但见混混沌沌，一片云气弥漫的样子。山间的杜鹃正在怒放，装点着山中的小路。阳光开始从山岩间露出笑脸，我们从山中出来，已经是中午时分了。

时当光绪二十五年三月六日。同游者有四川达县人吴德潚、福建长乐人高凤岐，还有浙江钱塘人邵章。

【点评】对于杭州九溪十八涧深邃幽静、清奇秀美的景色特征，清代著名学者俞樾曾经在一首诗中（见前【注释】所引）作过高度概括，形象而又生动地一连用了四组叠词，描绘了那里的山、路、泉、树。而林纾的这篇游记，亦正是围绕这一特点，出以“清淡简朴”的桐城派古文的笔触，使“重重叠叠山，曲曲环环路，丁丁冬冬泉，高高下下树”一一具体化了，因而给人以身临其境的切身感受。

（聂世美）

图书在版编目（CIP）数据

历代小品文观止/夏咸淳，陈如江本书主编．-- 西安：陕西人民教育出版社，2019.1

（中国古典文学观止丛书/尚永亮主编）

ISBN 978 -7 -5450 -6405 -6

Ⅰ.①历… Ⅱ.①夏… ②陈… Ⅲ.①小品文 - 文学评论 - 中国 - 古代 Ⅳ.①I207.62

中国版本图书馆 CIP 数据核字（2019）第 001549 号

中国古典文学观止丛书

历代小品文观止

夏咸淳　陈如江　主编

出　　版　陕西新华出版传媒集团
　　　　　陕西人民教育出版社
发　　行　陕西人民教育出版社
地　　址　西安市丈八五路 58 号
责任编辑　陈鼎中　董方红
装帧设计　张　田
经　　销　各地新华书店
印　　刷　北京市松源印刷有限公司
开　　本　787 mm×1092 mm　1/16
印　　张　34
字　　数　500 千字
版　　次　2019 年 1 月第 1 版
印　　次　2019 年 1 月第 1 次印刷
书　　号　ISBN 978 -7 -5450 -6405 -6
定　　价　128.00 元